Irishism in American English

アメリカ英語とアイリシズム

19～20世紀アメリカ文学の英語

藤井健三 著

中央大学
学術図書
58

中央大学出版部

装幀　道吉　剛

はしがき

　本書は，アメリカ英語の統語法および発音が，いかにアイルランド英語の影響を大きく受けているかを，19世紀半ばから20世紀末までのおよそ150年間に著されたアメリカ文学界の代表的25作家40作品について検証するものである。

　アメリカ現代小説の祖といわれる Mark Twain が少年時代を過ごした Missouri 州 Hannibal の土地言葉（vernacular）で小説を書いて成功して以来，アメリカ文学界では「地方主義小説」が一つの伝統となり，さまざまな作家が自分の熟知する町や村の人間模様をそれぞれの土地言葉で競って克明に書いた。アメリカの言語に関心をもつわたくしにとって，それは全米各地からの調査報告書のように思える貴重な資料源である。

　ところがその資料をよく調べてみると，アメリカのどの地方の土地言葉もみなほぼ同じ特色を共有しており，その特色はまたアイルランド英語の特色と共通していることに驚く。つまりアメリカには地域方言（regional dialect）といえるものがほとんどなく，あるのは社会階層方言（cultural dialect）とでもいうべき，全米共通の「通俗語」（ないし「下層語」）だけである。これは独特なアイルランド英語に固執するアイルランド移民が全米を流浪しやがて各地に土着していった結果であろう。

　さらに驚くのはアメリカの黒人英語の特色もアイルランド英語と共通する点がきわめて多いという事実である。近時アメリカでは黒人英語の研究が発達し，アフリカ祖語との関係を明らかにしようとする向きも多い。彼らは決まって，黒人英語の起源をイギリスの古語や方言に求める従来の方向の誤りを指摘し，アフリカに起源を求める正当性を主張する。しかしその批判と主

はしがき

張だけでは，黒人英語がアイルランド英語と多くの特色を共有している事実の説明はつかない。黒人がアメリカでもっとも身近にいたアイルランド移民から受けた影響をまったく考慮の外に置いているからである。

　Georgia および South Carolina 両州の沿岸とその近海の島に奴隷として定住した黒人の，Gullah 方言といわれるとりわけくずれた黒人英語でさえも基本的にはアイルランド人労務者の英語に似ているという報告もある。

　本書は全体として，上に述べたアメリカ英語とアイリシズムの関係についてのわたくしの見解を，一つ一つの作品について具体的用例をもって立証しようとするものである。取り上げるいずれの作家・作品も，白人英語も黒人英語も，みな同じアイルランド色に色濃く染まっているという一点の事実を明らかにするのが目的であるから，全章でほとんど同じ指摘と解説を繰り返している。

　この研究は，もともとアメリカ文学における個々の作家作品の英語が作品の主題とどのように関わるのかを，さまざまな視点から多角的に調査していたものである。だがアメリカ英語は見れば見るほど地域によらずアイルランド英語の影響を大きく受けているとの感を深くするので，現代アメリカ文学の中から作品の年代が一世紀半をほぼ網羅し，また作品の舞台が地理的にほぼ全米をカバーできるように取り出した。

　大部分は新たに書き下ろしたものであるが，章によっては既に諸雑誌で発表したものもいくつかある。それらはアイリシズムの指摘というより，むしろ作品理解に資する目的で書いたので，記述の形式が他の章とやや異なるが，本書に組み入れるにあたって統一のための変更は敢えて加えなかった。

　とはいっても各章はいずれも同じ結論のもとに，相互参照などは求めない，独立した報告書となっている点では統一したつもりである。したがって本書はどの作家の作品からでも読み始めることができる。そのようにご利用いただければ幸いである。

*

はしがき

　本書が中央大学の学術図書出版助成を受けるにあたって，文学部教授会の審査委員会に選出された武藤脩二教授，佐藤修二教授，青木和夫教授の3先生には大変お世話になり，また多くの貴重なご指摘・示唆をいただきました。ここに記して深く感謝の意を表します。

　　2004年3月

藤　井　健　三

アメリカ英語とアイリシズム

目　　次

目　　次

はしがき

序　　章　アイルランド人気質とアメリカ …………………………………1
　　　　　　言語地域区分図

第 1 章　マーク・トウェイン ……………………………………………13
　　　　「名高き跳び蛙」(1867)　　13
　　　　『ハックルベリー・フィンの冒険』(1884)　　26

第 2 章　スティーヴン・クレイン ………………………………………57
　　　　『街の女マギー』(1893)　　57
　　　　「青色のホテル」(1898)　　76

第 3 章　リング・ラードナー ……………………………………………89
　　　　「弁解屋アイク」(1915)　　89
　　　　「チャンピオン」(1916)　　89

第 4 章　シンクレア・ルイス ……………………………………………105
　　　　『本町通り』(1920)　　105

第 5 章　ユージン・オニール ……………………………………………119
　　　　初期の水夫劇 (1916-22)　　119

目　次

　　　　『皇帝ジョーンズ』(1920)　133

　　　　『毛　猿』(1922)　143

　　　　『楡の木陰の欲望』(1924)　155

第 6 章　ドス・パソス ……………………………………………173

　　　　『マンハッタン乗換駅』(1925)　173

第 7 章　ウイリアム・フォークナー ……………………………185

　　　　『死の床に横たわりて』(1930)　185

　　　　「二人の兵隊さん」(1942)　200

第 8 章　アースキン・コールドウエル …………………………219

　　　　「スウェーデン人だらけの土地」(1932)　219

　　　　『タバコ・ロード』(1932)　227

　　　　「色男ビーチャム」(1935)　240

　　　　「大男バック」(1940)　240

第 9 章　ヘンリー・ミラー ………………………………………251

　　　　『北回帰線』(1934)　251

第 10 章　キャサリン・アン・ポーター …………………………265

　　　　『昼　酒』(1937)　265

第 11 章　ジョン・スタインベック ………………………………281

　　　　『二十日鼠と人間と』(1937)　281

目　　次

　　　　　　　　『怒りの葡萄』(1939)　299

第 12 章　マジョーリ・ローリングズ……………………………323
　　　　　『ザ・イヤーリング』(1938)　323

第 13 章　カースン・マッカラーズ………………………………339
　　　　　『心は孤独な狩人』(1940)　339

第 14 章　テネシー・ウイリアムズ………………………………357
　　　　　『ガラスの動物園』(1944)　357
　　　　　『大地の王国』(1967)　370

第 15 章　トルーマン・カポーテ…………………………………379
　　　　　『遠い声，遠い部屋』(1948)　379

第 16 章　J. D. サリンジャー………………………………………399
　　　　　『ライ麦畑で捕まえて』(1950)　399

第 17 章　ラルフ・エリソン………………………………………429
　　　　　『見えない人間』(1952)　429

第 18 章　フラナリー・オコーナー………………………………445
　　　　　「善人は見つけがたし」(1955)　445

第 19 章　アーサー・ミラー………………………………………459
　　　　　『るつぼ』(1953)　459

目　　次

第 20 章　エリック・シーガル …………………………………469

　　　　『ある愛の詩』（1953）　469

第 21 章　アリス・ウォーカー ……………………………………481

　　　　『カラー・パープル』（1982）　481

終　　章　トウェイン以前の作家たち ……………………………501

　　　　　　オーガスタス・ロングストリート　502

　　　　　　　『ジョージア風景』（1835）

　　　　　　ウイリアム・シムズ　506

　　　　　　　『木彫り』（1852）

　　　　　　　『シャープ・スナッフル』（1870）

　　　　　　ハリエット・ストウ　510

　　　　　　　『アンクル・トムの小屋』（1852）

　　　　　　ジョエル・ハリス　518

　　　　　　　『アンクル・リーマス』（1881）

結びに代えて ………………………………………………………527
初 出 一 覧 …………………………………………………………531
参 考 文 献 …………………………………………………………533
索　　引 ……………………………………………………………541

アメリカ英語とアイリシズム

序　章　アイルランド人気質とアメリカ

　17世紀に英国が開いた植民地に始まるアメリカの歴史は，ヨーロッパを中心とする世界各国からの移民の労働力によって開拓された「移民国家」建設の歴史といってよい。原野を切り拓いて道や農場をつくり，石や煉瓦を重ねて町をつくり，油田や鉱山を掘って車や船をつくり，鉄道を敷いて国をつくった。その莫大な労役のほとんどを移民が担ったのである。「アメリカはおらたちがつくったのだ」と彼らは言う。まことに実感であろう。
　ドイツ，スエーデン，イタリア，ポーランド，アイルランドからは，とくに大量の移民が流れ込んだ。移民たちは当然のことながら，それぞれ異なった母語をもってアメリカへやって来た。しかし先着のイギリス人コミュニティーの助けに頼らざるを得なかった移民たちは，そこで英語を身につける必要に迫られた。それが多民族間の共通語となっていった。「移民国家アメリカ」の言語が英語となったゆえんである。
　しかしイギリス本島以外からの数ある移民の中で，アイルランド人だけは，アメリカに辿り着いてから英語を身につける必要がなかった。祖国でアイルランド英語を話していたからである。アイルランド人は人種的にはケルト民族でありゲール語を母語としていたのだが，14世紀以来のイングランドからの侵略と植民地化によって英語を使うことが強いられた結果，発音・統語法ともにゲール語の影響を強く受けた独特の英語ができあがった。その英語をもって延べ400万人のアイルランド人がアメリカにやって来たのである。
　アイルランド英語には伝統的イギリス英語にはない多くの新しい語法が含まれている。それはしばしば，従来の英語の足りないところを補うものであった。例えば「私は妻に先立たれた」をイギリスの伝統英語で表すには

序　章　アイルランド人気質とアメリカ

'I had my wife die.' とするしかあるまい。しかしこれは妻を助けなかったとも解釈できる曖昧な表現である。意味の特定化は文脈に依存せざるをえない。

ところがアイルランド英語ではそれを 'My wife died *on me*.' という一文で決着をつける。'*on me*' は「私のことなど無視して」の意。これは「困ったことに」のニュアンスを表すゲール語の前置詞 "**air**" の機能を英語の on に担わせて導入したのである。この便利な語法は直ちにアメリカじゅうに受け入れられ、今日では 'She hung up *on me* with a bang.'（彼女は電話を一方的にがちゃんと切った）/ 'His wife walked out *on him*.'（彼は女房に逃げられた）のように標準英語として確立している。

'*Take it easy*.' はよく知られた決まり文句だがこれもアイルランドから来た英語である。'*take*' を「我慢する，辛抱する，耐える」など受け身の意味に使うのも，状況を表す '*it*' も，'*easy*' を「ゆっくり，そっと」の意味に使うのも，いずれもアイルランド起源の語法である。

'I was *dying* to see you.'（あなたに会いたくてたまらなかった）も決まり文句だが，これもアイルランドから来た表現である。'That *kills* me.'（これには参ったね）'I went *out the door*.'（戸外に出た）'You're welcome.'（どういたしまして）'*Will I* sing a song？'（歌をうたいましょうか）などなど，多くの新鮮で平易なアイルランド表現がアメリカ英語に入ってきた。そのアイルランド的要素こそがアメリカ英語をまさにアメリカ英語たらしめるところである。

アイルランドからと同様に，スコットランドからも多くの移民がアメリカへ流れてきた。スコットランド人はもともとはアイルランド人と同じくゲール語を話すケルト民族であるが，17世紀初頭にイングランドの統治下に置かれていち早く使用言語を英語に切り替えた。その過程でスコットランド英語といわれる独特の方言もできた。しかし，アメリカに来たスコットランド人がアメリカ英語に影響を与えることはほとんどなかった。この点について，H. L. Mencken は *The American Language*（1919）で一通信員の次のよう

序　章　アイルランド人気質とアメリカ

な報告を紹介している。

"I find very little trace of Scotch on this continent... The Scotch are not tenacious of their dialect, in spite of the fussy they make about it. It disappears in the second generation... The Scotch surrender their speech customs more readily than the English, and the Irish, it seems to me, are most tenacious of all."
「米大陸にはスコットランド語の跡は殆ど残っていない。スコットランド人はその方言が過大に伝えられる割には，それを固執しはしない。第二代目にはそれは消えてしまう。スコットランド人は英国人よりも容易にその言語上の習慣を破棄するが，私にはアイルランド人が三者のうちで一番もとの習慣を放し難いと思われる」（尾上政次訳）

　スコットランドはアイルランドとは違って，イングランドに支配されたわけではない。1603年にスコットランドの国王だったジェームズ一世が，エリザベス女王の後を継いでイングランドの国王に迎えられたので，スコットランドはイングランドの主権のもとに統治されることになったに過ぎない。当時スコットランドはイングランドよりむしろ高い教育や文化を誇った国だった。自分の国からイングランドへ新しい国王を送り出した誇り高いスコットランド人は，国をあげて英語を学ぼうとする雰囲気が生まれ，いい英語を使うように心がけた。アメリカへ渡ったスコットランド移民たちも新大陸でいち早く各地に学校を立ち上げ教育に取り組んだ。世界各地から来た移住者たちの英語の矯正に熱心だった'schoolmarm'の多くはスコットランド人女性だった。
　一方アイルランドは，イングランドに侵略され植民地とされた国である。イギリス人は支配者としてアイルランド人を見下し，「ヨーロッパにおける最低最悪の野蛮人」と蔑んだ。支配者によって己が国の伝統や言語が無視され蹂躙されたアイルランド人には，イギリスに対する恨みと根深い抵抗精神

序　章　アイルランド人気質とアメリカ

が常に蠢き，長い間にそれが一つの民族的気質となった。これは，イギリス人の英語が唯一正しく上品なものという支配者の論理を抵抗無く受け入れたスコットランド人と対蹠をなす気質といえる。アイルランド移民の英語は，ヒステリックなほどに熱心だった 'schoolmarm' たちの常に非難の対象となったが，アイルランド人はそれを受け入れるほど従順ではなかった。

　こうした頑な性向をもった大量のアイルランド人が全米の至る所に流れ込んで行ったのであるから，アイルランド人が喋るその独特な英語が，彼らと日常的にもっとも身近なところで，労働や生活をする他国からの移民たちに影響を与えぬはずがない。イギリス本島以外から来た移民で曲がりなりにも英語が自由に話せたのはアイルランド人だけだったからである。全米各地に浸透しているその英語を H. L. Mencken は "the standard vulgate of the United States"（標準的アメリカ俗語）と呼んだ。

　Mencken はここに，アイルランド人がアメリカ英語に与えた影響の大きさを直感し，アメリカ英語とアイルランド英語との関係に光を当てた文献を探し求めた。その結果，この方面の研究は未だまったくなされていないことを知って大いに失望する。彼は，これほど大切な問題にアメリカの言語学者が誰も手をつけていないのに驚き，それは言語学者の怠慢ではないかと *The American Language* (1923, 3rd ed., p. 111) で次のように批判した。

> So far as I have been able to discover, there is not a single article in print upon the subject. Here, as elsewhere, our philologists have wholly neglected a very interesting field of inquiry.
>
> 私が調査した限りでは，この問題について印刷し公表された報告はただの一本もない。ここでは，他の所でも同様だが，わが国の言語学者たちは興味深い探求をこれまでまったく怠ってきた。

　Mencken のこの批判に世界で初めて応えたのは日本の尾上政次 (1912-94)

序　章　アイルランド人気質とアメリカ

である。尾上はアメリカ英語と考えられていた語法の多くが，実はアイルランド起源であることに気づき，その関係の実証的解明に半生を捧げた英文学者である。

　先に触れたように，スコットランドから直接アメリカに来た移住者たちがアメリカ英語に影響を与えることはほとんどなかったが，1700年代にスコットランドからアイルランドに移住した後，そこから18世紀初頭に大挙してアメリカへ渡ったいわゆる "Scotch-Irish" のアメリカ英語への影響は大いに考えられる。17世紀初頭にスコットランドがイングランドの主権のもとに統治されるようになってからまもなく，低地スコットランド地方に住んでいた長老教会（Presbyterians）の信者たちは，イングランド政府の政策により，アイルランド北部のアルスター（Ulster）地方に移住させられた。それからおよそ100年後の1720年代にアイルランドで穀物の不作が続き，アイルランドに住んでいたスコットランド人が大挙してアメリカの植民地へと大西洋を渡ったのである。アルスター地方に住んでいたスコットランド系アイルランド人の半分近くが移住していったといわれる。

　この "Scotch-Irish" は，アメリカへ離散していくまでのアイルランドでの100年の間に，地元のアイルランド人との血の混交，言語の混交があった。スコットランド人とアイルランド人は，どちらも元をたどせばケルト民族であり同じゲール語を祖語としていたので，言語的に共通点が多く，"Irish" と "Scotch-Irish" を区別するのは困難である。

　既述のように，イングランドとアイルランドとの関係はそもそもの初めから征服者と被征服者である。征服者はアイルランドをヨーロッパでもっとも無知で野蛮な国として見下し，したがってその英語もきびしい矯正が必要な卑しむべき低俗英語と見做す伝統がイングランドによって政治的につくられた。したがって，抑圧されたアイルランド人の，支配者に対する抵抗精神はアメリカに渡ってからも民族の気質として残り，アイルランド訛を容易には変えようとしなかった。

序　章　アイルランド人気質とアメリカ

　今日アメリカ人は一般に標準英語という観念は受け入れない。いまから20年ほど前に日本のある外国語教育学会がアメリカの言語学者 W. Labov を全国大会に招待し講演を依頼したことがある。教育学会は演題として "What kind of English Should We Teach?"（どんな種類の英語を教えるべきか）を示して依頼したらしい。われわれ日本の英語教師にとっては，議論するまでもないテーマだが，英語で聞く講演としてはそのくらいの内容がちょうどいい，という気持ちで講演を待った。

　ところが予想に反して，Labov 博士は開口一番「通じ合う限りどんな種類の英語でもかまわない。アメリカではどんな英語を使っても誰も気にはしない」と切り出した。そしてこの「誰も気にはしない」（"Nobody cares!"）を何度も繰り返した。隣に座っていた同僚教師は「この人，こんな事を言っていいのかねえ?」とわたくしに囁いた。しかし Dillard にしてみればこれはアメリカでは議論の余地のない，あまりにも常識的なことであるので，その認識を先ず日本の聴衆と共有しなければ話にならないと思ったのであろう。

　たしかにアメリカ人は一般に他人の英語に注文はつけない。「お前は，お前の英語でやれ。その代わり，俺の英語について，とやかくは言ってくれるな」というのが一般庶民の感覚のようだ。アメリカにおける言葉についてのこの感覚は，アイルランド人の伝統的気質と無縁ではあるまい。

言語地域区分図

言語地域区分図

アメリカ

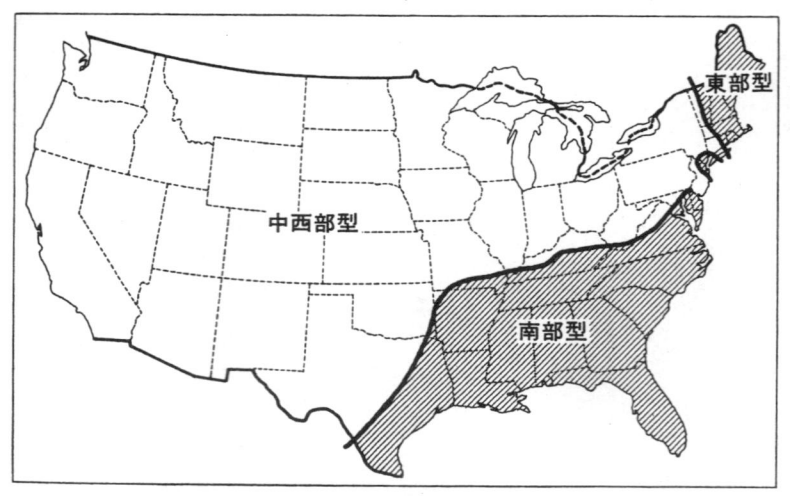

従来の方言区分
『アメリカ英語概説』（大修館，1988）より

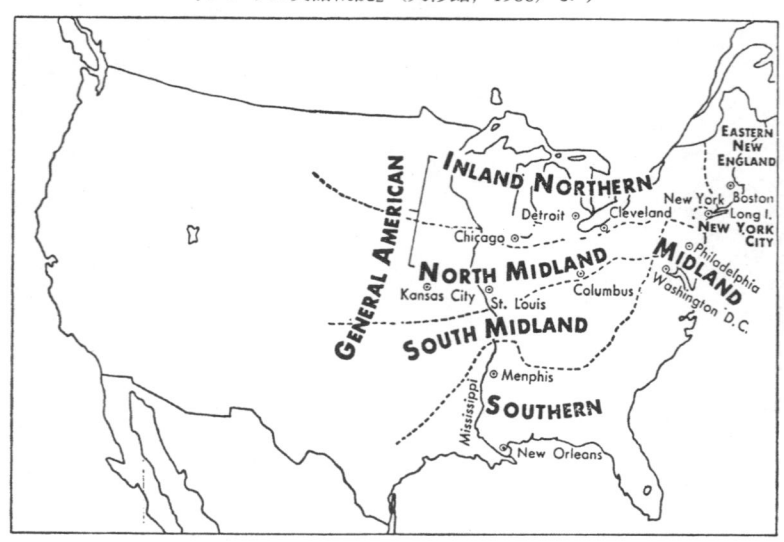

今日の方言区分
『英米発音新講』（南雲堂，1982）より

言語地域区分図

アメリカ

Rainbow way (Oxford Univ. Press, 1983) より

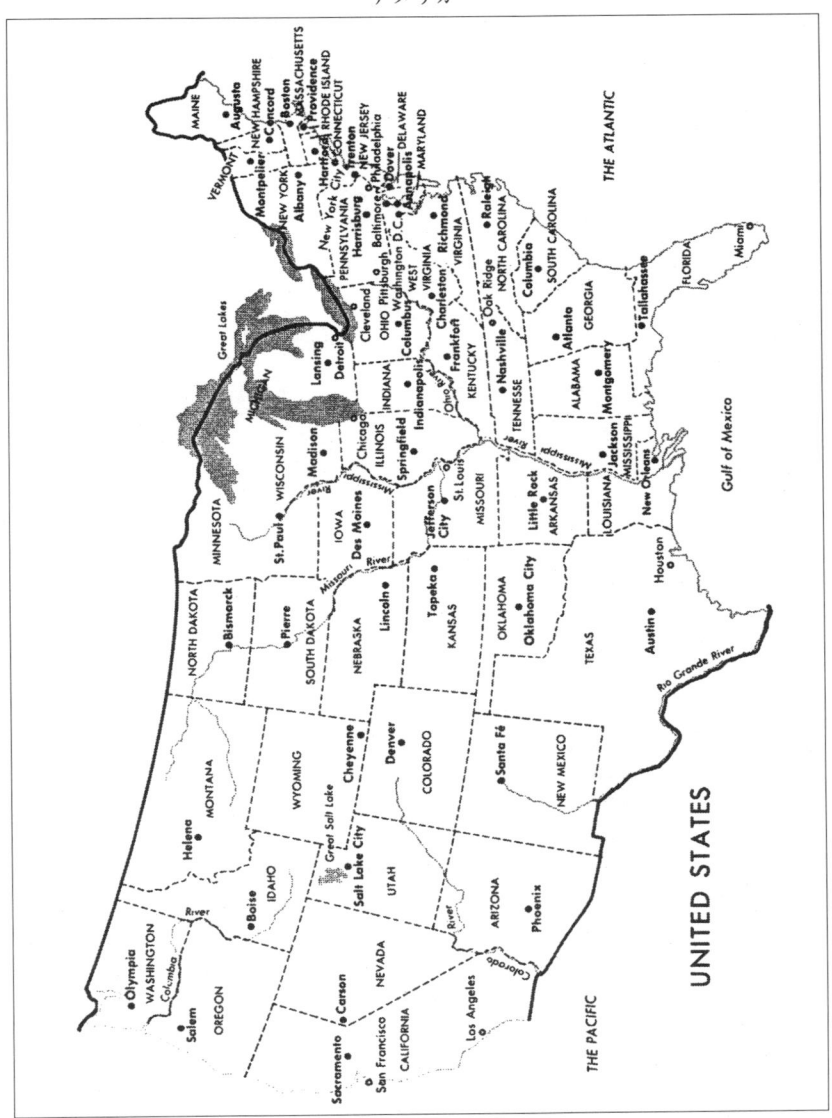

言語地域区分図

イギリス

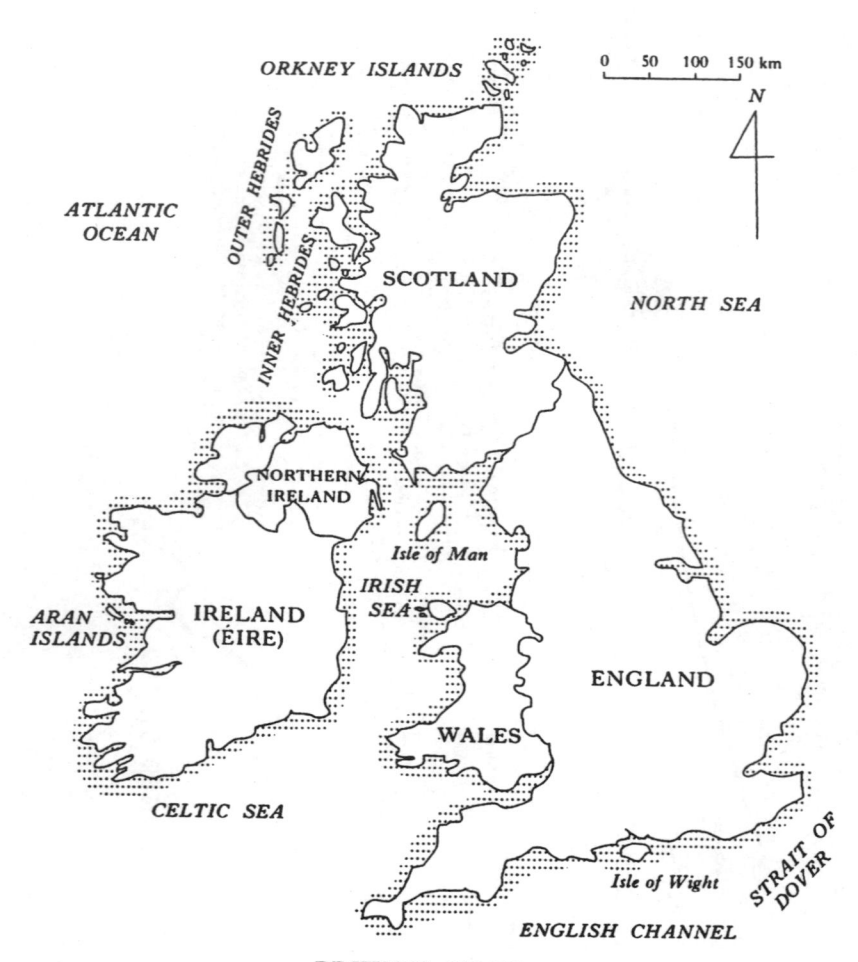

BRITISH ISLES
『アイルランド文学小事典』（研究社，1998）より

言語地域区分図

イギリス

THE DIALECTS OF MODERN ENGLISH

『英文学の方言』（篠崎書林，1965）より

第1章　マーク・トウェイン

「名高き跳び蛙」
'The Celebrated Jumping Frog of Calaveras County' (1867)

　「名高き跳び蛙」は，西部のマイナーな作家だったマーク・トウェイン（Mark Twain, 1835-1910）が一躍 'American humorist' として名を博し，東部の富豪の娘と結婚しボストンの文壇に迎え入れられることになった出世作である。30歳のときカリフォルニアを放浪中に，荒廃した鉱山坑夫小屋で出くわした「ホイーラー爺さん」（Simon Wheeler）なる人物の，何の役にも立たない奇妙きてれつな長話を聞かされた体験を報告する形のものである。

　この作品は，文学的な主義や主張をもたない，口から出まかせの大ほら話をユーモアを交えて読者に聞かせることによって，堅苦しい道徳的善悪の判断などを忘れさせ，健全な哄笑を引き起こすのを本領とするトウェインの「ほら話」（tall tale）の中でも，とくに「ベイカーの青かけす綺談」（'Baker's Blue Jay Yarn', 1880）と並び称される代表的傑作である。

　ところで，この作品の饒舌な語り手「ホイーラー爺さん」は，その英語の訛りから，明らかにアイルランド人であると察せられる。この種のアイルランド農民英語は今日でこそアメリカの文学界ですっかりお馴染みのものであるが，当時としてはまだ目新しいものであったと思われる。そうするとこの作品の成功は，その文体の新鮮さも大いに寄与したのではないかとも考えられる。ちょうどイギリスでチャールズ・ディケンズ（Charles Dickens）がアイルランド語法を取り入れた新奇な文体をもって文壇入りに成功したのと同じように，「ホイーラー爺さん」の訛りも当時のアメリカの文学界ではかな

第1章　マーク・トウェイン

り新鮮に映ったのではなかろうか。以下は「ホイーラー爺さん」のそのアイリシズムを報告するものである。Text は *Anthology of American Short Stories*, 上野直蔵編著, 南雲堂, 1998 年版による。用例末尾の番号は頁数を示す。

I　発音に関して

1　'thish-yer'（= this-here）

アイルランド英語の /s/ は舌先が口蓋化し, 標準英語の 'sh' 音 / ʃ / に近い響きとなる。P. W. Joyce (p. 96) は 'He was now looking out for a wife that would *shoot* him.' の例を示している。この特色は「名高き跳び蛙」では, '*thish*-yer Smiley'（このスマイレーって奴が）という言及称の発音に見られる。作品中に計3回出るが3回とも '*thish*-yer Smiley' という同じ形が繰り返されているから, これは偶発的発音ではなく「ホイーラー爺さん」の身についた発音特徴だといえる。

2　'ketch'（= catch）

P. W. Joyce (p. 97) によると動詞 catch はアイルランド全土で '*ketch*' と発音される。この作品では次の用例がある。

　　He *ketched* a frog one day, and took him home, ... （24）
　　ある日彼は蛙をつかまえて, 家に持ち帰った…
　　but he never *ketched* him. （26）
　　だが彼はその男をつかまえられなかった。

この他に2例（25, 26）あるが, いずれも同じ過去形である。'catched'（= caught）という語形は Shakespeare にもある古い形だが, アイルランド的だといえるのは母音 /e/ である。

3　'git'（= get）

アイルランド英語では短母音 /e/ は標準英語の /i/ に近い。P. W. Joyce (p. 100) は '*Tin min* and five women.'（10人の男と5人の女）の例を示す。この作品では次の用例が見られる。

14

「名高き跳び蛙」

Then he says, "one — two — three — *git!*" (25)

そこで彼は「一，二，三，跳べ！」と言った。

　get は標準英語の話し手でも無強勢（unstressed）の位置に置かれると弱母音の [i] になることがある。しかしその音価は弱く曖昧な母音である。ところが上の用例の文脈は，金をかけた賭け事の場における掛け声であるから，この文脈では必ず強勢（stress）が置かれる。この位置で思わず出る強母音 [i] は，「ホイーラー爺さん」のお国が知れる一つのよい証拠である。

4　'ag'in'（= again）

　アイルランドでは again の第二音節も /i/ と発音されるが，これは P. W. Joyce (p. 100) も指摘するように，アイルランド発音の特色の一つではあるが，古い英語の残存でもある。この作品では次の用例がある。

　　and flop down on the floor *ag'in* as solid as a gob of mud... (24)

　　床の上へまるで泥のかたまりみたいに，どさりと落ちたのじゃ…

5　'hysted'（= hoisted）など

　アイルランドでは多くの地方で二重母音 /ɔi/ が /ai/ と発音される。P. W. Joyce (p. 102) は 'The kettle is *biling.*' の例を示す。この作品では次の用例が見られる。

　　the new frog hopped off lively, but Dan'l give a heave, and *hysted* up his shoulders — so — like a Frenchman, but it warn't no use — (25)

　　新しい蛙はぴょんと跳びましたが，ダンルは体を膨らませては—こう—フランス人みたいに肩を怒らせますのじゃ，何ともなりませんわい—

　この他に 'p'int'（= point）が2例（25，26），'j'int'（= joint）が1例（23）ある。

6　'feller'（= fellow）など

　P. W. Joyce (pp. 103-4) によると，アイルランド人は一般に英語の her や fir の 'e,' や 'i' に当たる曖昧母音をもたない。したがって，her は herr あるいは hur と発音される。この '-rr' ないし '-r' は，アイリシュで薄弱音（slender

15

sound) と呼ばれる音で，ちょうど英語で doctor を /ˈdɑktr/ と発音したときの音節主音的子音 /-r/ (syllabic consonant /-r/) と同じである。そうすると，この作品で末尾音節が '-er' で表されている次の語は，いずれもその Irish brogue に当てられたものと考えられる。

 feller (= fellow) 25，25，25，25，25，25

 yaller (= yellow) 26

 sorter (= sort of) 26

 bannanner (= banana) 26

7　弱音節の脱落

P. W. Joyce (p. 103) は '*garner*' (= gardener), '*Carnal*' (= Cardinal) のように，弱音節をそっくり脱落させて語を短くする傾向があるのを，アイルランド発音の特色の一つとして指摘する。この作品には次の用例がある。

 solit'ry (= solitary) 22

 reg'lar (= regular) 22

 inf'nit (= infinite) 22

 consid'able (= considerable) 22

 ornery (= ordinary) 23

 Prov'dence (= Providence) 23

 Dan'l (= Daniel) 24，24，25，25，25，

 'pears (= appears) 23，26

II　統語法に関して

(1) ゲール語 (Gaelic) の影響

1　'mad' (= angry)

アイルランド英語では，'*mad*' を angry (怒っている) の意味に使う。この作品では次の用例がある。

  and he was the *maddest* man — he set the frog down and took out after that

16

feller, but... (26)

すると彼はかんかんに怒りましてな――蛙を下ろしてその男を追いかけよりましたんじゃ。

これは P. W. Joyce (p. 289) によるとゲール語の "***buileamhail***" が mad と angry のどちらの意味もあることに由る。アイルランド英語では，'Oh the master is very *mad* with you.'（旦那さんがお前のことをえらく怒っているぞ）や 'The master is blazing *mad* about that accident to the mare.'（旦那さまは雌馬の事故のことをかんかんに怒っている）のように使われる。

2 'easy'（= gently, softly）

アイルランド英語では 'easy' を 'gently,' 'softly' の意味に使う。EDD には 'come *easy*'（ゆっくり来る），'take ～ *easy*'（～を急がずにやる），'go *easy* with ～'（～をあわてずにやる）等の例が示されている。尾上政次（1953, p. 173）も，アイルランド作家シング（John Millington Synge）から 'take him *easy*'（彼をそっと扱う）の例を引いている。この作品には次の用例がある。

Just set where you are, stranger, and rest *easy* ── I ain't going to be gone a second.（26）

どうぞ，そのままで，あんたゆっくりして下され。すぐに戻ってきますから。

'Well,' Smiley says, *easy* and careless, 'he's good enough for one thing, ...（25）

「はあ」とスマイリーはそっと，こともなげに言った「こいつにゃ一つだけ取り柄がありましての…」

3 'take'（= accept）

take を「選択して取る」の能動的な意味ではなく「受ける，こらえる，応じる」（accept, suffer）など受け身的な意味で使うのはアイルランド語法である。尾上政次（1953, p. 173）はこれを指摘して，シングから 'take hard words'（むごい言葉をこらえる），'*take* no fooling'（馬鹿にされて黙っている）

第1章　マーク・トウェイン

などの用例を報告している。この作品では次の例がある。

　　and if you *took* him up, he would follow that straddle-bug to Mexico...（22）
　　もし彼の賭け相手として誘いに応じようものなら，彼はその甲虫を追ってメキシコまででも行きますわい。
　　And so the feller *took* the box, ...（25）
　　それで男は（押し付けられた）その箱を受け取った。

4　'the way'（= how, as）

'*the way*' に前置詞などを添えず，名詞形のままで接続詞 how あるいは as の意味に使うのはアイルランド語法である（尾上政次 1953, p. 166, および研究社『英語学辞典』, Americanism の項参照）。この作品には次の用例が見られる。

　　It always makes me feel sorry when I think of that fight of his'n, and *the way* it turned out.（24）
　　彼の最後の勝負のことやその顛末を考えると，わしはいつも彼がかわいそうになりますのじゃ。

5　'the minute'（= when）

the time, the minute, the hour, the instant など「時」を表す名詞をそのままで 'when' の意の接続詞として使うのもアイルランド語法である。これは P. W. Joyce (p.37) によると英語の 'when' に当たるゲール語の "**an uair**" が字句的には 'the hour' あるいは 'the time' であることに由る。この作品には次の用例がある。

　　and *the next minute* you'd see that frog whirling in the air like a doughnut ―（24）
　　ふと次に見ると，その蛙がドーナツみたいに宙に跳ね上がって輪を描きますのじゃ。

この用例は，今日のアメリカ英語では自然に見えるが，アイルランド英語としては 'you'd see' が主節と従節を兼ねたやや変則の形である。典型的に

は，'*the next minute* you saw you would see 〜' である。これは '*First you know* you'll get religion.'（ふと気づけばお前は自分が宗教くさくなっていることだろう。—— Twain, *Huck*）や '*Last he had heard* of her, she was married to an accountant.'（最後に消息を聞いたところでは，彼女はある会計士と結婚していた。—— Farrell, *Judgment*）などと同じ体系をなすアイルランド英語の接続詞的用法である。

6 'he' (= it)

アイルランド英語では性別のないもの（あるいは不明なもの）でも人称代名詞 she, he をもって表すことがある。擬人化語法は英語の伝統にもなくはないが，アイルランド英語の場合とは事情が異なる。これについて，シング (Singe) が『アラン群島周遊記』 (*The Aran Islands*, 1907) の中で，ゲール語には中性の代名詞 (neuter pronoun) がないので，'he,' あるいは 'she' を 'it' の代わりに使う，と説明している。この作品では次の用例がある。

> *he* is good enough for one thing, I should judge —— *he* can out jump any frog in Calaveras county. (25)

> こいつ(蛙)にゃ一つだけ取り柄がありましての，跳ぶことにかけちゃキャラヴェラス郡のどんな蛙にもひけをとらない，とわしは思っとります。

蛙を指してのことだが，ホイーラー爺さんだけでなく，この部落に初めてきた男 (the feller) も同じ蛙を指して '*he*' と言う。もっともホイーラー爺さんはその蛙を 'it' で言及するときもある。しかし 'a mare'（雌馬）のことを言う場合はすべて 'she, her' であるから，この蛙はオスであることが案外はっきりしているのかも知れないが。

7 'boy' (= fellow)

アイルランド英語では 'boy' は「少年」や「子供」ではなく「男性」の意に使われる。P. W. Joyce (p. 223) は 'Every Irishman is a *boy* till he is married, and indeed often long after.'（アイルランドの男性は結婚するまで，また実に

第1章　マーク・トウェイン

そのずっと後までも長い間「ボーイ」である）と説明している。この作品には次の用例がある。

　　Lots of the *boys* here has seen that Smiley, and can tell you about him.（22）
　　ここらあたりの連中でそのスマイレーを見たり，奴のことを話して聞かせてくれられる者は大勢おりますだ。
　　Thish-yer Smiley had a mare — the *boys* called her the fifteen- minute nag, ...（23）
　　このスマイレーが牝馬をもっとりましたんじゃ―連中は 15 分（早くスタートを切らせる）のよぼよぼ馬と呼んでおりました。

8　定冠詞の乱用

　P. W. Joyce (pp. 82-3) によると，アイルランド英語は標準英語が通常定冠詞をつけない位置によく '*the*' をつける。例えば，'I am perished with *the* cold.' 'I don't know much Greek, but I am good at *the* Latin.' のように。さらには名詞や形容詞を強めるために，よく '*the*' を添える。これはゲール語の唯一の冠詞 "**an**" (= the) が英語の the よりも自由な使われ方をすることに起因する。この作品では次の用例が見られる。

　　she was so slow and always had *the* asthma, or *the* distemper, or *the* consumption, or something of that kind.（23）
　　その馬は大変のろくて，いつでも，喘息か，ジステンパーか，肺か，何ぞ，そんなものにかかっておりました。

9　'all of a sudden'（= suddenly）

　「急に，出しぬけに，突然に」を '*all of a sudden*' というのは，今日では英米ともに標準英語となっているが，これは 'hell of a 〜,'（すごい〜），'much of 〜,' 'plenty of 〜' などの句と同じ体系をなすアイルランド語法である。この作品には次の用例がある。

　　and then *all of a sudden* he would grab that other dog...（23）
　　するとまったく出しぬけにそいつは相手方にしがみつきよる…

この句の原型は 'a fool of a man'（馬鹿な男）のような慣用表現にある。P. W. Joyce によると，'a fool of a man' はゲール語 "**amadán fir**" の直訳である。"**fir**" は 'a man' の属格であることから，これを 'of a man' と英訳したために，従来英語の伝統になかった「名詞 + of〜」の形で，後ろの名詞を修飾する語法が生まれた。

10　'them'（= those, they）

アイルランド英語では 'them' が主格の位置で使われることがある。P. W. Joyce (p. 34) によるとゲール語には they に当たる "**siad**" と them に当たる "**iad**" という語はあるが，構文によっては "**iad**" が主格として使われることもあるので，アイルランド人は them を主格の位置で 'Them are just the gloves I want.' のように使う。この作品では主語として使われた them はないが，次のように those の代わりの例がある。

and all *them* kind of things（24）
その他どんな種類のものでも
under *them* circumstances（24）
あんな環境のもとで

them (= those) は19世紀半ばのアイルランド作家カールトン（W. Carleton）にも 'in *them* times,' 'in *them* two eyes' などが見られる。

11　'it is' による分割文

アイルランド英語ではゲール語の影響により，一つの文が「主語 it + 述部 + 主語 + 述部」（例，*It's* fat ye are.「お前はよく太ってるなあ」）のように，2つに分割されることがある。英語の強調構文に似てはいるが，強調というわけではない。疑問文では，'Where *is it* he's gone to?'「あいつどこへ行ったんだ」となる。この作品では次の例がある。

What might *it be* that you've got in the box?（25）
あんたその籠に入れているものは何だね?

12　過剰な強調

第1章　マーク・トウェイン

　P. W. Joyce (pp. 89-90) は，程度強調に大げさな語を使うのはアイルランド英語の特色だと指摘し，'This day is *mortal* cold.' 'I was up *murdering* late last night.' のような例を挙げている。この作品に見られる次の用例は同列のアイリシズムであろう。

　　Smiley was *monstrous* proud of his frog.（24）

　　スマイリーはこの蛙が大の自慢でしたわい。

　因に 'I *was dying to* hear the news.' といった '*be dying to*' もアイルランド生まれの表現である（P. W. Joyce, p. 124）。

13　和らげ語 '-like,' 'sorter,' 'kinder'

　アイルランド英語では，形容詞に'*-like*'を接尾辞のようにつけて使う（J. Taniguchi, p. 41）。これはスコットランドでも同じ（OED）。オニールの *Bound East for Cardiff* (1916) ではアイルランド船員の科白に 'Are ye feelin' more aisy *loike* now?'（ちっとは加減がいいようかい？）のような例もある。「名高き跳び蛙」には次の例が見られる。

　　desperate-like（23）
　　kinder sad-like（25）
　　sorter discouraged-like（23）
　　sorter indifferent-like（25）

　この '*-like*' は話し言葉で断定的な言い方を避ける「和らげ語」（downtoner）であろう。語の前に添えられる '*kinder*,' '*sorter*' もほぼ同じ働きをするものである。どちらも19世紀に入ってからアイルランド系の文人によく見られるようになった。

14　慣用的比較表現

　この作品に 'he was planted *as solid as a church*, and he couldn't no more stir than if he was anchoured.'（蛙は身動きできませんのじゃ，教会みたいに石床に据えつけられたみたいに，びくっとも動けませんでしたわい）という記述がある。この比較構文は明らかにアイリッシュの慣用表現 'He's *as poor as a church mouse.*' をふまえている。

（2） 17世紀の古い英語の残存

上に指摘してきたのは，ゲール語の影響によって生じたアイルランド英語の特色である。次に16, 7世紀ころの古いイギリス英語を継承するアイルランド英語の特色を指摘しよう。アイルランドは18世紀以後イギリスでは廃れてしまった語法や発音を多く残しているのが特色だからである。ホイーラー爺さんの英語はその特色もじゅうぶんに備えている。以下はその指摘である。ただし項目と用例の列挙にとどめる。

1 'learn'（＝ teach）

he never done nothing for three months but set in his back yard and *learn* that frog to jump. And you bet he did *learn* him, too. （24）

あいつは三か月ほど，何もせずにただ裏庭で蛙に跳び方を教えておりましたが，とうとう，そいつを教え込みましたわい。

2 複合指示詞

複合指示詞は第1章の1.で触れたように，この作品では *thish-here* の形が3回出るだけである。23, 24, 26

3 'warn't'（＝ wasn't, weren't）

you'd think he *warn't* worth a cent （23）

and it seemed as if they *warn't* going to save her. （22）

but it *warn't* no use... （25）

4 二重主語

Smiley he went to the swamp... （25）

Smiley he stood scratching his head （26）

5 動詞の不変化活用

come（＝ came）22, 23, 25

see（＝ saw）24, 24, 24

第1章　マーク・トウェイン

give（= gave）23, 25

6　弱変化活用

throwed（= thrown）23, *ketched*（= caught）24, 25, 26, 26

7　単純形副詞（flat adverb）

careful（= carefully）25, *easy*（= easily）25, *deliberate*（= deliberately）25

8　副詞的属格（adverbial genitive）

anywheres 22, *anyways* 25, *everywheres* 24

9　比較級・最上級

curiousest（= most curious）22, *dangdest*（= damndest と hanged の合成。クレインの「青色のホテル」でも見られる）22

10　重否定（multiple negation）

a yellar one-eyed cow that *didn't* have *no* tail.　26

11　代名詞の語形

his'n（= his）24, *hisself*（= himself）25

12　語末音 /t/ の消失と添加

kep'（= kept）25

acrost（= across）25, *amongst*（= among）23

13　強意の否定構文

Why, *blame my cats, if he don't* weigh five pound !（26）

14　不定冠詞

a（= an）25

15　動詞の語形

laid（= lay）22, *set*（= sat）25, *set*（= sit）26

以上，トウェインの出世作「名高き跳び蛙」の英語が，標準英語と異なる点がアイルランド英語の特色と共通する点を指摘してきた。このことから，ホイーラー爺さんは，少なくとも言語的には Irish であるといえる。モデル

「名高き跳び蛙」

といわれる実在の人物，Ben Coon の言語は Twain が少年期を過ごしたミズーリー州の Hannibal 地方の土地言葉と，ほぼ同質のものだったと考えられる。Coon が Hannibal の生まれだと言っているのではない。Coon のような Irish brogue を話す人は，地域によらず全米の至る所に遍在する。それゆえに，Crane, Steinbeck, Faulkner, Caldwell など他の多くの作家の作品にも，黒人・白人にかかわらず，この種の英語はしばしば見られるのである。

第1章　マーク・トウェイン

『ハックルベリー・フィンの冒険』
The Adventures of Huckleberry Finn (1884)

　Mark Twain (1835-1910) が出世作「名高き跳び蛙」(1867) によって文壇入りをしてから18年後に出たのが代表作『ハックルベリー・フィンの冒険』である。この作品はトウェインの故郷、アメリカ南西部のミズーリー州ミシシッピー河畔の町 Hannibal を中心とした一帯を舞台とし、その地方の土地言葉（vernacular）で書いた小説である。この作品の方言について、トウェインは内扉の「解説」にこう書いている。

> 　In this book a number of dialects are used, to wit: the Missouri negro dialect; the extremest form of the backwoods Southwestern dialect; the ordinary "Pike Country" dialect; and four modified varieties of this last. The shadings have not been done in a haphazard fashion, or by guesswork; but painstakingly, and with the trustworthy guidance and support of personal familiarity with these several forms of speech.［以下略］
> 　本書には数種の方言が用いられている。すなわち、ミズーリー州の黒人英語、南西地方奥地の極端な方言、普通の「パイク郡」方言および、それから派生した四種類の方言などである。その使い分けは、でたらめや憶測によるのではなく、以上の各種方言と親しく接した経験による確かな知識をもとにして、苦心して行なわれたものである。（西田実訳, 岩波文庫）

　この作品の英語を上の7種類に見分ける力はわたくしにはない。関心もな

『ハックルベリー・フィンの冒険』

い。関心があるのは，主人公の少年ハックや黒人ジムなど，その土地に住む人々が話す英語には，白黒の別なく，みなアイルランド英語と共通する特色が少なからず含まれているという事実である。つまりトウェインが数種類あるといっている諸方言は，表面上の多少の違いはあるが，いずれも同根の異形（variants）ではないか，というのがわたくしの見解である。以下はそう考える根拠を，少年ハック，黒人ジム，老婆ホッチキス，ハックの父親，それぞれの英語について検証するものである。Text は研究社英米文学叢書 1969 年版。用例末尾の数字は頁数を示す。

第1節　少年ハックの英語

1　強意の他動詞構文

アイルランド英語には他動詞と人目的語との間に「内臓物 + out of」を挿入して，「(内臓が飛び出すほど誰々を) ぶん殴る，どやしつける」あるいは「(誰々から〜を) 叩き出す，搾り取る」などという発想の表現が多い。例えば 'Fitzsions *knocked the stuffings out of* him, ...'— *Ulysses*.（フィシモンズは彼を散々に叩きのめした），'if he didn't patch up the pot, Jesus, he'd *kick the shite out of* him.' — *ibid*.（もし行いを改めなければ，断然お前を打ちのめしてやる）のように。ハックにはこれと同じ形式の表現が多い。

 it most *scared the livers and lights out of* me.（241）
 それは俺を怯え上がらせ，もう少しで肝臓や肺臓が飛び出しそうだった。
 tell us what was your idea, or I'll *shake the insides out o'* you!（242）
 考えていたことを正直に言え，さもないと臓腑を叩き出すぞ。
 He said if I hollered he'd *cut my livers out* —（248）
 あいつは，声を出したらお前の肺臓をえぐり出すぞと言うんだ。

P. W. Joyce (p. 31) によると，例えば 'I tried to *knock another shilling out of* him, but all in vain.'（奴から，もう1シリング搾り取ろうとしたがだめだっ

第1章　マーク・トウェイン

た）はゲール語の"**bain sgilling eile as**"の直訳であると指摘する。19世紀半ばのアイルランド作家 W. Carleton にも 'I would have *bate the devil out of* him with a hazed cudgel, ...（私はハシバミの棍棒で殴りつけて，あいつを叩きのめしてやりたかった）がある。

　次の '*take the tuck out of*〜'（〜から精力を奪う，失わせる）の成句も同じ体系の表現である。

　But when he says this, it seemed to kind of *take the tuck* all *out of* me.（105）
　これを聞くと，僕は気がすっかり挫けてしまった。

　次の例はハックではなくハックの父親の台詞だが，この '*take it out of*'（= exact penalty or satisfaction from）も，同類のアイルランド的発想の表現である。

　I'll *take it out of* you.（22）
　いいか，お前にほえづらをかかせてやるからな。

　体の中身ではなく，外面に備わっているものを「剝ぎ取る」「奪い取る」場合は，out of が '*off of*' となる。

　so I was scared and most shook *the clothes off of* me.（4）
　あんまり怖くて服が脱げそうなくらい震えあがった。

　Aunt Sally jumped for her, and most *hugged the head off of* her, and cried over her, ...（340）
　サリー叔母さんは彼女に飛びつき，首をもぎとらないばかりに抱きしめ，とりすがって泣いた。

　人ではなく内臓や息そのものを主語にした次の表現も，同じアイルランド英語的表現である。

　My *breff* mos' *hop outer* me ; ...（183）
　おら，息が止まってしまうかと思っただ。［ただしこれは黒人 Jim の台詞］

　My *heart shot up* in my mouth and...（241）

『ハックルベリー・フィンの冒険』

一目見た瞬間，ぼくは心臓が口の中に飛び出すほど驚いた。
and my *heart swelled up* sudden, like to burst ; ... (240)
ぼくは急に胸が膨れ上がって破裂しそうになった。

2 'let ～ out of' の構文

アイルランド英語では言葉などを「発する（emit, utter）」，秘密などを「もらす，ばらす（disclose）」を 'let ～ out of' と発想する。例えば「ワッと叫び声をあげた」は 'He *let* a roar *out of* him.' と言う。P. W. Joyce (p. 39) によると，これはゲール語の "**do léig sé géim as**" の直訳である。尾上政次（1953, p. 163）は J. Joyce の *Ulysses* (p. 283) から 'The bloody mongrel *let a grouse out of* him would give you the creeps.' や Mark Twain の *Roughing It* (p. 79) から 'And I never *hear a word out of* them. などの例を挙げる。ハックには次の用例がある。

(one of the children) *let a cry out of* him the size of a war-whoop, ... (296)
その子は突撃の掛け声のような大きな声を上げた。

What are we going to do?— lay around there till he *lets the cat out of* the bag. (326)
どうしよう―彼が秘密をもらすまで，この辺りをぶらぶらしたものだろうか。

3 'and ＋主語＋補語' の従節相当句

アイルランド英語には，'He interrupted me *and I writing my letter*.' (＝ when I was writing my letter) のように英語としては少し変な表現がある。P. W. Joyce (p. 33) によると，これはゲール語の直訳によって生じた構文で，時・譲歩などを表す英語の副詞節に相当する。したがって，上の括弧内に示したように，接続詞の when か if と be 動詞を補うか，あるいは with の句に書き直して理解する。ハックにはこのアイリッシュ構文が多い。

Well, likely it was minutes and minutes that there warn't a sound, *and we all there so close together.* (5)

第1章　マーク・トウェイン

さて，何分も何分も物音ひとつ立たずに過ぎ，しかもわれわれは，体をとてもくっ付け合っていた。

Before I knew what I was about I was sound asleep, *and the candle burning.* (33)

いつのまにか，蝋燭を灯したまま，眠りに落ちてしまった。

It went sliding off through the grass and flower, *and I after it*, trying to get a shot at it. (46)

蛇は草や花の中をにょろにょろ逃げていくので，ぼくはそいつを射止めようと追いかけた。

4　直結形伝達疑問文

アイルランド英語では疑問詞のない疑問文を間接話法にするときに，接続詞（if, whether）を使わず，伝達動詞と代名詞の格を変えるだけで，語順は直接話法のままで名詞節とすることがある。例えば W. Carleton には次の用例がある。'Ax it *does anything trouble it?*' — *Party Fight*（何か不都合が生じるのかと霊に訊ねてみないか）'let me ask *what really is the bone of contention between Irish factions?* — *ibid.*（アイリシュの派閥間抗争の種は何なのか質問させてくれ）。尾上政次（1984）によると，このアイルランド特有の構文がアメリカで初めて現れたのはマーク・トウェイン（1874 年の 'A True Story'）であるという。ハックには次の用例がある。

the prettiest kind of girls would,（中略）would up and *ask* him *would he let* them kiss for to remember him by ; (156)

たいそう美しい娘たちが，あなたを憶えておくために接吻させてくれないかと訊ねた。

ただし次の例はいわゆる「描出話法」（representative speech）であって直結型伝達疑問文ではない。直結型というのは，被伝達文の前にコンマを置かず，したがって pause もなく，伝達動詞に被伝達文を目的語節として直結させるものをいう。

『ハックルベリー・フィンの冒険』

Then he . . . said, *couldn't I put* on some of them old things and dress up like a girl?（64）

それから彼は言い出した，あの古着を着込んで女のなりをしたらどうかと。

5 環境の 'it'

尾上政次（1982）によると，慣用句 'Take *it* easy.'（気楽にやれ）のような，いわゆる環境の *'it'* はアイルランド起源であるという。これはアイルランド英語に特有な 'Put *it* there'（［同意・和解の印に］握手しよう）や 'have *it* good'（［否定構文で］こんなよい境遇は［ない］）などと同じ体系をなすものである。'get *it*'（やられる，果たす）の *'it'* も同じだとして尾上はアイルランド作家から次の例を挙げる。'Vengeance, man . . . he's going to get *it*.'（復讐か，きっと…彼は果たすよ）— Carleton, 1831 ［尾上 p. 5 より］。ハックにはこれと同じ体系と見られる *'it'* の用例が多い。

Heel it now, or they'll hang ye, sure!（242）
さあ逃げるんだ，でないと縛り首にされるぞ！

and sure as you are born I did *clip it* along.（240）
きっと俺は韋駄天走りに走った。

so I never hunted for no back streets, but *humped it* straight. . .（240）
裏道を探すこともなく大通りを真直ぐ駆けて行った。

let Sid *foot it* home, or *canoe it*, . . .（327）
シドは歩いて家まで帰らせればいい，そうでなかったらカヌーで帰ったらええ…

ハックではなくハックが出会う大人の白人の次の *'it'* も同じである。

Well, *hang it*, we don't want the smallpox, you see.（107）
ええ，畜生，俺たちは天然痘なんか真っ平なんだよ。

Confound it, just I expect the wind has blowed it to us.（106）
畜生め，風が俺たちに病気をふきつけたんじゃないかなあ。

第1章　マーク・トウェイン

6　時を表す名詞の接続詞的用法

　アイルランド英語では the time, the moment, the hour など時を表す名詞，あるいは，first, last など時間的序列を表す語が，そのままで接続詞として使われる。英語の when にあたるゲール語の '**an uair**' が字句的に 'the hour' あるいは 'the time' だからである。P. W. Joyce (p. 37) によると，これが直訳されてアイルランド英語では '*the time* you arrived I was away in town.' のように接続詞的に使われるようになった。ハックには次の用例がある。

> *The minute* I was far enough above the town to see I could make the towhead, I begun to look sharp for a boat to borrow, and *the first time* the lightning showed one that wasn't chained I snatched it and shoved.（240）

　町の上手で，砂州へ行きつくだけのところへ来るが早いか，俺は借りるボートはないかと目を鋭くくばり出した。そして稲妻の光でないのが一つ見つかるとそれをひっさらって，鋭く漕ぎ始めた。

> *Every time* he told it he spread it more and more...（7）

　彼の話は，話すたび大きくなっていった。

> *The first time* I catched Tom private I asked him what was his idea, time of the evasion?（343）

　トムと二人きりになるが早いか，脱出したときはどうする気だろかと訊ねた。

7　'the way' を接続詞として使う

　アイルランド英語では，様態を表す名詞 'the way' がそのままで接続詞（ないし前置詞）の 'as,' 'like,' 'how' などの代わり，あるいは 'judging from the way' などの意味に使われる。これはゲール語の "**amalaidh**"の直訳による語法である (P. W. Joyce, pp. 35-6)。

> But I reckoned it was about as well *the way* it was.（343）

　しかし俺は，やれやれこうなってよかったと思った。

> and *the way* we've fixed it the sale ain't going to count and they ain't going to

get no money. (222)
われわれが決めたやり方に従えば，売立ては無効になりますから金は彼らの手に入らないんです。

the way things was scattered about we reckoned the people left in a hurry. (59)
品物の散らかり具合から見て，この家の人々が大急ぎで立ち退いたのだとわれわれは考えた。

Why, *the way* they played that thing it would fool anybody. (217)
どうしてどうして，あれにゃ，誰だって騙されらあね。

8 'from this out' の句

アイルランド英語では「今後は，これからは」を 'from this out' という。標準英語では 'from now on' が普通。尾上政次（1975）によると，この句はゲール語の **"as so amach"** の直訳であり，アイルランド作家に先例が極めて多い。アイルランドでは最初は 'from that day out,' 'from this minute out,' 'from that time out' などとともに「from＋時の一点＋out」というパターンをつくっていたが，それが次第に 'from this out' を代表型として集約された。*Mark Twain Lexicon* には 1884 年の 'I think I can behave myself *from this out*.'（これからはおとなしく振舞えると思う）がある。*Dictionary of American English* によると，この句がアメリカで初めて文献に現れたのは 1882 年，その次が 1884 年である。『ハック・フィン』が出たのは 1885 年であるから，この語法は当時の読者にはまだ目新しいものだっただろう。ハックには次の用例がある。

Mary Jane'll be in mourning *from this out*. (209)
メアリー・ジェーンはこれから先，喪に服することになるだろう。

9 女性人称代名詞 'she, her'（＝ it）

ゲール語には英語の 'it' にあたる中性の人称代名詞がないために，アイルランド英語では it を使うべきところに 'she' か 'he' が当てられた。アイルラ

第1章　マーク・トウェイン

ンド作家 J. M. Synge は *The Aran Islands* (1907) の中で次のように説明している。'(some of them) substitute 'he' or 'she' for 'it', as the neuter pronoun is not found in modern Irish.'（Modern Irish には中性代名詞がないので，it の代わりに he あるいは she が用いられる）と。ハックには次の用例がある。

　　Cut loose and let *her* slide!（241）
　　索を切って，筏を出せ！
　　But he put his foot on the gunnel and rocked *her* ...（325）
　　しかし彼は舷側に足をかけてカヌーをゆすってみた。

次の2例はどちらも黒人の台詞ではあるが，黒人特有の英語ではない。黒人が白人から受けた影響と考えるのが自然であろう。

　　Clah to goodness I hain't no notion, Miss' Sally. *She* wuz on de clo's-line yistidy, but *she* done gone : *she* ain' dah no mo' now.(298)
　　さっぱり分かんないんです，奥様。その敷布が昨日は物干綱にかかっていたんですが，それがなくなってしまって，今日はどこにもないんです。

　　I tole you I gwinter to be rich ag'in ; en it's come true ; en heah *she* is!（343）
　　わしは言っただろう，いまに金持ちになると。それがその通りになっただよ，とうとう，おいでなすったんだ。

この作品に登場する黒人の英語の大部分がアイルランド英語と共通することについては次節で詳述する。

10　不快・迷惑を表す前置詞 'on'

アイルランド英語の 'on' には「誰々のことを無視して～する」という語法がある。P. W. Joyce (p. 27) によるとこれはゲール語の前置詞 "***air***" の直訳であるという。尾上政次（1953）はアイルランドの作家から次のような例を挙げる。'My road is lost *on* me now!'（困ったことに道に迷ってしまった。── Synge, *Plays*）'He went and died *on* her.'（彼は彼女を残して死んだ。── J. Joyce, *Ulysses*）。Synge の *The Aran Islands* にも 'his cow had died *on* him,'

(彼は残念ながら牛に死なれちまった）や 'her husband was after dying *on* her.' (彼女は夫に死なれてしまって困っている）などが見られる。ハックには次の用例がある。

> I warn't ever murdered at all — I played it on them.（265）
> 僕は，ぜんぜん殺されたりなんかしなかったんだよ——僕がみんなを騙したんだよ。
>
> I was padding off, all in a sweat to tell on him.（105）
> 俺は彼のことを密告しようと，大急ぎで漕ぎ出した。

同じ語法は黒人ジムにも見られる。'Don't you play nothing *on* me, because I wouldn't *on* you.（264）（俺を瞞したりしちゃいやだぜ，俺も君を瞞したりなんかしないから）'But you wouldn't tell *on* me ef I 'uz to tell you, wouldn't you, Huck?（264）（だが，おらがあんたに話しても，おらのこと密告したりなんかしないよね，ハックさん）

11 'easy'（＝ softly, gently）

アイルランド英語では 'easy' を「ゆっくり」「気安く」「そっと」という特別な意味で副詞として使う体系がある。尾上政次(1982)はこれもアイルランド起源である。尾上はとくに 'take it *easy*' について，19世紀初頭のアイルランド作家から多くの先例を報告する。そのうち2例を引くと，'Whatever comes, just to take it *easy*, and be content.'（どんな事態になろうと，気を楽にして受け止め，甘んじて受けるのです。—— M. Edgeworth, *Rosanna*）'Take the world *easy* all of yees.'（みなさんがた，まあゆっくり構えておやりなさい。—— Carleton, *Traits*）。Edgeworthの作品は1802年，Carletonのは1833年の作品である。どちらもTwainの『ハック・フイン』(1885)よりも遥かに前の用例である。アメリカではTwainが初めてというわけではなく，1819年のW. Irvingが最初である。そうするとアイルランドでは，アメリカよりおよそ20年近く早く，この語法が既に確立していたことになる。ハックには次の用例がある。

第1章　マーク・トウェイン

and so can't rest *easy* in its grave, and has to go about that way every night grieving.(4)

したがって，墓場で安らかに眠っていられないで，毎晩嘆きながらさまよい歩かなくてはならんのだ。

He came a-swinging up shore in the *easy* water, . . .（40）

その男はゆるやかな流れに乗り岸の方へと漕ぎ上がってきた。

Pretty soon a splendid young man came galloping down the Road setting his horse *easy* and looking like a soldier.（126）

まもなく，素晴らしい青年が馬を飛ばして街道をやって来た。ゆったりと馬にまたがり，兵士のように見えた。

By and by I got the old split-bottom chair and clumb up as *easy* as I could, not make noise, and got down the gun.（34）

やがて僕は古い籐椅子を持ち出し，できるだけ音を立てないよう，そうっとその上にあがり，銃をおろした。

12　'a power of' の前置詞句

アイルランド英語では 'a power of' を large quantity of, a great deal of の意の形容詞句として使う。P. W. Joyce (p. 306) は 'Jack Hikey has *a power of* money : there was *a power of* cattle in the fair yesterday : there's *a power of* ivy on that old castle.' などの例を示し，ゲール語の "**neart airgid**" はちょうど英語の 'a power of money' に対応すると指摘する。しかし古い英語にも同じ使い方はあるので，これをアイルランド起源とは断定できないとしている。とはいえイギリスでは18世紀以後廃れたこの語法がアイルランドに長く残ったのであるから，ハックに多いのはアイルランド英語の影響と見るのが自然であろう。次の用例がある。

(she was) yet finding *a power of* fault with me. . .（3）

（彼女は）僕の欠点をあげつらうのだ。

Three hundred dollars is *a power of* money.（68）

『ハックルベリー・フィンの冒険』

300ドルといえば大金ですね。
We had a big storm after midnight, with *a power of* thunder and lightning,...（77）
夜半過ぎに大嵐に襲われた。ひどい雷が鳴り稲妻が走った…
There was *a power of* style about her.（102）
それはすごく格好いい筏だった。

13 'powerful' 'monstrous' を単なる程度強調に使う

アイルランド英語では 'powerful' 'monstrous' も程度強調の副詞として使われる。P. W. Joyce (p. 89) は次の用例を示す。'I want a drink badly ; my throat is *powerfully* dry.' ハックにも次の用例がある。

I was *powerfully* lazy and comfortable ― didn't want to get up and cook breakfast.（42）
僕は体がひどく大儀でいい気持ちになった――起き上がって朝飯をつくるのもいやだった。

Jim whispered and said he was feeling a *powerfully* sick, and told me to come along.（79）
ジムはひどく気分が悪くなった，行こうと僕に囁いた。

Jim was *monstrous* proud about it, and he got so...（7）
ジムはこの件をひどく自慢した，…

My nigger had a *monstrous* easy time,...（125）
僕の黒ん坊はおそろしく楽だった…

14 'mad' を angry の意味に使う

アイルランド英語では '*mad*' を angry の意味に使う。P. W. Joyce (p. 289) によると，これはゲール語の "***buileamhail***" が mad と angry のどちらも意味するので，'Oh the master is very *mad* with you.'（旦那さんがお前のことをえらく怒っているぞ）のように使われる。ハックにも多い。

She got *mad* then, but I didn't mean no harm.（3）

37

第1章 マーク・トウェイン

彼女は恐ろしく腹を立てた。だが僕は悪気があったわけじゃない。
they was booming *mad*, and gave us a cussing, ...（190）
船員たちはひどく腹を立て，われわれを罵った。

15 'let on' を pretend の意味に使う

アイルランド英語では 'let on' を pretend の意味に使う(P. W. Joyce, p. 47)。ゲール語の "**lig ar**" の直訳である。次の第1, 2例は地の文（すなわちハックのことば），第3例はハックの父親，第4例は 'the king' の言葉である。

And he always *let on* that Peter wrote him the things.（194）
彼はそれがみなピーターからの手紙に書いてあった振りをした。
Whenever one was talking and *letting on* to know all about such things, Jim would happen in and say, ...（7）
人がそのような事柄なら何でも知っているという口振りをしようものなら，必ずジムは割り込んで，こう言うのだ…
and *let on* to be better'n what he is（22）
親より立派である振りをする…
They *let on* to be sorry they was going out of this region!（211）
あいつらはこの土地を離れるのを悲しがっている振りをしやがった。

16 文末の念押し重複語法

P. W. Joyce (pp. 10-1) によると，アイルランド英語にはゲール語の習慣から，文末で前の陳述を繰り返す形で確言する習慣がある。例えば，'He is a great old schemer, *that's what he is*.' や 'it is a great shame, *so it is*.' のように。ハックにも用例が多い。

You're a fraud, *that's what you are*!（199）
貴様はいかさま師だ，それが貴様の正体だ！

17 'Says I,' 'Thinks I'

ゲール語における直接話法の伝達動詞 "*ar*" は英語の said と says を兼ねた語である。したがって例えば "**air sé**" はアイルランド英語では 'says he' と

『ハックルベリー・フィンの冒険』

ゲール語の語順のままに直訳された (P. W. Joyce, p. 134)。その類推で 'says I,' 'thinks I' などがアイルランドでは使われるようになった。主語と動詞の語順が入れ替わっているだけでなく、これが文頭に置かれることも多い。

　　Says I, kind of timid-like : "Is something gone wrong?"（217）
　　僕はおずおずと訊いた。「何か問題でもあったのですか？」
　　Thinks I, maybe it's pap, though I warn't expectin him.（40）
　　僕は思ったんだ、親父かもしれないと。帰って来るとは思わなかったけど。

18　弱音節を落とし語を短くする

P.W. Joyce (p. 103) は、もっとも弱い音節を落として語を短く発音するのはアイルランド英語の特色の一つとして指摘する。この作品にも多くの例が見られる。

　　ornery (= ordinary 13), *generly* (= generally 384), *actuly* (= actually 275), *graduly* (= gradually 277), *di'mond* (= diamond 14), *s'pose* (= suppose 16)

以上はハックが話した会話文およびハックが語ったこの小説の地の文（narrative）から、主としてゲール語に基づいていると思われるアイルランド英語の特色を指摘した。アイルランド英語の特色はこの他に古い17世紀の英語を継承している点においても顕著だが、上に指摘した統語法（syntax）に関してだけでも、ハックの英語のアイリシズムは、トウェインが単に目新しい語法として取り入れたというより、もっと根深いところで結びついていることをうかがわせる。

第2節　黒人ジムの英語

トウェインがこの小説の内扉に明記した7種類の方言のうち、「ミズーリー州の黒人英語」（the Missouri negro dialect）を最初に挙げている。そのミズ

第 1 章　マーク・トウェイン

ーリー州の黒人方言を使っているのが逃亡奴隷ジム（Jim）である。ところが，ジムの台詞を見る限りとくに黒人英語に特有なといえる特色は何もない。

　では，ジムはどこから来た英語を身につけているのだろうか。私見では，それはアイルランドから来た英語を不完全に引き継いだものであると考える。以下にそれを検証する。ジムは，この作品の第 4 章に登場し，以後ほぼ全章にわたってハックの冒険の旅に同道するが，言語資料としてはとくに第 4 章，8 章，23 章にかなり長い独白がまとまって見られるので，見本として第 23 章から原文を引用してみよう。

1　　　". . . I treat my little 'Lizabeth so ornery. She warn't on'y 'bout fo' year ole, en she tuck de sk'yarlet fever, en had a powful rough spell ; but she got well, en one day she was a-stannin' aroun', en I says to her, I says :
　　　"'Shet de do'.'"
5　　　"She never done it ; jis' stood dah, kiner smilin' up at me. It make me mad ; en I says ag'in, mighty loud, I says :
　　　"'Doan' you hear me? Shet de do!'."
　　　"She jis stood de same way, kiner smilin' up. I was bilin'! I says :
　　　"'I lay I make you mine!'"
10　　　"En wid dat I fetch' her a slap side de head dat sont her a-sprawlin'. Den I went into de yuther room, en 'uz gone 'bout ten minutes ; en when I come back dah was dat do' a-stannin' open yit, en dat chile stannin' *mos*' right in it, a-lookin' down and mournin', en de tears runnin' down. My, but I *wus* mad! I was a-gwyne for de chile, but jis' den — it was a do' dat open innerds
15　　　— jis' den, 'long come de wind en slam it to, behine de chile, ker-*blam*!— en my lan', de chile never move! My breff *mos*' hop outer me ; en I feel so — so — I doan' know how I feel. I crope out, all a-trembin', en crope aroun'

40

『ハックルベリー・フィンの冒険』

en open de do'<u>easy</u> en slow, <u>en</u> poke my head in <u>behine</u> de <u>chile</u>, <u>sof'</u> <u>en</u> still, <u>en</u> all <u>uv</u> a sudden <u>I says</u> <u>pow</u>! <u>jis'</u> as loud as I could yell. *She never budge*!
20　Oh, Huck, I <u>bust</u> out <u>a-cryin'</u> <u>en</u> grab her up in my arms, <u>en</u> say, 'Oh, de <u>po'</u> little thing! De Lord God Amighty forgive <u>po'</u> <u>ole</u> Jim, <u>kaze</u> he never <u>gwyne</u> to forgive <u>hisself</u> as long's he live!' Oh, she was plumb <u>deef</u> <u>en</u> dumb, Huck, plumb <u>deef</u> <u>en</u> dumb ── <u>en</u> I'd <u>ben</u> <u>a-treat'n</u> her so!' （下線著者，斜体原文）

下線部分は黒人ジムの英語が標準英語と異なる「非標準的」な箇所である。この中から，まずアイルランド英語の特色といえるものを指摘しよう。

1 'easy' を gently, softly の意の副詞に使う

18 行の 'en open de do' *easy* en slow'（そして戸をそーっとゆっくり開けた）のように，*'easy'* を gently, softly の意味に使うのはアイリシズムである（EDD）。アイルランドでは 'talk *easy*'（ゆっくり話す），'walk *easy*'（急がず歩く），'go *easy* with'（あわてずにやる，慎重にやる）のように使う（尾上政次 1953, p. 67）。

2 /ɔi/ を /ai/ と発音する

8 行の 'I was *bilin*'.!'（おらは頭にきただ！）のように，boil を *bile* と発音するのはアイリシズムである。P. W. Joyce (p. 102) は 'The kettle is *biling*.' を示す。ジムには他の章で *p'int* (= point), *spiling* (= spoiling) もある。同じ母音変化はイギリスでも見られる。H. C. Wyld (p. 251) は，*jine* (= join), *isle* (= oil), *tile* (= toil) などを挙げている。これが長くアイルランドに残った。

3 powerful を程度強調の副詞に使う

2 行の 'a *powful* rough spell'（えらくひどい発作）のように，*powful* (= powerful) を very, exceedingly の意の程度強調の副詞として使うのはアイリシズムである。アイルランドでは 'I want a drink badly : my throat is *powerfully* dry.' のように使う（P. W. Joyce, p. 89）。また *'powful'* のように弱音節を一つ

第1章　マーク・トウェイン

落して，語を短くするのもアイルランド英語の特色である（P. W. Joyce, p. 103）。

4　'I says（says I）' を繰り返す

3行の 'en *I says* to her, *I says*,' や6行の 'en *I says* ag'in, mighty loud, *I says*,' のように 'I says'（または says I）を繰り返すのはアイリシズムである。P. W. Joyce (p. 134) によると，伝聞形式の '*says he*' はゲール語の "**air sé**" の直訳である。ゲール語ではこの "**air sé**" は伝達文の前後に繰り返して使う習慣にあることから，アイルランド英語では 'says he' 'he says' がよく繰り返される。'says I,' 'I says' もその習慣に基づく。

5　定冠詞を不用なところにつける

2行の 'en she tuck *de* sk'yarlet fever,'（あの子はしょう紅熱にかかっていたのだ）のように，病名に定冠詞をつけるのはアイリシズムである。P. W. Joyce (pp. 82-3) によるとゲール語には冠詞は英語の the にあたる "**an**" しかないので，英語の the より遥かに自由な使われ方をし，伝統英語では通常つけない語にもつける（Taniguchi, pp. 49-52）。

6　'ornery'（= ordinary）を 'mean' の意味に使う

1行の 'I treat my little 'Lizabeth so *ornery*.'（おら，あの小さなリザベスをひでえ目にあわせただよ）のように，'*ornery*' を 'mean'（意地悪く，卑劣に）の意味に使うのはアイリシズムである。本来 ordinarily と副詞形であるべきところを，このように形容詞形のままで flat adverb として使うのもアイリシズムである。flat adverb（単純形副詞）は17世紀ころの古いイギリス語法である。ordinary の弱音節を落して語を短くするのもアイリシズムである。→ 上記3) の項。

7　'take' を受け身の意味に使う

2行の 'she *tuck* de sk'yarlet fever' の *tuck* は took の古形である（H. C. Wyld, p. 256）。take を通常の能動的な「取る」ではなく，このように被害などを「受ける」「被る」「受忍する（suffer）」の意味に使うのはアイリシズムであ

『ハックルベリー・フィンの冒険』

8　kind of を副詞的に使う

　5行の '(She was) jis' stood dah, *kiner* smilin' up at me.'（あの子が，おらの方を見上げてなんとなく微笑んでるみてえな顔をして，そこにただ突っ立っていただよ），8行の '*kiner* smilin' up at me' のように，'kind of' を「いくぶん，なんとなく」ほどの意の一種の「ぼかし語」として使うのはアイルランド起源である。kind にあたるゲール語の "***cineal***" には 'somewhat' の意の副詞用法があることに由る。'kind of' の 'of' は lot of, good deal of などの 'of' あるいは a boy of a captain（少年のような船長）の 'of' と同様に，アイルランド英語起源の「後置詞」ともいうべき 'of' の特殊用法である。

9　末尾閉鎖音 -d, -t が消失する

　アイルランドでは /l/, /n/ の後の末尾閉鎖音 -d はよく消失する。とくに and の '-d' は常に消失する（P. W. Joyce, p. 100）。上記引用の中ではすべて en の形で22回見られる。他には *aroun'*（＝ around 3），*a-stannin'*（＝ standing 3），*behine*（＝ behind 18），*chile*（＝ child 12, 15, 16），*kiner*（＝ kind of 5, 8），*lan'*（＝ land 16），*mine*（＝ mind 9）の -d 消失が見られる。

　末尾の -t は無声音 s -, f- の後で消失する。*Jis*（＝ just 8, 14, 15, 20），*mos'*（＝ almost 12, 16），*sof'*（＝ soft 19）がある。

10　その他の子音変化

　アイルランド英語では短母音 /e/ は /i/ となる（P. W. Joyce, p.100）。*tin*（＝ ten），*pin*（＝ pen），*stim*（＝ stem）のように，とくに /m/, /n/, /t/ の前でなりやすい。上記引用の中では *ag'in*（＝ again 6），*yit*（＝ yet 12）がある。アイルランド英語ではまた justice や such の母音 '-u-' が /-i-/ または /-e-/ になりやすく，*Jestice, sich* となる（P. W. Joyce, 100）。ジムには *jis*（＝ just 8, 14, 15），*shet*（＝ shut 7）がある。

第1章　マーク・トウェイン

11 'mad' を angry の意味に使う

5行の 'It make me *mad*' のように '*mad*' を angry の意味に使うのはアイリシズムである。P. W. Joyce (p. 289) によれば，ゲール語の "***buileamhail***" が mad と angry のどちらの意味にも使えることから，アイルランド英語では mad を angry の意味にも使うようになった。

*

次に古いイギリス英語がアイルランドに残りそれがアメリカへ渡って，黒人ジムにも引き継がれていると思われるものを指摘しよう。

12 /θ/ を /f/ で代用する

16行の 'My *breff* mos' hop outer me' の *breff* (= breath) のように th を /f/ で代用するのはアイルランド英語にある。P. W. Joyce (p. 97) には *fong* (= thong) が見られる。イギリスにも早く15世紀の記録がある。H. C. Wyld (p. 291) には，*erf* (= earth), *frust* (= thrust), *helfe* (= health) などが見られる。このように語頭でも語末でも代用される。しかしジムがこれを引き継いだのはアイルランド人からであって，イギリス人からではあるまい。

13 'on' y' (= only)

1行の 'She warn't *on*'y 'bout fo' year ole,' のように only の /l/ を落として /o:ni/ とするのは，中期英語時代から近代初期まではイギリスでは地域によらずごく普通の発音だった（細江逸記 1935, p. 125）。/l/ は側音ではあるが実質的には摩擦的継続音であるから，早い発話や弱勢で一定の継続時間が保てない場合は音声を実現しにくい。half, calm, walk, should などの /l/ 音の消失は15世紀にさかのぼる（H. C. Wyld, p. 297）。方言ではこの '*on*'y' (= only), *a*'ways (= always), *hop* (= holp) などが各地に見られる。

14 'fo' (= four)

1行の '*fo*' year ole' のように，イギリスで母音の後の /r/ が消失するのは14世紀に始まり，17世紀にはほぼ完成していた（H. C. Wyld, pp. 298-300）。ジムの英語には，r-less 形は *fo*' の他に，*dah* (= there 5, 12), *do*' (= door 12,

44

14), *po'* (= poor 21), *bust* (= burst 20) がある。

15 わたり音 '-y' をつける

2行の '*sk'yarlet*' (= sacarlet) のように，/-k-/ のあとにわたりの /j/ (-y) を入れるのは初期近代英語では丁寧な発音であった。can, get, begin は *cyan, gyet, begyin* のように発音された（H. C. Wyld, p. 310)。この作品には黒人ジムだけでなく，白人にも *g'yirls* (188), *g'yarter* (309) の例がある。

16 現在分詞の前に '-a' をつける

3行の '*a-stannin*' のような現在分詞の前の '*a-*' は一般に中期英語の前置詞 in ないし on の弱化と見られているが，進行形成立の事情については未だ議論の余地がある。とまれ「a＋現在分詞」の形は英米ともに各地の方言にある。上記引用文の中には *a-stannin'* (3, 12, 12) の他，*a-lookin'* (13), *a-cryin'* (20), *a-treat'n* (23), *a-gwyine* (= going 14), *a-tremblin'* (17), *a-sprawlin'* (10) がある。

17 /ð/ を /d/ で代用する

2行の '*de*' (= the) のように th を d で代用するのは，偶発的にはあらゆる英語話者に見られる。アイルランドでも同じ。方言によっては有声の th をすべて /d/ とするところもある。例えばイギリスの Kent 地方では *de* (= the), *dare* (= there), *dair* (= their), *dat* (= that), *den* (= then), *dough* (= though) などが見られる（広岡英雄 1965, pp. 70-1)。H. C. Wyld (p. 102)には 17 世紀初頭の *fadar* (father), *moder* (= mother)が示されている。上記引用文の中には *de* (2, 4, 7, 10, 13, 14, 16, 18, 20) の他，*wid* (= with 10), *den* (= then 15), *dah* (= there 5), *dat* (= that 10, 12) がある。

18 'sont' (= sent)

10 行の '*dat sont her a-sprawlin'* の '*sont*' (= sent) は，15 世紀ころから send の過去形の一変種としてあった（藤井健三 1984, p. 93)。

19 'innerds' (= inwards)

14 行の '*it was a do' dat open innerds*' の '*innerds*' (= inwards) のように弱音

45

第1章　マーク・トウェイン

節で /w/ が消失するのは初期近代英語からよく見られる。H. C. Wyld (p. 296-7) には，*uppard* (= upward)，*forad* (= forward)，*aukard* (= awkward)，*Ed'ard* (= Edward) などが見られる。

20　'crope'（= crept）

17 行の 'I *crope* out,' 'en *crope* aroun' の crope (= crept) は古い方言形である。creep の今日の活用変化は creep − crept − crept であるが，昔は creep − *crope* − *crope* と creep − crep − crep とがあった。細江逸記 (p. 264) によると，*crope* は早くは *Piers the Plowman* (B. III. 190) に用例があるという。

21　'deef'（= deaf）

22 行の 'she was plum *deef* en dumb' のように deaf を '*deef*' と発音するのはイギリスの方言にも多い（細江逸記 1935, pp. 32, 58）。歴史的には中期英語の /e/ を 16 世紀以後 /i/ と発音するようになった人が多かった（H. C. Wlyld, p. 191）。

22　'year'（= years）

1 行の 'She warn't on'y fo' *year* ole' の 'year' (= years) のように数詞の後の名詞を複数にしないのは英語の古い用法である。複数語尾の -s は 18 世紀以後につけられるようになった。

23　'warn't'（= were not, was not）

1 行の 'She *warn't* on'y fo' year ole, . . .' の '*warn't*' (= wasn't, were not) は 19 世紀ころまで使われていた。現在形の ain't に対応する口語形である。OED の初出は 1775 年 Sheridan (Rivals, I, ii. 85) からであるが ain't と同様実際には 17 世紀には既に使われていたと考えられる。'were' の -ere の母音が -ar となるのは，方言形の *thar* (= there)，*har* (= hear)，*whar* (= where) などと並行する。

24　長母音化しない r-less 形

20 行の 'I *bust* out a-cryin' en. . .' の '*bust*' (= burst) のように -r を落しただけで母音が長音化しないのは 17 世紀ころにイギリス各地の方言に見られた

（細江逸記 1934, p. 45）。H. C. Wyld (pp. 176, 299) には *nus* (= nurse)，*pus* (= purse)，*thusty* (= thirsty)，*fust* (= first) などが見られる。

25 'gwyne'（= going）

14 行の 'I was *a-gwyne* for de chile,' と，22 行の 'he never *gwyne* to forgive hisself as long as he live!' の '*gwnye*' のように going を /gwin/ あるいは /gwain/ と発音する方言は，アメリカでは一般に黒人英語の特徴と見られているが，イギリスの中部・南部・西部の方言に広く見られる（J. Wright, EDD および EDG）方言発音である。そのいずれかがスコットランド・アイルランドを経由してアメリカにもたらされたと見るのが自然だろう。黒人はアメリカでこの発音に接したとものと見られる。

26 'hisself'（= himself）

22 行の '*hisself*' (= himself) のように「所有格 + self（selves）」の形の再帰代名詞は 14 世紀ころからある古い形である。今日でもイギリス各地の方言には多い。EDD (sc. 415) によると純粋な方言では himself, themselves という形が使われることはめったにないという（藤井健三 1984, p. 60）。

*

第 4 章と 8 章からの原文引用は省略するが，そこで見られるジムの「非標準的」英語もほとんどすべて上の 28 項目のいずれかに該当する。どれにも該当しないものを以下に補足する。

1 'for to 〜' の不定詞

'I see it war't no use *for to* wait, . . .'（52）では不定詞 to 〜の前に 'for' をつけている。P. W. Joyce (. 51) は，'he bought cloth *for to* make a coat.' のように不定詞の前に for をつけるのはアイルランド英語の特色であるとして指摘する。しかしこれはイギリスの古用法であり，ME 時代にはごく普通に見られたものだったが，初期近代英語期になって急激に衰退した（藤井健三 1984, pp. 138-40）。アイルランドに入ったものはその地で生き残り，これがアメリカにもたらされたと考えられる。この作品では，黒人ジムだけでなく白人ト

第 1 章　マーク・トウェイン

ム（75, 334）にも見られる。

2 'bekase,' 'kase'（= because）

'*bekase*'（51）'*kase*'（21, 51, 184）が見られる。/bikez, kez/ という発音はイギリス英語にはないが，アメリカでは各地の方言にある。これはどう考えればよいか。イギリスでは 17 世紀に stop や God の円唇母音が非円唇化して *stap*, *Gad* と発音された。これに平行して because の母音も '*becas*' となった（H. C. Wyld, p. 240）。これがアイルランドに入ったのは，19 世紀初期のアイルランド作家 W. Carleton に *bekase* (*Shane Fadh's Wedding*, p. 58) があることからも明らかである。しかしゲール語には開母音の /ɑ/ はないのでアイルランドでは/bikɑz/ではなく，catch → *ketch*, have → *hev* などと平行して /bikez/ と発音されていたと考えられる（Cf. 三橋敦子 1986, p. 45）。

3 'laig'（= leg）

'one-*laigged nigger*'（54, 55）のように /e/ が二重母音化して /ei/ となるのは英語の自然な音声法則によるもので，イギリス各地の方言に *yais*（= yes），*baid*（= bed），*laig*（= leg），*daid*（= dead），*haid*（= head）などが昔から見られる（藤井健三 1984, pp. 265-6）。

4 'ketched'（= caught）

'Dey wuz a nigger name' Bob, dat had *ketched* a wood-flat, en his marster didn't know it.'（55）のように，catched を '*ketched*' と発音するのは，イギリスでも地方によってはあるかもしれない。細江逸記（1935, p. 50）には Yorkshire 地方の 'ketching' が報告されている。しかし P. W. Joyce (p. 97) によると，アイルランドでは catch は至る所で *ketch* であるという。

5 'w'y'（= why）

'No! *W'y*, what has you lived on?'（49）のような wh-（音声的には /hw-/）の脱声化（気音 h の要素が失せること）は ME の早い時期から見られた。*wite*（= white），*wile*（= while），*wete*（= wheat），etc. (H. C. Wyld, pp. 311-2)。

6 'arter'（= after）の /f/ の脱落

『ハックルベリー・フィンの冒険』

'arter' (13, 52) 'I knowed dey was arter you.' (52) の /f/ の脱落は，強勢のある張母音ないし二重母音と子音に挟まれた摩擦音 /f/ が音声を実現しにくいことによる。その環境では音声を実現するだけの摩擦的持続期間を確保できないからである。atter (= after) も同じ。

7 'fum'（= from），'thoo'（= through）の /r/ の脱落

fum (= from, 13), thoo (= through, 53), pooty (= pretty, 51, 52) など，子音直後の /r/ が脱落する。これは無強勢によるものである。前置詞は通常文強勢の谷間に置かれるので，しばしば音を発生させるに足るだけの力が配分されない。したがって黒人に限らず白人の英語にも見られる。

8 'Marster'（= Master）

'en his marster didn' know it ; . . .' (55) の 'marster' の r 字は母音が長母音になったことを示すもので r 音とは関係がない。アイルランドでは男性に対して 'Master' という敬称で呼びかける習慣がある。J. M. Synge の The Iran Islands には次の用例がある。'Ah, master, you're a cute one, and the blessing of God be on you.' アメリカの黒人が主人や主家の若旦那を 'marster' と呼ぶのは，このアイリシズムがもたらされたものと思われる。

9 'Misto'（= Mister）の末尾の -o

'old Misto Bradish' (54) の末尾の -o がどこから来たかは定かではないが，Wright の EDD によるとスコットランドおよび北英方言に mistor があるので，アイルランドも共有していたと思われる。アイルランドには例えば sorr (= sir) のように /ə/ を /o/ とする方言話者がいる（： J. O'Conor, The Iron Harp）。アイルランドにはまた boy-o (= boy), lad-o (= lad), vick-o (= my son), buck-o (= poc = stag) などのように，語によって末尾に -o をつける習慣がある（P. W. Joyce, p. 82）。

10 'widder'（= widow）の末尾弱音節の曖昧母音

'widder' (52) の末尾の -er は better や doctor などの末尾弱音節の曖昧母音 /ə/ を表すのであって r 色はない。widow や tomato など r 字のない語に -er を

第1章　マーク・トウェイン

当てるのはアイルランド起源だと思われる。英語のような曖昧母音をもたないアイルランド人はこれにアイルランドで「薄弱音」(slender sound) といわれる -r, ないし -rr が当てられた (P. W. Joyce, pp. 103-4) ことに起因する。

　以上，黒人奴隷ジムの英語が，いわゆる標準英語と異なる 36 項目を検証した。しかし，その中に黒人英語特有といえる項目は一つも見あたらないのである。これほど多くのアイリシズムを身につけているジムに，もし実在のモデルがあったとすれば，その人物は間違いなくアイルランド系移民の生活圏内あるいはその周辺で生まれ育った黒人であろう。

第3節　ホッチキスばあさんの英語

　『ハック・フィン』の第 41 章にホッチキスのおかみさん (Old Mrs. Hotchkiss) という百姓女が一場面だけ登場する。ハックが冒険の旅から家に帰ってきたときのことである。その場面の紹介は次のような出だしで始まる。「ちょうど，昼飯をたべるので，家の中には農夫やその女房たちがぎっしり一杯で，ひどくがやがやと喋っていた。中でも一番ひどいのがホッチキスのばあさんで，彼女はのべつ喋りまくっていた。こんな調子だ」と。どんな調子か。原文を以下に引いてみる。

1　　"I says to Sister Damrell — didn't I, Sister Damrell?— s'I, he's crazy, s'I — them's the very words I said. You all hearn me : he's crazy, s'I ; everything shows it, s'I. Look at that-air grindstone, s'I : want to tell me't any cretur 't's in his right mind 's a-goin' to scrabble all them crazy things onto a grind-
5　　stone? s'I. Here sich' 'n' sich a person busted his heart ; 'n' here so 'n' so pegged along for thirty-seven year, 'n' all that — natcherl son o' Louis somebody, 'n' sich everlast'n rubbage. He's plumb crazy, s'I ; it's what I says in the fust place, it's what I says in the middle, 'n' it's what I says last

『ハックルベリー・フィンの冒険』

'n' all the time ― the nigger's crazy ‒ crazy 's Nebokoodneezer, s'I."
10 （中略）"The very words I was a-sayin' no longer ago th'n this minute to
Sister Utterback, 'n' she'll tell you so herself. Sh-she, look at that-air rag lad-
der, she-she ; 'n' s'I, yes, look at it, s'I ― what could he 'a wanted of it? s'I.
She-she, Sister Hotchkiss, sh-she ―"（中略）"My very *words*, Brer Penrod!
I was a-sayin'― pass that-air sasser o' m'lasses, won't ye?― I was a-sayin'
15 to Sister Dunlap, jist this minute, how did they git that grindstone in there?
s'I. Without *help*, mind you ―'thout *help*! Thar's where 'tis. Don't tell *me*,
s'I ; there wuz help, s'I ; 'n' ther' wuz plenty help, too, s'I ; ther's ben a
dozen a helpin' that nigger, 'n' I lay I'd skin every last nigger on this place
but *I'd* find out who done it, s'I; 'n' moreover, s'I ―"（中略）
20 "It's jist as I was a-sayin' to Brer Phelps, his own self. S'e, what do *you*
think of it, Sister Hotchkiss? s'e. Think o' what, Brer Phelps? s'I. Think o'
that bed-leg sawed off that a way? s'e. *Think* of it? s'I. I lay it never sawed
itself off, s'I ― somebody *sawed* it, s'I ; that's my opinion, take it or leave
it, it mayn't be no 'count, s'I, but sich as 't is, it's my opinion, s'I, 'n' if any-
25 body k'n start a better one, s'I, let him *do* it, s'I, that's all. I says to Sister
Dunlap, s'I ―"（下線著者。斜線は原文のまま）

活字にしてわずか一頁余のこの発話にはアイリシズムの特色がいくつか集中的に見られる。以下の諸点である。

1 's'e'（= says he）

20～2行に 's'e'（= says he）が3回見られる。P. W. Joyce (p. 134) によると、これはゲール語の "*air sé*" の直訳である。しかもゲール語では文の前後に繰り返す習慣があることから、アイルランド英語でも "And *says he* to James, 'Where are you going now?'*says he*." のように繰り返される。20行からのホッチキスの 'S'e, what do you think of it, Sister Hotchkiss? s'e.' の重複はま

51

第1章　マーク・トウェイン

さらにアイルランド英語の習慣そのものである。

2　's'I'（= says I）

行数でいえば，1, 1, 2, 3, 3, 5, 7, 9, 12, 12, 12, 16, 17, 17, 17, 19, 19, 21, 22, 23, 23, 24, 24, 25, 25, 26 の合計26回見られる。これがアイリシズムであることは，先の 's'e' と同様である。またこの s' が 'says I' の -s であることは，'I says' が 1, 8, 8, 9, 26 行にあることからも明らかである。この作品で 'says I' が繰り返されるのは第11章でも見られる。使い手は，他所からこの町に流れ着いて町はずれの空き家に最近住み着いたらしい「四十歳くらいの女の人」である（この女姓もアイルランド人の可能性がある）。'says I' の繰り返しは黒人ジムにも見られる（183）。

3　'sh-she'（= says she）

11～13 行に 'sh-she' が4回あるが，/sezʃi/→/z ʃi/ からさらに逆行同化によって /ʃ-ʃi/ となったのであろう。

4　'them'（= they）/ 'them'（= those）

2 行に them's（= they're），4 行に them（= those）がある。P. W. Joyce (p. 34-35) によると，英語の they にあたるゲール語は "**siad**" であり，them にあたる対格は "**iad**" である。しかしゲール語では構文によっては，対格の "**iad**" が誤用ではなく主格として使われることがあるので，それに倣ってアイルランド英語では them を主格の位置でも使う。例えば，'*Them* are just the gloves I want.' のように。'*Them* are the boys.' はゲール語の "**iad sin na buachaillidhe**" の直訳である。このことからまたアイルランド英語では them は伝統英語の those の代わりにも使われる。'Oh she melted the hearts of the swains in *them* parts.' のように。

5　'you all'

2 行目に1回だけ見られるもので，「あなたたち全員」というより単に「みなさん」ほどの2人称複数の代名詞として使われている。起源については未だ定説はないが，アイルランド英語起源の可能性は第1に考えられる。

『ハックルベリー・フィンの冒険』

ゲール語は 2 人称複数の代名詞をもつ言語である。単数は "*tú*"，複数は "*sibh*" という別語で区別する。その習慣にあるアイルランド人が，単複を区別しない英語を取り入れるとき，複数形として yous, yez, yiz などの語を作って，その不便を補った（P. W. Joyce, p. 88）。一方，'*you all*' も複数の人に呼びかける代名詞として使われるようになった

6 弱音節の脱落

P. W. Joyce (p. 103) は弱音節を落として語を短くするのを，アイルランド英語の特色の一つとして指摘する。ここでは次の 3 語がそれにあたる。
natcherl (= natural) 6, *m'lasses* (= molasses) 14

7 接続詞 and の弱形

ホッチキスの and はすべて 'n' である（5, 5, 5, 6, 7, 8, 9, 12, 17, 18, 19, 24）。P. W. Joyce (p. 100) は *an*' (= and), *pon*' (= pond), *cowl*' (= cold)のように，アイルランドでは /n/, /l/ の後の末尾の -d は消失しやすいのが特色だと指摘する。

8 母音の変化

アイルランド英語の短母音 /ʌ/ は /i/ に近く聞こえる（P. W. Joyce, p. 98）。ホッチキスには *jist* (= just, 15, 20), *sich* (= such, 5, 5, 7, 24) がある。

9 末尾の '〜 in'（ = 〜 ing）

末尾の '〜 ing' が /n/ となるのはイギリスにもあるが，これはアイルランド発音の特色でもある。ホッチキスの英語はすべて '〜 in' である。*a-goin*'（4），*everlastin*'（7），*helpin*'（18），*a-sayin*'（14, 14, 20）

以上のことからホッチキスばあさんはアイルランド英語の影響を受けているというより，むしろアイルランド人そのものであったと思われる。

10 'nigger'

9, 18 行の 'nigger' も元をただせば negro の 'gr' の子音連結が困難なアイルランドやスコットランドで生じた変異形である。因にいえば nigger はアイルランドでは 'miserly person' あるいは 'hard worker' の意味に使われた。

第1章　マーク・トウェイン

第4節　ハックの父親の英語

　ハックには，呑んだくれで，わが子を育てる能力もない乞食同然の父親がいる。第5章から第7章の初めまで登場する。ハックは母親が病死したあと，生活力のない父親から離されて里子に出されたのであろう。とまれ，ハックはある時期までこの父親に育てられていたのであるから，ハックの母語形成に少なからぬ影響を与えた人物として，この父親の言葉使いも一瞥しておく必要がある。結論を先にいえば，ハックの父親の英語が標準英語と異なる点もすべてアイルランド英語の特色と共通する。次の諸点である。

1　時を表す名詞を接続詞的に使う

　アイルランド英語では，時を表す名詞がそのままで副詞節を導く接続詞として働く（P. W. Joyce, p. 37 を参照）。ハックの父親には次の用例がある。

　　First you know you'll get religious, too, I never see such a son.（23）
　　おめえは，ふと気がつくと神信心くさくなっちまってるってことだろって。こんなガキはみたことがねえや。

　　Another time a man comes a-prowling round here you roust me out, you hear?（36）
　　今度誰かがやって来てここいらをうろつき回ったら，俺を起こすんだぞ，分かったか？

2　'let on' を pretend の意味に使う

　これはゲール語の "*lig ar*"（= pretend）に基づくアイルランド起源の語法である（*Oxford Irish Dictionary* を参照）。次の用例がある。

　　I'll learn people to bring up a boy to put on airs over his own father and *let on* to be better'n what he is.（22）
　　親父より偉ぶり，親父より立派な振りをするような子供の育て方をした奴に思い知らせてやる。

3　'learn' を teach の意味に使う

『ハックルベリー・フィンの冒険』

P. W. Joyce (p. 283) によると，'learn' はアイルランド中で teach の意味に使われる。古い英語であるがイギリスではとっくに廃れた。

Well, I'll *learn* her how to meddle. （22）

よし，余計なことをしたらどんなものか，未亡人に教えてやるぞ。

4 'Says I' あるいは 'I says' を繰り返す

ゲール語の"*air sé*"（= says he）と同じ繰り返しが見られる（P. W. Joyce, p. 134 を参照）。

Says I, for two cents I'd leave the blamed country and never come a-near it ag'in. Them's the very words. *I says*, look at my hat... （31）

俺は言ってやったんだ，2セント寄こせ，そしたらこんないまいましい国から出て行って二度と近寄らねえ，ってな。

5 'them' を they の代わりに使う

ゲール語の影響でアイルランド英語では 'them' が主格の位置に使われることがある（P. W. Joyce, pp. 34-5 を参照）。

Them's the very words. （31）

その通り言ってやたんだ。

I says I'll never vote ag'in. *Them's* the very words I said. （32）

俺は二度とふたたび投票なんかしねえと言ってやっただ。ほんとその通り言ってやったさ。

6 'for good'（= permanently）

P. W. Joyce (p. 255) によるとアイルランド英語では，'he left home *for good.*' のように 'for good' を「これを最後に」（= finally, for ever）の意味に使う。

Sometimes I've a mighty notion to just leave the country *for good* and all. （31）

ときには，こんな国にゃ，永久におさらばしようかと思うこともあるんだ。

第1章　マーク・トウェイン

7　'take it out of' の句

P. W. Joyce (p. 30) によると，'it takes something out of me' はゲール語の "**baineann sé rud éigin asam**" の直訳であるという。'To make a speech takes a good deal out of me.'（スピーチをすると芯が疲れる）のように使う。'take it out of' は 'exact penalty or satisfaction from 〜' の決まり文句。

　　I'll take it out of you.（22）
　　いいか思い知らせてやるからな。

8　弱音節を落として語を短くする

P. W. Joyce によると，ornery (= ordinary)，garner (= gardner) のように弱音節を一つ落として語を短くするのはアイルランド発音の特色であると言う。

　　govment (= government, 30, 31, 32)，p'fessor (= professor, 31)，'lection (= election, 31)

9　/e/ を /i/ と発音する

アイルランド英語では短母音の /e/ は /i/ と発音される（P. W. Joyce, p. 100）。

　　Git (= get, 31, 35)，ag'in (= again 31, 32)

以上のことから，ハックの父親もまたアイルランド系の人であると見て間違いないだろう。

第2章　スティーヴン・クレイン

『街の女マギー』

Maggie : A Girl of the Streets (1893)

　クレイン（Stephen Crane, 1871-1900）の『街の女マギー』は19世紀末ニューヨークの貧民街で一人の少女が劣悪な環境のゆえに身を落とし死に追いやられた悲惨な運命を描いたものである。この小説は当時のゾラの自然主義ともガーランドやハウエルズの自然主義とも似て非なる，かなりの異物であることは，大方の研究者や批評家の認めるところである。にもかかわらず，この作品をめぐる議論や批評は必ずといってよいほど，当時のフランス文学やロシヤ文学やアメリカの自然主義文学との比較においてなされる。文学研究の在り方としては，それはそれで妥当なことかも知れない。しかし言語の面からこの作品に関心をもつわたくし自身の立場からいえば，そこにアイルランドとの関連についての議論が出てこないのが，どうにも不思議なのである。なぜならこの作品に登場する人々の生活と言語はアイリシズムそのものだと，わたくしは思っているからである。

　ただし，わたくしはクレインがアイリシズムを描くことを意図したと言うつもりはない。クレイン自身は，初稿の副題を 'A Story of New York' としていたように，大都会ニューヨークの片隅に生きる人々の一つの物語を書いたのである。つまり意図としては，あくまでもアメリカの現実を直視して描くことにあったと見なければならない。だが結果的には，この作品は19世紀末のニューヨークの貧民街におけるアイルランド人の生活と言語のありようを克明に記録した貴重な文献を後世に残すことになった。おそらくこれは，アイルランド人のありさまがアメリカを舞台にして映し出された，米文学史

第 2 章　スティーヴン・クレイン

上最初の作品であろう。

　この作品は貧民街の男の子たちが集団で，石を投げつける，殴る，蹴る，引き裂く，引掻く，罵る，泣きわめくなど，子供ながら悽惨な喧嘩をする場面から始まる。負け戦となり砂利山の上に一人で最後まで残り「あんなアイルランド野郎たちに負けてたまるか！」と踏ん張り，相手方から石の集中砲火を浴びて血みどろになっているのはジミー少年である。クレインはその様子をまるでニューズカメラで映すような報道手法で克明に記述する。

　　ラム横丁の小さな戦士は反対側にまっさかさまにころがりおちた。つかみあいの為にその上衣はズタズタに引きさかれ，帽子はどこかに飛んでしまっていた。からだ中打ち傷だらけで，頭の切り傷から血がポタポタと滴り落ちる。青ざめたその顔は正気を失った小悪魔の顔のようだ。地面では，デヴィルズ通りの子供たちがその敵手にジリジリと迫っている。彼は身を守るように左腕で頭をおおいながら，狂気のように戦った。少年たちはあちらこちらに飛びまわっては，身をよけ，石を投げ，野蛮人のようなかん高い叫びをあげて罵るのだった。（大橋健三郎訳，研究社）

　近くで働いていた労務者たちは，手を休めて，その喧嘩を止めもせず眺めている。アパートの高い窓からは女が身を乗り出して見ている。引き船の機関士も，ものぐさそうに手すりに寄りかかって見物している。子供たちより少し年上の 16 歳の少年が通りかかり，一番激しく戦っている子の背後に行って後頭部を殴りつける。かなわぬ相手の出現とみて，ここで両軍とも引き下がる。すると今度はジミーは仲間どうしで言い争い，殴る蹴る，引掻く，の取っ組み合いをまた始める。
　そこへジミーの父親が通りかかる。父親は取っ組み合いをしている息子を蹴り上げて喧嘩を止める。ジミーは惜しいところで勝負に決着がつけられなかったことを悔しがり憤懣やるかたない。

『街の女マギー』

　家に帰ると，母親は呑んだくれている。たえず子供を叩く，夫をなじる，怒鳴り合いの夫婦喧嘩を始める。いたたまれなくなった父親は酒場へと家を出ていく。その様子を聞き耳を立て楽しんでいた隣の老婆は，ジミーに手桶を渡してビールを買いに行かせる。ジミーはその帰り道，父親に出会う。父親はその手桶を奪いとって，ビールを全部飲んでしまう。ジミーは「ほんとうにひどいことをしやがって，あの婆さんがものすごく怒るにきまってるじゃねえか」と喚きながら父親の向こうずねを繰り返し蹴りつけて逃げる。父親は「今度ひっつかまえたら，ぶちのめしてやるからな！」と叫ぶ。

　以上は，この小説の第 1 章から第 3 章までの導入部分で，主人公の少女マギーが置かれている成育環境のあらましである。ジミーはマギーの兄である。わたくしは上の説明でマギー自身のことについては触れなかった。なぜなら，上述の俄かには信じがたい，野蛮，残忍，無知，品性欠落のありようは，実は 19 世紀アイルランドの農民作家ウイリアム・カールトン（William Carleton, 1794-1869）の短編集『アイルランド農民の気質と物語』(*Traits and Stories of the Irish Peasantry*, 1830) が伝える農民生活の特質と符号することを，ここでは指摘しておきたいからである。
　村じゅうの者が加わって繰り広げる乱闘騒ぎは，互いに手心を加えずやりたい放題の残忍なものである。一つの喧嘩に決着がつけば納まるというものではない。すぐに別の相手を見つけて喧嘩を続けていくアイルランド農民の争い方は乱闘騒ぎというより，むしろ乱痴気騒ぎの感がある。喧嘩で発散することで閉塞状態の暮らしを生きていく活力としているのではないかと思える。とすれば，これは閉塞社会で自然に発生した祝祭あるいは伝統的娯楽の一形式と見ることができる。
　とまれカールトンが描いたアイルランド農民と同じ特質が，クレインがニューヨークの貧民街で見たアイルランド人に認められるのである。『街の女マギー』に描かれているのは，殴ったり蹴ったりの暴力が挨拶であるかのよ

第 2 章　スティーヴン・クレイン

うに日常化している粗暴な社会，口を開けば相手を罵り怒鳴ることしか知らない無作法な社会，子の物でも横取りするおぞましい親，喧嘩を見物して楽しむ人々，道徳も宗教もまったく無力な社会である。

　このような救いようのない話を，まだ「お上品な伝統」（genteel tradition）が支配していた当時のアメリカの出版界・読書界が受け入れるはずがない。事実この小説はそのあまりにも容赦のない写実的な筆致のために，引き受けてくれる出版社がなく，やむなくクレインは 1,100 部を自費出版するのだがほとんど売れなかった。しかし処女作とはいえクレインがこの小説にかけた意気込みと執念は並大抵のものではなかった。大きな犠牲を払っての自費出版が不成功に終わったときの失望を，クレインは次のように言う。

　　ぼくの最初の大きな失望は，『街の女マギー』に対する世間の反応でした。その出版をどれほど待ち望み，そしてそれが巻き起こすセンセーションを，どれほど想像したことでしょう。ぼくは，それがセンセーションを巻き起こすだろう，と思っていました。が，だめでした。それに注目してくれる人も，気にいってくれる人も，ないようでした。いつかもう一度マギーを世間に出したいと思っていますが，ここしばらくは，そのつもりはありません。(Letters, p. 79, 押谷善一郎訳，山口書店，1981)

　ところで，クレインはどのようにしてマギーに行き当たり，アイリシズムに行き着いたのだろうか。生い立ちから略述すると，メソジスト派の牧師だった父を 9 歳のときに失った。母は父以上に厳格なクリスチャンであり，熱心な宗教活動のために家を空けることが多かったという。14 番目の末っ子として生まれたクレインの身の回りの世話と教育は，15 歳年上の姉に任されることが多かった。この家庭での教育方針は，子供をいわば世間の「罪」から隔離して無菌状態にして置くことだった。

　そうした家庭環境の中で成長するにつれて，クレインは親の願いに逆らっ

『街の女マギー』

た不良世界に引かれていく。これには，13歳のとき一人の白人娘が黒人に刺される現場を目撃するという衝撃的体験が，トラウマとしてあったと思われる。その不幸な体験はクレイン少年にとって，世間には「罪」や「悪」が厳然として存在することを知る残酷な儀式だったといえよう。このころから学校の勉強は一向に身が入らず，怠惰な生活が始まる。早くも十代のなかばで酒や煙草や博打に手を出すのである。

しだいに家庭でも学校でも居場所が狭くなった「落ちこぼれ」のクレインは，シラキュース大学に（正規の学生ではなく）選科生としてなんとか入ることができたのだが，街のいかがわしい所に出入りするボヘミアン的生活は，そこでも変わることがなかった。大学近くの赤線地帯や警察裁判所などに足しげく通い，売春婦や犯罪者たちと接触して，その世界の知識と関心を深めていった。

『街の女マギー』の初稿を書いたのはこの頃である。最終的にでき上がった作品の舞台はニューヨークの貧民街となっているが，売春婦が置かれている悲惨な境遇のヒントはシラキュースの赤線地帯で得たものだった。初稿を書いた段階では，クレインは未だニューヨークの貧民街バワリーは知らなかったのである。クレインは社会から落ちこぼれて街のいかがわしい所での生活を余儀なくされている底辺社会の人々への深い同情と強い執筆意欲から，赤線地帯で見聞した地獄絵図を，なんとしても畢生の作品に仕上げたい意欲に突き動かされて，大学を退学してニューヨークに出る。

ところが，ニューヨークでいったんは Herald 紙や Tribune 紙の記者として職を得るのだが，記事が写実的に過ぎるという理由でまもなく首となる。そして，職を失って行き着いたマンハッタンの貧民街バワリーで目撃したのは，彼のそれまでの認識を遥かに越えた，それこそまさに「本物の生き地獄」(regular living hell) といえる凄じい地獄だった。クレインはそこで，すでに書いていた原稿に，全面的に手を入れ改稿する意欲に駆られたものと思われる。

第2章　スティーヴン・クレイン

　失職してからは職も探さず，兄などからのたびたびの忠告にもかかわらず，まるで取り憑かれたように探訪を重ねて行ったバワリー街は，安酒場や安ホテルが並び，犯罪者や浮浪者が多いことで有名な地域だった。19世紀の初め頃はドイツやポーランドからの移民がこの地区に多数居住していた。19世紀中頃にはアイルランドで1845年から'48年まで3年間続いたジャガイモの病害のための飢饉で20万人以上のアイルランド人がアメリカに脱出するが，そのうちの多くが寄る辺なくこの地域にも佇んだ。南北戦争後の1870年代には，弱肉強食の競争原理によって弱い者が社会の落後者として弾き出され，バワリー街は行き場を失ったそうした人々の吹きだまり場所となった。そして，クレインが探訪した1890年代の初め頃には，この地域にはさまざまな国籍の人々が住んでいたが，とりわけアイルランド系の人がたくさん住み着いていた。

　クレインがここで知ったアイルランド人たちのありさまのうちで，何よりも衝撃的だったのは，彼らが使っていた汚い言語だったに違いない。それは'hell'（地獄）や'damn'（堕地獄）といった語を含むcursing（呪い）やswearing（罵り）にまみれた強烈な言葉使いだった。クレインがニューヨークに出て，初めてアイルランド人たちのこの英語を聞いたときは，おそらくそのどぎつさに身をのけぞらせたに違いない。そして彼が意図していた本物の大地獄絵図を描く表現手段としては，このアングロ・アイリシュこそがまさに相応しいと直感したであろう。

　100頁そこそこのこの作品に，クレインが投入した'hell'の使用回数は89回に及ぶ。damn(ed)が52回，gee, Gawd, devilが合わせて34回である。登場人物は口を開けば，このいずれかの語を相手に向けて吐き，毒づいている観がある。これは直接話法の中に表れたものであるが，間接的な表現で導入された汚いことばは計り知れない。悪童たちが集団で喧嘩する現場を写実する第1章のたった5頁半の中で，少年たちが喚き散らす悪たれことばの間接的記述は11回に及ぶのである。

『街の女マギー』

(1) His small body was writhing in the delivery of great, crimson *oaths*.
その小さな体はのたうち回りながら，物凄い形相で罵りことばを喚き散らしていた。

(2) they threw stones and *cursed* in shrill chorus.
彼らは石を投げつけ，声を合わせてかん高い罵声をあげた。

(3) fought with *cursing* fury.
少年たちは怒り狂って戦った。

(4) hurling stones and *swearing* in barbaric trebles.
石を投げ野蛮なかん高い叫び声をあげて罵るのであった。

(5) His roaring *curses* of the first part of the fight had changed to blasphemous chatter.
喧嘩の初めの頃にはどなり声で罵っていたが，いまでは汚い不敬ことばに変わっていた。

(6) yelled taunting *oaths* at the boy with the chronic sneer.
人を小馬鹿にするのが身についたその少年に向かってあざけりの言葉をわめきたてた。

(7) the little boys began to *swear* with great spirit.
小さな少年たちは威勢よく悪態をつき始めた。

(8) their *curses* struggled in their throats with sobs.
二人は泣き始め，罵り声もすすり泣きの為にやっと声に出したのだった。

(9) He tottered away, *damning*.
その少年は，悪態をつきながら，よたよたとあとずさった。

(10) (Jimmie) began to *curse* him.
ジミーは父親に向かって罵り始めた。

(11) He *swore* luridly, ...
彼はものすごい形相で罵った。

第2章　スティーヴン・クレイン

　文化の違いから，日本語では「罵った」「悪態をついた」としか訳しようがないが，英語の oaths, curse (-s, -d, -ing), swea (-ing, swore), damning, blasphemous はいずれも，聖書の教えに叛いて神を冒瀆した神名乱用の不敬ことばをもって人を罵ることを意味する。これはキリスト教社会では忌むべき最低最悪の汚いことばである。小説の基調低音を決める第1章で，クレインがこれほどまで執拗に罵りことば書き入れたのは，牧師の子として生まれ厳しい宗教的戒律の中で育った彼にとって，これがいかに衝撃的な言語体験であったかを物語る。

　そしてアイルランド社会の内側に足を一歩踏み入れて見ると，殴る蹴る壊すの暴力の横行である。この前代未聞の地獄社会で生きる要諦は，人を押し退け，突き倒し，蹴散らし，決して他人のことには構わぬことだ。主要人物の一人ジミーはこの世で尊敬できるものは，予想通り何もなかったと確信する青年になっているが，たった一つ消防車にだけは敬意を感じるという。消防車だけは人も車も蹴散らして走るからだというのである。

　この地獄社会では，たとえ親であれ，きょうだいであれ，牧師であれ，誰も人は救えない。先にも指摘したように，道徳も宗教も無力なのである。人はみなそれぞれ自分のためにのみ生きる。それができなければ生き残ることはできない。生来優しく善良なマギーのような可憐な少女が生きることはできない社会，これこそが「本物の地獄」なのである。クレインはその一大地獄絵図をアングロ・アイリッシュを駆使して，写実的かつ芸術的に，見事に描き切ったのである。

　この作品はタイトルこそ *Maggie: A Girl of the Streets* となっているが，本当のテーマは 'regular living hell' だと見るべきであろう。少女マギーについては，作品の所々にほんの数行ずつ，しかも暗示的な記述でしか扱われていない。そもそも「マギー」という名前などは初稿にはなかった。兄ウイリアムの忠告に従って出版直前に登場人物に名前をつけたのである。題名を『街の女マギー』に変えたのもウイリアムだった。クレイン自身がつけていた元

『街の女マギー』の題名は *A Girl of the Streets : A Story of New York* だったのである。

　ニューヨークのバワリー街（Bowery）界隈の人々の，リアルな言語としてクレインがとらえたアイルランド人の英語は，とりわけ 'hell' にまみれていた。これはアイルランドで3年続いたジャガイモの大凶作のために，飢えと熱病の流行とで25万人もの死者を出す「生き地獄」と化したことと密接に関わる。この頃から，アイルランド人の英語は，人を罵倒したり，怒りや苛立ち，驚きなどを表す強意語 'hell' の使用が急激に目立ち始める。伝統的に使っていた強意語 'devil' が，この時期に一斉に 'hell' に取って代わられるのである。'hell' はその頃のあまりにも過酷で呪わしい生活実感から出たのであろう。それがクレインの手によって初めて写し出されたのである。具体的にいえば，

　　What the devil → *What the hell* / go to the devil → *go to hell* / like the devil →
　　like hell / devil of 〜 → *hell of* 〜/ （文頭の）The devil 〜 → *The hell* 〜

などである。こうした 'hell' にまみれた言語をもって，大量のアイルランド人が「地獄」の国アイルランドからやって来たのである。そして，アメリカで彼らを待っていていたのもやはり「地獄」だった。'hell' や 'damn(ed)' をともなう言葉使いは，アイルランド人のその頃のあまりにも過酷で呪わしい生活実感そのものであっただろう。

　19世紀後半のアイルランドで 'hell' のこの用法がすでに活字化されていたかどうかについては，わたくしは未だ知らない。しかしこれはアイルランド人がアイルランドから持ち込んだものであって，アメリカがアイルランドに与えたものではない。アイルランド人が入ってくる以前のアメリカでは 'hell' のこの用法は未だあまり見られなかった。

　クレインがこの作品に登場させる人物は，少女マギーとその両親および兄ジミー，恋人ピート，ピートが働く酒場の店主，ジミーの女，隣に住む老婆と酒場の女たちなど，ごく少数であるが，彼らが使う言葉はすべてアイルラ

ンド英語である。例外的に，アイリッシュではないのは人物は登場せず声だけが紹介されるケースである。一つだけある。マギーが働くカラーとカフスの製造工場の経営者の次の怒鳴り声である。

 'What een hell do you sink I pie *fife* dolla a week? Play? No, *py* damn. (ch. 8)
 いったい何のために，わしが週給 5 ドルも支払っていると思っとんのか？　遊ばすため？　とんでもねえこったぞ。

　同じ文句が第 12 章でも繰り返されるが，これは明らかにドイツ語訛である。ドイツ人は /b/, /v/ を鋭く発音するために by, five が '*py*,' '*fife*' と聞こえる。

　上のドイツ語訛を除けば，この作品に見られる非標準的な語法や綴り字が示す英語はすべてアイリシュである。もちろん中には古いイギリス英語に起源を求めることができるものもある。しかし，それもすべてアイルランドを経てアメリカに持ち込まれたのであって，イギリス英語から直接アメリカに入ったものではないという意味において，すべてアイリッシュと言うのである。

　と，言ってしまえばもはや具体的項目を列挙する要はないのだが，ここでは純粋にアイルランド起源と思われるものに限って，少し具体例を挙げておくことにしよう。

Ⅰ　統語法に関して

1　強意の他動詞構文

　この作品には，相手を「ぶちのめす」「どやしつける」「ぶんなぐる」など強打するの意を，「他動詞＋強意語＋ out of ＋目的語」の構文で表すことが多い。これはゲーリック語法を背景にもつアイリシズムである（P. W. Joyce, p. 31）。下の第 1, 2 例のように初めは「命や内臓が飛び出すほど蹴飛ばす，殴りつける」であったが，後に内臓の代わりに強意語の 'hell' を使う

『街の女マギー』

ようになる。

> Smash 'um, Jimmie, *kick deh damn guts out of* 'im. (ch. 1)
> ジミー，奴をぶん殴れ，どずくんだ。
> Here, you Jim, git up, while I *belt yer life out*... (ch. 1)
> こら，ジム，立て，きさまをぶん殴ってやる…
> I'll *club hell outa* yeh. (ch. 3)
> おめえをぶちのめしてやる。
> I'll go *t'ump hell outa* deh mug what her deh harm. (ch. 10)
> （妹を）傷ものにした野郎をどやしつけに行ってくる。

『オックスフォード大英語辞典』は1972年の『補遺』（以下 OEDS と略称する）でこの 'hell out of' の構文について，James Joyce の *Ulysses* (1922) からの用例を初出としているが，上のクレインの用例はそれより，およそ30年も早い。

体の内にあるものは「叩き出す」（out of ～）だが，体の外面に備わっているものは「ブッちぎる」（off ～）という。これもアイリシズムである。P. W. Joyce (p. 134) には，'If you don't stop, I'll *wring the head off* o' your neck.' の例が見られる。この作品には次の用例がある。

> An' stop yer jawin', er I'll *lam the everlasting head off* yehs. (ch. 1)
> 黙れ，でねえと，お前の首が吹っ飛ぶほど殴るぞ。

「叩き出す」の反対の「叩き込む」もアイリシズムといえる。

> It's like I can never *beat any sense into* yer damned wooden head. (ch. 2)
> お前のぼんくら頭に分別を叩き込むこたあ，金輪際できねえみたいだなあ。

2　文頭の強意の否定辞

文頭の '*Deh hell*' が 'Not at all,' 'Certainly not' の意の強い否定辞となって，その後に続く一文を否定する。

> 'Mag's dead,' repeated the man. '*Deh hell* she is.' said the woman. (ch. 19)

第2章　スティーヴン・クレイン

「マックが死んだぜ」と男は繰り返した。「まさかあの娘が」と女は言った。

'Naw! Young Mag's come back!' *Deh hell* yeh say?'(ch. 15)

「こんだあ！　娘のマッグが帰ってきたって騒ぎだ！」

「まさか，冗談だろう？」

'*Deh hell* I am,' like dat. An'den slugged 'im. See? (ch. 6)

「てやがんでぇ，俺はそんなんじゃねぇやい」ってな。そう言ってガツーンと一発くらわしてやった。どうだい，ええ？

OEDS (1972) は英国の劇作家 Noel Coward (1899-1973) の *Fallen Angels* (1925) からの次の用例を初出として示した。

Maurice : We are great friends,— they confide in me.

Fred ; The *hell* they do!

「彼らは私を信頼しているんだ」

「そんなことがあるもんか」

しかし，上に挙げたクレインからの諸例は 1893 年のものであるから，この用法もイギリスよりずっと早くにアイルランド英語で確立していたことになる。

3 'get the hell out of'

「とっとと失せる」「〜からさっさと出る」の意の 'get the hell out of 〜' は 'get out' に 'hell' が添えられて 'to make a hasty retreat' という意味となったものだが，この新しい句もアイリシズムである。

Git deh hell outa here an' don' make no trouble. (ch. 5)

ここから出て行きやがれ，そして面倒を起こすんじゃねえぞ。

OEDS は Phillips の次の用例を初出としているが，これについても 28 年も早いクレインの次の用例が見落とされている。

Get the hell out. . . I want to sleep.

さっさと出て行ってくれ…あたしゃ眠りたいんだ。

『街の女マギー』

4　不快・迷惑などを表す前置詞 'on'

　この作品には「損害」「権利の侵害」など被害者の不快の感情を表す前置詞 'on' の用例が多い。これは P. W. Joyce (p. 27) が 'to intimate injure yourr disadvantage of some kind, a violation of right or claim' と説明するアイルランド語法で，ゲール語の前置詞 "*air*" (= on) の直訳である。

　I was goin' teh lick dat Riley kid and dey all pitched *on* me. (ch. 1)
　俺はあのライリーってガキを殴ってやろうとしたんだ，するとみんなが俺にかかってきやがった。
　Occasionally she wheeled about and made charge *on* them. (ch. 9)
　ときどき，女がぐるりとふりむいて，彼らに襲いかかろうとする。
　Hi, you, git a russle *on* yehs! What deh hell yeh's lookin' at? (ch. 12)
　やい，お前，さっさとやれ！　何を見てやがんだ？
　Take a drop *on* yourself. (ch. 10)
　いいかげんにしろよ（他人じゃなくてお前の責任だぜ）

　第 1 例の「～に殴りかかる」は普通は 'pitch into' であるが，ここではアイリシズムの 'on' が使われている。最終例の「負担・義務を人の肩にかける」は，1896 年の改定版では 'fall on' に変えられた。

5　直結形伝達疑問文

　標準英語なら 'if' か 'whether' を接続詞として前文につなぐべきところを，接続詞を使うことなく疑問文の語順のままで名詞節として嵌め込むのは，アイルランド英語の特色である。ゲール語を起源とする（尾上政次 1984）。

　An' right out here by me door she asked him *did he loved* her, did he? (ch. 10)
　あたしんちの戸口のすぐそばであの娘が，あいつに，あんたわたしを愛してるよね，って聞いたんだよ。

　これは，いわゆる「描出話法」(Represented Speech) ではない。描出話法というのは，疑問文の前にコンマかコロンをつけて，つまり，そこに休止 (pause) を置いて表すものをいうのであって，直接前文につなぐ当該構文と

は区別されなければならない。アイルランド英語では，この直結型伝達疑問文の使用頻度は高く，James Joyce の *Ulysses* (1922) や *Dubliners* (1914) にも多数の用例が見られる。

6 'It's' で起こす文

'It's' で文を導入するのはアングロ・アイリシュの特徴だが，これもゲール語の直訳である。'*It's* they are happy.' と言っても，とくに強調ということではない。この作品には 'It's like 〜' の形が 2 回出るが単に 'I should think,' か 'perhaps,' 'probably,' ほどの意味に過ぎない。

an' *it's like* we'll all get a poundin'. (ch. 2)

そしたら，あたしらみんながひどい目に合うことになるよ。

It's like I can never beat any sense into yer damned wooden head. (ch. 2)

お前のぼんくら頭にゃ分別なんぞとても叩き込めたもんじゃねえなあ。

7 'says he' 'says I' を繰り返す

ゲール語では "*air sé*" (= says he) をしばしば繰り返す習慣があることから，アイルランド英語でも '— And *says he* to James 'where are you going now?' *says he*.' のようによく繰り返される。この作品では 'he says' の形だけだが次のように繰り返される。

Well, deh blokie *he says* : 'T'hell wid it! I ain' lookin' For no scrap,' *he says* (See?) 'but' *he says*, 'I'm spectable cit'zen an' I wanna drink an' purtydamn-soon too.'(ch. 5)

するとその野郎が言いやがった。『へっ，馬鹿いやがれ！　わしは何もわざわざ喧嘩を探しているんじゃねえぞ』ってな。え，どうだい？『それどころか』と，やつは続けて，『わしはちゃんとした市民だ。そして一杯呑みたいんだ。それもいますぐにだぞ』え，どうだい？

'he says' だけでなく 'I says' も同様に繰り返される。

'Deh hell,' *I says*. Like dat! 'Deh hell,' *I says*. See? 'don't make no trouble,' *I says*. (ch. 5)

『街の女マギー』

『ちぇっ，馬鹿いやがれ！』と俺は言ってやったさ，こんなふうにな。『ちぇっ，馬鹿いやがれ』とな。ええ？『面倒を起こさねえようにしろ』ってな。

8　二人称複数代名詞

この作品には二人称代名詞に 'yehs,' 'youse,' 'yous,' など，末尾に -s をつけた語形がある。これもアイルランド英語の特色である。単複の区別がない英語の不便を補うためにアイルランド人がつくった語形である。P. W. Joyce (p. 88) は他に 'yez,' 'yiz' という語形も挙げている。

　　Are *yehs* hurted much, Jimmie? (ch. 2)
　　お兄ちゃん，すごく痛むの？
　　I'll take *yehs* teh deh show. (ch. 4)
　　おれがお前をショーに連れてってやるぜ。
　　Youse kids makes me tired. (ch. 1)
　　おめえらガキどもにゃ，嫌になるぜ。
　　Ah, *youse* can't fight. (ch. 1)
　　おめえら，喧嘩もようしねえじゃねえか。

yehs, youse は複数とはいっても，用例をよく見ると必ずしも規則性があるわけではなく，主語の数とは関係なく使われている。初めの2例は単数の相手を，後の2例は複数の相手を指している。複数形は強調のために使われるという指摘もあるが，その点についても実際には，さほど説得性があるといはいえない。もっとも，yehs と youse では youse の方が強い発音を表しているとはいえるが。要するに，アイルランド英語の '-s' 付きの二人称代名詞は標準英語の you と同じように単複両用ということである。yeh はこの作品では単数の場合だけであるが，複数として使うことがあるのもアイルランド英語の特色である。

9　'of' の後置詞的用法

前置詞は後ろの(代)名詞と結合して句をつくるのが伝統文法の鉄則だが，

第2章　スティーヴン・クレイン

アイルランド英語には前の名詞と結んで形容詞句をつくる後置詞的 'of' の語法がある。ゲール語では二つの名詞を並置して，修飾＋被修飾の関係で使うときには，後ろの名詞は属格とすることから，アイルランド英語では 'a fool of a man'（馬鹿な男）のような句ができた（P. W. Joyce, p. 42）。これは結果的には 'a fool of a' の4語を結んで「馬鹿みたいな」の意の句をなすという伝統英語の文法にはない前置詞 'of' の用法が生まれたことになる。この作品には次の用例がある。'a worm of ～' は逐語的には「蛆虫のような～」である。

> Over on the Island, *a worm of* yellow convicts came from the shadow of a grey ominous building and crawled slowly along the river's bank. (ch. 1)
> 向うの島では，黄色い囚人服をまとった囚人たちが，のろのろと列をつくりながら不気味な灰色の建物の陰から現れて，ゆっくりと，這うように河の土手を歩いて行く。

10　'will I'（= shall I）

P. W. Joyce (p. 77) によるとアイルランドでは多くの地方で shall を使うのを嫌い，一人称の疑問文は 'Will I sing a song? Will I light a fire ma'am?' 'Will I sthrip ma'am?' などと言う。この作品では次の用例がある。

> *Will* I wash deh blood? (ch. 2)
> 血を洗ってあげようか？

11　'me' を my の代わりに使う

アイルランドでは全土的に my や by の母音は二重母音 /ai/ ではなくて短母音の /i/ と発音される（P. W. Joyce, p. 103）。この作品には次の用例がある。

> Don't be a-pullin' *me* back. (ch. 2)
> あたしの背中をひっぱるのはおよしったら。
>
> Not a damn cent more of *me* money will yehs ever get, not a damn cent. I spent *me* money here fer t'ree years... (ch. 9)

『街の女マギー』

お前たちには，もうあたしのお金は一文だって渡しはしないからね。あたしゃここで3年もお金を使ってきたんだからね…

I won't have sech as yehs in *me* house! (ch. 9)

お前みたいな娘はうちには置いておかないから！

12　文末の念押し重複語法

アイルランド英語では文末で前文を繰り返す習慣がある（P. W. Joyce, p. 10）。'He hit me with his stick, *so he did*, and it a great shame, *so it is*.' 'He is a great schemer, *that's what he is*,' などのように。この作品では次の用例がある。

Well, Maggie's Gone the deh devil!　*that's what*!　See? (ch. 10)

マギーのやつが堕落しちまやがったのさ！　そうなんだ！　ええ？

I'll kill deh jay!　*Dat's what I'll do*!　I'll kill deh jay! (ch. 10)

あの馬鹿野郎を殺してやる！　やるとも！　ばらしてやる！

When I catch dat Riley kid I'll break 'is face. *Dat's right*!　See? (ch. 1)

あのライリー通りの小僧をつかまえたら，顔をぶっ潰してやる！　そうするとも！　分かったかい？

II　発音に関して

1　/s/の口蓋化

アイルランド英語の /s/ は前舌歯茎ではなく，やや前舌がやや口蓋化するので 'sh' 音 /ʃ/ に近く聞こえる。

drinksh (= drinks) ch. 18

girlsh (= girls) ch. 18

Mightish (= might as) ch. 14

shay (= say) ch. 18

shed (= said) ch. 18,

shee (= see) ch. 18

shquare (= square) ch. 18

2 /e/ の前舌化
アイルランド英語では標準英語の /e/ が前舌化して 'i' に近く聞こえる。
　Git (= get), *agin* (= again), *thin* (= then)
3 /æ/ の前舌化
アイルランド英語では /æ/ も前舌化して 'i' に近く聞こえる。
　kin (= can), *dindy* (= dandy) ch. 15
4 /ə/ の二重母音化
bird, church, earth など，標準英語では /əː/, /ər/ のところが方言によっては /əi/〜/oi/ と発音される。これは二重母音化したのではなく，「短母音 + r」の 'r' が弱化し前の母音に吸収されていく一段階前の過程を表すもの。母音の後の 'r' の消失は 14 世紀ころから始まるので，その過程音がアイルランドに残っていても不思議ではない。この作品では次の用例が見られる。
　Dat Johnson *goil* is a putty good looker. (ch. 5)
　あのジョンソンとこの娘はなかなかの別嬪だ。
5 'th' 音を /t/, /d/ で代用する
　fader (= father), *mudder* (= mother), *edder* (= either), *t'rowed* (= throwed), *tought* (= thought), *t'ousand* (= thousand), *eart'* (= earth), *deh* (= the), *nottin* (= nothing), *odder* (= other), *fader* (= father), etc.
6 'idear' の末尾添加音 '-r'
アイルランド英語では標準英語の二重母音 /-iə/ の末尾の曖昧母音 /ə/ に，しばしば -r の薄弱音（slender sound）を当てて代用した（P. W. Joyce, pp. 103-4）。この作品には次の用例が見られる。
　Dere was a mug come in deh in deh place deh place deh odder day wid an *idear* he was goin' the own deh place! (ch. 5)
　こないだも，店をわがもののようにしようなんて考えをもった阿呆が，一人紛れ込んできやがったな。
これは音声学がいう，母音で終わる語が母音で始まる次の語につながると

きに発生する「わたり音 r」(glide r) でも「進入的 r 音」(intrusive r) でもない。

7　弱音節を落として語を短くする

P. W. Joyce (p. 103) はアイルランド英語では多くの語で弱音節を落として音節数を少なくするのを特色の一つとして指摘する。この作品には次のような用例がある。

reg'lar (= regular) ch. 3

bus'ness (= business) ch. 13

f'ler (= fellow) ch. 18

ter'ble (= terrible) ch. 19

disobed'ent (= disobedient) ch. 19

prod'gal (= prodigal) ch. 8

以上のようにスティーヴン・クレインの出世作『街の女マギー』は，クレインの報道記者的感性によって，図らずもニューヨークの貧民街バワリー地区に住むアイルランド人の生活と言語のありさまを克明に書き記し，アメリカ文学史に貴重な文献を残すところとなった。

第 2 章　スティーヴン・クレイン

「青色のホテル」
'The Blue Hotel' (1898)

　『街の女マギー』(1893) に見られるアイリシズムは，クレインの報道記者的感覚によってとらえられた貴重な言語記録ではあるが，クレインにそれがアイリシズムであると認識された上でのことではなかった。言ってみれば，アメリカの現実を写しとった取材映像の中に，たまたまニューヨークの貧民街におけるアイルランド人の生活と言語がリアルに映っていたということであろう。
　ところが，それから 5 年後の 1898 年に発表された「青色のホテル」('The Blue Hotel') では，主要人物の一人スカリー (Pat Scully) は明確にアイルランド人として設定されており，アイリシズムを書き込もうとした意図がはっきりと汲みとれる。
　Pat Scully という名前からして典型的なアイリッシュであり，容貌も明確なケルト系 (Celtic visage) とある (第 3 章)。老人 (the old man) だが，機敏で陽気で親切で仕事熱心，小柄なアイルランド人 (the eager little Irishman) として設定されている (第 1 章)。米国中西部の州 Nebraska の荒涼とした大草原の町ランパーの駅前にポツンと立っている宿屋の主人である。
　作品の背景は 19 世紀後半である。その時代のネブラスカは，まだ「殺伐な辺境で，人の住むところではないと，とくに東部の人びとにはそう思われていた」(西川正身, 1952)。クレインは 2 年も続いて起こった日照りによる被害状況を調査し報告するために，1895 年の 2 月にネブラスカを訪れたという (同前書) から，おそらくその時スカリーのモデルとなる人物に出会い，その言葉使いをつぶさに観察したのであろう。

「青色のホテル」

I　Pat Scully の英語

　スカリーの英語について，クレインは作品の中（第4章）で次のように書いている。

　　Scully's speech was always a combination of Irish brogue and idiom, Western twag and idiom, and scraps of curiously formal diction taken from the storybooks and newspapers.

　　スカリーのことばはいつもアイルランド訛の発音と独特の言い回し，西部訛の発音と独特の言い回し，それに小説本や新聞からとった，変にかたいことばの断片が混じったものだった。

　訛りの混交はよその国からアメリカに移住して来たほとんどすべての移民についていえることだろう。アイルランド生まれの一世であろうと，アメリカで生まれた二世三世であろうと，アメリカで生活するようになればその新しい環境からの言語的影響を自然に受けるから，アメリカ人の英語を詳しく分析すれば，誰の英語にもいくつかの複合的断片が入り混じっているのは当然である。

　この作品は恐怖心がいかに人の心理の正常さを失わせるかを，客観描写に徹して描いた絶妙な傑作である。その心理劇創造のテーマにアイリシズムがどのような関わりをもつのかについての考察はしばらく措くとして，ここでまず，アイルランド人スカリーのアイリッシュ・ブローグの見本を見ておこう。

　　The old man burst into sudden brogue. 'I'd *loik* to take that Swade,' he wailed, 'and *hould* 'im down on a *shtone flure* and *bate* 'im to a jelly *wid a shtick*!'（斜体著者）
　　老人は急にアイルランド訛りでわめき出した。「あのスウェーデン人をおっつかまえてやりたいよ」と，彼は泣くように叫んだ，「そして石床

第2章　スティーヴン・クレイン

の上に押えつけて，棒でこなごなにぶってやりてえだよ！」（第7章）

上記引用の斜体部分はいずれもアイルランド発音の顕著な特徴を示している。まず最初の *loik* (= like) のように，母音 /ai/ を /ɔi/ と発音するのは，この作品ではこの1例だけだが，オニール（Eugene O'Neill）が一連の一幕劇で描いたアイルランド水夫の台詞には，*foive* (= five), *droive* (= drive), *poipe* (= pipe), *loin* (= line) など多くの例が見られる。

don't be talkin' *loike* that!　—— *Bound East*
そんな言い方はしねえでくれ！
Just about this *toim* (= time) ut was, . . . —— *ib*.
時刻もちょうどいま時分だった。
Who *knoifed* (= knifed) him? —— *Moon*
誰が刺したのか。

2番目の *Swade* (= Swede) と6番目の *bate* (= beat) のように長母音 /i:/ を二重母音の /ei/ と発音するのもアイルランド発音の特徴としてよく知られたものである。この作品では他に，*dale* (= deal), *kape* (= keep), *mane* (= mean) の例がある。

An' the man what troubles you durin' that time will have me to *dale* with. —— ch. 6
その間にあんたに手出しする奴がいたら，俺が相手になってやる。
Scully confronted him. '*Kape* back,' he said. —— ch. 6
スカリーは彼に立ちはだかった。「下がっておれ！」と彼は言った。
But what does it *mane*? —— ch. 2
だが一体これはどういうことだ。

3番目の *hould* (= hold) であるが，これは /hauld/ と発音される。標準英語の二重母音 /ou/ を /au/ と発音するのは，この作品では1例だけだが，アイルランドではごく普通の発音である。19世紀半ばのアイルランドの作家，

「青色のホテル」

カールトン（William Carleton）の作品には，*ould*（= old），*tould*（= told）などの例が頻繁に見られる。オニールには *auld*（= old）という表記も見られる。

  I'll *hould* goold to silver... — Carleton, *Ned M'Keon*
  I am *tould* that he expects money. — *ib.*
  his poor *ould* mother — id., *Three Tasks*
  auld women — O'Neill, *Zone*
  that grey-whiskered *auld* fool — id., *Moon*

4番目の *shtone*（= stone）と8番目の *shtick*（= stick）のように，アイルランド英語の /s/ は標準英語の sh 音に近く聞こえる。この作品ではこの2例しか見られないが，クレインは前作の『街の女マギー』では，*shay*（= say），*shee*（= see），*shed*（= said），*shquare*（= square）など多くを写し出している。

  Shay（= Say）, lil' girl, we *mightish*（= might as）well make bes' of it.—*Maggie*, ch. 14
  ねえ，かわい子ちゃん，俺たちもせいぜい楽しくやった方がいいよ。
  Girlsh shed you insul' me! — ib., ch. 18
  女たちが言ったぞ，お前が俺のことを悪く言ったって！

5番目の *flure*（= floor）は /flur/ と発音される。/-ɔr-/ が /-ur-/ と発音されるのを，OED は15-6世紀のつづりとして *flur(e)* を示している。同じつづり字が19世紀の方言形に記録されているとも記述している。15-6世紀のスコットランド方言には *fluire* という記録も見られる。17世紀以後は標準英語としては floor が確立していくが，*flur(e)* という形がスコットランドやアイルランドなどの方言に残った。19世紀のアイルランド作家カールトンには次の用例がある。

  While he was speaking, he stamped his foot two or three times on the *flure*, and...— *Shane*
  話している間に，彼は二三度足で床を踏み鳴らした。

第 2 章　スティーヴン・クレイン

forgive your poor mother, that will never see you on her *flure* as one of her own family. — *ib.*

お前の母を許してあげよ，彼女はもう二度とお前を家族の一員として同じ床の上で顔を合わせることはないだろう。

クレインがこの作品でとらえた *flure* は，19 世紀の記録の一つではあるが，これはアメリカで記録された例として貴重である。

7 番目の *wid* (= with) のように /-ð/ を /-d/ とするのは，標準語話者でも速い発話の偶発的発音としてはよくある。しかし黒人のように常に /d/ とするとなると俗語ないし方言発音と見なされる。19 世紀半ばのアイルランド農民のありさまを描いたカールトンの作品には wid が頻出する。

Off *wid* yez!　— *Midnight*

wid an ould frind o' mine　— *Geography*

To dine to-day *wid* your worthy father　— *Poor*

だがスカリーの場合は常にというわけではない。他の場面（ch. 2, 3, 6）ではすべて標準的な with を使っている。スカリーのこの例外的変形は標準語話者の偶発的変形ではなく，移住前のアイルランドで母語として身についた発音習慣が思わず露呈したと考えるべきであろう。というのは上記引用場面のアイリッシュ訛りが *wid* に限らずほかの，*loike, shtone, shtick, hould, flure* のいずれもこの場面限りの発音だからである。

この場面は，豹変して横柄な態度をとる客の振舞に，スカリーが耐えに耐えて，やっとその客が店を去るのを待って，堰を切ったようにその悔しさをぶちまけた場面である。鬱積した心理のこうした極限状況で思わず漏れるのが人の本音であり氏素姓である。このときのアイリッシュ・ブローグから，スカリーはアイルランド生まれの移民であり，アメリカに来てから生まれたアイルランド二世や三世ではないという素姓が分かる。

スカリーの生活歴はそれ以外はあまり明らかではない。分かっているのは，ここ中西部の町ランパーに来たのが 14 年前ということ（第 1 章）。そ

「青色のホテル」

して，長男のマイケルには立派な教育を受けさせ，いまでは別の町で弁護士として名誉もあり尊敬もされる立派な紳士となっていると語っている（第3章）ところから見ると，おそらく半世紀近いアメリカでの生活歴があるものと思われる（注）。

そうするとスカリーのアメリカへの移住は，19世紀半ばに起こったアイルランドにおける大飢饉を逃れての難民生活に始まり，以来アメリカでの暮らしは，貧困と偏見に耐え続けなければならない苦難の人生であったと考えられる。

そうした海外からの移民が，差別・偏見に満ちた当時のアメリカ社会で生き延びるための要諦は，何といっても〈周囲に拒まれないこと〉であったろう。拒まれるということは，極言すれば一家はたちまち居場所を失い路頭に迷うことを意味する。妻と多くの子供を抱えたスカリーにとって，常々もっとも恐れるのはそうした事態に陥ることであっただろう。

この作品の物語の一つは，スカリーがまさにその事態に至るかも知れない恐怖を体験する話である。いま一つは客のスエーデン人が追手を恐れる神経症的恐怖心の話である。二人がそれぞれに味わされる異なった種類の「恐怖」が客観的手法で描かれる。その意味でスカリーとスエーデン人の二人がこの作品の主人公であると言える。単なる偶然によって無意味に命を落とすスエーデン人は光の主人公であり，影の主人公はアメリカ生活で何度目かであろう運命の危機を，耐えてすり抜けたスカリーだと見ることもできるからである。

スエーデン人はスカリーのホテルに着いてまもなく，急に自分はこのホテルの中で殺されるかも知れないという強迫観念にとりつかれる。だが，少なくともホテルでの人間関係の脈絡の中には，その原因となるものは何もない。しがってスエーデン人は，そこに居合わせた誰からもその恐怖感を理解されることがない。顔色を失い「ここから生きては出られないのでは」と立ちつくすスエーデン人の唐突な言動に，みんなは驚き，合点がいかぬまま，押し

第2章　スティーヴン・クレイン

黙って彼を見つめる。

　その視線と空気がスエーデン人の恐怖心を一層つのらせる。彼は殺されないうちに，いますぐホテルを出たいと言い始める。ここから宿屋の主人スカリーの不安が始まる。「この町で，わしのホテルにいるのが怖いからと言ってお客が逃げ出して来たから泊めてやった」と，他のホテルに言わせる結果になることなど，ぜったいに許してはならないとスカリーは事態を深刻に受け止める。ましてやその晩，外は猛吹雪だった。出れば凍死の可能性さえ恐れなければならない。彼は懸命にスエーデン人の引き止めにかかる。

　一方スエーデン人の恐怖心は強迫神経症という病的なものとしか言いようがない。とはいっても，そうした神経症が発症するには何らかの原因が過去にあったに違いないのだが，クレインはそのことには一切触れない。この作品は，過去のこととはまったく関係なく，このホテルで偶然発症することが必要だからであろう。

　しかしスエーデン人に何か重大な過去があったと推測させるに足る情報は与えてくれる。彼はニューヨークで10年間仕立屋をしていて，そこから来たのだという設定である。ニューヨークから「殺伐とした，当時はまだ人の住めるところではない，と考えられていた辺境のネブラスカ」にまではるばる当てもなく来たのであるから，これは犯罪者の逃亡だと察するにじゅうぶんな情報である。しかも3人の客のうちこの男だけは「体をふるわせ目に落ち着きがない」（shaky and quick-eyed）と，ホテルへ着く前に観察されている。さらにホテルに着いてからの様子は，

　　　The Swede said nothing. He seemed to be occupied in making furtive esti-
　　mates of each man in the room. One might have thought that he had the sense
　　of silly suspicion which comes to guilt. He resembled as a badly frightened
　　man.

　そのスエーデン人は何も言わなかった。彼は部屋の者たち一人ひとりを

「青色のホテル」

こっそり値踏みすることに熱中しているらしかった。犯罪者につきものの，馬鹿にうたぐり深い気持ちを持っていると思われても仕方がないくらいだった。おびえ切った男のように見えた。

と説明されるのであるから，スエーデン人が凶状もちの追われる身であることはほぼ間違いない。彼の強迫神経症の原因についての説明はこれでじゅうぶんである。

　一方，スカリーの恐怖心も強迫神経症の一種といえる。ただスエーデン人の場合のような追われる身の犯罪者のそれとは違う。スカリーの場合はアメリカ社会の中での貧困少数民族が絶えず曝される周囲からの拒絶や迫害の恐怖である。スカリーは実に慈悲深い人物であるという印象を旅人たちに短時間のうちに与える術を身につけている。

　それは商売のときだけでなく，それ以外のいかなる場合でも決して他人から恨みをかったり，批判されることがないように常に心がけ，それが身にしみついた習性あるいは身を守るための絶対の生活信条となっていた，といってよいだろう。息子が目の前でスエーデン人に打ちのめされても決して手出しをせず，かたくなに守るフェアーな態度は，妻や娘たちなど身内の者の目には意気地なしとして映り，きびしく非難される結果になる。

　これは，アメリカで長い間虐げられた貧しい者のみが知る恐れに起因する，生きるための悲しい習性というべきもので，あながちフェアーな態度とばかりはいえまい。純粋な正義感でも勇気でもないだろう。それは19世紀半ばにアイルランドから逃れてきたアイルランド人一世が，アメリカでの生き方として余儀なくされた無念の行動様式だったといえまいか。

　アイルランド生まれの移民一世は，アメリカで何十年暮らしても，その訛りとケルト人特有の容貌を隠しがたく世間に晒して暮らさなければならなかった。彼らの心の内奥にあるこの引け目と不安を描くためには，スカリーのアイルランド訛りはこの作品に欠かせない重要な構成要素である。

第2章　スティーヴン・クレイン

以下この作品に書き入れられているスカリーのアイリシズムのうち，先に触れなかったものを補足しよう。ただし，ここでは項目だけの列挙にとどめ，アイリシズムであることのいちいちの立証は省略する。ほとんどは古いイギリス方言の残存である。Text は研究社小英文叢書の *Modern American Short Stories* I（西川正身注釈，19805）を使用。数字は頁数を示す。

発音に関して：

1) 標準英語の母音 /e/ がアイルランド英語では /i/ と発音される：*divil* (= devil) 58, *gintlemen* (= gentlemen) 63, *iver* (= ever) 68, *respicted* (= respected) 63, *prijudice* (= prejudice) 68

2) picture の第2音節は cutter の第2音節と同じ /-tə/ と発音され，*picter*（62）と表される。*Nebrasker*（65）の末尾音節も同じく /-kə/ を表す。

3) education の第2音節 /u/ は /i/ と発音され，*eddication*（62）とつづって表される。

4) prettiest は /pətiest/ と発音され，*purtiest*（62）とつづって表される。

5) met-tro-*pol*-is（61）は標準英語では第2音節にアクセントが置かれるのであるが，アイルランド人の Scully は第3音節を強く言っている。アイルランド英語ではアクセントが標準英語より後ろにずれることが多い。J. Taniguchi (p. 254) は次のような例を報告している。
al-*jib*'era (= algebra), char*ac*'ter (= character), ex-*cel*'lent (= excellent), her-e-*dit*'tary (= hereditary), mis-*chee*'-vous (= mischievous), etc.

語形に関して：

6) *cracky* (p. 60) は Christ の転化。by Christ の婉曲表現 'by cracky' の句で使われる。

7) *doddangedest* (p. 64) は goddamnedest の婉曲形。'dod-' は god の変形。

8) *gal*（62）は girl の変形。

「青色のホテル」

統語法に関して：

9)　人称代名詞について：標準英語では中性代名詞 'it' を使うべきところで him（63）を使う。所有格 my の代わりに me (59, 63, 79) を使う。

I've fetched *him*.（63）

やっと見つけたぜ。[him は隠してあったウイスキーの瓶のこと]

I'd kept it under *me* piller...（63）

わしの枕の下に置いておきたいところなんじゃが…

10)　関係代名詞について：who の代わりに that を使う。一般に黒人英語の特色と考えられているが、これはゲール語の "*cé'n*" が who what の両方に使われることから生じた語法であろう（三橋敦子，p. 230）。

That's the picter of my little girl *that* died.（62）

あれはわしの死んだ娘の写真です。

12)　that (= so) を副詞に使う。

I was *that* fond of her, she ─（62）

わしはあの娘がとても可愛くてたまらなかった、あの娘は─

13)　倒置感嘆文

Ain't he bold as blases, him there in Lincoln, an' doin' well.（62）

彼はなかなか大したもんですぜ、大都会リンカンで立派にやってるんですからな。

II　スエーデン人の英語

この作品のいま一人の主人公であるあるスエーデン人の英語に一言触れておきたい。この男の英語にはスエーデン語の訛もドイツ語の訛もない。ホテルの他の客からオランダ人ではないかと見られるのだが、オランダ語の訛があるわけでもない。この人物に作者が与えているごく僅かな台詞を見る限りで指摘できるのは、アイルランド英語の特色がいくつか含まれていることである。もしモデルの人物があったとするならば、ニューヨークで 10 年間仕

第2章　スティーヴン・クレイン

立て屋をしていたというから，そこでアイルランド英語を覚えたのであろう。次のような特色が見られる。

1) 存在文の *it* (= there)：

I guess if *it* was any way at all, you'd owe me something. （84）

いくらかでも勘定があるとすれば，あんたの方が却って支払わなければならんじゃろう。

2) 強意の他動詞構文

Why, in a fight. I *thumped the soul out of* a man down here at Scully's hotel. （87）

なあに，喧嘩さ。この先のスカリー・ホテルで人をこっぴどく殴りつけてやったのさ。

3) you の複数形 you all

I can't lick *you all*!　（76）

お前たちを相手じゃ勝ち目はないよ。

アメリカの黒人がアイルランド英語を喋るのと同様に，スエーデンやオランダ系の移民がアメリカに来てアイルランド英語を身につけるのは自然なことであり，その点はいささかも不思議ではない。

*

（注）

19世紀のアメリカではアイルランド系移民は未だ「白人」とは見なされていなかった。彼らは通例，「「黒い人種」，「教養が低く野蛮，下卑で凶暴，不精で粗野，猿のように好色」」と評されていた。また黒人が「黒いアイルランド人」と呼ばれたのに対して，アイルランド人は「裏返しになった黒んぼ」と呼ばれた。店の窓には「アイルランド人お断り」の看板が吊り下げられており，前庭の芝生には「アイルランド人と犬は入るべからず」の札が掲げられていた。さらにアイルランド人は「しばらくのあいだ，公式に黒人として類別された。そして国勢調査でも黒人として数えられた」

「青色のホテル」

(パトリシア・キーフ・ダーソ［飯村秀樹訳］,『英語圏文学』人文書院, 2002) という。

第 3 章　リング・ラードナー

「弁解屋アイク」
'Alibi Ike' (1915)

「チャンピオン」
'Champion' (1916)

　Ring Lardner（1885-1933）は，代表作 'Haircut'（「散髪の間」1925）などから「友人のフィッツ・ジェラルドよりも遥かにすぐれた 1920 年代の報告者である」（レナード・R. N. アシュリー）と評され，ジャーナリズムや文学者間でも深く尊敬された作家である。しかし，ここに取り上げる 2 篇はどちらも 1910 年代の作品。「弁解屋アイク」（'Alibi Ike'）は 1915 年に *The Saturday Evening Post* 誌で，「チャンピオン」（'Champion'）は 1916 年に *Metropolitan* 誌で，それぞれ発表されたものである。

　この 2 篇を取り上げる理由は，ラードナーが初めて書いた三人称小説であり，この 2 篇がいわば出世作だからである。出世作は，しばしばその作家のテーマと言語的特色のありかを見せてくれる。とくにアメリカ英語研究の立場からいえば，ラードナーはアメリカのどこにでもいそうな凡人，教育程度の低い人物の発言そのままの vernacular を巧みに駆使した小説家として知られ，アメリカ中西部の英語を確実に反映させた作家だといわれているからである。そこでこの 2 篇の英語をよく見てみると，その特色のほとんどがアイルランド英語と共通しているのが分かる。

　以下はラードナーの標記 2 作品におけるアイリシズムを指摘するものである。Text は研究社注釈版（細入藤太郎注，1960）による。略号 Alibi. は作品

第3章　リング・ラードナー

'Alibi Ike' を，Champ. は作品 'Champion' をそれぞれ表す。末尾の番号は頁数を示す。

I　統語法に関して

まずゲール語の影響によって生じた特色から指摘しよう。

1　直結形伝達疑問文

標準英語なら if もしくは whether によって導かれた平叙文の語順をとらないで，接続詞を使わず疑問文の語順のままで，伝達動詞に直結させるのはアイルランド英語の特徴である（尾上政次1984）。ラードナーの作品には次の用例が見られる。

　You never ast me *was I* married. (Champ. 64)
　一度も俺が結婚してるかどうか聞いたことはなかったじゃねえか。
　I ain't astin' you *who can I hit*. (Champ. 41)
　俺は，おめえに，誰を殴っていいかと聞いているんじゃねえんだ。
　and (he) ast *me wasn't* I a boxin' man and... (Champ. 49)
　彼は僕を見て，あんたはボクシングをやる人でしょう，と僕に聞いた。

2　分詞構文 'busy 〜 ing', 'no use 〜 ing'

イギリス英語の 'busy 〜 ing' は，前置詞 in の省略によって生じた動名詞構文であるが，18世紀から19世紀の初めにアイルランドおよびスコットランドに現れ始めた 'busy 〜 ing' はゲール語起源の分詞構文であるから，初めから前置詞はない語法である（尾上政次1986）。'no use 〜 ing' も，同じくゲール語起源の分詞構文であって，旧来のイギリスの前置詞付き動名詞構文から前置詞が省略されてできたものではない。ラードナーの作品には次の例が見られる。

　But Ike was too *busy curin'* his cold to get that one. (Alibi. 71)
　しかしアイクは風邪を治すのに忙しくて，それは耳に入らなかった。
　They's *no use kiddin'* ourself any more. (Champ. 47)

これ以上，本当の気持ちをごまかしてみたところで始まらないよ。

3　不快・迷惑などを表す前置詞 'on'

P. W. Joyce (pp. 27-8) によるとゲール語には危害・不利・権利の侵害などを受けた人の不快を表す前置詞 "*air*" (= on) がある。例えば 'James struck my dog *on* me.'（ジェイムズはけしからんことに私の犬を打った）はゲール語の "**Do bhuail Seumas mo ghadhar orm**." の直訳であるという（'***orm***' = *air me* = on me）。'on me' は「わたしを無視して」の意。ラードナーの作品には次の例が見られる。

You won't fall down *on* me. (Champ. 51)

しっかりやってもらいたいもんだ。

You try to put somethin' over *on* me and you'll get the same Dose. (Champ. 41)

なんくせでもつけてみろ，おめえも同じ薬を飲ませるぞ。

Doyle booted one *on* Hayes and Carey come acrost with the run That tied. (Alibi. 82)

ドイルがヘイズのところへかっ飛ばしてエラーさせ，ケアリーがホーム・インして試合をタイにした。

4　時を表す名詞の接続詞用法

P. W. Joyce (p. 37) によると when はゲール語では "**an uair**" で表される。この語は字句的には 'the hour,' 'the time' の意である。これが直訳されてアイルランド英語では 'the time you arrived I was away in town.' のように，名詞をそのままで接続詞として使う語法が生じた。このアイルランド起源の語法は，今日のアメリカでは標準英語として確立している。ラードナーの作品にも用例が多い。

"Alibi Ike" was the name Cary wished on him *the first day* he reported down south. (Alibi. 69)

奴が南部から来て球団に入った最初の日に，もうケリーは奴に「弁解屋

第3章　リング・ラードナー

アイク」という徒名をつけちまった。

he had to excuse himself *every time* he lifted his fork. (Alibi. 71)

奴はフォークを持ち上げるたんびに，必ず何か言い訳がましいことを言わなきゃすまねえんだ。

The minute it begun to ring, five of us jumped for it. (Alibi. 77)

電話が鳴ったとき，俺たち五人はぱっと立ち上がったぜ。

The night we went to Philly, I got him cornered in the car and I says to him. (Alibi. 84)

フィラデルフィアに行った晩に，俺は車の中で奴をつかまえて聞いてみた。

5　'the way' の接続詞的用法

アイルランド英語の '*the way*' は 'thus,' 'so,' 'how,' 'in a manner' などさまざまな意味に使われるが，P. W. Joyce (p. 35) によると "**amhlaidh**" などのゲール語が直訳された結果であるという。名詞 the way をそのままの形で接続詞に使うこのアイルランド起源の語法は，先の the time ほか時を表す名詞の接続詞用法の場合と同様に，今日ではアメリカの標準英語となっている。ラードナーの作品には次の用例がある。

and that's impossible *the way* things are. (Champ. 53)

こちらの事情ではそれもできません。

Doyle usually hits 'em that way, *the way* I run. (Alibi. 80)

ドイルはたいていあの方向に打つんだよ，俺が走る方向にさ。

6　'of' の後置詞的用法

アイルランド英語にはゲール語の影響で 'a thief of a fellow'（盗人みたいな奴），'a steeple of a man'（尖塔みたいな背高ノッポの男）のように，'a + 名詞 + of a ～' がひとかたまりとなって，後ろの名詞を修飾する形容詞句がある。前置詞 of が前の名詞と結んで句をつくるこの語法は，それまでのイギリスの伝統英語にはなかった。今日では英米ともに標準英語として認めら

れている。ラードナーの作品には次の用例が見られる。

　　What *a whale of* a play it was, ... (Alibi. 80)
　　なんと素晴らしいファイン・プレーだ！
　　He made *a whale of* a catch out o' the next one and Cary says "Nice work!". . . (Alibi. 70)
　　次のフライが来たときは見事な捕球をしたので，ケリーも思わず「ナイス・キャッチ」と言った。

7　文末の念押し重複語法

　P. W. Joyce (p. 10) によると，アイルランド英語では陳述強調（emphatic assertion）のために 'it is a great shame, *so it is.*' 'He hit me with his stick, *so he did.*' 'He is a great schemer, *that's what he is.*' のように，しばしば文末に前文の内容を繰り返して強調する。ラードナーの作品には次の用例が見られる。

　　He's welter ; *that's what he is.* (Champ. 47)
　　彼はウエルター級なんです，そうなんですよ。

8　動詞 'kill' の用法

　kill を「殺す」ではなく「痛めつける」の意味に使うのはアイリシズムである（P. W. Joyce p. 134）。これについては，早く19世紀初頭のアイルランド作家 Maria Edgeworth が小説 *Castle* (1800) の中で「kilt は killed を意味するのではなく hurt の意味である」という註をつけている。ラードナーの作品には次の用例が見られる。

　　I got some gravel in my shoes and it's *killin*' my feet. (Alibi. 73)
　　靴の中に砂利が入って，痛くてしようがないんだ。

9　動詞 'make'（＝ become）の用法

　P. W. Joyce (pp. 290-91) によると 'make' を become の意味に使うのはアイルランド英語起源の語法である。'This will *make* a fine day.'（今日はいい天気になるだろう），'no doubt he'll *make* a splendid doctor.'（きっと彼はすぐれた医者になるだろう）のように使われる。ラードナーの作品には次の用例が見

第3章　リング・ラードナー

られる。

>And at that he's goin' to *make* us a good man. (Alibi. 73)

それというのも，あいつは俺たちと仲良しになりたいんだ。

>and we *made* pretty near a clean-up. (Alibi. 84)

われわれは他チームを圧倒する「一掃屋」みたいになった。

>They was shy two men to *make* six... (Alibi. 74)

六人組になるには二人足りなかった。

10　動詞 'quit'（= **cease, stop**）の用法

P. W. Joyce (p. 310) によるとアイルランドの Ulster 地方では '*quit that*' は 'cease from that'（それをよす，やめる）の意味で使われるという。ラードナーの作品には次の用例が見られる。

>If you don't *quit* growin' they won't be nobody for you to do... (Champ. 47)

いい加減に肥るのをやめなければ，お前とボクシングをやるやつは一人もいなくなるぞ。

>how the ball club was all shot to pieces since Ike *quit* hittin',... (Alibi. 96)

アイクがヒットを打たなくなって以来球団がどんなに苦しくなったか…

11　動詞 'leave'（= **let**）の用法

アイルランド英語では 'leave' を 'let' の意味に使う。英語の let に当たるゲール語の "**lig**"，"**ceadaigh**" はどちらも 'allow' の意味であり，これがアイルランド英語では '*leave*' と訳される。ラードナーの作品には次の用例がある。

>but I ought to *leave* my old man know where I am at. (Alibi., 76)

だが，親父には俺の居所は知らせてやらなくちゃならないんだ。

12　名詞 'boy' の用法

P. W. Joyce (p. 223) はアイルランドでの '*boy*' の使い方について次のように説明している。'Every Irishman is a "boy" till he is married, and indeed often long after.' (Crofton Croker: 'Ir. Fairy Legends')。ラードナーの作品にも，成人男子に対する呼びかけ語として '*boy*' を使った次の用例がある。

「弁解屋アイク」「チャンピオン」

So I says, 'Well, *boy*, I don't know how good or how rotten you are, . . . (Champ. 49)

そこで僕が言いました、「ではだな、お前がどれほど強いのか弱虫なのかは分からないが…」

Midge, you're makin' a big mistake, *boy*. (Champ. 59)

ミッジ、お前はな、大変な考え違いをしているぜ。

13 'got (or have) it coming' の構文

'deservedly falling or happening' の意味に使われるこの構文は、アイルランドとアメリカに共通してあるが、尾上政次（1953, pp. 149-52）によると「経験」の意味に使うのは、アイルランド英語の傾向であるという。ラードナーの作品には次の用例が見られる。

I guess I *got it comin'*, ain't I? (Champ. 58)

それは当然俺の方に来る金じゃないのかな？

14 'says he,' 'says I' の反復

語り (narrative) の中で 'says he,' 'says I' を繰り返すのはゲール語の習慣によるものである。P. W. Joyce (p. 134) はゲール語では *'says he'* に当たる "*air sé*" はしばしば繰り返されるが、それに釣られて英語で、'And *says he* to James "Where are you going now?" *says he*.' のように繰り返すのは正しくないと指摘する。*'says I'* についても *'says he'* からの類推で同じことがいえる。ラードナーの作品では次の用例に見られる。

I says to the fella settin' alongside o' me, *I says* : 'Look at them shoulders! No wonder he can hit,' *I says* to him. (Champ. 43)

「僕は隣に座っている男に言ったんです。「あの肩を見たまえ、猛打がきくのもあたりまえでしょう」とね。

15 'beat ～ out of...' の構文

アイルランド英語では「～を叩き出す」の形式の表現をよく使う。P. W. Joyce (pp. 30-1) によると 'I tried to knock another shilling out of him.'（もう1

第3章　リング・ラードナー

シリング巻き上げようと思った）は，ゲール語の "**bain sgilling eile as**" の直訳である。'To make a speech takes a good deal out of me.'（スピーチをするととても疲れる），"**baineann sé rud éigin asam**" の直訳であると指摘する。この構文には多くの類型がある。ラードナーに見られる次の用例はその一つである。

> It's goin' to *beat us out o'* the bit money... (Alibi. 94)
> 賞金もどうやら手の届かないところへいっちまいそうだぜ。
> I don't want to *beat nobody out o'* nothin', but... (Champ. 58)
> 俺は無駄に人を打ちのめしたりしたくはないが…
> he knows it was me that *drug him out o'* the gutter and... (Champ. 49)
> 奴をどぶから救い上げたのは俺だってことを知ってるからな。

16　疑問詞の後の 'is（was）it'

アイルランド英語では疑問詞で始まる疑問文は，先ず'疑問詞 + is（was）it'で文を起こして，その後に「主語＋動詞」を置く。船橋茂那子（1986, p. 204）によると，例えば What do you have? はアイルランド英語では 'What is it you have?' というが，これはゲール語の "**Cad esin ata agat**?" の直訳からきたものである。ゲール語には have に当たる語がないので，文字通りには What is it that is at you の形になっている。ラードナーの作品には次の用例が見られる。

> Who *was it* that hung that left on the Dutchman's jaw, me or you? (Champ. 58)
> あのドイツ人のあごにレフトをくらわしたのは一体だれだ。俺かそれともお前か？

17　'kind of' の副詞用法

'*kind of*'（kinder）を副詞的に使うのを，OED はイギリスでは 1849 年の Dickens の *Dav. Copp.* Lxii からの用例を初出としていたが，1961 年の補遺版では，アメリカでそれよりもさらに早い 1796-1801 年の用例，'I *kind of* love you, Sal ― I vow.' が見つかったと報告している。そのことから，この語法は

アイルランドからアメリカに入ったのではないかと察せられる。Dickens はロンドンに移住してきたアイルランド人のアイリッシュ・ブローグを初めて小説に取り入れて，その文体の新奇さをもってイギリスの文壇入りに成功した作家であることからも，その可能性はじゅうぶんに考えられる。とまれラードナーの作品には次の用例が見られる。

"*kind o'* rests a man to smoke after a good workout," he says. . . "*kind o'* settles a man's supper, too." (Alibi. 72)

しっかり練習した後の一服は，何かこう安らぎを与えてくれるな。食べたものもこの一服で落ち着くみたいだなあ。

18 二人称複数代名詞 'you all'

英語では二人称代名詞は単複同形を使うが，ゲール語では区別をしていたのでアイルランド人は英語を取り入れるときに複数に 'youse,' 'yous,' 'yez' などの語形を新しくつくって工夫した。また「みなさん」の意味で 'you all' もよく複数形として使われるようになった。19 世紀半ばのアイルランド農民生活を写し出した作家 W. Carleton の作品には，'Boys, *you all* know my maxim.' 'But sure I have great news *you all*!' (*Traits & Stories*) など用例が多い。ラードナーの作品では次の用例がある。

What do *you all* call me Ike for? I ain't no Yid. (Alibi. 69)

なんで，みんなはぼくのことをアイクって呼ぶのかな？　ぼくはユダヤ人じゃないぜ。

'*You all*' はアメリカでは一般に南部方言の特徴と考えられているが，このように南部に限らず全米の各地に見られる。もっともアイクと徒名されるこの小説の主人公は「南部から来た男」として設定されており，本当の名前は Frank X. Farrel であると作品の冒頭で紹介されている。因に 'Farrel' という名前の語源はゲールから来ており，この男はアイルランド人であることが名前の上からも分かる。

19 'she, her'（= it）

第 3 章　リング・ラードナー

アイルランド英語では中性の代名詞 'it' の代わりに，女性代名詞 she, her を使うことがある。英語にも擬人化用法はあるが，その伝統とは少し違う。アイルランド英語の場合はゲール語に中性の代名詞がなかったために性 (gender) のないものにも she, he を当てて訳したことによる。この作品には次の例がある。この 'her' はポーカーのチップ（1 枚 1 ドル）のことである。

　　Take out a buck if you didn't mean to tilt *her*. (Alibi. 75)

　　賭けるつもりがなかったのなら，1 ドル引っ込めておきな。

次に古いイギリス英語をそのまま継承しているものを指摘する。
20　副詞的属格の '-s'
属格は今日の標準英語では名詞の所有格にしか使わないが，昔（ME から初期近代英語にかけて）は副詞にも使われていた。とくに，時・場所・様態を表す語が多かった。ラードナーの作品には次の用例が見られる。

　　nowheres (Champ. 49)

　　somewheres (Champ. 52)

　　anywheres (Alibi. 89)

21　二重主語
名詞主語の直後にそれを受けた人称代名詞を使うのは 17 世紀ころまではごく普通のことだった。Shakespeare にも多い。'Your husband *he* is gone to save far off, . . .'（貴女の夫は国を救うために遠征しているが）Rich. II. II. ii. 80. ラードナーの作品では次の用例が見られる。

　　jest think boy *he* hasent got out of bed in over 3 yrs. (Champ. 54)

　　ね，考えてごらん，坊やは 3 年このかた，床につきっきりなんだよ。

　　Alibi Ike *he* must have seen me peekin', . . . (Alibi. 75)

22　複合指示詞
OED を見ると複合指示詞 this here はイギリスで 15 世紀以来，that there は 18 世紀から 19 世紀にかけてよく使われた。それぞれの起源については藤井

健三 (1984, pp. 50-3) を参照されたい。ラードナーのこの作品ではたまたま this here だけであるが次の用例が見られる。

this here address (Champ. 63)

This here Farrel (Alibi. 70)

this here college (Alibi. 87)

23 'Me' (= I)
目的格の人称代名詞を主語に使うのはアイルランド英語に多い (J. Taniguchi, p. 19) が、イギリスの方言にも古くからある。ラードナーの作品には次の用例が見られる。

Me lay down for fifty bucks. (Champ. 45)

50ドルでのびるなんて、俺はごめんだ。

24 'have 目的語＋過去分詞' の完了形
'have ＋過去分詞' の現在完了が確立するのは17世紀以後であるが、そ以前の形がアイルランドに残り、後にそれがアメリカに入った。

But I thought if I took a good wallop I'd *have 'em all fooled*. (Alibi. 83)

だが、派手な空振りをすれば、相手を騙せるんじゃないかと思ったんだよ。

II 発音と語形に関して

1 弱音節を落として語を短くする
アイルランド英語では、例えば *garner* (= gadener), *ornary* (= ordinary) のように、最も弱い音節をそっくり落として語を一音節短くする傾向がある (P. W. Joyce, p. 3)。ラードナーの作品では次の用例が見られる。

consid'able (= considerable) 44

diff'rence (= difference) 5, 64

fam'ly (= family) 66, 67

gen'ally (= generally) 93

第3章　リング・ラードナー

hist'ry (= history) 67

ig'orant (= ignorant) 74

li'ble (= liable) 61

prob'ly (= probably) 51, 51, 65, 96

s'pose (= suppose) 54, 82

2　子音連続の間に弱母音を挿入する

アイルランド発音では，例えば *ferrum* (= firm)，*furrum* (= form)，*Bullugarians* (= Bulgarians) のように，子音連続の間に弱母音を挿む傾向がある (P. W. Joyce, p. 96)。ラードナーの作品には次の用例が見られる。

Brook-a-line (= Brookline　ボストン市近くの都市) (Alibi. 90)

3　定冠詞の消失

尾上政次（1953, p. 155）によると 'on the top of' はアイルランドで定冠詞 the を落とし 'on top of' となってアメリカに入ってきた。ラードナーの作品には次の用例が見られる。

That stand's so high that a man don't never see a ball till it's right *on top of* you. (Alibi. 80)

スタンドが高すぎるもんで，球が頭のすぐ上に来るまで見えなかったんですよ。

4　末尾添加音 /-t/

P. W. Joyce（97）はアイルランド発音では末尾継続子音を剰音 -t をつけて止める傾向があると指摘する。ラードナーの作品には次の用例が見られる。

acrost (= across) 79，82

chanct (= chance) 45，48，49，50，63，86，95

onct (= once) 71

twict (= twice) 85

unlest (= unless) 85

wisht (= wish) 47

5 'idear'（= idea）の末尾添加音 '-r'

r-less 地域では，末尾の母音は次の語が子音で始まるときには渡り音として，/-r/ が発生するが，俗語・方言では母音の前に立つと立たないとに関係なく常に 'idear' と発音することがある。おそらくこれは英語の末尾の曖昧母音に，アイルランド人が「薄弱音」（slender sound）の /-r/ を当てたのであろう（P. W. Joyce, p. 104）。cf. *feller*（= fellow）

　　The *idear* is that... (Champ. 58)

　　That's the *idear*. (Champ. 59)

　　Then he had another bright *idear*. (Alibi. 83)

　　It was Carey's *idear* that... (Alibi. 96)

6 末尾の '-in'（= -ing）

品詞の種類にかかわらず末尾の -ing は常に '-in' と発音され，-ing となることはない。ラードナーの作品には次の用例がある。

　　actin'（= acting）72

　　evenin'（= evening）85

　　innin'（= inning）79

　　mornin'（= morning）76

　　somethin'（= something）72　以下省略。

7 末尾閉鎖音の消失

　　contrac'（= contract）49, 59

　　gran'father（= grandfather）70

　　subjec'（= subject）95

8 wh- の 'h' を落とす

　　aw'ile（= awhile）56

　　w'arf（= wharf）51

　　w'ile（= while）41, 52, 64, 65, 76

9 強変化動詞を弱変化活用する

第 3 章　リング・ラードナー

　growed (＝ grew, grown) 47, 47

　knowed (＝ knew, known) 73, 74, 83

　throwed (＝ threw, thrown) 75, 80, 84

10　過去形と過去分詞を区別しない

　begun (＝ began) 77

　broke (＝ broken) 62

　done (＝ did) 48

　gave (＝ given) 50

　knew (＝ known) 79

　saw (＝ seen) 62, 73, 80

　took (＝ taken) 79

　tooken (＝ taken) 73

　went (＝ gone) 47, 77

　wrote (＝ written) 53

11　不変化活用

　ast (＝ ask, asked) 69, 70, 70

　begin (＝ began) 85

　come (＝ came) 49, 82, 85, 87

　give (＝ gave) 50, 81, 96

12　単複両用

　was (＝ were) 74, 74, 75, 75, 75, 76, 77, 80, 85, 96

　wasn't (＝ weren't) 78, 81

　don't (＝ doesn't) 77, 77, 80, 95

13　th を /t/ で代用する

　mont's (＝ months) 48

　Yatta boy! (＝ That's the boy!) 93

14　th を落とす

clo'es (= clothes) 44, 50

15　母音の変化

fella (= fellow) 86, 93, 95, 95

borry (= borrow) 89

theayter (= theater) 91

set (= sit) 51, 92

sence (= since) 53

jest (= just) 52

16　古形 'off'n'（ = off on = from）

Couldn't you borry another key *off'n* the landlady? (Alibi. 89)

小母さんから別の鍵を借りられないのかい？

17　'ett'（ = ate）

Cap and his missus and Ike and Dolly *ett* supper together. (Alibi. 90)

監督と奥さんとアイクとドリーの四人が同じテーブルで晩ご飯を食べた。

上に見てきたようにリング・ラードナーがアメリカのどこにでもいそうな凡人として描いた平均的アメリカ人の英語は「アメリカの中西部方言」であるが，この vernacular の特色もほぼ全面的にアイルランド英語と共通する。これによってもアメリカにおけるアイルランド移民の分布がいかに広いかが察せられる。

因にラードナーは Michigan 州 Niles で，ドイツ系移民を父とし，その町で最も裕福な家庭に生まれ，常に多くのアイルランド人召使に囲まれて育ったといわれる。

第4章　シンクレア・ルイス

『本町通り』

Main Street (1920)

　アメリカ初のノーベル文学賞受賞（1930）作家 Sinclair Lewis（1885-1951）の代表作『本町通り』（*Main Street*）は米国北中西部（North Midwest）のミネソタ州（Minnesota State）大草原の人口 3,000 人ほどの小さな町ゴーファー・プレアリィに住む人々の姿を描いた小説である。

　この作品は「みすぼらしい人々とけばけばしい人々，地方的な卑語と移民の方言の文法のガイドブックである」（マーフィン・バッコ）と評されるように，その地方の人々の土地ことば（vernacular）が活写されている。

　登場人物には大きく分けて二つのグループがある。一つは医師，弁護士，高校教師，保険会社の外交員，ホテルの外交員，各種商店の経営者など町の中心部に住む「町の」人々のグループ。もう一つは町の外縁にある農耕地帯に住む「百姓」と呼ばれる人々のグループである。

　このあたりに住む農民はドイツ人，スエーデン人，ノルウエー人，フィンランド人，フランス系カナダ人などの移民である。これらの移民は，それぞれ祖国のお国訛りの強い変形英語を使う。例えば，スエーデン人のドイツ語訛りの英語は次のように写し出されている。

　　Pete he say you kom pretty soon hunting, doctor. My, dot's fine you kom. Is dis de bride? Ohhhh! Ve yoost say las' night, ve hope maybe ve see her som day. My, soch a pretty lady! Vell, vell! Ah hope you lak dis country. Von't you stay for dinner, doctor?　― ch. 5（注）

第4章　シンクレア・ルイス

　さて，町の外縁に住み，このよう変形英語を話す外国からの移住農民たちは，町の中心部に住む人々からは常に一段低く見下ろされている。しかしお高くとまっている町の人々もまた，元をただせば外国からの移民であることが分かる。とくにどこの国からという言及はないが，町の人々が共有しているいくつかの言語的特色から，アイルランド系移民の子孫がそのほとんどであることが分かる。

　以下はこの作品におけるそのアイリシズムを指摘するものである。Textは Grosset & Dunlap 社 1922 年版。用例末尾の数字は頁数を示す。

I　統語法に関して

1　'of' の後置詞的用法

　アイルランド英語ではゲール語の直訳から，'of' が後ろの名詞とではなく前の名詞と結合して形容詞句をつくるという，イギリスの伝統英語にはなかった新しい使い方が生じた（P. W. Joyce, p. 42；尾上政次 1953, p. 164）。この作品には 'a whale of 〜', 'a lump of 〜', 'a hell of 〜' などの例がある。いずれの 'of' も前の語とひと固まりとなって，後ろの名詞「〜」を修飾する。

It's been *a whale of a* fight.（438）
どえらい喧嘩をしたもんだ。

［It would］Be *a whale of a* lot of fun.（20）
［それは］どえらく面白いでしょうな。

Cy Bogard who, though still a junior in high school, was *a lump of a* man, only two or three years younger than Fern...（333）
まだ高校初年級ではあったが，いまではファーンより二，三歳若いだけの，堂々たる体の大人であったサイ・ボガード…

but she wore *a hell of a* plain suit, no style...（33）
ところが，彼女は，着ているものがいやに質素なんだ，品ってものがまるでない…

2 不快・迷惑などを表す前置詞 'on'

アイルランド英語には He went and died *on* her. (彼は彼女を残して死んだ), My road is lost *on* me. (こりゃ困ったぞ, 道に迷ってしまった) のように, 損害, 権利の侵害, 不快, 迷惑などを受けた被害者の感情を示す前置詞 on の使い方がある (尾上政次 1953, p. 117 ; P. W. Joyce, pp. 27-8)。これもゲール語の前置詞 "***air***" の直訳からアイルランド英語に生じたものである。この作品には次の用例がある。

> I just meant I wouldn't want the fire to go out *on* us. Leave that draft open and the fire burn up and go out *on* us. (163)
> ただ, 暖炉の火に消えられちゃ困る, と言いたかっただけさ。あの通風孔を開け放っしておけば, 火は燃え尽きて, 消えもしようね。

> Dear Mrs. Kennithcott you were the only one that believed me. I guess it's a joke *on* me, I was a simp, . . . (389)
> 親愛なるケニスコットの奥さま, 奥さまは, 私を信じてくださった唯一のお方です。お笑いの種にしかならないでしょうが, 私はまったくのお馬鹿さんだったのです。

3 '自動詞＋身体の一部＋ off' の構文

アイルランド英語では 'nod one's head off' (むしょうにこくりこくりやる), 'grin one's ear off' (大口を開けてにやつく) のように, 身体の一部を引きちぎるほど「〜しまくる」という, 自動詞の程度を強調する表現がある (尾上政次 1953, pp. 6-8)。この作品には次の用例がある。

> Great fellow for chinning. He'll *talk your arm off*, about religion or politics or books or anything. (42)
> 駄弁ることにかけては大した男だ。宗教でも, 政治でも, 本のことだろうと, こちらがうんざりするほど, 喋りまくるんだ。

4 'and all (that)' / 'and everything'

アイルランド英語では 'and all (that)' を字句通りの and everything else の意

味ではなく「〜とか（なんとか）」ほどの意で，一種の「ぼかし語」として使われる。これはスコットランド英語にも共通する特色である（OED）。'and everything' は 'and all' からの類推によってアメリカで生まれた類句。この作品には次の用例がある。

> I think a fellow is awful if a lady goes on a walk with him and she can't trust him and he tries to flirt with her *and all*. （258）
> 思うに，男ともあろうものが，いっしょに散歩に出てくれた女性がこちらを信用してくれないのに，その女性と戯れの恋などをしようものなら，浅ましい奴だということになるでしょう。
>
> Talking about gold stockings, and about showing your ankles to schoolteachers *and all*！ （53）
> 金糸のストッキングとか，踝を学校の先生に見せたとか，そんなことを喋ったりして！
>
> He doesn't — he doesn't do the embalming *and all that* — himself? I couldn't shake hands with an undertaker!（42）
> あの人が…あの人が自分で死体の防腐処理なんかをするんじゃないでしょうね。葬儀屋さんとはとても握手なんかできそうにないわ。
>
> It would be dandy to have lectures *and everything*.（257）
> 講演会やなんかがあったらすばらしいでしょうね。

5　直結形伝達疑問文

アイルランド英語では疑問文を名詞節にするのに，接続詞の if や whether を使わず，疑問文語順のままで，人称・時制を変えるだけで伝達動詞に直させる（尾上政次 1984, p. 1；P. W. Joyce, p. 31）。この作品には次の用例がある。

> I wonder *will she pay cash*, ...（33）
> 彼女が現金を支払うかどうかあやしいものだ…
>
> She observed *how deep was his chest*.（283）

『本町通り』

彼女は彼の胸がとても厚いのに気がついた。

And she asked her *did she like flowers* and poetry and everything.（326）

彼は彼女に，あなたは花だとか詩だとかそういたものが好きですか，と訊ねた。

6　二詞一意語法（hendiadys）

アイルランド英語では 'good and 〜' 'nice and 〜' 'fine and 〜' などはそれぞれ2語で very の意の程度強調の副詞として働く。good, nice, fine のそれぞれに単独の形容詞の意味はない（P. W. Joyce, p. 89）。この作品には次の用例がある。

I certainly am! and *good and* thankful you may be that...（378）

たしかにその通りよ！　たっぷり感謝していただいていいでしょうよ…

he had occupied an old house, "but *nice and* roomy, well-heated, best furnace I could find on the market."（29）

彼は古いけれども，「なかなか広々とした，暖房設備は，商品としては最高の暖房炉で申し分ない」家に住んでいた。

7　時を表す名詞の接続詞用法

アイルランド英語では時を表す名詞がそのまま副詞節を導く接続詞としての機能を果たす。この作品には次の用例がある。

But it was hard, *the time* I had to get out, and it was quite muddy, to read the sign-post...（385）

でも，辛かったわ。泥だらけのところに降りて道標を読まなければならなかった時は。

'What's your address?' 'You can ask Mr.Marbury *next time* you come down ― if you really want to know.'（15）

「ご住所はどちらですか」「こんどお出での折に，マーベリーさんにお聞きください―ほんとうに知りたいのでしたら」

The moment it was dusk she pulled the window -shade,...（105）

第4章　シンクレア・ルイス

たそがれになるや否や，彼女は家中のカーテンをぴたりと閉めた。

The moment she was in their room, ... she looked critically at Kennicot. (211)

彼女は部屋に入るとすぐにケニコットをしげしげと見つめた。

8 'the way' の接続詞的用法

アイルランド英語では様態を表す名詞 the way をそのままの形で，副詞節を導く接続詞として使う。P. W. Joyce (p. 35) によると，これはゲール語の副詞 "**amhlaidh**" (thus, so, how, in a manner ほどの意) の直訳からきたものであり，this is the way I made my money (i.e.'this is how I made it.') のように使う。この作品には次の用例がある。

You say a doctor cure a town *the way* he does a person. (18)

医者というものは，患者を治療するように町の治療もできるんじゃないかと，あなたはおっしゃるんだが。

They ought to of worked on the farm, *the way* I have. (4)

ここの連中は農場で働いたらよかったんだ，僕のように。

Well, mabbe it won't be so awful darn intellectual, *the way* you and I might like it, but it's a whole lot better than nothing. (237)

そうだねえ，君や僕が気に入るほどに，すごく知的だとはいえないだろうが，何もないよりは，ずっとましだ。

Do you get the idea *the way* I do? (392)

わたしの言わんとすることがお分かりになりますか？

9 緩叙法（litotes, meiosis）

quite は普通 quite alone（まったくひとりぼっち），quite warm（ずいぶん暑い）のように後の語の強調に使う語だが，アイルランド英語では '*quite a little*' は「まったく少ない，ずいぶん少ない」ではなく，「かなり多い，ずいぶん多い」という逆の意味になる。これは，わざと控えめな表現を使うことによって，かえって強い意味を伝える一種の緩叙法である。

『本町通り』

この 'quite a little' がアイルランドからアメリカにもたらされて、アメリカでは類推によって 'quite a few'（かなり多数の）、'quite a while'（相当長い間）、'quite a bit'（ずいぶん）などの慣用句が生まれた（尾上政次 1991）。したがって 'quite a little' 以外の類句はアイルランド起源とはいえないが、これらはアイルランド系の語法（Irish-American）であるとはいえる。この作品には次の用例がある。

I'd 'phone for a flivver but it'd take *quite a while* for it to get here. Let's walk. (405)

電話で自動車を呼んでもいいが、ここまで来るには、かなり時間がかかるだろう。歩こうじゃないか。

10　重複語法

アイルランド英語では同一語句あるいは類似語句を繰り返す習慣がある。これはゲール語の習慣に基づく（P. W. Joce, p. 134）。この作品には次の例がある。

1) I says の繰り返し

I says to them, ''Taint' my affair to decide what you should or should not do with your teachers,' *I says*, 'and I ain't presuming to dictate in any way, shape, manner, or form. I just want to know,' *I says*, 'whether you're going to go on record as keeping here in our schools, among a lot of innocent boys and girls, a woman that drinks, smokes, curses, uses bad language, and does not dreadful things as I wouldn't lay tongue to but you know what I mean,' *I says*, ... (381)

わたしは、言ってやりましたよ。「みなさんの先生たちをどうこうせよ、などと、それを決めるのは、わたしの仕事ではありませんし、また、いかなる方法、形、様式、形式ででも、指図がましいことを申すつもりはありませんが、わたしとしては、ただ、知っておきたいのです」と、言ってやりました。「果たして、みなさんは、わたしたちの

第4章　シンクレア・ルイス

学校のたくさんの無邪気な男女生徒の間に，酒は飲む，煙草は吸う，悪態はつく，きたない言葉は使う，その他，口に出すのも憚られるようなひどいことをするような女を，いつまでも教師として置くおつもりかどうかをね。でも，みなさんは，わたしの言おうとしていることは，お分かりのはずです」と言ってやりました…

2) and の繰り返し

There's no use saying things *and* saying things *and* saying things. (18)
いろんなことを，話しても，話しても，話しても，みんなむだになる。

Little *and* tender *and* mercy *and* wise with eyes that meet my eyes.
小さく，やさしく，明るく，賢く，その眼は，わが眼にこたえたまう。

11　'kind of' の副詞的用法

口語で 'kind of' が in a way, as it were, to some extent の意の副詞として使われるようになった。OED の初出例は，1849 年の Dickens の *Dav. Copp.* Lxiii からの用例である。Dickens はアイルランド語法を取り入れた目新しい文体の英語で，文壇に登場した最初のイギリス生まれの作家であることから，おそらくこれはアイルランド起源の語法だと思われる。kind にあたるゲール語の "**cineál**" には somewhat の意の副詞用法があることによる。この作品には多くの用例がある。

We *kinda* like Gopher Prairie. (245)
わしらはなんとなくゴーファー・プレアリーが気に入ってね。

When I get one I'm *kind of* scared to open it. (438)
手紙が来ると，それを開けるのが恐いくらいなんだ。

I guess I'm *kind of* fresh to call you 'Vida'! (257)
あんたを「ヴィーダ」さんとお呼びするのは，なんだか生意気ですよね。

12 'a lot' の副詞用法

a kind of が副詞的に使われるのと同様に 'a lot of' も of を落とした 'a lot' の形で much の意の副詞として使われる。ゲール語の "*i bhfad*" が直訳されたものと考えられる。この作品には次の用例がある。

　I'm *a lot* like her ― except a few years older.（253）
　あたしだって，あの人そっくりだわ―2つ3つ年上だってことを別にすれば。

13 'no use 〜 ing' の分詞構文

伝統英語では 'no use in 〜 ing' と言い，'〜 ing' は動名詞であるが，アイルランド英語の場合はゲール語の分詞構文に基づいたものであるから，初めから前置詞の in はない。したがってこの構文は in の省略によって成立したのではない（尾上政次 1986）。アメリカでは in のない形の方が多い。この作品には次の用例がある。

　There's *no use saying* things and saying things and saying things.（18）
　いろんなことを話しても，話しても，話しても，みんな無駄になる。
　No use running this democracy thing into the ground.（42）
　この民主主義ってものをやり過ぎても無駄さ。
　There's *no use your denying* it.（377）
　やらないって言ったって無駄なことだよ。

14 'it'（= there）

アイルランド英語には 'it' で始まる存在文がある。it（= there）は英語史上 ME（中期英語）期に一時目立って現れるのだが，なぜか 17 世紀以後は姿を消してしまう。OED も 1617 年の Bayne の用例を最後としている。しかしスコットランドでは 19 世紀ころまでは稀に ballad などには残った。アメリカで見られるようになるのは 19 世紀後半以後であるが広く各地に見られ，とくに南部地方では多い。この事実を説明するのにスコットランドからだけの移入を考えるのはやや無理がある。したがってここは，17 世紀初頭ころまで

第4章　シンクレア・ルイス

の古い語法がアイルランドで残った，あるいはゲール語の直訳によってアイルランド英語に新しく生じたか，いずれにしてもアイルランドからの影響を考えるのが自然であろう。この作品には次の用例がある。

It is nothing so amusing!（265）

何一つ，それほどおもしろいことがないのだ。

It is negation canonized as the one positive virtue.（265）

唯一の積極的な美徳として崇められている自己否定がある。

It ain't no use talkin' to women like you.（401）

あんたみたいな女と話したところで，何の役にも立ちはしねえや。

15　疑問詞の後の 'is (was) it'

アイルランド英語ではゲール語の影響で，一つの文章を「it is ＋述語＋主語＋述語」（例えば It's fat you are.）のように，前後二つの主語＋述語に分けることがある（P. W. Joyce, p. 51）。したがって疑問詞で始まる疑問文は「疑問詞 ＋ is it 〜」の形になることが多い。この作品には次の用例がある。

Uh — Carrie, what the devil *is it* you want anyway?（421）

あのう―キャリー，君の望んでいるものはそもそも何だね？

16　'like' の接続詞用法

アイルランド英語では like を接続詞（as）のように使う。これは古いイギリス用法の残存である。この作品では次の用例がある。

Well, good night. Sort of feels to me *like* it might snow tomorrow.（451）

それでは，おやすみ。どうやら明日は雪になりそうな気がするな。

17　'quit'（＝ cease, stop）の用法

アイルランドの，とくに北部では動詞 'quit' を「去る，離れる」ではなく，'Quit your crying.'（＝ Stop your crying）のように，「（〜するのを）よす，止める」の意味に使う（Joyce, p. 310）。この作品には次の用例がある。

Oh, for God's sake *quit* it!（380）

ほんとに，後生ですから，止めてください！

『本町通り』

Ouch! *Quit!* You're scalping me!（77）
痛い！　よしてくれ！　参った，参った！

18　'have ＋ 目的語 ＋ 過去分詞' の完了形

伝統英語の完了形は「have ＋ 過去分詞」であるが，アイルランド英語では，You have me distracted.（= You have quite distracted me with your talk.）のように「have ＋ 目的語 ＋ 過去分詞」の語順をとることがある（P. W. Joyce, p. 85）。これは「have ＋ 過去分詞」の現在の慣用形が確立する以前の古いイギリス英語の残存である。この作品には次の用例がある。

Why, you ain't *had* them curtains washed yet!（114）
おや，お前はまだ，あのカーテンを洗ってないんだねえ。

19　疑問詞を強調する語句

アイルランド英語では，'What *in the world* are you going so early?' 'What *on earth* is wrong with you?' のように，疑問詞を強調する語句として 'in the world' や 'on earth' を挿入する。これは古い英語にもあるが，P. W. Joyce (p. 49) はゲール語からきた習慣であるという。この作品では次の用例がある。

Wondered how *in the world* we could get hold of you.（431）
一体全体どうやったら，あんたを摑まえることができるものかなと思ってね。

20　'she'（= it）の用法

アイルランド英語では 'she' が it の代わりに使われていることがある。ゲール語には英語の it にあたる中性の人称代名詞がなかったために，人以外の対象物に対しても she や he を当てた（J. M. Synge, *The Aran Islands*, pt. 1）。この作品では次の例がある。

I'd take the car — want you to see how swell *she* runs since I put in a new piston.（54）
自動車を使いたいところだが——新しいピストンを入れてから実によく走るようになったところを，きみに見てもらいたいんだよ。

第4章　シンクレア・ルイス

21　'make'（＝ become）の用法

アイルランド英語では make を become の意味に使う（P. W. Joyce, p. 120）。例えば，'This will *make* a fine day.'（今日はいい天気になるだろう），'no doubt he'll *make* a splendid doctor.'（きっと，彼は優秀な医者になるだろう）のように。この作品には次の用例がある。

> I've always thought that Ray would have *made* a wonderful rector.（266）
> わたしはね，レイが素晴らしい教区牧師になれるだろうと，いつも思っていてよ。

II　発音に関して

1　弱音節の脱落

アイルランド英語では，多音節語の最も弱い音節を落として，語を短くする傾向がある（P. W. Joyce, p. 103）。この作品では次の用例が見られる。

prob'ly (＝ probably) 13

Minn'aplus (＝ Minneapolis) 307

und'stand (＝ understand) 437

the'ries (＝ theories) 245

2　/ð/ を 'd' で，/θ/ を 't' でそれぞれ代用する

wit' (＝ with) 400

t'ink (＝ think) 400

t'rough (＝ through) 400

trut' (＝ truth) 401

needer (＝ neither) 401

3　'〜ing' /-ŋ/ は '〜in'' /-n/ とする

nothin' (＝ nothing) 401

talkin' (＝ talking) 401

116

『本町通り』

　以上見てきたように,アメリカ北中西部地方の方言もまた,その言語的特色のほとんどがアイルランド英語と共通する。

*

（注）　ドイツ語訛のこのスエーデン人の英語は,発音にドイツ語的な訛があるだけで,統語法的にはやや方言的ではあるが完全に英語である。英語発音で書き代えると次のようになる。

> Pete he say you come pretty soon hunting, doctor. My, that's fine you come. Is this the bride? Ohhhh! We used to say last night, we hope maybe we see her some day. My, such a pretty lady! Well, well! I hope you like this country. Won't you stay for dinner, doctor?

第 5 章　ユージン・オニール

初期の水夫劇

The Early Five Plays (1916-22)

　オニール（Eugene O'Neill）の習作時代の作品に，英国の貨物船グレンケア号の水夫たちの甲板生活のありさまを描いた一連の戯曲がある。水夫にはイギリス人，ロシヤ人，ドイツ人，イタリヤ人，オランダ人，スコットランド人，アイルランド人などが，それぞれのお国訛り丸出しの英語で登場する。さまざまな種類の英語が行き交うその甲板世界は，さながらアメリカ社会の縮図のようにも見える。

　しかしお互いにみな同じ海の賃金奴隷の身の上でありながら，その中でただ一人，アイルランド人だけは，いつも存在感のある男として描かれている。怪我をして死にかかっている水夫を一人親身になって看護し慰安に力を尽くすのもアイルランド人水夫である。これはアメリカ社会に対するアイルランド人の関わり方を象徴的に示している図のようにも見える。

　わたくしがこれらの作品に関心をもつのは，作品のそうした解釈や分析の興味からではない。どの作品にも必ず登場するアイルランド人水夫の英語そのものについての興味からである。その英語はアメリカに上陸してから発達した Irish-American ではなく，上陸する前のアイルランド英語の一端を映し出していると思うからである。もちろん，アイルランド人水夫の英語はそのままアメリカに入り，その後全米の各地に生き延びて行ったものも多い。だがその一方で，せっかく大西洋を渡って来ながらアメリカでは受け入れられなかったものも少なくない。オニールの初期の一幕ものでは，その種のアングロ・アイリシュを垣間見ることができる。以下はその報告である。

第5章　ユージン・オニール

　ゲール語を起源とする本場のアイルランド英語をアイルランドの作家が描いたものは多い。しかし，アメリカで生まれ育ったアメリカ人作家が写実的にとらえた作品はほとんどない。その意味においてオニールの初期の作品は，アイルランド英語がアメリカ大陸において淘汰される以前の姿が，アメリカの文学作品の中に書き記されているものとして貴重である。

　アメリカ生まれのアメリカ人作家とはいっても，ユージン・オニールの両親はともにアイルランド移民の子であったので，オニールは血統的にはアイルランド人そのものといってよい。しかし彼がみごとに描き分けるのはアイリッシュ訛りだけではない。ロンドンのコクニイ訛り，ニューヨークのブルックリン訛り，イタリヤ語訛り，ドイツ語訛り，ロシヤ語訛りなど複数の訛りを，しかも一幕の舞台でいっぺんに捌いて見せるのであるから，これは両親からの影響というよりも，二十歳過ぎての漂白時代に大西洋航路の貨客船に普通船員として乗り込んだオニール自身の辛くて長い実体験によるものと見るべきであろう。天性のすぐれた言語感覚を持ち合わせていたことは言うまでもない。

　以下に挙げるアングロ・アイリッシュの用例は『カーディフさして東へ』(*Bound East for Cardiff*, 1916)，『長い帰りの航路』(*The Long Voyage Home*, 1919)，『カリブ島の月』(*The Moon of the Caribees*, 1917)，『交戦海域』(*In the Zone*, 1917)，『毛猿』(*The Hairy Ape*, 1922) の五つの作品からである。Text は The Modern Library 版。作品名は題名の最初の名詞一語をもって略称とする。用例末尾の数字は頁数を示す。

I　統語法（Syntax）について

1　'It is 〜' で起こす構文

　アイルランド英語には 'it is 〜' で起こす構文が多い。これはイギリスの伝統英語の強調構文と似てはいるが，必ずしも強意というわけではない。it is の補語として形容詞や分詞も使われ，時制の一致の制約も受けない点でも伝

統英語と文法を異にする。次の用例が見られる。

It's asleep he is, sure enough.　— *Bound*, 38
やつは眠ってるよ，たしかに。

Is it wishful for heaven ye are?　— *ib.*, 44
おめえ天国に行きてえのか？

Is ut painin' you again?　— *ib.*, 45
また痛むのかい？

It's fat ye are, Katy dear, and I never cud endure skinny wimin.　— *Long*, 67
お前はよく肥ってるなあ，ケティー，俺は痩せてる女は我慢ならねえんだ。

Ut's dead he is, I'm thinkin', for he's as limp as a blarsted corpse.　— *ib.*, 73
どうも死んでるらしいぞ，死体みてえにぐんなりしてやがる。

'Tis harrd work, this.　— *ib.*, 73
えらく骨の折れる仕事だぜ，こりゃ。

Where *is ut he's gone to?*　— *ib.*, 81
あいつどこへ行ったんだ？

Is it belonging to that you're wishing? Is it a flesh and blood wheel of the engines you'd be?　— *Hairy*, 47
そんなふうにしてえと願ってるのか？　ふん，エンジンの血と肉のある歯車になりてえって言うのか？

Is it payin' attention at all you are to the like of that skinny sow without one drop of rale blood in her?　— *ib.*, 65
血の気らしい血の一滴もねえ，あんな痩せぽっちの牝豚みてえな女のことを，よくもまあそれだけ気にかけていられたもんだな。

Is ut more proof ye'd be needin' afther what wew've seen an' heard?　— *Zone*, 102
俺らの見聞きしたことだけじゃ足りねえで，もっと証拠が欲しいってん

第5章　ユージン・オニール

だな？

'Tis you'll do the explain'— an' damn quick... ― ib., 104

説明するなあ貴様だ―それもいま直ぐだぞ。

　これはアイルランド人の母語ゲール語（Gaelic）を起源とする構文である。P. W. Joyce (1910, p. 51) は，標準英語の 'I should be bound.' に当たるゲール語の "**Is ceangailte do bhidhinn**" は字句的には 'It is bound I should be.' であると指摘する。『現代英語学辞典』（成美堂，1973）にはアイルランド作家から次の2例が示されている。

It is long that she thought *he* (= her son) *was away from her.* ― D. Corkey
彼女は息子が自分のところから離れていると長い間思っていた。

'Tisn't jealous you are, is it? ― M. O'Leary
やきもちをやいてるんじゃないでしょうね。

　船橋茂那子（1986, p. 223）はアイルランド英語のこの 'it' は仮主語の it でも強調構文の it でもなく，文法用語で「先行主語」と呼ばれるもので，主格補語または次の文の目的補語がこの主語によって導かれるといい，Singe の *Riders to the Sea* からの用例 'It's hard set I am to walk.'（私は歩くのが大儀だ）とゲール語相当語句との対応関係を次のように示している。

（アイル英語） It's	hard	set	I am	to	walk.
（ゲール語） *Is*	**crua**	**fágtha**	**mé**	**le**	**siúl**.
（逐語訳） is	hard	left	I (am)	with	walking
					(to walk)

そして船橋はゲール語の通常の語順は「繋辞＋述語＋主語」であるが，文の釣り合いをとるために，しばしば述部が二つに分けられ，

繋辞　＋　述部　　　＋　主語　＋　述部
Is 　／　***crua fagtha*** 　／　***mé*** 　／　***le siúl***

という構造になるのだと説明している。

2　進行形の多用

　アイルランド英語はイギリス本土の伝統英語では通常進行形にしない動詞を進行形にして使うことが多い。これもゲール語に基づいた統語法である。英語では進行形は「be＋現在分詞」で表されるが，進行形をもたないゲール語では「be＋*ag* (= at)＋動名詞」の形で表す。この習慣のためにアイルランド英語では状態動詞・動作動詞の別なく'〜 ing' の形が現れやすい（P. W. Joyce, p. 39）。オニールの初期の水夫劇には次のように進行形がきわめて多い。

　　Don't *be throwin'* cold water, . . .　— *Moon*, 11
　　水を差すんじゃねえよ，…

　　You'd *be wantin'* a drink av wather, maybe?　— *Bound*, 38
　　おめえ水が飲みてえんだろう？

　　Blood again! I'd best *be gettin'* the captain.　— *ib*., 45
　　また出血だ！　船長を呼んできた方がよさそうだ。

　　Don't *be thinkin'* av that now. 'Tis past and gone.　— *ib*. 51
　　いまそんなことを考えるんじゃねえ。すんじまったことだ。

　　but Yank *was fearin'* to be alone.　— *ib*., 46
　　しかしヤンクが一人でいるのを怖がるもんで。

　　Are you feelin' more aisy-loik now?　— *ib*., 48
　　少しは楽になったか？

　　Lad, lad, don't *be talkin'*!　— *ib*., 49
　　やい，やい，口を利くんじゃねえ！

　　He'll not *be forgettin'* the black eye I gave him in a hurry.　— *ib*., 50
　　あいつは，俺があいつの目をこっぴどく殴りつけたことを，そうやすやすとは忘れめえ。

　　Come on, Cocky, an' don' *be fallin'* aslape yourself.　— *Long*, 74

第5章　ユージン・オニール

さあ行こうぜ，コッキー，てめえが寝込んじゃだめだぜ。
I'll *be havin'* a pint av beer.　— *ib.*, 64
俺はビールを1パイントもらうんだ。
We'll all *be havin'* a dhrink, I'm thinkin'.　— *ib.*, 63
どれ，みんなで一杯やろうぜ。
We make the ship to go, you're saying?　— *Hairy*, 45
船を動かすのは俺たちだって，お前は言うのか
He's fallen in love, I'*m tellin'* you.　— *ib.*, 60
あいつは恋をしやがったんだよ。
Don't *be touchin'* ut, Jack!　— *Zone*, 95
それに触るんじゃねえ，ジャック！
Is ut more proof you'd *be needin'*...　— *ib.*, 102
もっと証拠が欲しいってんだな？
How'll *we be openin'* this, I wonder?　— *ib.*, 103
どうしてこれを開けたらいいもんかなあ？
For the love av hivin, don't *be talking* about ut.　— *ib.*, 92
たのむから，そのことは言わねえでくれ。
We'll soon *be knowin'*.　— *ib.*, 106
もうじきに分かるこったろうて。
and tie his feet, too, so he'll not *be movin'*.　— *ib.*, 107
奴の両足も縛るんだ，動けねえようにな。
We'd best *be takin'* this to the skipper,...　— *ib.*, 107
これは船長さんの所へ持って行くのが一番じゃなかろうか。

3　'do + be + 〜ing' の構文（習慣時制）

アイルランド英語ではこの構文が，反復または習慣的な行為を表すのに用いられる。オニールの作品には次の用例が見られる。

we was free men — and I'm thinking 'tis only slaves *do be giving* heed to the day that's gone or the day to come. — *Hairy*, 46

俺たちゃ自由な人間だったんだからなあ—昨日のことや明日のことをくよくよ気にするなあ，ただ奴隷のするこったと，俺は思ってるんだ。

you was on but a ghost ship like the Flying Dutchman they say *does be roaming* the seas forevermore widout touching a port. — *ib.*, 46

自分が乗ってる船は，どこの港にも寄らねえで，果てしなく海の上を彷徨うという，あの「さすらいのオランダ人」みてえな幽霊船だと…

『現代英語学辞典』（成美堂，1973）はアイルランド作家からの次の用例を示している。

Many's the time my da *did be saying* that the like of Miss Priscilla... — G. A. Birmingham

おやじはなんべんも，なんべんも繰り返して言っていましたよ。プリシラお嬢さんのような方は…

P. W. Joyce (p. 86) によると，ゲール語には習慣的行動や存在を表す "***bí***" という特別な形をもった習慣時制（consuetudinal tense）があり，それを英語に訳すときに，アイルランド英語では 'do (does) be' をもってこれにあてる。'I *do be* at my lessons every evening from 8 to 9 o'clock' のように。しかし次のように 'do' がなく 'be' だけで同じ働きをすることもあるという。'At night while I *bees* reading my wife bees knitting.'

4　'be ＋ after ＋動名詞' の完了形

アイルランド英語には行動の完了を表すのに 'be ＋ after ＋動名詞' の形式がある。今回の調査範囲には下記の1例しかない（しかも未来完了の形しかなかった）ので，他の文献から用例を引いて補足する。

An' we'll *be afther goin'* there in a minute. — *Long*, 66

おいらすぐに出かけちまうぜ。

I'*m after* locking the shop. (＝ I have locked the shop)

— M. O'Sullivan ［成美堂『現代英語学辞典』］

第5章　ユージン・オニール

Aren't I *after* telling you? (= Haven't I told you?)

―研究社『英語学辞典』

Will you *be after telling* me?　― ib.

おいらに話しちまわないかね？

I *am after finishing* my work. I *was after finishing* my work before you arrived.

― P. W. Joyce

おいら自分の仕事はすんじまった。あんたが着く前に終えちまってただよ。

　船橋（1986, p. 205）は標準英語なら The young priest has just brought them.（若い司祭様がもっていらしたの）となるところを，アイルランド英語では 'The young priest *is after* bringing them.' としている例を Singe の *Riders to the Sea* から引き，ゲール語の相当語句との対応関係を次のように示している。

（アイル英語）	The young priest is after bringing them.
（ゲール語）	**Ta an sagart　og　i ndiadh a　dtabhairt isateach**.
（逐語訳）	is the priest　young　after　their bringing　them.

　このようにゲール語には英語の現在完了に当たる形がないので，アイルランド英語ではこのように 'be + after + 〜 ing' で表すのである。

5　人称代名詞 'me,' 'meself,' 'ye,'

Me (= my) time is past due.　― *Hairy*, 47

俺の盛りもまったく過ぎちまった。

Me (= my) back is broke.　― *ib*., 56

俺はもうくたくただ。

an' Ollie, an' *meself* (= myself)　― *Moon*, 9

それからオリーと，この俺様と，…

Ye'd be blown to smithereens b'fore *ye* cud say your name.　― *Zone*, 91

126

おめえらアッという間に木端微塵にされちまうだよ。

P. W. Joyce (p. 103) によると，my と by はアイルランド全土で 'me,' 'be' と発音される。'Now *me* boy I expect you home *be* six o'clock.' 二人称は you の単複の曖昧性を避けるために，アイルランドでは単数の場合はできるだけ 'ye' を主格にも目的格にも使い，複数の場合は 'youse' 'yez,' 'yiz' などを使うという。ただし，今回の調査範囲の中で 'youse' はブルックリン訛りのアメリカ人 Yank の英語には頻出するが，アイルランド人（Paddy）の英語には見られなかった。例，Come on now, all of *youse*!（*Hairy*, 56）

なお，ブルックリン方言のアイリッシズムについては『毛猿』の項で再出する。

6 'and ＋主語＋補語' の従節相当句

アイルランド英語では定動詞を含まないこの構文が，時間・原因・条件などを表す従属節相当句として使われる。

Then listen to me ― *an' ut's Driscoll talkin'*... ― *Zone*, 102

じゃあ，俺の言うことを聞きねえ―このドリスコル様が本気でおっしゃってるんだぜ。

I'll choke his rotten heart out wid me own hands, an' over the side wid him, *and one man missin' in the morning.* ― *ib*., 102

俺はこの手であいつを絞め殺して，船べりから叩き込んでやらあ，そんで，あくる朝には欠員が一人ってわけよ。

『現代英語学辞典』（成光堂，1973）はこれもゲーリック語に由来するものであると指摘し，アイルランド作家から次の用例を示している。

Doct or Pobjor said something to the porter *and he going out*. (＝ when he went out) ― L. Robinson

What good would it do them *and they dead*?（彼らが死んでいようものなら，そうしたところで何の役にたとう） ― R. E. W. Flower

船橋（1986）は Singe の *Riders to the Sea* からの用例 'Isn't it a hard and cruel man won't hear a word from an old woman, *and she holding* him from the sea?'（年寄りが海に行くのを止めているのに，言うことを聞かないとは，ひどい男ではないかい）の 'and she holding' を取り上げて，この and は when に置き換えることができる。これはゲール語の **"agus"** に準じる用法で，英文法の枠をこえるものである，と述べている。

II 発音について

アイルランド英語の特徴といえる以下の発音は，いずれもアメリカでは，個人方言として以外は，ほとんど受け入れられなかった。作品名は，以下次の略号で示す：B = *Bound*, H = *Hairy*, L = *Long*, M = *Moon*, Z = *Zone*)

1 二重母音 /ai/ → /ɔi/ となる (P. W. Joyce, p. 102)

drive	→	*droive*	(M : 8, 18)
figh	→	*foight*	(M : 30)
five	→	*foive*	(Z : 92 / L : 62)
fine	→	*foin*	(L : 65 / M : 11, 14)
hide	→	*hoid*	(M : 11)
hind	→	*hoind*	(M : 11)
knife	→	*knoife*	(M : 30)
life	→	*loif*	(Z : 113 / L : 65)
like	→	*loik*	(B : 38, 39, 44, 48, 48, 49 / Z : 91, 96, 101, 110, 113 / L : 65 / H : 42, 49 / M : 6)
line	→	*loin*	(M : 9)
pipe	→	*poipe*	(B : 38)
time	→	*toim*	(B : 39, 42, 50, 50 / M : 16)

本来の /ɔi/ は逆に /ai/ と発音される。

boy	→	*bye*	(Z : 106, 112 / M : 12, 14 / L : 65, 68, 75)

初期の水夫劇

spoil → *spile* (M：16)

/ou/ は /au/ となる。

old → *auld* (B：39, 42, 42 / Z：93 / M：15)

2　短母音 /e/ → /i/ （P. W. Joyce, p. 100）

disremember → *disremimber* (B：42)
devil → *divil*　(L：65, 66, 73, 81 / B：37, 51 / H：56 / M：9)
ever → *ivir*　(Z：100, 113 / B：39, 39)
every → *iviry*　(Z：92 / M：15)
exception → *excipshun*　(L：69)
get → *git*　(M：27 / Z：93)
heaven → *hivin*　(B：54 / M：13 / Z：92)
never → *nivir*　(Z：113 / H：58)
next → *nixt*　(Z：111 / B：40)
remember → *reminber*　(L：62)
rest → *rist*　(L：68 / M：15 / Z：91)
seven → *sivin*　(Z：113 / B：42)
teakettle → *teakittle*　(B：42)
them → *thim*　(M：7, 11 / H：49 / M：7, 11, 14, 15, 16 / B：39)
then → *thin*　(Z：108 / M：12, 27, 28)
went → *wint*　(B：9)
whatever → *whativir*　(M：7)
when → *whin*　(B：42 / Z：100, 113 / L：62, 68 / M：7, 15)
yes → *yis*　(M：17)

3　長母音 /iː/ → /ei/ （P. W. Joyce, pp. 92-3）

asleep → *aslape*　(H：5 / L：74)
beast → *baste*　(H：60)
beat → *bate*　(H：57, 57)

129

第5章　ユージン・オニール

easy　→　aisy　（B：48, 52 / Z：104, 105 / M：14, 15, 28 / H：60)
equal　→　aqual　（B：37)
indeed　→　indade　（Z：105)
keep　→　kape　（Z：98, 103 / M：18 / H：42, 65)
leaves　→　lave　（Z：113 / M：16 / L：65)
mean　→　mane　（M：8)
please　→　plaze　（B：47)
queen　→　quane　（B：37 / H：60 / M：27)
real　→　rale　（Z：110 / M：9, 14, 27 / H：65)
sweet　→　swate　（H：38, 62 / M：15)

nigger の /i/ も /ei/ となる。その他 /i/ → /i/ もある。

niggers　→　naygurs　（B：4 / M：5, 7)
even　→　ivin　（M：8)

4　裂音 /t/, /d/ は破擦音化し /ð/, /θ/ となる　（Taniguchi, p. 236）

アイルランド英語の /t/, /d/ は舌先を歯茎ではなく歯裏に置くので伝統英語の 'th' に近くなる。

after　→　afther　（L：66 / B：37, 39, 42, 50, 52 / Z：102)
better　→　betther　（B：39, 42, 44 / Z：111)
dishwater　→　dishwather　（B：40)
drink　→　dhrink　（L：65, 73 / M：7, 8)
drunk　→　dhrunk　（L：63, 65, 69, 74)
drunken　→　dhrunken　（L：68)
dry　→　dhry　（L：64)
matte　→　matther　（L：63, 67 / H：42, 60 / B：39, 40)
murder　→　murrdher　（Z：104)
mortal　→　morthal　（B：42)
strong　→　sthrong　（B：42)

130

traitor	→	*thraitor*	(Z：102)
trick	→	*thrick*	(L：62)
water	→	*wather*	(B：38, 42)

5　末尾の弱音節 '-a,' '-o' が /-i/ となる（Taniguchi, p. 249）

Americica	→	*Americy*	(H：46)
cholera	→	*cholery*	(B：39)
piano	→	*piany*	(B：50)
swallow	→	*swalley*	(B：40)

6　歯茎摩擦音 /s/ が口蓋摩擦音 /ʃ/ になる（P. W. Joyce, p. 96）

swear	→	*shwear*	(B：6)

7　末尾に剰音 -o をつける

Right	→	*Right-o*	(B：43)

　以上，オニールが書きとめたアイルランド英語のうちアメリカにはあまり浸透しなかったものを指摘した。しかし一方，アメリカに入りインフォーマルな英語として生き延びたものも多い。主要な項目だけを示すと以下の通り。

1. 'a hell av a 〜' の構文 ………… (B：49)
2. 'the like of 〜' の句 …………… (Z：91, 101 / B：37, 39, 49 / M：6, 16 / L：65 / H：42, 49)
3. beat that noshun out av his head　(Z：91)
4. curse his black head off ………… (B：43)
5. 'at all' の句 ……………… (B：39, 40, 53 / H：46)
6. 'have ＋目的語＋過去分詞' の現在完了形…… (L：8)
7. 'out the door' の句 …………… (H：62)
8. 不定詞 'for to 〜' ……………… (M：10, 11)
9. them (= those) …………………… (M：5)

第5章　ユージン・オニール

10.　wisht, suddent などの末尾添加音 /-t/ ……（B：17, 42）
11.　時を表す名詞の接続詞用法 …（B：39）
12.　'scut' を「軽蔑すべき卑劣な奴」の意に使う……（M：8／L：64, 81）

発音でとくに注目されるのは全作品に見られる「r-full」の習慣である。イギリスの標準英語では17世紀には母音の後の /r/ は母音の音価に吸収されるか曖昧音［ə］に変化したが，アイルランド英語はスコットランド英語と同様に，r音は巻き舌の震動音をそのまま残した。オニールの作品では次のように表されている。

　　are　　　　→　*arre*　（Z：91, 101／L：65）
　　arm　　　　→　*arrm*　（M：16）
　　dark　　　 →　*darrk*　（Z：101）
　　foreign　　→　*furrin*　（Z：103, 111）
　　girl　　　 →　*girrl*　（L：68）
　　hard　　　 →　*harrd*　（Z：112／L：63, 73, 112）
　　heart　　　→　*hearrt*　（L：65／Z：102）
　　murder　　 →　*murrdher*　（Z：102, 105）
　　murdering　→　*murrdherin'*　（Z：104）
　　sir　　　　→　*sorr*　（B：46, 47）
　　word　　　 →　*worrd*　（M：11, 14）
　　work　　　 →　*worrk*　（L：73／Z：110），*wurrk*　（Z：102）
　　world　　　→　*worrld*　（Z：101, 111, 113／M：15）

人口・面積ともにアメリカの三分の二以上を占める「一般アメリカ英語」（General American）といわれる中西部の発音は，アイルランドおよびスコットランドのこの「r-full の発音」を大きな特徴として共有しているのである。

『皇帝ジョーンズ』

The Emperor Jones (1920)

　『皇帝ジョーンズ』の舞台は西インド諸島の，とある島。この島の「皇帝」の座についている黒人ジョーンズ（Brutus Jones）は，もとをただせば殺人罪で服役中のアメリカの監獄からの脱走犯である。この島に逃れてから，その才覚によっていまは皇帝になっている。ところが権力者の栄枯盛衰は世の常として，ジョーンズもついに家来たちからの謀反の憂き目にあう日がやってきた。家来たちが全員丘の方に逃げて行ったという知らせを聞く場面から幕が開く。

　身の危険を覚ったジョーンズは，直ちに夜の森に逃げ込む。森を越えた向岸にかねてより脱出用の船を備えていたからである。森の中はこれまで何度も分け入ってじゅうぶんに熟知しているはずだった。ところが深夜の森は知らなかった。ジョーンズが道に迷い，暗闇の中で次第に恐怖にとらえられていくその心理を，第2場から7場まで，ジョーンズの独白による一人芝居が続く。この作品は人間の恐怖の心理を，新しい実験的な演劇手法を取り入れた傑作となった。

　さて，この作品の言語は上に触れたように，ほとんどが黒人ジョーンズの独白から成る。おそらくアメリカで身につけたと思われるジョーンズの「黒人英語」にはどんな言語的特色があるだろうか。いま一つわたくしがこの作品の言語で注目したいのは，唯一の白人として登場するイギリス人，スミザーズ（Henry Smithers）のコクニイ方言である。彼は商人でこの芝居のいちばん最初の第1場と最後の第8場に登場する。その英語にはどのような特色があるだろうか。

第5章　ユージン・オニール

以下アメリカの黒人方言とイギリスのロンドン方言の特色を検証する。結論を先にいえば、ジョーンズとスミザーズの英語に関する限り、どちらもアイルランド英語の特色と共通する点が多いということである。Text は Modern Library 版。引用末尾の数字は頁数を表す。ただし用例は複数回あっても示す頁数は原則として1回だけとする。

I　ジョーンズの黒人方言

1　'th' の発音を 'd' で代用する

P. W. Joyce (p. 2) によるとアイルランド人が昔英語を受け入れたとき、子音のうちでもゲール語にない 'th' の発音はとくに難しく、d, t で代用した。これは黒人ジョーンズの方言と共通する。

 de (= the) 6 / *den* (= then) 7 / *dese* (= these) 7 / *dey's* (= there's) 7 /
 dis (= this) 23 / *oder* (= other) 13

2　末尾閉鎖音の消失

P. W. Joyce (p. 100) によるとアイルランド英語では末尾の閉鎖音がしばしば消失する。伝統英語では末尾の閉鎖音が閉鎖を解くのは義務的ではない。無解放（unreleased）であっても、前の母音の止まり方の感触によってそこに閉鎖音があることが認識されるからである。だがそうした発音習慣のないアイルランド人には、それは単なる音声消失すなわち無音としてしか認識できない。これも黒人ジョーンズの方言と共通する。

 fac' (= fact) 14 / *jes'* (= just) 13 / *min'* (= mind) 21 / *tole* (= told) 7 /
 le's (= let us) 18 / *ole* (= old) 33

3　'-ing' を '-in'' で代用する

軟口蓋鼻音をもたないアイルランド人が英語の '-ing' を '-n' で受け止めたのは当然である（Taniguchi, pp. 240-1）。19世紀初期のアイルランド農民作家カールトン（William Carleton）の作品にも多くの例がある。これも黒人ジョーンズの方言と共通する。

『皇帝ジョーンズ』

holdin' (= hilding) 18 / *nothin'* (= nothing) 19 / *talkin'* (= talking) 7 / *stealin'* (= stealing) 8 / *gwine* (= going to) 16 / *gonna* (= going to) 19

4 'cotch' 'kotch'

P. W. Joyce (p. 78) によると，アイルランド人は古い英語をそのまま受け入れただけでなく，類推によって新しい語も造り出した。その場合，動詞では弱変化活用よりも，例えば *sot* (= sat)，*hot* (= hit)，*gother* (= gathered) のように，強変化活用を好んだ。'cotch,' 'kotch' は同じ流れの中で catch の過去形として造られた。黒人ジョーンズもこの語形を使う。

I don't care if dem niggers does *cotch* me. (29)
黒ん坊どもに捕まったって，かまうこたあねえ。
When I *cotches* Jeff cheatin' wid loaded dice my anger overcomes me and I kills him dead! (26)
ジェフの奴が，サイコロに鉛を詰めておいて，インチキをやらかすところを見つけたんで，かっとなって奴を殺したんでごぜえます！

ADD を見ると，アメリカではこの語形を使うのは黒人が圧倒的に多い。また過去・過去分詞としてだけでなく，原形・現在形としても使われる。

5 /e/ → /i/

P. W. Joyce (p. 100) によると，アイルランド英語では *tin* (= ten)，*pin* (= pen)，*stim* (= stem) のように，短母音 /e/ は -n, -m の前では常に短母音 /i/ となる。実際には -n, -m の前だけでなく -t や -ch などの閉止音の前でも /e/ となる。これも黒人ジョーンズの方言と共通する。

agin (= again) 7, *git* (= get) 7, *yit* (= yet) 7, *kin* (= can) 7

6 /e/ → /ei/

P. W. Joyce (p. 92) によるとアイルランド英語では，tea, easy などの綴り字 'ea' は古い発音の /ei/ を保っている。これも黒人ジョーンズの方言と共通する。

haid (= head) (19)

第5章　ユージン・オニール

7　音位転換（metathesis）

P. W. Joyce (p. 103) は *purty* (= pretty)，*girn* (= grin) などの音位転換がアイルランド英語の一つの特色であると指摘する。この作品の黒人英語にも 'pertect' (= protect) の例がある。

> Oh, Lawd, *pertect* dis sinner! (31)
> おお神様，この罪人をお守りくださいまし。

> Ain't I *pertected* you and winked at all the crooked traidin' you been doin' right out in de broad day? (7)
> お前が真昼間，公然といかさま取引をやってるのを，俺は見て見ぬ振りをしてやったじゃねえか。

8　/ɔi/ → /ai/

P. W. Joyce (p. 102) によるとアイルランドでは多くの地方で二重母音 /ɔi/ が /ai/ と発音される。この作品の黒人英語にも 'bril' (= broil) の例がある。

> Dat soft Emperor job ain't no trainin' fo' a long hike ovah dat plain in de *brilin'* sun. (18)
> 気楽な皇帝稼業なんて，こんなにじりじり陽の照りつける原っぱを，長いこと歩く練習にゃならねえもんだ。

9　'ary'（= any）/ 'nary'（= not any）

'ary' は昔 any の意味に使われた 'ever a' の発音がくずれてできたものである。16世紀末ころまでは 'ever a' であったが17世紀後に 'ary' となった。'nary' は 'never a' からできた形。それがこの作品の黒人英語にも見られる。

> You ain't never learned *ary* word er it, ... (9)
> お前は，奴らの言葉をひとつだって覚えやしねえじゃねえか。

> On'y I ain't 'lowin' *nary* body to touch dis baby. (10)
> 俺は可愛い奴には誰も手を触れさせねえんだ。

10　'from this out'

尾上政次 (1975) によると 'from this out' はゲール語の "**as so amach**" の

『皇帝ジョーンズ』

直訳から生まれたアイルランド英語である。この作品の黒人英語には次の例がある。

De moon's rizen. Does you heah dat, nigger? You gits more light ... *from dis out.*（21）

お月さまが出たぞ。おい，黒ん坊，わかったか？　これから先は明るくなるだ。

この台詞の直後には，同じジョーンズの口から 'From now on you has a snap.' という伝統的な表現も見られる。

11 'the way' の接続詞的用法

P. W. Joyce (p. 35) によると，アイルランド英語ではゲール語の影響で名詞 '*the way*' をそのままで接続詞的に使う。これはゲール語の影響である。この作品のコクニーには次の用例がある。

de Emperor Jones leaves *de way* he comes, ...（16）

皇帝ジョウンズは，お入りになった道からお出ましになるんだ。

12 'am'（= is）を使う

細江逸記（1935, p. 51）によると Somerset 地方では 'You am' は普通に使われているという。広岡英雄（1981, pp. 34, 182）は Thomas Hardy の *Tess*（ch. 4）や Joseph Thomas の *The Fish-Wife's Tale* などにも You am, You'm が見られるという。この作品の黒人方言では 'This am' が見られる。

Dis *am* a long night fo' yo', yo Majesty!（21）

今夜は，長い夜でごぜえますだ，陛下！

因に O. Henry の短編 'Peters As A Personal Magnet' にも次の用例が見られる。話し手は黒人である。

Doc Hoskins *am* done gone twenty miles in de country to see some sick persons.

ホスキンズ先生は往診のため 20 マイルも離れたところへ出かけておりますだ。

13 'gwine' を使う

'gwine' は going の変形で黒人英語に多いが，この発音は黒人特有のものではない。Joseph Wright の EDD や EDG によればイギリス南部・中部・西部方言に広く見られる。そのいずれかがアイルランドを経由してアメリカへ入ってきたものと考えられる。

この作品の黒人ジョーンズには次の用例が見られる。

I'se *gwine* away from heah dis secon'. （16）

俺はいますぐに出かけなくっちゃならねえ。

14 複合指示詞

'*this here*' (= this), '*that there*' (= that), '*them there*' (= those) はイギリス各地に見られる古くからの方言。アイルランドにもある。この作品には次の用例が見られる。

Damn *dis here* coat! Like a straightjacket!（23）

このいまいましい上着め！　まるで狂人に着せる締め着だ！

15 r-less 形を使う

英語の発達史上，母音の後の '-r' が消失するの 14 世紀ころから始まり，17 世紀にはほぼ完成する。その r-less 発音を映し出すには次の3つの表記の仕方がある。1) -r 字の代わりに -h 字を当てる。2) 'or' の場合は綴り字 'aw' を当てる。3) -r 字省略の印として［'］をつける。

1) *evah* (= ever) 16, *heah* (= hear) 16, *ovah* (= over) 11, *suh* (= sir) 24, *yessuh* (= yes, sir) 8
2) *Lawd* (= Lord) 24, *mawning* (= morning) 24
3) *fo'* (= for) 7, *po'* (= poor) 26, *sho'* (= sure) 24, *yo'* (= your) 7
4) *you'self* (= yourself) 7

いずれも今日では標準発音ないしその交替形（alternative）として認められる許容範囲のものである。したがって，これらは単なる視覚方言（eyedialect）に過ぎない。しかし，r-full が圧倒的に多いアメリカの読者には，こ

『皇帝ジョーンズ』

れは方言的な印象を与える。

　黒人の r-less 発音の中には，次のようは変異形もある。これはイギリスの方言に残っていたものが，17世紀以後アイルランドを経由してアメリカに入って来たと考えられる。あるいはスコットランドあたりから直接アメリカへ渡った場合もあるかもしれない。いずれにしても，アフリカから奴隷としてアメリカへ連れて来られた黒人たちは，アメリカで初めてこの古い方言発音に出会ったと考えられる。

　　pusson (= person) 7 / *thuty* (= thurty) 13 / *tu'n* (= turn) 10 /
　　wa'm (= warm) 21 / *wuk* (= work) 9 / *wuth* (= worth) 7

16　'ain't' を使う

　Ain't は17世紀ころからイギリスの口語で発達した語であり，これがスコットランドやアイルランドを経てアメリカに渡って来たのであろうから，アメリカでは白人のみならず黒人にも多い。Ain't で始まる存在文もある。

　　ain't (= amn't) 6 / *ain't* (= aren't) 6 / *ain't* (= haven't) 6
　　What you skeered at? *Ain't* nothin' dere but de trees!（20）
　　何を怖がっているんだ？　あるのは木だけじゃねえか。

17　動詞語尾 -s の全人称用法

　主語の人称・数にかかわらず，すべての一般動詞の現在形に -s をつける，また do, does, と have, has の使い分けをしない方言はイギリスの方言に多いが，アイルランドでも見られる。これは黒人英語にも共通する。

　　I accepts 7 / *I gives* 7 / *I uses* 8 / *I has* 9 / *You knows* 9 / *I does* 9 / *Does you heah* 21 / *dey falls Down* 9 / *them niggers believes* 15 / etc.

18　'done' の副詞的用法

　この用法の起源についてはまだ議論の余地はあるが，おそらくスコットランド方言をアイルランド経由で引き継いだのであろう（G. Curme, *Syntax*, p. 23）。

　　De Baptist Church *done* pertect me and land them all in hell. (15)

第5章　ユージン・オニール

バプテスト教会がちゃんと俺を守ってくれて，奴らはかたっぱしから地獄行きさ。

Remember you *done* got a long journey yit befo' you.　18

まだこれから先，道中は長えんだぞ。

I'se *done* lost de place sho' 'nuff!　19

俺は，てっきり道に迷ってしまったらしい。

Dey tol' me you *done* died from dat razor cut I gives you.　22

うわさじゃ，お前は俺の剃刀でやられて死んだってことじゃったが。

II　スミザーズのコクニイ方言

イギリス商人スミザーズ（Smithers）がこの作品に登場するのは，第1場と最後の第8場だけであるから，コクニイの特色を語るには言語資料が少ないので，同じくオニールの作品で初期の一幕劇 The Moon of the Caribees, Bound East for Cardiff, The Long Voage Home, In the Zone に登場するコッキー（Cocky）という名前のイギリス人の台詞を資料に加えることにする。作品名はそれぞれ最初の名詞の頭文字をもって示す。一幕物の Text は Modern Library 版である。

1　初頭の 'h-' を落とす

ロンドンの低階層の人たちのコクニイ（Cockney）と呼ばれる方言の特色でもっともよく知られているのが，あらゆる初頭の /h-/ を落とす発音である。また逆に h- 字のない初頭母音に /h-/ をつけることでも知られている。この作品では次の例が見られる。

　'arm (= harm) E8 / *'ates* (= hates) E34 / *'ead* (= head) E34 /
　'eavy (= heavy) E13 / *'igh* (= high) E6 / *'opes* (= hopes) E5 /
　'orse (= horse) E12 / *'og* (= hog) z105 / *horficer* (= officer) Z108

この発音習慣の起源は不詳であるが，P. W. Joyce (pp. 96-7) によると，アイルランドでは herb が 'errub' と発音されたり，us が GG 至る所で 'huz' と

『皇帝ジョーンズ』

発音される。これはコクニイの vulgarism に見られるかもしれないが，P. W. Joyce 自身はそうは思わない（which might seem a Cockney vulgarism, but I think it is not.）と述べている。ロンドンの貧民街はニューヨークの貧民街と同様に，多くのアイルランド人が流れ込んだ事実と考え合わせると，P. W. Joyce のこの推察は的をいているのかも知れない。

2 語末に添加音 '-o' をつける

P. W. Joyce (p. 82) によるとアイルランド英語では 'boy-o,' 'lad-o' のように語末に -o をつけることがある。これはゲール語の影響であるという。オニール作品のコクニイには次の例がある。

Righto ― and thanks ter yer.　E16

Right-o.　B43

Cheero, ole dear!　M5,

Cheero, ole dear, cheero!　L64

3 'th' を /f/ と発音する

P. W. Joyce (p. 97) によるとアイルランドでは 'th' が /f/ で代用されることが多い。'th' 音はゲール語にはなかったので，音の響きの近い /f/ をもって受け止めた。有声音の場合は /v/ で受け止める。コクニイには次の用例がある。

fink (= think) Z90, *troof* (= truth) M6, *marf* (= mouth) M5, Z103, *wiv* (= with) M12

4 'me' を my の代わりの使う

P. W. Joyce (p. 103) によると，my と by は，アイルランド全土で 'me' 'be' と発音される。例えば 'Now me boy I expect you home be six o'clock.' と言う。この作品のコクニイには次の例がある。

You can't wiggle out, now I got *me* 'ooks on yer.　E4

俺が，ひっ捕まえたが最後，お前がいくらもがいたって，逃れられっこねえんだ。

第5章　ユージン・オニール

5　'them' を those の代わりに使う

P. W. Joyce (p. 34) によるとアイルランドでは them を those の代わりに使う。これはイギリスの古くからの方言である。アイルランド英語にもある。コクニイには次の用例が見られる。

　　You didn' 'ave no 'igh and mighty airs in *them* days. E6
　　あのころは，貴様だって，ちっとも偉そうなもったいぶった格好はしてなかったぜ。

　　Down't yer know as *them* blokes 'as two stomacks like a bleedin' camel? M5
　　あの連中と来た日にゃ，駱駝みてえな胃袋が2つあるってことを知らねえのかい？

6　what を 'wot' と発音する

英語の 'wh-' は音声的には /hw-/ が普通であるが，イギリスの方言では初頭の /h/ がなくて /w-/ から始めることが多く，これは標準発音の交替形といえる。'wot' の方言性は /h/ ではなくむしろ母音 /o/ である。コクニイには次の用例がある。

　　Gawd blimey, *wot* a pack!　　E33
　　ちぇ，何て間抜けどもだ！

　　'Airy ape! That's *wot* I says!　　M13
　　毛猿め！　俺は，そう言ったんだ！

これはアイルランド英語と共通する。O'Neill の *The Moon of the Caribbees* の 13 頁に，コクニイを話すイギリス人水夫に 'Whot's thot? say ut again if ye dare.' / 'That's *wot* I says!' がある。

以上のように，黒人方言とコクニイ方言はどちらも，それぞれアイルランド英語の特色と共通する点が多い。

『毛 猿』

The Hairy Ape (1922)

　太平洋航路の英国の貨物船グレンケアン号の罐焚きヤンク（Yank）は，さまざまな国籍をもつ火夫たちの中で，唯一のアメリカ人として登場する。ヤンクが他の火夫たちを圧しているのは，大きな船を自分が動かしているという罐焚きとしての自負や，大きな体格からくる気力・体力だけでなく，その多弁な喋りである。

　登場人物たちはそれぞれ自分のお国訛りの英語を話す。ヤンクの英語でもっとも目立つのは，bird, church, world, learn, などの母音 /ə/ を，二重母音 /oi/ とする発音である。この発音はアメリカの観客や読者には一般に New York City 方言として，わけても 'Blooklyn Dialect' としてよく知られた特色である。ヤンクは Blooklyn 生まれのブルックリン育ちである。次のような語が見られる。Text は Modern Library 版。末尾の数字は頁数を示す。

　boid (= bird) 44, 85

　boin (= burn) 48

　doit (= dirt) 65, 74

　foist (= first) 43, 44, 85

　foither (= further) 48

　goil (= girl) 41, 43

　loin (= learn) 67, 76, 76

　moider (= murder) 85, 67

　moidering (= murdering) 48

　noive (= nerve) 44, 57, 74, 81, 81

第5章　ユージン・オニール

　　oith (= earth) 48, 71, 81, 85, 86

　　shoit (= shirt) 43, 64

　　skoit (= skirt) 63, 64, 64, 66, 74

　　toin (= turn) 56, 58

　　toity (= thirty) 74

　　woik (= work) 82

　　woild (= world) 43, 83

　　woilds (= worlds) 80, 82, 85, 86

　実際の音価には /oi/, /ei/, /ai/ のゆれ幅があるようだが，綴り字としては 'oi' が定着している。Harold Wentworth の『アメリカ方言辞典』（*American Dialect Dictionary*, 1944. 以下 ADD と略す）を見ると，この発音は 1928 年 8 月 12 日付の *New York Times* でニューヨーク市界隈の方言として紹介されて注目され，それ以後アメリカ各地からの報告が記録されるようになった。ADD には 1928 年以前の記録としては *boid* (1923, Loisiana), *woik* (1916, N. Y. C.; Louisiana) があるが，E. O'Neill からは 1 例も拾われていない。*Hairy Ape* は 1922 年の作品である。オニールにはいま一つニューヨークを舞台とした戯曲に *All God's Chillun Got Wings* (1924) があり，そこでもこの発音を表す綴り字は多いのであるが，ADD にはその記録もない。文学作品の中でわたくしが拾った最も古い例は 1898 年の S. Crane の『街の女マギー』第 5 章に出る '*goil*' (= girl) である。

　さてこの発音は一体どこからニューヨークにやって来たのだろうか。ニューヨークで発生したということもあるかもしれないが，やはり外から入って来たと先ず考えるのが自然であろう。なぜならこの発音は英語の発達史上，bird, church, world, earth などの母音の後の /-r/ が子音としての性質を失って，前の母音に吸収されていく一過程の形を示していると思うからである。

　母音の後の /-r/ の消失は英語史上 14 世紀ころから始まり，17 世紀までには -r は前の母音を長母音化する形で吸収されて，子音としての性格をほぼ

『毛　猿』

完全に失った。次のような過程を経て発達したと考えられる。

　bird の場合：/bird/ → /bʌrd/ → /bəid/ → /bəːd/

　word の場合：/word/ → /wʌrd/ → /wəid/ → /wəːd/

　母音がこうした方向へ発達変化したのは，英語は近代に向かうにつれて母音が以前より強く長く発音されるようになったことに起因する。つまり母音が強く起こされると母音の後半は勢いが急激に衰えるので，その後にくる -r は継続子音としての摩擦過程の一定の時間を確保できない。弱音化した -r のその音価は，弱い曖昧母音の /ə/ または /i/ である。これが前の母音と並ぶので，それはちょうど二重母音の形となる。ニューヨーク方言はまさにこの過程の発音を示しているのである。

　歴史的発達の過程を逆行するような，こうした発音の激変が 20 世紀になって，もしニューヨークで突発的に発生したと仮定するのであれば，それなりの原因が考えられなければならない。だが考えうるそうした原因はいまのところ何一つない。したがってここでは，どうしても二重母音化段階にあった古い発音がどこかの方言に残り，その話し手たちがブルックリン波止場に上陸したと考えるのが自然であろう。その英語はおそらく北英・スコットランドからアイルランドを経由してアメリカへ渡って来た移民の英語だろうと考えられる。

　わたくしがそう考えるのは，一般に New York City のブルックリン方言の特色といわれているいくつかの項目のうち，この「二重母音化」の他はほとんどすべてがアイルランド英語の特色と共通するからである。したがって，「二重母音化」は，以下に指摘する他の多くのアイリシズムといっしょに，アイルランドからアメリカにやって来たと考えるのが一番無理のない推理だと思われる。以下にそれを検証する。

1　'youse' という複数形

　アイルランドでは英語の you が単複同形であることの不便を避けるため

に，複数形として youse, yez, yiz などを，Irish English 特有の新しい形としてつくり出した（P. W. Joyce, p. 88）。ところがブルックリン波止場近くで生まれ育った生粋のブルックリン方言話者であるはずのアメリカ人ヤンクが，二人称複数の代名詞にこのアイルランド生まれの youse をほぼ規則的に使っているのである。

Can't *youse* see I'm tryin' to t'ink? (42)
お前らには俺が考えごとをしようとしているのが分からねえのか？
Come on, *youse* guys! Git into de game! (56)
さあ始めろ，みんな！　仕事にかかるんだ！
Come on now, all of *youse*! (56)
さあさあ，みんな，始めろ！

「お前らみんな」という場合には，ヤンクは *youse all* の形も使う。

I'll bust *youse all* in de jaw if yuh con't lay off kiddin' me. (73)
俺をからかうのを止めねえと，貴様らみんなの顎をぶん殴るぞ。

You の後ろに all を添えて二人称複数を表すこの形も Irish-English である。アイルランドの作家 M. Edgeworth（*Castle*, 1800 年, p. 321）や W. Carleton（*Midnight*, 1850 年, p. 330）などに，その先例が見られる。

2　女性代名詞 'she, her'（= it）

ヤンクは自分が乗り込んでいる貨物船に言及するときは必ず女性代名詞を使う。これも Irishism である。ゲール語には "*sé*"（= he）と "*sí*"（= she）しかなく，英語の中性の人称代名詞 it に当たる語がないために，英訳には he か she のいずれかを当てなければならなかった（J. M. Synge, *Aran Islands*, pt. I）。he と she のどちらにするかは英語の擬人化とあまり変わりはないようである。

Come on, youse guys! Git unto de game! *She's* gittin' hungry!
Pile some grub in her. (56)
さあ始めろ，みんな！　仕事にかかるんだ！　こいつの口にちと食い物

『毛　猿』

を詰め込んでやれ。腹の中へ投げこんでやれ！

3　軽蔑称 'bum, scut'（＝ a contemptible fellow）

第6場で「卑劣な男，ろくでなし野郎」の意味で 'bum' という語が使われているが，これはアイルランド生まれの語である（P. W. Joyce, p. 228）。

　Or a hairy ape, yuh big yellow *bum*! Look out! Here I come!（78）

この語はのちに改訂されるまでは 'scut' であったが，'scut' もまた「見下げ果てた奴」の意のアイルランド生まれの語である（P. W. Joyce, p. 318）。

4　虚辞 'holy'

強意の虚辞に 'holy' を使うのも Irishism である。アイルランドでは holy を 'holy show'（大げさな見せ物，光景）や 'holy well'（すごく達者），'holy horror'（ひどい恐怖）のように使う（P. W. Joyce, p. 275；尾上政次 1953, p. 172）。ヤンクの台詞には次の例がある。

　Holy smokes, what a mug! Go hide yurself before de horses shy at yuh.（70）

'holy smoke!' は Irish English の mild oath である。尾上（1953, p. 172）は *Ulysses* に用例があると報告している。

5　'kill'（＝ hurt）

アイルランド英語では 'kill' を「殺す（murder）」ではなく「痛める，だめにする（hurt）」の意味に使う（Edgeworth, *Castle*, p. 119）。このことから「悩殺する，まいらせる（enamor, charm）」の意味にも使われる。ヤンクの台詞には次の例がある。

　Paint and powder! All dolled up to *kill*!（70）

　色をぬったり，白粉をつけたりしてよう！　みんな男をまいらせるために，えらくめかしこんでいやがるじゃねえか！

6　'croak'（＝ die）

アイルランド英語では 'croak' を「くたばる，死ぬ」（＝ die)の意味に使う（P. W. Joyce, p. 242）。ヤンクはこの語を頻用する。

　I runned away when me old lady *croaked* wit de tremens.（67）

俺はお母がアル中で死んだときに家を飛び出したんだ。

Aw, yuh make me sick! Lie down and *croak*, why din't you?（56）
やい，てめえを見てたら胸くそがわるくならあ。ぶっ倒れてくたばっちまえ！

Wanter wind up like a sport 'stead of *croakin*' slow in dere?（87）
こんな所で老いぼれてくたばるのを待つよりゃ，威勢よく果てたくはねえかい？

No quittin, get me! *Croak* wit your boots on!（87）
途中で投げ出しちゃだめだ！　くたばるまで頑張るんだぞ！

7 'take'（= suffer, endure）

'Take it easy' はよく知られたアイルランド生まれの決まり文句である。このように，Irish English では 'take' を「選択して取る」の能動的な意味ではなく，辛いこと嫌なことなどに「耐え忍ぶ，我慢する」(put up with, tolerate) の受動的な意味に使う。ヤンクには次の用例が見られる。

Aw, *take* it easy. Leave him alone.（45）
やい，静かにしろ。あいつはうっちゃておけ。

Aw, *take* it easy. Yuh're aw right, at dat.（47）
やい，案じるこたあねえ。まあ，てめえの言う通りだ。

Hey, youse guys, *take* it easy! Wait a moment!（48）
おい，てめえら，騒ぐんじゃねえ。ちょっと待て！

Take it easy dere, you!（57）
お前，まあ落ち着くんだ。

次の 'take' も「(苦難を) 受ける，こらえる，耐える，忍ぶ」(suffer, endure) の意のアイルランド語法である。

Or else dey bot' jumped on me for somep'n. Dat was where I loined to *take* punishment.（45）
でなきゃ，二人とも何とかかんとか理屈をつけて俺に飛びかかってくる

『毛猿』

んだ。そこで初めて俺はひどい目に合わされることを覚えたんだ。
I ain't on oith and I ain't in heaven, get me? I'm in the middle tryin' to separate 'em, *takin*' all de woist punches from bot' of 'em.（86）
俺はいまこの世の中にいるんでもなけりゃ，天国にいるんでもねえ，分かるかい？　俺はその途中にいて，両方を引き裂こうとして，どっちからもこっぴどく殴られるって格好なんだよ。

8　環境の 'it'

'Take it easy.' の 'it' のような環境を表す it もアイルランド生まれの語法である。ヤンクがもう一つよく使う 'beat it'（とっとと失せる）の句の 'it' も同じくアイルランド語法である（尾上政次 1982）。

I runned away. from mine [i.e. my home] when I was kid. On'y too glad to *beat it*, dat was me.（9）
俺はガキの時分に家を飛び出したんだ。ただもう無性に嬉しくて逃げ出したんだ。

And I kept tinkin'— and den I *beat it* up here to see what youse was like.（87）
それからおめえがどんな格好をしているか，出し抜けにここへ見にやって来たんだ。

It *beat it* when you try to tink it or talk it...（86）
なまじっか考えようとしたり，話そうとしたりすると，考えは逃げちまうんだ…

9　主格の関係代名詞の省略

主格の関係代名詞の省略は古いイギリス英語にもあるが，アイルランド英語の特色の一つでもある。ヤンクには次の用例がある（Taniguchi, pp. 35-7）。

It's me makes it hot!（48）
罐に火を入れるなあこの俺だ！
It's me makes it roar!（48）

第5章 ユージン・オニール

それを唸らせるなあ俺だ！
It's me makes it move!（48）
そいつを動かすなあ俺だ！

10　不定冠詞 'a'（= an）

不定冠詞 'a' と 'an' の使い分けをせず，'a' だけで済ますことが多いのは，北英方言にもあるがアイルランド英語の特色でもある。

I'll show her who's *a* ape!（65）
俺は，あいつに，どっちが猿だか教えてやるんだ！
We split dat up and smash trou — twenty-five knots *a* hour!（49）
俺たちゃあその中をつっ走るんだ—1時間25ノットだ。

ただし，必ずというわけではなく 'an old boiler'（70）のように 'an' が使われていることもある。

11　'me'（= my）

アイルランドでは英語の /mai/（my）と /bai/（by）は全土的に /mi/, /bi/ と発音される（P. W. Joyce, 103）。この作品のいま一人の主要人物である Paddy はアイルランド人としての設定であるから 'Me (= my) back is broke.'（56）あるいは 'Me (= my) time is past due.'（47）のように 'Me' としている。ところがブルックリン方言話者のアメリカ人であるヤンクにもこの 'me'（= my）の用例が見られるのである。

I runned away when *me* old lady croaked wit de tremens.（67）
俺はお母がアル中で死んだときに家を飛び出したんだ。
Me old man and woman, dey made me.（66）
俺の親父とお袋が無理やり俺を（教会に）行かせたんだ。

12　末尾添加音 /-t/

アイルランド英語では末尾継続音の後に閉鎖音 -t を添えて止めることがある（P. W. Joyce, p. 97）。これは古いイギリスの習慣でもあった。ヤンクの台詞にも例が見られる。

『毛 猿』

'cause you got some *chanct* to bust loose.（85）
だっておめえは逃げ出せる機会もあるんだからな。
Dat woulda made me even, see? But no *chanct*.（67）
そうすりゃ五分五分ってわけだ，な？　だが機会がなかったんだ。
I useter go to choich *onct* — sure — when I was a kid.（66）
俺も昔はよく教会へ行ったもんだよ―まったくだぜ―ガキのころによ。
But aw say, come up for air *onct* in a while, can't yuh？（47）
おい，たまにゃ，娑婆の空気を吸いに上がってみろよ。

13　'他動詞＋目的語＋ offen 〜' の構文

これはアイルランド英語に特有な「他動詞＋強意語＋ out of」類型構文である。ヤンクの台詞には次の例が見られる。

It *slams* dat *offen* de face of de oith!（48）
地球の表面から叩き出すんだ！
We'll *knock* 'em *offen* de oith and croak...（87）
俺たちゃ，あいつらをこの世から叩き出して，往生しようぜ…
We'll put up one last star bout dat'll *knock* 'em *offen* deir seats!（87）
奴等を叩き出すために最後の勝負を一番はなばなしくやらかそうぜ！
I wished it'd *knocked* her block off!（62）
あいつの頭を打ち落としてくれるとよかったんだ！

14　末尾の添加音 '-o'

アイルランド英語では 'boy-o,' 'lad-o' のように，ある種の語の末尾に不要な -o をつける習慣がある（P. W. Joyce, p. 82）。ヤンクの台詞にも用例が見られる。

Hello, *Kiddo*. How's every little ting? Got anything on for tonight?（70）
こんちわ，姐ちゃん。ご機嫌いかがですかい？　今夜の客はもうとれたのかい？

火夫たちの中から次のような声も聞かれる。

第5章　ユージン・オニール

All *righto*. Yank. Keep it and have another drink.（41）

いいとも，ヤンク。取っておきな，そしてもう一杯やりなよ。

Righto!（45）

その通りだ！

15　Where と共起する 'at'

Where にあたるゲール語の "*Ca*" は副詞としても名詞としても使われるので，名詞と感じている場合は at を伴うことがある。ヤンクにも用例が見られる。

Christ, where do I get off *at*?　Where do I fit in?（87）

ちくしょう，一体俺はどこへいったらいいんだ？　どこへいったら落ち着くんだ？

16　'leave'（= let）

アイルランド英語では leave を let, allow, permit の意味に使う。ゲール語の "***lig***" ないし "***ceadaigh***" の直訳である。ヤンクにも次の用例がある。

Leave him alone. He aint woith a punch.（45）

あいつはうっちゃっとけ。ぶん殴るほどのこたあねえや。

この作品にはないがアメリカ各地の方言で「ほっといて，あっちへいって！」の意で '*Leave me be!*' がよく使われるが，これもアイリシズムである。

17　発音に関してアイルランド英語と共通するもの

1. /e/ → /i/

    nix（= next）　　　　　42, 44, 48, 49

    git（= get）　　　　　　48

2. /æ/ → /i/

    kin（= can）　　　　　 49, 77

3. /l/ の消失

    on'y（= only）　　　　 43, 47, 77, 85, 86

    aw right（= all right）　85

152

『毛 猿』

   a'most (= almost) 86
4. /gou ən/ → /gwən/
   g'wan (= go on) 44, 70, 70, 71
5. /dount nou/ → /dəno/
   dunno (= don't know) 75
6. /ou/ → /ə/
   feller (= fellow) 76
7. /θ/, /ð/ → /t/, /d/
   bot' (= both) 66, 66, 86
   dat (= that) 75, 76, 79
   de (= the) 44, 56, 57
   dis (= this) 56
   teet' (= teeth) 58
   tink (= think) 56, 60
   t'ousand (= thousand) 68
   tought (= thought) 63, 63, 79
   troat (= throat) 58
   trou (= through) 47, 49, 58, 77
   trute (= truth) 76
   wit (= with) 47, 49
   witout (= without) 48
   wiv (= with) 41
8. 弱音節の脱落
   Cap'tlist (= Capitalist) 44
   ekal (= eaqual) 83
   g'wan (= go on) 44
   reg'lar (= regular) 80, 81, 87

第5章　ユージン・オニール

  somep'n (= something) 49, 67, 74, 80
  s'pose (= suppose)　　85

　以上のことから主人公ヤンクが喋るブルックリン方言の特色はほぼ全面的にアイルランド英語と共通するといえる。

『楡の木陰の欲望』

Desire Under the Elms (1924)

　『楡の木陰の欲望』(*Desire Under the Elms*) は 1924 年の作品だが，物語の設定は 1850 年。前年にカリフォルニアで金鉱が見つかって湧いたゴールド・ラッシュ (gold rush) を背景にしている。場所は東部ニュー・イングランド。舞台は農民キャボット (Cabbot) 老人の家。物語はこの家族内での情欲と物欲の話である。

　キャボットは 75 歳だが，若い時からこの地方の開拓で鍛えた頑強な体は，いまでも村中のどの若者にもひけを取らぬと自負している。この土地へは 50 年前にやって来た。最初の妻は長男シミアン (Simeon) と次男ピーター (Peter) を残して 20 年で死んだ。2 番目の妻も三男エベン (Eben) を残して 16 年で死ぬ。三人の息子はいま 39 歳，37 歳，25 歳になっている。みんな父親の農場で暮らしている。いままた三度目の女房としてアビー (Abbie) を町から連れて来る。アビーは 35 歳の若後家でキャボットとは 40 歳もの年齢差がある。

　長男と次男は，父親に奴隷のごとくこき使われる農作業生活に嫌気がさし，アビーと入れ代わるように，西部の金鉱掘りに夢を抱いて土地を去る。一方，この土地は法的には自分の死んだ母親のものだと思っているエベンはその相続権の全面的引き継ぎを目論んで家に残るが，やがてアビーとの情欲に陥り，二人の間に男の子が生まれる。赤ん坊が自分の子であることを知らないエベンは，これで自分には相続権がなくなると思って逆上し皆殺しにすると口走る。アビーはエベンの愛を引き止めたい一心で赤ん坊の顔に布団をかぶせて窒息死させる。エベンは動転し事態を警察に知らせに走るが，そこで冷静と

第5章　ユージン・オニール

なり自分も同罪だと言ってアビーといっしょに罪を償う覚悟をする。

　筋書きは上の通りだが，さてこの作品の主人公は誰なのか，あるいはこの作品のテーマは何なのかとなると難しい問題である。わたくしはこの作品の言語設定のあり方から主題へのアプローチを試みたい。

　この作品の登場人物の言語はすべてアイルランド英語である。舞台として設定される「東部ニュー・イングランド地方」はイギリスが開いた植民地ではあるが，ここに労働力として入っていった移民の多くはアイルランド人であった。アイルランドはカトリック教国である。そのことがこの作品主題に関わらぬはずがない。

　もしこの作品のテーマがアビーとエベンの情欲の問題であるならば，父親の若い後妻と先妻の息子との不倫関係などはよくある話だから，アイルランドの農民英語ではなく他のどんな英語でもよかったはずだ。場所設定もわざわざ辺鄙な痩せた土地を舞台とする理由はない。

　では，エベンとアビーの土地に対する執着はどうか。自分の土地や家をもちたいという所有欲は人間なら誰しもがもっている本能であるから，エベンがこの土地の相続権に執着するのはこれも世間によくある種類の物欲である。また離婚や死別によって寄る辺を失った若い女アビーが財産目当てに老人と結婚するというのも珍しい話ではない。

　そこへいくと，キャボットのこの土地に対する執着はいささか質が異なる。キャボットはこの地にやって来る前は西部の豊かな黒土の農場で働いていた。そこには苦難といえるものは何もなかった。だがそのころまだ二十歳そこそこの若者だったキャボットに，突然神の声が聞こえてくる。東部ニュー・イングランドの石ころだらけの土地へ行け，石を掘り起こして教会を立てよ，というお告げだった。

　彼は東部にやって来た。しかしここは予想以上に石ころの多い不毛の土地だった。キャボットは絶望し途中で西部へ舞い戻る。だが，そこで再び「もとの家へ帰れ！」という神の声が聞こえる。以来，キャボットは神の御心に

『楡の木陰の欲望』

従って荒野の開墾に不撓の意思をもって励み，いまでは近隣の人も羨むほどの立派な農場を実現している。

この人物設定には，ピユリタン的信仰をもって大西洋を渡り，アメリカに新しい土地を切り拓いたアイルランド人初期移住者の逞しい男性像が見られる。われわれはアメリカの辺境を開拓した不撓不屈の強いアメリカ人の原形を，このキャボットや『毛猿』のヤンクの人物像に見ることができる。

キャボットがアイルランド生まれなのか，アメリカ生まれの二世なのかは分からない。いずれにしてもキャボットがIrish Catholicの信仰をもつアイルランド農民の典型であることに変わりはない。この作品で使われる言語がアイルランドの農民英語でなければならない必然がここにある。キャボットが苦難と闘う原動力は神意による清教徒的使命感である。その限りでは彼は立派な信者である。彼は「石から芽を出させよ」という神のお告げを実現するために土地との闘いに全生涯を捧げた人物なのだから。

その目的のためには，死んだ二人の妻も三人の息子も，彼にとってはお告げの実現に奉仕させる働き手以外の何者でもなかった。彼は妻も息子も奴隷のように使い捨てた。顔はいつも神に向いており，妻や子に向くことがない。彼は信仰の人ではあっても家庭の人ではない。家族の誰からも理解されることがなく常に孤独だった。話が通じるのは牛のみで，夜も妻の傍ではなく牛に温もりを求めて牛舎で寝るというのは，彼がいかに「家庭人」として欠陥人間であったかを象徴的に物語る。

オニールはおそらくアメリカ建国の大きな原動力の一つといえるIrish Catholicを祖先にもつことへの民族的誇りと，神や聖書にのみ顔を向けさせ，神意実現のために人生を捧げることを強いるCalvinismへの懐疑を，このキャボット像に込めたのではなかろうか。信仰の他には強靭な体力と労働力にしか価値を見いださないキャボットは，全人生をかけて結局はすべてを失った。オニールはアイルランド移民の子孫としての民族的誇りと，信仰への懐疑，誰からも理解されない孤独，離散家族の悲哀をにじませてこの作品の幕

第5章　ユージン・オニール
を閉じる。

＊

　以下は『楡の木陰の欲望』の英語がアイルランドの農民英語であることを具体的に指摘するものである。

Ⅰ　発音に関して

　この作品の英語がアイルランド農民英語であることは，われわれ外国人には直ぐには分かりにくいが，おそらくアメリカの観客にはほとんど幕開けと同時に分かるのではなかろうか。方言性はとくに発音において顕著に表れるからである。第1幕1場は野良仕事を終え，ふと夕焼け空を見上げた若い三人の農夫の次の感嘆から始まる。

　　EBEN : God! *Purty*!
　　SIMION : (grudgingly) *Purty*!
　　PETER : *Ay-eh*.　　　　　（斜体著者）
　　エベン：わぁ！　きれいだ！
　　シミアン：（渋々と）　きれいだな。
　　ピーター：うんだ。

'*Purty*' (= pretty) と '*Ay-eh*' (= yes) というこのひと言だけでも，アメリカの観客にはそれがアイルランド系だと直ぐに分かるのではなかろうか。アイルランド人自身はもちろんのこと，それ以外の出身者でも，これは周囲にあまたいるアイルランド人から日常的に聞きなれた発音であり，それがアイルランド訛であることをよく承知しているのではないだろうか。ちょうどわれわれ日本人には中国語訛や韓国語訛の日本語がある種の特色で直ちに識別できるように。

1　音位転換（metathesis）

　'*Purty*' の音位転換は北英方言にもあるが，P. W. Joyce (p. 103) はこれをアイルランド発音の特色の一つとして指摘する。アイルランドでは例えば，

grin, pretty などの初頭の子音連続 gr- や pr- は回避されて, girn, purty と発音されるという。pretty は標準英語でも弱形 (weak form) では /puti/ ないし /pəti/ と発音されることはある。だが上の文脈での 'purty' は弱形ではありえず必ず強形 (strong form) である。強形としての 'purty' は英米とも標準英語にはない。

2　'Ah-eh' (= yes)

これもアイルランド人がよく使う語として知られる。OED によると 16 世紀ころから船員言葉などに表れ始めた起源不明の語とされているが, 英国船の船員にはアイルランド人が多かったので, その筋から入った可能性が大きい。この作品の第 1 幕 1 場だけで合計 4 回も出てくる。

3　二重母音の単母音化

第 1 幕 1 場は上の出だしに続くわずか 2 頁の中に 'Californi-a' という綴りが 4 回出てくる。高垣松雄 (1931, p. 319) によると /kælifɔ:ni-àː/ と発音されるという。西田実 (1982, p. 110) は /kælifɔ:nə-èi/ だと言う。標準発音なら, 末尾は /-niə/ であるから, これはかなり方言的に響く。二重母音とすべきところを, 途中に休止を入れて, 単なる二つの母音の並置にするからである。英語にはこうした母音連続の習慣はない。ただし私見では高松の末尾は /-əː/ または /aː/, 西田の末尾は /eː/ と表記すべきであったと考える。

英語の二重母音は第 1 要素を強く起こして, 第 2 要素 (すなわち後ろの母音) へ向けて急速に衰弱するので, 第 2 要素は必ず弱く曖昧な音となるのが特徴である。ところがアイルランド人が初めて英語に接した初期のころはそうした発音習慣は知らないので, これを受け止めることができず, 英語の二重母音の第 1 要素か第 2 要素のいずれか一つをとって短母音化することがあった。例えば /mai/, /bai/ は /mi/, /bi/ として取り入れた。これがよく 'me' (= my), 'be' (= by) と綴って写し出される。文法上の格 (case) を間違えたわけではない。第 1 幕 1 場に見られる次の語はいずれも二重母音が単母音化した例である。

第5章　ユージン・オニール

Mebbe (= Maybe) ── he'll die soon.

Jenn (= Jane) My woman. She died.

They's (= There's) gold on the West.

Thar's (= There's) the promise.

4　弱音節の脱落

アイルランド英語では弱音節を脱落させて語を短くする傾向がある（P. W. Joyce, p. 103）。簡潔を旨とするわけではなく，おそらく英語の弱音節の曖昧母音が捉えにくいことによるのであろう。第1幕1場では次の語に見られる。

They'd never *b'lieve* (= believe) him crazy.

We got t' *calc'late* (= caliculate) ──

I *rec'lect* (= recollect) ── now an' agin.

5　定冠詞の脱落

標準英語なら 'on the top of' となるところを，アイルランド英語では定冠詞を落として 'on top of' とするのが特色である（尾上政次 1958, p. 155）。第1幕1場では on- が弱まって a- となった形の 'atop o'～' が5回使われている。

atop o' the ground

atop o' year

atop o' stones

atop o' the hill pasture

6　/e/ → /i/

アイルランド英語では *tin* (= ten), *pin* (= pen), *min* (= men) のように，/e/ が /i/ と発音される（P. W. Joyce, p. 100）。第1幕1場には次の例がある。

Waal ── supper's *gittin'* cold.

おおい──夕飯が冷めちまうぞ。

I calc'late we might *git* him declared crazy by the court.

160

『楡の木陰の欲望』

裁判所で親父は気違いだと宣告してもらえるかも知れねえぞ。

We rec'lect — now an' *agin*.

思い出すぜ—ときどき。

7　/ən-/ → /ɔn-/

アイルランド英語では *oneasy* (= uneasy) のように接頭辞 un- が 'on-' と発音されることがある。第1幕1場には次の用例がある。

That's plum *onnateral* (= unnatural).

あれは，まったく妙な様子だった。

8　/əː/ → /ʌ/

アイルランド発音では curse, first, worth, work などの 'r' が消失し *fust*, *wuth*, *wuss*, *wuk* になることがある。また horse の 'r' も失われて *hoss* となる。第1幕1場では次の例がある。

We've *wuked*. Give our strength.

ずいぶん働いたぜ。おいらの力を注ぎ込んだ。

She'd hair long's a *hoss*' tail — an' yaller like gold!

あの女の髪は馬の尻尾くれえ長かった—金みてえに黄色だった！

9　末尾 /〜iŋ/ → /〜in/

アイルランド英語では〜 ing は，ほぼ規則的に '〜 *in*' となる。第1幕1場では次の例がある。

'*ceptin*', *evenin*', *makin*', *downin*', *layin*', *rottin*', *speakin*'

10　末尾 /-ou/ → /-ə/

アイルランド英語では，fellow, yellow, potato などの，末尾弱音節の二重母音 /-ou/ は単母音 /-ə/（元々はゲーリックの slender sound -r, あるいは -rr で表される音）となる。第1幕1場では次の例がある。

yaller (= yellow)

以上は第1幕1場の発音に関して，アイルランド英語と共通する主要な特

第5章　ユージン・オニール

色である。その多くがイギリス方言と共通する。にもかかわらず、これがアイルランド英語であるとアメリカ人に受け止められるのは、この種の英語はアメリカではケルト系の風貌（Celtic visage）をしたアイルランド人からよく聞かれるからであろう。

　日本でこの作品を研究するわれわれには、そこまでは分からない。だが与えられた文字言語から決定的にその確信が得られるのは、この作品に4回（pp. 164, 168, 189, 191）出てくる 'elums'（= elms）という綴りである。

　P. W. Joyce (p. 96) によると、アイルランドでは例えば worm, form の -rm のような子音連続や、Bulgarians の -lg- のような子音連続の発音には不慣れであるので、子音と子音との間に母音を挿入して発音する（これは日本語式英語発音に似ている）のを特色とする。その発音習慣がこの作品に現れるのがまさに 'elums' である。この作品で「楡」は象徴的意味に用いられているが、その発音もまた象徴的に使われていると思われる。

　さて、こうしてアイルランド農民英語で幕が開けられた第1幕1場で紹介されるのは、野良仕事の手伝いに埋もれ腐っていく閉塞感にさいなまれているらしい三人の若い息子たちと、彼らがそれぞれに憎んでいる父親の存在である。30年あまり村を離れたことのない父親が行き先も告げず馬車で家を出てもう二か月になる。その間何の音沙汰もない。

　その父親は息子たちから口々に「親父なんざ、死んじまったらええだ」（I pray he's died!）、「まあ、親父も長くはあるめえ」（Mebbe ─ he'll die soon.）、「たぶん、ことによったら、もう死んじまってるかも知れねえ」（Mebbe ─ fur all we knows ─ he's dead now.）などと言われるほど疎まれている。

　この父親は聖書の文句「汝の父を尊ぶべし」（Honor thy father!）を口癖として、父権を振りかざし家を支配している人物らしい。息子たちはそんな父親に太刀打ちできず「待たなきゃねんねえだろう─死んじまうまで」と諦めている様子。第1幕1場では、未だ姿をみせぬ主人公とおぼしき「父親」のこうした人物像が紹介されるのである。

『楡の木陰の欲望』

II 統語法に関して

1 'from this out'

標準英語なら 'from this on' というところをアイルランド英語では 'from this out' という。これはゲール語の **'as so amach'** の直訳からきたものである（尾上政次，1975）。この作品には次の用例がある。

We hain't nobody's slaves *from this out* — not no thin's slaves nuther.（152）
おいらはもうこれからは誰の奴隷でもねえ—また何の奴隷でもねえや。

2 'of' の後置詞的用法

ゲール語では名詞を2つ並列して前の語を修飾語化する場合は後ろの語を属格（genitive）にすることから，アイルランド英語ではofが後ろの名詞とではなく，前の名詞と結んで形容詞句を作るという文法破格が生じた。文法は破格でも語法は簡単・明快であるのでアメリカでは広く受け入れられた（P. W. Joyce 1910, p. 42；尾上政次 1953, p. 164）。この作品では次の用例がある。

I got t' be — like a stone — *a rock o'* Jedgment!（201）
わしは—石みてえに—岩のように厳しい裁きをしなくちゃなるめえ。

No, I hain't, yew bet — not by *a hell of a* sight — I'm sound 'n' tough as hickory!（167）
わしはまだ死んでなんかいねえぞ—これっぽっちもだ—まだ健康でクルミ材みてえに頑丈だで！

I've had a hard life, too — *oceans o'* trouble （160）
あたしも辛い生活をしてきたのよ—さんざん苦労してさ。

3 'no use 〜 ing'

標準英語なら 'no use in 〜 ing' 構文の〜ingは動名詞であり前置詞inを伴う。しかしアメリカ英語ではH. B. Stowe以来 'in' のない形も使われている。一般に 'in' の脱落と考えられていたが，尾上政次（1986）は，これはアイル

163

ランド起源の構文であることを指摘した。アイルランドではこの〜 ing は分詞構文であるから in を伴うことは初めからないのである。この作品には次の用例がある。

> T'aint no *use lyin'* no more. I'm deaf t' ye! (194)
>
> このうえ嘘をついても駄目だ。聞く耳はもたねえ！

4 'the way' の接続詞的用法

アイルランド英語の the way はゲール語 "**amhlaidh**" の影響で，伝統英語にはなかった 'thus,' 'so,' 'how,' 'in manner,' 'judging from the way' など，さまざまな意味合いをもって接続詞的に使われるようになった (P. W. Joyce, pp, 35-6)。この作品には次の用例がある。

> He'd ought t' wake up with a gnashin' appetite, *the* sound *way* he's sleepin'. (199)
>
> こんなにぐっすり眠っているところをみると、この子はさぞ腹を減らして目をさますだろうって。

5 '動詞＋身体の一部＋off' の強調構文

アイルランド英語には動詞を強調するのに the ear off とか the head off などのように身体の一部を「ぶっちぎるほどに」の直喩表現をよく使う。19世紀のアイルランド農民作家 Carleton の作品などに多くの先例が見られる。この作品では次の用例がある。

> I'll milk *my durn fingers off* fur cows o' mine! (151)
>
> おら指がぶっきれるほどおらの牛からどんどん乳を絞ってやるぞ！

6 'them' (＝ they)

アイルランド英語ではゲール語の習慣で 'them' を主格の位置に使うことがある (P. W. Joyce, pp. 34-5)。'them' はまた英語の those にも当たる。この作品には次の用例がある。

> It's my farm!　*Them's* my cows! (151)
>
> おらの畑だ！　あれはおらの牛だ！

『楡の木陰の欲望』

Them eyes o' your'n can't see that fur.（181）
お前さんのその目じゃそげえに遠くは見えねえはずだ。

7 'stinking'（= terrible）

アイルランド英語では stinking を terrible の意の intensive として使う。これはゲール語の "**uhasache**"（= horrible, terrible の意の形容詞）からきたもの。この作品には次の用例がある。

stinkin' old hypocrite !（149）
あの古狸め！
even a *stinkin*' weed on it'll belong t' ye!（165）
あの畑の雑草一本だってお前のものになることは（ない）
a *stinkin*' passel o' lies（193）
嘘のかたまり

8 'calculate'（= think）

アイルランド英語では 'calculate' を 'think' の意味に使う。これはゲール語の "**meas**" からきた語法である。"cad a mheasann tú?" は what do you think? の意味である（*The Oxford Pocket Irish Dictionary*）。この作品には次の用例がある。

I don't *calc'late* it's left in him, ...（192）
そげえな元気はもうあいつにはあるめえと思うが。
I *calc'late* it's 'cause school's out. It's holiday. Fur once we're free!（155）
学校が終わったからだろう。休みよ。初めておいら自由になっただよ。

9 環境の 'it'

'Take it easy.' などの環境の 'it' はアイルランド起源である（尾上政次, 1982）。この作品には次の用例が見られる。

Then grease yer elbow an' go *it*!（186）
腕によりをかけてしっかりやれ！
I can't b'ar *it* with the fiddle playin' an' the laughing.　（189）

第5章　ユージン・オニール

あのヴァイオリンや笑い声には，まったくやりきれねえ。

If ye're startin' t' hoof *it* t' Californi-a ye'll need somethin' that'll stick t' yer ribs.（148）

カリフォルニアまで歩いて行くんなら，何か腹持ちのええもんがいるだからな。

since we fust — done *it*（193）

二人が初めて関係して以来

10　主格の関係代名詞の省略

アイルランド英語では主格の関係代名詞が省略される。古いイギリス英語と共通する。この作品では次の用例がある。

They's one room [ ] hain't mine yet, but it's a-goin' t' be tonight.（176）

一つだけあたしの部屋でないのがあるけど，それも今夜あたしのものになるわ。

11　'mad'（= angry）

アイルランド英語ではゲール語の影響で 'mad' を angry の意味にも使う（P. W. Joyce, p. 289）。この作品には次の用例がある。

an' I got *madder*'n hell an' run all the way t' Min's not knowin' what I'd do —（148）

おらあすごく腹が立ってカッとなってミニーのとこまで駆けつけただ。

I was so durn *mad* —'an' she got scared（148）

おらは，すっかり頭に上ってさ—あの女も怯えたさ。

12　状態動詞の進行形

アイルランド英語ではイギリスの伝統英語が通常進行形にしない状態を表す動詞も進行形にして使う。伝統英語が 'it rains' というところをアイルランド英語では 'it is raining' とする。これはゲール語の "**ta se ag fearthainn**"（= it is at raining) の直訳からくる習慣であるという（P. W. Joyce, p. 39）。この作品には次の用例がある。

『楡の木陰の欲望』

Wonder if he knowed we *was wantin'* fur Caloforni-a? (143)
おいらがカリフォルニアへ行きたがってるのに感ずきゃがったか？
I hain't *wantin'* t' kiss ye never agen! I'm *wantin'* t' forgit I ever sot eyes on ye! (194)
てめえなんぞに二度とキッスしたかねえや！　おら，てめえに会ったことを忘れちまいてえんだよ！

13　'have ＋ 目的語 ＋ 過去分詞' の現在完了

アイルランド英語では標記の語順の完了形がある。これは古英語の語順と同じである。18世紀以後イギリスでは消滅したのであるが，アイルランドではこの形を今日に残している。この作品には次の用例がある。

I'll *hev* ye both *chained up* in the asylum. (158)
二人とも気違い病院にぶち込むぞ！
Waal — ye'*ve* thirty year o' me *buried* in ye. (152)
うーむ，30年このかたおらってものが，おめえの中に埋もれてるだぞ。

14　女性代名詞 'her' (＝ it)

ゲール語には英語の it にあたる中性の人称代名詞がないので英語に訳すときは he か she をあてざるを得なかった。結果的は女性代名詞 she, her の方がよく使われた。この作品には次の用例がある。

We'll take it with us fur luck an' let '*er* sail free down so me river. (155)
（ぶち壊した）門を縁起にもって行って，どこかの川にぶん流してやろうぜ。

15　過剰な程度強調

アイルランド英語は過剰な程度強調をするのが一つの特徴として指摘される。P. W. Joyce (p. 246) は 'I was *murdering* late last night.' / 'This day is *mortal* cold.' / '*dead* beat' (＝ tired out) などの例を示す。この作品には次の用例が見られる。

He's so *thunderin'* soft — like his Maw. (166)

第5章　ユージン・オニール

あいつはめっぽう意気地なしで―あいつのおっ母みてえにな。
He's the *dead* spit 'n' image o' yew!（166）
あいつはお前さんに生き写しだ！
Ye make a slick pair o' *murderin*'turtle doves'（204）
お前たちゃひでえお似合いの人殺し夫婦だ。

16　原形 'be' の全人称用法

アイルランド英語には I be / we be / you be / they be，など 'be' をあらゆる人称に使うことがある。これは OE の '*ic beo*'（= I am）の系統を引くもので，北英方言に残っていたものと思われる。この作品には次の用例が見られる。

Har ye *be*.（= Here you are）（154）
さあこれだ。
Waal ― this *be* yer new Maw, boys.（156）
うん，これがお前たちの新しいおっ母だ。
I'm wuth ten o' ye yit, old's I *be*!（162）
年はとっておっても，わしはまだお前たちの 10 人前は働けるぞ！
He kin work day an' night too, like I kin,if need *be*!（185）
必要とありゃ，あいつは，わしと同じように，昼も夜も働けるだ。

17　動詞語尾の '-s'

アイルランド英語では，すべての人称の動詞の現在形の末尾に '-s' をつけていることがあるが，これも北英方言である。細江逸記（1935, p. 251）はこれを三人称単数の語形を代用すると説くのは歴史的には誤り，と指摘する。この作品には次の用例がある。→発音の項 7) を参照。

I *smells* bacon!（139）
ベーコンの匂いがするだぞ！
What if I *does* kiss her?（145）
あの女にキッスすりゃどんな塩梅だか？

18　複数主語に対する 'was'

『楡の木陰の欲望』

　アイルランド英語では複数主語に対しても be 動詞の過去形に 'was' を当てることがある。これも北英の方言に共通する。この作品には次の用例が見られる。

　　Yew *was* fifteen afore yer Maw died（143）
　　おめえのおっ母が死んだとき，おめえは 15 だった。
　　We *was* married twenty year.（172）
　　女房とは 20 年暮らしただ。
　　They *was* all axin' fur ye.（190）
　　みんなおめえのことを訊いていただぞ。

19　'air'（= are）の全人称用法

　'air' は are の方言としてイギリスにもあるが，おそらくこれは r-full のアイルランドで /ær/ と発音されたのであろう。アメリカ英語ではこれが /e:r/ となりそれを綴りに写し出したのであろう。ADD は全米各地の方言にあることを示している。方言では are だけでなく is の代わりにも使われる。この作品では次の用例が見られる。

　　Whar *air* ye goin'?（174）
　　あんたどこへ行くの？
　　This *air* my room an' ye're on'y hired help!（175）
　　これはあたしの部屋よ，お前はただの雇人じゃないか。
　　We *air* his heirs in everythin'（144）
　　おいらは，何にでも親父の跡継ぎだ。

20　冠詞 'a'（= an）の用法

　アイルランド英語では an は使わない。イギリスでも北英に限らずほとんどすべての方言で an は使わない。この作品では次の用例が見られる。

　　Whoop!　See that!　I'm *a* Injun!（187）
　　うおーっ！　見ろ！　わしはインデアンだ！

21　単純形副詞（flat adverb）

第5章　ユージン・オニール

　アイルランド英語では形容詞形のままで -ly をつけることなく副詞としても使う。イギリスでも北英に限らずほとんどすべての方言で同じ。これは OE では *beorht* (= bright) / *beorht*e (= brightly) のように語末に -e をつけて副詞としたのだが，古期英語末期に -e が発音されなくなり区別がなくなったことによる。この作品では次の用例がある。

　　I'm goin' to miss ye *fearful* all day.（180）
　　お前さんがいないと一日じゅうひどく寂しいわ。
　　he adds *real* spry and vicious（144）
　　彼はさも憎げにまたこう言いやがった。
　　It's a *r'al* nice bed.（159）
　　なかなか立派なベッドだわ。

22 'nor'（ = than）

　アイルランド英語には 'nor' を than の意味で使うことがある。これも北英方言から来たものと思われる。この作品には次の用例がある。

　　Two prayers air better *nor* one.（170）
　　二人で祈るほうが一人よりいいだ。
　　He's better *nor* any o' yew!（185）
　　彼はおめえらの中の誰よりもましだぜ！

　以上指摘したように，この作品の舞台である東部ニュー・イングランド地方英語はアイルランドの農民英語を引き継いだものであるといえる。因に言えば，第1幕4場で Stephen C. Foster の民謡 *Oh! Susanna*（1848）の替え歌が合唱されるが，あまりに有名なこの歌の原詩もまたアイルランド農民英語である。第1小節だけ引いてみよう。アイルランド英語的なところを下線で示すが，そのほとんどが黒人英語の特色と共通する点でもある。

　　I came from Alabama, <u>wid</u> my banjo on my knee.

『楡の木陰の欲望』

I'm g'wan to Louisiana my true love for to see,
It rain'd all night the day I left,
The weather it was dry,
The sun so hot I froze to death ;
Susanna, don't you cry.

CHORUS : Oh! Susanna, Oh! Don't you cry for me,
I've come from Alabama, wid my banjo on my knee.

第6章　ドス・パソス

『マンハッタン乗換駅』
Manhattan Transfer (1925)

　Dos Passos の小説『マンハッタン乗換駅』（*Manhattan Transfer*, 1925）の主人公は，特定の個人ではなく，不気味な生き物のように膨れ上がったニューヨークという大都市そのものである。地方主義小説の一角として捉えられた都市ではなく，アメリカ合衆国の縮図としての大都市ニューヨークである。そこに蠢く雑多な人種・職業・境遇の巨大な群像が主人公といえる。

　したがって，登場人物も桁外れに多い。主な人物だけでも20人近い。身のほども，浮浪者・水夫・牛乳配達・弁護士・会計士・新聞記者・銀行家・相場師・俳優・俳優志願の女・酒の密売人・店員・アルコール中毒者・同性愛者，等さまざまだ。人種もドイツ人・イタリヤ人・ポーランド人・オランダ人・スエーデン人・ロシヤ人・スコットランド人・アイルランド人，等と雑多である。

　それほど猥雑な群像でありながら，そこで流通している言語はイギリス英語とアイルランド英語だけである。この二つは標準語と方言，あるいは標準語と非標準語の表裏一体の関係，あるいは補完しあって総合体をなす関係といってよい。いずれにしてもこの2種類の英語で人々がニューヨークの街を蠢く様を克明に写し出している。

　もちろんドイツ人にはドイツ語訛りが，イタリヤ人にはイタリヤ語訛りが残っている点はある。その他の国からの移民についても同様である。しかし，それは発音上のこと（極くまれに単語やよく知られた決まり文句だけ）に限られ，しかも特徴的なのが一つ二つ見られるだけであって，シンタックスの

面には他のどの外国語もアメリカ英語にはほとんど何の影響も及ぼしていない。

　アイルランド人と同じく祖国で癖のある英語を話していたスコットランド人は，一般に自らの方言性を比較的あっさり捨てて標準英語に馴染んでいく民族性であったのに対して，アイルランド人は自らの言語習慣を通し続ける強い傾向があった（注1）。そのために非英語圏の国から来た労働者階層の多くの他の移民がアメリカで英語を身につけていく上で大きな影響を与えた。彼らとアイルランド移民の労務者たちは常に身近な所で共にあったからである。

　ニューヨークにおけるこの言語状況は，ひとりニューヨークのことだけでなく，全米各地におけるまさにアメリカ的といえる言語状況を象徴しているといえる。以下はそのような観点から，ドス・パソスの『マンハッタン乗換駅』（1925）の中のアイルランド英語的特色を指摘するものである。Text は John Lehmann 社の 1951 年版。用例末尾の数字は頁数を示す。ただし，同一用例が複数頁にあっても代表頁を1つだけ示すのを原則とする。

I　発音に関して

1　/ai/ → /ɔi/

アイルランド英語では母音 /ai/ が /ɔi/ と発音される（J. Taniguchi, p. 248）。

aloive (= alive) 160 / *croim* (= crime) 131 / *foin* (= fine) 45 / *loif* (= life) 45 / *loible* (= liable) 209 / *loik* (= like) 45 / *Moike* (= Mick) 46 / *moind* (= mind) 46 / *noice* (= nice) 164 / *toime* (= time) 160

2　/əː/ → /əi/

foist (= first) 45 / *skoit* (= skirt) 150 / *soive* (= serve) 311 / *soivce* (= service) 160 / *toity-seven* (= thirty-seven) 155 / *toitytoid* (= thirtythird) 155 / *woik* (= work) 102

3　末尾弱音節の /-ou/ → /-ə/

『マンハッタン乗換駅』

fella (= fellow) 34 / *feller* (= fellow) 28 / *pianer* (= piano) 150 / *tomorrer* (= tomorrow) 259 / *winder* (= window) 311

4 /ei/ → /e/

leddy (= lady) 32

（この作品では上の 1 例であるが O'Neill の *Desire Under the Elms* には mebbe (= Maybe), Jenn (= Jane) などが見られる。）

5 /e/ → /i/

git (= get) 67 / *divil* (= devil) 67 / *niver* (= never) 46

6 /ai/ → /i/

me (= my) 67

7 名詞語尾に剰音 -o をつける

kiddo (= kid) 65

8 /ð/, /θ/ を /d/, /t/ で代用する

muder (= mother) 54 / *bruder* (= brother) 263 / *nutten* (= nothing) 10

9 無声摩擦音 /θ/ を /f/ で代用する

souf (= south) 266 / *mouf* (= mouth) 266

10 子音連続を避けて間に母音を挿入する

Kerist (= Christ) 28

（この作品に Kerist は p. 28 の他 152, 153, 336, 338 頁の計 5 回出る。）

11 /ʌ/ が /i/ と発音される

sich (= such) 35

12 /s/ が /ʃ/ と発音される

shee (= see) 34 / *mishe* (= miss) 34

13 -ing は /-n/ と発音される

goin' (= going) 68 / *waitin'* (= waiting) 69 / *mornin* (= morning) 46

14 末尾閉鎖音 -d, -t が脱落する

ole (= old) 67 / *juss* (= just) 69

175

第6章 ドス・パソス

II 統語法に関して

1 Ain't (で始まる存在文)

アイルランド英語の基層にあるゲール語では，否定の存在文は一語の "***Nil***" (= There's not) で表す。これはちょうど英語の Ain't に当たる (注2)。

Ain't no good place to look for a job, young feller. (27)

仕事を見つけるのにいい所なんかないよ，若い衆。

Ain't a Bowery broad would go wid yer, ye little Yap. (86)

おいチビ，バワリーにゃお前に合うような女はいねえよ。

2 文末の和らげ語 'and all'

アイルランド英語ではスコットランドや北英方言と同様に，この句を also, as well ほどの軽い付け足しのぼかし語ないし和らげ語として使う。(注3)

she won't cotton to it much at foist, loikes her comforts of home *an'* all that she's been used to, but I think she'll loike it foin onct she is out there an' *all*. (45)

女房は最初はいい顔をすめえ。慣れた暮らしの方がええ，とか言うかもしれねえ。でも一旦あっちへ行っちまったりすりゃ，それもええかと思うようになるんじゃねえのかい。

3 where と共起する不用な 'at'

アイルランド英語では人や事物の存在場所を言うとき，前置詞 at を使う習慣がある (注4)。これがアメリカでは where 〜 at という表現に引き継がれた。ADD を見ると，Where have you been at? / Where is he at? / Stop where you're at など全米各地からの用例が収集されている。

Where *at*? (18)

(火事は) どこだ？

4 強意の他動詞構文

アイルランド英語には「他動詞＋内臓物＋ out of ＋人」(人から内臓物を

叩き出す) の形で, 人を「どやしつける」「ぶちのめす」の意に使う強調表現がある (尾上政次 1953, pp. 160-1)。hell は内臓物の代替語としてアメリカで使われるようになったもの。Cf. off の項。

> You've damn well got to, we'll *beat hell outa* both of ye if you don't. (88)
> やりたくなくたってやるんだ。やらないと二人とも, ぶん殴るぞ。

5 　間投詞 'Boy'

間投詞としての *'Boy'* はアイルランド英語の間投詞 'Man' からの類推によって生まれたと考えられるので, これはアイルランド英語系の語法 (Irish-American) と見てよいだろう (注 5)。

> *Boy*, I got a toist on me... (45)
> あー, 喉が乾いたなあ…

6 　-d（末尾閉鎖音の消失）

アイルランド英語では末尾閉鎖音の -d がよく消失する (P. W. Joyce, p. 100)。

> *an'* (= and) 46 / *ole* (= old) 35

7 　二重主語（double subject）

アイルランド英語では名詞主語の直後に代名詞主語を使う。これはスコットランド英語の特色でもある。ともに古いイギリス英語がこれらの地域で残った。

> Kids, *they* eat money. (14)
> 子供ってのは, 金を喰ってしょうがねえ。

8 　'easy'（ = gently, softly）

アイルランド英語では easy を「おだやかに」「そーっと」(gently, softly) の意味に使う。come easy (ゆっくり来る), go easy with (あわてずにやる), take 〜 easy (〜を急がずにやる) のように (尾上政次 1953, p. 60)。

> Gus we got to go mighty *easy* on this. (180)
> ガス, この件はうんと慎重にやらなければいけない。

第6章　ドス・パソス

9　'for good'（= finally, forever）

アイルランド英語では，'for good' は finally, forever の意味であ（P. W. Joyce, p. 258）。He left home *for good*.（それを最後に家を出て行った）のように使われる。

　　Gone? Sure he's gone, gone *for good*.（293）
　　行ったかって？　ええ行ったわ，永遠に行っちゃたわよ。

10　文末の念押し重複語法

アイルランド英語では文末に，前文を繰り返して確言する習慣がある（P. W. Joyce, pp. 10-1）。

　　She's pippin, *that's what she is Gus*, ...（46）
　　彼女は別嬪だ，そうだもんなあ，ガス。

　　I want to get somewhere in the world, *that's what I mean*.（24）
　　世の中へ出て，ちっとはましな人間になりてえってことさ。

11　'good and 〜'（= very）

アイルランド英語では 'fine and 〜' や 'good and 〜' が very の意の二詞一意（hendiadys）に使われる（P. W. Joyce, p. 89）。

　　'When'll daddy be home?'　　'When he gets *good and* ready.'（43）
　　「パパはいつ帰るの？」「ご用がちゃんと終わったらね」

12　'not give a damn'

アイルランド英語には don't give a shit for や not care a damn が先行例としてあり，これがアメリカで 'not give a damn' の形で引き継がれた（尾上政次 1953, p. 172）。

　　It's back to three a day for little Nevada ... I *don't give a damn*.（293）
　　あわれネヴァダ嬢も，また一日三回興業の生活へ逆戻りよ…かまうものか。

13　'hell of a'

アイルランド英語では 'a hell of a 〜' が一塊りとなって，直後の語句を修

『マンハッタン乗換駅』

飾する（P. W. Joyce, p. 42）。この際の 'a hell of a 〜' には「地獄のような〜」の意はなく，単に「凄い(く)〜」の意の形容詞句となる。

This is a *hell of* a lousy stinking flop, ...（109）
ここは話にならねえひどいドヤだ。

14　in the window

'out the window' がアイルランド起源の 'out the door' から生まれ，そこから in through the window の意味で '*in the window*' が生まれた。したがってこれはアイルランド系語法（Irish-American）と見てよいだろう。

a ball of fire came *in one window* and went out the other.（33）
火の玉がこっちの窓から入ってあっちの窓へ抜けたのです。

15　'it'（= there）

アイルランド英語には it (= there) で始まる存在文がある（→ ch. 19-6；三橋，p. 225）。

When I was a boy *it* was wild Irish came in spring with the first run of shad . . .
わしが小さい時分にゃ，春になると，最初のニシンの群れと一緒に，アイルランドの乱暴者がやって来た…

16　環境の 'it'

Take it easy の 'it' のような環境の it はアイルランド英語起源である（尾上政次 1982）。

Cheese *it* fellers!（28）
ずらかれ，みんな！

Put *it* there Lap.（85）
ようし，それできまりだ。

17　直結形伝達疑問文

アイルランド英語では間接疑問文をつくるのに if や whether の接続詞を使わず，疑問文の語順のままで名詞節とし，伝達動詞に直結させる（尾上政次 1984）。

第6章　ドス・パソス

Tell me Elaine *have you ever been* through this?（166）

ねえイレーヌ，あんたこんな目にあったことあるの？

18　'kiddo'（= kid）

アイルランド英語では boy-o, lad-o, laddo, buck-o のように，ある種の語に '-o' をつける傾向がある（P. W. Joyce, p. 82）。

Be sure and turn your face away, *kiddo*.（65）

19　'kill'（= hurt, injure）

アイルランド英語では kill を「殺す」以外に「痛めつける」「参らせる」の意に使う（P. W. Joyce, p. 123）。

I can feel the hower of it cweeping up on me, *killing* me.（167）

ぞっとするような感じが体中を這えずり回って，たまりませんわ。

Oh he's *killing*, he's so old-fashioned... such an old fashioned child."（64）

参ったね，この子の昔かたぎなのには…ほんとに昔かたぎな子だ」

20　'kinder'（= kind of）の副詞用法

'kind of' を副詞として使い始めたのはアイルランド英語である（注6）。

I juss *kinder* hangs on.（109）

どうしてだかこの町から出られねえんだ。

21　'let 〜 out of'

アイルランド英語にはゲール語の直訳から He let a roar out of him.（彼は，わっと叫び声を立てた）という構文がある（P. W. Joyce, p. 39）。

"Keep yer mouth shut an' let the other guys do the talking."

"Sure I won't *let a peep outa* me."（66）

「あんたは黙ってて。ほかの人に喋らせること」「ひとことも喋りゃしねえよ」

22　間投詞 'Man'

アイルランド英語では 'Oh man' が驚きを表す間投詞として使われる。（P. W. Joyce, p. 14）。'Oh God' の位置に置き換えたものと思われる。

『マンハッタン乗換駅』

Man I've hnocked the misses's silver tea set and my diamond ring an' the baby's mug...（98）

おい，俺は，女房の銀の茶道具一式から，俺のダイヤの指輪から，赤ん坊の茶碗まで質に入れたんだぜ…

23　'no use 〜 ing' の構文

伝統英語では no use in 〜 ing のように〜 ing は動名詞なのだが，アイルランド英語の〜 ing は分詞構文であるから，初めから前置詞 in はない。in のないこのアイルランド系の構文がアメリカには多い（尾上政次，1986）。

there's no use getting' all wrought up over things, is there?（166）
あれこれ気を回して，興奮していたって，何の役にもたたないのよ。
No use doing anythin' unless you do it up right...（251）
何をやるんでも，本式にやらなきゃだめだ…

24　'動詞＋身体の一部＋ off'

アイルランド英語では動詞の後に「身体の一部＋ off」を添えて，身体の一部が千切れるほど〜する，という大袈裟な程度強調の表現をする（尾上政次 1953, pp. 6-7）。Cf. *'beat 〜 out of'*

I'd *knock his block off* for a...（28）
奴の向う面（つら）を張り倒してやりてえ。

25　'offen'（＝ off from）

アイルランド英語の off は標準英語の用法と比べて「分離」の意識が強く "from off" にあたる。off の後に of を伴った形もあるが意味は同じ（P. W. Joyce, p. 44）。これがアメリカ英語では offen, off'n の形で現れる（尾上政次 1953, pp. 139-40）。

an' we're goin' to git a pianer an' live quiet an' lay *offen* the skoits.（150）
そしてピアノでも置いて，女には手を出さねえで，静かに暮らそうと思ってます。

26　不快・迷惑などを表す前置詞 'on'

第6章　ドス・パソス

アイルランド英語の前置詞 on には不利益・不快・損害の感情を表す使い方がある（尾上政次 1953, pp. 116-9）。

You know me George I never went back on a guy yet and I don't expect to have anybody go back *on* me.（180）

分かってるなジョージ，俺はかつて人を裏切ったことはないしまた人から裏切られることもごめんだ。

27　'out the window'

この句はアイルランド起源の 'out the door' からの類推によってアメリカで生まれたものなので，アイルランド系の語法（Irish-American）であるといえる。Cf. in the window.

a rivet flew *out the winder* an' fell nine stories an' killed a fireman in the stand.（311）

窓からリベットが飛び出して，9階下まで落ちて，ちょうどトラックで通りかかった消防夫に当たって，その人は往来で倒れて即死しちゃったのよ。

28　'on top of'

イギリス英語なら on the top of となるところを，アイルランド英語では定冠詞 the を落とす（尾上政次 1953, p. 155）。

Busted up everythin' wid hammers an' left him unconscious *On top of* a lot dress goods.（311）

ハンマーで何もかも叩き壊して，親父は衣類の山の上に倒れて意識を失っていた。

29　'quit'（= cease, stop）

アイルランド英語では 'quit 〜' を「〜するのをよす，止める」の意に使う（P. W. Joyce, p. 310）。

Quit pickin' on me can't you Cassie for a minute...?（146）

文句言うの，ちょっと止めてくれねえか，キャッシー…

『マンハッタン乗換駅』

30 'quite a little'（緩叙法）

アイルランド英語では quite a little は字句通りの「まったく少ない（あるいは小さい）」ではなく，逆に「かなり多い（あるいは大きい）」の意味に使われる（尾上政次 1953, p. 156）。

Why he's *quite a little* man. Come here sir, let me look at you. （64）

こりゃまあすっかり大きな男の子になって。どれ，こっちへ来てゆっくり顔を見せておくれ。

31 'sure'（= surely）

アイルランド英語では sure を文頭に副詞として使う（P. W. Joyce, p. 338-9）。

"Will you let me use your back room tonight, this room?"

"*Sure* you can." （171）

「今夜，君の奥の部屋，つまりこの部屋を貸してくれないか？」

「いいとも」

32 'yous, yez, ye'（二人称代名詞）

二人称代名詞は単複を区別しないため，アイルランド英語では you, ye に -s をつけた 'yous,' 'yez' などの新しい語形をつくった（P. W. Joyce, p. 88）。ただし標準英語の you と同様に結局この語形を単複の区別なく使う。また，古い ye を今日に残している。

Hay *yous* how about a little soivice? （160）

ちょいと，少しはサービスしたらどうだね。

I'm tellin' *yez*, that's all. （11）

ただ，あんたに教えておいてあげるだけさ。

Oh mister don't *ye* want to treat me noice? （161）

ねえ旦那，あたしに優しくしてくれないかい。

33 'the way' の接続詞的用法

アイルランド英語では名詞 the way をそのままで接続詞として使う（P. W.

183

第6章　ドス・パソス

Joyce, p. 85）。

'Oh daddy I want to be a boy.' 'I like my little girl *the way* she is.'（26）
「パパ，あたし男の子になりたい」「パパは，女の子のままでいてほしいね」

*

注

(1) Mencken, *The American Language* 初版，p. 12
(2) 黒人英語がもたらした構文と考える向きもあるが，これがアメリカで19世紀末から20世紀初頭にかけて急に広く見られるようになった事実の説明には無理がある。初めは虚辞の There なり It の消失によって生じた構文だと思われるが，やはり同じ言語構造（"***Níl***" = There isn't）を祖語にもつアイルランド人に受け入れられたことが普及の原因と考えられる。
(3) 「〜とかそんなもの」ほどの一種のぼかし語法はイギリスでは Charles Dickens の *Oliver Twist* (1838)，アメリカでは Stephen Crane の '*The Blue Hotel*' (1899) の用例が早い。Dickens も Crane もアイルランド人ではないが，どちらも貧民街のアイルランド人の俗語をつぶさに観察し，その特異な英語を用いて文壇入りに成功したという点で共通している。
(4) OED の初出は 1859 年の Burtlett の Dict. Amer. (ed. 2) が 'At is often used Superfluously in the South and West, as in the question "Where is he at?"' の記述を紹介してアメリカニズムであることを示唆している。しかしアイルランド英語には存在場所を表す表現で at を使う次のような例が見られる。All the gentlemen in the counties were *at* it [i.e. the funeral]— Edgeworth, *Castle* (1800) / you can't tell what he's *at*, . . .— Somerville & Ross, *The Real Charlotte* / Sunday school feast ever I was *at*. — *ib*.
(5) '*Boy*' が '*Man*' の代わりに使われることについては ch. 16 の 13 を参照されたい。
(6) Kind に当たるゲール語の 'cineál' は名詞の他に somewhat の意の副詞用法があることに起因する。

第7章　ウィリアム・フォークナー

『死の床に横たわりて』
As I Lay Dying (1930)

　ミシシッピー州の架空の町 Jefferson から馬で駆けて丸一日はかかる奥地の百姓バンドレン（Bundren）一家の物語。登場人物は父親アンス（Anse），母親アディー（Addie），長男キャッシュ（Cash），次男ダール（Darl），三男ジュエル（Jewel），娘デューイ・デル（Dewey Dell），末弟ヴァーダマン（Vardaman）の七人の他に，村人タル夫婦（Vernon と Cora），医者ピーボディー（Peabody），馬医者ビリーじいさん（Uncle Billy）などの数名である。
　物語は死期の近い母親アディーが，自分の遺体は故郷 Jefferson に返して欲しいという，たっての望みを叶えるために棺桶を荷車で引いて一家全員が奇妙な葬送の旅をする話である。
　この小説が特異なのは「語り手」が章ごとに作中人物の間で交代し，それぞれの人物の独白ないし語りで，自分自身とその人物たちがなしたことだけを語るという構成である。わたくしがとくにこの作品に注目するのは，そこに表出される深南部の辺鄙な農村の土地言葉（vernacular）である。方言性がないのは母親のアディーと牧師ホイットフィールドだけである。アディーは結婚するまではこの村の小学校で教師をしていたが，元々は町（Jefferson）の人間であり，結婚してからもこの土地には馴染めず，死後この村の土にされたくはないと思い続けていた人物。ホイットフィールドは，若いころ一時期この村の教会につとめていたが，村を去ったのはもう 20 年も前のことである。アディーの死を伝え聞いての再訪である。
　つまりアディーとホイットフィールドは，あくまでもこの村の一時的な逗

第7章 ウィリアム・フォークナー

留者であって土地の人間にはなれなかった，あるいはならなかった人物である。この二人はその昔関係をもって不義の子ジュエル（三男）を生んだという秘密がある。学校教育を受けている点でも他の村人とは隔たりがある。この地域社会の他の人々と通じ合う共通の言語をもたない人物として設定されている。

バンドレイン家のアディーを除くあとの六人の話言葉は，みなほぼ同質の言語である。村人タルやその妻コウラと娘ケイト，馬医者のビリーじいさんなども，言語資料は少ないがほぼ同質とみてよいだろう。ジェファソンから往診に呼ばれて来た医師ピーボディーも，この地域社会との長年の密接な関わりからであろうか，彼もほぼ同質の言葉を話す。

さて，この作品の言語の特色は基本的には17世紀の古い英語（しかも北英方言）であるが，根深いところでアイルランド英語特有の特徴をいくつか受け継いでいる。そうすると，そのアイルランド的諸特徴と共起する17世紀の古い英語は，アイルランドを経由してアメリカに入って来たと考えるのが自然だろう。以下はまずそのアイルランド的特色を指摘しよう。Textは Vintage 版，括弧内は頁数と当該話者名である。

1 'It is 〜' で文を起こす構文

アイルランド英語では 'It is 〜' で起こす表現をよく使う。それは英語の It 〜 that の分裂文とは似て非なるもので，とくに強調というわけではなくゲール語の文構成の習慣に起因する（P. W. Joyce, pp. 51-2）。It is の補語に形容詞や分詞や不定詞などが自由に来る点でイギリスの伝統文法とは異なる。この作品には次の用例が見られる。

It is to vomit he is turning his head. （155, Darl）

彼が顔をそむけていたのはゲロを吐くためだった。

2 'and ＋主語＋補語' の従属節相当句

アイルランド英語には定形動詞を含まない標記の構文がある。時間・原

因・条件などを表す従属節相当句として使われる（P. W. Joyce, pp. 33-5 ； 成美堂『現代英語学辞典』）。例えば，'I saw Thomas a*nd he sitting beside the fire.*' はゲール語の "**Do chonnairc mé Thomás agus é n'a shuidhe cois na teine**." の直訳である（P. W. Joyce, p. 33）。この作品では次の用例が見られる。

> They hadn't never see the river so high, *and it not done raining yet.* (105, Anse)
> 河の水がこんなに増えたのは初めてじゃ。しかも雨はまだ降り終わっていないちゅうのに。
>
> Then there was only the milk, warm and calm, *and I lying calm* in the slow silence, getting ready to clean my house. (168, Addie)
> そのとき乳だけが温かく穏やかに流れる，わたしはゆるやかな沈黙のうちに静かに横たわって，家を清める準備にとりかかるのだった。

3　直結型伝達疑問文

アイルランド英語では疑問詞のない疑問文を間接話法にするときに，伝統英語のように接続詞の 'if' や 'whether' を使わず，疑問文の語順のままで従属節とする（尾上政次，1984）。例えば 'They never asked me *had I a mouth on me.*'（= 'They never offered me anything to eat or drink.' の意）のようにポーズも接続詞も置かない。この作品には次の用例がある。

> Because I said *will I or won't I* when the sack was half full... (26, Dewey Dell)
> 袋が一杯になったとき，あたしどうしようかって，言ったんだ。
>
> Are you going to tell pa *are you going to kill him*? (26, Dewey Dell)
> あんた，父ちゃんにあの男を殺すつもりかって言うつもりなの？
>
> I said Good God *do you want to see her in it.* (14, Jewel)
> 冗談じゃねえや，お袋を早くその中へ入れてえのかって，言ってやった。

4　時を表す名詞の接続詞的用法

アイルランド英語ではゲール語の影響で the hour とか the time のような

第 7 章　ウィリアム・フォークナー

「時」を表す名詞をそのまま接続詞として使う（P. W. Joyce. p. 37）。この作品には次の用例が見られる。

> *Time* you and Jewel get back, she'll be setting up. (17, Vernon)
> お前とジュエルが帰って来るころには，もう起き直れるくらいになっているさ。
>
> Likely *time* you set foot on that mess, it'll all go, too. (119, Tull)
> それに足をかけたとたんに，みんな流れ出すかも知れん。
>
> *First thing we know* she'll be up and baking again, and then we wont have any sale for ours at all... (8, Cora)
> ふと気づいてみると，彼女が起き出してまたケーキを焼き，こっちの売れ行きなんか上がったりってことになる。

5　'the way' の接続詞的用法

アイルランド英語では 'the way' がゲール語の影響で thus, so, how, in manner などさまざまな意味に使われる（P. W. Joyce, pp. 35-6）。この作品には次の用例がある。

> and *the* only *way* you can tell she is breathing is by the sound of the mattress shucks. (8, Cora)
> 彼女が生きているのが唯一分かるのは敷き布団に入っている玉蜀黍の皮のぎしぎしいう音によってだ。

6　'out the door' の前置詞句

アメリカ英語には 'out the door' と 'out of the door' の二つの形があるが，前者は後者から 'of' が脱落してできたと長い間考えられていた。ところが尾上政次（1953）によって，of のない形はアイルランド英語に多くの先例があり，それがアメリカにもたらされたのであると指摘された。アイルランドでは初めから of はなく，したがってこれはアイルランドにおいても脱落や消失によってできたものではないことを実証した。ただし 'out the door' 以外の句はアメリカにおいて類推によって生まれたものであるという。この作

188

『死の床に横たわりて』

品では次の用例がある。

I looked *out the door,* but there wasn't nobody but a boy in overalls sitting on the curb. (237, MacGowan)

戸口の外を見たが歩道のはじに上っ張りを着た男の子が座っているきりで，誰もいなかった。

She is looking *out the window,* . . . (47, Darl)

お袋は窓の外を見ている…

7　習慣時制（consuetudinal tense）

P. W. Joyce (p. 86) によると，アイルランド英語には習慣時制と呼ばれる語法がある。習慣的行動や存在をいうときは 'do (es) be' の形をとる。例えば 'I *do be* at my lessons every evening from 8 to 9 o'clock.' や 'There *does be* a meeting of the company every Tuesday.' などとする。この作品には次の用例がある。

And so if she lets him it is not her. I know. I was there. I saw when it *did* not *be* her. I saw. They think it is and Cash is going to nail it up. (63, Vardaman)

だから，そんなことさせとくんなら，母ちゃんじゃないんだ。ちゃんと分かってる。見てたんだ。母ちゃんじゃないところを見てたんだ。みんな，母ちゃんだと思って，キャッシュが釘づけにしようとしてるけど。

これは習慣時制の 'did be her'（いつもの母ちゃんだった）を否定した形であると思われる。

8　'quit'（= cease, stop）

OED は '*quit*' を cease, stop の意味に使うのはアメリカ語法だとしているが，P. W. Joyce (p. 310) はアイルランド英語に特有な語彙一覧の中にこれを取り上げている。アルスター地方では '*quit that*' は cease from that の意味であると指摘し，'quit your crying.'（泣くのはおやめ）の例を挙げている。この作品では次の用例がある。

Like most folks around here, I done holp him so much already I cant *quit* now.

(32, Tull)

近所の連中は誰しもだか，ここまで手伝いをしてやった以上，いまさら止めるわけにもいかん。

9　倒置感嘆文

『大修館英語学辞典』(1983) は 'Don't nobody like her.' のようなアメリカ英語によく見られる「否定倒置文」（Negative inversion または auxiliary preposing）を黒人英語に特有な語法の一つとして挙げ，黒人起源説を示唆しているがこれも疑問である。Twain には 'Can't nobody read his plates.' （皿に書いた彼の字を読める者なんぞ，一人もいないよ）[*Huck Finn*, ch. 35] の例もある。'And don't they wear the bulliest clothes!（何とも素敵な服を着ていたぜ）[*Tom Sawyer*, ch. 8] などの先例もある。『アメリカ語法事典』（大修館, Kirchner, p. 681）によれば，この倒置は否定文の場合に限らず肯定文にもある。'Wasn't I glad.' とも 'Was I glad.' とも言う。そして動詞が文頭位置にくるこの語法はさらにアイルランド語法にさかのぼれると示唆している。ゲール語の語順は「動詞＋主語＋目的語」の順序を基本としているからである (Bammesberger, *A Handbook of Irish*, 1983, p. 104)。フォークナーのこの作品には偶々否定倒置の例だけだが，次の用例が見られる。

Cant no man say I don't aim to keep my mind. (109, Bundren)

わしが約束を守らんなどとは，誰にも言わせんぞ。

Cant no man call me that. (220, a man)

そんなこたあ，言わせねえぞ。

10　'Ain't' で始まる存在文

否定の存在文の場合文頭の虚辞（It ないし There）は弱化消失しやすく，その結果 Ain't が初頭に立つということは偶発的にはあっただろう。しかしアメリカで 1920 年代から 30 年代にかけて，虚辞の消失が急に広く見られるようになるのは音声環境の条件だけでは説明がつかない。これにはやはりアイルランド移民の影響を考える必要があるのではなかろうか。二つの原因

が考えられる。一つは前項で見た感嘆文からの影響。もう一つはゲール語からの影響である。ゲール語には英語の 'There isn't' を1語で表せる "**Nil**" という語がある。また英語の 'It is' にあたる存在動詞 "**ta**" の否定形は "**Ni**" (= it isn't) である。つまり 'Ain't' は There isn't にあたるゲール語の "**Nil**" にも、また It isn't にあたる "**Ni**" にも対応できる便利な語であったので、アイルランド人にはこれはごく自然に受け入れられ広がったものと考えられる。フォークナーのこの作品には次の例が見られる。

Aint nobody on my end of it. (152, Vernon)
わしのほうの端にはだれもいねえよ。

Ain't no time to hag back. (187, Cash)
ぐずぐずしとる暇はねえ。

11　発　音 (1)

アイルランド英語では get, yet などの短母音は '*git*,' '*yit*' と発音される（P. W. Joyce, p. 100）。such, just は '*sech*,' '*jest*' と発音される（ibid., p. 100）。care は '*keer*' となる。また -ing は '*-in*' である。この作品には次の用例がある。

me and the boys was aiming to *git* up with, and Dewey Dell a-*takin* good *keer* of her, and folks *comin* in, a-*offerin* to help and *sich*, till I *jest* thought.... (43, Anse)

わしと息子たちで玉蜀黍の始末をつけるつもりじゃったし、デューイ・デルはアディーの看病してるし、それに近所の連中が来て、手伝おうと言ってくれたりするんで、結局わしは…

12　発　音 (2)

catch はアイルランドでは全土的に '*ketch*' と発音される（P. W. Joyce, p. 97）。eat の過去形 ate は無教育者の間では '*et*' と発音される（同前, p. 93）。また killed は '*kilt*' と発音される（Edheworth, Carketon に用例多し）。この作品には次の用例がある。

Cant nobody else *ketch* hit. (41, Anse)

第7章　ウィリアム・フォークナー

他の人間じゃ，あの馬は捕まらんでのう。
Cooked and *et*. Cooked and *et*. (55, Vardaman)
料理して食うた。料理して食っちまった。
You *kilt* my maw!　(53, Vardaman)
お前らが母ちゃんを殺したんだ。

*

以上は『死の床に横たわりて』に見られるアイルランド英語的特色である。次にこの作品が古い17世紀の英語を引き継いでいる点を指摘しよう。いずれも北英・スコットランドからアイルランドを経由してアメリカに入ったものと思われる。

1　It で始まる存在文

「～がある」の存在文を起こす虚辞は古来 There と It が共存したのであるが，17世紀以後標準英語では There に統一されて It は廃れていった。その古い語法がこの作品には頻出する。これはゲール語を直訳する過程で生じた可能性もなくはないが，おそらく北英あるいはスコットランドからアイルランドを経由してアメリカに入ったものだろう。

Mought be *it* wont be no need for them to rush back. (29, Tull)
ひょっとすると，慌てて戻る必要はぜんぜんないかもしれん。
It wasn't nothing else to do. (222, Cash)
何とも他にはしようがなかった。
Hit was jest one thing and the another. (43, Anse)
あれや，これやとあってな。
It wont be no harm done neither way. (28, Tull)
どっちも何の損にもならねえぜ。

2　人称代名詞 'hit'

三人称中性の代名詞 it は OE では 'hit' であった。ME に入って初頭の h-

が最初は弱勢のために失われ，ついで強勢においても落ちて，結局 'it' が標準語形として確立したが，方言では強勢で古い形をそのまま残した。この作品では次の用例がある。

> *Hit* was jest one thing and then another. (43, Anse)
> あれや，これやとあってな。
> *Hit* aint begrudgin the money. (43, Anse)
> 金をケチしてたんじゃねえんで。
> *Hit* never bothered me none. (229, Anse)
> おれには何ともねえだよ。
> They just aimed to ease *hit* some. (229, Anse)
> ちょっくら楽になるようにやってくれただけなんで。
> now she's gittin ready to cook *hit*. (55, Vardaman)
> いまはもう姉が料理の支度にかかってる。

''taint' の 't- は ME で hit が弱化して初頭の /hi-/ を失って末尾の /-t/ だけを残したもの。この作品では次の例が見られる。

> *'Taint* no rush. (32, Tull)
> そんなに急ぐこたあねえ。
> *'Taint* any girl. It's a married woman somewhere. (124, Cash)
> 若い子じゃねえ。どこかの人妻だよ。

3 'and all', 'and such'

OED によると，文末に添える 'and all' は本来 and everything else（その他全部，まるごと）の意であるが，方言とくにスコットランドでは 'Woo'd an' married an' a'.（口説き結婚もした）のように too, also, as well などの意味に使われた。これはとくに会話で言い切りを避ける一種の和らげ語としての働きをする。and such はその異形。この作品には次の用例がある。

> I will help him out if he gits into tight, with her sick *and all*. (32, Tull)
> 病人や何かで動きがとれんのなら，わしが手伝ってやる。

第7章　ウィリアム・フォークナー

throwing them down the hill faces and teeth *and all* (15, Jewell)
（石を拾っては）丘の下の奴らの顔や歯や何かを目がけて投げつけてやる。

and folks comin in, a-offerin to help *and sich*, . . . (43, Anse)
それに近所の連中が来て，手伝おうといってくれたりするんで…

4　主格の関係代名詞の省略

There, It で導く存在文では主格の関係代名詞が省略されるが，これは歴史的には省略ではなく，OE では元々なかったものを，後に添えるようになったのである。今日でも会話体や方言ではその古い形をそのまま継承している。この作品では次の用例が見られる。

There's not a woman in this section [ ] could ever bake with Addie Bundren. (8, Cora)
ケーキつくりにかけちゃ，この界隈にもアディーに及ぶ女はいねえ。

There ain't any doctor [ ] works here. (231, MacGowan)
ここで働いている医者なんていねえよ。

Aint any young girl [ ] got that much daring and staying power. (124, Cash)
若い子じゃ，こんなに図々しく，またこんなにねばる力があるわけねえ。

5　'in'（= for）

OED によると前置詞 in を期間を表す for の代わりに使うのは古い語法である。例えば He has stayed *for* a week. / I have not seen him *for* a long time. というところを昔は 'in' を使っていた。その古い語法が今日でも方言に残っている。この作品では次の用例が見られる。

felling off of churches and lifting no hand *in* six months (35, Anse)
奴は教会で高いところから落ちて，六か月間手も上がらんのじゃ。

He knows *in* fifteen years I aint et the victuals He aimed for man to eat to keep his strength up, . . . (181, Anse)

15年間というもの，体力をつけるために食わなきゃならねえと神様が定められた食い物までも食わずに来たのを神様もよくご存知じゃ。

6　複合指示詞

複合指示詞も英語の古くからの語法である。『現代英語学辞典』（成美堂，1973）はこれをスコットランド英語の特徴の一つとして挙げている。細江逸記（1935, pp. 222-3）は北欧起源であることを示唆している。この作品には次の用例がある。

This here ground (128, Cash)

This here weather (37, Anse)

That ere corn (43, Anse)

7　'outen'（= out of）

この語について，OED は古期英語の 'utan' が中期英語で 'outen' になったとする EDD の見解に対して疑義を呈してはいるが，いずれにしてもこれが中期英語で生じた古い語形であることに変わりはない。この作品には次の用例がある。

He's *outen* his head with grief and worry. (67, Cora)

あの子は悲しいやら心配やらで気が触れとるんじゃ。

Cash went *outen* sight. (147, Tull)

キャシュの姿は見えなくなってしまったが。

he was reading it *outen* the paper. (181, Darl)

8　'hear tell'

これは tell（talk, say, speak）の前に people, person, someone などが省略されてできた古く 11 世紀ころからある伝聞形式の構文である。北英・スコットランド・アイルランドの方言に広く見られる。この作品には次の用例がある。

I *heard tell* how at high water in the old days they used to line up the ford by them trees. (135, Darl)

第7章　ウィリアム・フォークナー

せんに聞いた話じゃが，昔は水が出たときの目印に渡り場にカシの木を植え込んでおいたそうじゃ。

Payed off that motgage with it, I *hear tell*. (135, Darl)

あの抵当の払いも，それですましたそうじゃが。

9　'ere a' (= any), 'aihy' (= any)

これは昔 any の意味に使われた 'ever a' から /v/ が落ちて 'ere a' あるいは 'ara' となり，次いで /r/ が落ちてできたのが 'aihy' である。この作品には次の用例が見られる。

If there's *ere* a thing we can do. (31, Cora)

何か手伝うことがあるのかな。

It's a public street. I reckon we can stop to buy something same as *aihy* other man. We got the money to pay for hit, and hit *aihy* law that says a man cant spend his money where he wants. (193, a man)

公共の道路じゃ。止まって物を買うぐらい，わしだってどこの誰にも負けん権利があるんじゃ。わしら，金はもっとる。自分の好きな場所で，金を使っちゃ悪いっていう法律なんか，ねえじゃろ。

10　'a-' をつけた現在分詞

進行形の現在分詞は元来動名詞であったので，自動詞・他動詞の別なく ME では前置詞 in, on が置かれていた。これが後に 'a' に弱化した。北英方言やスコットランドなどに残ったこの古い形がアイルランドを経由してアメリカに持ち込まれたと一般に考えられている。（しかしこの 'a' はゲール語の習慣のなごりではないかとの異説もあるので今後の調査研究が必要である。）この作品には次の用例が見られる。

I aint *a-goin* to milk you. I aint *a-goin* to do nothing for him. (54, Vardaman)

乳を搾るんじゃねえぞ。奴らには何もしてやらねえのさ。

She's *a-laying* down. She's just a little tired, but she'll ─ (36, Anse)

横になっとるが，ほんのくたびれただけじゃ。もうじきに─

『死の床に横たわりて』

11 'I reckon'（= I think, suppose, guess）

'I reckon' について OED はとくに 'used parenthetically or finally' の項目を設けて 'Formerly on li t erary Eng. use; still common in Eng. dialects, and current in the southern states of America in place of the northern *I guess*.' と述べている。

I reckon Cash and Darl can get married now. (32, Eula)
カッシュもカールも、そろそろお嫁さんもらうんじゃないの。

I am not religious, *I reckon*. (37, Anse)
俺は信心深い人間とは言えんじゃろう。

12 'done' の副詞用法

『研究社新英語学辞典』（1982）は 'We done bought it now.'（それはもう買ってあるんじゃ）のような 'done' の副詞用法を黒人英語の特徴として挙げているが、もしその指摘が黒人はよく使うという意味ではなく、起源が黒人英語だというのであればそれは疑問である。起源には諸説があるが、G. Curme (p. 23) のスコットランド語法説が妥当なところだろう。それによると、done のこの用法は初期近代英語における迂言法（periphrastic use）の残存である。それがアイルランドを経由してアメリカに入ったものと考えられる。18世紀のスコットランド英語やアイルランド英語がそのままの形で残っていると見られるケンタッキー山岳地帯の土地言葉で書かれた Percy Mackaye の *This Fine-Pretty World* (1924) には、次の用例が見られる。Text は Macmillan 版。

Yea, *ye done* did hit, and you're gone frenzy! Kidnapped!（93）
そう、あんたがやっちまったんだ。あんたは狂ってるよ！　人さらいじゃないか！

Seven hit is I *done* bear ye from this-yer body, and eighth which hit is here suckin'（40）
あたしゃこの体からもう7人もあんたに子供を生んでやり、8人目が今こうしておっぱいを吸ってるだ。

第7章　ウィリアム・フォークナー

さて，Faulkner の *As I Lay Dying* には次の用例がある。

I *done* already wrote this visit onto my books, so I'm going to charge you just the same, whether I get there or not. (42, Peabody)

この往診はもうちゃんと帳簿につけてあるでな。そこまで行こうが行けまいが，料金だけは取り立てるぞ。

Go on now. I *done* put supper on and I'll be there soon as I milk. (60, Dewy Dell)

さあ，行きな。ご飯は出してあるし，あたいも乳搾りをすませたら，すぐ行くから。

We *done* bought the cement, now. (197, Anse)

セメントはもう買ってあるんじゃ。

Peabody は町から往診に来た老医師，Dewy Dell は 17 歳の百姓娘，Anse はその父親。いずれも白人である。次の例のように助動詞 had を伴っていることもある。

I had *done* left. I was on the way. (68, Vardaman)

おいらはもう出かけて歩き出しとった。

When we waked up, Uncle Billy had *done* packed up and left. (177, Armstid)

奴が目をさましたころには，ビリーじいさんは，もう一切繃帯まきもすませて，帰った後じゃった。

Vardaman は Anse の末っ子で，まだ 10 歳前後の子供。Armstid は村人の一人である。黒人ではない。

以上のように，『死の床に横たわりて』の舞台であるアメリカ深南部ミシシッピー州の辺鄙な農村の土地言葉は，17 世紀の古い英語（北英方言）がスコットランドおよびアイルランドを経由してアメリカに入ってきたものであると考えられる。アイルランドを経由してと考えるのは古いイギリス英語が多くのアイルランド英語の特色とともにあるからである。イギリス的要素

『死の床に横たわりて』
とアイルランド的要素がそれぞれ別のルートで渡米しアメリカ南部で混合したとは考えにくいのである。

第7章　ウィリアム・フォークナー

「二人の兵隊さん」
'Two Soldiers' (1942)

　この作品は1941(昭16)年12月,真珠湾に集結していた米艦隊が日本海軍の戦闘機に奇襲されて日米開戦となった時の,アメリカ深南部におけるある貧農家族の模様を描いたものである。ミシシッピー州の丘陵地帯の農村で,未だ兵役年齢にも達していない青年ピートは日本への報復の戦いに志願し入隊する。9歳にもならない小学生の弟も,兄と一緒に戦場に行きたいと熱望し,兄を追ってお金ももたず100マイルも離れた州都メンフィスまでバスで行く。関係者の計いで兄には会えるが説得されて連れ返されるという話である。

　これは1942年3月28日付の *The Saturday Evening Post* 紙に掲載された作品であるから,フォークナーが筆を起こしたのは,真珠湾攻撃を受けた直後である。かねてより温めていた題材ではなく即興的に書いた作品である。不意打ちをくらったアメリカの怒りと憎しみと報復への結束は,50年後の2001年9月にアメリカを再び震撼させたハイジャック旅客機による,ニューヨーク世界貿易センタービルおよびワシントンの米国務省ビルの爆破などの同時多発テロ事件に匹敵するものだった。

　真珠湾攻撃の臨時ニュースを聞いたとき,元飛行少尉だった46歳の作家ウィリアム・フォークナーも愛国心の血が大いにさわいだのであろう。貧農家庭の年端もいかない兄弟が国を守るために立ち上がるという,アメリカ人のそうした愛国心,純粋な勇気と真心をフォークナーは描きたかったのだという。

　わずか19頁の小品で,フォークナー自身にはお気に入りの短編の一つの

ようだが，これは彼の作品群の中で今日では読者にほとんど顧みられることのない作品である。こうした戦意高揚の時局ものは時が過ぎればどうしても違和感を生ずる。だが，わたくしがあえてこの作品を取り上げるのは，文学的評価や分析の議論をするためではない。この作品の英語についての関心からである。

この作品は9歳になろうとする少年が一人称で語る形式をとっている。その年齢では，人はまだ言語的には文章言葉やフォーマルな標準的口語英語を身につける社会的訓練をほとんど受けていない。貧困家庭のこの少年の生活圏はまだ極めて狭く，未だ地域社会から外へ出た経験がない。ラジオもない。もちろんテレビは当時はどこの家庭にもなかった。したがってこの少年の英語は，アメリカ深南部の辺鄙な一農村の純粋な土地言葉であると考えてよい。

フォークナーは，自分が生まれ育ち熟知している南部社会を題材にして作品を書くことに徹した作家だった。この作品を書いたときは作家としてはすでに名をなし円熟期に達していた。フォークナーはミシシッピー州北寄りの小さな町 New Albany で生まれたが，5歳のとき母親の生地であった同州南西部の小さな町 Oxford に移り，以後生涯のほとんどをそこで過ごした。「二人の兵隊」に見られる南部方言はフォークナーの少年期におけるその地方の土地言葉を写し出したものと見てよいだろう。

1945年にこの作品が高校の教科書に転載される話が出たときに，フォークナーは許諾の条件として，言葉は一句たりとも変更は認めない，もし改編するのであれば改編ごとに必ず星印をつけて原文を変更した旨を改編者の正式な氏名を付して明記すべし，という厳しい姿勢を示したという。この作品だけには限らないだろうが，この作品にはとりわけフォークナー自身の少年時代のふるさと言葉を書き記した格別の感懐があり，芸術的完成度の高いものとしての自負がうかがえる。以下にその言語的特色を報告する。

結論を先にいえば，フォークナー自身の母語は多くの特色がアイルランド

第7章　ウィリアム・フォークナー

英語と共通するということである。その特色は基本的にはイギリスの17世紀の古い英語を継承したものであるが，それと同時に，そこにはかなり多くのアイルランド語法および発音が含まれている。

これはイギリスからの移住者とアイルランドからの移民がアメリカにおいて混交した結果というより，17世紀のイギリス英語がスコットランドや北アイルランドを経由してアメリカに持ち込まれたとみるのが自然であろう。アメリカ深南部にアイルランド移民がいつどのような経路で入ったのかは定かでない。はっきりしているのは，ミシシッピー州山岳地帯に古いイギリス英語とアイルランド語法が深く入り混った土地言葉が存在するという事実である。

以下は，先ずその土地言葉がどのような「古いイギリス英語」を今日に遺しているかを指摘し，次いで直接・間接にゲール語からの影響によって生じたと考えられるアングロ・アイリッシュ（Anglo-Irish）の特色を指摘する。Text は，*Collected Stories of William Faulkner*（Chatto & Windus, 1951 版）による。用例末尾の数字は頁数を示す。

I　古いイギリス英語の残存

1　'ara'（= any）

南部方言では any の代わりに 'ara' がよく使われる。これは昔，any の意味に使われた 'ever a' の発音がくずれたものである。この作品には次の用例がある。

    [It was] standing up into the air higher than *ara* hill in all
    Yoknapatawpha County.（93）

それはヨクナパトーファ郡のどこにある丘よりも高くそびえていた。
他の作品から例を引くと，

    Do you want *ara* thing?　── Faulkner, '*Wash*'
    何か欲しいものはないか。

「二人の兵隊さん」

If you was *ara* other man, I'd say...— *ib.*
もしあんたが誰か他の人だったら、わしは言いたいところじゃが…
'ever a' (= any) はエリザベス朝時代の語法であり、Shakespeare には次の例がある。

was there *ever a* man a coward that hath drunk so much sack as I to-day? — *Tempest*, III, ii, 30
今日俺が飲んだくらいの酒が飲める人間に弱虫がいてたまるかってんだ。
I love thee better than I love *e'er a* scurvy young boy of them all.
— *2 Henry*, IV, II, iv, 295
あたいもね、ずいぶんくだらない若い男に惚れたこともあるわよ、だけどあんたほど好きになった人は初めてだわ。

アメリカ南部地方では他に 'ere a,' 'airy,' 'aihy' などの変形も見られる。また 'never a' からできた 'nary' もある。いずれも古いイギリス英語の残存である。

2 'nigh' [nai]（ = near）

アメリカ南部方言では 'nigh' が near, nearly, almost の意味でよく使われる。この作品には次の用例がある。

even if he was *nigh* twenty（88）
もう20歳近くになっているとしても…
I could have pretty *nigh* busted out crying, *nigh* to nine years old and all（88）
僕はわっと泣き出しそうになった、もうじき9歳にもなろうというのに。
(he) rubbed my head durn *nigh* hard enough to wring my head off..（87）
僕の頭をもうちょっとで、もげそうになるくらい強い力でねじった。

他の作家から例を引くと、

he left 'em to *nigh* about starve to dead. — Rawlings, *Yearling*, ch. 10

第 7 章　ウィリアム・フォークナー

彼はあの連中を見捨てて，ほとんど飢え死にせんばかりにしたのだ。
(he) wouldn't met me come *a-nigh* him any more. ― Twain, *Huck*, ch. 42
彼はどうしてもわしを寄せつけようとはしなかった。

　これは，OE neah, neh ＞ ME nigh, neigh, nei, neh から来たものある。OED によると nigh は 18 世紀ころまでは標準英語として通用していたが，それ以後 near にとって代わられて，今日では擬古体か方言にしか残っていない。アメリカ南部地方ではそれをイギリス各地の方言とともに継承している。

3　'nohow,' 'noways'

　南部方言では *'nohow,' 'noways'* が 'not at all,' 'by no means' の意味でよく使われる。この作品には次の用例がある。

I knowed he really meant it and that I couldn't go *nohow noways*. (83)
兄は本気なんだ，どうしても，とうてい僕は行けないんだってことが分かった。

フォークナーの他の作品から例を引くと，

Major ain't home *nohow*. ―'Barn Burning'
旦那さまはまったくいらっしゃらねえだよ。

Cant nobody see here from the house, *noways*. ― *Sound & Fury*, ch. 1
家からじゃ誰にもここは見えやしねえんだ。

　'nohow' の OED の初出は 18 世紀末の 1775 年である。無教育者の発話では，しばしば他の否定詞とともに使われるとして，次の例を示している。

You don't call that justice, *nohow*, do you? ― 1851, Jerrold, *St. Giles*
まったくあんなことは道理とは言えんじゃろう。

That don't dovetail *nohow*. ― 1863, Reade, *Hard Cash*
あれは全然ぴたりとなんか合わない。

　'noways' は早く 13 世紀の初めからある語。noway とはまったく同じ意味の別語である。noway が 'no ＋ way' からできたのに対して，*noways* は 'none の単数属格 ＋ way' からできたもので，第 2 要素にのみ屈折語尾を今

日に残しているのである。

4 'strop(ped)'(= strap, strapped)

南部地方では strap, strapped の母音を /ɔ/ とすることがある。この作品には次の用例が見られる。

He had a watch *stropped* on his arm. (95)
彼は腕に時計をつけていた。
the soldier with the backing *strop* said, ... (95)
あの，背中に馬の尻革をつけている兵隊さんが言った。
He had on a belt with a britching *strop* over one shoulder. (94)
肩から馬の尻革をつけていた。

今日では strap, strapped の方が一般的であるが，strop, stropped の方が元々の形であった。17世紀ころから方言（とくにスッコトランド地方）で -a- 形が現れ始め，以後次第にこれにとって代わられた。アメリカ南部方言はそれ以前の古い形を残しているのである。

5 'I reckon'(= I think)

南部地方では主観叙述の I think, I suppose の代わりに 'I reckon' がよく使われる。この作品には次の用例が見られる。

I reckon we got to go. (83)
僕たち行かなくっちゃいけないと思うよ。
I reckon it was before I could remember. (98)
もの心がつく以前のことだよ。

OED によると，これは昔は文章語であった。方言では今日でも残るが，とくにアメリカ南部方言では北部方言の 'I guess' に代わるものとして現在でもよく使われる，としている。文中挿入や文末でも添えられる。この作品には上例の他に8例がある。

6 how (= that)

南部地方では伝達動詞の後で 'how' が接続詞 that と同じ意味でよく使われ

る。この作品には次の用例が見られる。

I told them *how* Pete had jest left that morning for Pearl Harbor and . . （98）

僕は，ピートが今朝真珠湾へ向けて出発したと伝えた…

she said *how* they had a little boy about my size, too, in a school in the East. （98）

彼女は，うちにも僕くらいの体の大きさの少年がいて，東部の学校へ行っていると言った。

フォークナーの他の作品から例を引くと，

It seems *how* they had made a mistake two years ago. ― Centaur

二年前に間違ったらしいのさ。

Nancy told us *how* one morning she woke up and Jesus was gone.
― That Evening Sun

ある朝目をさましてみると亭主のジーザスがいなくなっていた，と話してくれた。

この語法も OE, ME 期からある古用法の残存。昔は that を伴って，'how that' の形で使われることもあったが16世紀ころから見られなくなった。

7　'it'（= there）で始まる存在文

南部地方では存在文を切り出す 'there' の代わりに 'it' がよく使われる。この作品には次の用例が見られる。

It was another office behind me. （p. 95）

この事務室の後ろにまた事務室があった。

It was another bus deep-po, a heap higher than the one in Jefferson. （p. 93）

またバスの駅があったけど，ジェファソンの駅よりずっとでかかった。

他の作品からの例を引くと，

I reckon *it* ain't no need to worry. ― Faulkner, *As I Lay Dying*

心配することはねえと思うだ。

It's no pleasure in life. ― O'Connor, *Good Man*

人生に本当の楽しみなどありはしない。

　起源について議論はあるが，古いイギリス北部方言およびスコットランド方言に先例がある。

 beo liht and *hit* was liht. (1225) ― MED
 光りあれと言うと，光があった。
 Hit was some tyme a clerk (1500) ― ib.
 以前一人の坊主がいた。
 it is no living with them (1617) ― OED
 彼らとはとても一緒には暮らせない。
 Sic ane ferly neuer *it* was. (1499) ― DOST
 そんなに素敵な人はいなかった。

しかし，17世紀以後はイギリスおよびスコットランドではこの語法は忽然と姿を消し，再び用例が見られるようになるのは，19世紀に入ってアメリカの南部地方においてである。最近では黒人によるアフリカ語法起源説もあるが，この語法の本流は Scotch-Irish を起源とすると考えるのが自然であろう。

8　単純形副詞（flat adverb）

　古期英語では，多くの副詞は形容詞の末尾に -e をつけることによってつくられた。例えば，briht → brihte (= brightly), wid → wide (= widely) のように。しかし中期英語になると強勢の影響で末尾弱音節の -e が次第に失われる。-e は失われても副詞用法はそのまま保たれたので，副詞と形容詞が区別できなくなった。単純形副詞はエリザベス朝時代の英語には極めて多く，18世紀までは一般的であった。19世紀以後は今日のように -ly をつけるようになる。しかしアイルランド英語では多くを残した。この作品には次の用例が見られる。

 plain（81），*quick*（98），*clean*（85），*pretty*（88），*pure*（96）

9　**was**（= **were**）

'was' が複数主語に対して使われるのは中期英語以来の古用法である。OED によると，単数の you に 'was' を使うのも 16〜18 世紀には，'almost universally' であったという。この作品には次の用例がある。

We was（82, 87, 93, 95, 98, 99, 99, 99, 99）/ *they was*（82, 97）/
Pete and pap was（85）

10　不定冠詞 'a'（= an）

'an' は one の変形であるから -n を伴うのが元々の形であるが，中期英語あたりから -n が落ち始め 'a' となった。母音の前でも使われたので，それが方言では広く残った。この作品には次の例が見られる。

a ambush（83）/ *a* old one（90）/ *a* overcoat（90）/
a artermatic writing pen（91）/ *a* old fellow（98）

11　複合指示詞

複合指示詞は近称の 'this here' も遠称の 'that there' も 15 世紀頃からの古い語法である。この作品には次の例がある。

that 'ere little moving room（99）
あの小さな動く部屋（i.e. エレベーター）

12　done の副詞用法

'done' を 'already' の意で副詞的に使うのは Scotch-Irish であろう。この作品には次の例がある。

and he had *done* finished the Consolidated last June...（81）
彼は去年の 6 月に過疎地帯統合学校を卒業していた…
She had *done* started to pick up the telephone.（98）
彼女は受話器をもう取り始めていた。
Pete would 'a' *done* already started for Pearl Harbor.（89）
ピートはもう真珠湾へ向けて出発してしまっているだろう。

13　'hear tell'

「〜という噂をきいている」というこの伝聞形式は，不定詞の前にあった

people, persons, someone などが省略されてできた構文で, これは古期英語からあり 19 世紀までは広く使われていた。この作品には次の例がある。

I *hear tell* Memphis is a big place. (86)
メンフィスは大きな町だと聞いているんだが。

14 'holp' (= helped)

過去形としての 'holp' は 16 世紀初頭から 19 世紀半ばまで見られたが, それ以後は廃れた古い語形。この作品には次の例がある。

he *holp* me with mine... (88)
彼が僕(の蒐集)に手を貸してくれた。

15 弱変化動詞化

初期近代英語期には強変化動詞を弱変化 (-ed をつけて規則動詞化) させて使うことが多かった。方言ではそれを今日に残した。この作品では次の例がある。

throwed (97) / *knowed* (81, 82, 83, 84, 91, 93, 94, 95, 97, 99, 99, 99)

16 過去と過去分詞の同形化

初期近代英語期には過去形と過去分詞形に同形を使うことが多かった。方言ではそれを各地に残した。この作品では次の例が見られる。

seen (= saw) 87, 90, 90, 92, 92, 93 / *saw* (= seen) 92, 93 /
give (= given) 82, 88, 92, 92, 99 / *taken* (= took) 90, 92, 98 /
done (= did) 92 / *run* (= ran) 81, 92, 92, 99 / *begun* (= began) 93, 99, 99 /
come (= came) 85, 92, 94, 95, 95, 96 / *rung* (= rang) 99

なお, *give* (= gave), *see* (= saw) は, *given* (= gave), *seen* (= saw) から末尾の -n が脱落したものと思われる。

give (= gave) 96, 99 / *see* (= saw) 93

17 'them' (= those, these)

'*them*' を those, these の代わりに使うのはアイルランドで独自に発達した場合もあるが, イギリスにも古くからあった語法でもある。この作品にも次

の例が見られる。

them Japanese（81, 84, 85, 86）/ *them* girls（83）/ all *them* crowds of people（97）/ *them* fellers（95）/ *them* big gins and sawmill（99）

II アイルランド的特色

次にゲール語からの直接・間接の影響と考えられる特色を指摘しよう。

1 強意の他動詞構文

アイルランド英語では，他動詞と目的語の間に「強意語 + out of」を入れて，その動詞が表す動作を極端に強調する構文がある。この作品には次の例が見られる。

If I ever again hear of you drawing it on anybody, I'm coming back from wherever I am at and *whup the fire out of* you. You hear me?（96）

もしまたお前がそのナイフを取り出して，誰かに切りかかったなんて聞いたら，俺はどこからでも戻って，お前をこっぴどく叩きのめすからな。分かったか。

他の作品から例を引くと，

You can *whup the blood outen* me. But that's all I know. — Faulkner, *As I Lay Dying*

いくらでも殴るがいいだよ。でも知っているのはそれだけさ。

I'll *whale the livin' daylights out of* you all. — Mitchell, *Gone*

わたし，お前たちをひどい目に遭わせますからね。

I'd *beat the daylight out of* him. — O'Connor, *Circle*

あたし，あいつをぶちのめしてやりたいわ。

P. W. Joyce (p. 31) はこの構文について，例えば 'I tried to knock another shilling out of him.' はゲール語の "**bain sglling eile as**" の直訳であると指摘する。尾上政次（1953, pp. 160-4）もこの言い回しはアイルランド作家に極めて多いと報告する。

「二人の兵隊さん」

Fitzsimons *knocked shite out of* him. — *Ulysses*
フッシモンズは彼をさんざんやっつけた。

If there's any one in the house thinks he's fit to *take a fall out av* Adolph Grigson, he's here. — Sean O'Casey, *Two Plays*
ここに居る誰かで，アドルフス・グリッグスンを倒す自信があれば，お相手をするよ。

2 'you all'（= you）

二人称代名詞として 'you all' を使うのはアメリカ南部方言の一つの特色である。複数形と考えられるが，単数の相手に対して使われることもある。この作品には次の用例が見られる。

I'll chop the wood and tote for *you-all* then. (83)
じゃ，僕があんたらに薪を割ったり水を運んでやるよ。

Where *you all* got him? (94)
あんたら兄さんをどこへ入れたの？

I can chop it and tote for *you-all*. (95)
僕は薪を切ってあんたらの代わりに運べるんだ。

フォークナーの他の作品からの例を引くと，

You all go on to supper and let me rest awhile. — *Queen*
さあ，お前たちは夕食にお行き，そして私をしばらく休ませておくれ。

You remember that night I stayed in *yawl*'s room? — *That Evening Sun*
私があんたたちの部屋に泊まったときのことを覚えてる？

起源については定説はないが，先行例が示せるのはアイルランド英語だけである。19世紀半ばのアイルランド作家カールトン（William Carleton）の作品（1852）には次のような用例が見られる。

you all know the kind husband he was to me. — *Party Fight*
ご存知のように，あの人はあたしにはいい夫でしたよ。

You all know that the best of aiting and dhrinking is provided when a runaway

第7章　ウィリアム・フォークナー

couple is expected. — *Shane Fadh's*
知っての通り，駆け落ちする男女が来るときは，最高の食べ物と飲み物でもてなしてやるんだ。

a more faithful boy isn't alive this day nor I am to *yez all*. — *Three Tasks*
わし以上にあんたに忠実な男はいまどき居やせんぞ。

アイルランド人の母語だったゲール語の二人称代名詞には単数の "***tu***" にも複数の "***thu***" にも，強意（emphatic）の語尾 -sa を付けた "***tusa***" "***thusa***" というそれぞれの強意形がある。その語感がアイルランド英語では 'you all' と訳されたと考えられる。ゲール語の語尾 -*sa* の強意の語感はまた 'yez,' 'youse' という形で英訳されることが多い。しかしその形では強意と複数のどちらを意図したのかが判然としない。その点をはっきりさせたいときに 'you all' を使ったのであろう。

3　文末の 'and all'

南部地方に限らず，アメリカ口語英語では文末によく 'and all' が添えられる。この句は本来は文字通り「その他すべて」であるが，方言とくにスコットランド方言では「〜も，〜とか（なんか），〜など」（as well, also, too）ほどの一種のぼかし語として使われる。この作品には次の用例が見られる。

I could have pretty nigh busted out crying, nigh to nine years old *and all*.（88）
僕はわっと泣き出しそうになった，もうじき9歳にもなろうとしているというのに。

Webster 2版はこの曖昧な方言的用法にはアメリカでは単に前の文脈を強めるのに使われることもあるという。上の用例はそれに該当すると見られなくもない。そうだとすれば，ゲール語の "***idir***" や "***etir***" からの影響が考えられる。

4　'at all' の強調句

これも南部方言に限らずアメリカ口語ではよく見られる。この短い作品でも全部で5回も使われている。

「二人の兵隊さん」

he wan't going to leave me go with him *a-tall*.
彼は僕と一緒に行く気なんかまったくなかった。
it was like I hadn't never been to Memphis *a-tall*.
僕メンフィスなんかへ行っていた感じがしないんだ。

これは前項で触れたゲール語の *"idir"* からきた語法である。アイルランド英語では否定文や疑問文以外でもよく使われる。19世紀のアイルランド作家カールトンには次のような用例がある。

it reached him afore he saw my uncle *at all*. ― *Shane*
Am I alive *at all*? ― *ib*.
Is there e'er a sup *at all* in the house? ― *Hedge*
And, Briney, are ye in Greek *at all* yet? ― *Station*

5 'out the window'

これは一般に 'out the door' とともに前置詞 of が落ちたアメリカ生まれの語法と考えられているが、アイルランド生まれなのは実は 'out the door' だけである。19世紀にこのアイルランド語法が入ったためにアメリカでは 'out the door' と 'out of the door' の二つの形が並存するようになった。'out the window' はその類推でアメリカで生まれた。したがって、これはアイルランド系語法 (Irish-American) であるといえる。この作品には次の用例がある。

So I taken my shoes and drapped them *out the window*. (88)
僕は靴をもって行って窓の外に落とした。
the soldier throwed back in his chair, looking *out the window* and coughing. (97)
兵隊さんは椅子にそり返って窓の外なんか見ながら咳払いをしていた。

6 'on top of'

標準英語なら定冠詞 the を要するところを、アイルランド英語ではそれが省略される。この作品には次の用例がある。

we would go on again past water tanks and smokestacks *on top of* the mills, ...

(93)

製材所の他に貯水タンクや高い煙突のある町をまた通って…

フォークナーの他の作品からの例を引くと，

What the hell does your wife mean, taking sick *on top of* a durn mountain?
――*As I Lay Dying*

お前の女房はいまいましい山の上で病気になるなんていったい何てことだ？

尾上政次（1953, p. 155）は，これはアイルランド英語に先例が多いと指摘し，アイリシズムであると示唆する。おそらく top に当たるゲール語 "**barr**" が冠詞を伴わない習慣にあるからであろう。

On top of the table a huge cavalry sword is lying. ――Sean O'Casey, *The Plough and the Stars*

7 'quit'（= cease, stop）

南部方言では 'quit' が「よす，止める」の意味で使われる。この作品には次の用例がある。

The soldier had *quit* writing. (94)

その兵隊さんは書きものを止めた。

P. W. Joyce (p. 310) はこれをアイルランドのアルスター（Ulster）地方の特色として指摘し，'Quit your crying.'（泣くのを止めよ）の例を示している。

8 疑問詞に添える強意語 'in the world'

アイルランド英語では疑問詞の後に 'in the world' や 'on earth' という強意語を添える習慣がある（P. W. Joyce, p. 49）。この作品では次の例が見られる。

How *in the world* did he ever get down here by himself? (90)

あの子は，いったいどうやって一人でこんなところへ来たのかしら？

9 時を表す名詞の接続詞的用法

アイルランド英語では時あるいは時間的序列を表す名詞を接続詞として使

う（P. W. Joyce, p. 35）。この作品では次の例がある。

> And *first thing I know*, we was back on the same highway the bus run on this morning — （99）
> ふと気がつくと、今朝バスが走ったハイウエイに戻っていた。

10 'leave'（= allow）

英語の 'let' にあたるゲール語 "***lig***" と "***ceadaigh***" はどちらも allow の意である。これがアイルランド英語では 'leave' と訳された。このことから英語の 'leave' には目的語＋原形不定詞を伴って「～に～させる」の使役の意味が加わった。OED の Supplement によると、このアイルランド語法がアメリカに現れるのは 1840 年以降である。この作品には次の用例がある。

> He wouldn't *leave* me go with him.（83）
> 彼はどうしても僕を一緒に連れていってくれないのだ。
> Then shut up and *leave* me go to sleep.（84）
> じゃ黙って俺を眠らせろ。

11 'a heap'（= much）

'heap' にあたるゲール語 "***carn***" は 'great amount' の意。名詞だが、"***carn airgid***"（= a heap of money）のように、そのままの形で形容詞（副詞）としても使える。この作品には次の用例がある。

> *a heap* shiner than ～（～よりずっとぴかぴかの）97
> *a heap* stiller than ～（～よりじっとして動かない）82
> *a heap* bigger than ～（～よりうんと大きい）93

12 不快・迷惑などを表す前置詞 'on'

アイルランド英語では権利を侵害されたときなどの被害者の感情を表す前置詞 'on' がある（P. W. Joyce, p. 27；尾上政次 1953, pp. 116-9）。ゲール語の前置詞 "***air***" の直訳である。'walk on someone' はアイルランド英語では「～を無視する」の意。

> Maybe someday I will jest walk in *on* you.

第7章　ウィリアム・フォークナー

たぶんいつか，あんたのとろに踏み込んでいくよ。

13　where と共起する不用な 'at'

ゲール語では場所を言うとき，必ず前置詞 "**ag**"（＝ at）を使う習慣があることから，アイルランド英語では伝統英語が前置詞を必要としない疑問副詞 where を使う場合にも 'at' がついてくる。この作品には次の例がある。

　　How will you find where the Army's *at*?（86）

　　陸軍がどこにあるか，どうしたら見つけられるんだね？

Ⅲ　発音上の特色

アイルランド英語と共通する発音上の特色を指摘しよう。

1　弱音節の脱落

　　ever'where（＝ everywhere）93

2　末尾弱音節 /-ou/ → /ə/

末尾弱音節の二重母音 /-ou/ は /ə/ となり，アイルランド英語では '-er' で表す。この作品には次の用例がある。

　　feller（＝ fellow）89, 90, 92, 94, 95, 98

　　holler（＝ hollow）94, 98

3　/ʌ/ → /e/

'justice' はアイルランドでは 'jestice' と発音される（P. W. Joyce, p. 98）。この作品では 'jest' が13例ある。

　　jest（＝ just）83, 85, 86, 87, 88, 88, 88, 89, 94, 95, 96, 98, 98

4　/i/ → /e/

set（＝ sit）のように，アイルランド英語では短母音 /i/ は /e/ となる（P. W. Joyce, p. 93）。この作品には次の例がある。

　　resk（＝ risk）92

5　/e/ → /i/

上の4とは逆に，短母音 /e/ は /i/ となる（P. W. Joyce, p. 100）。この作品

では次の例がある。

git (= get) 89, *set* (= sit) 89

6　/æ/ → /e/

'catch' はアイルランドでは全土的に ketch と発音される（P. W. Joyce, p. 97）。この作品では次の例がある。

ketch (= catch) 86, 88, 96, 94

7　/ei/ → /e/

eat の過去形 ate はアイルランド英語では 'et' と発音される。この 'et' という過去形は中期英語以来の古い形である（藤井健三 1984, p. 105）。この作品には次の例がある。

We *et* breakfast by lamplight...（86）

wile we *et* it.（86）

8　二重母音の単母音化

sho (= sure) 84

sholy (= surely) 84

9　末尾 -d の脱落

tole (= told) 87

Unity (= United) States 87

以上のように，フォークナーが生まれ育ったアメリカ南部僻地の土地言葉はアイルランド英語と根深いところで絡んでいるのが分かる。

第8章　アースキン・コールドウエル

「スウェーデン人だらけの土地」
'Country Full of Swedes' (1932)

　アースキン・コールドウエル（Erskin Caldwell 1903-87）はジョージア生まれのジョージア育ちだが，出世作となった「スウェーデン人だらけの土地」（'Country Full of Swedes,' 1932）の舞台はメイン州の海岸べりの町イースト・ジョロッピー（East Joloppi）。メイン州は東部ニュー・イングランドの一角をなす小さな州である。

　コールドウエルは新聞記者をやめて小説を書くことに専念するためにメイン州にやって来た。いい短編が書けるまでここから出ない決意でこの地に籠ったのだという。ここには結局5年いなければならなかった。4年目の終わり頃この作品の原稿をあちこちの出版社に送ったが何処からも拒絶され，一年後にやっとイェール・レヴュー誌で日の目を見ることになる。完成までに7, 8年かかったわけだ。内容は，農村にこれまでの移民とは違って大柄で騒々しく乱暴なスウェーデン人移民が大挙して入ってくることに対する古い地元住民の恐怖を滑稽に描いたものである。

　さてこの作品の英語も，ほぼ全面的にアイルランド英語を受け継いだものであるといってよい。この種の英語は今日アメリカの通俗英語として，全米どこでも聞かれる標準的庶民英語である。アイルランド移民は労務者として全米至るところに離散していったのである。

　コールドウエルが生まれ育ったジョージア州と，この作品を執筆したメイン州はどちらも歴史的に見て，とくにアイルランドからの移民の多い地域であった。この作品に見られる主要なアイルランド語法を以下に指摘する。

第8章　アースキン・コールドウエル

Text は南雲堂版 Contemporary Library Our Country Full of Swedes（尾上政次編註, 1955）。用例末尾の数字は頁数を示す。

I　統語法に関して

1　'be after 〜 ing' の完了形

アイルランド英語には，英語の現在完了に当たる形式がないので，例えば 'I have finished my work.' は 'I am after finishing my work.' のように，'be after 〜 ing' の形で表されることがある（P. W. Joyce, pp. 84-6）。この作品には次の用例が見られる。

> Now you just sit and calm yourself, Mrs. Frost. Those little Swedes are just chasing a tom cat. They're not after doing hurt to your flowers. (62)
> まあ座って落ち着きなさいよ，フロストの奥さん。あのスエーデン人の子供たちは猫を追いかけているだけですよ。まだあんたの花壇の花を傷めつけたりなんか，しちゃいないんだよ。
> They're not after taking anything that belongs to you and Mrs. Frost. (62)
> あの子たちはまだあんたがたの物は何も取ってはいないんだ。

2　'the likes of 〜' の句

'the likes of 〜' は「〜のような人」の意で，アイルランドで一般によく使われる表現である（P. W. Joyce, pp. 286-7）。アメリカでは「人」だけでなく「事物」にも適用される。この作品では次の用例が見られる。

> I have never seen the likes of so much yelling and shouting anywhere else before... (54)
> こんな大声でわめき叫ぶのは，これまで一度も，どこでも見たことがなかった。

3　'mad'（= angry）

'mad' はアイルランド英語では angry の意味にも使われる（P. W. Joyce, pp. 289-300）。この作品では次の用例が見られる。

「スウェーデン人だらけの土地」

Jim, don't let Stanley make the Swedes *mad*. (70)
ジム，スタンレーにスエーデン人たちを怒らせるようなことはさせないで。

but don't go making them *mad*. (70)
でもあいつらを怒らせるようなことはやめてくれ。

we could see that she was still on the inside, and *madder* than ever at the Swedes. (67)
われわれは，彼女はまだ家の中にいて，ますますスエーデン人たちに腹を立てているのが分かった。

4 'out the door'（= out of the door）

'out the door' は of が省略されたのではなく，元々 of のないアイルランド英語がアメリカに入ったのである（尾上政次 1953, pp. 11-2, 144）。よってアメリカでは 'out the door' と 'out of the door' の二つの形が並存する。この作品には次の用例がある。

(he) ran *out the door* again like he had been shot in the hind parts with a moose gun. (49)
ムース撃ちの銃で尻を撃たれたかのように，また部屋から飛び出していった。

Jim ran to the side door and *out the back* of the house, ... (52)
ジムは脇のドアに走っていって，家の裏に飛び出していった。

5 'out the window'（= out of the window）

'out the window' はアイルランドから入った 'out the door' からの類推によってアメリカで生まれた（尾上政次 1953, pp. 11-2, 144）。よって，これはアイルランド系語法（Irish-American）であるといえる。この作品には次の用例がある。

I ran across the hall to look *out the window*, ... (51)
俺はホールを横切って走っていって，窓から外を見た。

for what I could see *out the window*. (53)

窓から見た限りのことだが。

and (let's) watch them *out the window*. (62)

そして窓から彼らを見張っていようよ。

6 'let out 〜' の構文

'let out a yell' は，伝統英語なら動詞では 'yell,' 名詞なら 'give a yell' でよいのだが，ゲール語では例えば「彼はワッと叫び声をたてた」は "**do léig sé géim as**" というので，アイルランド英語ではそれが 'He let a roar out of him.' と直訳される（P. W. Joyce, p. 39）。この直訳構文がそのままアメリカへ入ってきたのである。この作品には次の用例がある。

Mrs. Frost took one look at them, and then she *let out a yell*, ... (63)

ミセス・フロストは彼らを一目見て，悲鳴を上げた。

The kid *let out a yell and a shout*... (67)

その子供はワァーイと叫び大声を上げた。

The little swede *let out a yell* and whoop... (68)

ちびのスエーデン人は悲鳴と喚声を上げた。

7 'for good' (= finally, for ever)

'for good' はアイルランド英語では 'finally, for ever' の意に使われる（P. W. Joyce, p. 258）。この作品には次の用例がある。

I thought you said they were gone *for good*, this time. (51)

あんたは，こんどこそ彼らは永久に立ち去ってしまったと俺に言っただろう？

8 'good and 〜' (= very)

'good and 〜' は二詞一意の intensive で「〜」部分の形容詞や副詞を強調する。これはほぼ同義の 'nice and 〜' とともに，アイルランド英語がスコットランド英語およびアメリカ英語と共通する語法（尾上政次，pp. 156-8）である。'good' は「じゅうぶんな(に)」が元々の意。この作品には次の用例があ

る。

I couldn't hear a word she was saying. It was *good and* plenty though, whatever it was.（66）

彼女が言っている言葉はひとことも聞こえてこなかった。だが何と言ってたにせよ，ひどくまくしたててはいた。

until he got *good and* ready to come, …（66）

その子がじゅうぶんその気になってくるまで…

9　'have ＋目的語＋〜ing' 構文

'have ＋目的語＋〜 ing' を経験と使役の意味に使うのはアイルランド語法である（尾上政次 1953，p. 151）。この作品では次の用例がある。

We were hitched to make a fine team, and I never *had a kick coming*, and Jim said he didn't either.（50）

俺たちは二人で大変いいチームをつくりあげているのだ。俺は不満を言われたことはないし，ジムも言われたことがないと言っている。

There was no stopping him then, because he *had the ax going.*（67）

もう彼を止めようがなかった，斧にはずみがついていたもんで。

10　'not give a damn' 構文

'not give a damn'（ちっとも気にしない，構わない）はアイルランド英語の 'not give a shit,' 'not care a damn' からできた Irish-American である（尾上政次 1953，p. 172）。この作品には次の用例がある。

it looked like none of them knew what all the shouting and yelling was for, and when they found out, they *didn't give* a *damn* about it.（54）

だがたとえわけもなく大声を上げているのだと分かっても，彼らはそのことを気にもしなかった。

11　'on top of'（＝ on the top of）

'on top of' は伝統的イギリス英語では 'on the top of' だが，アイルランド英語では定冠詞を伴わない（尾上政次 1953，p. 155）。この作品には次の用例

がある。

　Then *on top of* that, they went and painted the barn red.（58）
　その上，彼らは納屋をよりもよって赤く塗るんだ。
　and the big yellow tom came down *on top of* everything, holding for all he was worth to the top of the little Swede's head.（68）
　その大きな黄色い猫が子供の頭のてっぺんにしがみついて下りてきた。

12　強意の他動詞構文

アイルランド英語では他動詞と目的語の間に「内臓物＋out of」を挿入して，内臓が飛び出すほど「ひどく～殴る，叩きのめす」という形式の他動詞強調構文がある。この作品には次の用例が見られる。

　That Boom! so early in the forenoon was enough to *scare the daylights out of* any man...（49）
　こんな朝早くにそんなドカーンという音がしたら誰だって度胆を抜かれるだろう。
　It's a god-awful shame for Americans to let Swedes and Finns and Portuguese *scare the daylights out of* them.（52）
　スエーデン人やフィンランド人やポルトガル人にそんなに怯えるなんてアメリカ人の恥だ。
　There was no sense in letting the Swedes *scare the daylights out of* us.（65）
　スエーデン人をそんなに恐がっていても，いいことなんか何もない！

この際の 'daylights' は light「肺臓」の意味。それが「光り」と混同されて前に 'day-' がつけられたものである。

13　'動詞＋身体の一部＋off' の構文

身体の一部が引きちぎれるほど強く～する，のこのアイルランド表現は前項12の「内臓が飛び出すほど強烈に～する」という発想の類型。

　the two little Swedes stood there looking at us, *panting and blowing their heads off*.（63）

「スウェーデン人だらけの土地」

二人の子供のスエーデン人が，息を切らせ，はあはあ言いながら，こちらを見て立っていた。

There were Swedes everywhere a man could see, and the ones That couldn't be seen, could be heard *yelling their heads off* inside the yellow clapborded house across the road. (53)

目に見えるところにはどこにでもスエーデン人がいた。目に見えない，道路の向こう側の黄色いペンキを塗った家の中からは，スエーデン人が大声で叫んでいるのが聞こえた。

14　時を表す名詞の接続詞用法

アイルランド英語では時を表す名詞をそのまま接続詞的に使う。これはゲール語の直訳から発達したもので，今日ではアメリカ英語の特徴と考えられているくらい普及している。この作品には次の用例がある。

The little maple shook all over *every time* the axe-blade struck it, ... (67)

楓の若木は斧を打ち込まれるたびに，てっぺんから根元まで震えた。

like it was *the first time* they had ever heard a kid bawl. (68)

彼らは子供がわめくのを聞いたのは初めてだというような顔をしていた。

15　'like' の接続詞用法

アイルランド英語では *'like'* (= as) を接続詞としても前置詞としても使う。古い英語の残存である。この作品には次の用例がある。

and he ran *like* he was on fire and didn't know how to put it out. (62)

猫は，尻に火がついて，どうしたらいいのか分からず，駆けずり回っているかのように見えた。

There I was, standing in the middle of the chamber, trembling *like* I was coming down with the flu, (47)

俺は自分の私室のまんなかに立って，流感にかかったように，ぶるぶる震えていた。

第8章　アースキン・コールドウエル

his voice croacking deep down in his throat, *like* he had swallowed too much water.（51）

彼は水をあまりにたくさん飲み込み過ぎないように，のどの奥にこもったしゃがれ声だった。

my heart pounding inside of me *like* a ram-rod working on a plugged-up bore, ...（47）

心臓はシリンダーの中のピストンのように烈しく打っていた。

16　'busy～ing' の構文

'busy～ing' は伝統英語では 'busy in～ing' の動名詞構文であったが，アイルランド英語では動名詞構文ではなく分詞構文である。したがって初めから前置詞はなかった。それがアメリカ英語に入った（尾上政次 1953, pp. 1-29）。この作品には次の用例がある。

The big Swedes are *busy carrying* in furniture and household goods.（56）

大人のスエーデン人たちは，いま家財道具を運ぶのに忙しいのだ。

II　発音に関して

この作品に限らず，発音に関してはコールドウエルは南部訛りを綴りの上に写し出すことをしない作家である。'ain't' 'durn' 'gal' など既に語形として確立している綴り字以外は使わない作家である。

以上のように，南部作家アースキン・コールドウエルの出世作「スエーデン人だらけの土地」の英語の特色はほぼ全面的にアイルランド英語と共通しているといえる。

『タバコ・ロード』

Tobacco Road (1932)

　アースキン・コールドウエル（Erskine Caldwell）の代表作『タバコ・ロード』（*Tobacco Road*, 1932）は煙草の栽培で疲弊した南部の農地で，食うや食わずの貧困生活に喘ぎ，食欲と性欲のみがむき出しになった貧乏白人のありさまを赤裸々に描いたものである。

　この作品の英語も基本的にはアイルランド英語である。アイルランド英語の形成には二つの大きな要素がある。ゲール語の影響によって生まれたと考えられる英語と，イギリス本国ではとっくに廃れてた17世紀の古い語法をそのまま残している英語である。以下この作品の英語の主要な特色を指摘する。Text は Signet 版 1958 による。用例末尾の数字は頁数を表す。

Ⅰ　ゲール語の影響によるもの

1　時を表す名詞の接続詞的用法

　アイルランド英語ではゲール語の影響で，'the time,' 'the moment,' 'the first time' など時または順序を表す名詞をそのままで接続詞として使い，副詞節または名詞節をつくる（P. W. Joyce, p. 37）。この語法は今日のアメリカ英語では標準語として既に確立している。これはアメリカ英語に 'the first (or next) thing I knew' などの副詞節をもたらした。この作品には次の用例がある。

　　then *the first thing* I knowed, he came down here one morning（19）
　　ふと気づいて見ると，ある朝あの男がここに来てただ。
　　and then *the first thing* I knowed we was smashed into the back of a two-horse

第 8 章　アースキン・コールドウエル

wagon.（106）

気づいてみりゃ，おらたちゃ二頭引き荷馬車の尻に思いきりどしんとぶつかっていただよ。

2　'the way' の接続詞的用法

アイルランド英語では方法・あり方を表す名詞 'the way' をそのままで接続詞として使い，副詞節または名詞節をつくる。これもゲール語からの影響である（P. W. Joyce, pp. 35-6）。この作品には次の用例がある。

The way you chunk that ball, it's going to pitch over and fall on the ground some of these days.（29）

そんなにボールをぶっつけたんじゃあ，この家はそのうち，つんのめって地面に倒れちまうぞ。

I know I can't help *the way* I look.（77）

あたしのこんな顔，あたしにはどうしょうもないのよ。

That's *the way* He makes His punishment sometimes.（26）

あれが，ときどき神様が罰を与えるやりかただよ。

3　'the likes of'

アイルランド英語では 'the likes of〜' を「〜のようなもの，こと，人」の意に使う（P. W. Joyce, p. 286）。like には -s がついているのが普通だが，脱落していることもある。この作品には次の用例がある。

I ain't never seen *the likes of* it.（109）

そんなざま，あたしゃ見たことないね。

I never heard of *the likes of* it in all my life.（128）

こんなこたあ，今がいままで，おら聞いたこともねえぞ。

Well, I never saw *the like of* that.（133）

ええい，あんなのって，あるもんじゃねえ。

4　'mad'（= angry）

アイルランド英語では，'mad' を angry の意味に使う。angry の意味だけ

『タバコ・ロード』

に使うわけではなくゲール語の "*buileamhail*" と同様に，mad と angry のどちらの意味にも使われる（P. W. Joyce, p. 289）。ただし，この作品の用例は angry の意味だけである。

 God might get *mad* because I done it and strike me dead.（26）
 神様が腹を立てて，おらをぶっ殺さねえとも限らねえ。
 I hope he ain't so *mad* about it（45）
 奴さんがそのことであんまり怒ってねえといいだがな。
 He's got a whopping big temper when he gets good and *mad* about something.（45）
 ほんとに怒った日にゃ，あいつとんでもねえ癇癪もちだからな。

5 'quit'（= cease, stop）

アイルランド英語では，'*quit*' を「よす，止める」の意に使う（W. Joyce, p. 310）。この作品には次の用例がある。

 Quit chunking that durn ball at them there weatherboards.（16）
 下見板にそんなろくでもないボールを投げつけるのはやめろ。
 Quit chunking that there ball against the old house.（29）
 古い家にそんなボールを投げつけるのはよしなったら。

6 'powerful'（= very, much）

'powerful' を単なる強意語（intensive）として使う（P. W. Joyce, p. 89）。この作品には次の用例がある。

 I'd be *powerful* pleased to have you sleep here all the time, Besssie.（110）
 お前さんがいつまでもここで寝泊まりしてくれりゃ，おらあほんとに嬉しいだよ。
 you was such a *powerful* sinful man long years ago.（53）
 お前さんは昔はおそろしく悪い男だった。

7 'good and ～'（= very, extremely）

P. W. Joyce（p. 89）は '*fine and ～*,' '*guy and ～*' などの二詞一意語法をアイ

ルランド英語の特色の一つとして挙げている。この作品には 'good and 〜' の形で表れる。次の用例がある。

>when he gets *good and* mad about something（45）
>奴が何かにひどく怒ったときは…
>God is got it in *good and* heavy for the poor.（14）
>神様は貧乏人にひどく当たっていらっしゃるだ。

8 'them'（＝ they, those）

アイルランド英語では，*'them'* を they や those の代わりに使う（P. W. Joyce, pp. 34-5）。この作品では次の用例がある。

>They always preach against something, like hell and the devil. *Them* is things to be against.（138）
>いい牧師さんは，地獄とか悪魔とかに反対してお説教するのさ。反対するのはそういうものなんですよ。
>*Them* niggers look like they is going to come in the yard and help Lov out.（36）
>あの黒ん坊のやつらめ，うちの庭に入り込んで，ラヴを助けるつもりかな。

9 不快・迷惑などを表す前置詞 'on'

アイルランド英語では *'on'* を不利・不快・迷惑などの感情を表す前置詞として使う（尾上政次1953，pp. 116-8）。この作品では次の用例がある。

>I ain't going to tell *on* you, if you want to do that.（37）
>あんたがそうしてえのなら，おら黙っててやるぜ。

10 疑問詞の後に添える 'it is'

アイルランド英語では疑問詞の後によく 'it is' を添える。この 'it' は先行主語といわれる（P. W. Joyce, p. 51；船橋茂那子1896）。この作品には次の用例がある。

>I don't know what *it is* I've done.（20）

230

『タバコ・ロード』

おらが罪深えといったって，そんならおらが一体何をしたというのか分からねえ。

I wonder what *it was* that I could have said that made her carry-on like that. （99）

彼女にあんな真似をさせるなんて，おらは一体何を言っただなあ。

11 '-like' を形容詞・副詞の語尾につける

アイルランド英語では '-like' を形容詞・副詞の後ろに接尾辞のようにつけて，表現を和らげる（J. Taniguchi, p. 41-2）。この作品には次の用例がある。

He just lets us stay on, slow-*like*, and hounding us every step, until we wish we was long time dead and in the ground. （26）

神様はおらたちを，こうゆっくりと生かしといてな，人のすることにいちいちつきまとってよ，こんなことならいっそのこと，とっくに死んじまって，土になりてえと思うくれえに苦しめるだね。

12 'kind of' の副詞用法

英語の kind にあたるゲール語の "***cineal***" には 'somewhat' の意の副詞用法があることによる（*Oxford Irish Dictionary*）。この作品には次の用法がある。

They make a man feel *kind of* lonesome some way. （9）

あの巻き髪はなんとなく男の心をさびしくさせるだよ。

13 'sort of' の副詞用法

英語の sort にあたるゲール語の "***saghas***" には 'somewhat' の意の副詞用法があることによる。大抵の場合動詞を修飾する形で使われる。この作品には次の用例がある。

I *sort of* want to cry. （20）

おらあ，何かこう声を出して泣きてえような気がするだ。

I *sort of* hate to lose her, for some reason or another. （146）

おらは，どういうわけだか，あの女を手放すのはたまんねえだ。

It's all right for a woman to *sort of* tease a man into doing what she wants done, but Pearl don't seem to be aiming after that.（12）

女どもが自分のしてもらいたいことをさせるために，男をじらせてみたりするのは構わねえが，パールはそんなつもりでもないらしい。

14　'leave' を 'let' の意味で使う

英語の let にあたるゲール語 "*lig*" "*ceadaigh*" はどちらも 'allow' の意である（*Oxford Irish Dictionary*）ことから，これがアイルランド英語では 'leave' と直訳される。この作品には次の用例がある。

Just *leave* it be, and（107）

このまま放っておきゃええだ。

15　'not give a damn'

アイルランド英語の '*don't give a shit for*'（*Ulysses*, p. 564）'*not care a damn*'（O'Casey, *Two Plays*, p. 190）がアメリカ英語では '*not give a damn*' として入れられた（尾上政次，1953, p. 172）。この作品には '*not give a cuss*' の例もある。

Hell, I *don't give a damn* if I do.（50）

なんでえ，おらあどうでも構やしねえや。

She don't take no interest in Lov's wants, and she *don't give a cuss* what nobody thinks about it.（25）

彼女はラヴの欲望なんかにはてんで関心がねえんだ。それを誰がどう思ったところで，あの女には知ったこっちゃねえのさ。

16　倒置感嘆文

アイルランド英語には 'have you any more of their sports?' 'Ay, have I.'（Carleton），'Says he...,'（P. W. Joyce）'*Thinks I*' のように，動詞を文頭に置く構文がある。アメリカ英語にも '*Was I* glad.' '*Wasn't I* glad.' といった倒置感嘆文がある。否定倒置文も倒置感嘆文もともにアイリッシュの流れをくむ統語法だと見られる。この作品には次の用例がある。

don't nobody pay no attention to my requests.（20）

『タバコ・ロード』

だれ一人おらの頼みを聞いちゃくれねえだよ。
but *won't nobody do* that for me.（20）
だが，そんなこたあ誰もしちゃあくれねえもんな。
won't no nose grow on me, I reckon.（77）
私の鼻はどうしても高くなってくれないの。
Wouldn't nobody fool with Ellie May, unless it was in the nighttime.（32）
夜の暗いときでなけりゃ，エリー・メイに手出しする者なんか誰もいやしねえよ。
Can't all of them work in the mills.（157）
みんながみんな工場で働くこたあできねえ。

　否定倒置文や倒置感嘆文は Mark Twain の作品にも散見されるが，これが1920年代に（作品に現れるのは30年代に入ってから）とくにアメリカ南部で広く一斉に見られるようになったのは，次項の「Ain't で始まる存在」の発生とともに，アイルランド移民の影響が考えられる。'Ain't' で始まる文の中には次のように否定倒置文と区別しがたい場合もある。

Ain't nobody going to give it to me.（20）
それをおらに呉れる者なんか誰もいやしねえだよ。
ain't nobody got nothing around here no more.（48）
この辺りじゃもう誰も物持ちなんかいやしないよ。
Ain't nothing like it was when I paid eight hundred dollars for it...（136）
800ドル出して買ったときとは，見る影もなくなっちまったわ。

17　'Ain't' で始まる存在文

　口語では文頭の虚辞は一般に省略されやすい（prosiopesis）。存在文の虚辞 'It,' 'There' も然り。しかし 1920～30 年代に一斉に省略形が目立ち始めるのは，アイルランド人の母語ゲール語に英語の 'There isn't' を1語で表せる "***Nil***" があり，また 'It isn't' を一語で表す "***Ni***" があることと関係があるのではなかろうか。英語の 'Ain't' で始まる構文は，"***Nil***" ないし "***Ni***" で始ま

るそのゲール語構文と同じである。この作品には次の用例がある。

Ain't nothing on the house to eat.（56）
家の中には，食うものなんか，何もありゃしねえよ。
Ain't nobody going to kiss her.（29）
あの女にキスしようなんて奴はいねえだろう。
Ain't no use for you to try to keep them all by talking like that.（42）
口でごまかして，よこさねえようにしようたって，そうはいかねえ。
Ain't no sense in sitting up.（126）
起きてたってしょうがあるめえ。

18 'no use ～ ing' の構文

この構文は一般に 'in ～ ing' の 'in' が落ちてできたと考えられていたが，これはアイルランド起源の分詞構文である（尾上政次，1986）。したがってアメリカには 'in' の有る形と無い形とが共存することになった。この作品には次の用例がある。

There wasn't no use of him *worrying* so...（157）
なあに彼があんまり心配するこたあねえのさ…

II 古いイギリス英語を残すもの

1 再帰与格（reflexive dative）の 'me, you' を使う

I'll go borrow *me* some mules.（57）
おら騾馬を借りに行ってくるだよ。
I'm going to buy *me* a new automobile!（75）
あたし新しい自動車を買うのよ！
When is you going to get *you* an automobile?（39）
あんたいつになったら自動車を買うつもりなんだね。

2 'what' を関係代名詞 who の代わりに使う

'*what*'（= who）を関係代名詞 who の代わりに使うことは，イギリス各地の

『タバコ・ロード』

方言にある (J. Wright, EDD VI, p. 443: EDG, p. 280)。しかしアイルランド英語からの影響もじゅうぶん考えられる。なぜなら，ゲール語の *"ce'n"* は who, what の両方に用いられるので，who または which を使うべきところに 'what' が使われることがあるからである (三橋敦子，p. 230)。この作品には次の用例が見られる。

I could have married me a woman *what* wants to be married to me. (9)
おらと結婚したがる他の女と一緒になることだってできたもんだもんな。

3 複合指示詞を使う

'that there 〜' の複合指示詞を使う。複数形は 'them there'。近称は 'this here' だが，この作品には用例がない。

What you got in *that there* croker sack, Lov? (12)
おめえ，そのずだ袋の中に何をもってるだ，ラヴ？

ain't you never going to stop bouncing *that there* ball against that there old house? (15)
その古い家にそんなボールをぶっつけやがって，おめえどうしてもよさねえと言うのか。

Quit chunking that durn ball at *them there* weather-boards. (16)
その下見板にろくでもねえボールをぶっつけるのは止めろ。

4 二重主語を使う

Dude, *he* didn't go, anyway. He'll stay here. (103)
デュードだって行きやしねえ。まだ，ちゃんと家にいるだ。

5 'was' (= were)

'was' を直接法 (indicative)・叙想法 (subjunctive) にかかわらず，また主語の人称・数にかかわらず使う。

We *was* coming back from McCoy. (106)
おらたちマッコイから戻ってくる途中だった。

第 8 章　アースキン・コールドウエル

you *was* once a powerful sinnner.（53）
お前さんは元はひどく罪深い人だった。

I wish I *was* in my younger days.（55）
おらの若え時分だったらなあ。

If I *was* a fireman I'd pull the whistle cord near about all the time.（38）
俺がもし火夫だったら，朝から晩までひっきりなしに汽笛の紐を引っ張ってやるがな。

I wish all my children *was* here to see it.（105）
うちの子供たちがみんなここにいて，あれを見られたらいいんじゃが。

6　'is' の全人称用法

'is' を主語の人称・数にかかわらず用いる。つまり am，are は使わない。

Well he ain't familiar with preaching like I *is*.（137）
そりゃ彼はまだあたしみたいにお説教になれていないからさ。

When *is* we going to take a ride?（93）
いつ自動車に乗って出かけるだね。

You *is* the only one who can drive it.（93）
あれを運転していいのは，あんただけですとも。

if they *is* going to marry women preacher.（55）
もし女の牧師さんと結婚するって言ったならば。

Dear God, Dude and me *is* married now.（93）
おやさしい神様，デュードとあたしは結婚しました。

7　'pretty' を very の意味で使う

Then *pretty* soon all the other farmers start plowing.（20）
そうこうするうちに他の百姓はみな畑を耕し始めるだ。

8　'that' を so（＝ to that extent）の意の指示副詞として使う

He's *that* lazy he won't get up off the ground sometimes when he stumbles.（39）

『タバコ・ロード』

何しろ怠け者で，転んでもそれっきり地面から起き上がらねえこともあるくらいだ。

9 'reckon' を think, guess などの意の主観叙述に使う

I *reckon* the woman folks is pretty hungry, too. (42)
女のやつらだって，ずいぶん腹が減ってるみてえだよ。

10 '-s' を，主語の人称・数にかかわらず，すべての一般動詞の現在形の末尾につける

We women *knows* what we ought to do. (47)
あたしたちは女の役目をよく知っています。

11 'like' を 'as' の意で接続詞・前置詞として使う

You look *like* you is out breath. (12)
すっかり息を切らしてるみてえじゃねえか。

But Tom ain't *like* he used to be. (135)
だが，トムも変わっただなあ。

Pearl is just *like* her Ma. (12)
パールはおふくろにそっくりだぜ。

12 'has,' 'have' の使い分けをしない

It's a fine feeling I *has* about you staying here. (110)
ここにおめえさんがいると思うと，おらどうもいい気持ちだあ。

We *has* got to haul a load of wood to Augusta to-day. (115)
きょう薪をひと荷，オーガスタまでもって行かなきゃなるまい。

13 'eating' を 'food' の意味に使う

Turnips is about the best *eating* I know about. (28)
おらの知ってるところじゃ，食うにはカブラが一番ってところだろうな。

14 'don't,' 'doesn't' の使い分けをしない

It *don't* make no difference to Him which it is. (52)

神様にとってはどっちだろうと，違いはありませんよ。
Dude *don't* need no more praying for.（50）
デュードはこれくらいのお祈りでたくさんですよ。

15　'seen' を 'saw' の代わりに使う

He's the laziest son of a bitch I ever *seen*.（39）
あんなろくでもない怠け者は見たこともねえや。

16　主語の人称・数にかかわらず 'ain't' を使う。haven't, hasn't の代わりにも使う

Ain't you going to give me a turnip, Jeeter?（43）
ねえ，ジーターさん，あたしにはカブラをくれないんですか。
maybe she *ain't* pleased with her married life.
さあ，ことによると娘は結婚生活が気にいらねえのかもしれねえ。
To my way of thinking, she *ain't* got a scratch of religion in her.（8）
おらの見たところじゃあ，あいつには信心ってもんが，これっぽっちもねえもんな。

17　'gal'（= girl）という語形を使う

It's durn shame for a *gal* to do the way she's treating you.（22）
娘がおめえに対するような態度をとるたあ，とんでもないこった。

18　'cuss' という r-less 形を使う

But we got to stop *cussing* Him when we ain't got nothing to eat.
食うものが何もねえからたって，神様を罵ったりするなあ，やめなくちゃいけねえ。

19　'done' を副詞的に使う

　'*done*' が 'already' ないし 'entirely' の意の副詞として，あるいは完了の助動詞 'have' の代わりに見える用法については，アフリカ起源説もあるが（藤井健三，1984, pp. 145-51），歴史的にはやはり G. Curme が説くように，スコットランドからアイルランドを経由してアメリカに入ったと見るのが自

『タバコ・ロード』

然であろう。この作品には次の用例がある。

'You're going to make me leave?' 'I *done* started doing it. I already told you to get off my land.'（139）

「お前さん,あたしを追い立てるつもりなの？」「つもりも何も,もう始めてるだ。おらの土地からさっさと出て行けって,言ってるでねえか」

以上のようにコールドウエルの代表作『タバコ・ロード』の英語の特色もほぼ全面的にアイルランド英語と共通する。

第8章　アースキン・コールドウエル

「色男ビーチャム」
'Candy-Man Beechum' (1935)

「大男バック」
'Big Buck' (1940)

　コールドウエル（Erskin Caldwell, 1903-87）の数ある短編の中から，特にこの2篇を取り上げるのは，彼が描く黒人の英語の一つの見本をとるためである。どちらも黒人を主人公とした作品。2篇を合わせても20数頁しかない小品からの限られた言語資料ではあるが，ここでもその黒人英語の特色はアイルランド英語と共通するものばかりである。黒人英語だけでなく語り手（地の文）の英語についても同じことがいえる。以下はその報告である。Text は 'Country Full of Swedes,' 尾上政次注，南雲堂，1955。末尾の数字は頁数を示す。それぞれの作品の最初の一語をもって略号とする。

1　強意の他動詞構文

　アイルランド英語には他動詞と目的語の間に「内臓物 + out of」を挿入して，その他動詞の表す行為を極度に強調する特有な構文がある（尾上政次 1953, pp. 160-3）。コールドウエルが描く南部黒人の英語にも，その典型的な用例が見られる。

　　Ain't no sense in Big Buck *scaring the daylights out of* folks the way he does.
　　— *Big*, 72
　　ビッグ・バックあんなふうに人を怖がらせるのはまったく，わけが分からねえよ。

同じ表現が別の作品「スウェーデン人だらけの土地」にも次例を含めて3回出てくる。こちらは黒人ではなく，いずれも地の文（つまり作者 Caldwell 自身の言葉）である。That Boom! so early in the forenoon was enough to *scare the daylights out of* any man. — *Swedes*, 49（あのドーン！という轟音で肝を潰さない者はなかった）

「ビッグ・バック」の中の次の表現は黒人少年の台詞だが，これも同じアイルランド構文の類型である。

    I saw a sight that'll *make your eyes pop out of* your head. — *Big*, 72
    僕は，顔から眼が飛び出しそうなくらいすごい光景を見たんだ。

2 'the way' の接続詞的用法

アイルランド英語では様態を表す名詞 'the way' をそのままの形で接続詞として使う。前項第1例に挙げた例文の最後にある 'the way he does'（〜のように）は，イギリス伝統の標準英語なら接続詞 'as' とするところだろう。この作品の次の用例も同類である。これは標準英語なら 'how' で置き換えるか，'how' を添えて 'the way how 〜' とするかである。

    But there ain't much use in living if that's *the way* it's going to be.— *Candy*, 92
    でもそうなるより仕方ないなら，生きていたって無駄なことです。

    It's a sin *the way* he keeps on it. — *Big*, 72
    彼があんなことをやり続けるのはまったく罪深いことだ。

    They didn't like *the way* that big coon talked. — *Candy*, 90
    彼らは，そのでっかい黒ん坊の口のききかたが気に入らなかった。

3 'them'（= they）

アイルランド英語では目的格の人称代名詞 'them' を主語の位置でも使う。ゲール語の "***iad***"（= them）は，構文によってはそのまま主格としても使うことがある（P. W. Joyce, p. 34）ことによる。

    Them was the finest pout-mouthed perches I ever ate in all my life. My, oh, my!
    — *Big*, 86

ありゃおいらがこれまで食った，一番うまいとんがり口のすずきだった。うん，うまかった！

4 'them'（= those or these）

アイルランド英語では them を指示代名詞および指示形容詞 those, these の代わりにも使う（J. Taniguchi, p. 15）。この作品の黒人には次の用例がある。

Them fried fish, and all them hot biscuits was the best eating I ever done. ― *Big*, 86

あの揚げ魚，あの焼きたてパン，いやはやおらには生まれて初めての大ご馳走だった。

Them things don't scare me one bit. ― *ib*., 80

そんなものなんか，おら，ちっとも怖くはねえぞ。

. . . where I cut *them* cypress trees all week long. ― *ib*., 82

あっちで，一週間ずーっと糸杉の木の切り出しの仕事をしてたんだ。

これは古いエリザベス朝時代の語法であるが，他の語法と一緒にアイルランド英語に引き継がれた。

5 'leave'（= let）

アイルランド英語では 'leave' を 'let' の代わりに使う。'let' に当たるゲール語は "***lig***" と "***ceadaign***" であるが，どちらも 'allow' ないし 'permit' の意味であるから，これがアイルランド英語では 'leave'" と訳された。この作品の黒人英語にも見られる。

Me and white-folks don't mix just as long as they *leave* me be.
― *Candy*, 87

俺は白人と悶着を起こしたりはしねえよ，白人が俺のことをほっておいてくれさえすればね。

同じ黒人が同じ意味で次のように 'let' も使っている。

No time to waste, white-boss. Just *let* me be. ― Candy, 91

ぐずぐずしておれんのです，白人の旦那。ほっといて下さい。

「色男ビーチャム」「大男バック」

6 'mighty'（= very）

アイルランド英語は程度強調に大袈裟な語を使うのを特色とするが，P. W. Joyce (p. 89) はその一つに 'mighty' を挙げている。例えば，'That tree has a *mighty* great load of apples.'（あの木にはすごく大変な量のリンゴがなるんだ）のように。これは黒人の英語でもよく使われる。

> The cooking's *mighty* good. I ain't never had nothing as good as that was before. ── *Big*, 84
> お前の料理の腕は大したもんだ。あんなうまいのは食べたことがなかった。
> You boys helped me save a lot of time, and I'm *mighty* much obliged to you boys. ── *ib*., 78
> お前たちは，わしの手間をずいぶんはぶいてくれたな。おおきにありがとうよ。

7 'for to ～'（= to ～）

アイルランド英語では不定詞の前に前置詞 'for' がつけられる。P. W. Joyce (p. 51) によると，これはゲール語の直訳と見られるが，イギリスの古い英語に同じ形があったのも事実なので，起源をどちらかに断定はしがたい。おそらく両方からの影響でアイルランドに広く残ったのであろう。この作品の黒人英語にも用例が多い。

> I'm going *for to* see my gal. ── *Candy*, 87
> おら，おらの女に会いにいくところだ。
> I'm just passing through *for to* see my gal. ── *ib*., 91
> おらの女に会いに行くために，ただここを通っているだけだよ。
> She don't like *for to* be kept waiting. ── *ib*., 90
> あの女は待たされるのが嫌いなんだ。

8 'quit'（= cease, stop）

アイルランドの Ulster 地方では 'quit your crying'（泣くのは止めなさい）

第 8 章　アースキン・コールドウエル

のように 'quit' を cease の意味に使う（P. W. Joyce, p. 310）。この作品の黒人にも次の用例がある。

　Quit your jabbering.— *Big*, 73
　くだらんことを喋るのはよしな。

9　倒置感嘆文

アイルランド英語には「(助)動詞＋主語」の語順すなわち疑問文の語順の感嘆文がある。『アメリカ語法事典』（大修館，p. 681）によると，例えば 19 世紀初頭のアイルランド作家 W. Carleton (*Irish Peasantry*, p. 110) には，'have you any more of their sports?' 'Ay, *have I.*'（「あの人たちのやるスポーツ以外に君のやれるのがあるかね？」「はい，ありますとも」）のように。同事典はまた，アイルランド英語では 'Says he,' のように動詞を文頭に置くのは正規のものであると指摘している。この構文はアメリカ英語だけでなく，イギリスの作家 Dickens にもあると指摘して，次の例を挙げている。'know it! *Was I apprenticed* here!'（いいかい，わしはここで丁稚をやってたんだよ）。Dickens はアイルランド語法を取り入れた新奇な文体をもって文壇入りに成功した作家である。この作品の黒人英語には次の用例がある。

　Man alive, *don't I wish* I was him! — *Big*, 73
　ちくしょう，彼みたいに（強い男に）なってみたいものだ。

上掲事典には 'Boy, *do I envy you...*'（まったく，羨ましいことだ）'and *were we glad* to see her.'（われわれは彼女に会って何と嬉しかったことか）'*Wouldn't you like* to know!'（お前は知りたいんだろう）など否定文ではなく肯定文の例文も示されている。

10　'take'（＝ accept）

アイルランド英語では 'take' を能動的な「選んで取る」ではなく，「受け入れる」の受動の意味に使うことがある（尾上政次，1982）。この作品の黒人英語には次の用例がある。

　Singing Sal ain't *took* no courtings. — *Big*, 76.

歌うサルっていう娘はこれまで男を寄せつけたことがない。

Everybody says Singing Sal won't *take* no courting. — *ib*., 78
誰もみんな言ってるよ，歌うサルっていう娘は言い寄っても決して受け入れないだろうって。

11　間投詞 'Man'

アイルランド英語では驚きを表す間投詞に 'Man' を使う（P. W. Joyce, p. 14）。'Oh man!' 'Man alive!' の形でよく使われる。19世紀初めのアイルランド作家 W. Carleton (*Irish Peasantry*, p. 19) には，'at any rate, will you take your punch, man alive, and. . .' の例がある。Caldwell の黒人英語にも次の用例が見られる。

Man alive, don't I wish I was him! I'd get me a high-yellow and —' — *Big*, 73
ちくしょう！　彼みたいな(強い男)であってみたいものだ。そしたら，俺もいい娘を手に入れて—

12　'Ain't' で始まる存在文

'Ain't' で始まる否定の存在文は文頭の虚辞 'There' ないし 'It' の省略による場合もあるだろうが，それは 'Ain't' に強い stress が置かれる結果であろうから，1920〜30年代にその頭部省略が一斉に起こったとは考えにくい。これは同じころにアイルランド移民の移住とともに多発し始めたアイルランド英語の倒置感嘆文や否定倒置文からの影響が一つ考えられる。可能性のあるいま一つの原因として，ゲール語に英語の 'There isn't' を一語で表せる "*Nil*" という語と，'It isn't' を一語で表せる "*Ni*" という語の影響が考えられる。この作品には次の用例がある。

Ain't nothing to be scared of if you change your name to August. — *Big*, 75

13　'done' を副詞・助動詞として使う

諸説はあるが，この語法の起源は G. Curme (*Syntax*, p. 23) に従って，Scottishism だと見たい。ただし，アメリカではこの語法は，他の多くの

Irishism とともに存在している状況から察するに、スコットランドから直接というより、アイルランドを経由してアメリカに入ったと考えるのが自然だろう。この作品には次の用例がある。

> Your man has *done* come. Open up and let your good man inside, gal. — *Big*, 79
> お前のいい人のお出ましだい。戸を開けてお前の男を入らせろ。
> But here I is, honey. Your good man has *done* come at last. — *ib*., 81
> なあお前、お前の男がようやくお出でなすったんじゃ。
> Honey, I *done* told you I come from back in the swamp... — *ib*., 82
> なあお前、もう言っただろう、わしは沼地の奥からやって来たんだ。
> You look as good as them pout-mouthed perch and hot biscuits I *done* ate. — ib., 83
> 食わせてもらったとんがり口のすずきや、焼きたてのパンにも負けず美味そうだよお前は。
> I *done* made up my mind a long time back to start my courting while the victuals is hot. — *ib*., 80
> 夕飯がまだ温かいうちに口説き始めるべしと、おいらはとっくの昔に心を決めたんだ。

14 関係代名詞 'what' (= who, that)

標準英語なら who を使うべきところに what を用いるのは一般に黒人の誤用と考えられているが、イギリスの方言にもある。ゲール語に起因するアイルランド語法の可能性が考えられる。ゲール語の "**ce'n**" は英語の who にも what にもあたるからである。この作品には次の用例がある。

> I got a gal *what's* waiting right at the door. She don't like for to be kept waiting. — *Candy*, 90
> おらには、門口で待ってる女がいてな。待たされるのが嫌いなんだよ。

*

上の他に以下のような古いイギリス英語を残しているのもアイルランド英語の特色である。

1　再帰与格

I'd like to grab *me* a chicken off a henhouse roost.— *Candy*, 90

おら，鶏小屋からヒナをつかみだしたいんだよ。

I got *me* a yellow gal, and I'm on my way to pay her some attention. — *Candy*, 88

俺には混血の女がいてな，ちょっとご機嫌をとりに行くところさ。

Just set *me* down a plate and pull me up a chair. — *Big*, 80

おらに，ちょっくら食い物を一皿盛って，席をつくってくれねえか。

2　二重所有格

Whoses house did you say? — *Big*, 75

誰の家だって？

3　'is'（= are）

I ain't going to hurt nobody. You boys *is* my friends. — *Big*, 75

おいらは，誰も痛めつけたりはしない。お前らはおいらの友達さ。

You niggers *is* going to shake all the leaves right off them poor bushes — *ib.*, 74

黒ん坊どもお前たちは，茂みの葉っぱを，みなゆすり落しちまうぞ。

4　'like'（= as）

I'll do *like* you told me.— *Big*, 75

仰せのままにいたします。

5　複合指示詞

You ain't going to try to court *that there* Singing Sal, sure enough, Mr. Big Buck? — *Big*, 78

あんた，まさかあの歌い娘サルを口説くつもりじゃないんでしょうね。

*

第 8 章　アースキン・コールドウエル

最後に，この 2 作品の地の文および白人の発話の中に見られるアイリシズムを，ついでに指摘しておこう。

1　'形容詞 + and + 形容詞'（二詞一意語法）

この句は初めの二語 '形容詞 + and' がかたまりとなって後ろの形容詞を修飾する二詞一意語法である。アイルランドでは 'nice and' 'fine and' 'guy and' が多いが，アメリカでは 'nice and' の他に 'good and' が多い（P. W. Joyce, pp. 89-90；尾上政次 1953, pp. 156-7）。この作品には次の用例がある。

> I'm getting *good and* tired of chasing fighting niggers all over town every Saturday night.—— *Candy*, 91

土曜の晩になると喧嘩をする黒人を町中追いかけ回すのは，いい加減嫌になってるんだ。

> They didn't say much, but they knew *good and* well...—— *ib.*, 71

彼らはあまり口を開かなかったが，よくわきまえていた。

> Go away from here, nigger, while you is *good and* able.—— *ib.*, 79

黒ん坊，五体満足なうちにあっちへ行った方がいいぞ。

2　'動詞 + 身体の一部 + off' の構文

アイルランド英語には 'talk one's head off,' 'shoot one's mouth off'（喋りまくる）のように標記構文をよく使う。これは '他動詞 + 内臓物 + out of' の類型である。この作品には次の用例がある。

> All at once a hound dog somewhere down the road started *barking his head off*.
> —— *Big*, 71

たちまち一匹の猟犬が道の下手で声を限りと吠えたて始めた。

3　'on top of 〜'

伝統英語では 'on the top of' と定冠詞 the が必要なのだが，アイルランド英語では脱落する（尾上政次 1953, p. 155）。

> He grabbed her again, and she went down *on top of* him like a sack of corn. —— *Big*, 84

もう一度ぎゅっとつかむと，女は玉蜀黍の大袋みたいにどすっと上から落ちてきた。

Singing Sal landed *on top of* him swinging both the iron lid and the iron water kettle with all her might. — *ib*., 83

彼女は彼の上にのっかかって，力いっぱい鉄蓋と鉄のやかんを振り回した。

like he was sitting *on top of* the world. — *ib*., 74

頭をそっくり返らせる，まるで世界の頂点に座っているみたいに。

4 'sort of' の副詞用法

英語の 'sort' に当たるゲール語の "*ghassa*" も名詞だが，この語には副詞用法もあり，'somewhat' の意に使われる。それがアイルランド英語では 'of' をつけて訳される。この 'of' は英語の伝統的なものではなくて，ゲール語の "*amadán fir*" を 'a fool of a man'（馬鹿な男）と直訳したときの 'of' と同じく，前の名詞を形容詞(副詞)化する働きをすると見なすことができる。この作品には次の用例がある。

She *sort of* wobbled backward and rested against the foot of the bed. — *Big*, 84

いくらか後によろめいて，そのまま力尽きてベッドの足元にへたり込んでしまった。

The women and girls *sort of* giggled when he went by,... — ib., 76

女房連や娘たちは，彼が通りかかると，何やらくっくっと笑い声を立てる…

5 'a heap of'（= a lot of）

英語の 'heap' にあたるゲール語 "*carn*" も名詞だが，"*carn airgid*"（= a heap of money)のように使われる。つまり "*carn*" は形容詞にも使えるのである。アイルランド英語ではこれを形容詞化するために 'of' をつけたものと思われる。この作品には次の用例がある。

there were a *heap of* people just tramping up and down the dusty road... —

第8章　アースキン・コールドウエル

Big, 71

やたら多くの人々が，埃っぽい道を行ったり来たりしていた。

以上見たように，南部作家コールドエウエルが描く黒人の英語も，また彼自身の語りの英語も，ともにアイルランド色の色濃いものである。

第 9 章　ヘンリー・ミラー

『北回帰線』

Tropic of Cancer (1934)

　ヘンリー・ミラー（Henry Miller, 1891-1980）はドイツ系移民を両親としてニューヨーク州ヨークヴィルに生まれたが，生まれてすぐにブルックリン区ウイリアムズバーグ第 14 区の裏町に移った。この地域は色々な国からの移民が寄り集まって貧しい暮らしをしている所だった。言葉も移民たちがそれぞれの母語を喋る多言語社会であり，ミラーは小学校に入るまではドイツ語しか話さなかったという。彼が英語を話すようになったのはそれ以後のことである。したがってこの地域環境で身につけた英語はいわゆるブルックリン方言だった。
　ミラーは自分が本を書くことの意図をこの作品の登場人物の一人にこう語らせている。「いつかおれは，自分自身のこと，自分の考えについて，本を書くよ。単なる内省的分析の作品ではなくて……自分を手術台の上に横たえて，おれのあらゆる内臓を暴露するつもりだ……ありとあらゆる不潔なものを。いまだかつて，そんなことをやったものは，いやしないだろう……」（大久保康雄訳）と。つまり，いままで誰も書かなかった，あるいは書けなかった本を書く。そのためには本の内容・形式ともに，伝統・しきたり・約束ごと，禁忌など一切の束縛から自らを解放し，自分のすべてを解剖しつくしたい，というのである。彼は自分の表現を縛るルールは何もない，と考えた。したがってこの作品の言語は「傍若無人な奔放さをもって，日常的な口語，文語，卑語，隠語，学術用語，さらに彼自身の新造語までも駆使する」（大久保康雄）ことになる。

第 9 章　ヘンリー・ミラー

　さて，ミラーが『北回帰線』で用いた英語は，基本的には日常的な平易な語りの英語であるが，その中にはアイルランド英語が多く含まれている。小学校に上がってからの習得とはいえ，ミラーが第二の母語として身につけたのは，先に指摘したように，ブルックリン方言である。それはさまざまな国からの移民が寄り集まった多言語社会でのいわば共通語だった。

　アメリカにやってきた移民たちが，アメリカ社会で生きていくために第一にやらなければならないのは，英語が話せるようになることだった。そのために貧しい暮らしの中から夜間の英会話学校に通う移民も多かった（猿谷要1980）。

　だがアイルランド人は，祖国で英語を話していたのでその点困ることはなかった。他国からの移住者たちが，一番身近な所で体験できる英語の原語者 (native speakers of English) はアイルランド人だった。そのことからこの地区ではアイルランド訛りの英語が流通するようになった。これがブルックリン方言といわれる英語である。発音や語彙ではドイツ語の影響も多少見られるが，シンタックスの面ではほとんどアイルランド英語だといってよい。

　以下は『北回帰線』の英語に見られるアイリシズムについての主要な項目を指摘するものである。Text は Obelisk 社の 1939 年版。用例末尾の番号は頁数を示す。

1　強意の他動詞構文

　アイルランド英語では「人を内臓物が飛び出すほど殴りつける」という発想の強調構文がある。同じ構文で内臓物以外のものを目的語として「誰々から何々を絞り取る」の意味にも使われる（P. W. Joyce, pp. 30-1）。この作品には次の用例が見られる。

　　he *bawls the piss out of* me if I miss a semi-colon.（83）
　　あの野郎，俺がセミコロン一つでも抜かそうものなら，頭ごなしに怒鳴りつけやがるんだ。

『北回帰線』

Listen, I know I'm *boring the shit out of* you, but I've got to talk to some one. (115)
ねえ，俺は君をひどく退屈させていることは知っている。だけど，誰かに喋らずにはいられないんだ。

Praise the shit out of me. Act jealous like...(123)
俺をさんざんに持ち上げてくれ。嫉妬してるみたいに振舞ってくれ。

and he *belted the piss out of* her, and...(211)
彼は彼女をおもいきりひっぱたいた，そして…

[he] never writes a book without *praising the shit out of* his immortal, incorruptible Goethe.(275)
彼は作品を書くと，かならず彼の永遠不朽のゲーテをもち出して嫌になるほど褒めちぎるのだった。

In parting I manage to *worm a franc fifty out of* him.(83)
別れ際に，俺はやっと彼から1フラン50をせびりとった。

2 'it's no use 〜 ing' の構文

これは，ゲール語の '*ná táim aon mhaít ann go deó*' (= it is not any use) と，その後に分詞構文が続いた形の直訳から生じたアイルランド英語の構文である。一般に考えられているような，〜 ing の前に前置詞 in の脱落を想定すべき構文ではない。つまり，この〜 ing は動名詞ではなくアイルランド英語の分詞構文であるから，初めから前置詞はないのである（尾上政次 1986, p. 27）。アメリカでこのアイルランド起源の分詞構文が使われるようになったのは M. B. Stowe 以後である。この作品には次の用例が見られる。

I see it's *no use trying* to pull it out of him.(119)
彼から話を引き出そうとしても無駄だと分かった。

No use carrying these to the new place.(131)
こんなものを引っ越し先へ持って行ったって仕方がない。

It's *no use going* on with that.(301)

第9章　ヘンリー・ミラー

そんなことをいつまで話したって無駄だよ。

It's *no use trying* to invest the end with a little dignity. （145）

その最後に，いくらかでも厳粛味を添えてやろうと工夫しても，無駄である。

3　文末の念押し重複語法

アイルランド英語には陳述を強調する方法の一つとして，文末にその文を反復する構文を添える習慣がある。例えば，'He is a great old schemer, *that's what he is*.' 'and it is a great shame, *so it is*.' 'I like a cup of tea at night, *so I do*.' などである（P. W. Joyce, pp. 10-1）。この作品では次の用例が見られる。

She just wants to be fucked, *that's what*! （124）

あの女はただ一緒に寝てもらいたいだけなんだ，ほんとにそうなんだ。

You're got the piles, *that's what*. （124）

君は便秘でふん詰まってるんだよ，そういうこっちゃ。

Why we'll throw out all the other contributors and we'll fill it with our shit — *that's what*! （62）

まあ他の寄稿家を全部お払いばこにして，俺たちの文章だけで埋めつくすのさ―そうしちゃおうよ。

4　'the way' の接続詞的用法

アイルランド英語ではゲール語の習慣から方法・様態を表す名詞 'the way'' を従属節の文頭に置いてそのままの形で接続詞として使う（P. W. Joyce, pp. 35-6）。この作品では次の用例が見られる。

but *the way* that guy describes it. . . I can just see the little prick standing there with the woman in his arms. . . （127）

だがあの野郎の描写からすると…あのチビ助野郎が露台に立って女を腕に抱いているのが目に見えるようだよ。

What I'm getting at is *the way* he tells it to me. （128）

俺が言おうとするのは，奴が話したその方法だよ。

『北回帰線』

The way her dressing sack rustled when she came forward to greet him —（119）
彼女が彼を迎えるために歩み寄ってきたときの化粧衣の衣擦れの様子。
That's *the way* he gives it to me — in driblets.（120）
こんな調子で彼は話しを進めていったのである — 少しずつちびちびと。

5　時を表す名詞を接続詞用法

アイルランド英語では the time, the day, the instant など，時を表す名詞を従属節の文頭に置いてそのままの形で接続詞として使う（P. W. Joyce, p. 37）。これは前項4の 'the way' とともに今日アメリカでは標準英語となっている。この作品には次の用例がある。

The day I arrived at Nanantatee's apartment he was in the act of performing his ablutions, ...（90）
僕が初めてナナンタティのアパートへ来た日，彼はちょうど齋戒沐浴をしているところだった。

and in a way, that's what I do *every time* I have an orgasm.（138）
ある意味では，オルガスムに達するたびごとに，俺はそれを繰り返しているといえる。

6　'don't give a damn'

アイルランド英語では「ちっとも構やしない」「少しも気にはしない」を 'don't give a shit for' とか 'not care a damn' と言っていたのだが，これがアメリカでは 'don't give a damn' となった（尾上政次 1953, p. 172）。したがってこの俗語的慣用表現は Irish-American といえる。この作品には次の用例がある。

But Peckover *doesn't give a damn* about the job.（83）
だがペックオーバーは仕事のことは，まるで気にしない。
About her mother I *didn't give a damn*.（222）
彼女の母親のことなど，どうでもよかった。

255

第 9 章　ヘンリー・ミラー

I *don't give a damn* whether you're a princess or not... （233）

お前が貴族の娘であろうとなかろうと，そんなこと，どっちだってかまうもんか…

7　'動詞＋身体の一部＋ off' の構文

アイルランド英語には「身体の一部をぶっちぎるほど～する」という乱暴な比喩表現がよく使われる。例えば 'If you don't stop, I'll wring your head off o'your neck.'（止さねえと，きさまの首を捩じ切っちまうぞ）のように（P. W. Joyce, p. 134）。この過激なアイルランド表現がアメリカでは 'talk one's ear off,' 'work one's ass off' など多くの慣用句を生むことになる。したがってこの構文も Irish-American といえる。この作品では次の用例が見られる。

she *chews my ear off* every time I see her.（114）

あの女は俺と会うたんびにひどくグチるんだ。

Shit, I'm *grinding my balls off* on that job, ...（116）

ちくしょう，俺はその仕事でひどくあくせく働いているんだが。

I'm *flattering the ass off* you, can't you tell?（69）

俺はお前にえらくオベッカを使ってるんだぞ，それが分からねえのか。

8　'nice and ～,' 'good and ～' の二詞一意用法

アイルランド英語では強調語法の一つに 'nice and ～,' 'guy and ～'（＝ good and ～）など，二詞一意（hendiadys）の用法がある。例えば 'The girl is *fine and* fat : her cheeks are *fine and* red.' 'This day is *guy and* wet.' 'That boy is *guy and* fat.' など（P. W. Joyce, pp. 89-90）。'guy' は，good の Scot. の原形 gay の異形だと思われる。この作品には次の用例がある。

The daughter's *nice and* young, fresh like, you know what I mean.（114）

娘の方はうんと若いんだ，新鮮というのかな，分かるだろうな，この意味？

when he gets *good and* ready he'll tell me.（119）

ちゃんと準備ができたら彼は俺に話すだろう。

『北回帰線』

We'll take his lousy review over and we'll fuck him *good and* proper. (62)
あいつの薄汚い雑誌を引き受けて，あいつにふさわしく締め上げてやろうじゃないか。

9　虚辞 'you know' の挿入

アイルランド英語では，とくに意味はなく単なる虚辞（expletive）として発話の中に 'you know' を絶えず挿入する。この習慣は教育のあるなしには関係がないようである。例えば 'I had it all the time, *you know*, in my pocket.' 'Well, *you know*, the fact is I couldn't avoid it.' のように使う（P. W. Joyce, p. 135）。'you see' はその類句である。この作品にも多くの用例が見られる。

I promised to see her Tuesday around five o'clock. That's bad, *you know*! (121)
俺は火曜日の五時ごろ彼女と会う約束をした。ところが，そいつがまずいんだ！

he gives me that like an hors-d'oeuvre, *you know* ―― (128)
やつはそれをオル・ドーブルかなにかみたいに，俺に話やがった。

I had almost forgotten it, *you see*. (121)
僕はそのことをほとんど忘れてしまったくらいだからね。

10　'mad' 'like mad' の用法

アイルランド英語では 'mad' を angry の意味に使う。例えば 'Oh the master is very mad with you.' は「だんな様お前のことをすごく怒っているぞ」の意。これはゲール語の '***buileamhail***' が mad と angry のどちらにも使われる語であることに由る。また 'like mad' は very quickly あるいは energetically の意味に使われる（P. W. Joyce, pp. 289-90）。この作品には次の用例が見られる。

I get so god-damned *mad* at myself that I could kill myself. (138)
俺は，どうにもならぬほど自分に腹が立ってきて，自分を殺しかねないほどになる。

He tells me all this dirty little room, with the sun pouring in and the birds chirp-

第9章　ヘンリー・ミラー

ing away like *mad*. （121）

彼は以上のことを，彼の不潔な小さな部屋で語って聞かせるのであった。日光は，さんさんと注ぎ込み，小鳥たちは威勢よく囀っていた。

11　'like' の接尾辞的用法

アイルランド英語では，形容詞の後に like を置いてその形容詞を修飾する語法がある。これはスコットランド英語にも共通する。形容詞とハイフンでつないで接尾辞のように書き表されることもある。強調の働きをするといわれているが，必ずしもそうとは限らず単に 'as it were,' 'in a way' ほどの和らげの語（softener, downtoner）の働きをしていると見られる場合もある（J. Tanigchi, 1972, pp. 41-2）。この作品には次の用例が見られる。

When you look at it that way, sort of detached *like*, you get funny notions in your head. （147）

そういう態度，突き放したような態度で，あれを見ていると，妙な考えが浮かんでくる。

And when I come she says sort of bored *like* ― Are you through? （114）

俺がやってしまうと，あの女，なんだか退屈したみたいに言うんだ―もうすんだの？

The daughter's nice and young, fresh *like*, you know what I mean? （114）

娘の方はうんと若いんだ，新鮮というのかな，分かるだろうな，この意味？

12　'the like of 〜' の句

アイルランド英語では 'the like(s) of 〜' が「〜のような物，人，事」の意味でよく使われる。英語の like にあたるゲール語 "***leitheid***" にはこれを含む慣用表現が数多くある。例えば，"***A leiheid de rud***"（そんなもの），"***A leiheid de dhuine***"（そのような人），"***A leiheud seo***"（このように，例えば）のように（船橋茂那子，1986, p. 216）。この作品では次の用例が見られる。

258

I thought she was going to faint when I told her how much I had in my pocket. '*The likes of* it!' she said. Highly insulted she was.（218）

ポケットにいくら金をもっているかを告げたとき，僕は，いまにも女が気を失うのではないかと思った。「まあ，そんなこと！」と彼女は言った。ひどく気を悪くしたのである。

13　疑問詞の後の 'is it'

アイルランド英語では What で始まる疑問文は 'What is it' と先ず起こして，その後に「主語＋動詞」の文を置く。例えば「きみは何をもっているのか？」は 'What is it you have?' と言う。これはゲール語の "***Cad é sin atá agat?***" の直訳である。この場合，ゲール語には英語の have にあたる動詞がないので前置詞代名詞 "***agat***"（= at you）を用いて "***ta. . . agat***"（= exist. . . at you）の形で you have を表す。つまり，ゲール語は 'What is it that is at you?' の形をしているのである（船橋 p. 204）。この作品には次の用例が見られる。

But what *is it* you want of a woman, then?（138）

しかし，それでは，君が女に求めるのは何だ？

14　'a hell of 〜' の句

アイルランド英語には，ゲール語の影響で「名詞＋of〜」が一種の形容詞句となって「〜」の部分の名詞を修飾する語法がある。例えば 'a fool of a man'（馬鹿な男），'a thief of a man'（盗人みたいな男），'a stee-ple of a man'（長身の男）などのように（P. W. Joyce, p. 42）。このことから，'a hell of 〜,' 'a lot of 〜,' など程度を強調する多くの慣用句が生まれた。'a devil of 〜' は 'a hell of 〜' の元々の形。この作品では次の用例が見られる。

You must think *a hell of a lot of* yourself if you can believe a thing like that.（314）

君は，そんなことを信じることができるのなら，自分自身のことをもっともっと考えるべきだよ。

When we got to the American Express there wasn't a *devil of a lot of* time left.

第 9 章　ヘンリー・ミラー

(312)

アメリカン・エキスプレス社に着いたときには，時間はまったくもうあまり残ってはいなかった。

15　'and all that (crap)' の句

この句の元々の形 'and all' は，「その他関連するすべて（もろもろ）」(and everything connected therewith) の意であるが，アイルランドや北英・スコットランド方言では「～とか，～など，～なんか」(as well, also, too) などの意の一種の「ぼかし語」ないし「和らげ語」として使われる。この作品では 'and all that (crap)' (のようなくだらん物) の形で 3 回見られる。

>She has too many things — too many dresses and bottles *and all that*. It's like a clinic, her room. （123）
>
>あの女はむやみと物をもってるんだ…多すぎるよ，服とかくだらないものをさ。まるで病院だね，彼女の部屋は。
>
>Can you picture her moving in here with her big trunks and her hat boxes *and all that crap* she drags around with her? （123）
>
>彼女が，でっかいトランクや，帽子の箱や，いつも引きずり歩いているくだらない代物をもってここへ引っ越してくる光景を君想像できるかね。

16　二重主語

いわゆる二重主語はシェイクスピアにも見られる古くからの英語の習慣ではあるが 18 世紀以後は廃れていった。20 世紀前半「現代」の現実を描いたヘンリー・ミラーのこの作品には多くの用例が見られる。

>The wife, *she* thinks I've got a cinch of it. （83）
>
>女房のやつはね，俺が楽な仕事をしてると思ってるんだ。
>
>The woman of mine, *she*'s got no fucking gratitude. （83）
>
>俺の女房はね，あいつは全然感謝の念ってものがないんだ。
>
>My brother, *he* is good! （97）

俺の兄貴は上手だった！
And Kepi, *he* is good. （97）
それはケピーも，うまいんだ。
And the boss of mine, *he* bawls the piss out of me if I miss a semi-colon. （83）
俺のボスの野郎，俺がセミコロン一つでも抜かそうものなら，頭ごなしに怒鳴りつけやがるんだ。

17 'take it easy' の構文

「気楽にやれ」「あせらずゆっくりやれ」の意の慣用句 'Take nit easy.' の take, it, easy の3語はいずれも，アイルランド英語特有の語法である（尾上政次 1982, pp. 1-7）。まず，この 'take' は能動的な「選んで取る」ではなくて，受動的な「耐える」「がまんする」「受ける」の意に使われるもの。この作品では次の用例がある。

Fillmore had to *take* his punishment too, in a way that none of us could have suspected then. （211）
フィルモアはおのれの罰を受けなければならなかった。僕たちの誰にも想像もつかなかったようなやり方で。

いわゆる「環境の it」もアイルランド英語起源である。この作品には次の用例がある。

And off we ran, *beating it* as fast as our legs would carry us. （265）
こうして僕たちは，脚力の及ぶ限り一目散に走って逃げた。

'easy' も「容易に，簡単に」ではなくて，「そーっと，ゆっくりと無理せずに」の意に使われる副詞である。この作品には次の用法がある。

And so we've got to go *easy* with Elsa for a while. （33）
そんなわけで，僕たちは当分の間エルザとはそりを合わせていかなければならない。

18 不快・迷惑を表す前置詞 'on'

アイルランド英語の 'on 〜' は「〜を無視して」の意で使われることがあ

る。'James struck my dog *on me*.'（けしからんことに私の犬を打った）のように，権利を侵害された被害の気持ちを表す（P. W. Joyce, pp. 116-7）。この作品には次の用例がある。

> Listen, do you know what I did afterwards? I gave her a quick lay and then I turned my back *on* her. Yeah, I picked up a book and read.（148）

いいかね，そのあとで，俺がどうしたか分かるかね。早いとこ一発すませると，俺は女にくるりと背を向けた。本当だよ。俺は本を取り上げて読んだのさ。

19 'be dying for (to)'

アイルランド英語では「しきりに～したがる」(excessively anxious) を大袈裟に 'be dying for (to) ～' という（P. W. Joyce, p. 124）。この作品では次の用例が見られる。

> You don't have to work over them very much. They're *dying for* it.（111）

そんな女は口説き落とすのに，大して手間はかからんよ。やりたくてたまらない女たちだもの。

20 その他

イギリス英語なら on the top of ～ / on the street / out of the door というところを，アイルランド英語では *on top of* ～ / *in the street* / *out the door* という（尾上政次 1953, p. 155 / p. 164 / pp. 11, 12, 14）。この作品では，次の用例がある（ただし，out the door は偶々この作品には見られないが，類推によってアメリカで生じた out the window がある）。これは Irish-American といえる。

> it's like going to bed with a monument *on top of* you.（113）

まるで上に記念碑をのっけてベッドに入るようなもんだ。

> Find me a room *in a quiet street*, somewhere near here. I got to stay around here...（115）

どこかこの近くの静かな通りに部屋を探してくれよ，この近くでないとぐあいが悪いんだ。

『北回帰線』

He looks *out the window* again. (111)
彼は，再び外を眺める。

　小論冒頭で，『北回帰線』に見られるアイリシズムは，ヘンリー・ミラーが少年時代を過ごしたブルックリン方言に起因すると指摘したが，ミラーの言語形成はもちろんそれがすべてではない。彼の話し言葉の形成に少なからぬ影響を与えたと考えられるいま一つの大きな言語体験は，20代半ばで2年間働いたニューヨークの電報配達人手配会社での体験であったろう。雇用主任に任用された彼の仕事は，毎日修羅場さながらに彼の元に押し寄せてくる求職者をとめどなく，終日さばき続けなければならなかった。

　この業務の中で接触した労務者の人種は世界のあらゆる国を網羅していたという。ざっと挙げても，ギリシャ人，ポーランド人，スペイン人，フィンランド人，メキシコ人，ブラジル人，オーストラリヤ人，ドイツ人，イタリヤ人，アイルランド人，イギリス人，カナダ人など数十カ国からの出身者だった。これら外国人たちが互いに意思疎通できたのは，そこに共通語としてのニューヨーク・シティー方言があったからであろう。ニューヨーク・シティー方言の基盤をなすのもアイルランド英語である。その検証は他の機会に譲るが，ここでもアイルランド英語がアメリカ英語の形成に与えた影響の大きさを垣間見ることができる。

第 10 章　キャサリン・アン・ポーター

『昼　酒』
Noon Wine (1937)

　この作品は Katherine Ann Porter（1894-1980）の生まれ故郷，テキサス州インディアン・クリークで起こった悲劇の実話に基づく小説である。物語の時代と場所が作品の書き出しに次のように記されている。
　Time ： 1896-1905
　Place ： Small South Texas Farm
となると，この小説はポーターが 11, 2 歳のころの事件を，それから 30 年後に，作家として円熟期に達した彼女が改めて取材し，43 歳のときに発表したことになる。
　事件の概要はこうである。南テキサスで小さな農場を営んでいるトムスン氏は，妻の病気などでこのところ経営があまり芳しくない。そんなとき，スエーデン人労務者ヘストンが仕事を求めてやってくる。トムスン氏は相手の足元につけこんで，ヘストンを安い賃金で雇い入れる。無口で勤勉，農場の仕事をよく知っているヘストンのお陰で，農場の経営も徐々にもち直してくる。
　ヘストンはここで 9 年働き，いまやこの農場になくてはならぬ人となっていた。そんなある日，ハッチと名乗る見知らぬ男がこの農場を訪ねてくる。ヘストンを兄殺しの脱走狂人として捕らえに来たというのである。トムスン氏はヘストンを守るために斧を振り下ろしたためにハッチが死ぬ。ヘストンは事情を知った近所の人たちに殺されてしまう。トムソン氏は裁判では主張が認められて殺人罪は免れたが，近所の人々や家族の者から感じられる自分

第 10 章　キャサリン・アン・ポーター

に対する不信感にさいなまれて結局猟銃自殺してしまう。

　さて，アメリカ英語に関心をもつわたくしが，この作品を取り上げるのは，事件の舞台であるポーターの生まれ故郷，テキサス州南部の Indian Cleek あたりの農村地域一帯には，アイルランド人が非常に多かったという事実が，この作品から窺い知れるからである。そのヒントを与えてくれる場面が二つある。一つは，ヘストンが初めて農場にやってきたとき，トムソン氏はこの男の上唇が長いことから，この辺にあまたいるアイルランド人がまた仕事を求めてやって来たと思ったという記述である。

　　Mr. Thompson judged him to be another of these Irishmen, by his long upper lip. (p. 2)

　いま一つは，ハッチ氏が農場を訪れてきて，トムソン氏と互いに名乗り合ったときの会話である。「ハッチ」という姓は聞きなれぬと言うトムソン氏に不満なハッチ氏は「わしらは 50 年も前に Georgia 州からやって来て，以来ずっとこちらに住んでいるのですぞ」と言う。すかさずトムソン氏は「わしの祖父さんが移住して来たのは 1836 年だ」と応酬する。すると，ハッチ氏は，

　　'From Ireland, I reckon?'（アイルランドからでしょう？）

と言う。トムソン氏は「ペンシルヴァニアからだ。一体なんでわしんとこがアイルランドから来たなんて，あんたは考えるんだね？」と問い返す。

　それを聞いて，ハッチ氏はやっぱりそうだったのだと，自分の勘があたったのを喜ぶような仕草をする。

　しかしトムソン氏は自分がアイルランド人であることを，自らの口で認めたわけではない。あえて出自を明かさないのはアイリッシュであることを引け目に思っているからであろう。とすると，自分の引け目を隠すこの場面は，体面にこだわるトムソン氏の性格を理解する上で重要な場面であるということになる。

　上に指摘した二つの場面からだけで，トムソン氏がアイルランド移民の子

孫であると断定するわけではない。全米に分布しているアイルランド人自身はもちろんのこと，アイルランド人が常に身近に存在しアイルランド英語を聞き慣れているアメリカの読者なら，トムスン氏が登場したときから直ぐに察しがつくのではなかろうか。われわれ外国人の読者には分かりにくいが，複合人種からなるアメリカ社会での言語生活の経験をもつ読者なら，トムスン氏がその言葉使いの特色からアイルランド人であることは，容易に判断がつくのではないか。

アイルランド訛りの英語を話すのはトムスン氏だけではない。トムスン夫人と二人の子供も村人たちも然りである。また地の文にもアイルランド語法が散見される。そうするとアン・ポーター自身も少なくとも言語的にはアイルランド系だと見られる。

以下は，この作品におけるそのアイルランド英語的特色を指摘するものである。Text は大阪教育図書 1982 年版の *Noon Wine* (Contemporary English Series) である。用例末尾の数字は頁数を示す。

1　強意の他動詞構文

アイルランド英語には，「人の体内から～を叩き出す，絞り取る」という誇張した乱暴な慣用表現がある（P. W. Joyce, p. 31）。トムスン氏には次の用例が見られる。この用例は内臓物に当たるところが，たまたま 'how much' なので分かりにくいが，通常の形は 'gouge one's eyes'（～の目玉をえぐり取る）の形である。

    Now, what I want to know is, *how much* you fixing to gouge outa me?（4）
    ところで，わしの知りたいことはだな，お前さん，わしからどれだけ騙し取りたいというんだね？

トムソン氏の息子アーサーにも次の同種構文がある。

    Touch her again and I'll *blow your heart out*!（78）
    こんどお母さんに触ってみろ，お前の心臓をぶち抜くぞ！

第10章　キャサリン・アン・ポーター

次の用例は 'out of' が逆に 'into' となっているが，上の慣用表現からの変形である。

You are both going to get sent to school next year, and that'll *knock some sense into* you. (17)

お前たち二人とも，来年は学校へやられるんだ，そうなれば少しは分別も叩き込んでもらえるというもんだ。

因に，アイルランド英語には上の慣用表現の類形として，'take something out of' の構文がある (P. W. Joyce, p. 30)。ただしこれには上のような暴力的ニュアンスはない。次の用例はトムソン夫人の台詞である。

That's a pretty tune you're playing. Most folks don't seem to *get* much music *out of* a harmonica. (10)

あなたの鳴らしているのはかわいいい曲ね。たいていの人は，ハーモニカからは音楽らしい音は出せないものらしいけど。

体内から何かを叩き出すではなく，体の表面にある体の一部を剥ぎ取るという乱暴な表現も同じアイルランド的構文の変形である。次の2例はどちらもトムスン氏の台詞である。

Get to bed, you two. Get now before I *take the hide off* you. (17)

もう寝ろ，お前たち二人とも。ひっぱたかれんうちにさっさと行きな。

And the next time I catch either of you hanging around Mr. Helton's shack, I'm going to *take the hide off* both of you, you hear me, Herbert? (33)

今度お前たちのどちらでも，ヘルトンさんの小屋の周りをうろついているのを見つけたら，お前たち二人とも思い切りひっぱたいてやるからな，分かったか。ハーバード？

次の 'shoot ones head off' は「喋りまくる，ぺらぺら喋る」の決まり文句だが，これも上と同じ体系のアイリシズムである。

He'd just let this fellow *shoot off his head* and see what could be done about it. (54)

『昼　酒』

この男に喋りたいだけ喋らせておいて，それから何か処置ができるか見てみることにしよう。

Everybody goin' round *shootin' they heads off.* （74）
誰も彼もが，喋りちらしに歩きまわってるいるんだよ。

2　状態動詞の進行形

アイルランド英語では，伝統英語が通常進行形にしない動詞も進行形にして使うのを特色とする。例えば 'it rains' をアイルランド英語では 'it is raining' という。これはゲール語の "***tá sé ag fearthainn***"（逐語的には 'it is at raining'）の直訳である（P. W. Joyce, p. 36）。この作品には次の例がある。

They'll *be needing* something to eat, pretty soon. （12）
あの子たち，もうすぐ何か食べたがることでしょう。

Now I wonder what I ought to *be thinking* about for supper? Now what do you like to eat, Mr. Helton?（12）
晩ご飯に何をしたらいいかしら？　ヘルトンさん，あなたは何を召し上がりたい？

3　'no use 〜 ing' の構文

アイルランド英語では「〜しても無駄だ」は 'it's no use 〜 ing' と言う。これは従来 'it's no use in 〜 ing' から前置詞 'in' が省略されてできたものと考えられていたが，アイルランド英語の場合はゲール語の分詞構文の直訳から生じた構文であるから，'in' を伴っていた歴史は初めからない。トムソン夫人に次の用例がある。第3例は地の文である。

It's *no use picking* on them when they're so young and tender. I can't stand it. （17）
年端のいかないあの子たちを叱りつけるのは無駄なことですわ。

My granma used to say it was *no use putting* dependence on a man who won't set down and make out his dinner. （18）
わたしのおばあさんがよく言ってましたわ，食事に座ってご馳走を平ら

げてしまわないような男には信用を置けないって。

Now she might save them and she might not. *No use depending* on her.（33）

今度は自分たちを助けてくれるかもしれないし，くれないかもしれない。彼女に頼ることは無駄だ。

4　存在文の中の不用な 'in it'

ゲール語ではものが存在するというとき副詞 "**ann**"（= 'in it,' 'there' つまり 'in existence' の意）をもって叙述する（P. W. Joyce, p. 25）。例えば 'there is snow' は "**ata snéachta ann**" という。これは逐語的には 'there is snow there' ないし 'there is snow in it'（そこに雪が存在する）である。アイルランド英語ではこの「存在する」の意の "**ann**" が 'in it' と直訳されて出てくるのである。もちろんこの 'in it' は標準英語では不用である。この作品には次の例が見られる。

Now just speakin' as one man to another, there ain't any money *in it*.（5）

打ち明けたところを言うとだね，お金がぜんぜんないんだよ。

5　環境の 'it'

尾上政次（1982）によると，'take it easy' や 'put it there' などのいわゆる環境の 'it' はアイルランド起源の語法である。この作品では次の例が見られる。

Well, now I guess we'll call *it* a deal, hey?（5）

じゃ，ここいらで，手を打つとするか？

The way he could work *it*.（82）

こうすればなんとかうまくやれるに違いない。

6　時を表す名詞の接続詞的用法

アイルランド英語ではゲール語の直訳から，the time や the hour など時を表す名詞，あるいは the first time や the next time など時間的序列を表す名詞が，そのままで副詞節を導く接続詞として使われる（P. W. Joyce, p. 37）。この作品には次の例がある。

『昼　酒』

He had never seen a man he hated more, *the minute* he laid eyes on him.（76）
俺はあの男を見た瞬間に，これくらい嫌な奴には出会ったことがないと感じた。

the next time I catched either of you hanging around Mr. Helton's shack, I'm going to take the hide off both of you.（33）
今度お前たちのどちらでも，ヘルトンさんの小屋の辺りをうろついているのを見つけたら，お前たち二人とも思い切りひっぱたいてやるからな。

Every time he shut his eyes, trying to sleep, Mr. Thompson's mind started up and began to run like a rabbit.（75）
目を閉じて眠ろうとするたびに，トムスン氏の心はピクリと跳ね起き，兎のように駆け始めるのだった。

7　'the way' の接続詞的用法

また様態を表す名詞 'the way' もゲール語の影響で，そのままの形で従属詞節を導く接続詞として使われる（P. W. Joyce, p. 35-6）。

The way I look at it, his religion is every man's own business.（26）
わしの見るところじゃ，何を信じようと各人勝手なんだ。

It was strange, but that was *the way* Mr. Thompson felt.（47）
奇妙なことだが，トムスン氏の感じはそういうのであった。

8　'of' の後置詞的用法（'名詞 + of 〜' の形容詞句）

アイルランド英語には *a thief of* a man（盗人みたいな奴），*a steeple of a* man（尖塔みたいな背高のっぽ）のように，「名詞 + of」で「何々のような」の意の形容詞句をなして，その後に来る名詞を修飾するという語法がある。イギリスの伝統英語にない破格文法であるが，これもゲール語の直訳から生じたものである（P. W. Joyce, p. 42）。この作品では地の文だが次の用例が見られる。

He became *a hurricane of* wrath.（17）

271

第10章　キャサリン・アン・ポーター

彼はハリケーンが襲ったように猛烈に怒った。

9　'you all'（= you）

'*you-all*' の起源については諸説があるが，アイルランド作家に先行例があることは見逃せない。例えば19世紀半ばのアイルランド農民作家 William Carleton の作品には 'But sure I have great news for *you all*.' (*The midnight mass*) など用例が多い。『昼酒』には次の用例が見られる。

Now *you-all* get out of the kitchen, it's too hot in here and I Need room.（64）

さあ，あんたたち台所から出なさい，ここは暑すぎるし，これではわたくし狭くて困るから。

However, it's mighty nice of *you-all* to come around and give us the straight of it, ...（74）

だけど，あんた方わざわざいらしてくださって，ほんとのところを聞かせていただいたのにはお礼申しますよ。

10　'kind of 〜' の副詞用法

'kind of' を副詞的に使うのはアイルランド起源である。kind に当たるゲール語の "***cineal***" には somewhat の意の副詞用法があることによる。この作品には次の用例がある。

I been *kinda* lookin' round for somebody.（3）

わしの方も誰か人手がほしいなとか考えてたところなんだ。

She's been *kind of* invalid now goin' on fourteen years.（46）

妻はまあ，かれこれ14年病人みたいなものでしてね。

11　'a lot' の副詞用法

'a lot' を much の意で副詞的に使うのも，ゲール語の "***i bhfad***" の直訳から生じたアイルランド語法である。形容詞的に使う場合は 'a lot of' である。この作品には次の用例がある。

Where I come from they sing it *a lot*. In North Dakota, they sing it.（42）

わたしの故郷じゃ，それをよく歌いますな。北ダコタではよく歌います

よ。

Because it would just make as *lot of* excitement, ... (44)

そんなことをしたら、大騒ぎになるだけですから…

12　文末の念押し重複語法

アイルランド英語では陳述を強調するために、前文を繰り返す習慣がある（P. W. Joyce, pp. 10-1）。例えば 'He is a great old schemer, *that's what it.*' 'it is a great shame, *so it is.*' のように。この作品では次の例がある。

Collecting blood money, *that's what it was!* (56)

血の出るような金を搾り取る、まさにそうじゃ。

13　強意の 'in the world'

アイルランド英語では 'world' や 'earth' が疑問詞の後や平叙文の文中によく添えられる（P. W. Joyce, p. 49）。例えば 'Where *in the world* are you going so early?' 'I do not know *in the world* how it fares.' のように。この作品には次の例が見られる。

he'd never *in God's world* get anywhere. (77)

彼は、断じてそこへ行き着きはしないだろう。

14　'mad'（= angry）

'mad' を 'angry' の意味に使うのはゲール語の "**buileamhail**" が mad と angry のどちらの意味にも使えるからである（P. W. Joyce, 289）。

Mr. Hatch safe in jail somewhere, *mad as hops maybe*, ... (77)

ハッチ氏はどこかの牢屋におさまってて、多分カンカンに腹を立てているかも分からない、…

15　'and 主語＋補語' の従節相当句

アイルランド英語では定動詞を含まないこの構文が、時間・原因・条件などを表す従節相当句として用いられる（P. W. Joyce, p. 33；成美堂『現代英語学辞典』p. 455）。例えば What good would it do them *and they dead*?（彼が死んでいようものなら、そうしたところで何の役に立とう？）のように。こ

れはゲール語に基づくものである。この作品には次の例が見られる。

> drinking up all the wine so you'd feel even better ; *and Mr. Hatch safe* in jail somewhere...（77）

> もし、彼がもっと愉快になるために、お酒を全部呑んでしまっていたら、また一方、ハッチ氏がどこかの牢屋におさまっていたら…

16　'a heap'（= much）

'heap' にあたるゲール語 "***carn***" も名詞だが、"***carn airgid***"（= a heap of money）のように、形容詞あるいは副詞的修飾語として使われる。この作品には次の例がある。Cf. a lot（= much）.

> He thinks *a heap of* his harmonicas.（52）

> あの人は、自分のハーモニカをずいぶん大事にしているね。

17　'mighty'

アイルランド英語では単なる程度強調に大袈裟な語（例、powerful, mortal, murdering, など）を使う傾向がある。次の 'mighty' もその一つである。（P. W. Joyce, pp. 89-90）。

> Upshot is, she's a *mighty* delicate woman.（46）

> つまりですな、女房はごくひ弱な女ということです。

> But it's got to be *mighty* little.（47）

> だが（甘味は）ごくわずかじゃないと困るんだ。

> Well, he'd put a stop to that, *mighty* damn quick.（22）

> そうだ、彼にそういうことは止めさせるぞ、ぴたりいますぐだ。

18　'good and～'（= very）

二詞一意（hendiadys）の語法そのものは Skakespeare にもある（市河三喜 1956, pp. 121-4）ので、その限りにおいてはイギリス英語の伝統にあるといえる。しかし intensive としての 'good and～' そのものはアメリカ起源とされている（OED Suppl.）。だがこれは元々はスコットランドからアイルランドに入った 'guy and～' がアメリカに渡って、'guy'（= gay = excellent）が

good と訳されたたものと考えられる（P. W. Joyce, p. 90）。

Mrs Thompson, her gaze wandering about, counted five others, *good and expensive*, standing in a row on the shelf beside his cot.（11）
トムスン夫人は辺りに目を走らせてみると，（ハーモニカが）他に5本，どれもみなすごく高価そうなのが，簡易寝台の側の棚に一列に並んでいるのが数えられた。

II 古いイギリス英語の残存

17世紀ころの古いイギリス英語を残すのもアイルランド英語の特色であるが，そうした多くの語法が上に指摘したアイルランド語法とともにアメリカに入って来たと考えられる。この作品には次のような語法がある。

1 二重主語
名詞主語の直後に代名詞主語を置く二重主語（double subject）は古くからの語法であり，Shakespeare にも多くの例が見られる。この作品では次の用例がある。

My wife, *she* was set on a dairy, ...（5）
わしの女房は酪農がえらく熱心でな，…

2 複合指示詞
指示代名詞の後に，不要な副詞 here, there をつけて，近称を 'this here,' 'these here,' 遠称を 'that there,' 'them there' とする複合指示詞（double demonstrative）も古くからの語法である。OED によると初出は15世紀である。この作品には次の用例がある。

I kaint see what we've got to do with all *this here*, however.（74）
だけんど，これがわしらとどう関わるのか，どうも分からん。

3 'without' の接続詞用法
'without' を前置詞ではなく 'unless,' 'if not' の意の接続詞として使うのも古くからの語法である。Shakespeare にも多くの例がある（藤井健三 1984, pp.

第 10 章　キャサリン・アン・ポーター

207-9)。この作品には次の例が見られる。

　　And don't say one word *without* I tell you.（68）

　　それから，私がいいと言うまでは，あんたは一言も口をきいてはなりませんぞ。

4　'them'（= those, these）

　　He wouldn't want to go to church in *them* jeans and jumpers of his.（26）

　　彼はあの仕事ズボンとジャンパーで教会に行きたくはなかろう。

5　'don't'（= doesn't）

全人称・数の主語に対して 'don't' を使うのは 16 世紀ころからある古い語法である。Curme (p. 54) によると，三人称単数の語尾 -s をもたない may, can など多くの助動詞からの類推によるものであるという。この作品でも次の例が見られる。

　　I try to learn 'em, but it *don't* do much good.（11）

　　わたし，子供たちに教えてやろうとするんですけど，あまり効果がありませんの。

　　A little sweetin' *don't* do no harm so far as I'm concerned.（47）

　　わしのほうじゃ，少しくらい甘味が入ってたって構わないね。

　　it's a shame to keep at him when he *don't* know the language good.（13）

　　言葉をよく知らない人に，うるさくかまい続けるのは良くないことだ。

6　単純形副詞（flat adverb）

古期英語では副詞は形容詞に語尾 -e をつけて表していた。中期英語になると前方強勢の結果，語尾の -e が聞こえなくなった。-e は失われても副詞としては使い続けられたので，多くの語で形容詞との区別がつかなくなった。この作品には次の例が見られる。

　　decent（= decently）（14）

　　rotten（= rottenly）（31）

　　square（= squarely）（56）

smart (= smatly) 11

7　副詞的属格

属格は今日では名詞の所有格にしか使わないが，昔は副詞にも使われた。whiles, somewheres, anyways, leastways など，時・場所・様態を表す語に多かった（藤井健三 1984, pp 168-70）。この作品には次の例が見られる。

nights (= at night)　（52）

8　'like' の接続詞用法

'like' を接続詞として使うのは古いイギリス語法である。それがアイルランドに入って残ったのであろう。この作品では次の用例がある。

I know that tune *like* I know the palm of my own hand.　（42）
わたしは，あの曲の節回しは，自分の手のひらみたいによく知っているんだ。

Now, this Mr. Helton here, *like* I tell you, he's a dangerous escaped loonatic, you might say.　（54）
ここにいるヘルトンっていうのは，何と言いますか，脱走狂人なんですよ。

9　'hisself' (= himself)

「所有格＋self」の再帰代名詞は 14 世紀ころからある古い形である（藤井健三 1984, pp. 59-60）。この作品には次の用例がある。

Only money he ever spends, now and then he buys *hisself* a new one.　（52）
彼が使う金というと，ときどき新しいやつ［i.e. ハーモニカ］を買うときだけなんだ。

Ⅲ　発音に関して

発音についてもアイルランド英語と共通する特色がこの作品にはまことに多い。

1　/e/ → /i/（閉母音化）

第10章　キャサリン・アン・ポーター

git (= get) （17）

perfickly (= perfectly) （44）

2　/i/ → /e/

set (= sit)

setting (= sitting) （41）

3　/ʌ/ → /e/

shet (= shut) 74

4　二重母音の単母音化と長母音の短母音化の傾向

et (= ate) （43）

ekals (= equals) （5）

feller (= fellow) （5, 13, 18, 38, 47, 73）

forriner (= foreigner) （6）

porely (= poorly) （5）

passel (= parcel) （5）

reely (= really) （56）

shore (= sure) （74）

shorely (= surely) （73）

they (= their) （74）

yer (= your) （72, 74）

5　弱音節を落として語を短くする傾向

ackshally (= actually) （5）

comp'ny (= company) （19）

evvybody (= everybody) （74）

fam'ly (= family) （55）

natchally (= naturally) （55, 71）

ornery (= ordinary) （52, 69）

prob'ly (= probably) （56）

『昼　酒』

s'pose (= suppose)（19）

supintendent (= superintendent)（17）

ter'ble (= terrible)（19）

vi'lent (= violent)（44，44，44）

6　末尾閉鎖音が脱落する傾向

jes (= just)

jus' (= just)（47，48，50）

ole (= old)（19）

perfeckly (= perfectly)（44）

7　-ing を -in' で代用する

flavorin' (= favoring)（48）

gettin' (= getting)（48）

somethin' (= something)（48）

sweetenin' (= sweetening)（49）

8　母音の変化

set (= sit)（3）

shet (= shut)（74，74）

fer (= for)（74）

ner (= nor)（74）

git (= get)（74）

hyah (= here)（72）

heerd (= heard)（74，76）

ter (= to)（72）

9　その他

kilt (= killed)（72）

kaint (= can't)（74）

第 11 章　ジョン・スタインベック

『二十日鼠と人間と』
Of Mice and Men (1937)

　John Steinbeck（1902-68）に読書好きの子として強い影響を与えた母親のオリーヴ（Olive Hamilton）はアイルランド人だった。母の祖父が1851年にアメリカに移住して来た。母は結婚前には小学校の教師だった。郡役所勤めの父はドイツ系の移民の子孫。スタインベックが生まれ育ったのはカリフォルニヤ州モンテレー郡サリーナス（Salinas）である。

　『二十日鼠と人間と』の舞台ソリダッド（Soledad）はスタイベックが生まれ育った同じカリフォルニヤ州内のごく近隣，サリーナス川沿いの町。つまりこの作品はスタイベックが，自然環境も言語も熟知している自分の故郷を素材としたものである。

　主人公はこの地方のあちこちの農場を流れ歩く二人連れの移動労務者ジョージ（George）とレニー（Lennie）である。二人はどちらも親兄弟が一人もいない天涯孤独な身の上同士で，どちらも同じオーバン（Auburn）生まれの幼なともだちだ。二人は少しの学校教育も受けた様子がなく，まさに野に生きる動物のごとき境遇である。

　ジョージは小柄で敏捷，口も達者。レニーは対照的に大柄で低能，口は幼児並みだが力は牛並みという怪力の持ち主。力持ちだから労働力にはなる。低能ではあるが幼な児のごとく無邪気で，ジョージの言うことなら何でも素直にやるという愛すべきところがある。ジョージはそんなレニーを，背負い込んだ大きな荷物のように思いながらも，自分を信頼し切っているレニーは憎めず，どこへ行くにも常に二人連れの浮浪生活を続けている。

第 11 章　ジョン・スタインベック

　だがレニーのそうした無邪気さと桁外れの怪力は，行く先々でよくゴタゴタを起こす原因となる。今回は遂にある女性を死に至らせるという事故が起きる。この作品はそうした不遇な人間を襲う不運，夢の挫折，連れとの心の触れ合いなどを暖かい目で描いて読者に不思議な感動を与える。
　さて，この作品に登場する人物はすべて農場労務者であり，とくに主人公の二人は地元出身の無教育な移動農夫である。したがって，彼らの使う言葉は教育によって何らの矯正も加えられていない，この地方に生まれ住む下層農民の英語がありのままに写し出されていると考えられる。以下はその言語的特色を報告するものである。結論としていえるのは，アメリカ最西端の州カリフォルニヤ地方の土地言葉もまたアイルランド英語に色濃く染まっているということである。Text は John Steinbeck-3 [南雲堂現代作家シリーズ 40]。用例末尾の数字は頁数を示す。

I　統語法に関して

1　倒置感嘆文

　ゲール語は主語の前に(助)動詞を置く言語である。例えば，she is not here にあたるゲール語 "**nil si anseo**" は逐語的には 'isn't she here' の語順をしている。I can speak Irish の "**ta Gaeilge agam**" は，'can Gaelic I speak' の語順である。アメリカ英語に多い「倒置感嘆文」というのは，このアイリシズムが伝統英語の修辞疑問文と融合して，一種の強意文として発達したものと思われる。この作品には次の用例がある。

　　and we'll tell ever'body, an' then *will you get the laugh.* (140)
　　俺たちは，みんなに喋ってやる。そしたらお前はとんだ笑いものになるぞ。
　　Won't be nothing left in a couple of minutes. (78)
　　2, 3 分もすると，すっかりなくなっちまうからな。
　　and there *couldn't nobody throw him* off of it. (164)

『二十日鼠と人間と』

そこでは誰も彼を追い出すことなんかできっこねえ。
Ain't nobody goin' to suppose no hurt to George.（156）
ジョージが怪我するなんて想像する奴は一人もいねえはずだ。

　第3例は存在文の頭部省略の習慣によって存在文の虚辞（there あるいは it）が失われた表現と，アイルランド英語の基層にあるゲール語の "**nil**"（= there isn't）の波長が合って，アメリカにおけるアイルランド移民の間で発達した語法ではないかと考えられる。

2 'had it coming' 'got it coming' の構文

　「それは自業自得だ」「それは当然の報いだ」の意のこの慣用句は一般にアメリカ生まれだと考えられているが，尾上政次（1953, pp. 150-1）は，これはアイルランド英語で経験の意味に使われる 'have + 目的語 + 〜 ing' の構文を起源とするアイリシズムであると指摘する。この作品には次の用例が見られる。

This punk sure *had it comin'* to him. Bu — Jesus!（138）
この若造が自分で招いたことなんだから。だけど—驚いたな！

I'm glad you bust up Curley a little bit. He *got it comin'* to him.（176）
あたしゃ喜んでいるんだよ，あんたがカーリーをちょっとばかし痛めつけてくれたことを。それは当然の報いなんだよ。

3 'of' の後置詞的用法

　前置詞は本来後ろの名詞・代名詞と結合して句をつくり，前の名詞を修飾するのが伝統文法であるが，アイルランド英語では逆に，前の名詞と結んで句をつくり，後ろの名詞を修飾するように見える語法がある。例えば「たくさんのお金」は 'a power of money' いうが，これはゲール語の "**neart airgid**" の直訳である。"**neart**" は 'a large quantity ; a great deal ; a plenty' の意の名詞である。ところが "**airgid**" が 'silver'（= money) の属格であることから，これに 'of' をつけて 'of money' と直訳したのである。'of' のこの新しい使い方は英語に 'a broth of a boy'（怪男子），'a thief of a man'（盗人みたい

第11章 ジョン・スタインベック

な奴), 'plenty of 〜' などたくさんの慣用句を生み出した。この作品には次の用例がある。

but he's sure *a hell of* a good worker. Strong as a bull. (46)
だけどこの男は大した働き者です。牛みたいに力が強いのです。

He ain't *much of* a talker, is he? (46)
この男は喋るほうは大したことはないらしいな。

4 時を表す名詞の接続詞的用法

伝統文法では主節との時間関係を表す副詞節は接続詞によって導かれなければならない。しかしアイルランド英語では, '*The time* you arrived I was away in town.' のように, 接続詞は使わず時を表す名詞をそのまま接続的に使う。これは一般にアメリカ英語の特色と考えられているが, 起源はアイルランド英語である。P. W. Joyce (p. 39) によると, 英語の when に当たるゲール語の "**an uair**" は 'the hour' あるいは 'the time' の意味であることから, その直訳によって生まれた新しい語法である。この作品には次の用例がある。

I'll have thirty dollars more comin', *time* you guys is ready to quit. (130)
お前たちが辞めるころまでには, 俺には, あと30ドルくらいは入ってくるだろう。

Everc time the guys is around she shows up. (110)
男たちがぶらぶらしていると, あの女が必ず姿を現すんだ。

First chance I get I'll give you a pup. (28)
機会があり次第, お前に子犬をやるよ。

And *the first thing you know* they're poundin' their tail on some other ranch. (30)
ふと気がつくと, 間違いなくまた別の農場であくせく働いていることになる。

5 'the way' の接続詞的用法

伝統文法では主節の様態を表す副詞節は as, like, how などの接続詞を必要

『二十日鼠と人間と』

とする。しかしアイルランド英語では 'I want to speak English *the way* Mary does.' のように名詞 *'the way'* をそのまま接続詞として使う。これは P. W. Joyce (p. 35) によるとゲール語の "**amhlaidh**" が英語の thus, so, in a manner その他多様な意味で使われることに由る。この作品には次の用例がある。

They'd nibble an' they'd nibble, *the way* they do. (126)
兎どもはちっとずつ，ちっとずつ，さかんにかじるぞ，いつものように。

and he walked heavily, dragging his feet a little, *the way* a bear drags his paws. (4)
彼は熊が足を引きずるように，少し足を引きずって，重々しく歩いていた。

The way I'd shoot him, he wouldn't feel nothing. (98)
俺が言うようにして撃てば，この犬は何も感じやしねえさ。

6　文頭の否定辞 'The hell'

伝統的には文頭の強意の否定辞は 'The devil you did!' (お前がやったなんてとんでもない！) のように *'The devil'* である。この devil を hell に変えたのはアイルランド英語である（藤井健三 1999）。OED の『補遺』(1972) は英国の劇作家 Noel Coward の *Fallen Angels* (1925) からの用例を初出としているが，ニューヨーク市の貧民街におけるアイルランド人のありさまを写実的に描いた Stephen Crane の小説 *Maggie : A Girl of the Streets* (1893) にはいくつか先例がある。一つだけ用例を引くと，'Mag's dead,' repeated the man. '*Deh hell* she is.' said the woman.' (「マッグが死んだぜ」と男は繰り返した。「まさかあの娘が」と女は言った）。この作品には次の例が見られる。

'I would not forget,' Lennie said loudly. '*The hell* you wouldn't,' said the rabbit. (220)
「おら決して忘れたりするもんか」とレニーは大声で言った。「忘れないなんて，とんでもない」と兎は言った。

285

第11章　ジョン・スタインベック

Tell you what — know what he done Christmas? Brang a gallon of whisky right in here and says, 'Drink hearty boys. Christmas comes but once a year.'
"*The hell* he did! Whole gallon?"

「あのなあ―クリスマスに親方がどうしたか知ってるかい？　ウイスキーを1ガロンもってきて『さあみんな，たっぷり飲んでくれ。クリスマスは年に一度しか来ないからな』

「まさか彼がそんなことをしたとは！　1ガロンそっくりかい？」

7　強意の他動詞構文

アイルランド英語には'他動詞＋強意語（基本的には内臓物）＋ out of ～'で「～から何かを叩き出す，ふんだくる」の意の強い暴力的比喩の他動詞構文がある。P. W. Joyce (p. 31) によると，'I tried to knock another shilling out of him, but in vain'（彼からもう1シリングふんだくってやろうと思ったが，だめだった）は，ゲール語の "**bain　shilling eile as**" の直訳であるという。'To make a speech takes a good deal out of me.'（スピーチをやるとへとへとに疲れる）はゲール語の "**baineann se rund eigin asam**" (= it takes something out of me) の直訳であるという。この作品には次の用例が見られる。

He's gonna *beat hell outa* you an' then go away an' leave you. （220）
彼はお前をひどく打ちのめして，お前を置いてきぼりして行っちゃうさ。

You'll jus' stick around an' *stew the b'Jesus outa* George all the time. （218）
お前はこれからもジョージにくっついていて，しょっちゅうジョージをいたく困らすことだろう。

You come for me, an' I'll *kick your God damn head off*. （134）
やりたきゃ，俺にかかって来い，そしたら，そのカボチャ頭を蹴り飛ばしてやるからな。

次の 'get a kick out of ～' は「～を楽しむ，喜ぶ」の意であるが，上記構文の類型である。

『二十日鼠と人間と』

You *get a kick outta* that, don't you?（28）
お前，あの話を聞くとぞくぞくするんだな，そうだろう？

8　疑問詞の後の 'is (was) it'

これは伝統英語の強調構文に似てはいるが，アイルランド英語ではとくに強調ということではない。疑問詞の直後によく習慣的に 'is (was) it' が添えられるのは，船橋茂那子（1986, p. 204）によると，例えば，'What is it you have?' は次のようなゲール語構文の影響によるという。下段はゲール語に対応する英語の逐語訳である。

Cad（is）　　*é sin*　　*atá*　　　*agat*?
What　　　　is　　　it that　　which is at you?
（あなたがもっているそれは何ですか）

この作品には次の用例が見られる。

What *was it* you wanted to see me about?（202）
何をいったい俺に見せたいんだい？

9　'be + done + 〜 ing' の構文

これは従来，'〜 ing' の前の with が省略されてできた構文だと考えられていた。しかし尾上政次（1986）は，アメリカ英語の歴史にはこの構文が with を伴っていた事実はないこと，およびアイルランド英語に with のない形の先例が多いことを指摘し，この構文は初めから with のないアイルランド起源の分詞構文であることを実証した。この作品には次の用例がある（ただしこれは作者の地の文である）。

Candy's face had grown redder and redder, but before she was *done speaking*, he had control of himself.（172）
キャンディの顔はいよいよ赤くなったが，彼女が喋り終えないうちに，彼は自分を制した。

第 11 章　ジョン・スタインベック

10　'have (or got) + 目的語 + p. p.' の完了形

　現在完了形が今日のような 'have + 過去分詞 + 目的語' の語順を確立するのは Shakespeare 以後のことであり，それ以前は過去分詞は目的語の後ろに置かれていた。その古い形が今日ではアイルランド英語に残っている。例えば，'He has my heart broken.' のように。この作品では，たまたま 'have, has' が 'got' と交替した形しか見られないが，次の用例がある。

　　I *got it doped* out.（178）

　　おいら，すっかり計算してあるんだ。

　　George *got the land all picked out*, too.（164）

　　ジョージが土地の方も，もうすっかり選んであるんだ。

11　文末の念押し重複語法

　アイルランド英語には，文末で念押し的に前文を繰り返す重複語法がある（P. W. Joyce, pp. 11-2）。例えば 'He is a great old schemer, *that's what he is*.' のように。この作品では次の例が見られる。

　　He's gonna beat hell outa you with astick, *that's what he's gonna do*.（220）

　　彼は棒でお前をひどく打ちのめすだろう，彼はきっとそうする。

12　'quite a ～' の緩叙法

　quite は本来「全く」「すっかり」の意の程度強調の副詞であるが，アメリカ英語では，これが a little, a bit, a while, a few など少数・少量を表す語と結びつくと，少なさを強調するのではなく，逆に多数・多量を表す表現となる。尾上政次（1991）によると *quite a little* は，アメリカよりも早くアイルランド英語に先例が多い。これがアメリカに入って 'quite a few' その他の類句が生まれたのだという。したがってこの作品に見られる次の用例はアメリカ生まれのアイルランド系語法（Irish-American）であるといえる。

　　He done *quite a bit* in the ring.（56）

　　あいつはかなり拳闘をやってたんでな。

13　'out'（= out of）

『二十日鼠と人間と』

伝統文法では「戸口から外へ出る」は 'go out of the door' であるが，アメリカではよく 'go out the door' と言う。これは従来アメリカで前置詞 'of' が省略されてできたものと考えられていた。しかし尾上政次（1953, p. 144）は，アメリカよりアイルランドに多くの先例があると指摘し，アイルランド起源の語法であることを実証した。それがアメリカに持ち込まれたので，アメリカでは 'out' と 'out of' が並存することになったのだと言う。この作品には次の用例が見られる。

They went *out the door.*（80）
彼らはドアから出て行った。

He stepped *out the door* into the brilliant sunshine.（62）
彼は戸口から出て明るい日差しの中に入って行った。

14 'mad'（= angry）

P. W. Joyce (p. 289) が指摘するようにこれはゲール語の "**buileamhail**" が 'mad' にも 'very angry' の意味にも使えることから，アイルランド英語では 'mad' を 'angry' の意味に使うようになり，それがアメリカに持ち込まれた。この作品には次の用例がある。

kind of like he's *mad* at 'em because he ain't a big guy.（56）
どうやら彼は自分が大男ではないんで，大男に気が立つらしいんだ。

'You ain't mad, George?' 'I ain't *mad* at you.'（64）
「腹を立ててるんじゃねえだろうな，ジョージ」「お前に腹を立ててるんじゃねえよ」

15 主格の関係代名詞の省略

主格の関係代名詞を省略するのはアイルランド起源ではないが，このような古い英語を継承し残しているのがアイルランド英語の特色である。この作品には次の用例がある。

There ain't nobody [*who*] can keep up with him. God awmighty I never seen such a strong guy.（82）

あいつについて行ける者は一人もいやしねえ。まったくあんなに力のあるやつは見たことがねえよ。

You think he's the guy [*who*] wrote this letter.（100）

彼がこの手紙を書いた男だっていうのかい？

Ain't many guys [*who*] travel around together.（74）

二人で旅をする者は少ないんだがな。

16　二重助動詞

アイルランド英語には助動詞を二つ使う語法がある。スコットランド英語にも共通する。どちらも古いイギリス英語を引き継いだものである。この作品には次の用例が見られる。'ought' は昔は 'owe' の過去分詞だった。

That bitch *didn't ought* to of said that to you.（178）

あの女はお前にあんなことを言うべきじゃなかったんだ。

You *hadn't ought* to be here.（178）

こんな所へ来るやつがあるか。

17　女性代名詞 'she, her'（＝ it）

中性の人称代名詞 it を使うべきところに，女性の人称代名詞 'she, her' を当てる擬人化語法は英語の伝統文法にもあるが，アイルランド英語のはそれとは事情が少し異なる。ゲール語には英語の 'it' に当たる中性の代名詞がなかったので，アイルランド英語では he か she のいずれかで代用しなければならなかった。とくに嫌悪・敵対感情のない限り she を当てることが多い。これがアメリカに入ってきた。イギリスの擬人化法の伝統にない女性代名詞の使用がアメリカに多い所以である。この作品には次の用例が見られる。

We'll let *her* die down.（34）

火は消えるがままにしておくんだ。

18　'them'（＝ they, those）

アイルランド英語では，ゲール語の影響により 'them' が they, those の代わりに使われることがある（P. W. Joyce, p. 34）。この作品では次の例が見ら

『二十日鼠と人間と』

Ever' six weeks or so, *them* does would throw a litter...（126）
6週間かそこいらで，そいつらは子を産むから…
Couple of weeks an' *them* pups'll be all right.（152）
2, 3週間もたてば，あの子犬どもは大丈夫だろう。

19　疑問詞 where と共起する不用な 'at'

英語では 'where' は元来，場所を問う疑問副詞であるから前置詞 'at' は無用であるが，アメリカにおけるアイルランド系移民の英語には共通して 'at' が見られる。おそらくゲール語の習慣からの影響であろう。この作品では次の用例がある。

George. Where you *at*, Gorge?（230）
ジョージ。どこにいるんだ，ジョージ？
Why you want to ast us where Curley is *at*?（166）
あんたは，どうしてカーリーの居場所なんかを，俺たちに聞くんだね？

20　'on top of 〜'

アイルランド英語では英語の 'on the top of' を取り入れるときに定冠詞を落して 'top' を無冠詞とする。おそらくゲール語の "**ar baharr**" の慣用が冠詞を必要としないからであろう。この作品には次の例がある。

seven cards, and six on top, and five *on top of* those.（110）
7枚の札を並べ，その上に6枚，またその上に5枚並べた。

21　副詞的属格の '-s'

MEから初期近代にかけては，副詞的属格がかなり多く使われていた。今日の always や towards はそれが標準英語として確立したものである。アイルランド英語では昔の副詞的属格を多く残している。この作品では次の用例が見られる。

anyways（= anyway）178 / *Sundays*（= on Sundays）40 / *somewheres* 230,

22　'leave'（= let）

第11章　ジョン・スタインベック

アイルランド英語では 'leave' を使役動詞 'let' の代わりに使う。'let' にあたるゲール語の "**lig**" と "**ceadaigh**" がどちらも 'allow' の意味の語だからであろう。この作品には次の例がある。

Aw, *leave* me have it, George. （12）

おい，おらにももたせてくれよ，ジョージ。

You *leave* her be. （70）

お前もあんな女はほって置くんだ。

23　'kind of'（= somewhat）の副詞用法

kind に当たるゲール語の "*cineal*"，sort に当たる "**saghas**" はどちらも名詞用法の他に，'somewhat' の意の副詞用法がある。これが直訳されて英語にも副詞用法をもたらした。この場合の 'of' は a lot of の 'of' と同じく，前の語と結んで修飾句をなす。

Looks *kinda* scummy. （6）

なんだか，浮き糟だらけに見えるじゃねえか。

Kind of like he's mad at 'em because he ain't a big guy. （56）

どうやら，自分が大男でないんで，大男に気が立つらしいのさ。

He was *kinda* feelin' you out. （62）

あいつはどうやら，お前にかまをかけようとしてたんだ。

24　'don't'（= doesn't）

イギリスの方言はもちろんだが，アイルランド英語でも do, have と does, has のはっきりした使い分けをしない地方が多い（P. W. Joyce, p. 81）。この作品では次の例がある。

It *don't* make no difference, no difference. （152）

それは，どっちでもいいのさ，どうでもな。

If George *don't* want me... I'll go away. I'll go away. （216）

もしジョージが，おらにいてほしくねえと言うんなら，おら出かけるよ。おら出かけるとも。

『二十日鼠と人間と』

とくに今日アメリカで 'don't' (= doesn't) がほとんど標準語といってよいほど一般的なのは、アイルランドからの移民が多いからであろう。

25 'don't give a damn'

これはアイルランド英語の 'don't give a shit for' と 'not care adamn' を原型として、アメリカで発達した Irish-American である（尾上政次, 1953, p. 172）。この作品には次の例が見られる。

　　He just *don't* give a damn.（58）
　　あいつはちっとも容赦はしねえんだ。

26 'you says'

アイルランド英語では伝聞を語るときの伝達動詞は人称・数にかかわらず、'says' が使われる。直接話法で伝えるときのゲール語の動詞 "**ar**" は英語の said にも says にも当たるからである（*Oxford Irish Dictionary*）。

　　Right this morning when Curley first lit intil your fren', *you says*, "He better not fool with with Lennie if he knows what's good for 'um."
　　今朝、お前の仲間に、カーリーが初めて喧嘩を売ったとき、『何が自分の得かが分かってるんなら、レニーにはちょっかいを出さない方がいいぜ』って、お前は言った。

27 不快・迷惑などを表す前置詞 'on'

アイルランド英語には権利を侵害されたり、無視されたときの被害者の不快の感情を表す前置詞 'on' がある（P. W. Joyce, pp. 27-8）。この作品には次の例がある。

　　Ever' one of you's scared the rest is goin' to get something *on* you.（166）
　　あんたたちは誰でも、他の人が自分を出し抜くんじゃないかと、びくびくしているんだわ。

28 複合指示詞

アイルランド英語には複合指示詞があるが、イギリスの古い語法を受け継いだものである。この作品には次の用例がある。

This here's my room.（146）

ここは俺の部屋だ。

I'm George Milton. *This here*'s Lennie Small.（76）

俺は，ジョージ・ミルトンで，こっちはレニー・スモールだ。

These here jail baits is just set on the trigger of the hoosegow.（120）

ここにいるような，ああした挑発的な女どもときたら，いまにも男をブタ箱にぶち込もうと身構えているようなものだ。

29　hisself / ourself

'myself,' 'yourself' など「所有格 + self」からの類推によるこの形もイギリス英語に古くからあり，アイルランド英語はそれを引き継いだ。この作品には次の例がある。

This ol' dog jus' suffers *hisself* all the time.（96）

この老いぼれ犬は，いつだって病気をしてるじゃねえか。

II　発音に関して

ゲール語を母語とするアイルランド人が初めて英語と接触したときに，もっとも難渋したのは発音であった。強勢アクセントに基づく英語特有の音声には受け止め切れないものが多かった。とくに顕著な困難点は日本人にとって英語発音に難渋するのとほぼ同じと考えてよい。'th' の摩擦音，t, d の閉鎖音，弱音節の曖昧母音，二重母音などはとりわけ馴染めないものだった。この作品に写し出されているアイルランド発音の特色は次の諸点である。これらはいずれも非英語発音であるからイギリスの伝統的標準発音の話し手には極めて「だらしなく」聞こえる。したがって，厳しい「女教師たち」（schoolmarms）のヒステリックな矯正指導の的となったのは想像に難くない。

1　末尾閉鎖音の脱落

P. W. Joyce (p. 100) も *pon'*（= pond），*cowl'*（= cold）など，とくに n, l の

『二十日鼠と人間と』

後で末尾閉鎖音が脱落するのをアイルランド発音の一つとして指摘する。この作品でもほぼ規則的に脱落が見られる。

an' (= and) 220 / *don'* (= don't) 160 / *foun'* (= found) 182 / *fren'* (= friend) / *han'* (= hand) 138 / *lan'* (= land) 150 / *min'* (= mind) 218 / *nex'* (= next) 56 / *ol'* (= old) 170 / *res'* (= rest) 130 / *stan'* (= stand) 14 / *slep'* (= slept) 66 / *tol'* (= told) 138 / *wouldn'* (= wouldn't) 120

伝統的英語発音でも末尾の閉鎖音は閉鎖を開放してもしなくてもよいのがルールである。開放しなければ音は事実ほとんど何も聞こえない。聞こえなくても原語者（Native）たちはそこに閉鎖音があると認識する。閉鎖音があることは前の母音の止まり方の感触によって明確に認識できるからである。その感触の識別ができない外国人にはそこは無音としてしか受け止められない。原語者は無開放の -d と -t の違いですら明瞭に識別する。母音が鋭く止まれば -t であり，ゆるやかに止まれば -d であると区別がつくのである。上記の綴り字は閉鎖そのものがまったくないことを示すものであるから，この発音は native にとっては，だらしなく無教育に聞こえる。これは末尾だけでなく語中でもそっくり落とされる。これも無教育の印とされる。

di'n't (= didn't) 202 / *fren's* (= friends) 170 / *fin's* (= finds) 182 / *le's* (= let's) 210 / *leggo* (= let's go) 138 / *tha's* (= that's) 6 / *wha's* (= what's) 188 / *win'mill* (= windmill) 122

2　末尾添加音 /-t/

17世紀前後のイギリスには *wonst* (= once), *orphant* (= orphan) のように，末尾継続子音を鋭く止めるために /-t/ が添えられる発音があった。その古い習慣がアイルランドで残りアメリカに入ったものと思われる。この作品には次の例がある。

wisht (= wish) 176 / *acrost* (= across) 226

3　末尾弱音節二重母音を単母音化する

伝統英語の fellow, tomato などの末尾音節 /-ou/ が弱まると曖昧母音 /-ə/ と

第11章　ジョン・スタインベック

なる。アイルランド人はこれを受け止めるのが難しかったので、これに薄弱音（slender sound）といわれる弱い -r, -rr などを当てて、*feller, tomater* のように書き表した。この作品ではすべて綴り字 '-a' が当てられているが同じ音を表す。

 fella (= fellow) 40 / *tomorra* (= tomorrow) 16 / *yella* (= yellow) 134 / *yalla* (= yellow) 110

 Kenyon & Knott の『発音辞典』（*A Pronouncing Dictionary of American English*）は、これら末尾の曖昧母音 /-ə/ は今日ではすべてアメリカ標準発音の交替形として認めている。

 二重母音を単音化する傾向があるのは末尾弱音節だけではない。don't や know, there などの二重母音も短音化される。

 dunno (= don't know) 76 / *they* (= there) 110 / *they's* (= there's) 148 / *wunt* (= won't) 158

 他に、この作品には見られないが、*mebbe* (= maybe), *mek* (= make) などもアイルランド英語によく見られる同じ短母音化である。

4　/e/ → /i/

短母音 /e/ が /i/ となるのはアイルランド発音の特色の一つではあるが、これも17世紀前後のイギリスにあった。例えば、*gintleman* (= gentleman), *till* (= tell), *will* (= well) など（H. C. Wyld, 1956, p. 222）。この作品には次の例がある。

 set (= sit) 148 / *settin* (= sitting) 178

5　/-ŋ/ → /-n/

 '-ng' 音は '-g' の位置でつくる軟口蓋化した /-ŋ/ であるが、これは昔 -g の後に弱母音が続いたので '-n' が同化によって -g の位置を先取りするためにできた音である。しかし、イギリスで14世紀ころから -g の後の音節が消失したために、-n が口蓋化する必然性がなくなった。アイルランド英語には 'dropping the g' といわれるこの発音が入り継承された。この作品にもしばし

『二十日鼠と人間と』

eatin' (= eating) 116 / *gonna* (= going to) 62 / *comin'* (= coming) 138 / *som'pin'* (= something) 168

6　弱音節の脱落

P. W. Joyce (p. 103) はアイルランド英語には語中の弱音節を一つ落として語を短くする傾向があることを指摘する。それは短縮化をはかったというよりむしろ弱母音が聞きとれないことによるものと思われる。この作品には次の例が見られる。

Sat'day (= Saturday) 108 / *ever'* (= every) 24 / *ever'body* (= everybody) 204 / *ever'thing* (= everything) 120 / *fambly* (= family) 224

7　/l/ の脱落

側音 /l/ は世界中の言語でも英語にしかない特殊な子音であるから、外国人にはこれも受け止めにくい音声の一つである。原語者でもとくに初頭以外の位置では /l/ 音の持続が保ちにくいので、しばしば落ちたり聞こえなかったりする。この作品では次の例が見られる。

awmighty (= almighty) 140 / *on'y* (= only) 186 / *awright* (= alright) 92

8　末尾の '-d' の脱声化

アイルランド英語では末尾の /-d/ がよく /-t/ と発音される。

kilt (= killed) / *scairt* (= scared) 140

9　音位転換

P. W. Joyce (p. 103) は、*girn* (= grin), *purty* (= pretty) のような音位転換 (methathesis) もアイルランド英語の一つの傾向として指摘する。この作品には次の例が見られる。

'*Purty?*' he asked casually. 'Yeah. *Purty*... but ─'（60）
「べっぴんかい？」彼は何気なく尋ねた。「ああ。べっぴんだよ…でも─」

They'll can me *purty* soon. （130）

第11章　ジョン・スタインベック

俺は，もうすぐ首にされるだろう。

以上のように，スタインベックの『二十日鼠と人間と』におけるアメリカ西部の農民英語の特色は，明らかにアイルランド英語の継承であるといえる。

『怒りの葡萄』

The Grapes of Wrath (1939)

　John Steinbeck（1902-68）の『怒りの葡萄』は，1930年代の大不況下アメリカ中央部オクラホマ州の「オーキー」（Okie）と呼ばれる難民化した農民の惨状を描いたものである。同州一帯が猛烈な砂嵐に見舞われたために農作物の収穫は皆無，土地は砂だらけで使い物にならず，農民は銀行への借金の返済ができず，土地は銀行に取り上げられ，オクラホマを追い立てられた流浪生活は悲惨を極めた。

　この作品は，そうしたある農民一家9人に叔父と元説教師を含んだ総勢11人がおんぼろトラックに家財を積み，仕事を求めて西部カリフォルニアへと2000マイルに及ぶ苦難の旅をする物語である。辿り着いたカリフォルニアには同じ境遇の何千人もの移住者がすでに流れ込んでいた。移住者は農場経営者たちから，その弱い立場につけこまれて徹底的に虐げられた条件での労働を強いられる。

　スタインベックはこの作品を準備するために，1936年には現地を実際に自分の目で確かめたり，国営の貧民収容キャンプに寝泊まりして見聞した上で，農民の生活実態をありのままに描いた。

　出版社から，その英語が低俗に過ぎるという理由で書き換えを求められたが，スタインベックは農民の生活のありさまを正確に伝えるのに言語の実態描写は欠かせぬとして，英語の修正・変更には応じなかったという。以下はその英語を報告するものである。結論を先にいえば，この作品の英語もまたほぼ全面的にアイルランド英語を引き継いでいる，ということである。TextはPenguin Booksの1982年版。用例末尾の数字は頁数を示す。

第11章　ジョン・スタインベック

I　統語法（Syntax）について

1　女性代名詞 'she' と 'her'

女性代名詞の擬人化用法はイギリスの伝統文法にもないわけではないが，この作品における she, her の使い方は明らかにそれとは異なる。違いがもっとも目立つのは，状況・事態・環境などを表す 'it' の代わりに用いる点である。次の用例の第 1 例中の 'her' は豚を塩漬けにする仕事，'she' は気温のことである。第 2, 3 例の 'she,' 'her' も仕事，第 4 例の 'she' は雇用状況を指すものである。

 Well, le's do her tonight. *She*'ll chill tonight some. Much as *she*'s gonna. After we eat, le's get *her* done. Got salt?（112）
 じゃ，今夜やろうじゃねえか。今夜はいくらか冷えるだろう。冷えるだけ冷えるさ。飯を食ったら始めようぜ。塩はあるのかい？
 There *she* is!（199）
 ほら，うまくいったぞ！
 All ready? Then let *her* go!（440）
 準備はいいですか？　じゃあ始めよう。
 She was a devil.（441）
 状況はまったくひどいものじゃった。

他に 'stick *her* out'（最後まで粘る）48，'walk *her*'（歩いて行く）8，'hit *her* hard'（しっかりやる）378，などの慣用句の it に代わるものもある。

上のような「事」だけでなく，「物」を指す場合ももちろんある。pp. 201-2 のたった 2 頁に 29 回出てくる '*she, her*' はすべてトラックのことである。次に挙げる第 1, 2 例の '*she, he*' もすべて車。第 3 例は留置場，第 4 例は砂漠，第 5 例は「おかゆ」，第 6 例は伝票のことである。

 Fill *her* up. *She*'ll take about seven.（138）
 ガソリンを満タンにしてくれ。7 ガロンぐらい入るんだ。

300

『怒りの葡萄』

I can keep her a-goin' no matter how much gas I give *her*.（161）
いくらガソリンを入れても長くは走れねえんだ。

Great big ol' cell, an' *she*'s full all a time. New guys come in, and guys go out.（421）
ばかでかい古ぼけた監獄でさあ，いつもいっぱいなんだ。新しい男が入ってくる，すると出て行く男がいる。

Got the desert yet. An' I hear *she*'s a son-of-a-bitch.（223）
まだ砂漠があるんだぜ。ひでえ砂漠って言うじゃねえか。

Salt *her* if you like.（440）
よかったら，そのお粥に塩をおかけ。

Well, O. K. You sign *her* over to me.（444）
じゃいいや，その伝票にサインして俺に渡しな。

このように見てくると，この作品の女性代名詞の使い方は伝統英語の「擬人化」ではないことが分かる。ここでは女性の概念とは何ら関係がない。ちょうど複数の場合は they, their, them が，性・人・物の別なく使われるのと同様に，単数の場合はすべての it に代用されている。

女性代名詞のこの使い方はアイルランド英語から来たものである。それについてアイルランドの作家 J. M. Synge は「Modern Irish には中性代名詞がないので，it の代わりに he あるいは she が用いられる」と作品 *The Aran Islands*（1907）の中で説明している。廃れてしまった古い時代のアイルランド英語を多く残すアラン群島の言語調査をした上での記述である。こう述べている。

> Some of them express themselves more correctly than the ordinary peasant, others use the Gaelic idioms continually, and substitute 'he' or 'she' for 'it,' as the neuter pronoun is not found in modern Irish.

第11章　ジョン・スタインベック

スタインベックの『怒りの葡萄』には，このように昔のアイルランド英語の女性代名詞用法が，そのままアメリカに引き継がれた。この1点を見ただけでもこの作品がいかにアイルランド移民と深い関係にあるかが分かる。

2　伝達動詞の 'says'

これはゲール語の直接話法の伝達動詞 "*ar*" あるいは "*air*" の直訳からアイルランド英語に生じた語法である（P. W. Joyce, p. 134）。

'I says' や 'says I' は，英語の伝統文法では，語りの中に登場する自分を客体化して三人称単数語尾の -s をつけたと説明する。また過去のことを語るのに現在形を用いるのは「歴史的現在」の用法だと説明する。だが，この作品に使われている 'I says,' 'we says,' 'he says,' 'Says he,' 'Tom says' は，それで説明がつくだろうか。もし過去形 'said' との使い分けがあるのならば，そうした文体論的解釈や説明も有効かもしれないが，少なくともこの作品に見る限り 'says' と 'said' の使い分けをする話し手はない。地の文ではなく作中人物が使う伝達動詞は人称・数にかかわらず常に 'says' である。

I says to myself, 'What's gnawin' you? Is it a screwin'? An' *I says*, 'No, it's the sin.' An' *I says*, 'Why is it that when a fella ought to be just about mule-ass proof against sin, . . .（23）

俺は自分にこう言って聞かせた，「一体何に悩んでいるんだ？　娘っ子と寝ることにか？」「いや，罪のせいなんだ」と俺は言った。するとまたこう言い出すんだ，「一体なぜ人間は（以下略）…」

Says he got Hatfield blood.（85）

奴は自分にはハットフィールドの血が流れているなどと，ぬかしおった。

Says he's gonna have a whole damn bed of feathers.（46）

彼は，すっかり羽根を詰めてこさえたベッドをつくると言うのだ。

An' *she says*, 'You better get a doctor.' An' *I says*, 'Hell, you Jus' et too much.'（247）

302

女房が言ったんじゃ,「あんた医者を呼んできておくれ」と。で, わしは言った,「何ただの食べすぎだよ」とな。

Lookin' for gold *we says* we was, but we was jus' diggin' caves like kids always does. (64)

金を探すんだと, おいら自分で言っていたもんだったが, どこの子供とも同じに, ただ穴を掘っていただけさ。

このように『怒りの葡萄』における 'says' の使い方はイギリス英語の伝統英語とは異なり, 人称・数を区別をせず同一の語形を使うという単純なルールに基づいている。これは明らかに, said と says の区別をしないゲール語の伝達動詞 "**ar**" の直訳から生じたアイルランド英語を起源とする語法である。上の第2, 第3用例が 'Says' から始まるのは, 英文法では主語 He の頭部省略と説明されるのであろうが, ゲール語文法に基づくアイルランド英語では 'Says' を文頭に置くのは普通の語順であり, 本来, 第2例は 'Says he he got ～,' 第3例は 'Says he he's gonna ～' となるべき he の重複を避けた形なのである。

3 副詞の 'on'

この作品の次の 'on' は, 今日のアメリカ英語ではごく普通の語法として認められているが, イギリス英語の伝統にはないものだった。これはある動作が始動した状態にあることをいうゲール語の副詞 "**an**" (= on) に基づくアイルランド語法である。尾上政次 (1953, p. 167) は, アイルランド作家 Sean O'Casey の *Two Plays* から 'Come on, come *on* in, Joxer.' 'Come *on* downstairs.' の2例を挙げる。これは英文法では強意用法と説明される。

Why, my God, it's Tom Joad! Come *on* in, Tommy. Come *on* in. (421)

おや, こいつはたまげた, トム・ジョードじゃねえか! さあ入ってきな, トミー。入りなよ。

Look, Tom. Try an' get the folks in there to come *on* out. (424)

303

第11章　ジョン・スタインベック

なあトム，向こうにいる連中に騒ぎを起こすように仕向けてくれないか。

Git off there. Come *on* down. You'll tear that wire loose.（473）

こら，そこを離れろ。さあ，降りてきな。その金網が壊れるじゃねえか。

Deputy sheriff comes *on* by in the night.（205）

保安官補が夜中にひょっこり立ち寄って来るぜ。

　動詞 'come' との組み合わせだけではない。'go *on* in'（338），'run *on* out'（81），'move *on* to'（291）など移動動詞と自由に結びつく。

4　不快・迷惑などを表す前置詞 'on'

　この作品の前置詞 'on' には，イギリスの伝統英語で対立・敵対・襲撃などの対象を表す 'on'（= against）とはやや趣を異にする使い方がある。

Fella says to me, gov'ment fella, an' he says, she's gullied up *on* ya.（218）

ある野郎が俺に言いやがった，政府の役人だったがな，そいつが言うにゃ，あの土地は侵食作用ですっかり溝穴ができちまってるってことだぜ。

Well, don't shame us. We got too much *on* us now, without no shame.（372）

とにかく，あたしたちに恥をかかさないでおくれ。恥をかかなくても，あたしたちはもう苦労しすぎているんだからね。

I can get good an' drunk for two dollars. I don't want no sin of waste *on* me.（297）

2ドルありゃ，うんと酔っ払うことができるわい。無駄遣いの罪を犯すのは，わしの性に合わないからな。

　第1例は，砂嵐でだめになったために後に残してきた土地に，耕地造成の工法不備が原因で，その後に大きな溝穴があいたという話を役人から聞いたときの農民の感想である。'she' はもちろんその土地のこと。この場合の '*on ya*' は被害者の不運にさらに追い討ちをかけるその不快なニュースに接して

『怒りの葡萄』

の農民の憤懣を表すもの。第 2 例はいまでも既にじゅうぶん過ぎるほど嫌な目にあっている気分。第 3 例も無駄遣いなんぞはしたくない，嫌いだ，の気分を表す。要するにこれらはみな，'on' の対象者の重い気分，不快，気分的痛みを表している点で共通する。

これは明らかに「負い目，不利」(debt or disadvantage) を表すゲール語の前置詞代名詞 **'orm'** の直訳から生まれた 'on' の新しい語法である。ゲール語の '**ta an gno scriosta acu orm**" は 'they've ruined the business on me.' と訳される。これは「彼らがそのビジネスを駄目にして，わたしゃ大損だ」の意であって，「わたしに反対して，その仕事をご破算にした」ではない。

5　'and ＋主語＋補語' の従属節相当句

この作品にはイギリスの伝統文法にはない標記の構文，すなわち定動詞のない節相当句が多い。橋口・開田 (1988) によると全部で 14 例ある。会話文にも地の文にも見られる。この従節相当句は時間・原因・条件などを表す (『現代英語学辞典』成美堂；P. W. Joyce, pp. 34-5)。

How'd you like to be in *an' your kids starving* to death.（271）
お前，刑務所に入っていたいか，子供が飢えて死にしそうなときに。
I'll feel better when we're all workin', *an' a little money comin' in*.（223）
みんなが働いて，ちっとばかりお金が入ってくれば，ずっと元気がでるよ。
An' then they run him like a coyote, *an' him a-snappin' an' snarl-in'*, mean as a lobo.（82）
それからみんながコヨーテを追いかけるみたいに，あの子を追いかけると，あの子はローボーみたいに性悪になって，けだもののよう口汚く罵るのよ。

この構文も明らかにゲール語の文法に起因する。P. W. Joyce (pp. 33-4) によると，例えば 'I saw Thomas *and he sitting beside the fire*.' はゲール語の "**Do chonnairc mé Tomás agus é n'a shuidhe cois na teine**" の直訳であると

第11章　ジョン・スタインベック

いう。

6　強意の他動詞構文

この作品には '他動詞＋強意語＋ out of 〜' という従来イギリスの伝統英語にはなかった構文が多い。「人をひどい目に合わせる，さんざんな目に合わせる」の意の表現である。

'I'm gonna take her at night.' 'Me too. She'll *cut the living Jesus outa* you.' （220）

「おらは夜にあの砂漠を越えるつもりだ。」「おらもだ。あの砂漠は人をさんざんな目に合わせやがるだろうな。」

If I was God I'd *kick their ass right outa* heaven!（247）

もし，俺が神様だったら，あんなろくでなしは天国から蹴落してやりてえよ。

There ain't nobody can *run a guy name of Graves outa* this Country.（48）

グレーヴスって名の人間を，この土地から追い出すことのできる奴は誰もいやしねえ。

I'm gonna *take a fall outa* you, Al.（200）

おら，これからお前をこてんぱんにやっつけてやる。

これもアイルランド起源の構文である（P. W. Joyce, p. 31）。尾上政次（1953, pp. 161-2）もアイルランド作家から次のような用例を報告する。

If there's any one in the house thinks he's fit to *take a fall out* av Adolph Grigson, he's here. — Sean O'Casey, *Two Plays*

ここにいる者で，アドルフ・グリッグスンを倒す自信があれば，お相手をするよ。

Fitzsimons *knocked the stuffings out of* him. — *Ulysess*

フィッシモンズが奴を散々打ちのめした。

[Jack] Told him if he didn't patch up the pot, Jesu, he'd *kick the shite out of* him. — *ibid.*

『怒りの葡萄』

　ジャックは,彼に,もし行いを改めなければ,断然お前を打ちのめしてやる,と言った。

　この構文は,語句的には相手がもっているものを「叩き出す」「もぎ取る」であるから,目的語は基本的には相手の内臓物や所有物である。しかし目的語のその語義が忘れられて後にはその位置に単なる強意語の 'the hell' が置かれるようになる。この作品にはその形が多い。

　　Them cops been sayin' how they're gonna *beat the hell outa* us an' run us outa the county.（425）
　　お巡りの奴らが,俺たちをぶちのめして,この郡から追い出してやると,言ってた。
　　I'll *kick the hell outa* somebody.（272）
　　俺は,どいつかをこっぴどく蹴飛ばしてやるぞ。
　　Something *knocked the hell out of* her.（42）
　　何かが,ひどくぶつかったんだな。

　他に,*bumped the hell outa*（48）, *run the hell outa*（417）, *slug hell outa*（366）, *whip the hell out of*（23）, などの例がある。

　目的語の位置に 'the hell' を置き始めたのもアイルランド英語である。早くは,ニューヨークの貧民街におけるアイルランド移民の言葉を写実的に描いた Stephen Crane の『街の女』（1893, ch. 3）に 'I'll *club hell outa* ye.'（おめえをぶちのめしてやる）が見られる。アイルランド作家 James Joyce の *Ulysses*（1922, p. 241）には次の例がある。'his old fellow *welted hell out of* him for one time he found out.'（親父に見つかったとき,目の玉が飛び出るほど叱られた）

7　'be ＋ in ＋ 〜 ing' の進行形

　この作品にはたった1例だが次のような進行形がある。

　　They ain't no work hereabouts. Pa's *in tryin'* to sell Some stuff to git gas so's we can get 'long.（p. 278）

第 11 章 ジョン・スタインベック

この辺りには，仕事が何もないんだ。父ちゃんは，どこかへ出かけるガソリンを買うために，何かを売ろうとしているのよ。

これもゲール語に基づく構文である。ゲール語には 'be + 〜 ing' の進行形はない。'he's talking' の意味は "*tá sé ag caint*" で表される。これは字句的には 'is he in talk' である。"*ag*" は英語の 'in' または 'at' に当たる。"*tá sé ag feartháinn*" は字句的には 'is it in (or at) rain' の語順で並んでいる。これは 'it is raining' と英訳されるのが普通であるが，上記用例の 'Pa's in tryin'〜' はゲール語の習慣である "*ag*" が 'in' となって紛れ込んだのであろう。

8 'get + 目的語 + 過去分詞' の完了形

この作品には標記の語順の完了形が見られる。

Oughta get there and *get* some work *lined up*.（286）

向うへ着いて，いくらか仕事の契約をしちまわなくちゃならねえ。

We *got* it all *planned up* what we gonna do.（179）

あたしたちは，何をするか，もうちゃんと計画を立ててしまったんだよ。

By God, if he lives to be two hundred you never will *get* Granpa house *broke*.（100）

へっ，たとえ二百まで生きたとしても，このじいさんをおとなしくさせることあ，できゃしねえぜ。

これはゲール語の影響ではなく，「have + 過去分詞」の完了形が確立する以前の古い英語の語順である。それがアイルランドで残り，後にアメリカに持ち込まれたと考えられる。アメリカ口語・方言に「have + 目的語 + 過去分詞」の現在完了形が見られるようになるのは，アイルランドからの移民が大量に入ってくる 19 世紀後半以後のことである。

9 'leave'（= let）

この作品には '*leave*' が使役動詞 'let' の代わりに使われた例が多い。

Leave me *salt* the meat.（117）

『怒りの葡萄』

肉の塩漬けの仕事は俺にやらせてくれ。
*Leav*e Uncle John *come* with us.（211）
ジョン伯父には俺たちの方へ来させよう。
Leave me *be*.（439）
僕のことは，ほっといておくれよ。
'*Leave us play*,'Ruthie cried. '*Leave us get in.*'（350）
「あたしたちにもやらせて」とルーシーが叫んだ。「あたしたちも仲間に入れてよ」

「自制する，控える，干渉しない」の 'leave' が 'let' に代用されることは，古いイギリス英語にもあった。アイルランドでは英語の 'let' にあたるゲール語 "lig" が 'allow, permit' の意であることから，これが 'leave' と訳された。OED は英語の 'leave' が 'permit' の意味に使われることがあるのを，中期英語の "LEVE"（= permit）にその起源を求めるのは誤りであると指摘している。

10　時を表す名詞の接続詞的用法

時を表す名詞をそのまま接続詞として使うのもイギリス英語の伝統にはなかった。これもゲール語からの影響である。

Say, *the day* I come outa McAlester I was smokin'（187）
なあ，マッキアレスター刑務所から出てきた日にゃ，俺はむずむずしてたんだぜ。

Well, *first* time this fella opens his mouth they grab 'im an' stick 'im in jail.（271）
ところが，この男が初めて口を開いたときに，やつらはその男をひっつかまえて，刑務所にぶちこんじまうんだよ。

'All full now, ya say?' 'Yeah. *Las' time* we ast it was.'（280）
「いまは満員だっていったね？」「うん。この前頼んだときは満員だったわ」

第 11 章　ジョン・スタインベック

英語の接続詞 'when' に当たるゲール語の "***nuair***" は 'time,' hour' の意の名詞である。疑問詞 'When?' は "***cén uair***?" という（字句的には「何とき？」）である。'when I was young' は "***nuair a bhí me óg***" である。'when she saw him she smiled' は "***nuair a chonaic sí e rinne sí gaire***" という。アイルランド英語ではこのゲール語が直訳されて名詞がそのままの形で接続詞のように使われる。今日ではアメリカ英語の特色と考えられているが，アイルランドから持ち込まれたものである。

アメリカで生まれた慣用表現 '*First you know,* 〜'（ふと気がつけば，いつの間にやら，あっという間に）もゲール語の血を引くアイリッシュ系の語法であるのは明らかである。この作品では次のような形で表れる。

　　They'll be wantin' clean sheets, *first thing we know*.（417）

　　いまにきっと，洗ったシーツが欲しいなんて言い出すぜ。

　　and *the first thing you know* they're poundin' their tailon some other ranch.（ch. 1）

　　ふと気づいてみると，やつらはほかの農場であくせく働いているのさ。

11　'the way' の接続詞的用法

アイルランド英語では '*the way*' は様態を表す接続詞として，いろいろな意味に使われる。英語の 'the way' に相当するゲール語の "***amhlaidh***" が 'thus,' 'so,' 'how,' 'in a manner' などの意味に使われることに由来する（P. W. Joyce, pp. 35-6）。

　　Well, if that's *the way* she's gonna do, we better get a-shoin'.（184）

　　じゃ，もしそういうふうにしなくちゃならねえなら，おらたちはそろそろ出かけた方がええぞ。

『二十日鼠と人間と』から用例を補足すると，

　　and he walked heavily, dragging his feet a little, *the way* a bear drags his paws.（ch. 1）

　　彼は熊が足を引きずるように，少し足を引きずって，重々しく歩いてい

た。

12 'have it coming' の構文

'have（もしくは get）+ it + coming' は「とうぜんの報いを受けている，自業自得である」の意のアイルランド語法である（尾上政次，1953, pp. 151-2）。この作品には次の用例がある。

I ache all over, an' I *got it comin'*. (352)
どこもかしこも痛いんだ。報いを受けてるんだ。

He might smack you. You *got it comin'* within' aroun' an' candyin' yaself. (296)
お前，ぴしゃっとやられるかも知れないよ。くすんくすん泣きまわって，自分だけいい子になろうって言うなら，そうされるのあたりまえだね。

'have + 目的語 + ～ing' は使役と経験のどちらの意味にも使われる構文で，アイルランド英語とアメリカ英語に共通して見られるが，アイルランドでは「経験」を表す場合が多いと尾上政次（上掲同書）は指摘する。Joyce の *Ulysses* には次の例がある。

I suppose we'll *have him sitting up* like the king of the country.
多分私たちはあの人にまるで王様のように威張り込まれる破目になるでしょう。

We'd *have him examining* all the horse's toenails.
私たちはあの人が馬の蹄を全部検査するのを見ていなければならなくなるでしょう。

『怒りの葡萄』には次の用例が見られる。

Ever' year I can remember, we *had a good crop comin'* an' it never come. (28)
毎年俺は覚えているが，いい作物がきまって出てきてたんだ。そいつがさっぱりできなくなった。

13 'take'（= accept, suffer, endure）

第11章　ジョン・スタインベック

アイルランド英語では 'Take it easy.' のように 'take' を「〜を受ける (accept)」「(困難などに) 耐える，忍ぶ (suffer, endure)，ふんばる」の受動の意味の使う (尾上政次 1982)。この作品には次の用例が見られる。

　The ol' lady *took it* good.（154）

　あのおばあさんはよく耐えていた。

　What if they won't scare? What if they stand up and *take it* and shoot back?（260）

　やつらがびくつかなかったらどうするんだ？　立ち向かってふんばり撃ち返してきたらどうするんだ？

　if it was the law they was workin' with, why, we could *take it*. But it ain't the law.（308）

　やつらが法律に基づいてやってるのなら，そりゃわしらも我慢をできようさ。けど，法律じゃねえんだぜ。

14　'make'（= become）

アイルランド英語では，*'make'* を 'She will *make* a good wife for him' のように「〜になる (= become)」の意味に使う (P. W. Joyce, p. 240)。この作品には次の用例がある。

　I'm proud to *make* your acquaintance.（345）

　お近づきになれて，ほんとうに嬉しいですよ。

『二十日鼠と人間』から用例を補足すると，

　I coulda *made* somethin' of myself.（ch.5）

　あたいはそのつもりだったら，大したものになれたのよ。

15　'easy'（= softly, gently）

アイルランド英語では 'take it easy.'（無理をせずにやる，を急がずにやる）のように *'easy'* を 'softly, gently' の意の副詞に使う (尾上政次 1982)。この作品には次の用例が見られる。

　You can res' *easy*.（143）

『怒りの葡萄』

ゆっくり休んでいいよ。
　He stopped whistling and sang in an *easy* thin tenor.（18）
彼は口笛を止めてゆっくりしたテンポの細いテノールで歌った。
　an' we let her down *easy*...（188）
そしたら，そいつをそっと降ろすんだ。
　Reach — now *easy* — little more — little more — right there.（188）
やってみてくんな―力入れないで―もうちょい―もうちょい―それでよし。

16　主格の関係代名詞の省略
アイルランド英語では，制限的関係詞文節の主語を省略する（キルヒナー，pp. 291-2）。この作品には次の用例が見られる。
　I remember a guy [*who*] use' to make up poetry.（10）
いつも詩をつくってばかりいる奴がいたのを覚えてるぜ。
　There ain't nobody [*who*] can run a guy name of Graves outa this country.（48）
この土地からグレーヴィスって名前の人間を追い出せる人間なんて，誰もいやしねえや。

17　直結形伝達疑問文
イギリスの伝統英語では疑問詞のない疑問文を伝達疑問文にするときには，接続詞の 'if' もしくは 'whether' を用いて平叙文語順にするところを，アイルランド英語では接続詞を使わず疑問文語順のままで，前文に直結させる（尾上政次，1984, pp. 1-11；キルヒナー，pp. 667-8）。この作品には次の用例が見られる。
　I jus' wanted to *know does anybody own it*?（267）
わしはその土地を誰が所有しているのか知りたかっただけだよ。

18　where と共起する不用な 'at'
標準英語では不用な 'at' が，アメリカ各地の方言で 'where' と共起する。

第 11 章　ジョン・スタインベック

この語法をアイルランド起源と断定するにはなお調査を要とするが，言語的にアイルランド色の濃い方言話者に多い。英語の where に相当するゲール語の "*ca*" は代名詞であって，伴う動詞や名詞によって副詞（where）相当になったり，疑問代名詞（what）相当になったりすることができる。場所を表す英語の 'at' に相当するゲール語 "*ag*" は "***ag baile***"（= at home），"***ag an oifig***"（= at the office）のように使われる。この名詞部分に疑問代名詞を当てて文頭に出した後に 'at' が自然的に残ったのではなかろうか。英語の 'What hotel are you staying at?' などの影響もあるだろう。

 Know *where* the big camp is at?（314）
 大きなキャンプのあるとこ，知らねえかな。
 We don't even know *where-at* to look.（352）
 どこへ行って探すのか分かりもしねえや。
 Find out what's doing,an *where at* the work is.（265）
 どんなことやってるのか，どこに仕事の口があるのか聞いてみよう。
 Where と同義の 'which way' に添えられることもある。
 Which way is it at, mister?（309）

19　'quite a piece'

'quite a little' は字句的には「まったくわずか」であるが，実際の意味は反対に「かなり多く」である。これもアイリシズムである。アメリカでは 19 世紀末ころから見られるようになった。'quite a while' と 'quite a piece' はどちらも「かなりながい間」の意味。この作品では後者の例が見られる。

 His humility was insistent. 'We need bread and there ain't nothin' for *quite a piece*, they say.'（173）
 男の卑屈さは執拗だった。「わたしら，どうしてもパンが必要なんです，だいぶ前から何もねえと，みんな言っとりますんで。」

20　'a hell of a'（= very good or very bad）

'a hell of a' はこの 4 語がひとかたまりとなって，後ろの名詞を「凄く，え

『怒りの葡萄』

らく〜」と修飾する程度強調の形容詞句である。この前置詞 'of' の使い方はイギリスの伝統英語にはなく，ゲール語の直訳から生じたアイルランド英語起源の語法である。ゲール語では名詞を二つ並べて前の名詞を形容詞化して後ろの名詞を修飾するとき，後ろの名詞は属格を用いることから，これを直訳して属格の前置詞 of を使った（P. W. Joyce, p. 42）。こうして伝統文法になかった変則的 'of' の用法が生じた。この作品には次の用例がある。

It's *a hell of* a long way.（286）
そいつあ，やけに遠いぜ。

he's one *hell of* a bright guy.（59）
あいつはどえらく頭の切れる奴なのさ。

Christ, we could have *a hell of* a time for ourselves.（193）
ちきしょう，ひどく楽しい思いができるちゅうのに。

この 'of' は多数量を表す慣用句を口語英語に多くもたらした。'a lot of,' 'a load of,' 'a plenty of,' 'all of' などである。この作品には次の例が見られる。

Save ever'body a hell of *a lot of* trouble.（50）
みんながどれほど助かるかしれねえもん。

He spoke loudly, for *a load of* worry was lifted from him.（162）
彼は声高にしゃべった。心配の重荷が取れたからだ。

I got her! If ever a man gota dose of the sperit, I got her. Got her *all of* a flash!（59）
分かった！　人間に一分の霊があるからには，俺にだってあるんだ。やっと分かったんだ！

We got a'*plenty* (*of* food).（79）
（食べものは）いっぱいあるさ。

'*all of a flash*' は '*all of a sudden*' と同じ。最終例の 'a'plenty' は of 以下が省略されたもの。さらに 'a'-' も省略されて 'plenty' だけが残り単独で形容詞として使われる例もある。

315

第 11 章　ジョン・スタインベック

　　Jus' lucky I made *plenty* bread this morning.（79）

　ほんとによかったよ，今朝はたっぷりパンを作ったんでね。

21　'sort of' と 'kind of' の副詞用法

　'*sort of*' と類句の '*kind of*' の「まあ，なんだか，みたいな」ほどの意の「ぼかし語」としての使い方はイギリスの伝統英語にはなかった。19世紀半ばからアメリカで見られるようになるが，おそらく英語の sort と kind にあたるゲール語の "**cineal**" には 'somewhat' の意の副詞用法があることからアイルランド英語で発達したのであろう。OED が Mod. Scot. の用例を示しているところから見ると，同じくゲール語を母語としたスコットランドからアイルランドを経由してアメリカに入って来たのかもしれない。この作品には次の用例がある。

　　Well, once my old man hung up a dead coyote in that tree. Hung there till it was all *sort of* melted, an' then dropped off.（71）

　うちの親父が死んだコヨーテをあの木にぶらさげたんだ。そいつがすっかり溶けたみたいになって，ぼたって落ちるまでかけて置いたんだ。

　　I felt it *kinda* jar when I yelled.（141）

　叫んだとき，ちょっと突っ張るような感じがしたもの。

　　I'd *kinda* like to get acrost her an' get settled into a job.（223）

　おら，その砂漠を越えちまって，早く仕事に落ち着きてえみたいな気もするだ。

22　'for good'（= finally, forever）

　P. W. Joyce (p. 258) によるとアイルランド英語では '*for good*' は「これっきり，これを最後に」の意で 'he left home *for good*.' のように使う。この作品には次の例がある。

　　We ain't sure Connie's gone *for good*.（302）

　コニーが行っちまって，もう帰ってこねえとは，まだ決まっちゃいねえんだぜ。

『怒りの葡萄』

Goin' out *for good*?（444）
もうこれっきり戻ってこないのかい？

23 '形容詞＋and＋形容詞' の二詞一意語法

'形容詞＋and＋形容詞' の初めの2語がかたまりとなって，後ろの形容詞を強調する副詞（very, extremely）として働く語法は，北英・スコットランドと共通するアイルランド英語の特色の一つである（P. W. Joyce, pp. 89-90；尾上政次 1953, pp 156-7）。この作品には次の用例がある。

It'll be *nice an'* comf'table there.（120）
あそこでは，すごく気持ちがいいぜ。

Feels *nice an'* cool.（222）
とっても涼しいなあ。

Let get her good an' done, *good an'* brown, awmost black.（55）
その肉，よく焼いてくれろよ。よくこげるまで，黒くなるくれえに焼いてくれろよ。

Is that mush *good an'* thick.（440）
そのお粥はすっかり濃くなったかい？

24 'I says' と繰り返し

アイルランド英語では直接話法の伝達動詞には主語の人称・数にかかわらず 'says' を使う。しかもそれを被伝達文の前後に繰り返すことが多い（P. W. Joyce. p. 134）。この作品には次の例がある。

I says, 'What's this call, this sperit?' And *I says*, 'It's love,（中略）An' *I says*, 'Don't you love Jesus?' Well, I thought and thought, an' finally I says, 'No, . . .'（24）

［訳は省略］

II　発音（pronunciation）について

この作品の擬似音声学的綴り字から察せられる発音の特色は以下の通りで

317

第11章　ジョン・スタインベック

ある。

1　末尾弱音節 /-ou/ の単母音化

fellow, yallow, window などの末尾弱音節の '-ou' はアイルランド人には英語が入った初期のころは，よく聞き取れなかったので，これに「薄弱音」（slender sound）を表す '-r' ないし '-rr' 字を当てて書きとめた。その曖昧母音 /-ə/ をこの作品ではすべて綴り字 '-a' で表している。この発音は今日のアメリカでは標準発音の交替形として認められている（Kenyon & Knott の PDAE 参照）。この作品には次の例がある。

fella (= fellow) 110

folla (= follow) 64

piana (= piano) 30

pilla (= pillow) 96

swalla (= swallow) 424

tobacca (= tobacco) 71

tomorra (= tomorrow) 90

winda (= window) 45

willa (= willow) 293

yella (= yellow) 99

2　強音節二重母音の単母音化

二重母音が単母音化するのは上のような末尾弱音節だけではなく，強音節でもしばしば単母音化する。

arn (= iron) 367

fl'ar (= flower) 499

tar'd (= tired) 118

po, pore (= poor) 343

po'try (= poetry) 26

Naw (= no) 77

『怒りの葡萄』

文強勢のない位置でも二重母音は実現しにくい。

 they (= there) 6

 dunno (= don't know) 31

3　'idear' の末尾の '-r'

英語にあるような曖昧母音 /-ə/ をもたないアイルランド人は，/aidiːə, -iə/ の末尾の弱母音を「薄弱音」(slender sound) として受け止め，これに -r 字を当てた。アイルランド人が言うこの '-r' は，アメリカ英語で doctor を /dɔktr/ と発音したときの音声学でいう音節主音的［r］と同じである。弱音とはいえ，かすかな r-coloring（r 色）がある。その発音習慣が 'idear' に残り後にアメリカに入って，今日この発音は全米の至る所の方言に見出されるようになった。この作品にも p. 20 の 'idears' を初出として，以後頻繁に（計 7 回）に現れる。

4　子音連続の回避

アイルランド英語では，pr-, kr-, dr-, thr- などの子音連続を避けて，r の前に母音を入れるか /r/ をその母音の後ろへ離す（いわゆる音位転換させる）。これはアイルランド発音の特色の一つである。この作品では次の例がある。

 purty (= pretty) 356

 purtend (= pretend) 361

 Chee-rist (= Christ) 131

 hunderd (= hundred) 269

 Kee-rist (= Christ) 320

 th'ow (= throw) 335

5　弱音節の脱落

アイルランド英語では，弱音節を一つ落として語を短くする傾向がある（P. W. Joyce, p. 103）。この作品では次の例がある（ただし 'bout (= about), 'cause (= because), 'fore (= before) などの初頭弱音節のいわゆる「頭部省略」(prosiopesis) は省略する）。

第11章　ジョン・スタインベック

c'lect (= collect) 475

comf'table (= comfortable) 120

ever' (= every) 426

ever'thing (= everything) 230

fambly (= family) 327

fact'ry (= factory) 20

gov'ment (= government) 279

hospiddle (= hospital) 180

Injuns (= Indians) 261

li'ble (= liable) 122

par'ble (= parable) 98

pop'lar (= popular) 109

prob'ly (= probably) 27

reg'lar (= regular) 444

Sat'dy (= Saturday) 278

6　末尾閉鎖音 /-t/ の消失

a' (= at) 70

exac'ly (= exactly) 244

gif' (= gift) 27

ghos' (= ghost) 55

Chris' (= Christ) 341

ri' (= right) 305

tas' (= taste) 284

las' (= last) 26

le's (= let's) 42

respec' (= respect) 59

tha's (= That's) 238

『怒りの葡萄』

shif'less (= shiftless) 206

kep' (= kept) 181

nex' (= next) 44

7 末尾閉鎖音 /-d/ の消失

アイルランド英語ではとくに /l/, /n/ の後で失われやすい。

aroun' (= around) 91

goo'-by (= good-by) 390

hol' (= hold) 44

ol' (= old) 29

chile (= child) 155

han' (= hand) 287

hun'erd (= hundred) 83

lan' (= land) 55

sol' (= sold) 90

8 剰音 /-t/ の添加

末尾継続子音の後に無声閉鎖音 /-t/ がよく添えられる。

acrost (= across) 335

twicet (= twice) 30

wisht (= wish) 53

9 末尾閉鎖音の脱声化

behint (= behind) 63

kilt (= killed) 156

10 側音 /l/ の消失

awright (= all right) 114

awmighty (= almighty) 159

awready (= already) 161

on'y (= only) 110

第11章　ジョン・スタインベック

11　"dropping of the g"

末尾の -ng が /-n/ と発音される。これは "dropping of the g" と俗称されているが，音声学的には後舌軟口蓋鼻音 /ŋ/ が舌先歯茎鼻音 /n/ に代えられたということに過ぎない。

goin' (= going) 27

comin' (= coming) 28

mornin' (= morning) 31

nothin' (= nothing) 301

somepin (= something) 51

12　母音の変化

（1）　長母音の短音化

fust (= first) 54

cussin' (= cursing) 81

nu'sery (= nursery) 356

ruther (= rather) 141

（2）　/ʌ/→/e/

bresh (= brush) 64

sech (= such) 421

（3）　/i/→/e/

ef (= if) 211

set (= sit) 141

sense (= since) 51

sperit (= spirit) 20

以上のように，スタインベックの『怒りの葡萄』における英語も統語法・発音ともにアイルランド英語と多くの特色を共有している。

第 12 章　マジョーリ・ローリングズ

『ザ・イヤーリング』

The Yearling (1938)

　Marjorie Kinnan Rawlings (1896-1953) の代表作『ザ・イヤーリング』(*The Yearling*, 1939) は，アメリカ東南部フロリダ半島中部の山間に広がる低樹林地帯に住む名もない貧しい人々の生活を描いた小説である。「貧しい」といっても，文明の発達をよそにこの密林の奥深い所で狩猟と農業による原始生活を続けているということであって，貧困にあえいでいるわけではない。文明の手によって荒されていない，むしろ，秘境の楽園といってよい暮らしである。時代は南北戦争が終わった後の 1860 年代後半のこととして書かれている。

　首都ワシントンで生まれウイスコンシン大学を卒業後，北部でジャーナリストをしていたローリングズは 32 歳のときにフロリダを知り，とりわけ低樹林地帯に強く引きつけられた。そのときのことを彼女は重版(1941)の序文で次のように述べている。

> My life took me to Florida, and I fell head over heels in love with all of it, especially the scrub country, where bears and wildcats and rattlesnakes are almost as plentiful as a hundred years ago, and where the courageous people still live a simple and difficult life.

　こうしてフロリダと「熱烈な恋に陥った」ローリングズは，将来この地方を「主人公」とした小説をものする決意でフロリダに移り住み，一人で果樹

第 12 章　マジョーリ・ローリングズ

園を営みながら腰をすえておよそ10年間，この界隈の老猟師に昔の経験を聞いたり，古老と一緒に木を切ったり運んだり，狐狩りをして玉蜀黍畑を守ったり，また自ら密林に棲息する動物相や植物相や気象に関する観察ノートをつくった。病気や怪我の手当てなど，自給自足の原始生活のさまざまな体験を重ねた。その博物誌的観察と生活の記録を細密画のごとく克明に，小説『ザ・イヤーリング』の背景に書き込んだのである。バックスター家とフォレスタ家の人間の物語の方がむしろ背景ではないかとさえ思えるほどの，人間を含めた大自然の記録小説となった。

　ところで，わたくしがこの作品にとりわけ関心をもつのは，作者のそうした長年にわたる観察に基づくこの地方の土地言葉の克明な記録である。ローリングズはこの作品に先立ち1933年に同地方の貧乏白人（cracker）の生活を描いた作品（*South Moon Under*）を一度発表している。それから5年後に満を持して代表作『ザ・イヤーリング』を完成させたのである。

　この作品の英語についてのわたくしの所感を先に言うならば，この地方の土地言葉は，アメリカ南部を舞台にした他の多くの作家の作品と同様に，その言語的特色が少なからずアイルランド英語と共通するということである。以下にその特色の目ぼしいものを報告する。Text は Scribner's 版（1947）による。末尾の番号は頁数を示す。

1　直結形伝達疑問文など

　この作品には直結形伝達疑問文が多い。直結形伝達疑問文というのは伝達動詞の後に，接続詞 if あるいは whether を用いないで，疑問文の語順のままで目的語節として伝達動詞に直結させる統語法である。尾上政次（1984）はその起源がアイルランド英語であることを立証した。もっともその前に P. W. Joyce (pp. 31, 136) も，これはアイルランド英語の特色の一つだという指摘はしていた。この作品には次のような用例がある。

　　'You crow now,' the boy said. 'See *kin you rout* me out.'（23）

『ザ・イヤーリング』

「さあ鳴いてみな」少年は言った。「僕を寝床から追い出すことができるかどうか」
He's makin' it for home but he don't know *kin he make it*.（150）
父さんは家へ急いでいるけど，帰りつけるかどうか分からないんだよ。
I mistrust *kin old Caesar tote all we got*?（306）
こんなに沢山の荷じゃ，シイザァも運べるかどうか怪しいもんだ。

　尾上政次（上掲同書，p. 17）はローリングズがこの地方の土地言葉を写し出した上記2作品には直結形伝達疑問文が計24例あり，伝達動詞は see が13回，know と wonder がそれぞれ2回，ask, misdoubt, mistrust, worry, be sure がそれぞれ1回ずつあると報告している。またこれらの用例は，フォークナーと違って，すべて白人の言葉として写し出されているとも指摘している。

2　不用な定冠詞

　この作品では，病名に定冠詞 the をつけている場合が多い。P. W. Joyce (p. 83) によるとゲール語には冠詞は "**an**"（これが英語の the に相当する）一つしかない。したがってアイルランド英語では伝統英語の the よりも遥かに自由な使われ方をする。例えば 'I don't know much Greek, but good at *the* Latin.' 'I am perished with *the* cold.' のように，伝統英語では通常冠詞をつけない語にも使う。この作品では，たまたま病名に the をつけた場合ばかりだが，次の用例が見られる。

　　If she guessed that his trouble had been *the* colic, ...（87）
　　もしも彼の病気がさしこみだと彼女が思ったら…
　　His mother called it *the* fever.（87）
　　彼の母はそれを熱病と呼んだ。
　　If 'tis the measles, hit'll bring out *the* rash.（87）
　　もし麻疹だったら，これから発疹するんだからね。
　　You ain't got *the* measles, or *the* child-bed fever, or *the* smallpox?（89）

325

第12章　マジョーリ・ローリングズ

お前は麻疹に罹ったのじゃなかったのかい。それとも産褥熱でも天然痘でもなかったのか？

or you'll die o' *the* pneumony.（232）

そうしないと，お前肺炎になって死んじまうよ。

3　'kill'（= hurt）

アイルランドでは，動詞 'kill' が「殺す」ではなく「痛めつける」の意に使われる。この特色は P. W. Joyce (p. 123) や J. Taniguchi (p. 41) にも指摘があるが，早くは1800年にアイルランドの作家 Maria Edgeworth が，小説 *Castle* の中で，'kilt' は murdered ではなく 'hurt' の意であると二度にわたって注 (pp. 82, 119) をつけている。Rawlings のこの作品には次の用例がある。

all them fightin' Forresters come down on him. They're *killin'* him.（128）

喧嘩好きのフォーレスタ家の連中がみんなで彼に襲いかかった。連中は彼を痛めつけていた。

That white 'possumed crowd don't keer who's *kilt*, long as they git to see a fight.（129）

あの白い袋鼠みたいな野次馬どもは，喧嘩が見られさえすりゃ，ひどい目にあっているのが誰であるかなど，てんで知ったこっちゃないんだ。

I'm proud to see you workin' so hard, boy, but even the yearlin', much as you think of him, ain't wuth *killin'* yourself over.（399）

わしはお前が一生懸命に働いてくれるのは嬉しいよ，だが子鹿をお前がどんなに大切に思っても，お前が体を壊してまで面倒をみてやる価値はないんだよ。

4　'take'（= endure, put up with）

アイルランド英語では，動詞 'take' を能動的な「取る」ではなく「受ける」「受忍する」の意に使う。尾上政次（1982, pp. 4-5）の指摘によると，英語でいえば 'suffer' にあたる受動作用を示すこの使い方は，ゲール語の

『ザ・イヤーリング』

"*glacaim*" の直訳から生じたアイルランド英語の特色であり，これがアメリカ英語では '*take the bating*' '*take hard words*' など 'endure,' 'put up with' の意味体系をつくり上げたのだという。この作品には次の用例がある。

You've *takened a punishment*.（426）
お前はもう罰を受けてきたんだ。

What's he to do when he git knocked down? Why, *take it* for his share and go on.（426）
人間，打ちのめされたら，どうすりゃいいかって？ いや，それが自分の運命だと諦めて，強く生き続けるだけだよ。

Take it easy. Don't let him git under them bonnet.（93）
あわてるんじゃないぞ。奴を睡蓮の下に入れないようにしろ。

5 'easy'（= softly, gently）

'easy' を「ゆっくりと」「気安く」「そっと」の意味に使う。尾上政次（1982, pp. 5-6）はこれもアイルランド英語起源であるといい，EDD が挙げる2例はどちらもアイルランドからの用例であると指摘する。この作品には次の用例がある。

Easy, son, 'til you hear.（69）
まあ落ち着いて，わしの言うことを聞きなさい。

Now set *easy* and I'll fetch you a bite you eat.（301）
さあ楽にして座っておいで。何か食べ物をもってきて上げるからね。

Easy, there. You greedy as Jody.（11）
よしよし，お前もジョディと同じように腹ぺこなんだってね。

Take it *easy*, men, slower you work on this, better we'll do.（298）
まあ，急がず気楽にやることだね。ゆっくりやればやるだけうまく行くというものだ。

6 'be done 〜 ing' の構文

この作品には 'be done + 〜 ing' の構文が見られる。尾上政次（1986）に

よると，これはゲール語の影響によるアイルランド英語の特色であるという。従来は '〜 ing' の前にあった前置詞 with が省略されてできた構文だと考えられていた。しかし尾上はアメリカ英語の歴史に 'be done with ＋名詞' はあるが，with の後に動名詞がきた事実はないと指摘し，この語法はゲール語の分詞構文からの直訳によって生じたものであることを立証した。この作品には次の用例がある。

 He's *done feedin'*. Old Julia says he's clippin' it for home. (34)
 あの熊はもう餌は食べおえたらしい。老犬ジュリアの様子から見ると，熊は急いで自分の巣へ帰って行ったらしいぞ。

7　'done ＋過去（分詞）'

この作品には 'done ＋過去分詞' の構文が多い。G. Curme (*Syntax*, p. 23) によると already の意味に相当するこの *done* の起源は Scotish であるという。そうするとアメリカへはスコットランドから直接か，あるいはアイルランドを経由して入って来たことになるが，この作品のように他の多くのアイルランド語法と共起しているところを見ると，おそらくアイルランドを経由してアメリカへ来たのであろう。次の用例が見られる。

 I *done told* you he's wuthless. (60)
 前にも言った通り，この犬はまるで役に立たないんだ。
 They've *done left* here, jest like Injuns. (65)
 彼らはもうここを出て行っちまったよ，インデアンみたいに。
 Ma'll be *done gone* to the doin's. (352)
 お母さんはもうお祭りに出かけてしまっているだろう。
 Now I won't say he was drunk, but he shore had *done been* drunk. (254)
 そのときにはもう酔っぱらってはいなかったが，その前にはきっとひどく酔っ払っていたに違いない。

8　強意の他動詞構文

アイルランド英語には '他動詞＋(主として内蔵) 物＋ out of 〜' で「誰々

から何々を叩き出す，搾り取る」という構文がある。P. W. Joyce (p. 31) によると，例えば 'I tried to knock another shilling out of him, but all in vain.'（彼からもう1シリング出させようとしたが，まったくだめだった）のような表現をよく使う。これはゲール語の "**bain sgilling eile as**" の直訳である。また，'To make a speech *takes a good deal out of* me.'（スピーチをすると，とても芯が疲れる）のような表現も，あらゆる階層の人がよく使うが，この*斜線*の部分はゲール語の "**baineann sé rud éigin asam**" (= it takes something out of me) の直訳であるという。この作品には次の例が見られる。

I'm aimin' to *scare the devil right outen* that church buildin'. (359)
俺はこの教会から悪魔を追っ払ってやるつもりだ。

This be a purty way to come celebratin' Christmas Eve. *Scarin' young uns outen* their wits. (360)
これがクリスマスを祝うまともな方法か。子供たちを，まるでいじけつかせたりして。

9 時・様態を表す名詞の接続詞的用法

アイルランド英語では 'the time,' 'the instant' など「時」を表す名詞をそのままで接続詞として使う。また方法・様態を表す名詞 'the way' を，そのまま接続詞としても使う。これはどちらもゲール語に起因するアイルランド語法である。時を表す場合はゲール語で英語の接続詞 when に当たる役割を "**an uair**"（これが字句的には 'the hour' ないし 'the time' の意）が果たしていたので，その直訳によって生まれた語法である（P. W. Joyce, p. 37）。方法・様態を表す場合も，ゲール語の "**amhlaidh**"（字句的には 'thus,' 'so,' 'in a manner' などの意）からの影響である（P. W. Joyce, p. 35）という。この作品には次の用例が見られる。

You'll likely not be so merry, *time* the day be done. (30)
お前たちも日の暮れるころには，そんなに愉快じゃいられまい。

A bear'll make for it first time, *time* he comes out in the spring. (33)

熊は春になって冬眠から出てくると，まず初めにこの草を探すのさ。

The next *time* you came to trade would have done. (17)

この次に商売で来たきたときでもよかったのに。

The dogs were on her *the instant* she hit the ground. (248)

牝豹が地上に落ちたとたんに犬の群れが飛びかかった。

Or got mad enough, *the way* I done, to foller. (357)

さもなきゃ，わしのように気違いみたいになって，奴を追いかけるかだね。

That's *the way* you're purtiest. (23)

そうしているお前がいちばん綺麗だよ。

10 '-like' の接尾辞的用法

アイルランド英語では，like を形容詞の末尾につけて，affix のように使う（J. Taniguchi, pp. 41-2）。これはスコットランド英語の特色でもある。形容詞の直後につけてその語を強調をするのであるが，ときには単に 'as it were,' あるいは 'in a way' ほどの意の，やわらげの働きをしていることもある。この作品には次の用例がある。

'Twas a bear cub cuffin' playful-*like* at his twin on the ground below him. (353)

そりゃ子熊さ。下の地面にいたきょうだい熊を叩いて遊ぶみたいにしてたんだよ。

Now it's jest bein' accidental-*like*, we'll not say nothin' to your Ma. (383)

こりゃ，まったく偶然の事件だと思うから，お母さんには言わずにおこうぜ。

11 倒置感嘆文

アイルランド英語には疑問文と同じ語順の感嘆文がある。すなわち '(助)動詞＋主語' の語順をとる一種の強意文である。『アメリカ語法事典』（大修館 1983, p. 681）には 19 世紀半ばのアイルランド作家 Carleton (110) の次の

『ザ・イヤーリング』

例が示されている。'Have you any more of their sports?' 'Ay, *have I* . . .'(「あの人たちのやるスポーツ以外に君のやれるのがあるかね？）」「はい，ありますとも」）。またアイルランド語法を初めて取り入れたイギリス作家 Dickens からの次の例も引かれている。'know it! *Was* I apprenticed here!（いいかい，わしはここで丁稚をやっていたんだよ）。この作品には次の用例が見られる。

My, *wouldn't I* love to draw the knife down his thievin' back-bone.（191）
ほんとに，あのいまいましい奴の背骨にナイフを突き立ててやりたいよ。

Jest *don't* nobody look to me for mercy do the goin' rough.（332）
ただ，道が苦しくなったからって，わしに助けを求めたって駄目だよ。

12 'don't give a 〜' の構文

尾上政次（1953, p. 172）はアメリカ英語の 'not give a damn'（少しも気にしない，構いはしない）はアイルランド英語の 'not give ＋ 卑小名詞' が起源であると指摘して，*Ulysses*（p. 564）から 'don't give a shit for' の例を示している。この作品には次の用例がある。

I *don't give a blasted rap* who follers.（332）
誰がついてこようと構やしない。

'rap' は 1696 年に通常貨が発行されなくなった後にアイルランドで流通した偽貨のことで，「三文の値打ちもない物」の意に使われるようになった。因に don't give a damn の 'damn' も古インドの小硬貨という説がある（OED）。この作品には damn を 'bam,' 'dam' に言い換えた用例もある。

I *don't give a bam*.（351）
何があろうと，くそくらえだ。

He shore *don't give a tinkers's dam*.（340）
奴は確かに，へっとも思っちゃいないね。

13 'no use 〜 ing' の構文

尾上政次（1986）によると，この構文はイギリスの伝統英語では 〜 ing は

動名詞であるから，前に前置詞 in を必要とするが，アイルランド英語では分詞構文であるので，前置詞は初めからなく，'in' が省略されたり脱落したものではない。アメリカでこの型の分詞構文が使われるようになったのはマーク・トウェイン以後であるという。この作品には次の用例がある。

>*No use lyin'* to me. Name your trade. （60）
>
>嘘を言ったってだめだ。君の要求するものを言い給え。

14 'mad' (= angry)

アイルランドでは 'mad' を angry の意味に使う。P. W. Joyce (p. 289) によるとゲール語の "***buileamhail***" が 'mad' あるいは 'angry' のいずれも意味することによる。この作品には次の用例がある。

>Lem wouldn't leave me see him. Lem's the only one is *mad* at us, Ma. On account of Oliver's gal. （175）
>
>レムは，僕に会わせてくれないんだよ。僕たちのことを怒ってるのは，レムだけなんだって，お母さん。オリヴァの好きな娘のことで怒ってるんだよ。

15 間投詞 'man,' 'boy'

アイルランド英語では，'man' 'boy' を驚きを表す間投詞として使う（P. W. Joyce, p. 14）。禁句の間投詞 'God' に代えて，'Man,' 'Boy' あるいは 'George' や 'Jackson' などの男子名をもって婉曲語とするのはアイリシズムである（藤井健三，2000）。この作品には次の用例がある。

>"*Man*," Buck breathed, "I'd o' loved to o' been there." （60）
>
>「ちきしょう」とバックが溜息を吐いた。「俺もその場にいあわせたかったよ」

>*Boy*, be civil. （136）
>
>おや，礼儀ってものわきまえなさい。

16 'leave' (= let)

英語の let に当たるゲール語は "***lig***" "***ceadaign***" であるが，これはどちら

332

も字句的には 'allow' の意の語であることから，これがアイルランド英語ではよく 'leave' と直訳される。この作品には次の例がある。

Lem wouldn't *leave* me see him.（174）

17　'kind of'（= somewhat）

英語の kind（種類）に当たるゲール語の "***cineal***" は 'somewhat' の意の副詞用法があることから生じた。この作品には次の用例がある。

It come out *kind o'* disappointin', didn't it, Grandma?（136）
ばあさん，なんとなく，失望したんでしょうね。

Ⅱ　古いイギリス英語の残存

上のようなアイリシズムとともに以下のような古い17世紀のイギリス英語を残しているのもアイルランド英語の特色である。

1　再帰与格（reflexive dative）

I got to git *me* a new gun.（39）
新しい銃を手に入れねばなるまい。

Come fall, we'll have *us* a fox-chase.（189）
秋になったら，おらたちゃ，狐狩りができるというものさ。

2　単純形副詞（flat adverb）

She's *bad* hurt.（39）
ひどくやられたものだ。

Easy, son, 'til you hear. Be proud things come so *bountiful*.（69）
まあ怒るな，わしの言うことを聞けよ，大物が取れたのを喜ぶがいいさ。

They jest live nice and *natural* and enjoy theirselves.（199）
あの連中は気持ちよく自然に暮らしを楽しんでいるんだよ。

3　疑問文語順の条件文

they'd not like to toll me away, *was the news bad or worrisome*.（185）

悪い知らせとか心配なことがあっても，彼らは俺を連れ帰るわけにはいかないのだ。

Now I'd jest carry you on a panther hunt, *did I have my dogs*.（186）
俺の犬を連れて来てたら，お前を豹狩に連れていってやるんだがね。

4 'have ＋ 目的語 ＋ pp.' の完了形

What'll we do, do the Forresters *have* 'em *trapped*?（140）
僕たちどうしようね，もしフォレスタの連中があれを罠にかけてしまったら。

5 'had ought'（二重助動詞）

I'*d ought* to kill you for that, Lem, but you're too sorry to kill.（310）
わしは，こんなことをされたんじゃ，お前を殺してもいいところだよ，レム。だが，殺すにゃあまりにも可哀そうだ。

6 接続詞 'like'（＝ as）

Carry in the milk and don't trip and waste it outen the ground *like* you done yestiddy.（11）
乳を家にもって帰ってくれ，だがまた昨日のようにつまずいて，こぼしちゃだめだよ。

7 接続詞 'without'（＝ unless, if not）

Pa, you said no man couldn't live on Baxter's Island *without* the Foreresters was his friends.
お父さんは，フォレスタの者とか仲良くしなくちゃ，バックスタの島に住めなくなるって，言ったじゃないの。

8 'mought'（＝ might）

Did I have a black beard like that un,I *mought* not look like no buzzard, but I'd shore look like a crow.（180）
わしがあんな黒い髭を生やしたら，ノスリのようじゃなくて，きっとカラスみたいに見えるかもね。

『ザ・イヤーリング』

9 'hit' (= it)

Hit's a bear! Git him! Git him 'fore makes the fence. (189)

熊だ！ 撃て！ 垣を越えないうちに撃ってくれ。

Hit's all right. I'll be all right in a minute. (389)

もう大丈夫だ。すぐよくなるよ。

10 'ary' (= ever a, = any), 'nary' (= never a, = not any)

a mighty cleaver dog to fight a bear and not git *ary* scratch on him. (60)

熊と戦って傷一つ負わない賢い犬。

No, there's *nary* mark on him. (60)

もちろん，傷なんか受けなかったさ。

11 'hisself' (= himself), 'theirself' (= themselves)

He bled *hisself* and then laid on the liver. (163)

彼は自分の腕を切ってその肝臓を傷口にあてがったんだよ。

but they'll be part-growed and kin make out by *theirselves*. (189)

だが子狐たちも，だいぶ大きくなっているだろうから，これからは自分で育っていくだろうよ。

Ⅲ　発　　音

1 /ɔi/ → /ai/

pizen (= poison) 163 / *h'isted* (= hopisted) 70

2 /ei/ → /e/（二重母音の単母音化）

mebbe (= maybe) 12, *et* (= ate) 419

3 /ɛə/ → /e/（二重母音の単母音化）

they (= there) 190

4 /ou/ → /ə/（二重母音の単母音化）

feller (= fellow) 11, *foller* (= follow) 10

5 /ɛə/ → /iːə/（開母音の閉母音化）

335

第 12 章　マジョーリ・ローリングズ

　　　　　　keer (= care) 55, *skeert* (= scared) 141
　　6　/ə/ → /i/（末尾弱音節）
　　　　　　extry (= extra) 98, *'baccy* (= tobacco) 384, *t'bacy* (= tobacco)
　　　　　　borry (= borrow)188, *Floridy* (= Florida) 325
　　7　/e/ → /i/（閉母音化）
　　　　　　git (= get) 9, *agin* (= again) 32
　　8　/ʌ/ → /e/
　　　　　　tech (= touch) 341, *jest* (= just) 28
　　9　/æ/ → /i/（閉母音化）
　　　　　　kin (= can) 12
　10　/æ/ → /e/
　　　　　　ketch (= catch) 225, *ketched* (= caught) 76
　11　/-t/（末尾継続音を止める添加音）
　　　　　　chancet (= chance) 29, *clost* (= close) 313, *oncet* (= once) 14,
　　　　　　acrost (= across) 35
　12　/-d/ → /-t/（末尾 -d の脱声化）
　　　　　　kilt (= killed) 42, *ruint* (= ruined) 233, *a-holt* (= hold) 390
　13　/-d/（末尾閉鎖音の脱落）
　　　　　　ol' (= old) 34, *tol'* (= told) 342,
　14　弱音節の脱落
　　　　　　comp'ny (= company) 56, *cur'ous* (= curious) 75, *pertickler*
　　　　　　(= particular) 76, *yestiddy* (= yesterday) 11

　　　　　　　　　　　　　　　　＊

　以上のように，この作品の英語は統語法，語彙，語形，発音のすべての項目について，アイルランド英語と特色を共有しているのであるから，ローリングズ女史が 10 年近い歳月をかけて観察し記録したアメリカ南部フロリダ半島中央部の山間部低樹林地帯のいわゆる「貧乏白人」（cracker）は，少な

『ザ・イヤーリング』

くとも言語的には，アイルランド系移民だと見て間違いないだろう。

第 13 章　カースン・マッカラーズ

『心は孤独な狩人』

The Heart is a Lonely Hunter (1940)

　この作品が出たとき，当時アメリカの黒人作家の第一人者だったリチャード・ライトは「この作品で何よりも感動的なのは，南部文学において初めて，あたかも自分と同じ民族を描いているかのごとく楽々と，そして的確に，白人作家がニグロの登場人物を扱っている，その驚くべき人間性である」と絶賛した。この賛辞は言語のことに直接は触れていないが，作者があたかも黒人であるかのごとく的確にニグロを描いているというのであるから，当然この作品に写し出されている黒人英語も何ら違和感なく自然なものと感じられたのであろう。

　マッカラーズ（Carson McCullers）は，1917 年にジョージア州コロンバス（Colombus）で裕福な時計・宝石商の家庭に生まれた。家にはいつも大勢のニグロがいたので，ニグロとその言語には幼いときから慣れ親しんでいた。したがってマッカラーズは黒人を描く白人作家としては，極めて有利な環境に生まれ育ったといえる。以下はマッカラーズが描くその黒人英語の特色を検証するものである。結論を先にいえば，ここでもその言語的特色のほとんどがアイルランド英語と共通するということである。Text は Houghton Mifflin 1967 年版。用例末尾の数字は頁数を示す。

Ⅰ　発音について

　この作品には，黒人の発音を写実的に表した綴り字はあまり見当たらない。ふつう作家たちが黒人を描くときには，よく，*do'* (= door), *mawnin'* (=

第13章 カースン・マッカラーズ

morning) など 'r' を落とした形や, *we'n* (= when), *w'y* (= why), *an'* (= and), *fren'* (= friend) など, 'h' や末尾の 'd' を落としたいわゆる視覚方言 (eye dialect) を常套手段とするのであるが, マッカラーズのこの作品にはその種の異綴りはほとんど見られない。

だが, そうした発音をこの地方の黒人がしないのではなく, おそらくマッカラーズは, それは白人英語にも見られる標準発音の交替形であることを承知していて, 黒人の場合にのみそうした正書法違反の綴り字を当てて見下す差別主義を嫌ったのかもしれない。

しかしこの作品の中に異綴りがないわけではない。次の綴り字は一般に黒人英語と見なされている発音を示すものである。

1) *ghy* (= going to)

And Whitman I think he *ghy* be a scholar. (333)

ホイットマン, あの子も学者になりそうだで。

I *ghy* beat that hunch off your back, too. (279)

そないな背中のこぶは, はたき落としてやるからな。

2) *fambly* (= family)

he always bring in something to help out when the *fambly* come to dinner. (141)

あの人は家族みんなで食べに来るときは, いつも何か足しになるものをもってきてくれるわ。

I very glad to have a scholar like you in the *fambly* again. (333)

お前のような学者をまた家族に迎えられて, わしゃとても嬉しい。

3) *thu* (= through)

You'll be a sight dumber when we get *thu* with you. (283)

いまに貴様をとっつかまえて, ちったあ口がきけねえようにしてやらあ。

4) *ever* (= every)

340

『心は孤独な狩人』

Ever day he would walk up and down the street...（75）
毎日彼は通りを行ったり来たりするんだよ…

ところが，これらはいずれも黒人に多いというだけであって，実際は黒人英語に特有なというわけではない。

1)の *ghy*〔gai〕(= going to) はフォークナーの作品『サンクチュアリ』『八月の光』『征服されざる人々』でも見られ，これを使う人物はそこでもみな黒人ではある。しかしこれは *gwyne*〔gwain〕から〔w〕が脱声化し〔n〕が脱落した変異形である。

gwyne や *gwinter* はイギリスの方言にあり（J. Wright, EDD），それがアイルランドを経由してアメリカにもたらされたと見られるが，一方アイルランドで発生した可能性も考えられないわけではない。/oi/ → /ai/ の音声変化はアイルランドで join → *j'in*，や boy → *bye* などの発音とともに残り，アイルランド訛りのその弱勢の going がアメリカで黒人の耳に〔gwain〕と受け止められ，そしてさらに〔gai〕と弱化縮小されたとも考えられるからである。

2)の *fambly* (= family) も，クレインやスタインベックやミッチェルなどの作品にしばしば見られ，これも黒人に限った発音ではない。弱母音の消失や同化による剰音 /-b-/ の発生は英語の音声法則によるもので，偶発的には昔からよく起こる発音である。Cf. Thomson → Thompson / something → sompin'

3)の *thu* (= through) の /-r-/ の脱落も，thow (= throw), fum (= from), putty (= pretty), chillum (= children) などと同様に，黒人を表すのによく使われるが，これも黒人だけでなく白人英語でも多くの方言に昔からよく聞かれる発音である。

4)の *ever* (= every) は，*ever* time (= every time) 78, *ever* night (= every night) 137 の形の他，*everthin'* (= everything) 78, がある。このように弱音節が消失するのも黒人に限ったことではない。

以上はいずれも古くからイギリスの方言にある発音だが，アメリカで見ら

第13章　カースン・マッカラーズ

れるようになるのは，アイルランドからの大量の移民が流れ込み始めた19世紀後半以降であるから，これらはアイルランドを経由してアメリカに持ち込まれたものと見るのが自然であろう。黒人はアメリカの労働現場でアイルランド人労務者と日常的に接触し，彼らの英語から大きな影響を受けたと考えられる。

Ⅱ　統語法について

(1) この作品の黒人英語に見るアイリシズム

この作品に登場する黒人の主要人物はコープランド医師とその娘ポーシャを中心とした一族の数名である。その英語は以下の諸点でアイルランド英語の特色と共通する。

1　動詞語尾 -s の全人称用法

動詞の語形でもっとも目立つのは，人称・数にかかわらず現在形の動詞語尾に -s をつけた形である。

I haves (50), *they haves* (47), *us haves* (71), *Haves you had* (72), *I knows* (47), *I does* (77), *I doesn't* (49), *I belongs* (49), *I buys* (71), *we sings* (49), etc.

これは一般に黒人英語と考えられているが事実はそうではない。G. Curme (pp. 52-3) は，その起源について次のように説明する。「全人称および数の動詞語尾に -s をつけるのは，元々はイギリス北部英語の方言的特徴であった。OE 時代の動詞の二人称単数に対する古くからの語尾が -s であった。この早い時期の -s はしばしば二人称複数にも使われることになり，それから二人称以外の複数へも及び，さらには三人称単数にまで広がっていった。その結果，OE 時代には -s は北部地方では一人称以外はすべての人称・数に対して使われた。ME になると，この -s は北部方言では一人称単数にも広がり，ついには -s はすべての人称および数に対して使われるようになった。」

この方言用法は北部地方から次第に他の地方へと広がっていったが，無教養な俗用法として受け止められていたために，17 世紀以後は衰退した。と

『心は孤独な狩人』

ころがアイルランドでは生き残り，さらにはアメリカに渡って各地に広がった。*American Speech* (1983) の Summer Issue には，アメリカ南部 9 州における -s の使用頻度を示す貴重な統計資料が報告されている（藤井健三 1984, p. 76）。

2 不変化 'be' の用法

この作品の黒人英語では be 動詞を人称・数・時間などに従って変化させることなく，常に原形 be を使う用法が目立つ。

'There *be* some things,' she said, 'that seem to me to depend entirely upon God.（73）
世の中にはさ，神様のお気持ち一つってもんがあるもんよ。
I *be* really and truly sorry.（78）
ほんとうに，ほんま，ごめんね。
It seem to me that something real bad come up in us ever time we *be* together.（78）
あたしたち，顔をあわすたんびに，何か悪いことが起こるみたいな気がするの。
'If you prefer we can go up to my office,' Doctor Copeland said. 'I *be* all right, I guess.'（71）
「なんなら診察室へ行くか？」とコープランド医師は言った。「ううん，あたいはどっちだっていいわ」
Father, suppose you set on Highboy's lap. I believe you *be* more comfortable than scrouged up here with us and all this furniture.（332）
父さん，ハイボーイのひざの上に座ったら。あたいらや家具と一緒くたに詰め込まれてるよりか，その方が楽かもしれないよ。

これは，一般に「非時制の be」（none-tense 'be'）あるいは「不変化 be」（invariable 'be'）といわれて，黒人英語の特徴と見なされている語法である。黒人英語の不変化 be を最初に指摘したのは M. D. Lofin (1967) である。とこ

ろが同じ用法がアイルランド英語にもあり，E. A. Stephenson (1973) はこの用法の起源はむしろアイルランドに求めるべきだと主張する。彼は P. W. Joyce が早くよりアイルランド英語には習慣的行為や存在を表す be の用法があると報告していると指摘する。アイルランドでは，例えば次のように使われる。'There does *be* a meeting of the company every Tuesday.' 'My father *bees* always at home in the morning.'—— P. W. Joyce, ch. 2

P. W. Joyce がいうそのアイルランド英語の be の起源は，さらにはイギリス英語の古用法に求めることができる（藤井健三 1984, pp. 82-3）のであるから，いずれにしても黒人特有の語法とはいえない。

3 be 動詞の無い文（zero-copula）

この作品の黒人英語には，be 動詞のない，いわゆる「ゼロ繋辞」（zero-copula）の文が多い。

Yes, *I glad* to have you.（333）
そうよ，お前が来てくれりゃ，わしゃ嬉しいよ。

Right now *he able* to read the Bible to me.（333）
いまじゃ，わしに聖書を読んでくれることができるんだ。

He full of books and worrying.（49）
あの人は本と悩みでいっぱいなのよ。

They having a mighty hard time.（82）
いまはとっても苦労してんのよ。

My father not like other colored mens.（48）
あたいの父さんは他のニグロとは違ってんの。

これも一般に黒人英語の特色と考えられている。黒人英語の「be なし文」は，継続または反復しない，ただいまの一時的現在の状態をいう語法であるとされている。しかし一時的かやや継続的あるいは反復的かを決める基準ははなはだ曖昧である。上の最終例などはそのよい例である。その議論はここではしないことにするが，ともかく「Be なし文」は Steinbeck や Caldwell や

『心は孤独な狩人』

Faulknerなどの作品では黒人だけでなく白人でも多く見られるし，アイルランド英語にも多い。とくにアイルランド英語では，'and＋主語＋補語'の構文ではbe動詞がないのが正常である。その場合は常に一時的現在を表しているので，黒人英語の「一時的現在」の起源はむしろアイルランド英語に求めるべきなのかもしれない。

4 'is' 'was' の全人称用法

この作品には人称・数にかかわらずbe動詞はすべて 'is' 'was' を使っている場合がある。

Here we *is*. (87)
来たわよ，あたしたち。

You neen holler so loud. I know they *is*. (57)
そんなに怒鳴らなくてもいいじゃない。彼らが来ていることぐらい知ってるわ。

Them three little children *is* just like some of my kinfolks. (82)
三人のちっちゃな子供も，あたいの身内みたいな気がするの。

This here the first reunion us *is* all had in many a year. (143)
一族みんなの再会なんて，もう何年ぶりだか。

It's not like we *was* ever very close as sisters. (125)
あたしたち，姉妹としてとくに親密だったわけでもないわ。

Bubber and me *was* just talking about my Grand papa's home . . . (47)
ババーとあたいはね，あたいのおじいちゃんの家のことを話してたのよ
…

'is' をあらゆる人称に使うのもME以来の古用法である。とくにイギリス北部方言に特徴的な語法であった。OEDには1300年の *Cursor Mundi* からの用例を初出とし，以後16世紀までの用例を示している。Shakespeareからも例が引かれている。

Is all things well?（万事うまくやったか？）── *Henry IV*, Pt. 2, III, ii

第13章　カースン・マッカラーズ

Ill deeds *is* doubled with an evil word.（悪の行為には悪の言葉が伴う）——
Errors, III, ii, 20

'*was*' を複数主語に対し使うのもイギリス英語の古くからの語法である。これも Shakespeare に見られる（*Titus*, IV, i, 380）。OED によると，とくに単数の you に対して '*was*' を使うのは 16 ～ 18 世紀には 'almost universally' であったという。

5　倒置感嘆文

この作品には次のような倒置文が見られる。

Won't nothing help you then.（50）

そうなったらもう助けようもないよ。

Ain't Baby cute!（163）

ベイビーって，きれいだな！

'Been a long time. A real long time.'

'*Ain't it*, though.'（143）

「久し振りだなあ。ほんとに久し振りだ」

「ほんとだよ！」

第1例の累加否定（multipul negation）と否定倒置（negative inversion または negative auxiliary preposing）は黒人に特有なといわれている構文である。しかし累加否定も(助)動詞から文を始めるのもアイルランド英語やゲール語の習慣にあるので，これも黒人に限った語法とは言い難い。フォークナーやコールドウエルやスタインベックなどの作品では，多くの白人話者にこの構文が見られる。

第2, 3 例は伝統文法では修辞疑問文と説明されるのであろうが，ゲール語は文章を動詞から始める文法の言語であるから，アイルランド系移民にとっては，否定・肯定にかかわらず，(助)動詞が主語の前に出る倒置文は受け止めやすかったに違いない。したがってアメリカ口語に多い疑問文語順の感嘆文（Fries, *Struct*. pp. 163-4, 1952）の発達は黒人ではなく，アイルランド人か

らの影響の方が大きかったのではないだろうか。

6 'Will I 〜' (= Shall I 〜)

この作品には，イギリスの伝統英語なら 'shall' とすべき単純未来の代わりに 'will' を使う例がある。

'They going to take good care of you and you going to get well.'
'No, I *will* not,' said Copeland. 'But I would have recovered here.' (329)

「みんなに世話をしてもらえば，病気はじきに治るよ」
「いや，治りはせんじゃろう。ここでなら回復もしただろうが。わしにはちゃんと分かっとる」

P. W. Joyce (p. 77) はアメリカ人が shall を使わず 'will' で通すのはアイルランド英語の影響であると言い，アイルランドでは一般に 'shall' が嫌われてほとんど使われることがないと指摘し，その状況を次のように述べている。

'In many parts of Ireland they are shy of using *shall* at all : I know this to be the case in Munster ; and a correspondent informs me that *shall* is hardly ever heard in Derry.'

この作品にはまた，伝統英語なら 'shall I 〜' とすべき一人称疑問文を，'will I 〜' とした例もある。

How anyway *will I* ever get a bow? (44)

弓はどうやったら手に入るのでしょうか？

しかし P. W. Joyce (p. 77) は '*Will I* light the fire ma'am?' '*Will I* sing a song?' のように，一人称単数現在の疑問文を '*Shall I* 〜' でなく '*Will I* 〜' とするのは無教養を示す誤用としてアイルランド人が独自につくりだした英語であるとも言っている。

7 陳述導入の 'This is the way 〜'

この作品の黒人には，'This here the way' で話を切り出す形が多い。もちろん標準英語に書き直すなら 'This is how 〜' である。

第 13 章　カースン・マッカラーズ

This here the way it is.（48）

こういうわけなんよ。

Only one time has I had a real sign. And *this here the way* it it come about.（145）

わしが奇跡のしるしを見たのは一度だけじゃが，こんなふうだったわい。

このように，事情を説明するときに 'This is the way 〜' で陳述を導入するのはアイルランド英語の特色である。P. W. Joyce (p. 35) は次のような例を示し，これは決まり文句であるからアイルランド全土で使われているという。

This is the way I made my money.（= this is how I made it.）

'What do you want, James?' ''*Tis the way* ma'am, my mother sent me for the loan of the shovel.'

8　'the way' の接続詞的用法

'the way' は名詞であるが，アイルランド英語では thus, so, how, in a manne などさまざまな意味の接続詞としても使われる。いずれもゲール語からの直訳であるという（P. W. Joyce, pp. 35-6）。前項に挙げた 'this here the way it is.' の 'the way'（= how）は一つの例である。もちろん黒人だけでなく白人にも 'the way' の接続詞用例は見られる。

The way it all happened she can sue my britches off.（170）

起こった事が事だけに，訴えられたら，こっちはズボンまで剝ぎ取られかねない。

But *the way* it happened we don't have any come back at all.（170）

しかし事件の事柄を考えると，こっちは口答え一つできゃしないよ。

この場合はどちらも「〜から見ると，判断すると」(judging from the way 〜) の意に解される。

9　時を表す名詞の接続詞的用法

この作品には時を表す名詞が接続詞として使われている例が見られる。

『心は孤独な狩人』

I recognized his face *the first time* I saw him.（297）
初めて出会ったときに，あの人の人種がすぐ分かった。
I done felt that *the first time* I seen him.（50）
あたし，彼に初めて会うたときにそう感じたわ。
It seem to me that something real bad come up in us *ever time* we be together.（78）
あたしたち，顔を合わすたんびに何か悪いことが起こるみたいな気がするの。

これは英語の when に当たるゲール語の "**an uair**" が字句的には 'the hour' ないし 'the time' であることから，アイルランド英語ではそれが直訳されて，時を表す名詞がそのまま接続詞として使われるようになったのである（P. W. Joyce, p. 37）。

10 'done' の副詞用法

この作品の黒人英語では done を 'already' の意の副詞として使われている。

I *done* hurt my Father's feelings.（78）
あたし，父さんの気を悪くしてしもうたね。
I expect he *done* read moiré books than any white man in this town.（47）
町のどんな人にも負けんくらい本をたくさん読んでいると思うよ。
You *done* grumbled so much that I nearly worn out.（329）
あんまり愚痴ばっかり聞かされるもんで，あたいもうへとへとだよ。
You *done* already told us over and over.（287）
あんたは，あたいに何べんも何べんも話してくれたでないの。

最終例では 'done' は完了の助動詞 have の代わりをしているように見える。いずれにせよ，'done' のこの用法はスコットランド英語を起源（Curme, *Syntax*, p. 24）とし，Scoth-Irish によってアイルランドからアメリカへ持ち込まれたと考えられる。しかし done の用法はアフリカ系言語からの 'relexification'（他言語による語彙入れ替わり）によるものだという説もある（藤井健三 1984, pp. 145-51）。

11　'were'（= **was**）

この作品の黒人英語では単数主語に対して were を使っていることがある。

It *were* in the summer of last year, and hot.（145）

去年の夏のことじゃった。暑い日でな。

I *were* holding my hand to my back and looking up at the sky . . .（145）

わしは手を背中にあてがって空を見上げると…

I *were* ten years old at the time.（49）

あたいは，そのとき 10 歳だった。

Be 動詞の過去形において，単数主語に対して were を使う混用は古期英語以来，いまでも各地の方言に残っている（細江逸記 1935, pp. 262-3）。したがって，これも黒人特有な語法とはいえない。

12　'kind of'（= **somewhat**）

この作品の黒人には 'kind of' を副詞的に使っている例がある。これは kind に当たるゲール語の "***cineal***" には somewhat の意の副詞用法があることによる。

and although it *kind of* hard to keep him quiet sometime I think he doing right well.（50）

あの人をおとなしくさせておくのは，まあ困るようなこともあるけれども，あの人なりにようやってると，あたしゃ思うわ。

因にこの作品の白人には 'sort of'（= somewhat）の例もある。これは sort に当たるゲール語 "***saghas***" に rather, somewhat の意の副詞用法があることによる。

I just want you to help out till things *sort of* get started ── you know.（106）

パーティーが，こう，うまくすべり出すまで，お前に手伝ってもらいたいのよ。

13 'good and'（= very）

この作品には「形容詞＋and＋形容詞」の形で，始めの2語が後ろの形容詞を修飾する intensive の意味に用いられた例がある（尾上政次 1953，pp. 156-7）。

> You know *good and* well my Father is a colored doctor right here in town. (48)
> あたいの父さんが，この町で黒人医者をやっているのは，あんたもよう知ってなさるだろう。
>
> He determined to sit there till he *good and* ready to leave. (327)
> 彼は出かける決心がじゅうぶんつくまで，あそこに座っているつもりのようだ。
>
> He coming back whenever he get *good and* ready. (332)
> 彼は帰れるようになればいつでも帰ってくるつもりじゃ。
>
> I know *good and* well you just as pleased as you can. (183)
> お父さんが嬉しうてならんことくらい，よく分かってるわよ。

アイルランド英語には 'fine and 〜,' 'guy and 〜' がとくに多い（P. W. Joyce, pp. 89-90）。'guy' はスコットランド英語の "*gay* (= excellent, very)" の異形である。

(2) 17世紀の古い英語の残存

この作品の黒人の英語には17世紀の古い英語の特色が見られる。アイルランドで生き残っていたものが，上記のアイルランド語法とともにアメリカに入って来たものと思われる。

14 主格の関係代名詞の省略

この作品の黒人には主格の関係代名詞が省略される。

> And Father, that is sure one bad, wicked place. They got a man [　] sells tickets on the bug ─ (136)

第13章 カースン・マッカラーズ

あそこは，父さん，悪い所も悪い所，とんでもない所なんだよ。賭け札を売る男もいりゃー

15 二重主語

この作品の黒人には名詞主語の直後に代名詞主語を添えられる。

Now Highboy *he* were a Holiness boy before us were married.（49）

うちのハイボーイも，結婚前はホーリネス派の信者だったの。

Hamilton *he* a right good scholar.（333）

ハミルトンな，ありゃなかなかの学者だで。

16 二重複数形

childrens (145), *grandchildrens* (145), *feets* (334), *peoples* (145) *men*s (26), *twinses* (137)

17 'nair'（= never a）

Folks like you and my Father who don't attend the church can't Never have *nair* peace at all.（50）

あんたや，あたいの父さんみたいに，教会に行かん連中には，安らぎなんちゅうものは，これっぽちもないのよ。

But you haven't never loved God nor even *nair* person.（50）

だけどあんたは，神様どころか人間だって愛したことねえんだもん。

You still don't eat *nair* meat?（72）

お肉はいまでも食べないの？

（3）この作品の白人英語に見るアイリシズム

この作品の主要人物 Singer, Bill, Mick など数名は白人である。それら白人の英語の中にも以下のアイルランド英語の特色が見られる。

18 強意の他動詞構文

この作品には 'beat hell out of〜'（〜をこっぴどく殴る）という表現がある。

『心は孤独な狩人』

He said he would come home about once a month and *beat hell out of* you and you would take it. (128)

彼は、家に帰るのは月に一度ぐらいだとか、女房のお前をいやというほど殴りつけてやるが、お前はおとなしく殴られている、とか言っていた。

アイルランド英語には「他動詞（knock, kick などの類語）＋ hell ＋ out of」という構文がある（尾上政次 1953, pp. 160-3）。つまり他動詞と目的語の間に '強意語 ＋ out of' を挿入して他動詞を強調するのである。この構文は本来内臓や糞尿などが飛び出るほど強打するという大袈裟な表現である。つまり強意語には肺臓や肝臓あるいは糞便などが使われていたのであるが、しだいに内臓とは関係のない単なる強意語の 'hell' が当てられるようになった。

ついでながら、上記用例の最後の 'you would take it' のように take を「受ける、我慢する」の受動的な意味に使うのもアイリシズムである。

19 'make'（＝ become）

この作品の白人に 'make' を「〜になる」の意に使う用例がある。

If you'd just foreget Leroy you would *make a good man* a fine wife. (129)

お前は、ルロイのことさえ忘れてしまえば、りっぱな男性のいい女房になれるだろう。

P. W. Joyce (p. 290-1) によるとアイルランド南部では 'make' を次のように使う。'This will make a fine day.'（今日はいい天気になるだろう）'If that fellow was shaved he'd make a handsome young man.'（あの男は髭を剃ればいい男になるだろう）。19世紀初頭のアイルランド作家 Edgeworth の *Castle* (1800) にも次の例が見られる。'she made him the best of wives, ...'（彼女は彼のこの上ないいい奥さんになった）。

20 'quit'（＝ cease）

この作品では 'quit' を「去る、立ち退く、放す」ではなく「よす、止める」の意に使われる例がある。

353

第 13 章　カースン・マッカラーズ

　　Quit acting so peculiar.（178）

　　あんまり依怙地になるのはおよし。

　　Quit acting so greedy. Nobody going to snach it out your hand.(160)

　　そんなにがつがつすることはないよ。誰もひったくったりはしないよ。
これは黒人英語にも見られる。

　　Father, less us *quit* this here argument.（329）

　　父さん，この議論はやめとこうよ。

　P. W. Joyce (p. 310) は quit を 'cease' の意味に使うのはアイルランド英語であると指摘し，Ulster からの例として '*Quit* crying'.（泣くのはおよし）を挙げている。この小説の地の文，つまり作者マッカラーズ自身の記述にも同じ言葉がある。

　　Bubber *quit* crying.（168）

　　ババーは泣き止んだ。

21　黒人特有の語法

　以上この作品の黒人英語を中心とした非標準的英語の特色のほとんどがアイルランド英語の特色と共通していることを指摘してきた。

　ではこの作品の黒人が使う英語はアイルランドや古いイギリス方言の継承ばかりかというと，そうではないものがないわけではない。例えば，遠隔過去といわれている次の 'been' の使い方である。

　　I don't need money. I *been* broke before.（346）

　　お金なんか要らないんだよ。とっくの昔に無一文になって，もう慣れてるんだから。

　ただしこの用例はたまたま黒人ではなく白人の台詞である。だが白人であれ黒人であれこれはアイルランド英語やイギリス英語ではなく，黒人英語である。　J. L. Dillard (1972, p. 51) によると黒人英語では，次のように done が近接過去を表すのに対して，been は遠隔過去を表すという。

　　She *done* sung. (= She sang resently.)

『心は孤独な狩人』

　She *been* sung.（= She sang a long time ago.）

　いま一つ，この作品の黒人英語には一人称単数主語 'I' に対して 'has' を使っていることもある。

　I *has* always heard so much about you. I be very pleased to make your acquaintance.(87)
　お噂はかねがねよくうかがっておりましただ。お目にかかれて嬉しゅう思っとります。

　Only one time *has* I had a real sign.（145）
　たった一度だけじゃが，わしは本当の奇跡のしるしを見たことがあるのじゃ。

　ただしこれは常にというわけではなく have との混用であるから黒人英語というより個人的誤用の可能性もある。

第 14 章　テネシー・ウイリアムズ

『ガラスの動物園』
The Glass Menagerie **(1944)**

　アメリカ文学の中で明確にアイルランド人として設定されている数少ない主要人物の一人に Tennessee Williams (1911-1983) の出世作『ガラスの動物園』の後半（第 6 場から）に登場するジム（Jim）という青年がいる。

　本人が舞台の上に実際に姿を現すのは後半であるが，名前だけは前半から「登場」する。びっこで内気，家に閉じ籠りがちで，婚期を逸しかけている娘ローラ（Laura）の行く末を痛く案じる母親アマンダ（Amanda）が，倉庫会社に勤める息子トム（Tom）に若い男友だちを連れてくるように頼み，食事に招くことになった会社の同僚である。

　母親がその青年の名前を聞くと，トムは「オコナー（O'Connor）だ」と答える。母親は「アイルランド系ね，カトリックの人だとすると，お魚にしなきゃ—明日は金曜日だから！…」とはやる。しばらくして母親はまた青年の名前を問う。トムは今度は 'James D. O'Connor. The D. is for Delaney.'（ジェームズ・D・オコナー。D はディレーニーの略だよ）と答える。母親は 'Irish on both sides! Gracious!'（おやまあ，ご両親ともにアイルランド系なのね！）と感嘆する。'O'Connor' はアイルランドでもっとも多い姓の一つであり，'Delaney' もまたアイルランドの典型的な女性名だからである。

　'Gracious!' は強い驚きを表す God! の婉曲語として，好悪いずれの驚きにも使われる間投詞であるが，ここは明らかに好感の驚きである。作品の時代設定は 1930 年代。当時のアメリカ社会では未だ，アイルランド人は肩身が狭く，あまり歓迎されない雰囲気だった。ところが母親のアマンダは青年が

第14章　テネシー・ウイリアムズ

アイルランド系であると聞いて好感を抱き，両親ともアイルランド人だと知って，一層喜ぶのはなぜだろうか。

　アマンダは未だジムとの面識はない段階であるから，これはジム個人に対する感情でない。だとすると，アイルランド人そのものに対するアマンダの気持ちということになる。アマンダがアイルランド人に偏見を抱くことなく，心情的にすんなり受け入れる理由としては，二つの場合が考えられる。一つは，アマンダ自身もアイルランド人であるか，もしくはアイルランド系の血を受け継いでいる場合。いま一つは，アマンダがこれまでの人生で多くのアイルランド人と，生活環境を親しく共有した経験がある場合である。

　この戯曲は作者テネシー・ウイリアムズの自伝的要素が強い作品といわれている。だが伝えられている限りでは，彼の家系にアイルランド人の血が流れていると判断してよい材料は何もない。作品の上でもない。そうすると，アマンダのアイルランド人に対する親近感は，おそらく多くのアイルランド人が身近にいて，生活習慣や言葉遣いに慣れ親しんでいることからくる気安さからということになる。

　アマンダは若い頃南部で暮らしていた。アメリカ南部は，全米でもアイルランドからの移民がとりわけ多いところであり，言語的にも南部はアイルランド英語の多くの特色を有する地方である。「貧乏白人」(poor white) といわれた農業労務者たちの多くはアイルランド人だった。アマンダ自身は比較的恵まれた娘時代を過ごしたらしいが，南部のそうしたアイルランド人労務者階層の生活と言語をアマンダはじゅうぶんに知り得る環境にあった。

　そして会社員だった夫が16年前に，6歳のトムと8歳のローラを残して蒸発し，母子三人でいま暮らしている所は中西部の町セント・ルイスのむさくるしい裏通りの賃貸アパートである。ここは「おびただしい数の所帯が一つの建物にぎっしりつめこまれていて，とてつもなく大きな蜂の巣をたて並べたかのような」所である。こうした環境で暮らすことを余儀なくされている人々の状況を，作者はこの作品の語り手でもあるトムの口を通じて，第1

『ガラスの動物園』部第1場の冒頭で次のように説明する。

「それはまた，アメリカ社会における最大にして基本的には奴隷化されているこの階層の，無意識に動く渾然一体となった集団として存在し，機能したい，そしてそこからの流失や分化は避けたい，と言う衝動を特徴的にあらわすものである」（小田島雄二訳，新潮社文庫）

アマンダがアイルランド人に対して寄せる親近の情は，まさにこの同じ下層中産階級（lower middle-class）に属する無意識の一体感であり，この内側で暮らす限り引け目なく暮らせるという一種の安心感なのであろう。

セント・ルイスはミズーリー州東部，ミシシッピー河畔の港市である。市名が示すように，ここはフランス人カトリック教徒が開いた町である。そのことから，同じカトリック教国であるアイルランドからの移民が，この町を頼って大量に流れ込んだ。しかし他の都市と同様この町でも，外国人にとってよい働き口がそうそうあるわけがない。あってもフランス人の後塵を浴びることになるアイルランド人移民は，劣悪な条件で労働社会の底辺に組み込まれていくしかない。こうして差別され蔑まれ，特定の地域に吹き寄せられて，肩を寄せ合って生きていくしかないのである。これが「アメリカ社会における最大にして基本的には奴隷化されている階層」（largest and fundamentally enslaved section of American society）の人々が余儀なくされる人生であり，その人口の大きな部分を占めるのがアイルランド人なのである。

この階層にはアイルランド人の他にドイツ，イタリヤ，スイス，ポーランドなどさまざまな外国からの移民とその子孫がいるが，共通語として流通するのは全米どこでも，結局はアイルランド英語一つである。したがってアイルランド英語はこの階層の人たちが，気の置けない「自国語」（vernacular）であるといってよい。それは，丁寧な口のきき方が強要される職場から解放されて，「わが家」に帰りついたとき自由に使えて，くつろげ癒されるいわ

第 14 章　テネシー・ウイリアムズ

ば「母語」なのである。

　この階層社会から一歩外へ出ると，彼らの「母語」は俗語，方言，あるいは下品な非標準英語と見下される。しかし，これはアメリカ社会最大階層の言語であるから，そうたやすく矯正できるものではない。したがってこの非標準的英語は「女教師」(schoolmarm) たちの熱意も空しく，多くの特色がしだいにアメリカ英語に吸収されて，アメリカに新しい「標準口語英語」をもたらす方向へと発達していった。テネシー・ウイリアムズの『ガラスの動物園』の言語は，まさにその英語の見本といってよい。

　この作品の登場人物でアイルランド英語の特色が見られるのは，アイルランド人のジムだけでない。Wingfield 家のアマンダ，トム，ローラなど登場人物のいずれにも何らかのその痕跡が認められる。以下はその報告である。Text は佐伯彰一編注の英宝社版（1956）。用例末尾の数字は頁数を示す。

I　Jim の英語のアイリシズム

1　'whatever' の使い方

　P. W. Joyce (p. 347) によると，アイルランド英語では 'whatever' は at any rate, anyway, anyhow の意で通常文末に置かれる。例えば，'Although you wouldn't take anything else, you'll drink this glass of milk, *whatever*.' のように使われる。これはゲール語の "**ar mhoodh ar bith**" の直訳であるという。Jim には次の用例がある。

> Before that time I never thought of myself as being outstanding in any way *whatsoever*！（100）
> それまではどんな分野にしろ自分に人よりすぐれた才能があるなんて思いもよらなかった。

2　'let you 〜'

　P. W. Joyce (p. 81) によると，アイルランド英語では命令文を 'let you 〜' で起こす。伝統英語なら，'Go to the right.' というところを 'Let you go to the right.' という。「お前は牛の世話をしてくれ，わしは馬の面倒をみるから」は 'Let you look after the cows and I will see to the horse.' となる。Jim には次の用例がある。

Let yourself go, now, Laura, just let yourself go.（105）
進むんだ，さあローラ，前に出ればいいんだよ。

3 'a hell of a 〜'

アイルランド英語には「盗人みたいな奴」「背高のっぽの男」を 'a thief of a fellow,' 'a steeple of a man' と言う（P. W. Joyce, p. 42）。この of は後ろの語とではなく，前の語と結んで形容詞句をつくり，直後の名詞を修飾する。これはゲール語の直訳から生じた文法破格だが，今日では英米ともに標準英語として受け入れられている。Jim には次の用例がある。

I tell you it's done a *hellva* lot for me.（76）
それが僕にはずいぶん役に立ったんだよ。

4 'easy'（= gently, softly）

アイルランド英語では easy を「ゆっくり，そっと」（= gently, softly) の意味に使うことがある。例えば 'I clumb up as *easy* as I could, not to make any noise.'（できるだけ静かに，ちょっとも音を立てないで，上った），take him easy（彼をそっと扱う），talk easy（ゆっくり話す），walk easy（急がず歩く）のように使う（尾上政次 1953, pp. 57, 67, 173）。Jim には次の用例がある。

Not so stiff ── *Easy* does it!（105）
そんなに硬くならないで──（ダンスは）楽にすーっと出るのがコツなんだよ。

5 虚辞 'holy'

holy を '*holy* show'（大袈裟な見世物，光景），'*holy* horror'（ひどい恐怖）のように強意の虚辞に使うのは従来アメリカ起源と考えられていたが，尾上政次（1953, p. 172）はアイルランド作家の J. M. Synge や J. Joyce などの作品に先行例があると報告し，アイルランド起源であると指摘する。Jim には次

の用例がある。

> It said I was bound to succeed in anything I went into! *Holy* Jeez!（96）
> あれにはこう書いてある，僕はいかなる道に進んでも必ず成功する男とね！　ちぇっ，まったくだなあ！

6　疑問詞の後の 'is it'

アイルランド英語では疑問詞で始まる疑問文が「疑問詞＋is it＋主語＋述部」の形をとることが多い（J. Taniguchi, p. 147）。この 'it' は仮主語のit でも強調構文のitでもない。アイルランド英語の文法用語で「先行主語」と呼ばれるものである（船橋茂那子 1986）。これはゲール語で文の釣り合いをとるために，しばしば述部を二つに分ける習慣があることから生じた語法である。標準英語の 'I should be bound.' に当たるゲール語の "**Is ceangailte do bhidhinn**" は，字句的には 'It is bound I should be.' である（P. W. Joyce, p. 51）。疑問詞で始まる疑問文の場合，これが「疑問詞＋is it＋主語＋述部」の形で現れる。Jim には次の用例がある。

> I used to call you Blue Roses. How *was it* that I got started calling you that?（94）
> そう，僕はあんたのことを，ブルー・ロージズって，呼んでましたねえ。いったいどうして，そんな呼び方を始めたんですかねえ？

7　'kind of' の副詞用法

'kind of' を「まあ，なんとなく，なんだか」ほどの和らげの意で，副詞的に使うのは，アイルランド起源だと思われる。おそらく kind に当たるゲール語 "***cineal***" に somewhat の意の副詞的用法があることによるのであろう。OED Suppl. 版が示した初出は 1804 年，G. Fessenden の 'I *kind of* love you, Sal ─I vow.' である。アイルランド作家 Edgeworth には 1800 年の作品 Castle に，それよりさらに早い例（p. 98）が見られる。Jim には次の用例がある。

> I guess being shy is something you have to work out of *kind of* gradually.（95）
> 内気過ぎるっていう癖は，なんっていうか，まあ徐々に治していかなく

『ガラスの動物園』

っちゃいけませんね。

8 'sort of' の副詞用法

'kind of' と同様，'sort of' も同じ和らげの副詞として使われる。おそらくこれも sort にあたるゲール語 "***saghas***" に rather, somewhat の意の副詞用法があることからきたのであろう。

As I remember you *sort of* stuck by yourself.（94）

思い出しましたが，あんたはなんだか寂しそうにしてましたね。

9 'on top of ～'

標準語では on the top of と定冠詞を必要とするが，アイルランド英語では the を落とす（尾上政次 1953, p. 155）。top にあたるゲール語 "***barr***" が冠詞を必要としない語だからであろう。Jim には次の用例がある。

I'm taking a course in radio engineering at night school, Laura, *on top of* a fairly responsible job at the warehouse.（101）

いま僕は夜学に通って，無線工学の講義を聴いています，昼間倉庫で相当重要な職務を果たして，その上にです。

10 'take sick'

アイルランド英語では take を能動的な「取る，選択する」ではなく，受動的に苦痛，罰，被害などを受ける（suffer）の意味に使うことがある。これはゲール語の "***glacaim***" の直訳から生じたものである（尾上政次 1982）。Jim には次の用例がある。

It happened that Betty's aunt *took* sick, she got a wire and had to go to Centralia.（111）

たまたまベティーの叔母さんが病気になってね，電報でそれを知ると，彼女，イリノイ州に行ってしまったんだ。

11 直結形伝達疑問文

アイルランド英語では疑問文を伝達する（間接話法にする）ときに，代名詞や時制は変えるが，語順は変えず疑問文のままで直接伝達動詞につなぐ

第14章　テネシー・ウイリアムズ

(尾上政次 1984)。Jim には次の用例がある。

Ask yourself *what is the difference* between you an' me and men in the office down front?（76）

君や僕と本社のオフィスの連中のどこが違うというの？

12 'in the door'

アイルランド英語では「戸口から外へ出る」を 'go out the door' という。この類推でアメリカ英語では「戸口から入る」を 'come in the door' という。したがって，これはアイルランド系語法だといえる。Jim には次の用例がある。

JIM : When did you recognize me?
LAURA : Oh, right away!
JIM : Soon as I came *in the door*?（93）

ジム：僕だってことが，いつ分かった？
ローラ：それはもう，すぐに。
ジム：ドアを入ってきたとき？

13 'me'（= my）

アイルランド英語では，my, by は全土的に /mai/, /bai/ と発音される（P. W. Joyce, p. 103）。Jim には次の用例がある。

Do you mind *me* telling you that?（p. 106）

僕がこんなことを言っていいのでしょうか。

14 'you kow'

アイルランド英語では虚辞 'you know' を発話の中に無意味に挿入する（P. W. Joyce, p. 135）。Jim には次の用例がある。

You know — you're — well — very different!（106）

そう，あんたには，普通の人にないようなものがありますね。

Laura, *you know*, if I had a sister like you, I'd do the same thing as Tom.（110）

ねえ，ローラ，もし僕に君のような姉がいたら，僕もやはりトムと同じことをするだろう。

15 'I don't believe'

アイルランド英語で 'I don't think this day will be wet.' というのは，表面的には否定文であるが，実際には 'I think it will not be wet.' を意味する肯定の表現形式である。したがって 'I didn't pretend to understand what he said.' は 'I pretended not to understand.' の意味である（P. W. Joyce, p. 20）。Jim には次の用例が見られる。

I don't believe you ever mentioned you had a sister.（75）

君に姉さんがいるなんて一度も言わなかったじゃないか。

同じ用例が Laura, Amanda にも見られる。→ Ⅱ の 3）。

16 'a lot' / 'lots' の副詞用法

アイルランド英語では a lot, lots を副詞 much の意に使う。ゲール語の *"ibhfad"* からの影響であろう。Jim には次の用例がある。

There now, that's *a lot* better.（105）

ほーら，ずっとよくなった。

Lots, *lots* better!（105）

うーんと，うーんとよくなったよ！

Ⅱ　Wingfield 一家（Amanda, Tom, Laura）のアイリシズム

1 'the way' の接続詞用法

アイルランド英語では名詞 'the way' をそのままで接続詞 as や how の意味で使う（P. W. Joyce, pp. 35-7）。Amanda に次の用例がある。

Oh, I can picture *the way* you're doing down there. (p. 35)

ああ，目に見えるようだよ，お前の仕事振りが。

This is *the way* such things are discreetly handled to keep a young woman from making a tragic mistake!（p. 60）

そうやって慎重にことを運べば，若い娘が相手を選ぶのに悲劇的な間違いをしなくてすむんだよ。

2　時を表す名詞の接続詞用法

アイルランド英語では the time, the minute, the hour, ほか時を表す名詞をそのままで接続詞としても使う。これもゲール語の影響である（P. W. Joyce, p. 37）。Amanda に次の用例がある。

> She married him on the rebound — never loved her — carried my picture on him *the night* he died! (p. 19)

彼があの奥さんと結婚したのはあたしに振られた反動みたいなものよ，愛したからではなかったわ—だって死んだあの夜も彼がもっていたのは，あたしの写真だったのよ。

3　'I don't believe'

これがアイリシズムであることについては→Ⅰの 15。Laura と Amanda に次の用例がある。

> *I don't believe* we're going to receive any, Mother. (Laura, p. 20)

お見えになる方なんか，誰もいやしないわよ。

> *I don't believe* that I would play victrola. (Amanda, p. 116)

あたしはとてもレコードを聞く気になんかなれないわ。

> *I don't believe* that you go every night to the movies. Nobody goes to the movies night after night. (Amanda, p. 34)

あんたは毎晩映画を見に行ってるなんて嘘をついたりして！　正気の人間がお前の言うように，しょっちゅう映画ばっかり見に行くもんですか。

4　関係代名詞 'that'

アイルランド英語では関係代名詞は先行詞の種類にかかわらず that 一つで済ます傾向がある。ゲール語で区別しないからである（*Pocket Oxford Irish Dictionary*, p. 297, which, who の項）。Amanda と Tom に次の用例がある。

> Girls *that* aren't cut out for business careers usually wind up married to some

『ガラスの動物園』

nice man. (Amanda, p. 29)

職業に向かない娘はね，たいていは素敵な男と結婚してうまくおさまるものなんだよ。

And there was that boy *that* every girl in Delta had set her cap for. (Amanda, p. 19)

それからあの人がいた，デルタ地帯の娘という娘が躍起になってその心を捉えようとしたあの人！

Isn't this the first you've mentioned *that* still survives? (Tom, p. 19)

まだ生きている人の話はこれが初めてだろう？

5 'don't'（= doesn't）

アイルランド英語では，三人称単数の主語に対して don't を使うことがある。アイルランドには，古い植民地時代の名残として，三人称主語に対する have, do もある（P. W. Joyce, pp. 81-2）。この作品では Tom に次の用例がある。

You know it *don't* take much intelligence to get yourself into a nailed-up coffin, Laura. (Tom, p. 40)

ねえ，ローラ，棺桶に入って釘付けになるくらいなら，大して知恵はいらんよね。

6 'you know' の挿入

これがアイリシズムであることについては→Ⅰの14。Amanda に次の用例がある。

You know our blood gets so thick during th' winter ― (p. 81)

あのね，冬の間は人間の血液は濃くなってるのよ…

Terribly old!　Historical almost!　But feels so good ― so *good* an' cool, *y' know* . . . (p. 81)

このドレスすごく古いものなの。歴史ものと言ってもいいくらいよ。でも着心地はとてもいいんです―とっても涼しいし…

第14章　テネシー・ウイリアムズ

Honey, you go ask Sister if supper is ready! *You know* that Sister is in full charge of supper! (p. 81)

姉さんにお聞きなさい！　今夜のお食事は全部姉さんに任せてあるんだから！

7　'in the door'

これがアイリシズムであることについては→Ｉの12。Laura にも次の用例がある。

I knew that Tom used to know you a little in high school. So when you came *in the door* ―（93）

あたし，トムがハイスクールであなたとちょっとお付き合いがあったことも知ってました。だからあなたがドアを入ってらしたとき，直ぐに分かりましたわ―

8　'good and ～'

アイルランド英語の強調語法の一つに，'*fine and* ～' という二詞一意（hendiadys）がある（P. W. Joyce, 89）。'That girl is fine and fat.'（あの娘は実によく肥えている）のように fine に単独の意味はなく，'fine and' の二語で 'very' の意に使われる語法である。Amanda には 'good and ～' の用例が見られる。

Already summer!― I ran to the trunk an' pulled out this light dress ― Terribly old!　Historical almost!　But feels so good ― so *good an'* co-ol, y' know ...（81）

もう夏！―そこであたし，あわててトランクから引っ張り出したのがこの軽いドレス―昔のものですわ！　歴史ものと言ってもいいくらい！　でも着心地はとてもいいんです―とっても涼しいし…

9　'you all'

アイルランド英語では '*you all*' を yous，yez，yiz などとともに二人称複数代名詞として使う。Amanda に次の用例がある。

Where are *you all*?（79）

『ガラスの動物園』

どこにいらっしゃるの，みなさん？

10　直結形伝達疑問文

疑問文語順のままで名詞節として，伝達動詞に直結させるのがアイルランド英語の特色の一つであることは→Ⅰの11。Laura にも次の用例がある。

　　When I came back you *asked me what was the matter.* （94）

　　わたし，胸膜炎にかかって，しばらく，学校を休んでいました。

11　'like' の接続詞用法

'like' を接続詞として使うのも古い植民地時代の英語がそのままアイルランドに残った語法の一つである。Laura に次の用例がある。

　　I'm not popular *like* you were in Blue Mountain. （20）

　　わたしは，ブルー・マウンテン時代の母さんみたいに（男性から）ちやほやはされないのよ。

　　You make it seem *like* we were setting a trap. （68）

　　これじゃあまるで，あたしたち罠をかけているみたいじゃないの。

上に見たように『ガラスの動物園』の英語の特色はほぼ全面的にアイルランド英語と共通する。

『大地の王国』

Kingdom of Earth (1967)

　Tennessee Williams の戯曲『大地の王国』はミシシッピー河の河口地帯 (The Mississippi Delta) の農家が舞台。農園の当主ロット (Lot) は色白の美男子だが病弱で既に片肺。結核はもうかなり進んでおり農園の仕事に耐える体はない。そこで死後は農園を譲渡するという契約書を異母兄弟のチキン (Chicken) に渡して農園の仕事一切を委ねて療養生活をしていた。ところがロットはある日, 町でひょんなことから場末芸人の女マートル (Myrtle) とテレビ結婚をしてしまい, 彼女を連れて農園に帰って来る。

　マートルはロットの美男子ぶりにひかれ, その弱々しさに母性本能がうずいている様子。ロットはマートルに異母兄弟のチキンがいることは話しておらず, 家に着いてから初めてマートルはその事実を知る。チキンは色黒で熊のように頑丈そうで粗野な男だった。結婚する前に作成した譲渡契約書は, 後で結婚して法定相続人が出た場合どうなるのかについては, 想定していなかっただけにこの問題の当事者が三人になったいま, そのことがそれぞれに気になり始める。

　こうした状況設定をしながら, 作者がこの劇で浮かび上がらせるのは, 世の中の片隅でほとんど生きる道を失っている登場人物三人三様の孤立した姿である。肺結核で余命いくばくもないと医者から見られているロット。黒人の血を受け継いでいるがゆえに蔑まれ疎外されて台所の片隅で一人ひっそり暮らすチキン。これまで生み落とした五人の子供を生活力がないがゆえにみな手放さなければならなかった幸せ薄い女マートル。三人それぞれが背負っている重い人生を浮かび上がらせてこの劇は幕を閉じる。

さて，この作品の言語についてであるが，ロットは語る場面も少なくまたとくに目立つ特色もない。自尊心の高い白人の母親に育てられたからであろう。標準的な英語を話す。だが中心人物であるチキンとマートルには明らかな方言的特色がある。わたくしがこの作品を取り上げるのは，その境遇からほとんど教育を受けていないと思われる薄幸なチキンとマートルの英語の特色はアイルランド英語の特色と共通する点が多いからである。以下はそのことを具体的に指摘するものである。Text は New Directions 版。

　なお，この作品には「地上の天国」と邦訳されている同名の短編小説があるが，登場人物は同じでも作品としては別ものであると考えて，混同を避けるためにこの戯曲の邦題は『大地の王国』とした。

I　発音に関して

1　短母音 /e/ → /i/

　P. W. Joyce (p. 100) によるとアイルランド英語では標準英語の短母音 /e/ が /i/ に似て響くのを特色とする。この作品には次の例がある。

actriss (= actress)	101
agin (= again)	50
fawgit (= forget)	74
git (= get)	2, 56, 70, 71, 75
instid (= instead)	15, 41
lit (= let)	103
pin (= pen)	90, 91, 92
thin (= then)	70, 99
tin (= ten)	98
whin (= when)	16, 22, 31, 33, 75, 78, 84, 98, 106, 107
wint (= went)	25

2　末尾閉鎖音の消失

第14章　テネシー・ウイリアムズ

アイルランド英語では l-, n- の後の末尾閉鎖音 -d が消失するのを特色とする (P. W. Joyce, p. 100)。この作品には次の例がある。

an' (= and)	10, 14, 15, 30, 94, 95, 98, 111, 111
husban' (= husband)	50
ole (= old)	12, 13, 101
thousan' (= thousand)	111
tole (= told)	98

P. W. Joyce は言及していないが，次の末尾 -t の消失も同様である。

didn' (= didn't)	46
effeck (= effect)	40
exackly (= exactly)	97
expeck (= expect)	46
instinck (= instinct)	97
perfeck (= perfect)	47, 69, 110
self-respeck (= self-respect)	66, 100
subjeck (= subject)	110, 110

3　弱音節の脱落

アイルランド英語は弱音節を落として語を短くするのを特色とする (P. W. Joyce, p, 103)。この作品では次の例がある。

comf'table (= comfortable)	69, 95
diff'rent (= different)	17
ev'ry (= every)	12, 103
fav'rites (= favorite)	60
'fore (= before)	55
sev'ral (= several)	41
uncomf'tabl (= uncomfortable)	48
you'self (= yourself)	61, 85, 100 （厳密には重母音の単母音化）

『大地の王国』

これは強勢アクセントによる発音習慣を知らなかった初期のアイルランド人には英語の弱い曖昧母音が聞きとれなかったのであって，短縮を意図したわけではないと思われる。

4 側音 /l/ の消失

P. W. Joyce (p. 94) は vault, fault などの /l/ が消失するのをアイルランド英語の特色として指摘する。これは talk, walk などの /l/ の消失と同様，前の母音の長音化によって /l/ が弱化し，その長母音に吸収されてしまう消失であるから，この作品に見られる次の例もそれに当たる。

 awredy (= already) 99

 awright (= alright) 8, 12, 29, 60, 74

5 r-less の発音

P. W. Joyce (pp. 1-7) が指摘するように，アイルランド英語は 17 世紀のイギリスの英語を受け継いだ。したがってそのころには子音の前の r の消失は既にイギリスでは確立していた。アイルランドは元々 r-full 発音の国だが，17 世紀イギリスのその r-less がそのままアイルランド英語に引き継がれたものも多い。この作品には次の例が見られる。

 bawn (= born) 176, 76

 befo' (= before) 2

 faw (= for) 108

 fawgit (= forget) 74

 fo' (= for) 2, 3, 99, 108

 impawtent (= important) 74

 infawmin (= informing) 50

 mawnin (= morning) 19, 51, 81

 nawmul (= normal) 49

 wuh (= were) 69, 70, 101

6 /æ/ → /e/

第14章　テネシー・ウイリアムズ

H. C. Wyld (p. 198) によると，15世紀ころから '*sedness*' (= sadness), '*heve*' (= have), *thenking* (= thanking) などの発音がイギリスで広く起こった。この作品に見られる次の例はそれをアイルランド経由で引き継いでいるものと思われる。

hed (= had)　　2, 11, 23, 30, 30, 31, 49, 51, 74, 111, 111
hev (= have)　　60, 111
thet (= that)　　99, 103

因に，ADD は *hez* (= has) も全米各地にあると報告している。

7　/e/ → /ei/

この作品で目立つ発音に /e/ → /ei/ がある。『研究社新英語学辞典』によると，これはスコットランド発音と共通する特色でもある。

aig (= egg)　　109, 110
daid (= dead)　　8, 25, 59, 77
haid (= head)　　2, 11, 23, 67, 74, 75, 102
yais (= yes)　　22, 31, 48, 72, 73, 90, 104

(*yais* には *yaiss*, *yaisss* という綴りも見られる。)

8　他に /æ/ → /e/ → /i/ がある

cain't (= can't)　　11, 45, 59, 103
kin (= can)　　47

II　統語法に関して

1　'of' の後置詞的用法

P. W. Joyce (p. 42) によるとアイルランド英語では，例えば「馬鹿な男」はゲール語の直訳から 'a fool of a man' と組み立てる。この of は後ろの a man と結びついて句をつくるのではなく，前の a fool と結んで「馬鹿みたいな」の意の形容詞句をなす。イギリス英語の伝統にはなかった語法。この作品では次の用例が見られる。

he's such *a bull of a* man, and ―（54）

彼はまったく雄牛みたいな男だわ。

I think you're *a hell of a* lot better off.（106）

あんたはうんとうんと暮らしがうまくいくと思うわ。

2　不快・迷惑などを表す前置詞 'on'

アイルランド英語では「on + 人」はその人のことを「無視して」「権利を踏みにじって」の意味に使うことがある（P. W. Joyce, pp. 27-8）。例えば 'James struck *on me*.' は「ジームズは私の犬を叩きつけるんだよ腹立たしいわ」の意である。この作品には次の用例がある。

She'd no sooner got married to him that she begun to cheat *on him* with a good-looking young Greek fellow（76）

彼女は彼と結婚すると直ぐに男前の若いギリシャ人野郎と浮気をし始めおった。

3　'the way' を接続詞として使う

アイルランド英語ではゲール語の文法に従って方法・様子を表す名詞 way をそのまま接続詞としても使う（P. W. Joyce, p. 35）。この作品には次の用例がある。

The way they cooked French fries, they put the put the potatoes in a wire basket.（46）

フレンチ・フライを揚げるときみたいに、そのお店ではワイヤの網籠の中にポテトを入れるのよ。

I reckon you'd never guess from me, *the way* I am now,（105）

あんたはわしからは、つまりわしのこの現状からでは想像もできんと思うが。

4　'mad'（= angry）

P. W. Joyce (p. 289) によるとアイルランド英語では、mad を angry の意味にも使う。ゲール語の **'buileamhail'** が mad の意味にも angry にも使われる

第14章　テネシー・ウイリアムズ

からである。この作品には次の例がある。

I sobbed and cried and it made me *mad* that they laughed.（30）
わたししくしく泣いたわ声を出して泣いたりもしたわ。そしてみんがあざ笑ったのには腹が立ったわ。

Y'know how *mad* it makes you to pour your heart out at someone an' have him mock you?（30）
人に心情をつくしてその人にあざ笑うわれるのって腹の立つものよ。

5　'quit'（= cease）

P. W. Joyce（p. 310）によると，アイルランドのUlsterでは 'quit that' は cease from that（そんなことは止せ），'quit your crying' は「泣くのは止めろ」の意味である。この作品には次の用例がある。

Quit that. I want to talk to you.（73）
そんなに泣いたりはせんでくれ。わしはあんたと話がしたいんじゃ。

so she quit eating, quit sleeping — *quit* breathing（77）
それで彼女は物を食べなくなり，眠れなくなり，とうとう息をしなくなっちまった，ってわけだ。

6　'out the door'

尾上政次（1953, pp. 11-2）によると，アイルランド英語では 'out the door' を out of the door の代わりに使う。これがアメリカに入って今日アメリカでは 'out the door' と 'out of the door' とが並存することになった。ただし 'out the window' の方はアイルランド英語にはなく，これは 'out the door' からの類推によってアメリカで生まれた Irish-American であるという。この作品ではそれぞれ次の例がある。

I'm goin' *out th' door* for a minute.（111）
わしはちょっと外に出てくる。

but practicality flew *out the window* whin when this boy come in.（21）
あたしの実用主義は，この人が入ってきた時には，窓からすっ飛んで行

ってしまったわ。

7 'on top of'

尾上政次（1953, p. 155）によると標準英語では 'on the top of 〜' と言うところを，アイルランド英語では定冠詞を使わず *on top of 〜* とする。この作品では次の用例がある。

That cat ain't drownded. She swum *on top of* the wood-pile. (59)
猫は溺れたりはしねえ。薪の山の上を泳いだんだ。

8 'boy' (= man)

P. W. Joyce (p. 223) によると，アイルランドでは男子は結婚するまでは誰でも 'boy' であり，結婚後も長くそう呼ばれる。この作品では次の例がある。

You're a city lady and I'm a country *boy* with common habits. (69)
あんたは都会の女だし，わしは田舎もんの男だ。

9 文末の念押し重複語法

P. W. Joyce (pp. 10-1) によるとアイルランド英語では文末に，断定ないし強調のための文を添える習慣がある。さまざまな形式があるが，例えば 'He is a great old schemer, *that's what he is*.' はその一つ。この作品には次の用例が見られる。

He'll come out after while. The sight of a woman talking in this house must have give him a little something to think about in that kitchen, *is what I figure*. (11)
あいつはしばらくしたら出てくるだろう。この家で女の人が喋っているのを見て，台所の中でちょっと考え込ませたのに違いない，そう決まってる。

10 その他

その他 '**them**' (= those), '**you all**' (= you)' もアイルランド英語の特色と共通する。

第 14 章　テネシー・ウイリアムズ

You ast me a sad questin, where's *them* girls.（25）

あんたはあの娘たちはどこへ行ったのかと，悲しいことをあたしに聞くのね。

Why did *you all* come back here?（18）

あんたら，どうしてここに戻って来たのか。

　以上のようにアメリカ南部の無教育な下級階層に属するチキンとマートルの英語もアイルランド英語の特色と共通するのである。

第 15 章　トルーマン・カポーテ

『遠い声，遠い部屋』
***Other Voices, Other Rooms* (1948)**

　Truman Capote (1924-1984)の処女作『遠い声，遠い部屋』の主人公は 13 歳の少年ジョエル (Joel) である。1 歳のとき両親が離婚してからは母親とアメリカ南部の港町ニュー・オリンズで暮らしていたが，母親が死んだので父親を探しに Noon City へ向けての一人旅に出る。Noon City はジョージア州のまったく辺鄙な田舎町で，外界からはほとんど隔絶された陸の孤島のような所である。
　旅の途中や Noon City に辿り着いてから，さまざまな人と出会う体験が「濡れた文体」で幻想的に語られるのであるが，ジョエル少年の前に現れる人物が話す言葉は，いずれも土地言葉 (vernacular) である。また登場人物の大半は黒人である。
　「南部英語」と「黒人英語」はほとんど区別がないといわれる。どちらも共通して同じアイルランド英語の特色を共有するからである。以下はこの作品に登場する黒人と白人が話すそれぞれの言葉の中に，具体的にどのようなアイリシズムが見られるのかを検証する。Text は Penguin Books 1972 年版。末尾の数字は頁数。

I　この作品の黒人に見るアイリシズム

1　時を表す名詞の接続詞的用法
　アイルランド英語では時あるいは時間的順序を表す名詞をそのままの形で接続詞的に使う（P. W. Joyce, p. 37）。この作品の黒人には次の用例がある。

第 15 章　トルーマン・カポーテ

ただし第 3 例の 'first thing you know,' は「知らぬ間に，あっという間に，ふと気がついてみると」の意の Irish-American である。

The time that snake bit me, I lived a week in a terrible place where everything was crawling, the floors and wall, everything. （100）
その蛇に嚙まれたとき，あたしは丸一週間，おそろしい所にいたわよ。そこではあらゆるものが這っているの，床でも壁でも，いろんなものが。

on accounta dogs just naturally hate that Keg and start to holler *time* they smell him.（121）
犬どもはどういうわけかあのケッグの奴が嫌いで，あいつの臭いがすると直ぐ吠え始めるんだ。

Gee whiz, *every time* I mention Mister Samson you'd think. . . you'd think. . .（49）
ほんとだよ，僕がサムソンさんって名前を言うたんびに，あんたたちは，あんたたちは…

first thing you know, boy, folks is gonna say you got to wee wee squattin down.（89）
ふと気がついてみると，あんたはしゃがんでオシッコしなきゃならないんじゃないかって，近所で噂になってるよ。

2　直結形伝達疑問文

アイルランド英語では疑問文を名詞節にするとき，疑問文の語順のままで直接伝達動詞に結びつける。この構文がゲール語起源であることは，早くから F. Karpf が指摘していたが，尾上政次（1984）は独自の調査によってそれはむしろ Anglo-Irish に起因するものであることを実証した。この作品の黒人には次の用例がある。

I reckon maybe he sorry my feets is cut and maybe's gonna *ax why don't I ride in his fine car*?（161）

あたしゃ，その男があたしが足を痛めているのを気の毒に思って，彼の立派な車に乗らないかと，言ってくれるのかと思ったさ。

3 for to 〜' (= to)

アイルランド英語では不定詞の前によく 'for' をつける。'he bought cloth *for to* make a coat.' のように。これはゲール語の前置詞 "***le***" と "***chum***" の直訳による（P. W. Joyce, p. 51）。しかし，この for の使い方は ME 時代の古い英語ではごく普通であった（藤井健三 1984, pp. 138-9）ので，その二つのルートの合流によって 'for to' は広くアイルランド英語に定着したものと思われる。この作品の黒人には次の用例がある。

> Papadaddy fetched me here *for to* nurse him in his dying days.（46）

お父つあんは，老後の面倒を見させるために，あたいをここへ連れて来たのよ。

> Someday he gonna come back here lookin *for to* slice me up.（121）

いつかあいつは，ここに帰って来るよ，あたいを見つけて，細切れにしようと思ってさ。

4 'whatsoever' (= at any rate)

アイルランド英語では whatosever を，at any rate, anyway, anyhow の意味で文末につけてよく使う。これはゲール語の "***ar mhodh ar bith***" の訳語である（P. W. Joyce, pp. 347-8）。この作品の黒人には次の用例がある。

> leastwise, she don't go round makin folks feel nocount for no cause *whatsoever*.（90）

少なくとも，わけもなしに人をけなしたりしないもん。

5 虚辞 'you know' の挿入

アイルランド英語では 'you know' を，何の意味もなく会話の中に単なる虚辞（a mere expletive）として絶えず挿入する習慣がある。身分や教育の程度にかかわらずよく使われるという（P. W. Joyce, p. 135）。この作品の黒人には次の用例が見られる。

第15章　トルーマン・カポーテ

Well, it's... *you know*, different.（15）

うん，だって，そう言ったって…違ってるもん。

He isn't well, *you know*. I don't think it advisable he see you just yet ; it's hard for him to talk.（44）

お父さんはお加減が悪いの。いますぐあなたに会うのは無理だと思いますよ。お父さんはよく口が利けないの。

6　'quit'（= cease）の用法

'*quit*' は本来「辞す，退く」の意の動詞だが，アイルランドのアルスター地方ではこれを '*quit* your crying'（泣くのはやめな），'*quit* that'（そんなことはよしな）のように cease の意味に使う（P. W. Joyce, p. 310）。この作品の黒人には次の用例がある。

Sugar, you *quit actin* the fool, and hie yourself in here outa that heat..（20）

あんた，馬鹿な真似はよして，中に入っておいでよ，そんな日の当たるところにいないでさ。

7　'kind of' の副詞用法

'*kind of*' を「まあ，いくらか」ほどの意の一種の「ぼかし語」として使うのは，英語の kind に相当するゲール語の "***cineal***" に somewhat の意の副詞用法がある（*Oxford Irish Dictionary*）ことによると考えられる。この作品の黒人には次の用例がある。

course we do know Jesus Fever... *kinda*.（29）

もちろんジーザス・フィーヴァーなら知ってますよ，いくらか。

and so he asked if she knew the way to the Cloud Hotel. '*Kind of*,' she said, ...（133）

彼はクラウド・ホテルへ行く道を知っているかどうか，彼女に聞いてみた。「まあね」と彼女は言った。

8　環境の 'it'

take *it* easy（気楽にやる），have *it* good（よい境遇にある），get *it*（やられ

『遠い声，遠い部屋』

る)，put it there（握手しよう）など，いわゆる「環境の 'it'」はアイルランド英語起源の語法であり，その背後にゲール語の基層がある（尾上政次 1982)。この作品の黒人には次の用例がある。

She'll catch *it* when I tell Papa, ... (31)

あたしがパパに言いつけたら，きっと叱られるくせにね，…

9　'like' の接尾辞的用法

アイルランド英語では like を接尾辞のごとくに形容詞につけ，'as it were' 'in a way' ほどの意に使う（J. Taniguchi, pp. 41-2)。この作品の黒人には次の用例が見られる。

Hush up and bow that head, Papadaddy. We gonna end this meeting *proper-like*. We gonna tell Him our prayers. Joel, honey, bow that head. (59)

お父つあん，だまって頭を下げな。お勤めのおわりをきちんとしとくんだから。神様にあたいたちのお祈りをすんのよ。さ，ジョエル，お前も頭をお下げ。

10　'Ain't' で始まる存在文

Ain't で始まる存在文は一般に黒人英語の特色と考えられている（『大修館英語学辞典』p. 1083)が，アメリカで生まれた Irish-American の可能性もある。ゲール語には英語の 'There is not' を一語で表す "*Níl*" という一語がある。また，英語の 'It is' に当たる存在動詞 "*Tá*" の否定形も "*Ní*" (= it is not) 一語で表せる。したがって英語の Ain't はゲール語の "*Níl*" と "*Ní*" のどちらにもあたる。もしイギリス系白人英語の頭部省略から生じたものだとしても，アイルランド人には極めて受け入れやすいものだったといえよう。また，アメリカにおけるこの語法の分布規模の大きさから見て，流布の原因を黒人に置くのは無理があり，原因はやはりアイルランド人の人口流布をおいて他には考えにくい。この作品の黒人には次の用例が見られる。

an *ain't* a soul in sight. (161)

どっちを見ても人っ子ひとり見えやしない。

第15章　トルーマン・カポーテ

I'm so tired *ain't* no feelin what tells me iffen I pinch myself.（161）
あんまりくたくたに疲れたもんで，自分で体をつねってみたって，まるで感覚がないんだよ。

Ain't nobody gonna pay cash-money for that piece-a-mess.（172）
そんながらくたに，どこの誰が金なんか出すもんか。

Ain't no place for him to be : damn fool gonna kill hisself.（168）
あんな所に行きゃがって，しょうがねえなあ。あいつ死んじまうぜ。

11 'no sense 〜 ing'

イギリスの伝統英語ではこの '〜 ing' は動名詞であるから前に前置詞 'in' を必要とするが，アイルランド英語におけるこの構文はゲール語に基づく分詞構文であるから，前置詞を必要としない（尾上政次 1986）。この作品の黒人には次の用例がある。

Sides, *no sense paintin* up less there's mens round a lady is innerested in...（50）
それにさ，お化粧したってしょうがないじゃないの，周りに気に入るような男連中がいなきゃ…

12 '疑問詞 + is it 〜'

アイルランド英語では，ゲール語の習慣から文の述部を前後二つに分け，前半を 'it is' で起こして一つ「主語＋述部」の形を整え，その後でもう一つの「主語＋述部」をつくって文のバランスをとる習慣がある。例えば，'And indeed, it's I am proud of of you.' のように。疑問詞で始まる疑問文では，'How is it you never said anything about this before?' となる（J. Taniguchi, pp. 160-3）。この作品の黒人には次の用例がある。

when you thinks bout the Lord, what *is it* passes in your mind?（45）
あんたが神様のことを考えるとき，どんなことが心に浮かぶと言うの？

次にこの作品の黒人に見られるアイリシズムのうち，アイルランド英語が

『遠い声，遠い部屋』

13　二重主語（double subject）

　名詞主語の直後に代名詞主語を使う二重主語は，17 世紀ころまでの古いイギリス英語。アイルランド英語ではそれが長く残った。スコットランド英語にも共通する。この作品の黒人には次の用例がある。

　　Jesus Fever, *he* the oldest ol buzzrd you ever put eyes on.（25）
　　ジーザス・フィーヴァーっていうのは，どえらい爺さんなんだぜ。
　　Me and papadday, *us* got our own troubles.（49）
　　あたいとお父つあんには，あたいたちでまた苦労があんのよ。

14　複合指示詞（double demonstrative）

　複合指示詞も古いイギリス英語。これもスコットランド英語と共通する。この作品の黒人には次の用例がある。

　　This here's the Lord's day.（45）
　　きょうは神様の日なのよ。
　　This here was Papadaddy's proudest thing.（127）
　　これはお父つあんが一番自慢してたものよ。

15　再帰与格（reflexive dative）

　再帰与格は 17 世紀ころまでの古いイギリス英語。アイルランド英語はこれを長く引き継いだ。この作品の黒人には次の用例がある。

　　so you scoot over later on, and we'll have *us* a real good ol time.（45）
　　あとですぐおいでね，とっても愉快なんだから。
　　Look real nice in red, I do. We gonna have *us* a car?（123）
　　赤いのがとっても似合うの，あたいには。車も買わない？

16　'done' の副詞用法

　'done' を already ないしは entirely の意味の副詞として過去時制あるいは完了時制とともに使う語法の起源については諸説がある。Mencken は古くはア

385

第 15 章　トルーマン・カポーテ

イルランドから来たのではないかという説もあると紹介している（ch. 9）が，G. Curme (*Syntax*, p. 23) はスコットランド語法だと見ている。だとすると，これがアメリカで広く分布した原因については，ain't で始まる存在文の場合と同様にアイルランドを経由して大量にアメリカに移住したスコッチ・アイリッシュの影響と考えるのが自然であろう。アメリカの黒人はこれを継承するだけでなく，下の最終例のように done を動詞の原形にも繋げて運用を拡大した。

 and (I) *done* took enough medicine...（44）
 それに薬もたっぷり飲んだ…

 she's *done* broke her pretty sweet little sister's nose.（145）
 あの子は自分の奇麗な姉さんの鼻をへし折った。

 Oh devil *done* weep, devil done cried., cause he gonna miss me on my last lonesome ride.（55）
 おお悪魔がめそめそ泣いたぞ，悪魔が声を出して泣いたぞ，あたいの最後の淋しい旅に，あたいがいなくて淋しいとさ。

 Done fly off with a dozen fat fryers this spring a'ready.（89）
 この春だってニワトリを 1 ダースかっさらって行ったんだからね。

17　'hisself'（＝ himself）

これは古くからのイギリス方言である（広岡英雄 1975, p. 162）。この作品の黒人には次の用例がある。

 he did a crime to me and landed *hisself* on achain gang, ...（46）
 その男はこのあたいにひどいことをして，とうとう鎖に繋がれちまったわ。

 He make it *hisself*, makes lotsa pretty doodads long that line.（50）
 あの人が自分でつくっちゃったの，そんなふうな奇麗な飾りをたんとつくっちゃたわ。

18　動詞語尾の '-s'

『遠い声,遠い部屋』

主語の人称・数にかかわらず,すべての一般動詞の現在形に -s をつけるのは古くからイギリス方言にある(藤井健三 1984, pp.74-6)。この作品の黒人には次の用例が見られる。

I plays(44),*us sings*(44),*you thinks*(45),*I wants*(57),*I goes*(75)

19 'iffen'(= if)

'*iffen*' を if と同じ意味の接続詞に使うのもイギリスの古い用法である(藤井健三 1984, pp. 211-2)。この作品の黒人には次の用例が見られる。

ain't no feelin what tells me *iffen* I pinch myself,...(161)
あんまりくたくたに疲れたもんで,自分で体をつねってみたって,まるで感じやしないんだよ。

Done jut told me it don't work *iffen* I goes round telling everboy.(75)
もしあたいが他人にふれまわったら,御まじないはきかないと,あんた,たった今言ったじゃないか。

20 'them'(= those),'us'(= we)

代名詞の屈折の無視や誤用は 17 世紀ころの口語英語には極めて多かった(藤井健三 1984, pp. 53-5)。この作品の黒人には次の用例がある。

Lift them feet, John Brown, lift *them* feet...(26)
そうれ,ジョン・ブラウン,足を上げるだ,足を…

Yessir, *us* got our own troubles.(50)
そうよ,あたいたちには,あたいたちの苦労ってものがあるのよ。

21 二重複数形・二重最上級

feets, *mens* などの二重複数形や *bestest* や *beautifulest* などの二重最上級は,一般に黒人英語の特色と考えられているが,17 世紀ころはイギリス・スコットランド・アイルランドのいずれにもよく見られた形である。この作品には次の用例がある。

Here I'm sittin by the road with my *feets* afire,...(161)
あたいはもう足がもえるみたいで,道端にへたり込んじゃった。

第15章　トルーマン・カポーテ

There ain't no *mens* round here I'm innerested in, ...（46）

あたいの気に入るような男は，このあたりには一人だっていやしないのよ。

Happy Dip, that's the *bestest* brand.（161）

ハッピー・ディプって，この商標が一番なのよ。

Ⅱ　この作品の白人に見るアイリシズム

1　強意の他動詞構文

アイルランド英語には「他動詞＋内臓物＋ out of ～」で，「誰々を～ぶん殴る，どやしつける」の意味の強調構文がある（尾上政次 1953, p. 160 ; P. W. Joyce, p. 31）。この作品の白人英語には 'wham the daylight out of' の変形だが次の用例がある。（注：この場合の daylight は「肺臓」の意）。

deep in his heart he didn't care if she *got the daylight whammed out of her*.（84）

心の奥底では，彼は彼女が二度と陽の目を見られないほどやっつけられても，一向に構わない気持ちだった。

2　'the way' の接続詞的用法

アイルランド英語では 'the way' は接続詞としていろいろな意味に使われる。いずれもゲール語の影響である（P. W. Joyce, p. 35）。例えばゲール語の "**amhlaidh**" は英語でいえば 'thus,' 'so,' 'how,' 'in a manner' などに及ぶ広い意味範囲をもつ。この作品の白人には次の用例がある。

It was peculiar, *the way* she'd behaved.（13）

彼女の素振りから見て，どうも変だった。

The tough way she acts you'd never suppose she came from well-to-do family like mine, would you?（30）

あんなにがさつなんだもの，あれであたしたちと同じいい家の生まれだなんて，ぜんぜん思えないじゃありませんか。

『遠い声，遠い部屋』

3 'whatsoever' の用法
　これがアイリシズムであることについては，上記黒人英語→ I の 4) の項および P. W. Joyce, p. 347。この作品の白人にも次の用例がある。
> Shoot, boy, one time I had me a rising on my butt big as a baseball, and didn't pay it any mind *whatsoever*. (82)
> 一度なんか，お尻に野球のボールみたいなオデキができたけど，てんで，へっちゃらだったもん。

4 'and all' の用法
　'and all' が元来の「などすべてのもの」ではなく，これを一種の「ぼかし語」あるいは「和らげ語」として使うのは北英・スコットランド方言の特色であるが，アイルランド英語にも共通する。この作品の白人には次の用例がある。
> They'd eat you alive, you being a stranger, and living at the Landing *and all*. (99)
> あんたは，よそ者だし，ランディングに住んだりしてると，連中に生きたまま食われちまうよ。

> but this being my first day *and all*, Dad will most likely expect me to visit him. (45)
> でも今日は初めての日だし，きっと父さんが僕の来るのを待っていると思うんだ。

5 'Aye' (= yes) の用法
　OED によると，この語は I, ai, ey, などの形で16世紀に突然現れたが起源不詳としている。現在と同じ Aye, ay の形が現れるのは，19世紀後半以後の船員の用例を初出としている。イギリス船の乗組員にはアイルランド人が多かったので，アイルランド起源の可能性が考えられる。この作品の白人には次の用例がある。
> She was a little deaf: he'd cup his ear and cry 'Aye? Aye?' and couldn't stop

第 15 章　トルーマン・カポーテ

till she broke into tears.（12）

彼女は少し耳が遠かった。彼は手を耳に当て,「えぇ？　えぇ？」と叫び声を上げ,彼女が泣き出すまで止めなかった。

6　'mad'（= angry）

アイルランド英語では mad を angry の意味に使う。ゲール語の "**buileamhail**" が mad と angry のどちらも意味するからである（P. W. Joyce, p. 289）。この作品の白人には次の用例がある。

Please don't be *mad* with me.（107）

僕のこと,怒らないでね。

7　'make'（= become）

アイルランド英語では 'make' を become の意味にも使う（P. W. Joyce, p. 290）。例えば 'This will *make* a fine day.' 'no doubt he'll *make* a splendid doctor.' のように。この作品の白人に次の用例がある。

Delighted to *make* your acquaintance.（43）

お知り合いになれて嬉しいです。

8　'don't'（= doesn't）

アイルランド英語では do と does の使い分けをしない地方があるが,これは植民地時代の古いイギリス英語を引き継いだものだという（P. W. Joyce, p. 8）。この作品の白人には次の用例がある。（なお,『小学館ランダムハウス英語辞典』によると don't (= doesn't) はアメリカでは「徐々に標準化しつつあり,特に南部では教養ある人の会話にふつうに用いられる」という）

It *don't* pay to treat Idabel like she was a human being.（30）

アイダベルを人間並みに扱ったりしますと馬鹿を見るよ。

9　'her'（= it）

ゲール語には英語の it に当たる中性の人称代名詞がなかったために,アイルランド英語では無生物にも he か she を当てた。擬人化は英語の伝統にもあるが,月や国あるいは船舶など乗り物など一定のものに限られている。

『遠い声，遠い部屋』

アイルランド英語では必ずしもそうした制約がなく，適用範囲は遥かに広い。この作品の白人には次の用例がある。

>Here, Katz, *filler* up. （8）

そら，カッツ，もう一杯注いでくれ。

（注： *fillerup* (= fill her up)。この場合の her はビールを呑むグラスを指してのこと）

10 'I says'

P. W. Joyce (p. 134) によると英語の 'says he' にあたるゲール語の "***air sé***" は語りの中で繰り返される習慣がある。'And *says* he to James' 'Where are you going now?' *says he.*' のように。このアイルランド英語の習慣がアメリカでは '*I says*' にも引き継がれる。この作品の白人には次の用例がある。

>well *I says* : "Miz Potter answered, you teach that Idabel at the school," *I says*, "Now how come she's so confounded mean ?" *I says* : "It do seem to me a mistery, and her with that sweet ol sister ─ （20）

とにかくね，あたし言いましたの，「ねえポッターせんせ，あのアイダベルを学校で教えてるんでしょ」と言いましてね，「だのに，どうしてあの子はあそこまで下品なんでしょう」，そいでこう言ってやりましたよ，「ほんとに不思議じゃありませんか，姉の方はごく気立てがいいのに…」ってね。

11 'you all'

二人称複数代名詞としての '*you all*' の起源については，アフリカ土語説もあるが，アイルランド英語に先例がある。アイルランドでは英語を取り入れるとき二人称代名詞が単複を区別しない不便を補うために，'yous,' 'yez,' 'yiz' などの語形をつくり出した（P. W. Joyce, p. 88）が，その一方で，'*you all*' も「みなさん」の意味で使われ始めた。この作品の白人（と思われる百姓姿の男）に次の用例が見られる。

>*Y'all* better get offen that thing, hitsa fixin to rain. （147）

第 15 章　トルーマン・カポーテ

お前たち，もうそこから降りた方がええぞー，雨になりそうだでな。
黒人にも次の用例が見られる。

　You, *you-all*! It's getting powerful warm, it's getting fire!（123）
　おいみんな！　ひどく暑くなってきたぞ，火になるぞ！

12　'out the door' と 'in the window'

'out the door' は 'out of the door' の 'of' が省略されてできたのではなく，アイルランド英語には初めから 'of' のない前置詞句があり，それがアメリカに入ってきたものである（尾上政次 1953, pp. 11-2）。'in the window'（= in through the window)はその類推によるものと思われる。この作品の白人には次の用例が見られる。

　... sassed the girl, stomping *out the door*.（24）
　女は憎まれ口をたたき，足音も荒く戸口を出て行った。
　A bird flew *in the window*, such a nuisance.（38）
　小鳥が窓から飛び込んできて，大変な騒ぎよ。
　Go look *in the window*.（89）
　窓の所へ行って見てごらん。

13　'like'（= as)

like を as の意の接続詞として使うのは古いイギリス英語にあったが，それを今日まで残しているのはアイルランド英語の特色であるといえる。この作品には次の用例がある。

　You're fixed up *like* it was Sunday.（96）
　まるで日曜日みたいにおしゃれをしてんのね。

14　'good and 〜' の二詞一意

'good and 〜' や 'nice and 〜' もアイルランド英語と共通する hendiadyes である（尾上政次 1953, pp. 156-7）。この作品には次の用例がある。

　Good and kind, that's how we were, always, and what does she do?（127）
　うちじゃ，すごく親切にしてやったのよ，いつも。それなのに何ってこ

『遠い声，遠い部屋』

としてくれるんでしょう？

III 発音に関して

白人と黒人を区別せず，白黒あわせた「南部方言」がアイルランド英語の発音と特色を共有するのは次の諸点である。

1 'agin' (= again)

P. W. Joyce (p. 100) よるとアイルランド英語では，短母音 /e/ は m および n の前では，tin (= ten), min (= men), stim (= stem), pin (= pen) のように，常に短母音 /i/ となる。この作品には次の用例がある。

> This old dive'll have a mighty long wait before I bring my trade here *agin* (24)
>
> こんな安食堂なんかに，誰が二度と来てやるもんか。

2 末尾閉鎖音 '-d' の消失

P. W. Joyce (p. 100) によると，アイルランド英語では末尾閉鎖音 -d は /l/ および /n/ の後でよく脱落する。これはスコットランド英語にも共通する。この作品には次の用例がある。→末尾 -t の脱落。

> We'll have us a real *ol* good time (45)
>
> あたしたち，とっても楽しいことをするから。
>
> the oldest *ol* buzzard you ever put eyes on. (25)
>
> 見たこともないような，老いぼれの強欲じじい。
>
> Miss Amy done *tol* you he ain't the healthiest man. (49)
>
> ミス・エミイが話したでしょ，彼はあんまり丈夫じゃないんだって。

3 'git' (= get)

アイルランド英語で短母音 /e/ を /i/ と発音することについては→ agin の項。この作品には次の用例がある。

> *Git*, ohn Brown.... Lift them feet, John Brown, lift them feet... (26)
>
> （馬に）そうれ，行くぞジョン・ブラウン…足を上げるだ，足を…

393

第 15 章　トルーマン・カポーテ

4　'hit'（= it）

'hit' は it の古い元々の形である。初頭の /h/ が落ち始めるのは 17 世紀以後である。この作品では次の用例が見られる。

hitsa fixin to rain.（147）

雨になるぞ。

5　二重母音の単母音化

アイルランド人には英語の二重母音の弱い第二要素が聞き取れず，これを単母音と受け止めた。*they*（= there），*gret*（= great），*mebbe*（= maybe），*you*（= your），*fella*（= fellow）のごとくである。この作品では次の用例が見られる。

They is a wildcat smell on the air, they is.（120）

いまだって山猫の臭いがしているよ，ぷんぷんしているよ。

They's many kinda charms : love charms, money charms, what kind you speakin of ?（76）

まじないには，いろんな種類があってな。恋のまじないとか，お金のまじないとか。

You is a *gret* big story.（48）

あんた，大嘘つきね。

What's *you* name, son?（8）

坊や，何て名前だい？

You mama die in the sick bed.（48）

あんたのママは，病気で死んだんだよ。

what can Miss Roberta do for this cute-lookin *fella*?（21）

ミス・ロバータはこのかわいいお顔の坊やに何をさしあげましょうかね？

We countin on you, young *fella*.（43）

お若いの，あたしたち，あんたを当てにしてますからね。

『遠い声，遠い部屋』

6 'gonna'（＝ going to）

　動詞の '〜ing' はアイルランド人には後口蓋鼻音が聞き取れず単なる舌先歯茎鼻音として受け止めた。それは '〜in' と書かれ「dropping of G」と俗称される。このことから，不定詞 to〜が後続する場合は同化によって gonna が生じた。この作品には次の用例がある。

　　We *gonna* get along just elegant.（48）
　　あたいたち，きっとうまくやって行けるわ。
　　It *gonna* storm.（57）
　　こりゃ，嵐になるじゃろ。

　上で見たように，この地域社会の黒人が話す英語には，黒人英語特有といえるものはほとんどない。しかし，まったくないわけではなく，少なくとも次の点はアイルランド英語にもイギリス英語にもないので黒人英語の特有のものかもしれない。

1 不変化 'be' の用法

　原形 'be' を過去，現在，未来の時間に関係なく，was, is, will be のすべての時制の代わりに使う。この作品には次の用例がある。

　　so I come. That *be* thirteen year ago.（46）
　　だからあたいは来たんよ。それが十三年前のことだよ。
　　Mister Randolph's granddaddy gimme this, that *be* more'n sixty year ago.（120）
　　ランドルフのお祖父さんが，わしに下さったんじゃが，もう六十年も昔のことだで。
　　Well, now, this *be* a sweet todo!（166）
　　ほんにまあ，よくお出でなすった。
　　It *be* the mule.（168）
　　（あの音は）馬の野郎でさ。

第 15 章　トルーマン・カポーテ

2　ゼロ繋辞文（zoro-copula：'be' の無い文）

現在の一時的な状態をいうときに be 動詞を省略するのは黒人英語の特色である。これには同じ現在でも継続的状態あるいは反復される状態の場合は原形の 'be' を使って区別されるという文法機能の分担がある。この作品の次の用例は一時的現在の 'be' 無し文と見られる。

> We [ ] countin on you, ...（43）
>
> あたしたち，あんたを当てにしてますからね…
>
> he [ ] out there walkin round.（168）
>
> あの馬の野郎外に出て歩き回ってやがる。

3　'what'（= who）の用法

what を関係代名詞 who の代わりに使うのは一般に黒人英語の特徴の一つと考えられている。黒人による誤用と見られているのである。しかし J. Wright の *The English Dialect Grammar*（1905, p. 280）を見ると，イギリス各地の方言にあると報告されている。したがって，この方言用法がアイルランドを経由してアメリカに持ち込まれ，そこで黒人がこれを身につけたと考えるのが自然であろう。だがそれはまだじゅうぶんに立証されているわけではない。ゲール語の "**Ce'n**" が who と what の両方に使われること（三橋敦子，p. 230）に起因するアイルランド英語の可能性も考えられる。この作品の黒人には次の用例が見られる。

> the country's just fulla folks *what* knows everythin, and don't unnerstan nothing, just fullofem.（46）
>
> 世間には何でも知ってるくせに，まるきりわけの分からない連中がいっぱいいるのよ。うようよしてんのよ。
>
> That Keg Brown, the one *what* landed on the chain gang cause he did me a bad turn...（50）
>
> あのケッグ・ブラウンの奴，そらあたいに悪さをしたもんで鎖に繋がれちまった奴さ，…

『遠い声，遠い部屋』

a ugly little child *what* wore a machine in her ear . . .（172）
耳の中に機械をつめた小っちゃな醜い子。

第 16 章　J. D. サリンジャー

『ライ麦畑で捕まえて』

The Catcher in the Rye (1950)

　文学界ではサリンジャー（Jerome David Salinger, 1919- ）はユダヤ系の作家だといわれている。ユダヤ人牧師（後に畜産物の輸入商となる）の子として生まれたからであろう。しかし，アメリカの言語に関心をもつわたくしの目には，サリンジャーはどう見てもアイルランド系の作家としてしか映らない。母親がアイルランド人（Scotch-Irish）だったからだけではない。32歳のサリンジャーが自らの16歳を振り返って書いた自伝的一人称小説 *The Catcher in the Rye* の英語の特色はほとんどすべてアイルランド起源の語法だからである。

　この小説の英語は作品が出るとすぐにさまざまな議論や批評を呼んだが，まもなくこれは「アメリカ北東部の教育ある青年たちのインフォーマルなスピーチを正確に反映したものである（an accurate rendering of the informal speech of an intelligent, educated, Northern American Adolescent)」という報告が学術雑誌 *American Speech* 第34号（1959）で紹介された。しかし，特異なとして指摘されたその語法のほとんどが，頻度の問題を別にすれば，アメリカの北東部に限らず全米の各地に認められる。上の報告もアメリカ北東部以外では認められないと証言したわけではない。

　「アメリカ北東部」に限らないとなると一体それはどこから来た英語なのだろうか。結論は先に指摘したように，そのほとんどがアイルランド英語から来た，またはその血を引いたアイルランド系アメリカ英語（Irish-American）であるといえる。以下はそのことを検証するものである。Text は

第16章　J. D. サリンジャー

Penguin Books 1963 年版。

1　'quite a little' / 'quite a few' の緩叙法

　'quite' は「まったく」の意の強意の副詞であるから，普通は 'quite right'（まったく正しい）'quite a long time'（ずいぶん長いあいだ）のように使われる語である。ところが 'quite a few,' 'quite a little,' 'quite a bit,' 'quite a while' など quite が少数・少量を表す語と結びつくと，逆に多数・多量を表す表現となる。

　Quite a few guys came from these very wealthy families, . . . — ch. 1
　すごい金持ちの家から来ている奴がかなりたくさんいた。
　She was *quite a little* phony. — ch. 15
　彼女はぜんぜんインチキなんだ。
　I had *quite a bit* of time to kill till ten. — ch. 18
　10 時まで僕はずいぶん長い時間をつぶさなければならなかった。
　It took me *quite a while* to get to sleep. — ch. 14
　長いこと寝つかれなかった。

　この語法はイギリス最大の英語辞典 *The Oxford English Dictionary* には示されていない。アメリカの英語学者カーム（G. G. Curme）が『統語論』（*Syntax*, 1931, p. 135）で 'quite a little' に触れ，アメリカでよく使われる皮肉な語法（ironic popular American）であると言っているように，一般にアメリカ生まれの語法と考えられて，M. M. Mathews の *A Dictionary of Americanism* (1951) もこれをアメリカニズムとして収めている。

　しかし日本の英文学者尾上政次（1991）は 'quite a little' は実はアイルランド起源の語法であることを立証した。英語には「少々」「少なからず」に当たる表現として 'not a little,' 'not a few,' 'a good few,' 'some little,' などが昔からあり，'quite a little,' 'quite a few' は少なくともイギリス英語の伝統にはなかった。これは 19 世紀の末ころからアメリカで見られるようになったもの

『ライ麦畑で捕まえて』

で，尾上はその起源がアイルランド英語の 'quite a little' であり，他の類句はその血筋を引いてアメリカで生まれた Irish-American であることを，膨大な資料をもって，明らかにしたのである。

2 'be done ＋〜 ing' の構文

アメリカ英語には「〜し終える」の意で標記の 'be done ＋〜 ing' の構文がある。この作品には次のような用例が見られる。

When they *are done combing* their goddamn hair, they beat it on you. (ch. 16)
自分の髪を櫛でなでてしまうと，奴らは人を置いてきぼりにして，さっさと行っちまいやがるんだ。

We *were all done making* up the couch then. (ch. 24)
そのとき寝床つくりはすっかり終わっていた。

Finally, when they *were all done slobbering* around, old Sally introduced us. (ch. 17)
二人ででれでれ甘いことを言い合ってから，サリーはやっとわれわれを紹介した。

これはアメリカでは一般に '〜 ing' の前にあった前置詞 with が省略されてできたと考えられていた。しかし尾上政次（1986）はアメリカ英語の歴史に「be done with ＋名詞」の形はあるが「be done with ＋動名詞」の形はないと指摘する。そうすると，with の省略ないし脱落によってこの構文ができたという従来の解釈は，根拠のないものとなる。

イギリスにも「be done 〜 ing」の構文はあるが，英文法界では従来，これは動名詞を目的語にとる 'have finished 〜 ing' の 'finished' が類推によって同義語 'done' に置き代えられてできたと説明されていた。

しかし尾上政次（1986）はこの構文もアイルランド英語からの多くの先例を報告し，その背後にはゲール語にこれに相当する言い回しがあると指摘する。"*tá a ghnó déanta*" は he is done for, finished の意であり，また "*tá mé sgriosta ag ceannach bréidín*..." は，英語に訳せば，'I'm destroyed buying

401

第16章　J.D.サリンジャー

frieze'である。アイリシュの 'tired out'の意味にあたる 'destroyed'の後に分詞構文がきているが，原文でも "**ag ceannach**"（= buying）と現在分詞が対応しているという。この類型がアイルランド英語では，

> Isn't that calf *done bleating* yet? ― G. Griffin, *Tales* (1827) [尾上 1986, p. 25]
>
> あの子牛はまだ鳴き止まないか。
>
> till the mule *was done rubbing* her nose against the leg. ― Kickham, *Knocknagow* (1879) [尾上 1986, p. 25]
>
> 騾馬が鼻を脚にこすりつけるのを終えるまで。

のような形で頻繁に現れる。アメリカ英語はこのゲール語の分詞構文をそのまま引き継いだのであるから，初めから前置詞 with はないのだと尾上は論証したのである。

3　不快・迷惑を表す前置詞 'on'

アメリカ英語には前置詞 on を「誰々のことを無視して〜する」と相手の失礼に対する話し手の不快・痛みを表すことがある。この作品には次の用例が見られる。

> She hung up *on* me. ― ch. 20
>
> 彼女は電話を一方的にがちゃんと切った。
>
> about eighty-five times a day old Ackley barged in *on* me. ― ch. 3
>
> アクリーの野郎は日に85回くらい僕のところへ飛び込んで来やがるんだ。
>
> When they are done combing their goddamn hair, they beat it *on* you. ― ch. 16
>
> 自分の髪を櫛でなでてしまうと，奴らは人を置いてきぼりにして，さっさと行っちまいやがるんだ。

イギリス英語の伝統でこうした被害者の感情を表すには「心性与格（ethical dative）」といわれる *'me'* または *'you'* の使い方があった。例えば，'Knock *me* at the door.'（ドアはノックしろよ）における *'me'* のように。しか

402

『ライ麦畑で捕まえて』

し心性与格の用法は常に曖昧であったために近代に入ると廃れてしまった。その隙間を明確に埋めたのがアイルランド英語の 'on' である。P. W. Joyce (pp. 26-8) によると，これはゲール語の前置詞 "*air*" の直訳だという。尾上政次（1953）もそれを受けて，不満・不快を表す上の語法とぴったりの 'on' がアイルランド英語に頻出するとして，次のような用例を報告する。

My road is lost *on* me! — Synge, Plays
こりゃ困ったことに道に迷ってしまった。
What did they do to you *on* me? — P. W. Joyce, Ireland
彼らはお前に何をしたの，腹立たしいわねえ。
James struck my dog *on* me. — ib.
ジェームズめ私の犬を打つとはけしからん。
He went and died *on* her. — J. Joyce, Ulysses
かわいそうに彼女は彼に死なれてしまった。

アイルランド起源のこの前置詞が入ることによって，アメリカ英語では「彼は妻に先立たれた」あるいは「彼は女房に家を出て行かれた」という不運の気持ちを 'His wife died *on* him.' 'His wife walked out *on* him.' と言い表すことができるようになった。サリンジャー以外の作家からの用例を少し引くと，

then he had to go and die *on* me. — Faulkner, *Sanctuary*［尾上 1953］
それからあの人は私を残して死ななければならなかった。
They all in turn ran out *on* him. — Porter, *Tree*［尾上 1953］
彼らはみんな，次々に彼を置いてきぼりにして逃げて行った。
My wife walked out *on* me. — Corman, *Kramer*
私は女房に出て行かれた。

この 'on' が入る以前の伝統英語では，次のような「have + 目的語 + 不定詞」もあった。OED には次の例がある。

Jacob *had his wife Rachel to dye* suddenly in his journey on his hand.

403

第 16 章　J. D. サリンジャー

ジェイコブは旅先で急に妻に死なれた。

I *had a horse run away* with me.

私は馬に逃げられた。

しかしこれは使役の意味にも使われる構文であるので，不運・不利益の意は文脈から察する他ない曖昧なものだった。

4　'take it easy' の構文

これはアメリカ口語でおなじみの「ゆっくりやる」「のんきに構える」「気楽に構える」の決まり文句である。別れの挨拶 'Goodbye' の代わりに使われることもある。

I got pretty run-down and had to come out here and *take it easy*. ― ch. 1

僕はかなりへばっちゃったので，当地へ来て静養しなきゃならなくなったんだ。

O. K. G'night! *Take it easy*, now, for Chrissake! ― *Esme*

よかろう。じゃお休み。まあ，気を楽にするんだね。

尾上政次（1982）はこれも歴とした Irishism であると指摘する。この句が Irishism である証拠として，アイルランド在地の小説家 M. Edgeworth, T. C. Croker, S. Lover, C. Lever, W. Carleton など，19 世紀初頭から半ばまでの用例を数多く報告する。そしてアメリカにおいても，W. Irving の *The Sketch Book* (1851), N. Hawthorn の 'The Celestial Railroad' (1843), H. Melville の *Moby Dick* (1851) など 19 世紀初頭の作品に用例が見られると指摘する。

尾上はまた，アイルランドとアメリカのいずれにおいても，早い時期の類例には 'it' の位置に life, things, the world などが見られ，これが時の経過とともに，次第に 'it' に統一されてきたと指摘する。

Take the world easy, all of yees, replied Phelim. ― Carleton, *Traits*

気楽になされ，みなさん方，とフェリムは応えた。

I will *take things easy* and comfortably, write when I choose to write, . . . ― Twain, *Letter*

『ライ麦畑で捕まえて』

私はのんきに構え心地よく，書こうと思ったときに来ます．
I am *taking life easy* now and I mean to keep it up for a while. — ib.
私は今はゆっくりやっています，そしてしばらくはこの調子でいくつもりです．

尾上が 'take it easy' をアイルランド起源の句だと断定するのは，アイルランド作家に先例が多いことの他に，次の3点を状況証拠とする．

1) アイルランド英語では 'take' を通常の能動的な「取る」ではなく，「受け取る」「受容する」（英語でいえば 'suffer' に当たる受動の作用を示す動詞）の意味に用いる意味の体系があること．
2) 環境の 'it' の体系もアイルランド起源であること．
3) 動詞 + 'easy' の形で 'easy' を「ゆっくり」「気安く」「そっと」という特別の意味で副詞（いわゆる Flat Adverb）として用いる体系もアイルランド英語起源であること．

そしてこれらの背後には，アイルランド人の母語であるゲール語の syntax が，その基層（substratum）としてあると示唆する．

5 '自動詞 + 身体の一部 + off' の強意構文

アメリカ英語では「いやというほど～する」「とことん～する」という強意表現に標記の構文がある．この作品では次のような用例がある．

I kept standing, . . . *freezing my ass off*. — ch. 1
ずっと立ちっぱなしで，体が芯まで冷えきっちまった．
you can *kid the pants off* a girl. . . — ch. 11
女の子を，機会さえあればとことんからかう．
I partly blame all those dopes that *clap their heads off*. — ch. 12
一部には，やたら拍手をする間抜けどもの責任でもあるんだ．
everybody *smoking their ears off*. . . — ch. 17
みんな尻の穴から煙が出るほど煙草を吸うんだ．
It ends up with everybody at this long dinner table *laughing their asses off*.

第 16 章　J. D. サリンジャー

— ch. 19
長い食卓についているみんなが腹をかかえて笑いころげるところで終わるんだ。

文字通りには「身体の一部を引きちぎるほど～する」という暴力的なイメージのこの喩えは，次項で述べる「他動詞＋内蔵物＋out of ～」（誰々を腹わたが飛び出るほどぶん殴る）の構文と同じ発想である。'out of ～' は相手から何かを叩き出す，'off' も相手から何かをもぎ取る，引きちぎる，という異曲同工の発想である。

この構文の起源についても尾上政次（1953）はアイルランドの劇作家 J. M. Synge に先例があると報告し Anglo-Irish から米語への影響を示唆する。

　　nod one's head off — Synge, *Plays*
　　むしょうにこくりこくりやっている。
　　grin one's ears off — ib.
　　大口を開けてにやつく。

アメリカでは他に 'shoot one's mouth off'（やたら喋りまくる），'work one's ass off'（へとへとになるまで働く），'talk one's arm off'（二の句がつげぬほど喋る）など類句が多い。

6　強意の他動詞構文

この作品には 'the hell out of' を他動詞と目的語の間に置いた「他動詞＋the hell out of ＋人」でその他動詞を極度に強調する構文が多い。

　　They *annoy the hell out of me, . . .*　— ch. 14
　　あいつらは僕をまったくいらいらさせるんだ。
　　It *depressed holy hell out of me.* — ch. 15
　　これで僕はすごく憂鬱な気持ちになった。
　　He used to *scare the hell out of us.* — ch. 19
　　あいつは僕をひどくおびやかしたもんだ。
　　Then I *fanned hell out of* the air. — ch. 23

煙を追い出そうと思って，その辺をやたらに手であおいだ。

尾上政次 (1953) はこの構文もアイリシズムであると指摘し，アイルランド英語には 'knock the stuffing out of ～'（誰々を中身が飛び出るほどぶん殴る）や 'kick the shit out of ～'（誰々から糞が飛び出るほど蹴飛ばす）などの先例が多いと報告する。P. W. Joyce (p. 31) も，'I tried to knock another shilling out of him'（彼からもう1シリングふんだくってやろうと思った）はゲール語の "**bain sgilling eile as**" の直訳だという。

この構文は元々は「誰々をぶん殴る，どやしつける」の意味を，相手の内臓物を叩き出すという暴力的イメージの比喩で表すものであった。したがって実際に 'liver'（肝臓）'daylight'（肺臓）'tar'（黒胆汁）'heart'（心臓）'shit'（糞）や相手の体内に巣くっていると考えられた 'the living devil'（真の悪魔）などが使われた。

　　Billy only wanted one lick at him to *knock his heart, liver, and lights out of* him. — Longstreet, *Fight*

　　ビリーは一発彼をどやしつけて，心臓や肝臓や肺臓を叩き出してやりたかった。

サリンジャーの作品ではこうした内臓を表す語はすべて 'hell' に代わられている。本来は物理的強打の比喩であったものが，次第に心理的・精神的な痛手についても使われようになり，ついには苦痛ではないことまでも使うようになった。この作品には次の用例がある。

　　It *fascinated hell out of* her. — ch. 8

　　それはすっかり彼女の心を引きつけちまったね。

7　'get a bang out of ～' の構文

アメリカ英語では「～を面白がる，楽しむ」を 'get a bang out of ～' で表す。字句的には「～から楽しみを得る」である。この作品には次の用例がある。

　　That was nice. I *got a big bang out of* that. — ch. 16

第 16 章　J.D. サリンジャー

あれはよかった。あれはとてもおもしろかった。

I still had my red hunting hat on, with the peak around to the back and all. I really *got a bang out of* it. — ch. 4

まだ，あの赤いハンチングをかぶったままでね，ヒサシをぐるっと後ろの方に回したりなんかしちゃってさ。僕は本当にこの帽子をすごく楽しんでるのさ。

They *got a bang out of* things, though — in a half-assed way, of course. — ch. 2

でも，彼らは結構あれで人生に楽しみを見つけるんだな—もちろん，つまんない楽しみだけどさ。

they can *get a big bang out of* buying a blanket. — ch. 2

彼らは毛布を買ってすごく喜んでるんだからな。

これは明らかに前項 6 の「他動詞 + the hell + out of 〜」と同じ体系をなす表現形式である。尾上政次（1953, p. 161）はアイルランド作家の次のような用例も同じ体系のものと見ている。

Someone *taking a rise out of* him. It's a great shame for them whoever he is. — Joyce, *Ulysses* ['rise' = a practical joke]

誰かがあの人をからかっているのです。それが誰であるにせよ非常に恥ずかしいことです。

A flat and three-thorned blackthorn would *lick the scholars out of* Dublin town. — Synge, *Plays*

ダブリンの町の人をアッといわせるような，三つトゲのあるブラックソーンのステッキ。

P. W. Joyce (p. 30) もアイルランド英語の 'To make a speech *takes a good deal out of me*.'（演説をやるとほとほと芯が疲れる）の斜線の部分はゲール語 "***baineann sé rud éigin asam***" の直訳であると指摘する。

8　後置詞的 'of'

この作品には 'helluva' と 'all of a sudden' という句が頻出する。'helluva' は

『ライ麦畑で捕まえて』

「すごく，実に，大変な」の意の 'hell of a 〜' を発音通りにつづったもの。'all of a sudden' はもちろん「急に，にわかに，突然に」の慣用句である。

 I had *a helluva* time even finding a cab. — ch. 24
 タクシーを拾うのでさえ，えらい時間がかかったぜ。
 I had *a helluva* headache all of a sudden. — ch. 24
 急にひどい頭痛がしてきたんだ。
 I have *a helluva* lot of trouble... — ch. 13
 僕はひどく苦労している。
 All of a sudden then, I wanted to get the hell out of the room.（ch. 2）
 それから急に，僕はその部屋から飛び出したくなった。
 But *all of a sudden* I changed my mind. — ch. 7
 僕は急に気が変わった。
 All of a sudden I started to cry. — ch. 14
 突然ぼくは泣き出しちゃった。

 問題はこの場合の 'of' である。前置詞（preposition）というのは，直後の名詞・代名詞と結合して副詞句または形容詞句をつくるというのが英文法の鉄則である。しかし上の句はどう見ても 'hell of a,' 'all of a' のそれぞれの3語がひとかたまりとなって，後ろの語を修飾する形容詞句または副詞句として機能しているとしか見えない。

 'hell of a time' の *'of'* は同格の 'of' ではあるまい。つまりこの句は「時間という地獄」ではなくて「地獄のような時間」である。'all *of* a sudden' も「まったくの（quite）突然」である。この場合の 'of' は後ろの名詞とではなく，前の名詞と固く結んで，後ろの名詞を修飾しているとしか見えないのである。そうするとこの 'of' はもはや前置詞ではなく「後置詞」とでも言うべきものとなる。これは英文法の鉄則破りであり，少なくともイギリス本土の英語の伝統にはなかった形である。

 この英語はいったいどこから来たのか。P. W. Joyce (p. 42) によると，イギ

第16章 J. D. サリンジャー

リス英語と遺伝子を異にするこの 'of' は実はアイルランド英語の血を引くものである。

　P. W. Joyce のこのせっかくの指摘は，アイルランド英語がまだ英語研究者たちに注目されていない早い時期（1910）だったために，ほとんど注目されることがなかった。しかも P. W. Joyce はこの指摘をしながら，起源を英語の同格の of にも求めて揺れていた。しかし約70年後に，日本の尾上政次が徹底した事実調査を行って，これがアイリシズムであることを実証的に明らかにしたのである。その根拠は，

1) 'a boy of a captain'（少年のような船長）'a theif of a fellow'（盗人みたいな奴）などの表現がアイルランド英語で頻繁に使われていた事実，
2) この構文がイギリスへは18世紀ころからアイルランド系の文人たちによってもたらされた事実，
3) とくにアメリカへは19世紀半ばからアイルランド人の大量な移民によって持ち込まれたという事実，

であった。

　'hell of a～' は字句的には「地獄のような」であるから，元々は酷いことのたとえに使われていたものが，次第に原義が忘れられて，次の例のように単に程度強調の働きのみを残すようになった。

　She had *a helluva kind face.* — ch. 15
　実にやさしい顔をしていた。

　he's *a helluva handsome guy....* — ch. 16
　すばらしい美男子だ。

　Helluva pretty girl! — ch. 24
　えらくきれいな娘だった。

　he had *a helluva good sense of humour...* — ch. 15
　そいつは実にユーモアのセンスのある男だった。

9 'have + 目的語 + 〜ing' の構文

使役・経験は英語では普通「have + 目的語 + 不定詞」の形で表されるのだが，アメリカ英語では「have + 目的語 + 現在分詞」の形をとることがある。この作品には次の用例が見られる。

I really *had him going*. (ch. 6)
僕はほんとうに彼を本気にさせてしまった。

We *had the poor salesman guy going* crazy. (ch. 25)
気の毒に，僕たちはその店員をキリキリ舞いさせてしまった。

この構文も尾上政次（1953）はアイルランド作家に多くの先例があると報告し，アイリシズムであると指摘する。その前に，Jespersen も *A Modern English Grammar* (IV, p. 46, 1909-49) で同じ構文が，アイルランド英語に多いと指摘していた。

I suppose we'll *have him sitting* up like the king of the country. — *Ulysses*〔尾上，1953，p. 150 より〕
多分私たちはあの人に，まるで王様のように，威張りこまれるハメになるでしょう。

An' when they were puttin' me out, there they *had the poor man sittin'* up in bed, his hands crossed on his breast. . . — Sean O'Casey, *Two Plays*〔同上〕
そしてあの連中がわたしを部屋から出している間に，気の毒なあの人を両手を胸に組んだまま寝台に起き上がらせた。

That's more o' th' blasted non sennse that *has the house fallin' down* on top of us! — *ib.*〔同上〕
そりゃまた例のいまいましい馬鹿話に違いない，そいつのおかげでこの家が俺たちの頭の上へくずれて来たりするんだ。

サリンジャー以外のアメリカ作家からの例を一つだけ挙げると，

Do you think I can afford to *have her running about* the streets with every drummer that comes to town. . .? — Faulkner, *Sound & Fury*〔尾上政次 1953,

第16章 J. D. サリンジャー

p. 151]

あの女に，町に来る外交員とは一人残らず一緒に，街中をかけ廻られて俺が黙っておれると思うか。

10　'have＋目的語＋過去分詞' の完了形

この構文は英語の伝統文法では使役か受け身の意味になるのだが，アメリカ英語では単に完了の意味に使われることがある。この作品には次の用例が見られる。

I already *had quite a few things packed.* ― ch. 7
僕はいろいろな物をもうそれまでに荷造りしておいたんだ。
I *had her glued* to her seat. ― ch. 8
僕は彼女を座席に釘付けにしていた。
They *had those same white circle painted* all over the floor, for the game and stuff. ― ch. 25
床の上一面に，競技やなんかをやるための円を白いペンキで描いていた。

古期英語ではこれと同じ形が使役ではなく完了の意味で使われていた。今日でもスコットランド地方にはあるらしいが，尾上政次（1953）はアイルランドにこの形が多いことを指摘する。

By the God, she *had Bloom cornered.* ― J. Joyce, *Ulysses*
いやはや，あの女はブルームを窮地に陥れたのです。
He *has me heartscalded.* ― *ib.*
あの人にはほとほと手を焼いてしまいました。
She's no shame the time she's *a drop taken.* ― Synge, *Plays*
あの女は，一杯きこしめしたときには，恥も外聞もない。

とはいっても，アメリカ英語でも普通の「have＋過去分詞＋目的語」の完了形もあるわけで，その両者の文法的意味の違いについて尾上（1957）はこう説明する。

412

『ライ麦畑で捕まえて』

「例えば You must *have me confused* with somebody else. ― Dos Passos, *The Big Money* / You *had them killed* ― Hemingway, Macomber は, 完了を表していると同時に完了後の状態を示していて, PE式な完了形 have confused me, had killed them は, それぞれ日本語で「ごちゃごちゃにしてしまった」「殺してしまった」と訳せるのに対し, 前者は「ごちゃごちゃにしてしまっている」「殺しておいてくれている」に当たるものと考えられる。」

11　時を表す名詞の接続詞用法

アメリカ英語には時を表す名詞で始まる節が多い。つまり接続詞を使わず名詞をそのまま接続詞として使う語法である。この作品には次のような用例がある。

The minute I went in, I was sorry I'd come. ― ch. 2
部屋へ入ったとたんに, 来るんじゃなかったと思った。

Every time I thought about it, I felt like jumping out the window. ― ch. 7
そのことを思うたんびに, 窓から飛び降りたくなったな。

I slept in the garage *the night* he died. ― ch. 5
あいつが死んだ晩, 僕はガレージで寝たんだ。

Where I want to start telling is *the day* I left Pency Prep. ― ch. 1
話を始めたいのはペンシー校を止めた日のことからだ。

I remember once, *the summer* I was around twelve, teeing off and all, ... ― ch. 5
いまでも覚えているがいちど12歳のころの夏だったな, ティーに乗っけた球をいよいよ打ち出すときにさ, …

He and I were sitting in the first two chairs outside the godddam infirmary *the day* school opened, waiting for our physicals, ... ― ch. 16
僕は学校が始まったその日に, 身体検査を受けに診療所へ行き, その外に並べられた椅子の一番前の2脚に彼と並んで座ってたんだ。

第16章　J.D.サリンジャー

　尾上政次（1953）は 'the time' で始まる副詞節は，アイルランド英語に先例があるとし，これはゲール語の "**an uair**" の訳語であるという P. W. Joyce の指摘を紹介する。これがアメリカで 'time,' 'the minute,' 'instant,' 'the moment' などの接続詞用法に発達した。

　さらに尾上政次（1953）は，例えば J. M. Synge の In Wicklow (p. 90) には '*the first day* it is calm buyers will be after them from the town of Dingle.'（海が穏やかになるとすぐ，買い手がディグルの町からそれらを求めにくる）のような用例があり，これがアメリカでは，'First thing you know,'（ふと気がついてみると）'The next thing I knew,'（次に気がつくと）'Last she had heard of her'（最後に消息を聞いたところでは）のような慣用表現を生んだと指摘する。サリンジャーのこの作品には次の用例がある。

　　The next thing I knew, he and old Sunny were both in the room. ― ch. 14
　　気がついてみると，野郎もサニーも部屋の中に入っているのさ。

　　and *the next thing I knew* I was on the goddam floor again. ― ch. 6
　　気がついてみると，もう一度床の上に倒れていた。

12 'the way' の接続詞的用法

　アメリカ英語では 'the way' で始まる副詞節が多い。接続詞なしで名詞 'the way' をそのまま接続詞として使うのである。文脈によって 'as,' 'how,' 'judging from the way ～' などさまざまな意味に使われる。この作品には次のような用例がある。

'as' の場合：

　　You don't do one damn thing *the way* you are supposed to. ― ch. 6
　　お前って奴は，何一つ期待されているようにはできねえんだな。

　　but he was a secret slob anyway, if you know him *the way* I did. ― ch. 4
　　僕のようにあいつをよく知れば，あいつは人目につかないながら，やっぱりだらしない野郎さ。

　　He started talking around the room, very slow and all, *the way* he always did, picking up your personal stuff off your desk and chiffonier. — ch. 3

奴はいつもやるように，ひどくのろくさいみたいな感じで，机や箪笥の上からひとの物をつまみ上げたりしながら，部屋を歩きだした。

'how' の場合：

I didn't like *the way* he said it. — ch. 4

僕はそれをいう奴の言い方が気に入らなかった。

You should've seen *the way* they said hello. — ch. 17

二人が挨拶するところを，いや，見せたかったねえ。

'judging from the way' の場合：

The way she asked me, I knew right away old Spencer'd told her I'd been kicked out. — ch. 1

奥さんが僕にきいたその口ぶりから，僕はスペンサー先生が奥さんに僕が退学させられたことを話したんだということを，すぐに感づいた。

the way he talked about it at lunch, I was anxious as hell to see it, too. — ch. 16

昼飯の席でそれについての彼の話ぶりから，僕もそれを見たくてたまらなくなった。

尾上政次（1953）はこれもアイリシズムであると示唆する。P. W. Joyce (p. 3) もアイルランド英語の 'the way' は 'thus,' 'so,' 'how,' 'in a manner' など，さまざまな意味に使われるが，それはすべてゲール語の "**amhalaidth**" からの直訳であると指摘する。

13　間投詞 'Boy!' と 'Man!'

この作品には 'Boy!' という間投詞が頻出する。手元の資料では少なくとも 70 回以上は使われている。

Boy, was he sore. — ch. 3

いやあ，怒ったねえ，奴は！

Boy, she was real tigress over the phone. — ch. 9

いやはや，彼女は電話口ではまるで雌の虎みたいだった。

第16章　J.D.サリンジャー

　　Boy, he was really hot. (ch, 24)
　　いやあ，本当に興奮してたね，彼は。

『オックスフォード英語大辞典』は '*boy*' を間投詞として使うのを，1987年の『補遺版』(Supplement)で初めて取り上げて，これはアメリカ生まれの語法（初出は 1917 年）であるとして次のように説明した。

　　(oh) boy!　a colloq. (orig. U. S.) exclamation of shock, surprise, excitement, etc. freq. used to give emphasis to a statement that follows it.
　　ショック，驚き，興奮などを表す叫び声。しばしば，後続の陳述を強めるのに使われる。

サリンジャー以外の作家からの用例を一二引くと，

　　Boy, do I hate those boogies. Apes! — Styron, *Sophie*
　　まったく，あの黒ん坊どもにはいやになる。エテ公だよ！

　　Boy! I bet I use more perfume than anybody on this town. — McCullers, *Wedding*
　　ほんとうよ！　あたしこの町の誰よりも香水を使ってるわ。

'*Boy*' のこの用法は，これとほぼ同じ感情を表すいま一つの間投詞 '*Man*' の代わりに使われるようになったものと思われる。アイルランドでは，男を年齢に関係なく，みな '*boy*' と呼ぶ習慣があり，これが 18 世紀以後にイギリスやアメリカで見られるようになる。OED は 1730 年の Jonathan Swift からの次の用例を初出としている。

　　Let *the boys* pelt him if they dare. — Swift, *Dock's Var. Wks.* 1755, IV. 1. 264
　　男たちに勇気があるなら彼に石つぶてを投げさせよ。

アメリカのものでは，1867 年の次の記述が示されている。

　　every man beyond the Missouri is *a Boy*, just every woman is a Lady. — Dixson, *New America*
　　ミズーリー州から向こうでは，男は誰でも '*Boy*' である。女がすべて '*Lady*' といわれるように。

『ライ麦畑で捕まえて』

OED の初出例の作者スウィフト（Jonathan Swift）はアイルランド生まれの文人であり，ダブリン（Dublin）の St. Patrick 教会の dean であった。

P. W. Joyce (p. 14) によると，間投詞 'Man' はアイルランドでは，主張を強めたり驚きを表すときの一般的な感嘆の叫びとして，'Oh man' の形でよく使われるといい，次の例を示している。

Oh man that's a fine price.
おや，そいつはいい値段だなあ。
Oh man, you never saw such a fine race as we had.
なんたって，俺たちがやったようなレースはちょっと見られめえ。

このアイリシズムがアメリカではまず 'Man' の形で現れる。

Man, how'd you like to love like this? — Dos Passos, *Manhattan*
ちくしょう，こんな暮らしがしてみてえもんだな。
Man, what a relief! — Gardner, *Pastoral*
まあ！ ほんとに助かったわ！
Man! Then she'll squawk. Hear her a mile. — Steinbeck, *Grape*
なんとまあ！［そのヴァイオリンは］キーキーなり響くぜ。1マイル先でも聞こえるだ。

この間投詞 '*Man*' がアイルランドで '*Boy*' と入れ替わったと思われる。北アイルランドのドネガル地方の方言を収集した *English Dialect of Donegal* (1953) には，1897 年の次の用例が間投詞として記録されている。

Boys, oh boys, but we were glad. — S. MacManus, *Lad*
驚いた，びっくりしたなあ，だがおいら嬉しかった。

この 'boys, *oh* boys' という重複語法は明らかにアイルランド英語特有な 'man oh man' を踏まえていると見られる。

Oh *man-o-man* that's great rain. — P. W. Joyce (p. 14)
何とまあこりゃすごい雨だ。

14 'out the window' と 'in the window'

第16章　J. D. サリンジャー

　この作品には 'out of the window' と *out the window* の二つの形がある。また伝統英語なら 'in through the window' というべきところを *in the window* と言っている例もある。

　I looked *out the window* for a while. — ch. 5
　僕はしばらく，窓から外を眺めていた。
　I took a look *out the window* before I left the room, ... — ch. 15
　僕は部屋を出る前に窓の外を見た。
　I got up and went over and looked *out the window*. — ch. 7
　立ち上がって，窓のところへ行き，外を見たんだ。
　They were coming *in the goddam window*. — ch. 2
　あいつら窓から入って来やがるんだぜ。

　'out' を 'out of' の代わりに使うのは，一般にアメリカ生まれの語法だと考えられているが，尾上政次（1953, p. 144）はこれもアイルランド英語から来たものであって，アメリカで of が省略されたのではないと指摘する。ただしアイルランドに見られるのは 'out the door' だけであるから，'out the window' の方はアメリカで生まれたのかも知れないとしている。

　I slipped *out the back* into the garden. — Joyce, *Dubliner*
　裏口の戸からそっと庭に出た。
　If you will look *out the door* you can see by the stir the Magestrates are sitting in the court — Gregory, *Seven Short Plays*
　戸から外をのぞけば，ざわめきで裁判官が審議に入ろうとしているのが分かります。

　この作品にも 'out the door' の用例が一つだけある。

　I went *out the doors* and started down these stone stairs to meet her. — ch. 25
　僕は戸口を出ると石段を下りて彼女を迎えに行った。

　『小学館ランダムハウス英和大辞典』はアメリカの 'out' と 'out of' について次のように説明する。

『ライ麦畑で捕まえて』

「out を前置詞として用いるのは米国の用法で，次に来る名詞は「出口」を意味する the door, the window などの場合が多い。その他の場合には，次例のように，米国でも out よりも out of の方が優勢である：— He came out of the house.［家から出てきた］」

'in a window' は「窓から入る」であって，'get in a house' の in とは違って，「入口」を目的語とする前置詞である。これは through が省略されてできたのではなく，上に見た「出口」を表すアイルランド語法からの類推でアメリカで生まれた。サリンジャー以外の作家からの用例を引くと，

We looked *in a window* at a pile of cheeses. — Hemingway, *Farewell*
窓越しに，山のようにつまれたチーズを眺めた。

He walked around the side of his house and went *in the back door.* — Steinbeck, *Long*
彼は家の横を回って，後ろの戸口から入った。

Tom was snoozing away when Jim ran *in the back door...* — Caldwell, *Saturday*
トムがうたた寝をし続けていた間に，ジムが裏の戸口から駆け込んだ。

15 '形容詞 + and + 形容詞' の hendiadys

この作品には 'nice + and + 形容詞' の二詞一意用法が多い。この際の 'nice' には「よい」の単独の意味はなく 'nice and 〜' で「とても〜，非常に〜」(very, exceedingly) の意で次に来る形容詞（副詞）を強める。

My ears were *nice and* warm. — ch. 8
耳はけっこう暖かかった。

She started jitterbugging with me — *nice and* easy, not corny.— ch. 10
彼女は僕と一緒にジルバを踊り出した—とってもゆるやかにさ。やぼったくなんかないんだよ。

I love it when a kid's *nice and* polite... — ch. 16
僕は子供がとても礼儀正しくしてるのは好きだな。

第 16 章　J. D. サリンジャー

> You can't never find a place that's *nice and* peaceful, because there isn't any.
> — ch. 25

すごく落着いた場所なんて見つかりっこないよ，そんな所ってないもの。

尾上政次（1952, p. 156）はこの語法もアイルランド作家に先例が多いと指摘する。

> The fire was *nice and* bright... — J. Joyce, *Dubliner*

暖炉の火はあかあかとしていた…

> It was *nice and* warm to see the lights in the castle. — id., *Portrait*

城内に明かりがついているのを見て，とても暖かい感じがした。

> That girl is *fine and* fat. Her cheek are fine and red. — P. W. Joyce, *Ireland*

あの娘はひどく肥っている。彼女の頬は真っ赤だ。

この語法はアイルランドだけでなくスコットランドおよびイギリス北部地方でも見られる。しかし尾上はスコットランドやイギリスから直接アメリカに入ったというよりも，アイルランドを経由して他の多くのアイリシズムとともにアメリカに入ったと示唆する。

アメリカ英語には他に 'good and 〜,' 'smart and 〜,' 'bright and 〜,' rare and 〜' など多くの類型がある。

16　前置詞 'off' の用法

尾上政次（1953, pp. 139-41）によると，アイルランド英語とアメリカ英語は前置詞の用法を等しくしているものが多くその一つに 'off' がある。イギリス標準英語の用法と比べると「分離」の意識が強く 'from off' に当たると指摘して，アイルランド作家から 'off my chest' などの多くの先例を挙げる。そこから 1, 2 引くと，

> A troubled night of dreams. Want to get them *off* my chest. — J. Joyce, *Portrait*

苦しい夢の一夜。俺の胸から追い払いたいと思う。

『ライ麦畑で捕まえて』

Want to get some wind *off* my chest first. — *Ulysses*
先ず思うところを述べて心を軽くしたい。
He'd give the coat *off* his back for any of his own people, I know that. — *Rebecca*
自分の身内の誰にでも着ている服だってやるでしょう、そうに決まってますよ。

サリンジャーのこの作品には次の用例がある。

He borrowed it *off* me all the time.（ch. 15）
奴はそれをしょっちゅう僕から借りるんだぜ。
She put it on and all, and then she picked up her polo-coat *off* the bed. (ch. 13)
彼女はそれを着ると、ベッドの上からまがいのラクダのオーバーを取り上げた。

先に第5節で示した「自動詞+身体の一部+off」の off はすべてこれに該当する。尾上政次（1953）はまた off の後に of を添えた 'off of' があるのもアイルランド英語とアメリカ英語に共通すると指摘する。

To sweep the cobwebs *off o'* the sky. — P. W. Joyce, p. 44.
空からクモの巣を掃き落とす。
twopenny stump that he cadged *off of* Joe... — *Ulysses*
ジョーからせしめた安物の葉巻をすいながら…

サリンジャーのこの作品にも次の用例がある。

Go on, get *offa* me, ya crumby bastard. — ch. 6
さあ、俺の胸からどかねえか、このくそったれ。

17 関係代名詞 'that'

この作品では関係代名詞は先行詞・格の種類にかかわらず 'that' 一つしか使われていない（ただし、文を起こす初頭の代名詞として 'Which' が使われることはある）この作品で who は5回見られるが、それは主人公ホールデンではなく、ホールデンの先生の Mr. Antolini だけである（中西秀男、

第 16 章　J. D. サリンジャー

1963)。

>Life is a game *that* one plays according to the rules... ― ch. 2
>人生は誰しもがルールに従ってやらなければならない競技なんだ。
>I didn't know anybody there *that* was splendid and clear-thinking and all. (ch. 1)
>頭脳明晰にして優秀なる，とかなんとか，そんなのには，あそこじゃ，お目にかっかったことがないね。
>The only thing *that* would be different would be you. ― ch. 11
>何一つ変わらないんだ。変わるにはただ一つこっちの方さ。
>The boys *that* got the best marks in Oral Expression were... the ones that stuck to the point all the time. ― ch. 24
>「口頭表現」で最高点をとった生徒たちは，はじめからしまいまで要点をはずさずにしゃべった連中なんです。

　関係代名詞に who, whose, whom, which を使わず '*that*' 一つで済ませるのはアイルランド英語の特色である。これはゲール語の関係代名詞 "*a*" に起因する。ゲール語には関係代名詞は "*a*" しかなく，イギリスの伝統英語のように先行詞や格による使い分けをしない。これが英語の 'that' に直訳された。したがって，(この作品には見られないが) アイルランド英語では whose, whom に代わって，「that...＋所有格」「that...＋目的語」の迂言的構造が用いられる。

>a man *that* you would know what his thoughts are... ― W. B. Yeats
>どんな思想の男なのか君もご存知の男…
>Poor brave honest Mat Donovan *that* everyone is proud of him and fond of him... ― J. Joyce
>みんなから誇りとされ好かれている勇敢で正直なマット・ドノヴァンが気の毒にも…［以上 2 例『現代英語学辞典』(成美堂，1973) より］

18　'mad' / 'like mad' / 'like a madman'

『ライ麦畑で捕まえて』

この作品には angry の意味に使われる 'mad' が多い。また「ひどく，激しく」の意味に使われる 'like mad,' 'like a madman' も多い。

It made me *mad*, though, . . . ― ch. 12
でも僕は腹が立ってたまらなかった。
It made old Sally *madder* than ever. ― ch. 17
それでサリーの奴は，ますます，かんかんになった。
A couple of minute later he was snoring *like mad*. ― ch. 7
2, 3分もしたら奴はもうひどいいびきをかいていた。
Boy, I was shaking *like a madman*. ― ch. 24
いやあ，僕は体がひどく震えていた。
I apologized *like a madman*. ― ch. 10
僕は必死になってお詫びを言った。

これはいずれもアイリシズムである。P. W. Joyce (p. 289) によるとゲール語の "***buileamhail***" は mad と very angry のどちらも意味するので，アイルランド英語では「旦那様がお前のことをとても怒っているぞ」を 'Oh the master is very mad with you.' と言う。'like mad' は「非常に素早く」(very quickly) とか「激しく」(energetically) の意味に使われる。これがアメリカでは 'like a madman,' 'like madmen,' 'like a bastard' などとなる。

19　文頭の 'The hell' と 'Like hell'

アメリカ英語では文頭に立つ 'The hel,' は，相手の言葉を引き取って「そんなことがあってたまるか」「絶対にそんなことはない」とその文全体を強く否定する強意の否定辞として働く。この作品には次の用例が見られる。

'Did you give her my regards?' I asked him.
'Yeah.'
The hell he did, the bastard. ― ch. 6
「お前，彼女に俺からよろしくって，言ってくれたか？」
「ああ」

第 16 章　J. D. サリンジャー

嘘をつけ，この野郎。

『オックスフォード英語大辞典』は『補遺版』(1972) で初めてこの語法を取り上げ，初出を 1925 年とした。しかし文献に現れた最初の用例は，それより 37 年も前に出たクレイン (Stephen Crane) の『街の女マギー』(1893) である。

'Mag's dead,' repeated the man. '*Deh hell* she is,' said the woman. (ch. 15)

「マッグが死んだぜ」と男は繰り返した。「そんな馬鹿なことがあってたまるか」と女は言った。

'*De hell* I am,' like dat. An den sligged 'im. — ch. 6

「てやんでぇ，俺はそんなんじゃねえやい」ってな。そう言ってガッツーンと一発くらわしてやった。

クレインはアイリッシュ系の作家ではないが，この作品はニューヨークの貧民街バワリー地区に住むアイルランド人たちの悲惨な生活をその言語とともに徹底した写実的報道手法で書いたものである。これ以後アメリカの小説では文頭の否定 'The hell' が活字となって多く見られるようになった。

20　'I don't give a damn'

アメリカ英語では「ちっとも構わない」「ぜんぜん気にしない」の意で '*not give a damn*' の句をよく使う。この作品には次の用例が見られる。

I *don't give a damn* how I looked. — ch. 8

僕は格好なんかちっとも気にならなかった。

I'm just partly yellow and partly the type that *doesn't give much of a damn* if they loose their gloves. — ch. 13

たぶん，意気地なしのところもあり，また，手袋なんかなくしても大して気にしないタイプの人間でもあるんだろう。

they *don't give a damn* whose suitcases are better, . . . — ch. 15

誰のスーツケースの方がよかろうと，そんなことはぜんぜん気にはしない…

『ライ麦畑で捕まえて』

尾上政次（1953, p. 172）はこれもアイルランド英語から来ていると指摘する。J. Joyce の *Ulysses* (p. 564) には 'don't give a shit for' の用例があり，また Sean O'Casey の *Two Plays* (p. 25) には 'not care a damn' が「少しも気にかけぬ」の意味で使われている。Carleton の *Phelim* (p. 234) にも 'I don't care a damn about fortune.' が見られる。これがアメリカでは *not give a damn* の形になったと指摘する。

21 'kill' の誇張用法

この作品の主人公 Holden の口癖の一つに 'That's *killed* me.'（これには参ったね）がある。

　　For Chrissake. Angels. That *killed* me. — ch. 17
　　ちぇっ，天使だとよ。これには僕も参ったね。
　　They *kill* me, those guys. — ch. 17
　　参るねえ，ああいう連中には。

kill がこの意味（to impress with irresistible force）に使われた初出例として OED が示すのは Steel の *Spectator* No. 144 (1711) である。Steel は英国の劇作家だが生まれはアイルランドであった。

また 'Daddy's going to *kill* you. (ch. 24)' のように 'kill' を「痛めつける，ひどい目にあわせる」の意味に使うのもアイルランド語法であり，OED が初出とするのは 1800 年のアイルランド在地の作家 Edgeworth からの用例である。

22 'and all' の虚辞化

Holden のいま一つの口癖に 'and all' がある。陳述の末尾に添える 'and all' は本来「その他すべてのもの（and everything else）」の意であるが，Holden の使い方の特色は並列すべきものが他にない文脈や，強調でもない文脈で使われ，ほとんど虚辞化している点である。

　　He had the grippe *and all*. — ch. 1
　　彼は風邪とかひいてた。

425

第16章　J.D.サリンジャー

and he's my brother *and all*. — ch. 1
彼，一応僕の兄貴なんだ。
His father was a psychoanalyst *and all*. — ch. 19
あいつの親父は精神分析の医者なんかやってた。

　これは辞書的には OED が方言用法として定義するように 'too, also, as well' と説明せざるをえないのであろうが，この語法が伝えるのはそうした論理ではなく断定的物言いを避ける「ぼかし」である。つまり論理の角を嫌ったアバウトな言い方であるから iformal な話し言葉で和らげ語の一形式として使われたと考えられる。したがってこの語法は方言としてはイギリスのみならずスコットランドやアイルランドに早くからある。Holden の場合は他の多くのアイリシズムとともにアイルランド英語から受け継いだと見るのが自然であろう。この作品には他に and all that / and all that crap /and all stuff like that / and crap /and everything / and stuffn /and stuff like that などの異形がある。

23　'sort of' の副詞用法

　Holden の言葉はアバウトな言い方を特色とするのだが *sort of* を副詞句として頻用するのもその一つである。

I was beginning to *sort of* hate him. — c h.2
僕はなんだか先生が憎らしくなってきた。
One of the were *sort of* fat. — ch. 16
一人の方はいくらか肥っていた。
I didn't exactly flunk out or anything. I just quit, *sort of*. — ch. 2
正確に言えば，僕，放校させられたとかじゃないんです。まあ，こっちから止めたようなものです。

　これはアイルランド人の母語だったゲール語の sort に当たる語 **"saghas"** に rather, somewhat の意の副詞用法があるのでそれがアイルランド英語で sort of と訳されたことによる。

『ライ麦畑で捕まえて』

24　直結型伝達疑問文

　疑問詞のない疑問文を間接話法で伝えるとき，標準英語なら接続詞の if か whether を用いて平叙文語順に直して名詞節とするところを，この作品では接続詞を使わず語順も直さないままで疑問文を伝達動詞に直結させた用例が見られる。

　　I said *did you you ever hear* of Marco and Miranda? ― ch. 10
　　僕は，君にマーコとミランダっていうのを聞いたことがあるかって，聞いたんだ。
　　I said do *you know* when a girl's really a terrific dancer? ― ibid.
　　僕は，女の子のほんとにダンスがうまいってのは，どんなだか知ってるかって言ったんだ。

　尾上政次（1984）はこの構文は Anglo-Irish に発した表現であり，元々英語的な表現ではなかったことを立証した。

*

　サリンジャーの『ライ麦畑で捕まえて』におけるアイリシズムを上の24項目について指摘してきたが，もちろんこれがすべてではない。紙幅の都合で割愛したものもある。しかし，サリンジャーの informal な母語の統語法が Irish であることを実証するには上の指摘で既にじゅうぶんであろう。

　この作品の英語のアイリシズムは統語法の面だけでなく，同一語句の重複や類句の並列，奇抜な比喩，誇張表現など，文体論の面においてもたっぷりと見ることができる。語彙の面でも，この作品の文学的テーマのキーワードである 'phony'（インチキ）はゲール語の "***fainne***"（= ring）を語源とし，大道商人が売りつける指輪は偽物が多いことから来たものである（尾上政次 1953）。

　最後に，サリンジャーが Irish であることを，さりげなくこの作品に織り込んでいる箇所があるので，それを引いてみたい。

第 16 章　J. D. サリンジャー

they'd all of a sudden try to find out of I was a Catholic. Catholic are always trying to find out if you are a Catholic. It happens to me a lot, I know, partly because my last name is Irish, and most people of Irish decent are Catholics. As a matter of fact, my father was a Catholic once. He quit, though, when he married my mother.

　カトリック教徒というものは，いつも，相手がカトリックかどうかを，確かめようとするものなのだ。僕は何度もそういう目にあってるんだが，それは一つには，僕の姓がアイルランド系の姓で，アイルランド系の人はたいていカトリックだからなんだ。実を言うと，僕の親父もかつては本当にカトリックだったんだ。ただ親父の場合は，おふくろと結婚するときに，それを止めちまったんだ。（第 15 章）

　これはサリンジャーの分身と思われる主人公ホールデンに語らせたものであるが，サリンジャー自身の実際の身上と違うのは，カトリックでアイルランド系だったのは，父親ではなく母親の方であった点である。

　サリンジャーは母からアイルランド人の血を受けながらアイルランド人ではない。また，元々カトリック教徒であった母から生まれながらカトリック教徒ではない。かといってユダヤ人でもなければユダヤ教徒でもない。サリンジャーはおそらくアメリカ社会の中で自分を帰属させるべき identity をもたず，いかなる社会組織にも入り込めず（あるいは入り込まず），漂流あるいは隠遁しながら距離を置いて人間をシリアスに観察する，体質的には Eugene O'Neill などに類するアイルランド系の作家であると思われる。

第 17 章　ラルフ・エリソン

『見えない人間』

Invisible Man (1952)

　黒人作家 Ralph Ellison (1914-94) の代表作『見えない人間』の主人公は，語り手である「ぼく」('I') である。「ぼく」はアメリカ南部出身の黒人であり「高校時代から演説を得意とし，それが認められて，奨学金を得て南部の黒人大学に進むが，黒人学長の裏切り行為によって放校となり，ニューヨークのペンキ工場で働き，そこで事故にあう。その事故で九死に一生を得たのちハーレム街で追い立て事件に巻き込まれたことから，共産党を思わせる団体「兄弟団」('Brotherhood') に関係するようになりその団体内で頭角をあらわすが，黒人団員の射殺事件に抗議するパレードを組織し，その団員の葬儀を計画したことで，これを，「兄弟団」の規律を破る行き過ぎと非難され「兄弟団」に失望する。折から起こったハーレム街の人種暴動のさなかで，過激な民主主義者とその一味に追われて，マンホールに落ち込み，地下生活をつづけながら「見えない人間」としての自己確認を行う」(斉藤忠利, *Eichosha Commentary Booklet*, 1967)。

　このように物語の舞台はアメリカ南部とニューヨーク市である。主人公の他に登場する 10 数人の人物もほとんどが黒人。彼らはいずれも，いわゆる標準英語とはやや異なる英語を話す。しかしその特色は，発音に関しても統語法に関しても，アイルランド英語と共通しないものはほとんどない。それは，この作品に 2, 3 登場する白人の英語を含めてもなおいえる。以下はそのことを具体的に指摘するものである。Text は Penguin Modern Classics '74 年版。用例末尾の数字は頁数を示す。

第17章　ラルフ・エリソン

I　発音に関して

1　短母音 /e/ → /i/

アイルランド英語では，*agin* (= again), *stim* (= stem) など /n/ と /m/ の前の短母音 /e/ は /i/ となる（P. W. Joyce, p. 100）。また *git* (= get), *yit* (= yet) など -t の前でも /e/ は /i/ となる。この作品には次の例が見られる。

I'm relieved to be out and in the cool daylight *agin*.（53）
もう一度明るいひんやりした明るみの中へ出られてほっとした。

I tried to *git* help but wouldn't nobody help us（48）
人の情けにすがろうと思ったが，誰も助けてはくれない。

Yit I can still hear the clock（52）
それでも時計の音だけはやはり聞こえる…

2　末尾閉鎖音 /-d/, /-t/ の消失

アイルランド英語では *cowl* (= cold), *an* (= and), *pon* (= pond) のように，/l/, /n/ の後の末尾閉鎖音 -d は脱落する（P. W. Joyce, p. 100）。/t/ も継続音の後で脱落する。この作品には次の例が見られる。

Ain't you done enough to me and this *chile*?（59）
お前さんは，わしやらこの子をひどい目にあわせておいて，まだ足りねえのか？

It was so cold all of us had to sleep together ; me, the *ole* lady and the gal.（48）
あんまり寒いんで，みんなで固まって寝なきゃなりませんでした。おらと，女房と，娘とで。

I did that, jis' like he *tole* me.（47）
おらは言われたとおりにしましただ。

3　二重母音 /ɔi/ → /ai/

アイルランド英語では *biling* (= boiling), *bye* (= boy) のように，二重母音

430

『見えない人間』

/ɔi/ が /ai/ となる（P. W. Joyce, p. 102）。この作品には次の例がある。

So why don't you recognize your black duty, mahn, and come *jine* us?（302）
なぜお前は自分の黒人としての義務を認めて，わたしたちに加わってはくれんのだ。

Come *jine* with us to burst in the armoury and get guns and ammunition!（448）
わしたちに加わって武器庫を押し破り，銃や弾薬を手に入れろ！

4　綴り字 -a- の発音

アイルランド英語では can't, because などの -a- は /e(i)/ と発音される。また can /kæn/ の母音は弱勢では /i/ となる（→前記1）。この作品にも次の例がある。

I tries to say somethin', but I *caint*.（52）
何とか弁解しようとしても，声が出ない。

Some kin, some *caint*.（171）
できる奴もいればできない奴もいる。

our black youth shot down *beca'se* of your deceitful organization（385）
お前さんたちの欺瞞的な組織のために射ち殺されたわたしたちの黒人青年。

なお，この作品に多く見られる 'ahction' 390, 'mahn'（= man）123, 'bahd'（= bad）299, 'dahm'（= damn）300 などの '-ah' は /ɑ/ を表す。これもアイルランド発音と符合する。

5　弱音節の脱落

アイルランド英語では強音節に隣接する弱音節ないし母音が脱落し，語が短くなる（P. W. Joyce, p. 103）。強勢の谷間の弱音が捉えられないのである。この作品にも次の例がある。

Car'lina（= Carolina）213 / *diff'rent*（= diffrent）424 / *ever*（= every）12 / *ornery*（= ordinary）464 / *reg'lar*（= regular）299 / *son'bitch*（= son-of-a-bitch) 184 / *y'all* (= you-all) 68 / *y'know* (= you know) 428

6　二重母音の単母音化

アイルランド英語では二重母音の第二要素が脱落し単母音化あるいは短母音化する。この作品にも次の例が見られる。

　　po'ly (= poorly) 47 / *sho* (= sure) 177 / *you'* (= your) 55 / *flo'* (= floor) 252 / *Ah* (= I) 252 / *ahm* (= I'm) 303

7　r-less の発音

アイルランド人が 17 世紀のイギリス英語を受け入れたころには，イギリスでは母音の後の /-r/ の消失はすでに確立していた。ゲール語は本来その位置の -r を落とさない言語であるが，日常頻繁に使う語ではイギリス発音をそのまま入れたのであろう。この作品の英語にも次の例がある。

　　bawn (= born) 144 / *bust* (= burst) 54 / *hoss* (= horse) 54 / *Lawd* (= Lord) 12 / *nigguh* (= niggar) 48 / *suh* (= sir) 46 / *sho* (= sure) 75 / *Yessuh* (= Yes, sir) 47 / *nevah* (= never) 252

8　'th' 音の破擦音化

アイルランド人にとって英語の 'th' は発音しにくく，英語を受け入れた初期のころはそれを t，d で代用した（Carleton に用例が多い）。この作品にも次の例がある。

　　wid (= with) 440 / *t'ink* (= think) 301 / *t'ing* (= thing) 299 / *t'ink* (= think) 301 / *somet'ing* (= something) / *not'ing* (= nothing) 301

9　'g' の脱落

アイルランド人にとって英語の '-ng' も発音しにくく，英語を受け入れた初期のころはそれを '-n' で代用することが多かった（Carleton に用例が多い）。これは一般に「'g' の脱落（dropping of the 'g'）」といわれるが，音声的には /ŋ/ → /n/ の変化である。この作品にも次の例が見られる。

　　gittin' (= getting) 49 / *go'n* (= going) 213 / *settin'* (= setting) 58 / *somethin'* (= something) 48 / *tryin'* (= trying) 178 / *nothin'* (= nothing) 59

10 定冠詞の消失

アイルランド英語では伝統英語で 'on the top of' というところを the を落として 'on top of' とする（尾上政次 1953, p. 155）。この作品にも次の例が見られる。

You notice that sign *on top of* the building?（177）
お前も建物のてっぺんの広告文字に気がついたろう？

That woulda been pilin' sin up *on toppa* sin.（59）
そんなことをすりゃ，罪の上に罪を重ねるようなものです。

II 統語法について

1 'I'm-a'（= I have to）

アイルランド英語では 'I be to do it.' を 'I have to do it,' 'I am bound to do it,' 'it is destined that I shall do it.' の意味に使う（P. W. Joyce, p. 87）。アメリカの黒人英語によく見られる 'I'm-a' や 'Imma' はこのアイルランド語法を引き継いだものと思われる。この作品には次の用例が見られる。

Damn if *I'm-a* let 'em run me into my grave.（144）
この俺が，奴らに墓場へ追い立てられてたまるか。

I'm-a have to go look that rascal up.（395）
あの悪党を探し出さずにおくものか。

2 末尾添加の '-o'

アイルランド英語では boy-o, lad-o のように名詞の語末に -o を添えていることがある（P. W. Joyce, p. 87）。例えば，ゲール語で **"a vick-o"** (my son) は 'Well Billy *a vick-o*, how is your mother this morning?'（やあビリー坊や，今朝はお前のお母さんの具合はどうだね？）のように親しみをこめた呼びかけに使われる。この作品には次の例が見られる。

What you sayin', *daddy-o*.（389）
よう，仲間，どうだい。

第 17 章　ラルフ・エリソン

Oh, goddog, *daddy-o*. （142）

このやろう，いいかげんにしろよ。

No, *daddy-o*, I'm going to start with one my own size!（143）

俺は，俺くらいの背丈の奴から始めるつもりだからな！

3　不快・迷惑を表す前置詞 'on'

アイルランド英語には権利などを無視されたときの不利・不快な気分を表す前置詞 'on' の用法がある。例えば 'James struck my dog on me.' の 'on me' は「腹立たしいったらありゃしない」ほどの気分を表す（P. W. Joyce, pp. 27-8）。これはゲール語の前置詞代名詞 "***air***" の慣用によるものである。この作品には次の例がある。

He had waited too long, the directives had changed *on* him.（384）

彼はあまりにも長く待ち過ぎて，その間に，指令の方が彼には不利に変わってしまったわけだ。

4　強意の他動詞構文

アイルランド英語には「他動詞＋強意語＋ out of ～」で「～を叩きのめす，ぶん殴る」の意の慣用表現がある（P. W. Joyce, p. 31）。この作品にも次の例がある。

We ought to *beat the hell out of* those paddies!（217）

あの巡査の奴らめ，叩きのめしてくれるぞ！

I'm going to *beat your brains out*!（185）

きさまの脳みそ叩き出してやるぞ！

Slug him, black boy! *Knock his guts out*!（24）

黒んぼ，そいつをぶん殴れ！　そいつの腸（はらわた）を叩き出してやれ！

5　'don't give a damn'

アイルランド英語には 'don't give a shit' や 'don't care a damn'（ちっとも構わない，少しも気にしない）という表現があり，それがアメリカでは '*not*

『見えない人間』

give a damn の形に発達した（尾上政次 1953, p. 172）。したがってこれはアメリカ生まれの Irish American だといえる。この作品には次の用例がある。

I *don't give a damn* who they is.（217）
あいつらが何者だろうと知ったことじゃない。

We make the best white paint in the world, I *don't give a damn* what nobody says.（177）
わが社の白ペンキは世界一だからなあ、誰が何と言おうと。

6　時を表す名詞の接続詞用法

アイルランド英語では時を表す名詞をそのまま接続詞として使う（P. W. Joyce, pp. 35-6）。これは同じくゲール語を母語としたスコットランド英語とも共通する（『現代英語学辞典』p. 796）。この作品には次の例がある。

But *the minute* y'all stopped, they started throwing folks out on the street.（343）
お前さんたちが手を引いた途端に、奴らはみんな街頭におっぽり出したんだ。

next time you got questions like that, ask yourself.（14）
今度ああいうことが聞きたかったら、自分に聞くんだな。

Next thing you know here come the Old Man.（176）
すると、すぐさま社長がおいでなすった。

Ever time I think of how cold it was and what a hard time we was having I gits the shakes.（48）
ひどく寒かったり辛かったことを思い出すたんびに、あっしは身震いが出るのでがす。

7　'make'（= become）

アイルランド英語では動詞 'make' を「～になる」の意味に使う（P. W. Joyce, pp. 290-1）。例えば 'This will *make* a fine day.'（今日はいい天気になるだろう）'That cloth will *make* a fine coat.'（この生地はいいコートになるだろ

第 17 章　ラルフ・エリソン

う）'he'll *make* a splendid doctor.'（彼はいい医者になるだろう）のように。この作品の黒人英語にも次の例がある。

　　You'd probably *make* an excellent runner, a sprinter.（149）
　　君なら優秀な走者に，短距離走者になれそうに思えるが。

8　二重複数形

　アイルランド英語には二重複数形が見られる。これはスコットランド英語の特色でもある（『現代英語学辞典』p. 795）。この作品には次の例がある。

　　mens (= men) 440 / *gentlemens* (= gentlemen) 453 / *womens* (= women) 433 / *folkses* (= folks) 48

9　文末の念押し重複語法

　アイルランド英語では陳述を強調するために，文末に先行文と同じ内容を繰り返す傾向がある。例えば 'or you'll brake your bones, *so you will*. (Carleton, *Hedge School*), 'He is a great old schemer, *that's what he is*.' (P. W. Joyce, p. 11) のように。この作品にも次の例がある。

　　They's bitter, *that's what they is*...（14）
　　あの子らの心は煮え繰りかえっているだよ，本当にそうなんだから。

　　'Cause them young colored fellers up in the lab is trying to join that outfit, *that's what*!（186）
　　研究所の有色人種の若造なぞが，組合に入ろうとしているからだ，それだからだぞ！

　　I'll kill you, *that's what*!（184）
　　貴様を殺してやる，本気だぞ！

10　'a hell of a ～'

　アイルランド英語では 'a fool of a man'（馬鹿な男）のように，前置詞 of が後ろの名詞（a man）とではなく，前の名詞（a fool）と結んで句をつくる語法がある（P. W. Joyce, p. 42）。この作品には次の例がある。

　　a sea of upturned and puzzled faces（105）

『見えない人間』

仰向けた多数の途方にくれた顔。

they're *a hell of a* people!（145）

奴らはとんでもない連中だ！

11 'easy'（= **softly, gently**）

アイルランド英語では 'easy' が「そーっと，ゆっくり，無理をせず」(softly, gently) の意味に使われる（尾上政次 1953，pp. 57, 67, 173）。この作品にも次の例がある。

Okay, okay, take it *easy*.（73）

分かった，分かった。まあ，そう慌てるな。

You take it *easy*, old man.（392）

じじい，いい加減にしておけよ。

So take a friendly advice and go ' so that you can keep on helping the colored people.（309）

だから好意からの忠告を受け入れて，歩調をゆるめ，いつまでも有色民族を援助できるようにすべきです。

12 'you all'

アイルランドが英語を受け入れたとき単数の you と区別するために，複数では yous や youz などの複数形を作り出したが，一方 'you all' も「みなさんがた」の意で使い始めた。19世紀半ばのアイルランド農民の姿を写実的に書いた William Carleton の作品に例が多い。アメリカでは南部地方にとくに多く見られる。この作品にも次の例がある。

you'all know that?（53）

そんなことはよくあることでしょう？

Stand back *y'all*. Give him some room.（68）

みんな後ろへさがって，場所をあけろ。

Just put *y'all's* money where your mouth is.（73）

文句を言わないで有り金全部をはたいてくれればいいんだ。

第 17 章　ラルフ・エリソン

13　'she, her'（= it）

ゲール語には中性の人称代名詞 it がなかったので，アイルランド英語では初期のころに女性人称代名詞 she, her を当てて訳した（J. M. Synge, *The Aran Islands*, ch. 1）。この作品にも次の例がある。

'Let *her* go,' he called. I opened the valves, （173）
「さあ開けろ」と彼はどなった。僕はバルブを開けた。

You better stand back a little, 'cause I'm fixing to start *her* up. （174）
ちょっと後ろにのいていろ，これからそいつを動かすんだから。

Now *she's* all set to cook down ; all we got to do is put the fire to *her*,' he said, pressing a button （175）
「さあ，これで煮る用意はできた。あとはもう火を入れてやるだけだ」と彼は言って石油ガマのボタンを押した。

14　'and all'

アイルランド英語では 'and all' を「〜などすべて，まるごと」の意味ではなく，「〜とか，〜なんか，〜など」（as well, also, too）の意味に使う。これは北英方言やスコットランド方言と共通する。この作品にも次の例が見られる。

you weak and caint hardly walk *and all* （205）
あんたは歩けもしないほど弱っていた。

Jack and George. . . Tobitt *and all*？（428）
ジャックやジョージ…トビットの奴らか？

so you can see [略] all the shiny black seeds it's got *and all*. （50）
その中のつやつやした種が見えたりするんだ。

15　'them'（= they, those）

アイルランド英語では 'them' を they, those の代わりに使う（P. W. Joyce, p. 34-5）。"*Them* are just the gloves I want.' 'Oh she melted the hearts of the swains in *them* parts.' のように。これはゲール語からの直訳であるという。この作品

『見えない人間』

にも次の例がある。

 Them's the ones I haven't heard about, son.（310）
 彼らは僕が聞いたこともない連中だ。
 Them paddies must be going stone blind.（396）
 あの巡査めらはまったくの盲になりかかってるに違いない。

16 'quit'（= cease）

アイルランド英語（Ulster 地方）では '*quit* your crying'（泣くのは止めなさい）のように，'quit' を cease, stop の意味に使う。この作品にも次の例がある。

 Get off my foot, man. *Quit* shoving（431）
 こら，俺の足を踏みつけるな。押すのはよせ。
 Why don't you *quit* bothering me, boy?（262）
 なぜ，そんなにうるさく言うんだよ？

17 'done'（= already）

'done' を already の意の副詞的に，あるいは完了の助動詞 have (has) 的に使うのはおそらく Scotch-Irish であろう（Curme, *Syntax*, 1931, p. 23）。この作品にも次の例がある。

 Morning *done* come, and it's gettin' almost light.（53）
 もう朝になって，あたりが明るくなりかかっている。
 I *done* thought 'bout it since a heap, ...（53）
 以来そのことをずいぶん考えてみたんじゃが。
 I *done* tole you, GIT OUTTA MY BASEMENT! You impudent son'bitch.（184）
 貴様に言ったはずだぞ，わしの地下室から出て失せろ！　くそ生意気な若造めが！
 We *done* been all over it and you know I ain't gon' change.（439）
 そんなことはもう話し合ったことだし，俺が決心を変えるような人間じ

第17章　ラルフ・エリソン

ゃないことは，お前も知ってるはずだ。

18　疑問詞の後の 'is (was) it'

アイルランド英語ではゲール語の影響によって「先行主語」といわれる it で文を起こす構文が多い（P. W. Joyce, p. 51；船橋茂那子 1986）。したがって疑問詞で始まる疑問文にも 'is (was) it' がよく挿入される。ゲール語の習慣に基づく文の均衡の問題らしい。伝統英語とは違って，とくに強調ということではない。この作品にも次の例がある。

> Tell me, what *is it* that you're tryin to accomplish?（149）

あなたの望みというのは結局どういうことなんですか。

> Who *was it* you mistook me for?（388）

僕を誰と見間違えたのですか？

19　'the way' の接続詞的用法

アイルランド英語では名詞 'the way' を接続詞として使う（P. W. Joyce, pp. 85-6）。例えば，'This is the way I made money [= this is how I made money].' のように使う。この作品にも次の例がある。

> that is *the way* he'll see it, . . .（403）

それが彼の見方だろう。

> Damn if that's *the way* I heard it.（435）

俺は，そうは聞いておらんぞ。

20　'quite a little' の緩叙法

アイルランド英語には 'quite a little'（「かなりたくさんの」の意）という緩叙法（litotes）があり，その類推からアメリカでは 'quite a few,' 'quite a bit,' 'quite a while' などの類句が生まれた。したがって，これらはいずれもアイルランド系語法だといえる（尾上政次 1991）。この作品には次の例がある。

> *Quite a few* folks out this way don't, though.（44）

この辺りには学校に来ない人はかなり沢山いますけど。

『見えない人間』

In fact, I poured us *quite a few*.（420）

実際，私たちは何杯も何杯も杯を重ねた。

he had caused *quite a bit* of outrage up at the school,（42）

彼は学校でとんでもない騒ぎを引き起こしました。

21　'(as) you know' の挿入

アイルランド英語では会話の途中にほとんど無意味な句 'you know' あるいは 'as you know' をしばしば挿入する（Carleton に用例が多い）。この作品にも次の例がある。

You know, everybody's mad about it...（434）

ほら，誰もがそのことでかんかんになっていた。

I been pretty sick, *as you well know*, and I'm getting kinder along in my years, as *you well know*, and（176）

わしは，ご存知のように，病気でもあるし，これまたご存知のように，だいぶ年もとってまいりました。

22　間投詞 'man'

アイルランド英語では主張を強めたり驚きを表す一般的な叫び声として 'Oh man!' がよく使われる。これがアメリカ英語では間投詞 'Man' へと発達する。この作品にも次の例が見られる。

And *man*, talk about cutting cutting out! In a second wasn't nobody left but ole Ras...（452）

なんと，みんな逃げたのなんのったら！　たちまち，ラスの他は誰一人いなくなっちまった…

Man, you git away from here before you git me in trouble.（389）

ねえったら，わたしが困った破目にならないうちに，よそへ行ってちょうだい。

23　接続詞 'like'

アイルランド英語では 'like' を接続詞として使う。古い英語の残存である。

第17章　ラルフ・エリソン

この作品にも次の例が見られる。

(You) Make out *like* you never seen it.（322）

お前は一度も見たことがないように見せかけている。

24　'mad'（= angry）

アイルランド英語では 'mad' が angry の意味にも使われる。ゲール語の **"builleamhail"** には furious の意味もあるからである（P. W. Joyce, p. 289）。この作品の黒人英語にも次の例がある。

I tell you they *mad* over what happen to that young fellow, what's-his-name...（435）

あの何とかいう若い男の子のことで，みんながかんかんに怒ってたから…

25　倒置感嘆文

アイルランド英語には伝統英語でいえば疑問文語順の平叙文すなわち(助)動詞が主語の前に出る文章がある。否定倒置文に限らず肯定倒置文もある。おそらくゲール語が文頭に動詞を置く言語であることからの影響であろう。この作品の黒人英語には否定倒置文ばかりだが次の用例がある。

Brother, *ain't it wonderful*.（442）

兄弟，すばらしいですわね。

Won't nobody speak to me, ...（58）

誰もおらには口をきかねえのだ…

Don't nobody know how it started.（435）

誰もきっかけなんか知っちゃいねえんだよ。

I tried to git help but *wouldn't nobody help us*...（48）

ひとのお情けにすがろうと思っても，誰も助けてはくれませんし…

次のような 'ain't' で始まる存在文は文頭の虚辞 it あるいは there の脱落ないし消失と見られるが，これが上記の否定倒置文と平行して1920年代に，とくにアメリカ南部で広く見られるようになったことについては，ゲール語

『見えない人間』

の "*Níl*" (= There isn't), "*Ní*" (= It isn't) からの影響も考えられる。

ain't nothing I can do but let whatever is gonna happen, happen.（59）
おらに，できるこたあ何にもねえだ。物事はなるようにしかならねえ。

26　文頭の否定辞 'The hell' 'Like hell'

文頭の否定辞は本来はイギリスでもアイルランドでも 'The devil' 'Like fun' であったが，これが 'hell' に置き換えられたのは19世紀末アメリカにおけるアイルランド移民によると考えられる（→本書第2章）。この作品の黒人英語には次の用例が見られる。

'Not this time, officer.' '*The hell* you say ; ...'（396）
「おあいにくさまです，お巡りさん」「嘘を言いやがって」

'But he do look like Rine.' '*Like hell* he does.'（396）
「だが，ラインによく似てるぞ」「似てるもんか」

27　be 動詞の無い文（**zoro copula**）

アイルランド英語には be 動詞が省略された文が多い（アイルランド作家 Carleton の作品には頻出する）。この作品の黒人英語にも例が多い。しかし，原形 be を伴う場合は「継続的ないし反復する現在の状態を表し」，be を伴わない場合は「現在の一時的状態を表す」といわれる黒人英語特有な「be なし文」（zero-copula）とは異なると思われる。なぜならこの作品の黒人英語には be を伴う場合は見られないからである。

We fixing to do something what needs to be done.（436）
俺たちはどうあってもやる必要のあることを，やってのける計画なんだ。

This the place where most of us live, ...（438）
ここは，俺たち仲間の大部分が住んでいる所よ。

'Thanks.' '*You welcome.*'（213）
「有難う」「礼には及ばねえ」

第17章　ラルフ・エリソン

以上は黒人作家ラルフ・エリソンが黒人社会の断面をえぐり出した小説『見えない人間』に登場する黒人たちの英語が，アイルランド英語の特色と共通する点のほとんどすべてである。しかし，割愛した項目を含めてもその中に黒人特有なといえる特色は何もない。この事実から少なくともこの作品に取り込まれている黒人英語に関する限り，それはほぼ全面的にアイルランド英語をアメリカで引き継いだものといえる。

第18章　フラナリー・オコーナー

「善人は見つけがたし」
'A Goodman is Hard to Find' (1955)

　オコーナー（Flannery O'Connor, 1925-64）の小説は，どの作品にも通常な神経の読者には耐え難いほどグロテスクな人物が登場し，その行為の卑劣さに大抵の読者は大きな衝撃を受けるように仕掛けられている。短編「善人は見つけがたし」（'A Good Man is Hard to Find', 1955）はその典型である。

　脱走犯が，国道外れのひとけのない場所で，偶然出くわした老婆と赤ん坊を含む一家六人を，一人ひとりゆっくりと射殺して深森の闇に捨てるというショッキングな話である。しかしその筋書きはショッキングでも，作者の語りにはどこか和らぎと救いが感じられる。この作品のその不思議な雰囲気の文体を佐伯彰一氏（1971）は次のように評しておられる。

　「輪郭鮮明で，およそ贅肉というものがない。そっけないほど無飾の文体で，一気に突き進む。脱獄囚が偶然に路上で出会った一家を皆殺しにするというグロテスクな話だが，作者は眉根一つ動かさず，あっさりと一家殺しの次第を書いてのける。しかも不思議なことに，こうしたハードボイルド派に多い，ことごとしい強がり，人に見せばやの肩のそびやかしといった所がまるで見られない。じつに自然で，さっぱりしている。しかも，ただの無感動の硬さ，冷たさとは違う。血なまぐさく，グロテスクな話を書けば書くだけ，底なるやさしさが，静かに沁み入ってくる。感傷とも冷徹とも違う独特の持ち味である。まことに不思議な才能もあればあるものだと，息をのむ思いだった」

第18章　フラナリー・オコーナー

　さすがに日本を代表する文芸評論家の慧眼である。わたくしはこの評言にただ然り然りと頷くばかりで、これに加えるべき言葉をもたない。

　しかしそう言っただけでは、わたくしの語学教師としての責は果たせないと思うので、佐伯氏が「まことに不思議な才能もあればあるものだ」と感嘆されるこの作品に、以下はとくに言語の面からアプローチしてみたいと思う。

　この作品に限らず、オコーナーの小説はすべてジョージア地方の方言で書かれている。その言語的特色はフォークナーのミシシッピー州方言とほとんど変わるところがない。これらアメリカ南部方言はアイルランド英語の特色と一致する点が多い。アイルランド英語とスコットランド英語は、17世紀の古いイギリス英語を継承する点で、多くの特色が共通する。つまり言語の歴史的流れは17世紀のイギリス英語がスコットランドやアイルランドを経由して後にアメリカに入り、各地の方言として今日まで残っているということになる。

　オコーナーはフォークナーと同様に、頑な地方定着者であったが、出自をただせばアイルランド系のアメリカ人である。そもそも "O'Connor" というアイルランド姓が何よりもそれを物語る。未婚の生涯であったから彼女がアイルランド移民の子孫であることは疑う余地がない。

　アイルランドはカトリック教国である。オコーナーは信仰心厚いカトリック信者を両親として生まれた。高校まで教区のカトリック学校に通って育てられて、彼女自身も熱心なカトリック信者だった。ジョージア州立女子大学を卒業後アイオア大学やニューヨークで、少しの間創作の修業をするが、24歳のとき不治の病ルーパス (lupus) を発病し、以後39歳で死ぬまで病と闘いながらの執筆と信仰の壮絶な生涯だった。

　ルーパスは皮膚結核の一種であり、しばしば内臓も侵されるが、彼女の場合は脚と顔の半分の骨がやわらかくなるという悪質なものだった。発病する数年前に父親が同じ病気で亡くなっていた。人生の早くで命の短きを宣告さ

「善人は見つけがたし」

れたオコーナーは,「わたしにとって人生の意味は,キリストによる救済という一点に集中している」と言うように,真の救済を激しく叫びながらその短い人生を閉じた。

オコーナーの生地はジョージア州のサバンナであったが,発病してからは同州ミレッジヴィルの片田舎で母親と二人で暮らした。先に触れたように,発病前の 23 年間も熱心なカトリック信仰の家庭,教区のカトリック学校,大学もジョージア州立の女子大で育ったことからすると,オコーナーの母語形成にとりわけ大きな影響を与えたのは,聖書の英語とジョージア方言であったと考えられる。

佐伯彰一氏がオコーナーの文章について「輪郭鮮明で,およそ贅肉というものがない。そっけないほどに無飾の文体で,一気に突き進む」と指摘される評言は,そのまま聖書の文体にあてはまるような気がする。「神が光あれと言われた。すると光があった」と創世記が事の次第を的確に物語っていくあの客観叙述の文体に似ていないだろうか。わたくしにはオコーナーの筆運びは「初めに言葉があった。言葉は神であった。言葉は神と共にあった。」(ヨハネ伝第一章)のように,無飾の言葉を静かにたたみかける文体のリズムに一脈通じているように思えてならない。

さて,「善人は見つけがたし」の英語でもっとも目立つのは '*It*' (= there) で始まる存在文である。次の 13 例がある。Text は Signet 版。末尾の数字は頁数を示す。

1) *It* isn't a soul in this green world of God's that you can trust. (133)
   神が造り給うたこの緑の世界に信頼できる人間なんて一人だっていやしない。

2) If he hears *it's* two cent in the cash register, I wouldn't be a tall surprised if he... (133)
   そいつ(脱走犯)はこのレジスターに現金が 2 セントしかないと聞い

第18章　フラナリー・オコーナー

てもやつらはきっと…

3)　*it's* some that can live their whole life out without asking about it and *it's* others has to know why it is, ...（139）

世の中には一生，人生に何の疑いももたずに生きられる奴もあれば，根ほり葉ほりほじくらなきゃ生きられねえ奴もいる。

4)　Turn to the right, *it* was a wall. Turn to the left, *it* was a wall. Look up, *it* was a ceiling, look down *it* was a floor.（140）

（刑務所じゃ）右を向いても壁。左を向いても壁。上を向けば天井。下を向いても，床しかねえんだ。

5)　*It* was a head-doctor at the penitentiary said what I had done was kill my daddy but I known that for a lie.（141）

わし（の罪状）は親父を殺したことだと言った頭の医者が刑務所にいたが，そんなこたあ嘘っぱちだ。

6)　If He did what he said, then *it's* nothing for you to do but thow away everything and follow Him, and if He didn't, then *it's* nothing for you to do but enjoy the few minutes you got left the best way you can — by killing somebody or burning down his house or doing some other meanness to him.（142）

もしイエスが本当にあの言った通りのことをしたのなら，わしらは何も言うこたあねえ，何もかもおっぽり出してイエスについて行くだけだ。もしイエスがしなかったのなら，わしらは何もしねえで，残された時間をただ，人を殺したり家を焼き払ったり，何か他の汚ねえことをして，楽しむしかねえんだ。

7)　She would of been a good woman, if *it* had been somebody there to shoot her every minute of her life.（143）

あの婆さんが生きている間に，いつも婆さんを撃ち殺す奴が誰かいたら，あの婆さんは，ちったあまともな人間になれただろうに。

448

「善人は見つけがたし」

8) It's no real pleasure in life.（143）
人生に本当におもしろいことなんかありはしない。

　この語法はオコーナーの初めての小説『賢い血』（Wise Blood, 1952）にも8回，短編「火の中の輪」（'A Circle in the Fire'）に6回，「作りものの黒ん坊」（'The Artificial Nigger'）に5回，そして「疎外された人」（'The Displaced Person'）にも9回の用例が見られる。フォークナー（William Faulkner）やウエルティー（Eudora Welty）やマッカラーズ（Carlson McCullers）など，他の南部作家の諸作品にも散見されるので，これはアメリカ南部方言に共通する一つの大きな特徴といってよい。
　この語法の系譜についての考察に入る前に，上に挙げた8つの文章の意味を先に確かめておきたい。オコーナーがこの作品に込めた怒りにも似たメッセージはこの8つの文章に要約されていると思うからである。

1) 神が造り給うたこの世界に善人などいないではないか。
2) 人はおよそどんな卑劣なことでもしかねないではないか。
3) 欺瞞的な信仰生活をする者もいるがそれができない人もいるではないか。
4) 試練というにはあまりにも残酷な，逃げ場のない現実をどう生きればよいのか。
5) 冤罪だってある。神ではなく紙（調書）によって人が裁かれてよいものか。
6) 神が救ってくれないのなら，人は卑劣なこと以外にすることは何も残されていないではないか。
7) 人は死に直面させられれば日常の生と信仰を真剣に考えられるようになる。
8) 苦しみぬいて少しはましになった人に対して神はいつか必ず救済の

第18章　フラナリー・オコーナー

　手を差し伸べてくださると信じたい。人を真に救えるのは神さま以外にはないのだから。

　これは，熱心なカトリック信者だったオコーナーが，人生の早くで死をつきつけられて，神に救済を求めた悲痛の叫びである。だが，それを上のような文章で表現したのでは，情念むき出しの単なる恨み言となる。それがいかに真実であっても恨み言では文学にならない。そこで，表現に安定性をもたせるために導入されたのが It (= there) で始まる存在文という客観的記述形式ではなかろうか。
　「～がある，あった」「～はない，なかった」という存在文は，主観叙述を避けるために語り手 'I' を文章の表面から沈めるのに有効な形式である。対象との間に距離を置いて客観化された語りとすることによって，聞き手あるいは読み手にゆるぎない情報として受け止めやすくする。聖書の文体も基本的には客観叙述の連鎖で構成されており，それが読む人に物語として広く受け止めれられる秘訣なのではなかろうか。作家は作品をいくつ書いてもテーマは一つである。悩み苦しむ自らの心奥の葛藤をテーマとするオコーナーの作品には，他の南部作家に比べて，とくに存在文が多いのはその理由からであろう。
　さて，'it' を there の意味の副詞として使うのは，元々は古いイギリス英語にあった語法だが，近代に入ると存在文の初頭の it は一斉に there にとって代わられ，it の副詞用法は廃れてしまった。しかしスコットランドやアイルランドにはこの古い語法が残り，それが19世紀にアメリカに入ってきた。
　イギリス本土では廃れたのに，スコットランドやアイルランドで残存した原因には，ともに母語であったゲール語の影響が考えられる。ゲール語では存在文は，「存在を表す be 動詞 '*Tá*' ＋主語」の形で表される。例えば「誰かが戸口のところにいる」はゲール語では，

　　　Tá 　　　duine 　　　éigin 　　　ag 　　　an 　　　doras

「善人は見つけがたし」

という。この6語に順次英語と日本語の逐語訳をつけると，

 Is someone at the door
 （いる）（誰か人が）（ところに）（戸口の）

である。これを英訳するときに，初頭の '**Ta**' に今日では 'There is' が当てられるが，17世紀ころは英語の 'It is' もまだ健在であったので，これは受け入れやすかったと考えられる。

「善人は見つけがたし」には，'It' で始まる存在文の他に，いま一つ 'Ain't' で始まる否定の存在文がある。

 Ain't a cloud in the sky. Don't see no sun but don't see no cloud neither.（138）
 空には雲一つありはしない。太陽も見えなけりゃ雲も見えはしない。

これは初頭の There が省略されたと一般に考えられており，またそう考えていて差し支えはないのであるが，アイルランド人によって言い出された可能性もある。ゲール語の影響が考えられるからである。ゲール語には英語の 'There is not' を一語で表せる "***Níl***" という語がある。これは存在を表す be 動詞 "***Ta***" の否定動詞形である。例えば，

 Níl arán ag Pole.
 ポールはパンをもっていない。

という。これに英語と日本語の逐語訳をつければ，

 There is not bread at Pole
 （存在しない） （パンが） （ポールのもとには）

である。肯定形は "***Tá arán ag Pole***" である。ゲール語では英語の普通の 'It is' にあたる be 動詞 "***Tá***" の否定形も一語の "***Ní***"（= it is not）で表すので，英語の 'Ain't' はゲール語の "***Níl***" および "***Ní***" のどちらにも当る。このことから，Ain't で始まる否定の存在文は，アメリカにおいて生まれたアイルランド語法の可能性が考えられるのである。Ain't という語自体は17世紀ころからイギリスで発達し始めた俗用だが，アイルランドにも入っていたのではなかろうか。

第 18 章　フラナリー・オコーナー

　ところで，アメリカ南部方言の 'It (= there)' が，イギリスやスコットランドから直接にではなく，アイルランドを経由してアメリカに入って来たと考えるのは，この語法が以下に指摘するようなアイルランド英語の語法と共起するからである。

1　直結形伝達疑問文

　イギリス本土の伝統英語では疑問文を間接話法に変えるときは，接続詞を用いてその疑問文を平叙文語順に変えて，名詞節としなければならないのであるが，アイルランド英語では接続詞を使わず，また疑問文語順のままで名詞節にしてしまう。この作品には次の用例が見られる。

　　Try their car and see *will it run*. （137）
　　彼らの車が動くかどうか見てみな。
　　Then you'll know what you done and you can hold up the crime to the punishment and see *do they match* and in the end you'll have something to prove you ain't been treated right. （142）
　　犯した罪と受けた罰が釣り合うかどうか見てみな。
オコーナーの他の作品から引くと，
　　Ask him *isn't he going to* take you and me with him?（Wise, 102）
　　お父さんに，お前と私を連れてってくれないのかと聞きな。
アイルランドの作家には次のような先例がある。
　　Ax it *does anything trouble it*?
　　何か支障があるのか聞いてみよ。── Carleton, *Traits*

　この語法がアングロ・アイリシズムであることを初めて指摘したのは，1984 年に発表された尾上政次の論文「直結型伝達疑問文について」（『中央英米文学』18 号）である。尾上はアイルランド作家 Maria Edgeworth (1767-1849) から James Joyce (1882-1941) までの諸例を報告し，「頻度数の高さと伝達動詞の種類の多さがこの構文をアイルランド英語の特色のひとつに造り上

げていることは，明らかである」と述べている。

2　二人称代名詞 'you all'

　イギリスの伝統英語では二人称代名詞 you は単複を区別しないが，この作品では複数をいうとき 'you all' を使うことがある。

　I see *you all* had you a little spill.

　あんたら，ちょっとひっくりかえりましたな。

　Will *you all* shut up? Will *you all* shut up for one second? If you don't shut up, we won't go anywhere.（135）

　静かにせんか。お前たち，ちょと静かにしてくれんか。静かにせんと，どこへも連れて行かんぞ。

　Where did *you all* go when you left here? (*Circle,* 221)

　あんたたちここを出てからどこへ行ったの。

これは Scotch-Irish と思われる英語に次のような先例がある。

　'But your honor, ─ gintlemen! ─ what's I to do with *ye all*? Repintance? ─ Yis!'

　'But, your honor, it's *you-all* must foller me to Repintance : . . .' ─ MacKay, *Fine,* 184

　「だがお歴々の殿方！　この私がみなさん方と何の関わりがあると？　復讐をしろですと？─分かりました。」

　「だが，お歴々，みなさんも私の復讐にぜひともついてきてもらわなければなりませんぞ。」

　a more faithful boy wasn't alive this day nor I am to *yez all*. ─ Carleton, *Three,* 35

　わし以上にあんたに対して忠実な男はこの世にいますまい。

　Boys, *you all* know my maxim ; . . .─ ib., *Hedge,* 311

　諸君，君たちはわしの処世訓を知ってるじゃろ。

　第1例は Percy Mackay の戯曲『この見事な世界』(*This Fine-Pretty World,*

1924）からであるが，この作品は詩人・劇作家である Percy MacKay がケンタッキー山岳地帯の奥地で，約 200 年間都市化に汚されることなく 17 世紀に入植した当時のままの生活が継承されていたスコッチ・アイリッシュの子孫が住む村に分け入り，その言語と文化をつぶさに観察して，一つの芝居にまとめ上げたものである。第 2, 3 例の William Carleton は 19 世紀初頭のアイルランド農民作家である。

3 時を表す名詞の接続詞的用法

the way, the time, the instance など方法・時などを表す名詞をそのままで接続詞として使うのもアイルランド英語の特色である。ゲール語の影響による (P. W. Joyce, pp. 35-37)。アメリカでは南部に限らず全米に広く分布する。この作品には次の用例が見られる。

She said *the way* Europe acted you would think we were made of money. (134)

ヨーロッパのやり方から見ていると，まるでわたしたちは金のなる木だと言わんばかりじゃないか，と彼女は言った。

The instant the valise moved, the newspaper top she had over the basket under it rose with a snarl and the cat sprang onto... (135)

旅行用かばんが動いた瞬間に，その下の籠を覆っていた新聞紙がうなり声とともに持ち上がって猫が飛び出し…

4 強意の他動詞構文

他動詞と目的語の間に '強意語 + out of 〜' を挿入して「〜をぶちのめす，叩きのめす」という他動詞構文の強調表現はアイルランド英語の特色の一つである。オコーナーのジョージア方言には多いが，偶々この作品には用例が見られないので同作家の他の短編「火の中の輪」から用例を借りよう。

If I had that big boy down I'd *beat the daylight out of* him.

あたしあの大きな男の子をつかまえたら，ぶちのめしてやりたいわ。

5 'out the door' の句

「窓から」の意味の句を 'out of the door' ではなく 'out the door' とするのもアイルランド英語の特色である。これがアメリカに入り，アメリカではさらに類推によって 'out the window' や 'in (= in through) the window' という句も生まれた。したがってこれらはいずれも Irish-American といえる。

and their mother, clutching the baby, was thrown *out the door* onto theground.（136）

子供たちの母親は赤ちゃんをしっかりつかんだまま（車の）ドアから地面に投げ出された。

I'll run around behind and get *in the window*.（135）

僕は裏口に回って窓から入るんだ。

以上のほかジョージア方言がアイルランド英語と共通するものとして次のような特色が指摘できる。

6 'on top of 〜'

「〜の上」は普通 'on 〜' だけでよいのであるが，アイルランド英語では 'on top of 〜' という。しかも名詞 'top' を冠詞なしで使う（尾上政次 1953）。

they saw a car *on top of* the hill

丘の上に車が来るのを見た。

on top of the hill they had gone over. (137)

彼らが越えて来た丘の上。

7 'no use 〜 ing'

この構文における '〜ing' はゲール語の分詞構文の直訳から生じたアイルランド英語であるから，イギリス英語の場合のように前置詞 'in' の省略によってできたものではない（尾上政次 1986）。

She said the way Europe acted you would think we were made of money and Red Sam said it was no use talking about it, she was exactly right.（134）

彼女は，ヨーロッパのやり方を見ていると，まるでわたしたちは金のなる木だと言わんばかりじゃないか，と言い，エド・サムはまったくあん

第 18 章　フラナリー・オコーナー

たの言う通りだ，議論の余地は無い，と言った。

8　'them'（= those）

古いイギリス英語にもあるが，アイルランドでもゲール語の影響によって同じ語形が生じた（P. W. Joyce, p. 34）。

them fellers (= those fellows)

them children (= those children)

9　関係代名詞 'that'（= who, which）

アイルランド英語では関係代名詞を先行詞によって変えることなく，すべての場合に that だけで済む（研究社『英語学辞典』）。ゲール語には関係代名詞は "*a*" しかなくこれが that と訳されたことによる。この作品には次の例が見られる。

It isn't a soul in this green world of God's *that* you can trust.（133）
神様の御造りになったこの緑の世界に信用できる人はひとりだっていやしないからね。

he wore silver-rimmed spectacle *that* gave him a scholarly look.（137）
彼は学者のように見える銀縁の眼鏡をかけていた。

He had on blue jeans *that* were too tight.（137）
彼は小さすぎる青のジーンズをはいていた。

There never was a body *that* give the undertaker a tip.（142）
死体が葬儀屋にチップをやったって話は聞かねえからな。

10　末尾添加音 /-t/

twict　/twaist/　137

oncet　/wanst/　137

wisht　/wisht/　142

11　子音の前の /l/ の脱落

hep (= help) 141, 141

12　末尾弱音節 /-ou/ → /-ə/

「善人は見つけがたし」

fellers (= fellows) 133

13 その他

a (= an) 139

ast (= ask) 139

set (= sat) 140

thow (= throw) 141, 142 / *thown* (= threw) 142, 142, 143

terrectly (= directly) 139

wait on (= wait for) 139

以上のことから，フラナリー・オコーナーに見られるジョージア方言の言語的特色のほとんどがアイルランド英語を引き継いだものであるといえる。

第 19 章　アーサー・ミラー

『るつぼ』

The Crucible (1953)

　Arthur Miller の『るつぼ』(*The Crucible*, 1953) は，1692 年にイギリスの植民地ニュー・イングランド (New England) の町セイラム (Salem) で実際に起こった，いわゆる魔女狩り裁判 (Salem Witchcraft Trial) の事件を題材とした作品である。この事件は裁判の記録が残っているので，ミラーは作品の歴史的正確さについて意を配り，おおむね史実に忠実であると戯曲の内扉にわざわざ「覚え書き」をつけている。その点についてはわたくしは何ら異議をとなえるつもりはない。

　だが，この作品の英語も 17 世紀末当時のセイラム地方の話し言葉を忠実に表しているかとなると，その点は甚だあやしいと言わざるをえない。なぜなら，忠実であろうにも言葉に関しては拠るべき直接的資料はほとんどないからである。言葉の問題だけでなく，当時の日常生活のありようを知る資料もほとんど何も残っていない。その点に関しては作者自身，第 1 幕の解説で次のように述べている。

　「彼らの生活がどんなものであったか，本当のことは誰も知らない。小説家というものはいなかった。たとえ小説が手近にあったにしても，それを読むことはとても許されなかったろう。彼らの信条は，芝居や〈むなしい享楽〉の類を禁じていた。ひとびとはクリスマスも祝わず，仕事をしない休日とは，常にもまして祈りに専念しなければならない日の謂だった」(倉橋健訳，早川書房，2001)

第19章　アーサー・ミラー

　この記述から察せられるのは，『るつぼ』に用いられている英語そのものの信憑性は保証の限りではないということであろう。

　そこでミラーが260年も前のこの事件を戯曲化するにあたって配慮したのは，古い17世紀のイギリスの方言を使うことだった。ニュー・イングランド地方に植民地を開いたのはイギリスだったからである。第1幕の解説で1692年のセイラムの住民は，メイフラワー号で上陸した人たちの子孫であるとの認識を明確に示した上でのことである。

　メイフラワー号で35名の清教徒を中心とした老若男女100名（一説によると102名）がマサチューセッツのコッド岬（Cape Cod）に上陸したのは1620年だった。そのときの移住者たちはイギリスの東アングリア地方の出身であった。マサチューセッツには1630年にも清教徒700名がボストンに移住し，1640年までには1,500人以上となったといわれる。これは1692年のセイラムにおける魔女狩り裁判に関わる人々は初期入植者の四代目から五代目にあたる。

　したがってミラーがこの作品の英語に，古い17世紀のイギリス方言を用いたのは，その限りにおいて妥当なことだといえる。議論をすすめる前に，どのような古めかしい語法をミラーがこの作品に織りまぜたか，主要なものを挙げておこう。Textは金星堂版 The Crucible (2000)。用例末尾の番号は頁数を示す。

1 'be' を全人称の単数・複数の現在形として使う

全部で37回の用例がある。平叙文だけでなく疑問文でも使われる。

No ― no. There *be* no unnatural cause here. (8)
いや違う。超自然な原因などではない。
I think you *be* somewhat ashamed, . . . (60)
あなたも恥ずかしいだろうとは思うわ…
Be you foolish, Mary Warren? *Be* you deaf? (19)

『るつぼ』

お前は馬鹿か，メアリ・ウォレン？　聾か？
They *be* tellin' lies about my wife, sir.（81）
私の妻のことでは，みんな嘘をついているのです。

2　'have' を全人称の単数主語に対しても使う

全部で10回の用例がある。

But *she have* danced?（100）
だが彼女は踊ったのだな？
Perhaps *he have* some sorrow.（118）
彼は何か悲しいことがあるのだろう。
Reverend *Hale have* no right to enter this …（119）
ヘイル牧師はここに入る権利がない…

3　「動詞＋主語」の古い疑問文語順を使う

Do you understand it? What *say you*?（126）
お前，分かっておるのか？　どうなんだ，返事をしろ。
how *came you* to cry out people for sending their spirits against you?（84）
どうしてお前は，自分に悪霊をとりつかせたと言って，いろんな人たちの名前を挙げたのだね？

4　'is' 'were' を単複両用に使う

Why, her eyes *is* closed!（12）
おや，この子は眼を閉じてるぞ！
When *were* he hanged?（128）
いつ絞首刑になったのだ？

5　'without' を接続詞として使う

'without' を前置詞としてではなく，'if ～ not, except, unless,' の意味の接続詞として使う。

I am sick of meetings ; cannot the man turn his head *without* he have a meeting?（26）

第 19 章　アーサー・ミラー

集会なんかうんざりだ。集会を開かなければ，頭を回すこともできんのか？

I am paid little enough *without* I spend six pound on firewood. (28)

薪を買うのに 6 ポンド使わなくても給料は足りやしません。

その他 *naught* (= nothing, 12, 51), *him* (= he, 116), *them* (= those, 112), *give* (= gave, 91), *broke* (= broken, 81, 120), *don't* (= doesn't, 115), *ail* (= trouble, 12, 18, 23, 55), *Aye* (= Yes, 8, 10, 他全部で 31 回) などの語彙・語形が挙げられよう。これらはいずれも，古い 17 世紀のイギリス英語である。したがってミラーが初期イギリス植民地の趣を出すためにこれを作品に取り入れたのは妥当なことであり，その結果「散文のせりふに詩的格調を与え劇的な高まりと迫力を与えた」(倉橋健) と見ることに異論はない。

ところが，この作品の英語をよく見てみると，驚くべきことにアイルランド英語の特色がかなり多く含まれている。次の諸点である。

1 'let you 〜' の形式の命令文

アイルランド英語では，P. W. Joyce (p. 81) が指摘するように，標準英語なら 'go to the right' とするところを，'let you go to the right' と言う。同じ語法の用例がこの作品には 14 例も見られる。しかも特定の人物だけではなく，18 歳の小娘から 72 歳の老婆まで，また農夫から牧師，判事，副知事に至るまで，あらゆる階層の登場人物がこのアイルランド語法を使っている。

You are not undone. *Let you* take hold here. (15)

しっかりしろ。ここでがんばるんだ。

Let you question Hale, Excellency. (118)

ヘイル牧師を尋問なさいませ，閣下。

2 'from this out' の句

標準英語なら 'from now on' とするところを *'from this out'* と言うのはアイルランド起源の語法である。尾上政次 (1975) によると *'from this out'* はアイルランドで最初は 'from the day out,' 'from this minute out,' 'from that time out' などとともに「from ＋時の一点＋ out」という一つのパターンをつくっていた。それが次第に 'from this out' を代表型として集約されていき，アイリシュ・ルネッサンス以後はこの句だけとなった。これが1848年のジャガイモの飢饉を境とする大量のアイルランド移民によってアメリカに持ち込まれたと見る。尾上はまた，この句はゲール語の **"as so amach"** の直訳であるとも指摘する。この作品には次の用例が見られる。

I ― I would have you speak civilly to me, *from this out*. （58）
今後は，あ，あたしへの口のききかたは慎んでください。

3 'me' を my の代わりに使う

P. W. Joyce (p. 103) が指摘するように，アイルランドでは標準英語の my や by は全国的に *'me,' 'be'* と発音される。例えば Now me boy I expect you home *be* six o'clock. となる。この作品には次の用例がある。

I love *me* Betty! （43）
おらあ，ベティお嬢さまを愛しておりますに！

4 強意の他動詞構文

アイルランド英語には I tried to knock another shilling out of him.（彼からもう1シリング巻き上げる）のように「誰々から～を叩き出す」の形の構文が多い。この例はゲール語の **"bain sgilling eile as"** の直訳であると P. W. Joyce (p. 31) は指摘する。この作品には次の用例がある。

I'll *whip the Devil out of* you! （58）
その悪魔をお前から叩き出してやる！

5 'It is' で文を起こす構文

アイルランド英語では *'It's* they are happy.' や *'It's* I am proud of you.' のように 'It is' で文章を起こすことが多い（J. Taniguchi, pp. 147-81）。これは伝統英語のようにとくに強調ということではなく，ゲール語では一文を「主語＋述語，主語＋述語」と二つに分けてバランスをとる習慣があるという文体の問題らしい。この作品には次の用例がある。

It's she put me out, ... （21）

おかみさんがあたしを追い出したのよ。

6　'It is'（= There is）の構文

アイルランド英語では 'it is' が存在文の 'there is' の意味に解釈できる構文がある。例えば 'One has got something.' はゲール語からの直訳で 'It is something is at (in, on, etc.) one.' と表される。このことから，'Isn't it sorrow enough on everyone in the house...' のように二つ目の is は省略も見られるようになる（谷口次郎，p. 159）。こうして古英語の it = there とは別にアイルランド英語独自の存在文形式が生まれた。この作品には次の用例がある。

It is a mouse no more.（50）

もはや小娘なんかじゃありゃしないよ。

Oh, *it be* no hell in Barbados.（116）

バルバドス島には地獄などありはしないんだ。

7　間投詞の 'Man'

'Man' を呼びかけとしてではなく，不快・苛立ち・驚きを表す間投詞として使うのはアイルランド英語の特色である（P. W. Joyce, p. 14）。この作品には次の用例がある。これは明らかに苛立ちの間投詞であって，その場にいる男女複数人の内の特定の男子に対して呼びかけたものではない。

Man, be quiet now!（24）

いやあ，静かにしてくれ！

8　文末の念押し重複語法

P. W. Joyce (pp. 10-1) によるとアイルランド英語では 'He is a great schemer, *that's what he is*.' 'it's a great shame, *so it is*,' 'He hit me with his stick, *so he did*.' のように，前文を繰り返して確言の決めにする習慣がある。この作品では次の用例が見られる。

She took fright, *is all*.（20）

あの娘は肝を冷やした，ってわけよ。

I want a mark of confidence, *is all.*（28）

わしは信任の証拠が欲しい，それだけだ。

Aye, it is, *it is surely.*（51）

うん，そうだな，確かにそうだ。

9　不快・迷惑などを表す前置詞 'on'

アイルランド英語の 'on + 人' には，その人の不利・損害・権利の侵害などの不快の感情を表すことがある。例えば 'Maybe she would wake up *on* us.'（たぶんお母さんが目をさますだろう［起きられたら困る］）のように（三橋敦子，p. 210）。この作品には次の用例がある。

and my uncle leaped in *on* us. She took fright, is all.（20）

そしたら，いきなりおじさんが，あたしたちのところへ飛び出してきてさ，あの娘は肝を冷やした，ってわけよ。

I'll clap a writ *on* you!（53）

お前を礼状でひっくくってやる！

10　存在文の中の不用な 'in it'

例えば「雪がある」という単なる存在をいうときに，ゲール語では "*atá sneachta ann*" のように副詞 "*ann*" を使う（P. W. Joyce, p. 25）。この語は字句的には英語でいえば 'in it' であるが，ゲール語では 'in existence'（存在する）の意味をもつので，アイルランド英語ではこれが 'There is snow in it.' または 'There is snow there.' と表されることがある。もちろん，この 'in it' あるいは 'there' は標準英語では不用である。この作品には次の用例が見られる。

I have often wondered if the Devil be *in it* somewhere ; I cannot understand you people otherwise.（28）

どこかに悪魔がひそんでいるんではないかという気さえ，ときどきする。

11　無意味な 'you know' を挿入する

465

第 19 章　アーサー・ミラー

　発話の切り出しや途中に無意味な 'you know' をよく挟むのはアイルランド英語の特色であると P. W. Joyce (p. 135) は指摘する。この作品には次の例がある。

　　It's death, *y'know*, it's death drivin' into them, forked and hoofed.（12）
　　死神が子供たちの中へ入り込んで，裂けた爪で押さえつけているのよ。
　　You know I never hired a lawyer in my life.（90）
　　わしはこれまで一度も弁護士を雇ったことなんかない。

12　状態動詞の進行形

　伝統英語では通常進行形にしない「状態動詞」進行形にするのもアイルランド英語の特色である（P. W. Joyce, p. 89）。この作品の自動詞 thirst は古語でもある。

　　They'*re thirsting* for your word, Mister!（16）
　　みんなあなたの言葉を待ってるんだ！

13　'take' を受動の意味に使う

　'take' を「選択し取る」の能動の意味ではなく，'Take it easy.' のように「我慢する，受忍する，受ける」の受動の意味に使うのはアイルランド英語の特色である（尾上政次 1982）。この作品には次の用例が見られる。

　　She *took fright*, is all.（20）
　　あの娘は肝を冷やした，ってわけよ。

　このように，少なくとも言語的にはこの作品の登場人物は，ほとんど全員がアイルランド人ではないかと思えるほど，アイルランド色が濃厚なのである。先に古い 17 世紀のイギリス英語として挙げた 'Aye'（= Yes）も，17 世紀初頭にイギリスでよく使われていたのは事実だが，OED はこれは 1575 年に突然現れた起源不明の語であるとし，船乗りによく聞かれたと記述している。当時英国船の船員はアイルランド人が多かったので，アイルランド船員がもたらした可能性も考えられる。

『るつぼ』

　アメリカの東部ニュー・イングランド地方にアイルランドからの移住者が多かったのは事実である。しかしアイルランドから大量の移住者がアメリカへ入り始めたのは，1720年代の穀物の凶作による飢饉以後であるから，その30年以上も前に，既にセイラムにそれほど多くのアイルランド人が定住し，しかもみな土地所有者として豊かに暮らしていたとは考えられないのである。仮に1600年代にアイルランドからの移住があったとしても，それは家族または個人の単独移住であったろうから，ごくわずかの人数に過ぎなかったと思われる。

　この作品の人物設定には，ティテュバはバルバドス島からの黒人，ホーソン判事は，1630年にイギリスから移住してきた William Hawthorn の息子で小説家 Nathaniel Hawthorn の四代前の先祖，といった人種・血筋がはっきりしている者もある。そうすると上に指摘したアイルランド的なる語法は時代的な考証を経たものではなく，古風な語法として今日の読者・観客に一般によく知られた英語をミラーがこの作品に織り込んだものに過ぎないということになる。

　アイルランド英語の特色はゲールの影響を受けた独特な英語ということの他に，古い17世紀のイギリス方言を継承し保存し続けた点にある。先に挙げたこの作品に見られる17世紀のイギリス語法はそのままアイルランド英語の特色でもある。そうすると『るつぼ』の英語はほぼ全面的にアイルランド英語であると見ることもできる。因にこの作品の地の文に二度見られる 'out the door' (pp. 75, 138) もアイルランドから入った語法であり，アメリカで of が省略されたのではない。

　作品としての『るつぼ』は，いかなる視点から分析しても魔女裁判の犠牲者となった人々は，ひょっとしてみなアイルランド人ではなかったか，と作者が考えていた節はどこにもない。だが，先に指摘したように，作品の言語に限って見るならば，この事件に関わった登場人物のほとんどがアイルラン

第 19 章　アーサー・ミラー

ド系の子孫だったのではないかという議論はじゅうぶんに成り立つ。それほどこの作品の英語はアイルランド色が濃いのである。この点はどう考えたらよいのだろうか。

　おそらくミラーは，アメリカにおけるアイルランド英語圏社会の一大拠点と言ってよいブルックリンで育ち，作家として出世する 30 歳近くまで，その地でトラックの運転手やレストランの給仕や工場労務者として働いていたので，アイルランド英語訛の方言・俗語はミラーにとってはいわば母語であったといえる。その中から，舞台に上げ現代の観客に伝えるという作品の創作目的に沿う範囲で，可能な限り史実を尊重しながら古い語彙や語法を，読書体験から得た言語となえ混ぜて取り入れたものと思われる。

第 20 章　エリック・シーガル

『ある愛の詩』

Love Story (1953)

　この小説は 1960 年代後半のアメリカの大学における学生の話し言葉の生々しい現実を映し出している作品として絶品である。サリンジャーの『ライ麦畑』（1950）が 17 歳の高校生が 1 年前の出来事を回想する一人称小説であったのに対して，この作品はハーバード大学の 4 年生同士で学生結婚した若者が卒業直後にその妻を白血病で失い，短かった愛の日々を回想する一人称小説である。

　作者 Erich Segal (1937-) の当時の身分はイェール大学の西洋古典・比較文学の助教授だった。この作品の舞台であるハーバード大学の出身でもある。だが生まれ育ったのはニューヨーク市のブルックリンである。Brooklyn といえば昔からアイルランド系住民の多い地区として知られる。シーガルがアイルランド系の血筋かどうかわたくしは知らない。しかし，この作品の英語に関する限り，アイルランド起源の語法が色濃く含まれている。以下はその点を検証するものである。Text は英光社 1988 年版。末尾の数字は頁数。

1　'the way' の接続詞的用法

　アイルランド英語ではゲール語の影響で 'the way' を as, how, thus, in a manner, などさまざまな意で接続詞的に使う（P. W. Joyce, pp. 35-6）。この作品では次の用例がある。

　　Your father loves you, too. Oliver. He loves just *the way* you'll love Bozo. (77)

お父さんだってあなたを愛してるのよ，オリバー。あなたが息子のボゾーを愛するように，親としてあなたを愛してるのよ。

I liked *the way* she enjoyed my athletic credentials. （27）

彼女が，いかに僕の選手としての力量を認めてくれているかが分かって，僕は嬉しかった。

2　時を表す名詞の接続詞的用法

アイルランド英語ではゲール語の影響で時を表す名詞がそのままで副詞節を導く接続詞として使われる（P. W. Joyce, p. 37）。この作品では次の用例がある。

Christ, she must have dashed out *the instant* I grabbed the phone. （81）

僕が受話器を取り上げた途端，彼女は脱兎のごとく飛び出したに違いない。

the moment we got back to Cambridge, I rushed to find out who the first two guys were. （87）

僕らはケンブリジに戻るやいなや，その二人がどういう男か急いで確かめることにした。

The next thing I knew I was on my ass. （10）

次の瞬間，僕は尻餅をついていた。

and the next thing I knew we were both hanging on to the side of the boat and giggling. （86）

気づいてみると，僕ら二人はボートのへりにつかまって，くすくす笑い合っていた。

最後の2例は 'the first thing I knew'（あっと気づくと）の表現とともに Irish-American である。

3　'be dying to' （= **excessively anxious**）

アイルランド英語では「〜したくてたまらない」を 'be dying to 〜' という（P. W. Joyce, p. 124）。これは誇張表現を好むアイリシズムの一つ。この作品

では次の用例がある。

> How can I read John Stuart Mill when every single second I'*m dying to* make love to you? （31）
>
> 君を抱きたくて気が狂いそうだっていうときに，ジョン・スチュアート・ミルなんか読めるわけないだろう？

4 'take'（= endure, bear, suffer）

アイルランド英語では 'take' を能動の「取る」ではなく受動の「耐える，我慢する，受ける」の意の受動の意味にも使う（尾上政次 1982）。この作品には次の用例がある。

> See, Jenny, you can dish it out, but you can't *take* it.（14）
>
> 分かったかい，ジェニー，君は人をへこませるのは平気でやるが，へこまされることには耐えられないんだな。

> Quite a spill you *took*, Oliver.（13）
>
> ずいぶん派手に転倒したじゃないか，オリバー。

5 環境の 'it'

アイルランド英語には慣用句 'Take it easy.' の 'it' のような，いわゆる「環境の it」が多い。これはアイルランド起源の語法である（尾上政次 1982）。この作品には次の用例がある。

> Christ, you must be making *it*.（34）
>
> 畜生，お前たちはセックスをしてるに違いない。

> Was that *it* for the topic?（22）
>
> それが話題にドンピシャだったからだろうか。

> You can dish *it* out, but you can't take *it*.（14）
>
> 君は人をへこませるのは平気でやるが，へこまされることには耐えられないんだな。

> I have actually made *it* on occasion in twenty-nine minutes.（38）
>
> 僕は実際そこへ 29 分で行ったことがある。

第 20 章　エリック・シーガル

This meeting is restricted only to Americans of Italian descent, so beat *it*, Barret.（113）

イタリヤ系アメリカ人以外は面会謝絶なのよ。だから出て行って、バレット。

I just mean you should always keep at *it*.（36）

君にはいつだって頑張ってもらいたいってことだよ。

But when *it* came to accepting the fact that my father was made of stone, she adhered to...（29）

だが僕の親父が鉄面皮だってことを認めるとなると、彼女はいつも…

6　'whatever'（= at any rate, anyway）

アイルランド英語では 'whatever' を通常文尾に置いて「とにかく、ともかく」の意に使う。スコットランド英語にもあるが、いずれにしてもゲール語の "*ar mhodh ar bíth*" のような語句からの訳語である（P. W. Joyce, pp. 347-8）。この作品には次の用例がある。

I would be happy to do her any favor *whatsoever*.（117）

君の言うことならどんなことでも喜んでしてあげるよ。

7　過剰な程度強調語

誇張表現を好むアイルランド英語では、程度強調にも大袈裟な語を使う（P. W. Joyce, p. 89）。この作品では次の用例がある。

It was *mighty* generous of you.（49）

そりゃどうも、あんたにしては、えらく気前のいいことでしたわね。

Al Redding slapped a *murderous* shot, which our goalie defected off...（9）

アル・レディングがものすごいショットをはなったが、われわれのゴール・キーパーはそれを受け止めた…

8　'holy shit'

尾上政次（1953, p. 172）によるとアイルランド英語では 19 世紀半ばころから 'holy smoke!'（あれれ）'holy show'（大袈裟な見世物）'holy horror'（ひ

どい恐怖）などのように 'holy' の虚辞的な使い方が見られ始めたという。この作品には次の用例がある。

　　'*Holy* shit!' Jenny said.（40）
　　「あんれまあ！」とジェニーは言った。

　これは婚約者の実家の桁外れな豪邸を初めて目の当たりにしたときの感歎の言葉である。

9　二詞一意（hendiadys）

　アイルランド英語における程度強調のいま一つの形式に，「形容詞 and 形容詞」つまり and で結ばれた 2 語がそれぞれの語の意味をもつのではなく，初めの 2 語（形容詞 and）が後の語の程度を強調する修飾語の働きをする語法がある（尾上政次 1953, pp. 156-7 ; P. W. Joyce, p. 89）。この作品には次の用例がある。

　　'Did you have a nice trip down?' 'Yes,' Jenny replied, '*nice and* swift.'（44）
　　「ここへ来るまでのドライブは楽しかったですか」「ええ，とても速かったですわ」

　　and surely Tipsy would have something worthwhile planned for *bright and early*.（47）
　　きっとよろよろ足さんには，早く起きてやることになっているご立派な計画かなんかがあるはずだ。

　第 2 例の 'bright and early' については未だアイルランド英語からの用例は報告されていないが，尾上はこれをアイリシズムだと見ている。

10　'of' の後置詞的用法

　アイルランド英語には 'a fool of a man'（馬鹿な男）のような，イギリスの伝統英語にはなかった 'of' の使い方がある。P. W. Joyce (p. 42) はこれをゲール語の直訳から生じた of だと指摘しながらも，伝統文法の同格を表す of にもその起源を見た。しかし尾上政次（1975, 1977）は，この 'of' は同格の of とは似て非なるものであることを立証した。これは 'a fool of a' までが

第20章　エリック・シーガル

ひと固まりとなって後の語を修飾する形容詞句と見られのである。この作品では次の例，'a helluva lot' (= a hell of a lot) の uv (= of) がそれに当たる。

　'I owe you a *helluva* lot,' I said sincerely.（87）

　「君にはずいぶん世話になっている」と僕は神妙に言った。

11　'kind of' 'sort of' の副詞用法

アイルランド英語では 'kind of' 'sort of' を「いくぶん，なんとなく，なんだか」ほどの意で，動詞や形容詞や副詞を修飾する。名詞 kind, sort にあたるゲール語の "*cineal*" には somewhat の意の副詞用法もあることからきた語法である。ゲール語では "*tá sé cineál fuar*" (= it is somewhat cold) のように名詞と同じ語形のままで副詞として使えるのだが，英語の kind, sort はそのままでは副詞に使えないので，of を残したものと思われる。その結果この of は前の語と結びついて修飾語を形成する後置詞的働きをすると見ることができる。この句は断言を避ける「ぼかし語」であるから，文法家や文章家からの非難にもかかわらず，すべてのアメリカ人が使う句となっている。この作品には次の用例がある。

　kind of slow at the snap（33）

　敏捷性にいくぶん欠ける。

　she said *kind of* plaintively.（114）

　彼女はちょっと悲しげな様子で言った。

　I *kind of* whined, 'say something!'（86）

　ぼくはいくらか哀れっぽく言った，「何か言ってくれよ！」

　Jenny went around for a week *sort of* singing a jingle...（91）

　それから一週間というもの，ジェニーは調子のいい歌詞の繰り返しを，なんだか口ずさんでいるみたいだった。

　He looked at me. And *sort of* nodded, I think.（110）

　彼はぼくの顔を見た。ちょっと頷いたように見えた。

12　直結形伝達疑問文

アイルランド英語では疑問文を伝えるのに，接続詞（if, whether）を使わず，また語順も変えることなく名詞節として，伝達動詞に直結させる（尾上政次 1984）。P. W. Joyce (p. 37) には次のような例が見られる。'They never asked me had I a mouth on me.' (= they never offered me anything to eat or drink.) この作品には次の用例がある。

> I informed Jenny in the simplest possible terms that there would never be a reconciliation and *would she please let me continue my studying.* （76）
> 今後も決して和解などありっこないんだから，悪いけどもう勉強のじゃまをしないでくれ，と僕は彼女にはっきり言いわたした。
> *What was he thinking*, do you think? （17）
> 親父の奴，いったい何を考えているんだろう？

第2例はいわゆる描出話法と区別しがたいが，what で始まる疑問文の語順を変えないで，think の目的語節としているのであるから，これも一種の直結形伝達疑問文といえるだろう。

13 倒置感嘆文

アイルランド英語にはゲール語の習慣から，文章が「動詞＋主語」の語順で始まることが多い。例えば 'Says he 〜' はゲール語の "***air sé***" の直訳構文である。'Is it cold outside door?' の返事として 'Aye is it.' (= it is certainly の意) という（P. W. Joyce, p. 10）。Carleton にも 'have you any more of their sports?' の答えに 'Ay, have I...' がある。このような言語習慣をもつアイルランド人には伝統英語の修辞疑問の語順は受け入れやすかったと思われる。アイルランド系の作家 J, Farrel や J. D. Salinger にはとくに倒置感嘆文が多い。この作品では次の用例が見られる。

> *Was I glad* to see her! （13）
> 彼女の顔を見て，僕は嬉しかったらなかったぜ！
> Jesus, *was he pleased*! （12）
> 奴ときたら，よろこんだの，なんのって！

第20章　エリック・シーガル

God, *was it freezing*!（12）

ちくしょう，凍りつきそうだ！

Christ, *was I proud.*（35）

くそっ！　僕は自慢したいくらいだった。

14　文末の念押し重複語法

アイルランド英語では陳述を強調するために，文末で前文を繰り返す習慣がある（P. W. Joyce, pp. 10-1）。例えば，'I like a cup of tea at night, *so I do.*' 'it is a great shame, *so it is.*' 'He is a great old schemer, *that's what it* is.' 'I was relieved and panicked at the same time, *that's what I was.*' のように。この作品では次の用例がある。

If you can be relieved and panicked at the same time, *that's what I was.*（83）

ほっとすると同時にぞっとすることがあるとしたなら，このときの僕がまさにそうだった。

Thank you, sir. *I appreciate it. Really do.*（59）

有難うございます。感謝します。ほんとにありがたいです。

第2例のような繰り返しは Salinger の *The Catcher* にも極めて多い。

15　疑問詞の後の 'is it'

It's で文章を起こすことの多いアイルランド英語では疑問詞で始まる疑問文でも 'is it' で起こされる。例えば，Is it how ye think I haven't got any meney? (O'Flaherty, *Spring* [J. Taniguchi, p. 163]) のように。だが通常は is it は疑問詞の後ろに置かれ 'How is it 〜' の語順となる。この作品には次の用例がある。

Like what, like just what *is it* he makes you?（28）

お父さまが，いったいどんなことをあなたに強制したというの？

But why *is it* I sudedenly wish my name was Abigail Adams, or Wendy WASP?（40）

でもどうしてかしら，あたしがアビゲイル・アダムスやウエンディー・ワスプみたいな名前だったらいいのにって，急に思ったりしたのよ。

16 強意の他動詞構文

アイルランド英語にはゲール語からの影響により'他動詞＋内臓物＋out of 〜'で「〜を叩きのめす，ぶん殴る，こてんぱんにやっつける」の意の構文が多い（P. W. Joyce, p. 31；尾上政次 1953, pp. 160-3）。内臓物は単なる強意語 hell で置き換えられることもある。この作品には次の用例がある。

Either way I don't come first, which for some stupid reason *bothers hell out of me*, ...（1）

いずれにしてもばかげた理由で一番になれなかったのかと思うと，むしょうにしゃくにさわってきた。

for the moment we were concentrating on *beaing the shit out of* each other.（7）

そのときわれわれは力の限りお互いをひっぱたくことに熱中していた。

Robert L. Beck, photographer for Life magazine, had *the shit kicked out of him* by the Chicago police, while trying to photograph a riot.（101）

雑誌「ライフ」のカメラマン，ロバート L. ベック氏が暴動の写真をとろうとして，シカゴの警官から暴行を加えられた事件だ。

内臓物ではなく身体の外面に備わっているものの場合は「〜をぶっちぎる」であるから'他動詞＋身体の一部＋off'となる（P. W. Joyce, p. 134）。

Go, Oliver, go! *Knock their heads off*!（10）

行け行け，オリバー！ 奴らの首をぶっちぎれ！

17 'have ＋ 目的語 ＋ 〜ing' の構文

アイルランド英語には have の目的格補語に，不定詞の他現在分詞を使う使役構文がある（尾上政次 1953, 149-50）。

'Hey, I didn't think it would be like this.'

'Like what?'

'Like this rich. I mean, I bet you *have serfs living* here.'（40）

「まあ，これほどとは思わなかったわ」

第20章　エリック・シーガル

「これほどって，何が？」

「これほどお金持ちとは思わなかったのよ。きっとあなたのところは中世の農奴みたいな人を住まわせているんでしょう」

18　不快・迷惑などを表す前置詞 'on'

アイルランド英語には人称代名詞に添えて，その人の負担・不利益・不快・痛みなどを表す前置詞 'on' の用法がある。イギリスの伝統英語では敵対を表す against の意の用法に近いが，P. W. Joyce (p. 27) によるとアイルランド英語の場合は，ゲール語の前置詞 "*air*" に由来する語法である。この作品には次の用例がある。

> To add insult to injury, the penalty was called *on* me.（16）

ひどい目に合わされた上に，ペナルティを取られたのは，この僕だ。

19　虚辞 'you know' の挿入

P. W. Joyce (p. 135) によると，アイルランド英語では会話の中に，とくに意味は無い単なる虚辞（expletive）としての 'you know' を絶えず挿入する習慣がある。これは上層・下層の別なく，また教育・無教育にかかわらずアイルランドに広く見られる習慣であるという。この作品ではたった1例だが次の用例がある。

> Christ, she should call more often, goddammit. I'm not a stranger, *you know*.（83）

ちぇ，あいつはもっとうちへ来てくれたっていいだろうが，赤の他人じゃあるまいし。

20　接続詞 'like'

アイルランド英語では 'like' を接続詞として使うことがある（J. Taniguchi, p. 117）。古い英語にはあったが，イギリスでは近代に入ってからは廃れた。それがアイルランド農民の間では長く残った。この作品では次の用例が見られる。

> He whispered hoarsely, *like* the whole inside of him was hollow.（16）

『ある愛の詩』

彼はしゃがれ声でささやいた，まるで体の中がすっかり空っぽみたいな感じだった。

Maybe the blame wasn't totally mine, but right then I felt *like* it was. （18）
全部が全部，僕のせいではないにしても，でもそのときは，すべては僕のせいだと感じていたのだ。

21 'every single 〜'

P. W. Joyce (p. 133) によると，アイルランド英語では 'every single one of them' はごく普通（very common）の表現であるが，これはゲール語からの単なる直訳であるという。'we were wont to win every single victory' は "**Do bhéarmaois gach aon bhuadh**" の直訳である。この作品には次の用例がある。

Jenny, for Christ's sake, how can I read John Stuart Mill When *every single second* I'm dying to make love to you. （31）
ジェニー，お願いだ。君を抱きたくて気が狂いそうだっていうときに，ジョン・スチュアート・ミルなんか読めるわけないだろう？

以上見てきたように，アイリシズムはアメリカ最高の知的エリートを輩出する東部の名門ハーバード大学のしかも最優秀の学生たちの日常の言葉のなかにも浸透している。この現実から見てもアイリシズムはアメリカにおいては地域・階層にかかわらず全米の口語英語として確立していることが分かる。

*

ところで，上のような指摘は作者シーガルにとっても，また読者にとってもおよそナンセンスなことかもしれない。せっかくこの作品の言語を取り上げるのなら，60年代の人権運動・女性解放運動という時代的テーマを背景に，若者の活力に富む不敬語・卑猥語・婉曲語その他の言葉づかいが，いかに面白く巧みにこの作品の中に取り込まれているかを指摘すべきであろう。

第 20 章　エリック・シーガル

それこそが作品理解に資する指摘であり，作者がもっとも意を注いだところでもあろう。だがその議論は本書の目的から逸れるので，それはここでは割愛せざるをえない。

第21章　アリス・ウォーカー

『カラーパープル』

***The Color Purple* (1982)**

　Alice Walker の *The Color Purple* (1982) は，アメリカ深南部ジョージア州の農村における男性支配の黒人社会のありようを写し出した小説である。主人公の女性セリー（Celie）は14歳のときに病弱な母親の代わりに，義父から関係を強いられて二児を生む。最初の妊娠で腹がふくらむと，義父はすぐに彼女を学校から退学させて，他の幼いきょうだいたちの面倒や食事の世話など，家事いっさいを彼女にやらせ，家政婦代わりにこき使う。母親はまもなく死ぬ。すると義父は直ぐに彼女と同い年くらいの女の子を連れてきて後妻とする。が，その女の子がまた病弱で伏せりがちなのでセリーの負担は一層過酷なものとなる。

　セリーはこうして早く学校から引き離されて，貧しい家庭内の仕事に縛りつけられる。そして20歳のときに，義父から4人の子持ち男とむりやり結婚させられるが，その夫がまた義父以上に横暴な男で，新しい生活はそれまでの暮らしにましてひどいものだった。それでも義理の子供たちが成長し結婚するまで献身的に母親の役目を果たす。やがて離婚しズボン作りの仕事で生活できるようになって，やっと女性の自立を獲得する。

　この作品は文学的には，初めて黒人の女性作家が，女性を虐待する横暴な男中心の黒人社会の悪弊を描き出して貴重だが，アメリカの言語に関心をもつわたくし自身の立場からは，20世紀末にアメリカ南部の僻地になお残る黒人英語の実態を写し出したものとして貴重である。主人公セリーはわずかばかりの小学校教育を受けただけで，あとは貧しい家事労働に縛りつけられ

第21章　アリス・ウォーカー

て，狭い家庭内労働以外には生活の経験がない。したがって彼女の言葉づかいは，今ではもう他の黒人からさえも馬鹿にされそうな古い黒人英語の名残を多く残している。また彼女の英語をよく見ると，全米に遍在する俗語・方言と同様に，アイルランド英語と共通する特色も少なからず含んでいる。

　アイルランド英語というのはゲール語の影響を受けた独特な英語と，古い17世紀のイギリス英語が残存している独特な英語である。古い黒人英語の名残というのは，昔黒人が白人英語を受け入れたときに，おそらくアフリカ祖語の言語習慣に基づいて，白人英語を極端なまでに簡略化して取り入れてできた黒人特有の英語である。

　無教育の黒人女セリーの英語には，アイルランド英語と黒人英語のそれぞれの特色が認められる。この事実にわれわれは，アフリカ土語を母語とする黒人がアメリカで身につけた英語はアイルランド英語が多いという歴史的事実を読み取ることができる。黒人の一番身近なところにいた英語の原話者(native speakers)はアイルランド人であったということであろう。

　以下はそのような観点から，この作品の黒人英語をアイルランド英語 (Scotch-Irish を含む) の特色と共通するものと，簡略化された黒人英語特有なものとに分けて指摘する。Text は Washington Square Press の1982年版。用例末尾の数字は頁数を示す。

I　アイルランド英語の特色と共通するもの

先ず古い17世紀のイギリスの方言を継承しているものを列挙すると，

1　二重複数形を使う

mens (15, 23, 44, 49, 101, 116, 175, 220, 238, 247)

womens (38, 48, 49, 60, 66, 87)

feets (50, 50)

folkses (181)

2　二重主語を使う

My mama *she* fuss at me an look at me. (11)

Nettie *she* finally see the light of day, clear. (17)

Some boy *he* say he seen sneaking out the back door. (109)

And the Lord *he* done whip me little bit too. (46)

3　主語に目的格の人称代名詞を使う

Us been driving all night. (105)

Me and Squeak don't say nothing. (90)

Them the only reasons you can think of? (62)

4　再帰与格を使う

I need *me* a man, she say. A man. (51)

I wanted to build *me* a round house. (188)

I bought *me* my own white boy to run it. (167)

5　'them' を those の代わりに使う

Them shoes look just right. (26)

that man that kilt all *them* women. (190)

What about all *them* funny voices you hear singing in church? (111)

6　主語の人称・数にかかわらず 'be' を現在の叙実に使う

I just *be* thankful to lay eyes on her. (33)

She *be* my age but they married. (14)

His eyes *be* sad and thoughtful. (35)

7　主語の人称・数にかかわらず 'is' を現在の叙実に使う

I *is* a sinner, say Shug. (176)

Who you think you *is*? (187)

I know exactly where they *is*. (118)

8　'do,' 'don't' を単数主語に対しても使う

But what *do* it look like? (178)

what difference *do* it make? (183)

第 21 章　アリス・ウォーカー

She *do* what she want, *don't* pay me no mind at all.（66）

9　'have' を単数主語に対して使う

She *have* to work.（200）

She *have* the nerve to put one hand in her naked hip.（53）

Harpo complain about all the plowing he *have* to do.（35）

10　'was' を複数主語に対しても使う

When we *was* well out of sight the house...（119）

but my bundles *was* heavy and the sun was hot.（119）

11　主語の人称・数にかかわらず動詞の現在形に語尾 -s をつける

feels (46, 68, 109, 134, 195), *calls* (24, 24), *looks* (32, 82), *haves* (94), *wants* (33)

12　-th の無声形を '-f' と発音する

toof（＝ truth）(83)

teef（＝ teeth）(33, 43, 53, 82, 87, 105)

13　th の有声形を 'd' と発音する

I want *dis*.（25）

Celie, I want *dat*.（25）

14　'a' を母音で始まる名詞の前にも使う

a egg (63), *a* old pair (64), *a* hour (77), *a* acre (197)

15　than を 'then' と発音する

She more pretty *then* my mama

She bout ten thousand times more prettier *then* me.（16）

Like more us *then* us is ourself.（22）

16　末尾の '-d' が脱落する

an（＝ and）(11, 13, 28)

fine（＝ find）(13)

kine（＝ kind）(11)

『カラーパープル』

mine (= mind) (26)

ole (= old) (24, 24, 40)

17　their, there を 'they' と発音する

Police have *they* guns on him anyway.（86）

どっちにしても警察は銃で彼にねらい定めてあるからね。

They postmark right here.（118）

それらの手紙の消印は、地元のものだった。

I was giving the children *they* baths, ...（63）

あたしゃ，子供たちをお風呂に入れていた。

18　'nary'（ = not any）を使う

Never heard her say a hard word to *nary* one of them.（20）

彼女が子供たちの誰かにひどい言葉を使うのは聞いたことがない。

19　'and all' をぼかし語として使う

I say, You might git big again. She say, Naw, not with my sponge *and all*.（78）

「あんた，また妊娠するかもしれんよ」「ううん，スポンジとか使ってるから，大丈夫」と彼女は言った。

Anyway, is they all right here? Got good sense *and all*?

あの子たち，ここでうまくやっていけるのだろうか？　頭とか大丈夫なのだろうか？

次にアイルランド人の母語であったゲール語の影響によるもの，もしくは英語との接触でアイルランドで新たに生まれたものとしては，

20　直結形伝達疑問文を使う

He pull my dresstail and *ast can he have some blackberry jam* out the safe.（20）

彼はあたしのワンピースの裾を引っ張りながら，戸棚の中のブラックベ

第21章　アリス・ウォーカー

リー・ジャムを少し食べてもいいか，と聞いた。

She put the ax down and *ast me do I want some lemonade.* （67）
彼女は斧を下に置いて，レモネードを飲みませんか，とあたしに聞いた。

Wonder could I get the Queen Honeybee?　（73）
女王蜂が歌ってくれないかなあ。

Shug *ast me could she sleep* with me.　（108）
シャグはあたしのベッドに来て一緒に寝てもいいかと聞いた。

One time I *ast him could I look at the stamps*, . . .　（113）
あるとき私は彼にその切手を見せてもらえないかと言ったことがある。

21　'mad' を angry の意味に使う

Maybe cause my mama cuss me you think I kept *mad* at her. But I ain't.　（15）
あたしを罵った母さんを，きっとあたしが恨んでいるに違いないと思ってるかもしれないけど，そんなことないんです。

She so *mad* tears be flying every which way while she pack.　（29）
ものすごく怒っていたので，荷造りする間じゅう涙があちこちに飛び散った。

22　'make' を become の意味に使う

They *make* a fine couple.　（251）
あの二人はいいカップルになった。

23　強意の他動詞構文「他動詞 + the hell out of ～」を使う

I never understood how you and Shug got along so well together and it *bothered the hell out of* me.　（237）
お前とシャグがどうしてそんなに仲がいいのか，俺にはちっとも分からなかった。そのことで俺はずいぶん苦しめられた。

24　'out' を out of の代わりに使う

She so scared she go *out* doors and vomit.　（17）

486

『カラーパープル』

彼女はすっかりおびえた様子で，外に出て吐いてしまった。
She git up and go look *out the door*. (197)
彼女は立ち上がってドアの外を見る。
By time I git my head and arm *out the old dress*, . . . (49)
あたしが古い服を脱ぐまでにはもう…

25　時を表す名詞をそのままで接続詞として使う

And now I feels sick *every time* I be the one to cook. (11)
あたしはこの頃夕食の用意をするとき，決まって気持ちが悪くなるんだよ。
First time I got a full sight of Shug Avery long black body with it black plum nipples, look like her mouth, I thought I had turned into a man. (53)
初めてシャグ・アヴェリのすらりとした黒い体と，彼女の口とその黒いスモモのような乳首を見たとき，あたしは男になったような気がした。
Anyway, *next time* he come here, notice if he eat anything. (63)
とにかく，今度ハーポがここに来たら，彼の食べる様子を気をつけて見て。
Next thing I know Miss Beasley at our house trying to talk to Pa. (20)
ふと気づいてみると，ビアズリー先生がうちに来て，父さんをさかんに説得していた。

26　'you all,' 'yall' を you の複数形として使う

ただしこれは複数人を指しているとは限らない。

Where *yall* see each other? (31)
あんたたちどこで会うの？
Now, what *yall* want? (166)
さて，何が知りたいんだね？
They think *you all* drowned. (225)
あんたたちはみな溺死したと思った。

第 21 章　アリス・ウォーカー

27　'on the top of 〜' の冠詞 the を省略する

He clam *on top of* me and fuck and fuck.（109）

彼はあたしの上に乗っかって，ただやりまくるだけ。

Mr. ── clam *on top of* me, do his business, in ten minutes us both sleep.（68）

あの人は，あたしの上に乗っかって，勝手にやって，10分後には二人とも眠ってしまう。

28　'in front of 〜' の前置詞 'of' を省略する

He dress all up *in front* the glass, looking at himself, then undress and dress all over again.（32）

彼は鏡の前に立って，着替えて，鏡を見て，また全部脱いで，はじめから着替えて，を繰り返してる。

Then he go sit on the porch *in front* the open door where he can hear everything.（36）

すると彼は外のポーチに移り，中の話がみな聞こえる所に座る。

29　'will' を一人称単純未来に使う

Will I ever be able to tell you all?（133）

あなたとお話できる日が来るでしょうか？

30　killed を 'kilt' と発音する

But I don't think he *kilt* it.（13）

だが彼があの赤ん坊を殺したとは思わない。

She was *kilt* by her boyfriend coming home from church.（14）

その人は教会の帰りに道でボーイフレンドに殺されてしまった。

Trying to believe his story *kilt* her.（15）

彼の話を信じようとしたから，しまいには死んでしまったのです。

31　get を 'git' と発音する

The children *git* on her nerve.（17）

子供たちはうるさくてあの女を悩ませるんだ。

you *git* big if you bleed every month.（15）

毎月血が出れば，妊娠する。

I'm *gitting* tired of Harpo, she say.（67）

あたしハーポには嫌気がさしているんだ，と彼女が言う。

II　黒人英語特有の運用

　この作品の黒人英語は，上に示したようにアイルランド英語の多くの特色を受け継いでいるが，その受け入れ方をよく見ると黒人英語に特有なある規則性に基づいていると思われるものもある。とくに動詞の運用において特異な点が多い。それはいくつかの仮説を導入すると見えやすい。以下に挙げる第1の仮説と，最後の第7の仮説以外はJ. D. Dillard（1972）から導入するものである。

　第1の仮説は，「黒人英語には白人英語のような動詞の時制（tense）に関する文法範疇がない」ということである。つまり彼らの祖先は英語の動詞を取り入れるときに，基本的には原形しか受け入れることをせず，語形を変えることなく，原形のまま現在のことのみならず，過去や未来のことにも使った。すなわち動詞はすべて「不変化動詞」として取り入れたと想定するのである。もちろん時間関係の伝達は動詞の語形変化以外の文法や文脈に依存したと考えられる。この作品の黒人英語ではgo, come, run, die, begin, know, leave, mutter, tellなど多くの動詞が，原形のままで現在・過去・未来のいずれにも使われている。

A week *go* by, he pulling on her arm again.（11）

1週間過ぎると，彼はまた彼女の腕を引っ張っていた。

He *come* home with a girl from round Gray.（14）

彼はグレイあたりの女の子を連れて帰ってきた。

She *die* screaming and cussing. She scream at me.（12）

彼女は死んだ，悲鳴を上げ罵倒しながら。あたしを呪って。

第 21 章　アリス・ウォーカー

　　She *run* way from home.（25）
　　彼女は家から逃げてきたんです。
　伝達動詞もこの作品ではすべて原形 'say' で通し，say, says, said の区別をしない。ただし ask は常に 'ast' の形だけである。
　　She *say* It too soon.（11）
　　まだ早過ぎるよと彼女は言った。
　　Yeah, I *say*. Hugging is good.（136）
　　そうね，抱きしめているだけでいい，と彼女は言った。
　　I *tell* her to ast for his wife.（26）
　　あの人の奥さんにお願いしてみるように言った。
　　and [she] *ast* me do I want some lemonade.（67）
　　レモネードを飲みませんか，とあたしに聞いた。
　非人称動詞の 'Look like 〜,' 'Seem like 〜,' 'Sound like 〜' も常に原形で使われ，-s のついた形はない。
　　Look like a little mouse been nibbling the biscuit...（56）
　　小さな鼠がパンを噛ってるみたい…
　　Sound like drums.（200）
　　まるでドラムのような響きなのだ。
　　Seem like to me he smell.（105）
　　あの人は何だか臭うみたいなの。
　もちろん一般動詞の三人称単数現在の -s もない。（もっとも動詞は常に原形を使うのであるから，下の例を現在形と見るのは無理があるかもしれないが。）
　　And another thing — she *tell* lies.（18）
　　もうひとつ—あれは，嘘つきだ。
　　Harpo *go* look out the window. Nothing out there, he *say*.（198）
　　ハーポは窓の外を見に行く。何も見えねえや，と言う。

On his way back to his seat he *look* over at me.（199）
　　席に戻るとき，彼は向こうからあたしの方を見た。
　Have 動詞も原形の 'have' だけで，三人称単数の主語に対する 'has' はない。もちろん過去形の had もない。
　　She *have* to work.（200）
　　彼女には仕事があるから。
　　Harpo *complain* bout all the plowing he have to do.（35）
　　ハーポは，畑仕事は全部自分がやらなきゃならねえ，と不満を言っている。
　助動詞も 'do,' 'don't' だけであって，does, doesn't はない。
　　what difference *do* it make?（183）
　　何の違いがあると言うんだ。
　　He *don't* say nothing.（78）
　　あの人は何も言わない。
　　She *don't* hold a grudge.（66）
　　彼女は悪意をもってはいない。
　第2の仮説は，「黒人英語の 'be' は一時的ではなく持続している現在の状態，すなわち持続相（durative aspect）を表すのに使われる」ということである（注1）。白人英語にも be を叙実法で全人称・数に使う方言はあるがこの用法はない。アイルランド英語の習慣時制（consuetudinal tense）とも少し違う（注2）。
　　He *be* on her all the time.（14）
　　あの男は一日中彼女の上に乗っかっている。
　　I *be* good to them.（37）
　　あたしは，あの子たちには優しくしてあげているのです。
　　Her daddy *be* so proud.（22）
　　彼女のお父さんはとても自慢に思っているのです。

第21章　アリス・ウォーカー

　また，いくどか繰り返して行われること，あるいは，よく起こる現在の状態，すなわち反復相（iterative aspect）を表す場合にも使われる。

　　I feels sick every time I *be* the one to cook. （11）
　　あたし，食事の用意をするように言いつけられると，よく吐き気がするのです。
　　I'm big. I can't move fast enough. By time I git back from the well, the water *be* warm. By time I git the tray ready the food *be* cold. By time I git all the children ready for school it *be* dinner time. （12）
　　あたし妊娠してお腹が大きくなったのです。だから素早くは動けないのです。井戸に水を汲みに行って，戻るころにはもうその水が温かくなっている。食事の支度がやっとできたころには，もうすっかり冷めている。弟や妹が学校へ行く支度を手伝い終えると，もうお昼ご飯の時間になっているという始末なのです。

　第3の仮説は，上に指摘した持続相や反復相で捉えられる継続的な状態ではなく，「現在の一時的な状態，あまり続かない暫定的状態と考えられている場合は，黒人英語ではbe動詞を使わない」（注3）である。白人英語にも「ゼロ繋辞文」（zero-copula）は見られるが，それは単なる脱落もしくは消失であって，この仮説は当たらない。

　　She near twenty. （18）
　　あの娘はもう二十歳近い。
　　This hard to believe. （63）
　　これは信じがたいことだ。
　　She happy, cause he good to her now. （11）
　　母はいま幸せです，だって父さんがいまはやさしくしてくれるから。
　　That how come she have to teach school. （19）
　　そういうわけで，彼女は学校の先生をやるしかないんだ。

　進行形は現在の一時的状態をいうものであるから，黒人英語ではbe動詞

『カラーパープル』

は使わず，現在分詞だけで表す。

> She *singing* all over the country. (106)
> いまはあちこちに巡業に行って歌っている。
> Shug *standing* back with a big grin. (104)
> シャグが男の後ろに立ってにっこりしている。
> Where her daddy at while all this *going* on?
> あんたらが，そんなことしている間，その子の父さんはどこにいるのさ？

進行形を疑問文にするときも黒人英語では be 動詞を使わない。

> Daddy *coming*? she ast. (70)
> 父ちゃんもいっしょに来るの？ と彼女が聞く。
> You *not coming*? he say.
> 父ちゃんは来ないの？ とその子が聞く。

ただし進行形が反復性・継続性を表す場合は 'be' を伴う。

> Sometime he still *be looking* at Nettie, but I always git in his light. (15)
> ときどき彼はまだ（あたしの妹の）ネッティーの方を見ている。でもそのたびに，あたしその間に立って邪魔してやる。

未来のことを言う場合，黒人英語では助動詞 will は使わず 'gon + 原形' (= going + to) で表す。この場合も be 動詞は用いない。

> When they git big they *gon* fight him. (25)
> でも大きくなったらあの子たちは彼に立ち向かうだろう。
> Else, what you *gon* do? (67)
> でなきゃ，どうすると言うんだい？
> Spose she and the children come back. Where they *gon* sleep. (72)
> もし彼女と子供たちが戻ってきたら，どこに寝るのさ？

受動態もそのときの一時的な状態をいうのであるから黒人英語では be は使わず，過去分詞だけで表す。また黒人英語では受動態の過去分詞はしばし

第21章　アリス・ウォーカー

ば原形と同じ語形をとる。

Um, she say, like she *surprise*. (109)
うーん，と彼女は驚いたような声を出した。

Harpo *puzzle* by Shug. (73)
ハーポはシャグのことが分からないようだ。

He *sposed* to be washing the dishes. (63)
彼は皿を洗うことになってたんだ。

My sister husband *caught* in the draft, she say. (68)
姉の亭主が徴兵されたんだよ，と彼女は言った。

The lady you met in town is *name* Corrine. (120)
あなたが町で見かけた人はコーリンと言います。

進行形および受動態で 'be' を伴うことがあるのは，現在の状態よりも未来のこという場合である。

Nettie be *coming* home before long. (134)
ネッティーはもう間もなくきっと帰って来ますよ。

And she *be pissed* if you change on her while she on her way home. (134)
彼女が家に帰って来るというときに，あんたが心変わりしてたら，彼女はきっと怒りますよ。

第4の仮説は，「黒人英語では 'is' は強意の be 動詞として使われる」ということである。白人英語にも主語の人称・数にかかわらず 'is' を使う方言はあるが強意語法ではない。

You *is* a wonder to behold. (191)
あなたって，ホントに素敵な人ね。

He sure *is* a good cook. (63)
彼は確かに料理の腕がいいね。

Well, it not that long after dinner and here you *is* hungry again. (64)
夕食後まだそんなに時間はたっていないのに，あんたはもう腹がすいて

『カラーパープル』

るの？

Who you think you *is*? (187)

お前は自分を何様だと思っているのだ？

I know exactly where they *is*. (118)

あたしゃ，それがどこにあるかを，ちゃんと知ってるんだ。

　黒人英語の 'is' が強調語法であることは，次のような使われ方を見ると一層はっきりする。黒人英語では am という語形は本来的に要らないのであるが，白人英語の発音から 'I' と連結した縮約形の 'I'm' は一塊として受け入れたために，強調のためには 'is' を必要とするのだと思われる（注4）。

I'm *is* glad, I say. (32)

あたし，嬉しい，って言ったわ。

　不変化 'be' と「ゼロ繋辞」のいずれの場合も，否定形には 'ain't' が使われるが，これは白人英語と共通する。だが，黒人英語では「ゼロ繋辞」の場合は主語の後に 'not' を置くだけの形も多い。

Well, it *not* that long after dinner. (64)

夕食後まだそんなに時間はたっていないのに。

Mary Agnes not the same, say Harpo. (196)

メアリ・アグネスも変わってしまった，とハーポが言った。

She not mean, she not spiteful. (66)

彼女は根性も悪くないし，悪意もない。

　第5の仮説は，「黒人英語は白人英語の 'done' を事が比較的最近に「済んだ，終わった」ことを表す近接完了相（immediate perfective aspect）として使う」ということである（注5）。黒人英語には，一般に動詞に時制がなく原形しか使わないので，その結果「done＋原形」という白人英語にはない文法形式が生まれたと考えられる。この作品には次のような用例がある。これは白人英語にはない形式である。

Nettie *done pass* me on learnin. (20)

第 21 章　アリス・ウォーカー

妹のネッティーが勉強ではもうあたしを追い越しちまった。
Well, us *done help* Nettie all we can.（26）
俺たちはネッティーにしてやれることは全部してやった。
the Lord he had *done whip* me little bit too.（46）
神さまは，あたしをちょっと鞭打たれたのよ。

　白人英語では 'done + 過去（分詞）' を使うのが普通であるから，黒人もこれをまねて done の後に過去（分詞）を使うことはある。しかしそれはもはや黒人英語ではなく，白人英語というべきである。

Your daddy *done throwed* you out.（38）
あんたの親父はあんたを放り出したじゃないか。
Everything you need I *done provided* for.（183）
お前に必要なものは何でも俺が用意してやったからな。
His mother *done said* No More.（20）
彼の母親も，もうご免だと言った。

　白人英語では done の前に have をつけた 'have done + 過去（分詞）' の形がある。この形を黒人が使うことはあるが，それも黒人英語ではなく白人英語と見るべきである。

　「～し終わった」の完了の意の否定は「未だ～してない」であるが，これは現在における未完の状態をいうのであるから，'ain't' が使われる。習性を否定する 'He don't never hardly beat them.'（30）（彼はめったに子供をぶたない）とは区別される形式である。

What her mama say, I ast. *Ain't* talk to her mama.（30）
「その娘さんのママは何と言ってるんだい」「未だ話してない」
Well what she say? Us *ain't* never spoke.（30）
「じゃ，その娘は何と？」「僕ら一度も口をきいたことがないんだ」

　強調の場合には done の前に 'is' が添えられる。次例の 'I is' は相手の 'done change' を受けてのことであるから，後を補うとすれば，'I is done

496

change' である。

    'Well Sir, I sure hope you *done* change your mind.'
    'Naw, Can't say I is.'（17）
    「あなたが，お気持ち変えて下さっていると有難いのですが」
    「いやだめだ，変わっちゃいないよ」
この 'is' は次の 'is' と同じ用法である。

    My little sister Nettie *is got* a boyfriend in the same shape almost as Pa.（14）
    妹のネッティーに，お父さんとほとんど同じような格好のボーイフレンドができたのよ。

第6の仮説は，「黒人英語の 'been' は完了ではなく，遠い過去に起こった状態がある期間継続していたこと，すなわち遠隔過去相（Remote Perfective Aspect）を表すと」いうことである（注6）。この作品では次の用例がある。

    They *been* dead now, he say. Nine or ten years.（36）
    あの人たちはもうとっくの昔に死んでるんだ。9年か10年になる。
    I feel like he *been* here forever, ...（233）
    あの子はずっと前からここにいたような気がする。
    Us *been* driving all night.（105）
    あたしたち，一晩じゅう車をとばしたんだよ。

強い肯定には been の前に 'is' を添え，否定には 'ain't' が添えられる。したがって黒人英語では「is + been」という形式が生じる。

    Well maybe he was extra hungry. Yall *is* been working hard.（63）
    ふーん，それじゃ，ゆうべは特別にお腹がすいてたんじゃないのかい。一日じゅうよく働いていたようだったから。
    The girls hair *ain't* been comb since their mammy died.（21）
    女の子たちの髪の毛は，母親の死後一度もすかれたことはなかった。

第7の仮説は，「黒人英語では主語の人称・数にかかわらず動詞の末尾に '-s' をつけるのは強調ためである」（注7）。まだ調査が必要だが強意の文脈

第21章　アリス・ウォーカー

で表れることが多いように思われる。この作品では次の用例がある。

　You *looks* nice, I say. Any woman be proud. （32）
　あんた，素敵に見えるよ。どんな女だって自慢したくなるよ。
　Lord, I *wants* to go so bad. （33）
　神さま，あたしすごく行きたいんです。
　I *loves* to hug up, period, she say. Snuggle. （136）
　あたし，あんたを抱き締めるだけでいい，と彼女は言う。寄り添って寝るだけでいい。

この強調の '-s' は一般動詞だけではなく，be 動詞や have 動詞にもつけられる。

　Her eyes say Yeah, it *bees* that way sometime. （18）
　彼女の目は「いいよ」って言っている，ときどきそんな目つきをするの。
　I come out of interest I *haves* in seeing justice is done. （94）
　あたし，正義が行われるのを見届けたい一心でやってきたの。

以上は動詞に関する文法であるが，要するに黒人英語は白人英語がもつ語形変化の文法を基本的には受け入れないのである。白人との接触で部分的に受け入れることはあっても，体系的には取り入れない。したがって，次のように名詞・代名詞の所有格語尾 '-'s' を取り入れないのも黒人英語の特色である。

　My *sister* husband caught in the draft, she say. （68）
　姉の亭主が徴兵されたんだよ，と彼女は言った。
　She ast me, How was it with your *children* daddy? （108）
　ねえ，子供たちの父親とはどうだったの，と聞いた。
　And then that little baby come out my pussy chewing on *it* fist... （12）
　それから，あのちっちゃな赤ん坊が，あたしの股から，にぎりこぶしをしゃぶりながら出てきたのよ。

『カラーパープル』

　She cold in her and *Grady* bed all alone.（108）
　グラディーとのベッドに一人で寝るのは寒いといった。

　主人公セリーは黒人社会の差別や暴力や貧困に耐えながら懸命に生きていく中で，言語的には年齢とともに次第に白人英語を部分的にではあるが身につけていく。したがって彼女の英語をトータルで見れば，文法的には「大いなる混沌の図」に見える。黒人の家庭内で口承される特有な英語と，家庭外で白人との接触の中で，あるいは学校教育の影響の中で，取り入れられる白人英語が混在するからである。その混在状態を黒人英語の特色と見るのはほとんど無意味なことである。黒人英語というのは，黒人特有な言語習慣による一定の法則性に基づいた英語の使い方をいうべきであって，部分的に身につけている白人英語とは切り離して考えるべきであろう。

　上に見たように，この作品の黒人英語も基本的にはアイルランド人から英語を学んだ形跡が多い。しかしその運用の細部ではアイルランド英語にはなかった黒人特有の運用がある点も認められる。

＊

注
(1)　J. L. Dillard (*Black English*, 1972, pp. 52-5) によると，黒人英語では，1) My brother sick. はいま病気だが直ぐに治る一時的なものと考えられていることを示すが，2) My brother be sick. は長期の病気に臥せっていて直ぐには学校や職場に復帰できない見込みであることを示すという。この一時的現在と長期的現在の別は否定文では次のような別がある。3) My brother ain't sick. と 4) My brother don't be sick. である。また疑問文も，5) Is my brother sick? と 6) Do my brother be sick? のように区別される。
(2)　P. W. Joyce (pp. 86-7) によると，アイルランド英語の習慣時制というのは通常 'I do be at my lessons every morning from 8 to 9 o'clock.' のように 'do be' の形で使われる。ときに do なしで使われることもあるが，その場合は普通の叙実述の be との区別は文脈によるしかない。また bees という語形をとることもある。いずれにしても，これは黒人英語の持続ないし反復相を表す語法と酷似しており，その起源

第21章　アリス・ウォーカー

であることをうかがわせるものではある。しかし黒人英語ではこの be があるかないかによって，一時的現在と持続的現在を区別するという文法的機能があるといわれている。もしそうであるならばアイルランド英語の習慣時制は黒人英語とは運用が少し違うように思われる。

(3) 上記の注 (1) を参照されたい。

(4) J. L. Dillard (1972, pp. 53-4) は，黒人英語の 'is' は「強調標識」(emphasis marker) としての機能を認めながら，必ずしもそうとは言い切れない場合もあると指摘している。

(5) J. L. Dillard (1972, p. 47) は 'Black English resembles West African languages grammatically in this Remote Perfective form and in contrasting Immediate Perfective Aspect, for which the preverbal form is done.' といっている。

(6) J. L. Dillard (1972, pp. 46-7) は黒人英語では 'Been marks an action which is quite decidedly in the past ; it can be called Perfective Aspect, or even Remote Perfective Aspect.' といっている。

(7) 現在形のすべての動詞に -s をつけるのは古くから白人英語の方言にもあるが，黒人英語では常に原形を使うのが原則であるから，-s をつけるのは単に白人英語を取り入れたのではない可能性がある。もしそうだとすれば，注 (4) で触れた強調標識としての 'is' と関連があるのかもしれない。

終　章　トウェイン以前の作家たち

オーガスタス・ロングストリート
『ジョージア風景』（1835）
ウイリアム・シムズ
『木彫り』（1852）

『シャープ・スナッフル』（1870）
ハリエット・ストウ
『アンクル・トムの小屋』（1852）
ジョエル・ハリス
『アンクル・リーマス』（1881）

　アメリカ文学にアイリシズムが現れるようになるのは Mark Twain が最初ではない。トウェインの先駆と見られる作家は何人もいる。その代表として，ここではロングストリート（Augustus Baldwin Longstreet, 1790-1870），シムズ（William Gilmore Simms, 1806-70），ストウ夫人（Harriet Beecher Stowe, 1811-96），ハリス（Joel Chandler Harris, 1848-1903）の4人を挙げておきたい。彼らは，作品の中にそれぞれの地方の土地言葉（vernacular）を，部分的にあるいは全面的に，比較的早い時期に取り入れた作家である。このうち J. C. Harris は Twain とほぼ同時期の作家ではあるが，年齢は Twain よりも少し若い。しかし代表作 *Uncle Remus* (1880) は *Huck Finn* (1884) よりも4年早いので，こと黒人英語の写実に関しては Twain の先駆と考えてここに取り上げる。

終　章　トウェイン以前の作家たち

オーガスタス・ロングストリート
Augustus Baldwin Longstreet

　ロングストリートは 1813 年に Yale 大学を卒業後，法科大学院に学び，弁護士，判事，ジャーナリスト，牧師，四つの大学の学長を務めるなどの経歴をもつ，ジョージア州きっての高い教養を備えた作家だった。当時のインテリ作家としては当然なことながら，文学的にはイギリスの伝統に顔を向けていた。しかし一方で，故郷であるジョージアに強い愛着をもち，地元の単純素朴な人々に惹かれて，彼らの土地言葉の事実をありのままに記録することに努め，多くの短編を書き新聞に投稿した。それが一冊に集められたのが『ジョージア風景』(*Georgia Scenes*, 1835) である。その中でロングストリート自身が「ジョージア語」(Georgia language) と呼ぶ方言の特色がもっとも多く現れている作品として，短編 'A Sage Conversation' を取り上げ，その英語を以下に検証する。

　結論を先にいえば，ロングストリートが「ジョージア語」と呼ぶその土地言葉の正体も，実はアイルランド英語に他ならない。Text は研究社小英文叢書 *Georgia Scenes*, 1973 年版。末尾の数字は頁数。

I　統語法に関して

1　'says he'（= said he）

　アイルランド語法と言える統語上の特色の第 1 は，'says he' の使い方である。アイルランド英語では，ゲール語の習慣から，これを文頭に置くことができるし，被伝達文の前と後ろに重複させたり，続けて 2 回繰り返すこともある。この作品には次の例が見られる。

> And the next morning, *says he* to me, *says he*, sister Shad — you know he's a mighty kind spoken man, ...（72）

翌朝，彼はあたしに言いました，こう言いましただよ――シャッドさん，あの方は凄く親切な話し振りの人ですよね，と。

2 'make'（= become）

アイルランド英語では 'make' を become の意味に使う（P. W. Joyce, p. 290）。この作品には次の例が見られる。

she *made* the prettiest corpse, considerin', of anybody I most ever seed.（69）

彼女は，わたしがこれまで見たうちでも，比較しての話しですが，一番綺麗な死顔をしてましたよ。

3 'of' の後置詞的用法

アイルランド英語では，of が後ろの語とではなく，前の名詞と結んで修飾句をつくる（P. W. Joyce, p. 42）。この作品には次の例が見られる。

And they raised a lovely parcel *of* children.（64）

そして彼らは，可愛い沢山の子供を育てた。

4 'the like of 〜'

アイルランド英語では 'the like of 〜' を「〜のようなもの」の意で使う（P. W. Joyce, p. 286）。この作品には次の例がある。

the like of which she never seed before.（74）

彼女が見たこともないようなもの。

5 'them'（= they, there, those）

アイルランド英語では 'them' を they の代わりに使うことがある（P. W. Joyce, p. 34）。そして 'they' は there の弱形と区別がつかないことから，存在文の虚辞としても使われる。'them' はまた those の代わりにも使われる。この作品には次の例がある。

Didn't that man say *them* was two men that got married to one another?（66）

あの人は互いに結婚した二人の男があると言わなかった？

And *them* that was hatched out, ...（74）

そして孵化した鳥は…

終 章　トウェイン以前の作家たち

6　'take'（= suffer）

アイルランドでは 'take' を能動の「取る」ではなく受動の「受ける」（suffer）の意味に使う（尾上政次 1982）。この作品には次の例がある。

> Why, first she *took* the ager and fever, and *took* a 'bundance o' doctor's means for that.（69）

> そうさなあ，初め悪寒と発熱に苦しんだもんで，医者の薬をいっぱい飲まされたんじゃ。

> some take to *takin'* the gaps, and some the pip, . . .（74）

> 中には張嘴病にかかった鳥もいれば，舌病を患う鳥もいた，…

7　'powerful'

アイルランド英語では *'powerful'* を程度強調の副詞に使う（P. W. Joyce, p. 90）。この作品には次の例がある。

> *Powerful* good.（71）

> とっても良い。

8　'mighty'

アイルランド英語では *'mighty'* を程度強調の副詞に使う（P. W. Joyce, p. 90）。この作品には次の例がある。

> I know'd her *mighty* well.（68）

> あの人のことは実によく知ってますよ。

> in a *mighty* bad way with a cold and cough（71）

> 風邪と咳がひどく悪い状態になって。

9　'the'

アイルランド英語では病名など標準英語なら必要としない語に定冠詞をつける（P. W. Joyce, p. 83）。この作品には次の例がある。

> first she took *the* ager and fever. . .（69）

> 最初は瘧と熱に苦しんだ…

10　'don't'

アイルランド英語では 'don't' と 'doesn't' を厳格には区別しない（P. W. Joyce, p. 81）。この作品には次の例がある。

It *doesn't* stand to reason ; don't you know it *don't*? （67）
それは理屈に合わないよ，あんたそうは思わんかね？

II 発音に関して

1 /ʌ/ → /i/

   jist (= just) 73, 74

   sich (= such) 67, 71, 71

2 /e/ → /i/

   gittin' (= getting) 68, 69

3 強母音を起こす剰音 /j/

   yearnest (= earnest) 66

   yerbs (= herbs) 69

   yea'th (= earth) 74

4 /iː/ → /ei/

   consait (= conceit)

5 /ai/ → /iː/

   teeny (= tiny) 69

6 長母音の短母音化

   messy (= mercy) 72

   pa'sel (= parcel) 73, 75

   libity (= liberty) 72

7 短母音の長母音化

   phleem (= phlem) 72

8 弱音節を落す

   Car'lina (= Carolina) 68

終　章　トウェイン以前の作家たち

 'most (= almost) 71

 'fore (= before) 72

 nater (= nature) 70

 nat'ly (= naturally) 73

 reg'lar (= regularly) 70

9　m-, n- の後の末尾閉鎖音 /-d/ の消失

 there was a gal *name* Nacy Mountcastle. (= named) 68

ウイリアム・シムズ
William Gilmore Simms

　シムズはアイルランド移民の貿易商を父として南カロナイナのチャールストンで生まれた。正規の学校教育は6年しか受けておらず，ほとんどは独学だった。文人としての才能とエネルギーに恵まれて，詩，小説，演劇，歴史，伝記，随筆，物語，など多方面にわたる膨大な作品を残した。古き南部 (the Od South) の傑出した文筆家だった。彼は父とアラバマ，ミシシッピー，ルイジアナなど深南部の各地で暮らした経験があり，辺境で暮らす人々を多く見てきたのが彼の作品の糧となる。

　シムズが書き残した19世紀初頭のアメリカ南部の辺境で暮らす貧しい白人や黒人の英語もまた，よく見るとアイルランド英語とその特色がほとんど同じだということが分かる。

　以下は小説 *Woodcraft* (1852) と短編 'How Sharp Snaffles Got His Capital and Wife' (1870) に見られるアイリシズムを指摘するものである。*Woodcraft* の *text* は The Gregg Press 1968年版，'Sharp Snaffles' は University of South Carolina Press, 1974年版。用例末尾の数字は頁数。作品名は略号で前者は WC, 後者は SS で示す。

I 発音に関して

1 /ən/ → /ɔn/

WC にも SS にも否定の接頭辞 'un-' が 'on-' になっている語が多い。J. Wright の EDG (p. 83) によると，これはアイルランドの Ulster 地方および北英の方言の特色である。次の例が見られる。

  WC：*onless* (= unless) 295, *onprofitable* (= unprofitable) 293, *onproper, onrespectable, onreasonable* (いずれも 292)

  SS：*onderstand* 459, *oneasy* 428, *onrespectable* 457

2 /əː/ → /ɑː/

P. W. Joyce (p. 93) による sarvant (= servant), *marchant* (= merchant), *sartin* (= certain) のように，中開母音が開母音になるのはアイルランド発音の特色である。

  WC：*desarve* (= deserve) 103, *vartue* (= virtue) 298, *sartin* 176

  SS：*marciful* (= merciful) 456, *sarvants* (= servants) 453, *parfect* (= perfect) 439, sartinly (= certainly) 448, *detarmined* (= determind) 446

3 /ɔi/ → /ai/

  WC：*br'ile* (= broil) 103, *sp'il e* (= spoil) 103

  SS：*pinted* (= pointed), *bile* (= boil) 441

4 /ou/ → /ai/

  WC：*guine* (= going) 288, *a-gwine* (= going) 312

  SS：*gwine* (= going) 433

5 /ou/ → /au/

  SS：*gould* (= gold) 451

6 /ʌ/ → /i/

  WC：*sich* (= such) 289

  SS：*sich* 463, *rekiver* (= recover) 441

終　章　トウェイン以前の作家たち

7　/ʌ/ → /e/

WC : *shet* (= shut) 446

SS : *jest* (= just) 440

8　/æ/ → /e/

WC : *hev* (= have) 206

SS : *hev* (= have) 462, *hes* (= has) 465, *gether* (= gather) 463

9　/æ/ → /ei/, /e/

SS : *chaince* (= chance) 454, *hed* (= had) 445

10　/i/ → /iː/

WC : *leetle* (= little) 114

S : *leetle* (= little) 440, *ceveelity* (= civility) 456, *kain't* (= can't) 435

11　/iə/ → /iː/

SS : *idee* (= idea) 457

12　/əː/ → /ɛə/

SS : *airly* (= early) 458, *airth* (= earth) 446

13　/əː/ → /ʌ/

WC : *mussy* (= mercy) 106, *pusson* (= person) 106, *fus'* (= first) 103

SS : *pusson* (= person) 429

14　/ɑː/ → /ɛə/

SS : *hairdly* (= hardly) 444, *hairt* (= heart) 458, *fairm* (= farm) 463

15　/ɔː/ → /ei/

SS : *bekais* (= because) 442

16　/i/ → /e/

WC : *ef* (= if) 105, *resk* (= risk) 86, *tell* (= till) 429

17　弱音節の脱落

WC : *comp'ny* (= company) 176, *hick'ry* (= hickory) 180, *po'try* (= poetry) 290

18 /s/ → /ʃ/

　　WC：*sh'* (= see) 104, *sh'um* (= see him) 427

19 /θ/ → /t/

　　WC：*somet'ing* (= something) 105, *strengt'* (= strength) 106, *teet'* (= teeth) 311

20 r-less

　　WC：*sawt* (= sort) 310, *tu'n* (= turn) 311

　　SS：*Lawd* (= Lord) 462

21 /tʃ/ → /t/

　　SS：*picter* (= picture) 463

22 末尾の剰音 /-t/

　　SS：*suddently* (= suddenly) 444

23 末尾閉鎖音の脱落

　　WC：*worl'* (= world) 312, *chile* (= child) 312

II　統語法に関して

1 'says I,' 'says he'

"*I says*, 'Look agin, and tell me what you obzarves.'

"'Well, *says he*, 'I obzarves.'

"And *says I*, 'What does your obzarving amount to? That's the how.'

"And *says he*, 'I see the man alongside of me, . . .（461）

「あっしは言いました『もういっぺん見てみろ，そして何を観察したかわしに言うんだ』って。すると奴は言うんです，『はあ，観察しやしたが』と」「あっしは言ってやりました，『お前の観察の結果はどうか？ そこなんじゃ』と」「すると奴は言うんです，『おらのそばに男が一人いるのが見えますだ，…』って」

2 形容詞につける 'like' の接尾辞的用法

and sich a soft blue eyes, and sich sweet lips, so red and ripe *like*. (302)

とってもやさしい青い目，とても甘い唇，すごく赤くて熟れてるみたいなんだ。

3　状況動詞の進行形

I'*m wanting* to live easy and like a fighting cock, too, ... (467)

わたしはそうっと暮らしたい，しかも旨いものばかり食べてと思うとります。

You're *a-living* like a fighting cock, M'Kewn. (467)

あんたは，贅沢な暮らしをしているんですな。

4　don't (＝ doesn't) / does (＝ do)

But *he don't* need that. (SS, 105)

What *does I* do (SS, 440)

5　全人称・数の一般動詞の現在形に -s をつける

I means (SS, 463), *I hes* (SS, 465),

you knows (SS, 463), *they calls* (WC, 467)

ハリエット・ストウ
Harriet Beecher Stowe

　ストウ夫人は，保守的な長老派教会（Presbyterian）の牧師で神学校の校長だった Lyman Beecher を父とし，13 人のきょうだいの 4 番目の娘として Connecticut 州 Litchfield で生まれた。8 人の兄弟のうち 7 人が牧師となり，彼女自身は牧師と結婚し 3 人の息子のうち 1 人が牧師になる，という完全に清教徒的雰囲気に包まれた家族の中で生涯を過ごした。姉の Catherine が創設した学校の最初の生徒となり，後にその学校の教師をしたという経歴もある。

　父の転勤で 1832 年から 18 年間 Cinncinati で暮らしたことがあり，1836 年

ハリエット・ストウ

に父の学校で教授をしていた Calvin Ellis Stowe と結婚した。この町は Ohio 河を境として奴隷制度をとっている Kentucky 州と隣り合っていたので，黒人の逃亡などを目の当たりに見聞し，奴隷制度の残酷さを知る貴重な体験をした。

　上の経歴でとくに注目したいのは，東部ニュー・イングランドで生まれ 21 歳まではそこで暮らしたという事実である。したがってストウ夫人が幼いときから青年期までに身につけた彼女のいわば「母語」はこの地方の土地言葉であったと考えられる。ニュー・イングランド地方は，アメリカでもとくにアイルランドからの移民が大量に入植したところであり，ストウ夫人の父あるいは祖父はおそらくスコットランド系アイルランド人だったと察せられる。彼女は家庭内や学校の教室内では，この作品の第 1 章の冒頭で言及されるスコットランド系の文法学者 Murray が書いた *Grammar of English Language* (1795) を規範とする正しい英語を使うように躾けられたのであろうが，家から一歩外へ出ればアイルランドの農民英語に染まった環境だった。『アンクル・トムの小屋』に使われている土地言葉には，白人であれ黒人であれアイルランド農民英語と共通するものが極めて多いが，それはこの地方で得たものと考えられる。

　以下にその主要な特色を指摘する。Text は Crosset & Dunlap 社版。末尾の数字は頁数。

1　奴隷商人 Mr. Haley の英語

　まず第 1 章の第 1 頁から登場する奴隷商人ヘイリー氏の英語の見本として，原文を一部引いてみよう。

1　Fact is, I never could do things up <u>the way</u> some <u>fellers</u> manage the business. I've seen 'em as would pull a woman's child <u>out</u> her arms, and set him up to sell, <u>and she screechin'</u> <u>like mad</u> all the time ; — very bad policy — damages the article — makes 'em quite unfit for ervice sometimes. I knew a

終　章　トウェイン以前の作家たち

 5 real handsome gal once, in Orleans, as was entirely ruined by this sort o'
   handling. The fellow that was trading for her didn't want her baby ; and she
   was one of your real high sort, when her blood was up. I tell you, she
   squeezed up her child in her arms, and talked, and went on real awful. It
   kinder makes my blood run cold to think on't ; and when they carried off
 10 the child, and locked her up, she jest went ravin' mad, and died in a week.
   Clear waste, sir, of a thousand dollars, ... (ch. 1, p. 12.下線は著者)

事実わたしは他の人がやっているように事務的には出来ませんよ。子供を母親の腕から引き離して連れ去り，母親は狂乱してずうっと泣き喚いているというのに，その子供を売りに出すんですからね――ほんとに悪いやり方です――売り物をだめにして――使い物にならなくしてしまうことがあるのです。そんなひどい扱いをされてだめになった実に器量のよかった女を，オルリーンズで知っていますよ。その女を買った男は，女の子供は要らなかったのでね，その女は血がのぼって，手がつけられないほど興奮し，子供を抱きしめて叫びどうしでしてね，わたしは考えただけでも血が凍りますよ。連中が子供を連れ去り，その女を閉じ込めたら彼女は狂乱して，一週間後に死にましたなあ。それじゃ1000ドルの丸損ですよ。（大橋吉之輔訳）

上記引用の下線部分が非標準的なところであるが，これらはすべてアイルランド英語の特色と一致する。

 1 （1行目）**'the way'**（= **as**）：

アイルランド英語ではゲール語 "**amhlaidh**" などの影響で名詞 'the way' がそのままで接続詞として使われる（P. W. Joyce, pp. 35-6）。as の意だけでなく，thus, so, how in a manner, judging from などさまざまな意味に使われる。

 2 （1行目）**'fellers'**（= **fellows**）：

英語の末尾弱音節の /-ou/ がさらに弱化すると曖昧音 /ə/ となる。しかし曖昧母音 /ə/ をもたないアイルランドでは，これに薄弱音（slender sound）

512

を表す -r ないし -rr を当てた。これが r 字のない fellow の末尾に -r 字が添えられるようになった原因である。一方，英語では butter, dancer などの末尾弱音節は r 色を失って /ə/ となったことから，後に tomorrer, potater のように曖昧母音化した音節に綴り字 -er を当てるようになった。

3　（2 行目）'out'（= out of）

'out' が out of の意味に使われるのは，of の脱落によって生じたアメリカニズムと考えられていたが，尾上政次（1953, pp. 11-2）は，これは脱落ではなく初めから of はないアイルランド起源の語法であることを立証した。

4　（3 行目）'and she screechin'

アイルランド英語には「and + 主語 + 補語」という定動詞を含まないで時間・原因・条件などを表す従属節相当の句がある。例えば，What good would it do *and they dead*?（彼らが死んでいようものなら，そうしたところで何の役に立とう。— R. E. W. Flower）のように。P. W. Joyce (p. 35) によると，I saw Shaun *and him sitting down* (= as he was sitting down) はゲール語 "***Do chonnairc me Seadhan aguse e n'a shuidhe***" の直訳である。

5　（3 行目）'like mad'

P, W. Joyce (p. 290) によると 'like mad' はアイルランドではしばしば energetically の意味に使われる。例えば 'dancing like mad' のように。「狂ったように」「怒ったように」の原義を完全には失っていないので，アイルランド英語が好む過激な誇張表現の一つであろう。上の文脈では「激しく，狂ったように」が当たる。

6　（6 行目）'that'（= who）

アイルランド英語では，ゲール語の関係代名詞 "***a***" が先行詞によって英語のように，who, whose, whom, which の使い分けしないことから，これをすべて 'that' と訳した。アメリカ口語英語の関係代名詞に that が多い所以である。例えば，J. D. Salinger の *The Catcher in the Rye* の関係代名詞はすべて that である。

終　章　トウェイン以前の作家たち

7　(**9行目**) **'kinder'**（= **kind of**)

kind と sort に当たるゲール語 "*cineal*" "*saghas*" はどちらも名詞の他, somewhat の意の副詞としても使われることから, アイルランド英語では後置詞的 of を伴った副詞用法が発達した。

8　(**10行目**) **'mad'**（= **angry**)

アイルランド英語ではゲール語の "*buileamhail*" が madness と fury のどちらの意味にも使うことから, その訳語の 'mad' も angry の意味にも使うようになった。

　上の諸事実からだけでも Haley 氏がアイルランド英語の話し手であることは明らかだが, さらに続く原文の 13, 4 頁（引用は差し控えるが）には, アイルランド英語の特色である 'says I' が 6 回, 無意味な 'you know' の挿入が 3 回の他に, 次のような強意の形容詞としての '*very*' や, 後置詞的に使う 'of', 先行詞にかかわらず関係代名詞は 'that' を使う, 弱音節を脱落させる, などアイルランド起源の語法や発音が次々と出るところを見ると, Haley 氏はおそらくアイルランド人そのものであると見て間違いないだろう。

　　He was a clever fellow, Tom was, only *the* very devil with niggers,— on principal 'twas, ... (13)
　　彼は, きれる奴だったが, 黒ん坊に対しては悪魔そのものだったね。
　　But I'll tell you, I'm in a devil *of* a hurry, and... (14)
　　だが, 言っておきますが, わしはひどく急いでおりますのでな。
　　Young uns is *heaps* of trouble to them ; ... (73)
　　子供というものは女にとって苦労の種なんだろう。
　　She had a young un *that* was *mis'able* sickly ; ... (73)
　　その女にはひどい病気にかかった子供がいたのさ…

2 農園主 Mr Shelby などの白人英語

　Haley 氏と奴隷売買の交渉をしている大農園主 Mr. Shelby の英語にもアイルランド英語の特色が散見される。例えば 'says I' 'the way' や，文を起こす 'It's' の用法，文末に念押し的な強調語句を加える習慣などである。

　'Tom,' *says I* to him, 'I trust you, ...' (8)
　「トムや」と私は言ったんですよ，「わしは，お前を信用しているから…」

　That is *the way* I should arrange the matter. (8)
　そんなところで話を決めたいのだが。

　to tell the truth, *it's* only hard necessity makes me willing to sell at all. (9)
　まったくの話，私はやむを得ず売るのですからな。

　I don't like parting with any of my hands, *that's a fact*. (9)
　わたしは自分の奴隷の誰一人手放したくはない，ほんとだよ。

　元ケンタッキーの大地主で奴隷解放論者だったトロンプ老人（old John Van Trompe）は Bird 上院議員に頼まれてエライザの逃亡を助ける人物として第9章にちょっとだけ登場するのだが，この人物の英語にもアイルランド訛が垣間見られる。

　Ay, ay (= Yes) 103 / *kinder* (= kind of) 102 / *jined* (= joined) 102 / *agin* (= against) 102 / *and all* 102 / *and all that* 102

　トムの新しい主人セント・クレアの息子 Alfred には Anglo-Irish に特有な前置詞 of の後置詞的用法が見られる。

　Henrique is *a devil of* a fellow, when his blood's up. (286)
　ヘンリックは血が上ると悪魔みたいな奴になるんだ。

3 この作品の黒人英語

　この作品には，第10章までに限っても，主人公である黒人奴隷 Uncle Tom，その妻 Aunt Chloe と子供たちの他 Shelby 夫妻の使用人，Bird 上院議

終　章　トウェイン以前の作家たち

員の召使いなど多くの黒人が登場する。彼らが話す非標準英語の特色も，ほとんどがアイルランド英語の特色と共通する。以下に主要なものを列挙する。

I　発音に関して

1　/ən-/ → /ɔn-/

　　oneasy (= uneasy) 62, *oncommon* (= uncommon)63,

2　/ʌ/ → /i/, /e/

　　jist (= just) 32, *jest* (= just) 103, *sich* (= such) 105

3　/ɔi/ → /ai/

　　spiled (= spoiled) 29, *pints* (= points) 32

4　/ou/ → /ə/

　　widder (= widow) 35, *feller* (= fellow) 72

5　/ou/ → /ai/

　　gwine (= going) 30

6　/ɚ/ → /ɑː/

　　sartin (= certain) 30, *sarves* (= serves) 62,

7　/e/ → /i/

　　Gineral (= General) 32, *agin* (= again) 34

8　/iə/ → /iː/

　　idees (ideas) 56

9　/iə/ → /eː/

　　rael (= real) 51

10　/ei/ → /e/

　　mebbe (= maybe) 34

11　/r/ の消失

　　cuss (= curse) 50

　　　　hosses (= horses) 51

12　/t/ の脱落

　　　　mas'r (= Master) 16

13　弱音節の脱落

　　　　pop'lar (= popular) 13, *curis* (= curious) 34, *mis'able* (= miserable) 73,

　　　　bar'l (= barrel) 34, *or'nary* (= ordinary) 53,

II　統語法に関して

1　倒置感嘆文

　　　　Easy! *Couldn't nobody a done it*, without the Lord.（81）

2　'done' の副詞用法

　　　　'Lizy's *done* gone over in the river 'Hio, . . .（81）

　　　　I *done* forgot, Missis!（52）

3　二重主語

　　　　Course *'Lizy she* hars, and she dodges back when Mas'r *Haley he* gose past the door ; . . .（81）

4　複合指示詞

　　　　this yer gal (= this here girl) 78, *that ar feller* (= that there fellow) 72, *them ar bar'ls* (= those there barrels) 34

5　'says'（= said）

　　　　says I (29), *I says* (31), *says she* (32), *says he* (32), *ses she* (51)

6　'kind of'（= somewhat）

　　　　and *kind o'* looked at me as if he understood how I felt.（23）

　　　　why, she *kinder* larfed in her eyes. . .（32）

7　'the way' の接続詞的用法

　　　　The way he can write, now!（28）

8　疑問詞に添える強意語

終　章　トウェイン以前の作家たち

　　　what *on airth*!（45）
- 9 **'for to'**（= **to**）

　　　I din't go *for to* say it.（52）
- 10 **'don't'**（= **doesn't**）

　　　O! it *don't* seem as if it was true.（45）

　　　Master *don't* want to sell ; . . .（45）
- 11 **'powerful'**（= **very, exceedingly**）

　　　but they's *powerful* car'less.（63）

　　　彼らは恐ろしくそそっかしい。
- 12 **時を表す副詞節**

　　　but, *first I know*, a man was helping me up the bank.(94)

　　　ですが，ふと気づいてみると一人の男が，あたしが土手を上がるのを助けてくれました。
- 13 **no use ～ ing**

　　　But dar's no use *talkin'* ; . . .(105)

　　　だが言ってもしょうがねえだよ。

　これは～ ing の前の前置詞 in が省略されてできた構文ではなくゲール語の "**na taim anon mhait ann go deo**"（= it is not any use）とその後に続く分詞構文が直訳されたアイルランド英語の構文である（尾上政次，1986, p. 27）。この作品の上記用例がアメリカでの初出例だと思われる。

ジョエル・ハリス
Joel Chandler Harris

　ハリスはジョージア州中央部パットナム郡の小さな村の貧しい家庭に生まれた。小学校の後，同じ村の Eatonton Academy に行くが特段すぐれた資質も見られず，村の他の少年たちと変わぬ普通の子だったという。彼はそうし

ジョエル・ハリス

た生い立ちを自ら「無教養なジョージアの貧乏白人」(an uncultured Georgia cracker) と呼んだ。おそらくアイルランド系移民の子孫だったのであろう。

しかし13歳のころ (1862) から郡新聞 The Countryman の編集長 J. A. Turner 博士に雇われて印刷所の雑用をしながら，ときには記事も書かせてもらうようになる。博士は120人もの黒人奴隷を抱える大プランテーションの所有者でもあった。ハリスは博士の自宅に住まわせてもらい，暇なときはすぐれた蔵書の中から動物寓話を見つけて読んだり，戸外では野生動物の生態を観察したり，黒人たちと話したり歌ったりの生活が1866年まで4年間続いた。The Countryman で働いたこの間にハリスは黒人がもつアフリカ起源の寓話を収集し彼らの言語の観察に心掛けた。これが素材となって後に物語り作家として大輪の花を咲かせることになる。その出世作 Uncle Remus (1880) は，黒人爺やが7歳になる主家の少年にせがまれて動物寓話を語って聞かせる構成の小説で，全篇が黒人英語で綴られている。

しかしその英語をよく観察してみると，舌足らずの印象を与えるかなり崩れた英語ではあるが，そこにアフリカ祖語の影響といえるものはほとんどなく，発音にいおいても統語法においてもアイルランド英語の不完全な形だと認められるものがほとんどである。以下にそれを指摘する。Text は Appleton-Century-Croft 社の1931年版。末尾の数字は頁数。

I 発音に関して

母音に関してアイルランド英語と黒人英語に共通する変化の第1は，顎の開きが狭くなる。つまり，あまり口を開かないことによる変化である。

1　/e/ → /i/

　　git (= get) 27, *agin* (= again), *yit* (= yet) 128, *yistiddy* (= yesterday) 4

2　/ʌ/ → /i/

　　sich (= such)

3　/ɛə/ → /iː/ or /ir/

終　章　トウェイン以前の作家たち

　　　cheer (= chair) 6

4　/ɔi/ → /ai/

　　　bile (= boil) 128, *bilin'* (= boiling) 129, *p'int* (= point) 144
　　　hi'st (= hoist) 43

5　/ai/ → /i/

　　　fier (= fire) 127

6　/ou/ → /ai/

　　　gwineter (= goin to) 6

7　/-ou/ → /-ə/

　　　ter-morrer (= tomorrow) 4, *holler* (= hollow) 5, *sparer-grass* (= sparrow-grass) 5, *terbacker* (= tobacco) 206

8　/ɛ/ → /ei/

　　　aidge (= edge) 131

本来口の開きが一番狭い /i/, /iː/ はやや広い方へ変化する。

1　/i/ → /e/

　　　settin' (= sitting) 128

2　/iː/ → /ei/

　　　bate (= beat)

二重母音は単母音化する

3　/iə/ → /iː/

　　　idee (= idea) 172

4　弱音節の脱落

　　　Sat'day (= Saturday) 150, *pow'ful* (= powerful) 22

5　余剰音 /j-/

　　　yuther (= other) 208

その他の場合：

6　/i/ → /iː/

520

leetle (= little)

7 /æ/ → /ɔ/

sot (= sat) 6, *kotch* (= catch, caught) 7

子音に関する音声変化は，要するに non-native には難しい調音をやさしく変える，あるいは聞こえない音は落とすという変化である。

1 /θ/ → /f/

mouf (= mouth) 4, *blacksmif* (= blacksmith) 162, *breff* (= bfeath) 168

2 /ð/ → /d/

wid (= with) 7, *nudder* (= neither) 7, *wedder* (= weather) 8

3 r-less

fum (= from) 4, *thoo* (= through) 126, *eve'y* (= every) 143, *diffunt* 155

do' (= door) 5, *mawnin'* (= morning) 4, *tu'n* (= turn) 130, *wuk* (= work) 7

skasely (= scarecely) 21

4 h-less

w'en (when) 132, *w'at* (= what) 132, *w'iles* (= whiles) 132

5 /ŋ/ → /n/

evenin' 150

6 /-t/, /-d/ の脱落

las' (= last) 131, *mos'* (= most) 128, *stronges'* (= strongest) 128,

kep' (= kept) 143, *en'* (= and) 130, *han'* (= hand) 130, *han's* (= hands) 130, *roun'* (= round) 130, *ole* (= old) 134

II Syntax に関して

1 'sez' 'sezee' （ = **says he**）

アイルランド英語ではゲール語 "***air se***" の直訳から 'says he' が使われる。この作品では '*sez*,' '*sezee*' の形で現れる。直接話法のこの伝達形式はしばし

終　章　トウェイン以前の作家たち

ば重複して使われるのもゲール語の影響である。

　Look like you gwineter have chicken fer dinner, Brer Fox, *Sez* Brer Rabbit, *sezee*.（6）

　狐どん，あんたは夕食に鶏を食べるつもりらしいですな，と兎どんは言ったんじゃよ。

2　'for to 〜' 形の不定詞

　アイルランド英語では前置詞 for をつけた不定詞を使う（P. W. Joyce, p. 51）。アイルランドに残る古い英語の一つであるが，アメリカ黒人はそれをアイルランド人から受け継いだと考えられる。この作品には次の用例がある。

　I got sump'n *fer ter* tell you, Brer Fox.（98）

　狐どん，あたしゃあんたにお話したいことがあるんですがねえ。

　Den Brer Rabbit shot de do' en sot down, en put his paws behime his years en begin *fer ter* sing.（5）

　それから兎どんは戸を閉めて腰を下ろし，前足を耳の後ろにあてて歌い始めた。

3　強意の他動詞構文

　アイルランド英語には他動詞と目的語の間に「内臓物 + out of」を挿入して「〜をこっぴどく殴りつける，やっつける」の意の構文がある。ゲール語からの直訳から生まれた構文である。この作品には次の用例が見られる。

　Tu'n me loose, fo' I *kick de natal stuffin' outen* you, sez Brer Rabbit, sezee, but de Tar-Baby ain't sayin' nothin'.（10）

　おらを放せ，おらにぶん殴られねえうちによ，って兎どんは言いおりましたんじゃ。じゃがタール・ベービイは何も口をききおりませんのじゃ。

4　'sort of' の副詞用法

　Howdy, Brer Rabbit. You look *sorter* stuck up dis mawnin'.（11）

やあどうも，兎どん。お前さん今朝はなんだかお手上げみたいですのう。

5 'like' を形容詞の接尾辞的用法

dey amble 'long, dey did, sorter familious *like*, but...（140）
彼らはゆっくりした足取りでやって来た，何だか心安げな様子だった。

6 'quit'（= cease, stop）

Den we'n Brer Tarrypin feel um *quit* pullin', he dove down, he did, ...（131）
小馬どんは彼らがロープを引っ張り止めるのを感じたときに，水中に飛び込み，潜ったんじゃ，…

7 'mighty'

en he look *mighty* weak.（6）
そして彼はひどく弱っているように見えた。

'Yo' eye look mighty red,'sez Brer Fox, sezee.（60）
「お前さんの目はすごく赤いみたいだが」と狐どんが言ったんじゃ。

8 'done' の副詞用法

en he tell 'er dat he *done fotch* her some nice beef...（171）
彼は彼女においしい牛肉を少しもってきてあげましたよ，と告げた。

Ladies, ain't I *done tell* you Brer Fox was de ridin'-hoss fer our fambly?（29）
ご婦人のみなさん，あっしは，狐どんはわれわれ家族を乗せる馬になると言ったとおりでしょう。

9 重複語法

アイルランド英語では繰り返して表現するのを一つの特色とする（P. W. Joyce, p. 135）。この作品では次の例が見られる。

文末での前文の繰り返し：

Youer stuck up, *dat's w'at you is*.（9）
お前さんどこか具合が悪いんじゃろう，そうじゃろう。

En I'm gwinter kyore you, *dat's w'at I'm a gwineter do*.

終　章　トウェイン以前の作家たち

じゃったら，おらが治してやるよ，そうしてやるとも。

代動詞 did での繰り返し：

She stood dar, *she did*, en she study end study, . . .（45）

彼女はそこに立ってよくよく考えてみたんじゃ。

En den Brer Rabbit sorter grin, *he did*, en de gals giggle, . . .（29）

そのとき，兎どんが何だかにやりと笑った。すると娘たちはくすくす笑った。

says ＋主語の繰り返し：

How you come on? *Sez* Miss Cow, *sez she*.（42）

あんた，どうして来たの？　って牛さんがいったんだよ。

'I seed Brer B'ar yistiddy,' *sez* Brer Fox, *sezee*.（4）

「おら，きのう熊ドンを見かけただよ」と狐どんが言った。

10　二重主語

De gals, *dey* 'lowed dat. . .（27）

女たちはこう思っとるんじゃ…

11　複合指示詞

dis *yer* pie（＝ this here pie）54

上に見てきたように，ハリスが写し出した黒人英語は，その特色が発音・統語法ともにほとんどアイルランド英語と共通している。この非標準的な英語が作品の中で黒人爺と7歳の白人少年とが通じ合い，また当時の多くの読者がこれを理解し喝采をもって受け入れたのである。この事実から，ジョージア地方の人々は作者のハリスを含めて，アイルランド移民が極めて多く，また黒人はアイルランド英語を不完全な形で受け継いでいることを立証するよい証拠となろう。

ジョエル・ハリス

III　視覚方言

　ついでにいえば，この作品の英語が読者を楽しませたいま一つの要素に「視覚方言（eye dialect）」の大量導入がある。視覚方言というのは，標準発音に基づいてはいるが綴り方が正書法に違反したものである。これは正しい綴りを知っている読者の共感と優越感を引き出す効果がある。次のような例が見られる。

　　anser (= answer) 26, *cum* (= come) 25, *de'f* (= deaf) 98, *enny* (= any) 100, *fokes* (= folks) 100, *howter* (= how to) 9, *kinder* (= kind of) 21, *langwaidge* (= language) 21, *naberhood* (= neighborhood) 55, *mustarsh* (= mustache) 6, *sez* (= says) 4, *trubble* (= trouble) 60. *youer* (= you're) 144, etc.

　上に見たようにこの作品の黒人英語は白人の土地言葉とほとんど区別がないのである。この点について，G. P. Krapp (*The Language in America*, p. 250) も次のように言っている。

　　The speech of Uncle Remus and the speech of rustic whites as Harris records it are so much alike that if one did not know which character was speaking, one might often be unable to tell whether the words were those of a white man or of a negro.

　　ハリスが記録するように，黒人アンクル・リーマスの話し言葉と白人百姓の話し言葉は非常によく似ているので，もしどの登場人物が喋っているのかを知らなければ，どちらが白人でどちらが黒人か，区別がつかないことがしばしばあるかもしれない。

　黒人英語と低階層の白人英語の近似性について Krapp は，J. A. Harrison も同じ観察をしているとして，Negro English (p. 232) から次の評言を引いている。

終　章　トウェイン以前の作家たち

"If one happened to be talking to a native with one's eyes shut, it would be impossible to tell whether a negro or a white person were responding."

結びに代えて

　H. L. Mencken は *The American Language Supplement*, II, 684 頁の脚注で，19世紀前半における旅回り芸人一座の様子についての Edw. J. Kavanagh 氏の次の証言を紹介している。

　"In the 40s and 50s many of the traveling tent-shows were conducted by roving Irishmen who spoke both Gaelic and English. In those days the barker had two duties: to talk up the show and to pass the hat. The Gaelic word for *collect* is **bailinghadh**, pronounced *bállyoo* (dissyllable) by Munster speakers and *bállyo* by Connacht speakers. At intervals in the show would be heard the cry, **Bailinghadh anois** (Collection now)."

　「1840年代および50年代には旅回りの小屋がけショーの多くは，ゲール語と英語の両方が話せる流浪のアイルランド人によって運営されていた。当時呼び込み屋には二つの任務があった。ショーの出し物を褒め上げることと募金の帽子を回すことである。「募金」の意のゲール語は **bailinghadh** であるが，アイルランドのマンスター地方の出身者はこれを *ballyoo* と（二音節に）発音し，コノート地方の出身者には *bállybo* と発音されていた。ショーの幕間には「募金をおねがいします」(**Bailinghadh anois**) というゲール語がよく聞かれた」

　このことから察せられるのは，そのころのアメリカでアイルランド人が多かったのは旅回り芸人だけでなく，観客にもゲール語の分かるアイルランド人が多かったということであろう。1840年代50年代といえば大飢饉のため

結びに代えて

に大量のアイルランド人がアメリカへ流れて来たころである。当時の移住労務者にとって，たまにやって来る小屋がけショーは唯一の娯楽であっただろう。そこで彼らの祖国での母語であった懐かしいゲール語で呼びかけられるのであるから，喜捨の効果は大きかったに違いない。

　19世紀前半にアメリカで始まった演芸ショーの形式の一つに「ミンストレル・ショー」(minstrel show) というのがある。これは黒人に扮した白人の芸人一座の演じる黒人の歌・踊り・滑稽な掛け合いなどからなる演芸ショーである（研究社大英和参照）。黒く塗ってはいるが中身は白人であり，そのほとんどがアイルランド人である。したがってそこで繰り広げられる言葉はアイルランド訛の英語だった。それをアイルランド人は自らの手で笑いの対象としたのである。このことはアメリカにおいてアイルランド英語を無教養な下層民の言葉使いとして見下す観念の一層の固定化に手を貸す結果になったと思われる。

　イギリス英語の伝統文法に則ったものだけが唯一正しく上品な英語であって，この規範をはずれる文法および発音はすべて下品で汚い破格英語であり，その種の英語を話す限り野蛮人と見なすというのは，序章でも指摘したように元々イギリスがアイルランドに対する植民地政策として考え出したものであったのだが，アイルランド人は新天地アメリカにおいても同じ憂き目にあうのである。

　人を当人が使う英語の種類によって正常と異常，上等と下等に二分する固定観念は漫画の人物設定の上でもはっきりと見える。大戦後，日本の新聞でも長期連載されたアメリカの漫画『ブロンディー』『ポパイ』『ナンシーとスラッゴウー』などの口語英語を研究した萩原文彦は『ブロンディーの英語』(研究社出版 1960, p. 162) で次のように指摘している。

　「ほかの漫画，たとえばポパイなどでは，破格的英語がいつでも使われ

結びに代えて

ている。それは主人公 Popey のしゃべる英語が，独特な階層的方言となっているのであって相手役の女性 Olive（Popeye の恋人）の正常語に対比されている。もう一人 Swee'pea と呼ばれる少年も怪しげな英語を使う。また *Nancy and Sluggo* という漫画でも Nancy の正常語に対して，Sluggo の方は乱暴な英語を使って面白味を出させている。しかしおとなしい家庭生活を主題とするブロンディーには破格的用法はきわめてまれであって，時たま登場する浮浪人，悪党などの専用になっている。」

そしてそれがどんな英語であるか例を示すとして次の 29 項目を挙げる。
fergit (＝ forget) / *git* (＝ get) / kin (＝ can) / *sez* (＝ says) / *a* (＝ of) / *betcha* (＝ bet you) / *don'tch* (＝ don't you) / *'cause* (＝ because) / *'em* (＝ them) / *gimme* (＝ give me) / *gotta* (＝ got to) / *a-going* (＝ going) / *lookie* (＝ look ye) / *tho'* (＝ though) / *wanna* (＝ want to)/ *what'sa* (＝ what is the) / *youse* (＝ you) / *yer* (＝ your) / *muh* (＝ my) / *me* (＝ my) / *dis, dey, de* (＝ this, they, the) / *is* (＝ are) / *ain't* (＝ am not, are not) / *a* (＝ an) / *t'* (＝ the) / *t'anks* (＝ thanks) / *wit'* (＝ with) / *goil* (＝ girl), *poifect* (＝ perfect), *hoist* (＝ hurt), *soich* (＝ search), *boid* (＝ bird), *foist* (＝ first), *passwoid* (＝ password), *woith* (＝ worth), *woims* (＝ worms), *woik* (＝ work) / 二重否定

だがこれらの語形および発音を見ると，もはやいちいちの指摘や解説は不用であると思われるので差し控えるが，若干含まれている「視覚方言」を除けば，あとはすべてアイルランド英語であることが分かる。

ついでにいえば，1976 年に W. S. Hall が指摘した，黒人下級方言と標準英語との統語上の違いについての 16 項目のうち 12 項目まではアイルランド英語にも見出せるのである。

アイルランド英語がアメリカ大陸の隅々まで浸透していったいま一つの要因に民謡などによる伝播がある。例えば本書 pp.170-1 頁で歌詞の一部を紹

結びに代えて

　介した Stephen C. Foster の『おう，スザンナ！』(*Oh! Susanna*) は 1848 年に作詞作曲されたものであるが，この歌詞の英語はまさにアイルランド英語である。以来アメリカの民謡やロックなどのポピュラー音楽はアイルランド英語で詩がつけられているものが多い。民衆の生活感情を謡うのに相応しいからであろう。

　20 世紀末のアメリカ映画，とくに刑事ものなどのアクション映画の台詞にはアイルランド英語が脈々と流れている。シリーズものになった『ダイ・ハード』(*Die Hard*, 1993-97) などはその典型である。ニューヨーク市警の一刑事が爆弾を弄ぶ犯人たちと身を挺しての壮絶な戦いを繰り広げる話である。題名は倒れるまで奮闘する頑強な抵抗者の意味だが，アイルランドで die hard といえば，a Republican soldier（過激革命党の兵士）を意味することが多い。もちろん one who dies hard すなわち，「あくまでも主義主張のために働いて死する者」の意から来ている（勝田高孝興『アングロ・アイリッシュ』1933 p. 34. 参照）。因に主演俳優のブルース・ウイルスはアイルランド人である。

　アメリカ英語とアイリシズムの関係については，今後こうした文学作品以外の分野からの調査研究がぜひとも必要である。

初 出 一 覧

第 1 章は 2002 年 4 月に研究社の月刊誌『英語青年』4 月号で発表した論文「ハックの英語はどこから来たのか」に加筆したもの。

第 2 章は 1999 年 12 月に中央英米文学会機関誌『中央英米文学』第 33 号で発表した論文「クレインの『街の女マギー』とアングロ・アイリッシュ」に加筆したもの。

第 5 章は 2001 年 12 月に中央英米文学会機関誌『中央英米文学』第 35 号で発表した論文「ユージン・オニールの一幕劇とアングロ・アイリシズム」に加筆したもの。

第 16 章は 2003 年 7 月に研究社の月刊誌『英語青年』8 月号で発表した論文「『ライ麦畑』の英語はどこから来たか」に加筆したもの。

第 19 章は 2003 年 11 月に中央英米文学会機関誌『中央英米文学』第 37・38 合併号で発表した論文「ヘンリー・ミラー『北回帰線』の英語」に加筆したもの。

第 21 章は 2003 年 3 月に中央大学文学部『紀要』第 92 号で発表した論文「アリス・ウオーカー『カラー・パープル』の黒人英語」に加筆したもの。

参 考 文 献

Abbot, E. A. 1869. *A Shakespearean Grammar.* London. Macmillan. Reprinted by Senjo Publishing Company, 1962.
Abbott, O. L. 1957. "The Preterit and Past Participle of Strong Verbs in Seventeenth-Century American English" *American Speech,*, vol. 32.
Atwood, E. Bagby. 1951. "Some Eastern Virginia Pronunciation Features" in *Various Language : Perspectives on American Dialects,* edited by Juanita V. Williamson and M. Burk. New York. Holt.
―――. 1953. *A Survey of Verb Forms in the Eastern United States.* Ann Arbor. The University of Michigan Press.
Baily, Beryl Loftman. 1971. "Towards a New Perspective in Negro English Dialectology", *Readings In American Dialectology,* Meredith Cooperation. 1971.
Bammersberger, Alfred. 1983. *An Outline of Modern Irish Grammar.* Carl Winder.
Banim, John. 1828. *The Anglo-Irish of the Nineteenth Century.* Woodstock Books, 1997.
Barber, Charles. 1976. *Early Modern English.* Andre Deutsch.
Beard, Charles A. & Beard, Mary R., Beard, William. 1960. *The Bearads' New Basic History of The United States.* New York. Doubleday and Company. 邦訳『ビアード新版アメリカ合衆国史』(松本重治他訳) 1964. 岩波書店。
Becket, J. C. 1966. *A Short Hisory of Ireland.* 邦訳『アイルランド史』藤森一明他訳。八潮出版。1972.
Blackburn, Ruth M. 1971. 'Dialects in Eugene O'Neill's Plays' in *A Various Language.* ed. by Williamson, Juanita V. & Burke, Virginia M. Holt Rinehart Winston.
Bridgman, Richard. 1966. *The Colloquial Style in America.* New York. Oxford University Press.
Bronstein, A. J. 1960. *The Pronunciation of American English.* Appleton-Century-Crofts.
Brook, George Leslie. 1972. *English Dialect.* 『英語の方言』(鈴木重威訳) 1976. 千城出版。
Brooks, Cleanth. 1937. "The English Language of the South" Reprinted in *Various Language,* 1971.
Brown, Calvin S. 1976. *A Glossary of Faulkner's South.* New Haven : Yale Univ. Press.
Bowdre, Paul Hull, Jr. 1971. "Eye Dialect as a Literary Device" *A Various Language.* ed. by

参考文献

Juanita V. Williamson & Virginia M. Burke. Holt, Rinehart and Winston, Inc.
ブルンナー・カール. 1973. 『英語発達史』松浪有他訳。大修館。
Bryant, Margaret M. 1962. *Current American Usage*. New York. Funk & Wagnalls.
Capps, Jack L. 1977-79. *The Faulkner Concordance*. 10 vols. The Faulkner Concordance Advisory Board. Michigan University Microfilms International.
Carver, Craig M. 1987. *American Regional Dialects : A Word Geography*. Ann Arbor. The University of Michigan Press.
Chapman, Robert L., 1986. *New Dictionary of American Slang*. New York. Harper & Row.
Court, Franklin E. 2001. *The Scottish Connection : The Rise of English Literary Study In Early America*. Syracuse University Press. New York.
Curme, George. O. 1931. *Syntax*. D. C. Heath and Company.
Dillard, J. L. 1972. *Black English : Its History and Usage in the United States*. New York. Random House.
―――. 1985. *Toward a Social History Of American English*. Contribution to the Sociology of Language 39. Mouton.
Dobson, E. J. 1957. *English Pronunciation 1500-1700*. Oxford University Press.
Evans, B. & Evans, C. 1957. *A Dictionary of Contemporary American Usage*. Random House.
Faherty, William Barnaby. 2001. *The St. Louis Irish : An Unmatched Celtic Community*. Saint Louis. Missouri Historical Society Press.
Feagin, Crawford. 1979. *Variation and Changes in Alamama English : A Sociolinguistic Study of the White Community*. Washington, D. C. Georgetown University Press.
Fickett, Joan G. 1975. 'Ain't, Not, and Don't in Black English.' *Perspectives on Black English*. ed. by J. L. Dillard. Neitherland. Mouton & Co.
Flexner, Stuart Berg. 1976. *I Hear America Talking*. A Hudson Group Book. Van Nostrand Reinhold Company. 邦訳『フレクッスナー アメリカ英語辞典』R. C. ゴリス訳編（秀文インターナショナル, 1979）
Fowler, H. W. 1926. A Dictionary of Modern English Usage. Oxford. Clarendon Press.
Francis, W. Nelson. 1958. *The Structutre of American English*. New York : Ronald Press Co..
Franz, Wilhelm. 1939. *Die Sprache Shakespeare in Vers and Prosa*. 斎藤静，山口英夫，大田朗共訳『シェークスピアの英語』(1958) 篠崎書林。
―――. 1895. "Zur Syntax des alterren Neuenglisch" 宮部菊男，藤原博，久保内瑞郎共訳『初期近代英語の研究』(1991) 南雲堂。
Fries, Charles C. 1940. *American English Grammar*. New York. Appleton-Century-Crofts.
―――. 1952. *The Structure of English*. New York. Harcourt.
藤井健三. 1984. 『文学作品に見るアメリカ南部方言の語法』三修社。

参 考 文 献

―――. 1991.『アメリカの口語英語―庶民英語の研究』研究社出版.
船橋茂那子. 1986.「海へ騎りゆく者」三橋敦子他共著『アングロ・アイリッシュ語法解明へのアプローチ』(1986) 大学書林.
Grundy, Valerie. 1999. *The Oxford Pocket Irish Dictionary.* Oxford University Press.
Hall, W. S. 1976. 'Black and White Children's Responses to Black English Vernacular and Standard English Sentences : Evidence for Code-Switching' (D. S. Harrison (ed.) *Black English : A Seminar.*)
Harrison, J. A. 1975. 'Negro English' in *Perspectives on Black English.* ed. by J. L. Dillard. Mouton & Co.
Herndobler, Robin & Shedd, Andrew. 1976. 'Black English ― Notes on the Auxiliary' *American Speech,* Fall-Winter Issue.
Hill, Archibald A. 1965. 'The Tainted *Ain't* Once More' College English NCTE Champain.
細江逸記. 1935.『George Eliot の作品に用いられたる英国中部地方方言の研究』泰文堂.
廣岡英雄. 1965.『英文学の方言』篠崎書林.
―――. 1981.『歴史的に見た英語の発音と文法』篠崎書林.
萩原文彦. 1962.『ブロンディの英語』研究社出版.
市河三喜. 1940.『研究社英語学辞典』研究社出版.
―――. 1956.『英文法研究』研究社出版.
石一郎. 1967.『スタインベック』石一郎編　20世紀英米文学案内22. 研究社出版.
石橋幸太郎. 1973. 他6名共編『現代英語学辞典』美成堂.
Ihde, Thomas W. (Ed.). 1994. *The Irish Language in the United States.* Bergin & Garvey. Westport.
Ives, Sumner. 1950. "A Theory of Literary Dialect" *Tulane Studies in English* 2. Reprinted in A Various Language, 1910.
岩元厳. 1991. 酒本雅之共監修『アメリカ文学作家作品事典』本の友社.
Joyce, P. W., 1910. *English As We Speak It in Ireland.* Reprinted by Shinko-sha, Tokyo, 1977.
勝田孝興. 1933.『アングロ・アイリッシュ』新英米文学社. 英語英文学刊行会.
―――. 1940.『愛蘭英語と蘇格蘭英語』研究社.
―――. 1972.『アラン群島周遊記』(*The Aran Islands* by J. M. Synge. 解説注釈書) Kenkyusha Pocket English Series 214. 研究社出版.
上岡弘二. 1971.『ある愛の詩』(*Love Story* by Erick Segal　解説注釈書) 英光社.
Kellner, Leon. 1957. *Historical Outline of English Syntax.* Kyusha edition. (originally published in London in 1892.)　宮部菊雄注釈『シンタックス概論』.
Kenyon. John S., 1951. *American Pronunciation.*　邦訳『アメリカ英語の発音』竹林滋訳

参考文献

注。大修館。1973.

Kenyon, John S., Knott, Thomas A. 1953. *A Pronouncing Dictionary of American English*. Springfield. Merriam Company.

Krapp, G. P. 1925. *The English Language in America*. 2 vols. New York. Century.

Kurath, Hans, and Raven I. M. David. 1961. *The Pronunciation of English in the Atlantic States*. Ann Arbor. The University of Michigan Press.

松浪有．1983．池上嘉彦，今井邦彦共編『大修館英語学事典』大修館書店．

Mosse, Fernannd. 1963．『英語史概説』郡司利夫・岡田訳．東京　開文社．

鳴海弘．1968．『オニール』鳴海弘編　20世紀英米文学案内14. 研究社出版．

西川正身．1966．『フォークナー』西川正身編　20世紀英米文学案内16. 研究社出版．

Partridge, Ertic. 1967. *A Dictionary of Slang and Unconventional English*. Routledge & Kegan Paul. (originally published in 1937).

Pedarson, Lee A. "Mark Twain's Missouri Dialects : Marion County Phonemics" *American Speech*, vol. XLII, No. 4.

Reed, Carrol E. 1977. *Dialects of American English*. University of Massachusetts Press.

Ross, Mary. 1980. *Notes on William Faulkner's As I Lay Dying*. Longman. York Press.

猿谷要．1980．『アメリカ人とアメリカニズム』東京　三省堂．

Schneider, Edgar W. 1983. "The Origin of the Verbal –s in Black English" *American Speech*, SUMMER issue.

Shewmake, Edwin F. 1938. "Shakespeare and Southern You all" *American Speech*, vol. xiii.

繁尾久．1983．佐藤アヤ子共編『J. D. サリンジャー文学の研究』東京：白川書店．

Stenson, Nancy. 1981. Studies in Irish syntax. Ars Linguistica 8. Gunter Narr Verlag Tubingen.

Stroller, Paul. 1975. *Black American English Its Background and Its Usage in the School and in Literature*. Dell Publishing Co., Inc.

田中春美．1988．他7名共編『現代言語学辞典』成美堂．

Taniguchi, Jiro. 1972. *A Grammatical Anaysis of Artistic Representation of Irish English*. The Shinozakishorin Press.

Traynor, Michael. 1953. *The English Dialect of Donegal*. The Royal Irish Academy, Dublin.

Joyce, P. W. 1977. Reprinted. (Origanally printed in 1910) *English As We Speak It in Ireland*. Shinko-Sha, Japan.

Kurath, Hans. 1939. *Handbook of the Linguistic Geography of New England*. Brown University.

Kurath, Hans, & McDavid, Jr., Raven. 1961. *The Pronunciation of English in the Atlantic States*. Ann Arbor. The University of Michigan Press.

参考文献

Kellner, Leon. 1892. *Historical Outlines of English Syntax.* Macmillan and Co., Limited. St. Martin's Street, London.

Kimura, Takeo. 1976. "It is = 'there is' in Middle English. Saitama Univ. Heron, vol. 10.

Kirchner, Gustav.（キルヒナー）1983.『アメリカ語法事典』（前島他共訳）大修館書店。

松村賢一．1999.『アイルランド文学小事典』研究社出版。

Labov, William. 1972. *Language in the Inner City. Studies in the Black English Vernacular.* Univ. of Pennsylvania Press.

Loffin, Marvin D. 1975. 'Black American English and Syntactic Dialectology.' in *Perspectives on Black English.*, ed. by J. L. Dillard. Netherlands. Mouton & Co.

Mathews, Mitford M. 1951. A Dictionary of Americanisms on Historical Principle. Oxford University Press.

─────. 1974. *A Dictionary of American English.* University of Chicago. (Originally published in 1938).

McDavid, Raven I. Jr. 1971. "A Checklist of Significant Features For Discriminating Social Dialects." Readings In American Dialectology. Meredith Corporation.

Mencken, H. L. 1936. *The American Language.* Alfred A. Knopf, New York.

─────. 1945. Supplement One.

─────. 1948. Supplement Two.

三橋敦子．1986.『アングロ・アイリッシュ語法解明へのアプローチ』田代幸造，前田真利子，船橋茂那子，醍醐文子共著．大学書林。

Montgomery, Michael B. & Baily, Guy, eds. 1986. *Language Variety in the South ─ Perspectives in Black and White.* The University of Alabama Press

Morris, William & Morris, Mary. 1977. *Morris Dictionary of Word and Phrase Origins.* 1977. Harper & Row. New York.

─────, 1985. *Harper Dictionary of Contemporary Usage.* New York. Harper & Row.

武藤脩二．1993.『1920年代アメリカ文学　漂流の軌跡』研究社出版。

─────．2001.「アイリッシュ・アメリカンの文学─オニールとフィッツジェラルドの「ブラック・アイリッシュ」─.『ケルト復興』中央大学人文科学研究所編。中央大学出版部。

Namba, Tatuo. 1984. *The Language of Salinger's The Catcher in the Rye.* The Sinozaki Shorin Press.

大塚高信．1951.『シェイクスピア及び聖書の英語』研究社。

─────．1976.『シェイクスピアの文法』研究社。

─────．1982．中島文雄共監修『新英語学辞典』研究社。

参考文献

尾上政次．1953.『アメリカ語法の研究』研究社出版。
―――．1957.『現代米語文法』現代英文法講座第8巻。研究社出版。
―――．1975.「"From this out" について」『アメリカの文学と言語』pp. 13-17. 南雲堂。
―――．1982.「"TAKE IT EASY" 考」『中央英米文学』第16号，pp. 1-7. 中央英米文学
―――．1984.「直結型伝達疑問文」『中央英米文学』第18号，pp. 1-22. 中央英米文学会。
―――．1986.「"Busy writing" タイプ構文の種々相」『中央英米文学』第20号，pp. 1-30. 中央英米文学会。
―――．1990.「ディケンズと Anglo-Irishism」『中央英米文学』第24号，pp. 1-17
―――．1991.「ディケンズと Anglo-Irishism (2)」『中央英米文学』第25号，pp. 1-16
―――．1993.「ディケンズと Anglo-Irishism (拾遺)」『中央英米文学』第27号，pp. 1-17
押谷善一郎．1981.『スティーヴン・クレイン―評伝と研究』山口書店。
大橋栄三．*The Adventure of Huckleberry Finn.* 研究社，1969.
Robinson, Mairi. 1985. *The Concise Scots Dictionary.* Aberdeen University Press.
猿谷要．1980.『アメリカ人とアメリカニズム』三省堂。
繁尾久．1983. 佐藤アヤ子共編『J. D. Salinger 文学の研究』東京 白川書院。
Schneider, Edgar W. 1989. *American Earlier Black English.* Morphological and Syntactic Variables. The University of Alabama Press.
Shewmake, Edwin F., 1938. "Shakespeare and Southern You all", *American Speech,* vol. xiii.
Smith, C. Alphonso. 1907. "You all as used in the South." Uncle Remus' Magagine. (rept. In The Kit Kat, 1920, and in the Southern Review, 1920)
Spears, Richrad A., 1995. *NTC's Dictionary of American Slang and Colloquial Expressions.* NTC Publishing Group.
高垣松雄，1935. 注釈書 Bound East For Cardiff, The Emperor Jones, Desire Under The Elms & "Marco Millions" by Eugine O'Neill. 研究社。
竹林滋，他．1988.『アメリカ英語概説』大修館。
富田義介．1925.『今日の英語と米語』研究社。
豊田実．1955.『アメリカ英語とその文体』研究社。
Thomas, C. K. 1958. *An Introduction to the Phonetics of American English.* New York. Ronald Press.
Visser, F. Th. 1963. *An Historical Syntax of the English Language,* 4 vols. Leiden, E. J. Brill,

1963-73.

Vietor, Wilhelm, 1963. *A Shakespeare phonology.* New York. Federic Ungar Publishing Co. (originally published in 1906).

Walker, John. 1802. *Critical Pronouncing Dictionary, and Expositor of The English Language.* London, Wilson and Co.. (originally published in 1791).

Webster, Noah. 1969. *Webster's Third New International Dictionary.* Merriam Company.

Wentworth, Harold. 1944. *American Dialect Dictionary.* U.S.A. Harper & Row.

Williamson, Juanita V. 1971. "A Note on It Is / There Is" *A Various Language.* ed. by Williamason & Burk.

Wise, C. M. 1975. "A Negro Dialect" *Perspectives on Black English.* ed. by J. L. Dillard. Mouton.

Wolfram, Walter A. 1969. *Detroit Negro Speech.* Washington. Center for Applied Linguistics.

Wolfram, Walt. & Fasold, Ralf W. 1974. *The Study of Social Dialects in American English.* New Jersey. Prentice-Hall, Inc.

Wright, Joseph. 1905. *The English Dialect Grammar.* London : Oxford University Press.

Wyld, Henry Cecil. 1956. *A History of Modern Colloquial English.* Basil Blackwell, Oxford.

吉田弘重．1980.『Huckleberry Finn 研究』篠崎書林。

索　引　I
（語　句）

A

a (= an)　24,150,169,208,484
a-～ing (= ～ing)　45,191,196
ackshally (= actually)　273
acrost (= across)　24,100,295,321,336
actriss (= actress)　371
actuly (= actually)　39
afther (= after)　130
ag'in (= again)　15,43,135,336,371,393, 516
a-gwyne (= going)　507
a-gwine (= going)　507
Ah (= I)　432
Ah-eh　159
ahm (= I'm)　432
a-holt (= hold)　336
aidge (= edge)　520
aig (= egg)　374
aihy (= any)　196,203
ail (= trouble)　462
ain't (= aren't, isn't, haven't, hasn't)　139,176,190,238,245
air (= are)　169
airly (= early)　508
airth (= earth)　508,518
airy (= any)　203
aisy (= easy)　130
all of a flash　315
all of a sudden (= suddenly)　20,315
aloive (= alive)　174
am (= is)　137
Americy (= America)　131

amongst (= among)　24
a'most (= almost)　153
an' (= and)　53,177,295
and all　107,176,193,212,389,425,438, 485,515
and all (that)　260
and everything　107
and sich　194
and such　193
a-nigh (= near)　204
anser (= answer)　525
anyways (= anyway)　24
anywheres (= anywhere)　24,98
aqual (= equal)　130
ar (= there)　517
ara (= any)　202
'arm (= harm)　140
arn (= iron)　367
aroun' (= around)　43
arre (= are)　132
arrm (= arm)　132
arter (= after)　6,48
ary (= ever a = any)　136,335
as solid as a church　22
aslape (= asleep)　129
ast (= ask, asked)　102,457
a-stannin' (= standing)　40,45
at （where と共起する不用な at)　152, 176,216,291,313
at all　212
'ate (= hates)　140
atop o' (= on top of)　160

541

索　引

atter (= after)　49
auld (= old)　78,79,129
av (= of)　131
aw right (= all raight)　152
awredy (= already)　321,373
awmighty (= almighty)　321
awright (= alright)　292,373
Aye (= yes)　389
ay-eh (= yes)　158

B

baccy (= tobacco)　336
bahd (= bad)　431
b'ar it (= bear it)　165
bar'l (= barrel)　517
bannaner (= banana)　16
baste (= beast)　129
bate (= beat)　129,520
bawls the piss out of　252
bawn (= born)　373,432
be (= is, am, are)　463
be (= by)　463
beat any sense into　67
beat hell outa　286
beat that noshun out av　131
beat it　149,261
beat ～ out of　210
becas (= because)　48
beca'se (= because)　48
been (遠隔過去)　354
begin (= began)　102
begun (= began)　102,209
bekase (= because)　48
behine (= behind)　43
behint (= behind)　321
belt yer life out　67
ben (= been)　41
betther (= better)　130

bile (= boil)　507,520
bilin' (= boiling)　41,520
blacksmif (= blacksmith)　521
blame my cat (= I'll be damne)　24
b'lieve (= believe)　160
blow your heart out　261
boid (= bird)　143
boin (= burn)　143
bore the shit out of　253
borry (= borrow)　103,336
bot' (= both)　153
boy (= fellow)　19,94,377
Boy（間投詞）　177,332,415
bril (= broil)　134,507
bright and early　420
breff (= breath)　28,521
br'ile (= broil)　507
broke (= broken)　102
Brook-a-line (= Brookline)　100
bruder (= brother)　175
bull of a, a　375
bum (= a contemptible fellow)　147
bust (= burst)　47,432
bus'ness (= business)　75
busy ～ ing　90,226
bye (= boy)　128

C

cain't (= can't)　374,431
calc'late (= think)　160,165
Cap'tlist (= Capitalist)　153
careful (= carefully)　24
ceveelity (= civility)　508
cheer (= chair)　520
cheero (= cheer)　141
creture (= creature)　50
cain't (= can't)　374
Californi-a　159

542

索　引

Car'lina (= Carolina)　505
chaince (= chance)　508
chanct (= chance)　151
chile (= child)　43
Chee-rist (= Christ)　319
cholery (= cholera)　131
ceveelity (= civility)　508
clo'es (= clothes)　103
club hell outa　67
come (= came)　23,102,209
comp'ny (= company)　278,336,508
confound it　31
consait (= conceit)　505
consid'able (= consirerable)　16,99
contrac' (= contract)　101
cotch (= catch)　135
cowl (= cold)　53
cracky (= Christ)　84
crap, and all that.　260
croak (= die)　147
crope (= crept)　46
croim (= crime)　174
cum (= come)　525
curis (= curious)　517
cur'ous (= curious)　336
curiousest (= most curious)　24
curse his black head off　131
cuss (= curse)　238,322,517

D

daddy-o　433
dah (= there)　44,45
dahm (= damn)　431
daid (= dead)　374
dair (= their)　45
dale (= deal)　78
dangdest　24
Dan'l (= Daniel)　16

darrk (= dark)　132
dat (= that)　153
day, the　255
daylight(s)　210,224,240,388,454
de (= the)　45,134,153
dead (= completely)　168
dead beat (= tired out)　168
dead spit 'n' image　168
deef (= deaf)　46
de'f (= deaf)　525
deh hell (= the hell)　67,68
deliberate (= deliberately)　24
den (= then)　46,134
desarve (= deserve)　507
dese (= these)　134
desperate-like　22
detarmined (= determined)　507
devil of a~　514,515
dey's (= there's)　134
dhrink (= drink)　130
dhrunk (= drunk)　130
dhrunken (= drunken)　130
dhry (= dry)　130
diff'rence (= difference)　99
diff'rent (= different)　431
diffunt (= different)　521
di'mond (= diamond)　39
dis (= this)　138,153,484
dishwather (= dishwater)　130
disobed'ent (= disobedient)　75
disriminber (= disremember)　129
divil (= devil)　84,175
do (= does)　483
do' (= door)　521
do (does, did) *be*　189
do be ~ *ing*　124
dod- (= god-)　84
does (= do)　510

索 引

don' (= don't)　295
done (= did)　209
doit (= dirt)　143
don't (= doesn't)　102,237,276,292,367, 390,510,518
don't give a damn　255,293,424,434
doan' (= don't)　40
done (= already, completely)　139,197, 238,245,349,385,439,495,517,523
done ~ *ing, be.*　287,327
dough (= though)　46
droive (= drive)　78,128
dunno (= don't know)　153,319
dying for (to), be.　2,22,262,470

E

'ead (= head)　140
earf' (= earth)　44
easy (= gently, softly)　17,24,35,41,177, 312,327,361,437
eating (= food)　237
'eavy (= heavy)　140
edder (= either)　74
eddication (= education)　84
een (= in)　66
ef (= if)　508
effeck (= effect)　372
ekal (= eaqual)　153,273
elums (= elms)　162
en (= and)　40
enny (= any)　525
'er (= her = it)　167
ere a (= any)　196
erf (= earth)　44
et (= ate)　191,217,278,335
ett (= ate)　103
evah (= ever)　138
ever (= every)　297,320,340

ever time (= every time)　225,341,435
ever a (= any)　203
every single　479
every time　256
eve'y (= every)　521
evvybody (= everybody)　278
excipshun (= exception)　129
extry (= extra)　336

F

fac' (= fact)　134
fader (= father)　74
fairm (= farm)　508
fam'ly (= family)　99,278
fawgit (= forget)　371,373
fearful (= fearfully)　170
feets (= feet)　387
fella (= fellow)　103,174,318
feller (= fellow)　15,153,174,216,278, 335,512,516
fer (= for)　279
ferrum (= firm)　100
fier (= fire)　520
fife (= five)　66
fine (= find)　484
fine and　109,420
fink (= think)　141
first day, the.　91
first time, the.　225
first you know　54
first thing I (we, you) know　237
f'ler (= fellow)　75
flo' (= floor)　432
Floridy (= Florida)　336
flure (= floor)　79,80
fo' (= four)　45
foin (= fine)　128,174
foist (= first)　143,174

索 引

foither (= further)　143
foit (= fight)　128
foive (= five)　78,128
folkses (= folks)　482
folla (= follow)　318
foller (= follow)　335
fokes (= folks)　525
fool of a, a. (= foolish)　21
foot it　31
forriner (= foreigner)　278
fo' (= four)　45
fong (= thong)　44
for good (= permanently, finally)　55, 178,222,316
for to (= to)　47,171,243,518,522
'fore (= before)　506
foun' (= found)　295
fren's (= friends)　295
from this out　33,136,163,462
frust (= thrust)　44
fum (= from)　49,521
furrin (= foreign)　132
furrum (= form)　100
fus' (= first)　508
fust (= first)　161,322

G

gal (= girl)　84,238
garner (= gardener)　56
gave (= given)　102
generly (= generally)　39
gen'ally (= generally)　99
get a bang out of　407
get it　31
get (have) it coming　95
get the hell out of　68
gether (= gather)　508
ghy (= going to)　340

Gineral (= General)　516
gintleman (= gentleman)　84,296
girlsh (= girls)　73
girrl (= girl)　132
girn (= grin)　136
git (= get)　14,129,135,152,160,175, 191,217,278,336,371,393,488
gittin' (= getting)　160
give (= gave)　102,209
give (= given)　209
given (= give)　209
go it　165
goil (= girl)　143,529
gonna (= going to)　394
good and (= very)　178,229,256,274, 317,351,368,392
got it coming (= had it coming)　95
gould (= gold)　507
graduly (= gradually)　39
gret (= great)　394
grin one's ear off　107
guine (= going)　507
guy and　256
gwan (= go on)　153,171
gwine (= going)　138,516
gwineter (= going to)　520
gwyne (= going)　47
g'yarter (= garter)　45
g'yirls (= girls)　45

H

had ought　334
haid (= head)　135,374
hairdly (= hardly)　508
hairt (= heart)　508
han' (= hand)　295
hang it　31
har (= hear)　47

索　引

harrd (= hard)　132
has (= have)　237
have (= has)　461,484
have (get) it coming　223,283,311
have it good　31
he (= it)　19
heah (= hear)　138
heap, a.　215,274
heap of, a.　249
hear tell　195,208
hearrt (= heart)　132
hed (= had)　374,508
heel it　31
heerd (= heard)　279
helfe (= health)　44
hell, the（文頭の否定辞）　285,423,443
her (= it)　167
hell of a　131,163,178,259,314,361
helluva (= hell of a)　410
herr (= her)　15
hep (= help)　456
her (= it)　98,290,300,390,438
hes (= has)　508
hev (= have)　374
him (= it)　85
hick'ry (= hickory)　508
his'n (= his)　24
h'isted (= hoisted)　335,520
hisself (= himself)　24,47,277,294,335,386
hist'ry (= history)　100
hit (= it)　192,335,394
hivin (= heaven)　129
hoid (= hide)　128
holler (= hollow)　216
holp (= helped)　209
holy shit　472
holy smoke !　147,472

hoss (= horse)　161,432,517
hot (= hit)　135
hould (= hold)　78,80
holy　147,361
hoof it　166
horficer (= officer)　140
how (= that)　205
howter (= how to)　525
hugged the head off of　28
humped it　31
hunderd (= hundred)　319
hun'erd (= hundred)　321
huz (= us)　140
hyah (= here)　279
hysted (= hoisted)　15

I

I don't believe　365,366
idear (= idea)　101,319
idee (= idea)　508,516,520
iffen (= if)　387
'igh (= high)　140
ig'orant (= ignorant)　100
I'm-a (= I have to)　433
in (= for)　194
in (= on)　262
in it（存在文の中の不用な）　270,465
in the door　365,368
in the window　179,392,417
indale (= indeed)　130
inf'nit (= infinite)　16
Injuns (= Indians)　169
instant, the.　454
is (= am, are)　247,345,461,483
is（強意の）　494
it (= there)　113,179,192,206,236,464
it（環境の）　149,165,179,270,382,471
I says (= I said)　42

546

索　引

indifferent-like　22
iviry (= every)　129
iver (= ever)　84
innerds (= inwards)　45
in front (= in front of)　488
in God's world　273
instid (= instead)　371
ivin (= even)　130
ivir (= ever)　129
iviry (= every)　128

J

Jenn (= jane)　175
Jes (= just)　279
jest (= just)　103,216
jis (= just)　40,43
jist (= just)　51
juss (= just)　175

K

kaz (= because)　41
kaint (= can't)　279,508
kape (= keep)　78,130
kase (= because)　48
keer (= care)　191,336
kee-rist (= Christ)　319
kep (= kept)　24
ketch (= catch)　14,191,217,336
ketched (= caught)　24,48,336
kick deh damn guts out of　67
kick the shite out of　27
kick the stuffing out of　522
kick your god damn head off　286
kiddo (= kid)　151,175
kill (= to impress irresistible force)　2, 147,180,425
kill (= hurt)　93,326
kilt (= killed)　192,279,297,321,488

kin (= can)　152,336,374
kind of (= somewhat)　96,112,272,316, 362,382
kinder (= kind of)　180,515
kind of (= somewhat)　43,231,292,333, 350,474
kinda (= kind of)　112,316
kiddo (= kid)　180
kinder (= kind of)　514,517
kine (= kind)　484
kiner (= kind of)　43
Kerist (= Christ)　175
knew (= known)　102
knock 'em offen de oith　151
knock some sense into you　268
knocked her block off　151
knock his guts out　434
knocked the stuffings out of　27
knoife (= knife)　78,128
knowed (= knew, known)　209
kotch (= catch, caught)　135,521

L

loible (= liable)　174
laid (= lay)　24
lave (= leave)　130
lam the everlasting head off　67
loif (life)　174
laig (= leg)　48
loik (= like)　174
loin (= learn)　143
last time　309
langwaidge (= language)　525
Lawd (= Lord)　138,432,509
learn (= teach)　23,54
leave (= let, allow)　94,152,215,232, 242,291,308,332
lection (= election)　56

索　引

leddy (= lady)　175
leetle (= little)　508,521
let the cat out of　29
let a cry out　29
let a grouse out of　29
let a roar out of　180
let a peep outa me　180
let on (= pretend)　54
let out a yell　222
let you (rself)　360,462
li'ble (= liable)　100
libity (= liberty)　505
like （ = as 接続詞）　225,237,247,277, 369,392,442,478
-like（接尾辞的）　22,231,258,330,383, 510,523
like a madman　422
like mad (= energetically)　257,422,513
likes of, the　131,220,228,258,423,503
Like hell（文頭の否定辞）　423,443
like hell　65
li'ble (= liable)　100
lit (= let)　371
loible (= liable)　174
loif (= life)　128,174
loik (= like)　128,174
loin (= line)　78,128
loin (= learn)　128
lot, a. (= much)　113,272,365
lots (= much)　365
lump of　106

M

mad (= angry)　16,44,166,220,228,257, 273,289,332,375,390,442,486,514
mahn (= man)　431
make (= become)　93,116,312,353,390, 435,486,503
make your eyes pop out of　241
Man（間投詞）　180,245,415,441,464
mane (= mean)　78,130
marciful (= merciful)　507
marf (= mouth)　141
marster (= master)　49
mas'r (= master)　517
matther (= matter)　130
mawning (= morning)　373,521
me (= my)　72,85,126,141,150,175,364, 463
me (= I)　99,483
me（再帰与格）　483
mebbe (= maybe)　175,335,516
mek (= make)　296
mens (= men)　388
meself (= myselff)　126
messy (= mercy)　505
mightish (= might as)　79
mighty (= very)　243,274,472,504,523
min' (= mind)　295
mine (= mind)　40,485
min (= men)　14
min' (= mind)　134
mine (= mind)　40,43
Minn'aplus (= Minneapolis)　116
minute, the. (= when)　92
mishe (= miss)　175
Misto (= Mister)　49
m'lasses (= molasses)　51
moider (= murder)　143
moidering (= murdering)　143
Moike (= Mick)　174
Moind (= mind)　174
moment, the. (= when)　109
monstrous (= very, extremely)　22,37
mont's (= months)　102
mortal (= very, extremely)　22,130

索 引

'mos (= almost)   43
mouf (= mouth)   175,521
mought (= might)   334
muder (= mother)   74
mudder (= mother)   175
murdering (= very, extremely)   168
murderous (= very, extremely)   472
murrdher (= murder)   130,132
mussy (= mercy)   508
mustarsh (= mustache)   525
my breff hop outer me   28
my heart shot up in my mouth   28
my heart swelled up sudden   29

N

naberhood (= neighborhood)   525
nair (= never a)   352
name (= named)   506
nary (= never a)   136,335,485
natchally (= naturally)   278
natcherl (= natural)   53
nater (= nature)   506
natal (= natural)   522
nat'ly (= naturally)   506
naught (= nothing)   462
nawmul (= normal)   373
naygurs (= niggers)   130
Nebrasker (= Nebraska)
needer (= neither)   116
ner (= nor)   279
nevah (= never)   432
never a   203
nex (= next)   295
next thing I (you) knew, the.   435
next time   435
nice and   256,317,419
nigguh (= niggar)   432
nigh (= near)   203

night, the.   92
niver (= never)   175
nivir (= never)   129
nix (= next)   129,152
nohow   204
noice (= nice)   174
noive (= nerve)   143
nor (= than)   170
noshun (= notion)   131
nottin (= nothing)   74
no sense 〜 ing   384
no use 〜 ing   90,113,163,181,234,253, 269,331,384,455,518
nod one's head off   107
nor (= than)   170
not give a cuss   232
not give a damn   178,223,232
noways   204
nowheres   98
nudder (= neither)   521
nuther (= neither)   163
nutten (= nothing)   175

O

ocean of   163
oder (= other)   134
odder (= other)   74
off   420
off of   28
off'n (= off on = from)   103,181
og (= hog)   140
oith (= earth)   144
ole (= old)   67,279,372
on （不快・迷惑の）   2,34,69,91,107, 261,375,402,465
on, come.   303
on top of (= on the top of)   100,182, 213,223,248,291,363,377,455,488

549

索　引

on- (= un-)　　161,507
on toppa (= on top of)
oncet (= once)　　100,151
oncommon (= uncommon)　　516
onct (= once)　　151
onderstand (= understand)　　507
oneasy (= uneasy)　　161,507,516
onless (= unless)　　507
onnateral (= unnatural)　　161
onprofitable (= unprofitable)　　507
onproper (= unproper)　　507
onrespetable (= unrespectable)　　507
on'y (= only)　　44,152,297,321
'opes (= hopes)　　140
ornery (= ordinary)　　16,42,56,278,431, 417
onreasonable (= unreasonable)　　507
'orse (= horse)　　140
ould (= old)　　78
ourself (= ourselves)　　294
out (= out of)　　2,131,182,188,213,221, 288,376,392,417,486
outen (= out of)　　195
outer (= out of)　　40
ovah (= over)　　138

P

parfect (= perfect)　　507
pa'sel (= parcel)　　505
passel (= parcel)　　278,505
perfeckly (= perfectly)　　278,279
perfickly (= perfectly)　　279
pertect (= protect)　　136
pertickler (= particular)　　336
p'fessor (= professor)　　56
phleem (= phlem)　　505
piana (= piano)　　318
pianer (= piano)　　174

piany (= piano)　　131
picter (= picture)　　84
pie (= pay)　　66
pizen (= poison)　　335
piany (= piano)　　131
pin (= pen)　　43,371
p'int (= point)　　41,520
pints (= points)　　516
pinted (= pointed)　　507
piss, the.　　252
plaze (= please)　　130
po' (= poor)　　41
poipe (= pipe)　　78
pooty (= pretty)　　49
pop'lar (= popular)　　517
porely (= poorly)　　278
potater (= potato)　　513
po'try (= poetry)　　318
powful (= powerfully)　　41
'pears (= appears)　　16
p'fessor (= professor)　　56
plenty (= much)　　315
praise the shit out of　　253
pretty (= very)　　236
prov'dence (= Providence)　　16
prod'gal (= prodigal)　　75
prob'ly (= probably)　　100,320
po' (= poor)　　138
poipe (= pipe)　　128
power of, a.　　36
powerful (= very, much)　　37,504
pow'ful　　520
pretty (= very)　　236
prob'ly (= probably)　　116,278
purty (= pretty)　　136,158,297
purtiest (= prettiest)　　84
pusson (= person)　　508
put it there　　31

索 引

py (= by)   66

Q

quane (= queen)   130
quit (= cease, stop)   94,182,189,214, 229,243,353,376,382,439,523
quite a bit   *288,441*
quite a few   400,441
quite a little   183,400,440
quite a piece   314
quite a while   111

R

rael (= real)   516
r'al (= really)   170
rale (= real)   130
real (= really)   170
reckon (= think, guess)   197,205,237
rec'lect (= recollect)   161
reely (= really)   278
reg'lar (= regular)   16,75,153,320,431
rekiver (= recover)   507
reminber (= remember)   129
resk (= risk)   216,508
rispected (= respected)   84
ri' (= right)   320
Righto (= Right)   131,141,152
Right-o (= Right)   141
rist (= rest)   129
rock of a, a   163
roun' (= round)   521
ruint (= ruined)   136

S

sad-like   22
sartin (= certain)   507,516
sartinly (= certainly)   507
sarvant (= servant)   507

sarves (= serves)   516
Sat'dy (= Saturday)   297,520
saw (= seen)   102,209
sawt (= sort)   509
says (= said)   42,509,517
scare the devil right outen   329
scare the daylights out of   27
scairt (= scared)   297
scut (= a contemptible fellow)   147
s'e (= says he)   51
sech (= such)   191
see (= saw)   23,209
seen (= saw)   209,239
s'I (= says I)   52
sence (= since)   103
sense (= since)   322
set (= sat, sit)   216,217,278,457
settin' (= sitting)   278
sez (= says)   521,525
sezee (= says he)   521
sh' (= see)   509
shay (= say)   79
she (= it)   33,97,115,146,300,438
shee (= see)   79,175
shed (= said)   79
shet (= shut)   278
shit, the.   253,469
sho' (= sure)   217,432
shoit (= shirt)   144
sholy (= surely)   217
shook the clothes off of   28
shoot off his head   268
shore (= sure)   278
shorely (= surely)   278
shquare (= square)   79
sh-she (= says she)   52
shtick (= stick)   80
shtone (= stone)   80

索　引

sh'um (= see him)　508
shwear (= swear)　131
sich (= such)　175,507
s'e (= says he)　51
set (= sit)　103
s'I (= says I)　50,51,52
sich (= such)　507
sivin (= seven)　129
skeert (= scared)　336
skasely (= scarcely)　521
skoit (= skirt)　144,174
sk'yarle (= scarlet)　45
slam dat offen de face　151
slep' (= slept)　295
soivce (= service)　174
soive (= serve)　174
somep'n (= something)　297
sont (= sent)　46
sorter (= sort of)　16,22
solit'ry (= solitary)　10
somewheres　98
somet'ing (= something)　432,528
son'bitch (= son of a bitch)　431
sont (= sent)　46
sorr (= sir)　132
sort of (= somewhat)　231,249,316,363, 426,474,523
sot (= sat)　521
Souf (= South)　175
spile (= spoil)　41,516
spiled (= spoiled)　507
s'pose (= suppose)　279
somepin (= something)　297
spile (= spoil)　129
steple of a man, a.　92
stew the b'Jesus outa　286
sthrong (= strong)　130
stim (= stem)　43

stinking (= terrible)　165
strengt' (= strength)　509
strop (= strap)　205
subjec' (= subject)　101
suddent (= sudden)　131
suddently (= suddenly)　509
suh (= sir)　138,432
summer, the.　413
supintendent (= superintendent)　279
sure (= surely)　183
surprise (= be surprised)　494
swade (= swede)　78
swalley (= swallow)　131
swate (= sweet)　130

T

taint (= it ain't = it isn't)　193
take (= accept, suffer, endure)　17,42, 148,244,311,326,363,466,471,504
take it easy　261,404
take it out of　56
take the hide off　268
take the tuck all out of　28
taken (= took)　209
talk your arm off　107
tar'd (= tired)　318
t'bacy (= tobacco)　336
teakittle (= teakettle)　129
teef (= teeth)　484
teeny (= tiny)　505
teet' (= teeth)　153,509
tech (= touch)　336
tell (= till)　508
ter (= to)　279
terbacker (= tobacco)　520
ter'ble (= terrible)　75,279
ter-morrer (= tomorrow)　513
terrectly (= directly)　457

索 引

thar (= there)　47
thar's (= there's)　160
tha's (= that's)　295, 320
that（関係代名詞）　85, 366, 421, 456, 513
thatar (= that there)　517
that'ere (= that)　195, 208
that here (= that)　195
that (= so)　85, 236
that-air (= that)　50, 51
that there (= that)　138, 247
the（不用な）　504
the（脱落）　100
theayter (= theater)　103
The hell（文頭の）　423
theirself (= themselves)　335
them (= those, they)　21, 52, 55, 164, 209, 230, 241, 242, 276, 290, 377, 387, 438, 456, 483, 503
them ar (= them there)　517
them there (= those there)　138, 235
then (= than)　484
the'ries (= theories)　116
thet (= that)　374
they (= their)　394
they (= there)　278, 485
they's (= there's)　394
th'm (= them)　129
thin (= then)　129, 371
thinks I (= I thought)　38
This is the way 〜　347
this here (= this)　138, 195, 275
thish-yer (= this here)　14, 23
this yer (= this here)　517
thoo (= through)　49
thow (= throw)　457
thown (= thrown)　457
thu (= through)　340

till (= tell)　296
toity-seven (= thirty seven)　174
toitytoid (= thirtythird)　174
tomorra (= tomorrow)　296
tomorrer (= tomorrow)　174
them (= those)　131
they (= their, there)　485
thin (= then)　371
thinks I (= I thought)　38
thot (= that)　142
thoo (= through)　521
th'ow (= throw)　319
thraiter (= taitor)　131
thrick (= trick)　131
throwed (= threw)　24, 209
thumped the soul out of　86
thunderin'　168
thuty (= thirty)　139
time, the. (= when)　329
tin (= ten)　371
t'ink (= think)　116, 432
'tis (= it is)　121
toim (= time)　128, 174
toin (= turn)　144
toity (= thirty)　144, 174
tole (= told)　217, 372
toof (= truth)　484
took (= taken)　102
took fright　466
tooken (= taken)　102
tould (= told)　78
tought (= thought)　153
t'ousand (= thousand)　153
troat (= throat)　153
troof (= truth)　141
trou (= through)　153
t'rough (= through)　116
t'rowed (= throwed = threw)　74

553

索　引

trubble (= trouble)　　525
trut' (= truth)　　116
trute (= truth)　　153
tu'n (= turn)　　521
t'ump hell outa　　67
twicet (= twice)　　100,321

U

und'stand (= understand)　　116
unlest (= unless)　　100
Unity (= United)　　217
us（再帰与格）　　385
us (= we)　　387,483
ut (= it)　　121
uv (= of)　　41
uz (= was)　　35

V

vartue (= virtue)　　507
vi'lent (= violent)　　279

W

wa'm (= warm)　　139
warn't (= wasn't, weren't)　　23,46,102
was (= were)　　102,169,207,235,345,484
wasn't (= weren't)　　102
wa't (= what)　　521
wather (= water)　　131
way, the (= how, as)　　18,32,228,241,271,284,414,440,512
wedder (= weather)　　521
welcome　　2,443
w'en (= when)　　521
went (= gone)　　102
were (= was)　　350,461
whale of a, a.　　106
whar (= where)　　47
wha's (= what's)　　295

what (= who)　　234,246,396
what(so)ever (= at any rate, anyway)　　360,381,388,472
what the devil　　65
what the hell　　65
whativir (= whatever)　　129
whin (= when)　　129,371
whup the blood outen　　210
whup the fire out of　　210
wid (= with)　　80,171,432
widder (= widow)　　49,516
w'les (= whiles)　　521
will (= shall)　　2,72,347,488
will (= well)　　296
wint (= went)　　371
wisht (= wish)　　100,131
wit' (= with)　　153
witout (= without)　　461
wisht (= wish)　　295,321
without（接続詞）　　275,334,461
winder (= window)　　175
wint (= went)　　129
wit' (= with)　　116
wiv (= with)　　141,153
woik (= work)　　144,529
woild (= world)　　144
worrd (= word)　　132
worl' (= world)　　509
world (= world), in the.　　273
worm of, a.　　72
worm (vt.) ~ out of　　253
worrk (= work)　　132
worrld (= world)　　132
wot (= what)　　142
wring the head off　　67
wrote (= written)　　102
wuh (= were)　　373
wuk (= work)　　161,521

索 引

wunt (= won't)　296
wuth (= worth)　139
w'y (= why)　49

Y

yais (= yes)　374
yall (= you)　487
yalla (= yellow)　296
yaller (= yellow)　16,161
Yatta boy ! (= That's the boy!)　102
Yawl's (= you all's)　211
ye (= you)　183
year (= years)　46
yearnest (= earnest)　505
yea'th (= earth)　505
yehs (= youse)　71
yella (= yellow)　296
yer (= your)　278
yer (= here)　524
yerb (= herbs)　502
yestiddy (= yesterday)　336

yez (= you)　183
yessuh (= yes, sir)　138,432
yis (= yes)　129
yistiddy (= yesterday)　519
yit (= yet)　43,135
yiz (= you)　146
y'know (= yuou know)　432
yo' (= your)　432
you all　52,86,97,211,368,377,391,437, 453,487
you know　257,364,367,381,441,465,478
you says　293
you' (= your)　394
youer (= you're)　525
yous　71,183
youse　71,145
youse all　146
you'self (= yourself)　138
yous　71
yuther (= other)　208

索　引　Ⅱ
（事　項）

Ain't で始まる存在文　190,233,245, 383
'and ＋主語＋補語' の従節相当句　29, 127,186,273,305,513
文頭の強意の否定辞　67,285
文末の念押し重複語法　38,55,70,73, 93,95,254,273,288
描出話法　69
'be after ～ ing' の完了形　125,220
'be done ～ ing' の構文　287,327,401

be 動詞の無い文（zero-copula）　29, 344,395,443
'be in ～ ing' の進行形　307
be の全人称・数の現在形として　483
分詞構文 'busy ～ ing' 'no use ～ ing' 90
陳述導入の 'This is the way'　347
直結形伝達疑問文　30,69,90,108,179, 187,313,324,363,369,380,427,452,474, 485

索 引

Cockney（コクニイ）方言　140
長母音の短母音化傾向　278,505
重複語法　178,377,436,464,476,523
'動詞＋身体の一部＋off' の強調構文
　　107,169,181,224,248,256,405
'動詞＋主語' の古い疑問文語順　461
'done' の副詞用法　328
/d/ → /t/ の脱声化 (devocalization)
　　336
動詞語尾の -s　139,168,237,342,386,
　　484,510
遠隔過去を表す been　354,497
複合指示詞　195,208,235,275,293,385,
　　517,524
副詞的属格の -s　98,277,291
不変化 be　343,395
古い疑問文語順　461
不用な the　42,325
'g' の脱落 → /ŋ/ → /n/　116,161,432,
　　521
疑問詞の後の 'is (was) it'　96,114,230,
　　259,287,362,384,440,476
疑問詞に添える強意語　115,214,518
疑問文語順の条件文　333
薄弱音 (slender sound)　512
'have ＋目的語＋～ ing' 構文　411,477
'have ＋目的語＋過去分詞' の完了形
　　99,115,131,167,288,308,334,412
'It is' で起こす構文　21,70,120,186,463
進行形の多用（様状態動詞の進行形）
　　123,166,269,466
弱音節の脱落　39,75,160,297,319,336,
　　372,431,505,508,571
環境の it　31
強意の他動詞構文　27,66,86,95,176,
　　210,224,240,252,267,286,306,328,352,
　　388,406,454,463,476,486,522
緩叙法・(litotes, meiosis)　110

過剰な程度強調　21,167,472
強意の否定構文　24
let ～ out of の構文　29
'l' の脱落　321,373
let you の命令文　462
末尾添加音 /-t/　321
末尾添加音 /-r/　74,150
末尾添加音 /-o/　141,151,433
末尾閉鎖音の消失　101,177,279,294,
　　320,371,430,484,506,521
末尾弱音節の /ou/　456
末尾の 'in' ' (= ing)　101,134
二重所有格　247
二重母音の単母音化　159,278,295,335,
　　394
二重助動詞　290
二重複数形　352,387,436,482
二重主語　23,98,177,235,260,275,352,
　　385,482,517,524
二人称複数代名詞　71
二詞一意 (hendiadys)　109,248,256,
　　274,317,392,419,473
'of' の後置詞的用法　71,92,106,163,
　　271,283,374,408,473,503,515
音位転換　136,159,297
r-less 形　138,238,273
子音連続の間に弱母音を挿入する
　　100
存在文の中の不用な 'in it'　465
進入的 r (intrusive)　75
習慣時制 (consuetudinal tense)　124,189,
　　491
主格の関係代名詞の省略　149,166,
　　194,289,313,351
再帰与格 (reflexive dative)　234,247,
　　333,385
初頭の 'h-' の脱落　140
時を表す名詞の接続詞的用法　32,54,

91,109,187,214,225,255,270,284,309,319,329,348,366,413,454,470,487,518
倒置感嘆文・否定倒置文　190,232,244,282,330,346,442,475,517
定冠詞の消失　100

'他動詞＋目的語＋off (en)' の構文　151
単純形副詞（flat adverb）　170,207,276,333

索　引　Ⅲ
（音声変化）

短母音
/i/ → /e/　278,322,430
/ə/ → /i/　336
/ʌ/ → /i/　505,519
/e/ → /iː/　505
/e/ → /i/　135,160,175,277,296,505,519
/e/ → /ei/　135,374
/æ/ → /i/　74,336
/æ/ → /e (i)/　336,373,507
/æ/ → /ɑ/　431
/i/ → /iː/　507
/ʌ/ → /ɔ/　507
/ʌ/ → /e/　278,322,336
/ʌ/ → /i/　175
長母音
/əː/ → /ɛə/　505
/əː/ → /əi/〜/ɔi/　74,174
/əː/ → /ʌ/　322
/əː/ → /ɑː/　507
/iː/ → /ei/　505
二重母音
/ai/ → /ɔi/　174

/ai/ → /i/　175
/ai/ → /ɑː/　318
/ai/ → /iː/　505
/ɛə/ → /iːə/　335
/ɛə/ → /e/　335
/ei/ → /e/　175,278,335
/iə/ → /iː/　508
/ou/ → /ə/　296,318,335
/ou/ → /au/　507
/ou/ → /ai/　174,318,335,507
/ɔi/ → /ai/　335,507
/ai/ → /iː/　505
/uə/ → /ɔ/　278
子音
/ð/ → /d/　74
/θ/ → /f/　74
/θ/ → /t/　74,175
/tʃ/ → /t/　509
/s/ → /ʃ/　73,175
/ŋ/ → /n/　279,296
わたり音 /j/　45,505
強母音を起す /j/　505

著者略歴

藤井健三（ふじい　けんぞう）

1934年（昭和9年）2月，山口県徳山市生まれ，中央大学大学院文学研究科英文学専攻博士課程修了，1978-79年 Georgia 州 Atlanta の Emory 大学（アメリカ南部湾岸州言語地図作成本部 LAGS）に客員研究員として留学，Dr. Lee Pederson の指導を受ける．2004年3月まで中央大学文学部英米文学専攻教授，現在中央大学名誉教授．

［主要論文・著書］「英語のリズム単位論」（中央大学文学部紀要），『文学作品に見るアメリカ南部方言の語法』（三修社），『現代英語発音の基礎』（研究社出版），「アメリカ社会における呼称について」（中央大学英米文学会紀要），『アメリカの口語―庶民英語の研究』（研究社出版），「ハックの英語はどこから来たのか」（英語青年），「『ライ麦畑』の英語はどこから来たのか」（英語青年）ほか．

［主要講演］
「アメリカ社会における呼称」（1991）
「ことばの日英異文化衝突」（1996）
「アメリカの黒人英語とアイリシズム」（2003）

アメリカ英語とアイリシズム　　　　　　中央大学学術図書（58）

2004年4月10日　初版第1刷発行

（検印廃止）

著　者　　藤　井　健　三
発行者　　辰　川　弘　敬

発行所　　中　央　大　学　出　版　部
東京都八王子市東中野742番地1
郵便番号　192-0393
電　話　0426(74)2351・FAX 0426(74)2354

© 2004　藤井健三　　　　印刷・大森印刷／製本・法令製本
ISBN4-8057-5154-1

本書の出版は，中央大学学術図書出版助成規定による．